Ilka Sokolowski

Die heimliche Geliebte

Ilka Sokolowski

Die heimliche Geliebte

Ein Wilhelm-Busch-Krimi

zu Klampen!

info@zuklampen.de · www.zuklampen.de
Umschlag: Angelika Konietzny (www.izwd.de)
Satz: thielenVERLAGSBÜRO, Hannover
Druck: CPI - Clausen & Bosse, Leck

ISBN 978-3-86674-051-8

Bibliografische Information Der Deutschen Bibliothek
Die Deutsche Bibliothek verzeichnet diese Publikation in der Deutschen Nationalbibliografie; detaillierte bibliografische Daten sind im Internet über ‹http://dnb.ddb.de› abrufbar.

Kein Ding sieht so aus, wie es ist. Am wenigsten der Mensch, dieser lederne Sack voller Kniffe und Pfiffe. Und auch abgesehen von den Kapriolen und Masken der Eitelkeit. Immer, wenn man was wissen will, muß man sich auf die zweifelhafte Dienerschaft des Kopfes und der Köpfe verlassen und erfährt nie recht, was passiert ist. Wer ist in heutigen Tagen noch so harmlos, daß er Weltgeschichten und Biographien für richtig hält? Sie gleichen den Sagen und Anekdoten, die Namen, Zeit und Ort benennen, um sich glaubhaft zu machen. Sind sie unterhaltlich erzählt, sind sie ermunternd und lehrreich oder rührend und erbaulich, nun gut!, so wollen wir's gelten lassen.

Wilhelm Busch, *Von mir über mich*

Du hast mich bei meinem Namen gerufen, und ich habe dich gehört. Wir sahen einander nicht, aber du spürtest es wohl, wie nah ich war, verborgen im Grün der Hecke. Ich kannte dich gleich an deinem festen Schritt und deiner frohen Stimme. Ja, Theurer, ich hörte dich, das Lied auf deinen Lippen: Christine, Christine! Nun ist es besiegelt: Du bist mein, und ich bin dein. Das soll unser Bündnis sein, von dem niemand sonst weiß. Ich habe die Macht des Geheimnisses.

- 1 -

Leonore Heller fragte sich, warum ausgerechnet vor ihrer Tür immer Leichen lagen. Das war nun schon die dritte innerhalb bemerkenswert kurzer Zeit.

Die ersten beiden Male zählten allerdings nicht ganz: tote Ratten, vom Hund ihres Nachbarn auf die Fußmatte gelegt. Seit dem Tag ihres Einzugs hegte das Tier eine unerklärliche Begeisterung für sie. Den dazugehörigen Menschen hatte Leo bislang noch nicht zu Gesicht bekommen, wie überhaupt noch niemanden in diesem etwas heruntergekommenen Haus. Nur die Bulldogge bellte, wenn sie an der Tür vorüberging. Einmal hatte eine Männerstimme sie zum Schweigen gebracht. Auf dem zerkratzten Türschild stand *P. Ostermann*.

Allein die Tatsache, dass es hier Ratten gab, die sich von einer fetten alten Bulldogge fangen ließen, hätte ihr zu denken geben sollen. Beim Anblick der Hausfassade mit dem abbröckelnden Putz und des Hinterhofes mit den Müllcontainern, aus denen ständig die Abfälle vom China-Imbiss im Erdgeschoss quollen, fragte sie sich immer wieder aufs Neue, ob sie nicht einen Fehler gemacht hatte. Das fragte sich in der Tat jeder, der sie kannte. Warum war Leonore Heller hier eingezogen?

Weil sie keine Wahl hatte.

Leo hatte sich die Wohnung in einem zweifelhaften Altbau in der Südstadt von Hannover nicht ausgesucht, sie hatte sie von ihrem

Onkel Ludwig geerbt, womit der Sache gleich eine andere Bedeutung zukam als einem leichtfertig unterschriebenen Mietvertrag. Wer außerdem nur noch ein Scheinkonto führt und wegen Mietrückstands kurz vor dem Rausschmiss steht, kann es sich nicht leisten, wählerisch zu sein. Also trat Leo ihr Erbe an, zwar nicht mit Freude, aber doch mit einer gewissen Erleichterung. Ratten auf der Türschwelle waren schließlich vergleichsweise harmlos.

Bei toten Männern sah das Ganze schon anders aus. So einer lag nun an einem Dienstag im November bäuchlings und unerwartet auf Leos Fußmatte. Es war gegen zehn Uhr morgens, und der Rest des Tages sollte nicht besser werden.

Dass es sich um einen Toten handelte, wurde Leo erst mit Verzögerung klar. Sie war spät dran an diesem Morgen und ziemlich nervös, weil ein Vorstellungsgespräch bei einem Gartenbaubetrieb auf sie wartete. Sie brauchte einen Job und war bereit, nahezu alles zu tun: Friedhofswege fegen, Weihnachtsbäume schlagen, Fleisch fressende Pflanzen züchten, egal was, Hauptsache Arbeit und Hauptsache bald.

Leo war gerade dabei gewesen, Lippenstift aufzutragen, als es Sturm klingelte. Zehn vor zehn. Wer konnte das sein, um diese Zeit? Wer konnte das *überhaupt* sein? Sie kannte niemanden in der Stadt. Vielleicht der Postbote. Postboten waren immer die ersten, die zu einem kamen. Leo hatte sich zwischen den Umzugskartons hindurchgeschlängelt, die Tür geöffnet – und da lag er nun.

Der Mann hatte das Gesicht abgewandt, einen Arm unter sich, den anderen zur Seite ausgestreckt. Leo, immer noch mit dem Lippenstift in der Hand, beugte sich hinunter und berührte ihn vorsichtig an der Schulter.

Im dämmrigen Licht des Treppenhauses sah seine Haut blass und wächsern aus. An der Schläfe war das graue Haar feucht. Eine Schweißperle löste sich und zog eine nasse Spur zum Augenwinkel.

Hatte er sich all die Stufen hinaufgeschleppt, um ausgerechnet vor ihrer Tür einen Kreislaufkollaps zu erleiden? Er war korpulent, der offene Hemdkragen glänzte dunkel von Schweiß. Vielleicht waren die drei Treppen für einen Mann seiner Konstitution einfach zu viel gewesen.

Leo legte zwei Finger an seinen dicken Hals, war sich aber nicht sicher, ob sie die richtige Stelle erwischt hatte. Irgendwo dort sollte die Schlagader pulsieren, das zumindest wusste sie.

Nichts pulsierte. Gar nichts.

»Hilfe! Einen Arzt, schnell!« Leos Stimme hallte im leeren Treppenhaus wider, während sie versuchte, den Mann auf den Rücken zu drehen. Keine der Türen öffnete sich, kein hilfreicher Nachbar trat heraus.

Dafür war die Bulldogge ein Stockwerk tiefer zum Leben erwacht. Sie bellte sich heiser und kratzte an der Tür. Leo fluchte. Gab es in diesem gottverdammten Haus denn niemanden außer ihr und dem Rattenfänger?

Endlich hatte sie es geschafft, den Dicken auf den Rücken zu wuchten. Beim Anblick der weit aufgerissenen leeren Augen begriff sie, dass sie sich die Mühe hätte sparen können. Der Mann war tot.

Die Bulldogge bellte. Leo beugte sich über das Treppengeländer: »Halt die Klappe!«

Der Hund bellte lauter und warf sich gegen die Tür. Leo brach der kalte Schweiß aus. Ihre Augen wanderten ratlos zu dem Toten, der keine Verletzungen aufwies. Er wirkte elegant und war sorgfältig gekleidet; anthrazitfarbene Hose und Weste, weißes Hemd, hellgraues Jackett, schlichter Schnitt, teurer Stoff. Es stimmte eben doch nicht, dass der Tod alle Menschen gleich machte, manche Leichen waren distinguierter als andere. Aufgrund seiner Kleidung wirkte der Tote irgendwie seriös. Leo war beinahe geneigt, ihm seine Anwesenheit auf ihrer Türschwelle und die Scherereien, die daraus unweigerlich entstehen würden, nachzusehen. Sicher gab es eine vernünftige Erklärung dafür.

Vielleicht steckte sie in dem Stückchen Papier, das zwischen der straff gespannten Weste und dem Seidenfutter der Jacke hervorlugte. Es war ein einfacher linierter Zettel, am oberen Rand zerfranst; offenbar aus einem Notizbuch herausgerissen. Professor Heller stand darauf, einmal unterstrichen. Der Zettel war für ihren Onkel.

Ohne zu überlegen, bückte sie sich und zog das Blatt hervor.

*

Wiedensahl, im Sommer 1841

Sie denken, ich wüßte nichts. Sie denken, sie könnten sich hinter meinem Rücken einfach so davonschleichen. Glauben mir keine Erklärung schuldig zu sein. Fragen mich nicht, ob mir recht ist, was geschieht. Haben sie Wilhelm gefragt?

Ein grausamer Tag. Wilhelm ist fort. Weit vor Tagesanbruch brachen sie mit dem alten Leiterwagen auf. Der Wald stand noch dunkel, voller Nachtgeheimnisse, und sie fuhren mitten hinein. Die Großmutter war dabei und die Krämerin Busch, und seine Brüder Gustav, Adolf und der kleine Otto, alle ganz vergnüglich und munter, daß mir in meinem Heckenversteck schier das Herz zerspringen wollte. Und wie lange es dauerte, bis endlich die ersten verfrühten Vogelstimmen den Tag ankündigten. Doch anstatt mich zu trösten, wollte mir scheinen, sie sängen ein Spottlied. – Wie können sie das tun? Ihn einfach fortbringen? Von Heinrich, dem Knecht, weiß ich, wohin die Reise gehen wird. Nach Ebergötzen, sagte er wichtig, zum Onkel. Ebergötzen, wo ist das? habe ich gefragt. – Weit von hier. Drei Tagesreisen! Unterricht soll er dort bekommen, vom Pastor persönlich, dem klugen Onkel Kleine. Nein, für den Kramerssohn ist unsere Dorfschule hier nicht mehr gut genug, er soll etwas Beßres werden. – Oh, natürlich soll er das, doch was wird nun mit mir? Ich werde ihn nicht mehr sehen, ihn nicht hören, kann nicht mehr mit ihm sprechen – ganz fremd wird er mir werden! Ich muß ihm schreiben, gleich heute noch. Unser Bund muß halten!

- 2 -

Zuerst war der Notarzt da, dann kam der Streifenwagen mit einem älteren, ziemlich dicken Polizisten und einer jungen Frau, deren Dauerwelle beängstigend steif unter der Uniformmütze hervorstand.

Während der Arzt nur noch den Tod feststellen konnte und die Polizistin schon einmal anfing, Leos Personalien aufzunehmen, durchsuchte ihr Kollege die Jacke des Toten; vermutlich nach einem Ausweis oder Führerschein oder etwas anderem, das einen Hinweis auf seine Identität geben konnte.

Der Polizist musste fündig geworden sein, denn er stieß einen kurzen Pfiff aus, drehte der offenen Tür, durch die Leo ihn beobachtete, den Rücken zu und schnaufte etwas in sein Mobiltelefon.

Es dauerte keine zehn Minuten, dann kam *er*. Und *er* schien einen besonderen Status zu haben, dem dienstbeflissenen Eifer nach zu urteilen, mit dem Arzt und Polizisten ihm den Stand der Dinge mitteilten.

Leo konnte ihn auf Anhieb nicht leiden. Vielleicht lag es an dem verklärten Leuchten, das bei seinem Anblick über das Gesicht der Beamtin huschte, vielleicht auch an der Art, wie er Leo zunächst ignorierte. Er äußerte etwas im Ton einer Bitte und die Beamtin verschwand.

Leo hatte auf einem der Umzugskartons gehockt und war höflich aufgestanden, um ihn zu begrüßen. Das bereute sie sofort. So konnte sie sich höchstens mit dem obersten Hemdknopf ihres Gegenübers unterhalten. Er überragte sie um mehr als Haupteslänge und hatte nicht einmal den Anstand, rasch und unauffällig Platz zu nehmen.

Also setzte Leo sich. Jetzt war es noch schlimmer, statt des Hemdknopfs hatte sie die Gürtelschnalle in Augenhöhe.

Draußen tauchten indessen immer mehr Männer auf. Einige trugen weiße Overalls und Metallkoffer, andere einen Sarg. Blitzlichter flammten auf, als der Tote fotografiert und dann auch noch ihre Haustür, die Fußmatte, das Treppenhaus in allen Einzelheiten festgehalten wurden.

»Sie haben den Toten gefunden?«

»Ja«, sagte Leo zu der Gürtelschnalle.

»Kennen Sie ihn?«

»Nein. Wir kennen uns, glaube ich, auch noch nicht.«

Irritiert blickte er zu ihr herunter. Sie bemerkte den Bartschatten auf seinen Wangen und dem Kinn, der eine Spur dunkler als der Rotton seiner Haare war. Sein Gesicht war blass, die Schultern hingen schlapp nach vorn. Er machte einen übermüdeten Eindruck und sah aus, als ob er in seinen Kleidern geschlafen hätte. Leo schnüffelte. So roch er auch.

»Entschuldigen Sie.« Er fuhr sich mit einer Hand über die Augen. »Ich bin seit fast achtundvierzig Stunden im Dienst, und ich fürchte, irgendwann in dieser Zeit ist mir der Sinn für Umgangsformen verloren gegangen.«

Er fummelte in seiner Jacke herum und hielt ihr dann einen Dienstausweis vor die Nase.

Martin Sandved, las sie. *Hauptkommissar.*

»Und Sie sind …?« Er warf einen Blick auf den Zettel, den ihm die Polizistin in die Hand gedrückt hatte.

»Leonore Heller«, ergänzte Leo, die im wahren Leben natürlich niemals Leonore hieß. Der Name passte zu manikürten Frauen mit sorgfältig frisierten Haaren, aber nicht zu ihr. Auf ihrem Kopf saß keine schicke Frisur, sondern ein dichter Mopp aus zauseligen dunklen Haaren, und ihre Fingernägel hätten auch eine hartgesottene Kosmetikerin zum Weinen gebracht. Nach ihrem Beruf gefragt, pflegte Leo zu sagen: Gärtnerin. Das verstand jeder, und sie musste nicht erklären, womit sich Gartenarchitekten die Arbeitszeit vertrieben. Das antwortete sie auch dem Kommissar, als er fragte. Obwohl es nicht ganz stimmte. Schließlich war sie arbeitslos, aber das ging ihn nichts an.

Die Polizistin mit der wippenden Dauerwelle tauchte mit einem Becher Kaffee auf. »Vom Chinesen unten. Ich hoffe, er taugt was«, sagte sie mit dem Lächeln einer besorgten Hausfrau, bevor sie sich wieder zu ihrem Kollegen ins Treppenhaus gesellte, wo inzwischen einer nach dem anderen die Mitglieder der chinesischen Familie unauffällig wie Schatten auftauchten und wieder fortgescheucht wurden.

Sandved nahm den Becher mit einem zerstreuten Nicken entgegen. Offenbar war er es gewohnt, dass jeder und insbesondere jede auf ein Wort von ihm herumsprang. Er probierte einen Schluck. Mit Genugtuung beobachtete Leo, wie er das Gesicht verzog.

Mittlerweile waren die Männer draußen dabei, den Toten in

einer Plastikhülle mit Reißverschluss zu verpacken. Als sie ihn zu viert anhoben, gerieten für einen Moment seine Beine in Sicht. Für einen so gut gekleideten Mann hatte er bemerkenswert dreckige Schuhe, dachte Leo.

»Kannten Sie den Toten?«, fragte Sandved, dem ihr Blick nicht entgangen war.

»Nein.«

Er pustete in seinen Kaffee. »Erzählen Sie mir noch mal genau, was passiert ist.«

Leo sah in aufmerksame braune Augen, die in irritierendem Widerspruch zum müden Gesicht des Kommissars standen. Also die Geschichte noch einmal von Anfang an. Bitte sehr. Das konnte sie inzwischen ganz gut, denn sie hatte sie bereits der Polizistin und dann dem Arzt erzählt.

Der klopfte gegen den Türrahmen, als Leo ihren Bericht gerade ein drittes Mal beendete. »Martin? Wir bringen ihn jetzt in die Pathologie. Ich tippe auf ordinäres Herzversagen. Genaueres kann ich dir frühestens morgen Nachmittag mitteilen.«

Sandved entließ den Arzt mit einem kurzen Nicken und wandte sich wieder Leo zu.

»Also noch einmal: Sie haben den Toten nie vorher gesehen?«

Schwer von Begriff, dachte Leo. »Wie ich schon sagte, ich kenne ihn nicht. Aber ich rate jetzt einfach mal, dass er für Sie kein Unbekannter ist – ich meine, so eilig, wie Ihr uniformierter Kollege Sie herbeitelefoniert hat.«

Sandved beugte sich so plötzlich vor, dass sein Kaffee überschwappte. Er stützte sich auf die Kartons, die aufeinandergetürmt zwischen ihnen standen. Leo konnte die Sommersprossen auf seinen Händen erkennen.

»Sehr richtig, Frau Heller. Und ich verrate Ihnen noch etwas: Ein Kommissar des LKA taucht nicht ohne Grund auf, schon gar nicht, wenn er eigentlich seit Stunden Feierabend haben sollte.«

Diesmal blickten die braunen Augen ziemlich gereizt. Leo beschloss, etwas weniger widerborstig zu sein.

Mit einem Seufzen richtete sich Sandved wieder auf.

»Der Tote ist Anton Jablonsky, ein Antiquar und Kunsthändler, Experte für Bücher und Handschriften«, erklärte er zwischen zwei Schlucken Kaffee, bevor er das Gebräu endgültig beiseite stellte. »Wir haben seit geraumer Zeit den Verdacht, dass er in Geschäfte mit der Kunstmafia verwickelt ist ... war«, verbesserte er sich. »Jablonsky hat bereits vor ein paar Jahren wegen Betrugs und Dokumentenfälschung gesessen. Danach verhielt er sich unauffällig. In letzter Zeit allerdings gab es Anzeichen, dass er auf seinem Fachgebiet wieder aktiv werden wollte.«

»Sie meinen, er fälschte alte Dokumente und verkaufte sie? So wie dieser Typ mit Hitlers Tagebüchern?« Das Ganze begann Leo zu interessieren.

Sandved tigerte inzwischen auf einem akkuraten Parcours zwischen den Kartons entlang, die Leo sorgfältig beschriftet hatte. In solchen Dingen entwickelte sie zuweilen eine sie selbst überraschende Ordnungsliebe. Drei Schritte bis zu »Regenkleidung, Gummistiefel, Bergschuhe«, eine Kehrtwende um »Werkzeug, Bohrmasch., Schraubensort«. Die Fachbücher ließ er links liegen, und den Zeitschriften gönnte er nur einen kurzen Blick. Weder das Magazin für den Gartenbauprofi noch Thalackers Allgemeine Samen- und Pflanzenofferte schienen ihn sonderlich zu fesseln.

»Jablonsky fälschte und handelte mit Fälschungen«, sagte Sandved und blieb bei den Gummistiefeln stehen. »Aber auch mit wertvollen Originalen, deren Herkunft im Dunkeln liegt. Durch Jablonskys Hände sind Millionenbeträge gewandert. Und da wüsste ich doch gern, warum dieser Mann jetzt tot vor Ihrer Tür liegt. Was wollte er von Ihnen?«

»Das frage ich mich allerdings auch«, stimmte Leo zu.

»Wer wohnt sonst noch hier?«

»Wenn sich Ihre Frage auf diese Wohnung bezieht: Niemand außer mir. Falls Sie das Haus meinen – keine Ahnung.«

»Was soll das heißen?«

Leo breitete die Hände aus, eine Geste, die in der Regel auch erschöpfte rothaarige Kommissare verstanden. Sie zählte an den Fingern ab: »Ich kenne nur Wang Li, den Chinesen unten vom Imbiss, und zwei oder drei Mitglieder seiner Familie, allerdings alle nur vom Sehen. Sie bewohnen den gesamten ersten Stock. In der Etage unter mir lebt vermutlich ein Mann mit Hund. Die Wohnung daneben – sie liegt unter dieser – steht seit mindestens vier Tagen leer. So lange wohne ich jetzt hier, und ich habe noch keinen Laut gehört, nicht mal das Rauschen einer Wasserleitung. Abgesehen von dem Hund ist mir im Haus noch niemand begegnet.«

Sandved horchte auf. »Sie sind neu hier? Warum haben Sie das nicht gleich gesagt?«

»Sie haben mich nicht gefragt«, erklärte Leo liebenswürdig.

»Wer hat vor Ihnen hier gewohnt?«

»Mein Onkel. Er ist vor kurzem gestorben und hat mir die Wohnung vermacht.«

Sandved sah sich mit neuer Aufmerksamkeit um, als nähme er erst jetzt das Chaos aus Kartons und Kisten wahr. Nicht, dass es besonders viele waren, aber sie reichten, um das Wohnzimmer, in das man von der Eingangstür gleich trat, ziemlich vollzustellen. Leo verzichtete auf den Hinweis, mit dem Auspacken noch nicht sehr weit gekommen zu sein. Aber ihr entging nicht, wie er die Wände musterte, die durchaus einen neuen Anstrich hätten vertragen können. Sie hatte dazu eben keine Zeit gehabt! Sandveds Augen wanderten über den abgetretenen Teppich, der auf dem Fußboden lag. Wahrscheinlich fand er die Wohnung so schäbig wie das ganze Haus. Sollte er. Gleichgültig, wie der Rest des Hauses aussah: In Leos Augen war Onkel Ludwigs Wohnung ein Traum. Jetzt konnte sie statt eines winzigen möblierten Zimmers drei schöne Räume und Unmengen von Büchern ihr Eigen nennen, die Onkel Ludwig ihr ebenfalls hinterlassen hatte. Doch das wahre Glanzstück dieser Wohnung war der große Dachbalkon, und irgendwann würde Leo ihn vielleicht sogar genießen können. Vorerst stand sie ihm noch mit gemischten Gefühlen gegenüber, denn hier hatte sich Onkel Ludwig vom Leben verabschiedet. Doch das war eine andere Geschichte.

Edwina jedenfalls würde sich wohlfühlen, wenn sie im Sommer draußen sein durfte. Edwina war Leos selbst gezüchtete Kletterrose, ein prachtvolles Stück und ihr ganzer Stolz. Sandved beachtete sie gar nicht und strich stattdessen an der Bücherwand am Ende des Zimmers entlang.

»Sie haben eine ausgeprägte Leidenschaft für Wilhelm Busch, wie ich sehe.«

»Nicht ich, mein Onkel. Er war Literaturprofessor, seit einigen Jahren emeritiert.«

Sandved blieb stehen. Sie konnte sehen, wie es hinter seiner Stirn arbeitete.

»Wir reden hier nicht zufällig von Ludwig Heller, dem Busch-Experten? Professor Ludwig Heller war Ihr Onkel?«

Leo erwiderte seinen überraschten Blick ebenso verblüfft. Sie hatte nicht geahnt, dass selbst dieser Kommissar etwas mit Onkel Ludwigs Namen anzufangen wusste. Dann fiel ihr ein, dass 2008 ein Busch-Jubiläumsjahr war. Anlässlich seines hundertsten Todestages hatte man Wilhelm Busch allerorten in den Mittelpunkt von Ausstellungen, Veranstaltungen und Vorträgen gehoben, und in diesem Zusammenhang war Ludwigs Name natürlich immer wieder genannt worden. Festreden, Interviews, Ausstellungseröffnungen; Leo hatte ihren Onkel ein paar Mal in der Zeitung und einmal auch in den Fernsehnachrichten entdeckt.

»Wenn ich mich recht erinnere, war er die meiste Zeit in Hamburg. Ich habe einige seiner Vorlesungen besucht, aber das ist schon Jahre her«, sagte Sandved.

»Sie werden ja wirklich gründlich ausgebildet bei der Polizei.«

Er zuckte mit den Schultern und zog einen Band aus dem Regal. »Das war davor. Ich dachte eine Zeit lang daran, Lehrer zu werden und ins Ausland zu gehen. – Was wollte Anton Jablonsky von Ihrem Onkel?«

Es dauerte einen Moment, bis Leo begriffen hatte, was er damit andeutete. Ihr wurde heiß vor Empörung.

»Das ist nicht Ihr Ernst! Nie im Leben hätte sich mein Onkel mit zwielichtigen Typen eingelassen. Wirklich, das ist absurd.«

Irgendwo in Leos Hinterkopf tauchte unscharf eine andere Stimme auf, die sie an etwas erinnern wollte. Sie sperrte sie aus.

»Nein«, sagte sie so ruhig sie konnte, »Onkel Ludwig hatte mit Sicherheit kein Interesse an fragwürdigen Geschäften. Ich weiß wirklich nicht, wie Sie darauf kommen.«

»Ach, was muss man oft von bösen Buben hören oder lesen …«

»Hören Sie auf«, sagte Leo ärgerlich.

Sandved zog einen weiteren Band heraus. »An alten Erstausgaben wie dieser hier war Ihr Onkel offensichtlich schon interessiert.«

Sie zuckte die Achseln. Es machte sie verlegen, nicht einmal zu wissen, was für Bücher da eng gedrängt Einband an Einband standen.

»Wilhelm Busch, die *Kritik des Herzens.* Die Erstausgabe von 1874 ist auf dem Markt kaum noch zu bekommen.« Sandved blätterte ungläubig in dem Buch, als hielte er eine Kostbarkeit in den Händen.

Draußen auf dem Flur war Ruhe eingekehrt, nur die beiden Polizisten warteten weiterhin auf dem Treppenabsatz. Leo hatte den Eindruck, dass ihre Ohren stark in ihre Richtung gespitzt waren.

Sandved stellte das Buch sorgsam zurück an seinen Platz. »Sie scheinen nicht besonders informiert zu sein.« Sein Lächeln ließ offen, ob er Onkel Ludwig oder Leos Allgemeinbildung meinte. »Wie lange, sagten Sie, ist Professor Heller bereits tot?«

Mistkerl, dachte Leo. Ich habe dir gar nichts gesagt.

Sie wartete einen Moment, bis sie einigermaßen sicher war, dass ihre Stimme sich nicht in die Höhe schrauben würde, dann antwortete sie.

»Seit zwei Wochen.«

»Und vor vier Tagen sind Sie hier eingezogen?«

Er stellte die Frage in neutralem Tonfall, aber sie konnte sich vorstellen, was er dachte: Eine habgierige Erbin, die gar nicht schnell genug an die Wohnung kommen konnte und mit Ignoranz gegenüber den kunsthistorischen Werten des Nachlasses geschlagen war.

Leo hatte einen Kloß im Hals. Das machte sie noch wütender. Er schien es zu merken, jedenfalls musterte er sie nachdenklich.

»Hatten Sie ein enges Verhältnis zu Ihrem Onkel?«

»Ich sehe nicht, weshalb das hier von Belang sein sollte.«

Er machte eine ungehaltene Geste in Richtung Flur, auf dem eben noch Jablonskys fein betuchter toter Leib gelegen hatte.

»Weil vor dieser Tür, die vor noch gar nicht langer Zeit die Ihres Onkels war, ein Toter gefunden wurde. Vielleicht ist er wirklich einem Herzversagen erlegen, mag sein, aber warum gerade hier? Was hat er von Ihnen oder Ihrem Onkel gewollt? Es kann sich wohl kaum um ein Versehen gehandelt haben, schließlich gibt es hier oben im Dachgeschoss nur die eine Wohnung, der Name Heller steht groß und deutlich auf dem Türschild, und ein Mann mit Anton Jablonskys Konstitution würde doch wohl genau darauf achten, ob er vielleicht nur bis in den ersten oder zweiten Stock steigen muss!« Er fuhr sich gereizt durch den rotbraunen Schopf, der schon in alle Richtungen abstand.

»Hat Ihr Onkel Ihnen etwas anvertraut, das uns einen Hinweis geben könnte? Und sei es eine noch so nebensächliche Kleinigkeit? Sie können einander doch nicht völlig fremd gewesen sein, immerhin hat er Ihnen seine Wohnung vermacht!«

»Ich war die Letzte aus der Familie.«

Er räusperte sich. »Also gut. – Sie sind durcheinander, ich bin müde. Ich schlage vor, wir brechen unsere anregende Unterhaltung hier ab. Rufen Sie mich an, wenn Ihnen noch etwas einfällt.«

Er legte seine Karte auf Ludwigs alten Schreibtisch und rauschte grußlos hinaus. Die beiden Polizisten, die versucht hatten, sich so unsichtbar wie möglich zu machen und gleichzeitig die Fähigkeiten von Richtmikrofonen zu entwickeln, konnten gerade noch beiseite treten. Leo hörte, wie sie hinter dem Kommissar die Treppe hinunterpolterten.

Endlich war der Spuk vorbei. Leo beschlich das Gefühl, etwas Wichtiges vergessen zu haben. Doch sie erhielt keine Gelegenheit, ihre Gedanken zu ordnen, denn Sandved kehrte unvermutet noch einmal zurück.

»Letzte Frage: Woran ist Ihr Onkel gestorben?«

Sie spürte, dass sie Kopfschmerzen bekam und wollte ihn nur noch loswerden.

»An einem Schädelbruch«, antwortete sie erschöpft. »Er ist vom Balkon gestürzt.«

»Was Sie nicht sagen. Von diesem hier?«

Er spähte an ihr vorbei zu der offenen Glastür, an der Edwina die letzten ihrer weißen Blüten im Luftzug schaukeln ließ.

»Ja. Wahrscheinlich verlor er das Gleichgewicht, als er Hans einfangen wollte. Seinen zahmen Raben.«

Er sah sie durchdringend an. »Hans. – Aha.« Dann drehte er sich auf dem Absatz um und verschwand die Treppe hinunter.

Er hatte die Tür nicht hinter sich zugemacht. Leo starrte auf die verrutschte Fußmatte. – Falsch. – Sie starrte auf den Fleck, wo eine verrutschte Fußmatte hätte liegen sollen. Da war sie aber nicht.

Sie hatten sogar die verdammte Matte mitgenommen.

Die Spurensicherung suchte nach Spuren. Was das bedeutete, wurde ihr erst nach und nach klar.

Vielleicht war das Herzversagen gar kein natürlicher Tod.

Vielleicht saß sie ganz schön in der Klemme.

Aber warum?

Es kostete Kraft, aufzustehen und die Tür zu schließen. Leo fühlte sich auf einmal so müde, als wäre sie seit zwei Tagen auf den Beinen gewesen und nicht dieser Sandved. Hinter ihren Schläfen begann es zu hämmern.

Aspirin. Sie brauchte dringend Aspirin, bevor sich der Schmerz wie ein stählerner Ring um ihren Kopf schloss. Auf der Suche nach den Tabletten schlurfte sie ins Bad und bemerkte erst jetzt, dass sie immer noch den Lippenstift in der Hand hielt.

Verdammt. Das Vorstellungsgespräch!

Viel zu spät.

Trotzdem stürzte sie zum Telefon, um sich von einer kühlen Frauenstimme erklären zu lassen, die Firmenleitung lege besonderen Wert auf die Zuverlässigkeit ihrer Mitarbeiter. Dass man darunter auch Pünktlichkeit verstehe, müsse wohl nicht betont werden. (Nein, dachte Leo. Natürlich nicht.) Man habe sich inzwischen anderweitig entschieden, vielen Dank. Leo verzichtete darauf, zu ihrer Rechtfertigung eine Geschichte aufzutischen, in der ein toter Antiquar vorkam, den sie vor ihrer Tür gefunden hatte. Eine miesere Ausrede konnte man sich ja gar nicht ausdenken.

Tage, die mit einer Leiche vor der Tür anfangen, sind schlechte Tage. Wie sollte es nun weitergehen?

Leo hatte ein paar merkwürdige Angewohnheiten. Eine davon war die, mit ihren Pflanzen zu reden und insbesondere vor Edwina lange Monologe zu halten. Das ließ die Rose nicht unbedingt besser gedeihen, half Leo aber, Ordnung in die Gedanken zu bekommen.

Ob sie das nicht auch merkwürdig fände, fragte sie Edwina. Erst Onkel Ludwig, dann der Antiquar. Geisterten sie vielleicht in irgendeiner immateriellen Form noch hier herum und sahen zu, wie sie hinter einer Nebelwand von Kopfschmerzen und Selbstvorwürfen versank?

Edwina antwortete nicht, und Leo nahm es nicht persönlich. Aber sie hatte höllische Kopfschmerzen, und in den einsamen Stunden des Nachmittags wurde sie unvermittelt zum Opfer eines diffusen Aberglaubens und dachte an Fenster, die geöffnet bleiben mussten, damit die Seelen den Ausgang fanden, und Spiegel, die sie vielleicht besser verhängen sollte. In den etwas lichteren Momenten des Tages erklärte sie sich und Edwina, dass sie einfach in eine kleine Depression schlitterte, kein Grund zur Panik, das würde vorübergehen.

Alles in allem hatte sie sich bei ihrem ersten Toten von Angesicht zu Angesicht doch recht wacker gehalten. Sie hatte nicht gekreischt und war diesem Sandved auch nicht schluchzend an die Brust gesunken.

Dass sie die Stelle in der Gärtnerei nicht bekommen hatte, war auch kein Drama. Irgendwann würde es besser werden, bestimmt.

Inzwischen, sagte sie sich ganz vernünftig, konnte sie die Zeit doch nutzen, um Ordnung zu schaffen und die restlichen Kartons auszupacken.

Vielleicht war es der Aufregung zuzuschreiben; oder dem schlechten Gewissen, wie Leos Freundin Katie gesagt hätte. Beides waren jedenfalls hervorragende Gründe, etwas aus dem Gedächtnis zu verlieren. Leo erinnerte sich erst in dem Augenblick wieder an den Zettel, als sie sich bis zum Schreibtisch vorgearbeitet hatte.

Ganz unschuldig lag er oben auf dem Stapel der Post, die in den letzten Tagen noch für Ludwig Heller gekommen war. Praktischerweise mit der Rückseite nach oben, so wie sie ihn hastig abgelegt hatte, bevor sie die Polizei rief. Sandved hatte ihn nicht weiter zur Kenntnis genommen, als er am Schreibtisch stand.

Leo betrachtete den Zettel mit gemischten Gefühlen. Irgendwo zwischen den dumpf hämmernden Kopfschmerzen tauchte der Gedanke auf, dass sie Informationen unterschlagen hatte, möglicherweise sogar Beweismittel. Hatte Onkel Ludwig tatsächlich Geschäfte mit Anton Jablonsky gemacht?

Nein. Niemals.

Sie faltete das Papier auseinander. Mit einem harten Bleistift, dessen Spitze offenbar durch zu festes Aufdrücken mitten im Wort abgebrochen war, hatte jemand eine kurze Mitteilung daraufgekritzelt; wenn man die kryptischen Zahlen und Wortfetzen überhaupt so nennen konnte.

13/11 Ma t
Wied hl »Backstube«, 15.00
—> C.

Beeindruckend. Es fehlte nur noch der Zusatz, dass der Zettel sich nach Ablauf eines geheimen Verfallsdatums selbst vernichten würde.

Stammte das von Jablonskys Hand? Die Schrift wirkte hektisch, die Buchstaben hasteten in großer Eile über das Papier.

13/11 war vermutlich eine Datumsangabe, der dreizehnte November. Dieses Jahres oder wann?

Das folgende Wort konnte sie nicht entziffern. Wo der Bleistift sich in das Papier gebohrt hatte, klaffte eine Lücke. Die letzten Buchstaben waren unvollständig ausgeführt; ein unleserlicher Kringel, ein t oder l.

Für Leo ergab es keinen Sinn. Nicht viel besser das nächste Wort: Nach der ersten Silbe war der Bleistift in einer flüchtigen Linie weitergehastet, so wie man schreibt, wenn man kleine Buchstaben einsparen will. Erst zum Schluss hatte sich die Schrift wieder gefangen. Auffällig das Wort »Backstube«, leserlich und in Anführungsstrichen offenbar zuletzt hinzugefügt. Eine Uhrzeit: Drei Uhr am Nachmittag. Ein Pfeil, der Großbuchstabe C, dick unterstrichen.

Was sollte sie damit nun beginnen?

Ein Datum, ein Ort. Ein Treffpunkt? Was bedeutete dieser Pfeil? Und das C?

Vielleicht die Abkürzung für ein Café, dachte Leo. Das war das Einzige, was ihr im Zusammenhang mit einer Backstube in den Sinn kam. Nur wollte ihr nicht so recht einleuchten, was ihr Onkel dort zu suchen hatte. Denn dass diese Notiz für ihn bestimmt war, bezweifelte sie nicht. Der Antiquar hatte offenbar nicht gewusst, dass Onkel Ludwig tot war, sonst wäre dieser Tag ganz anders verlaufen, dachte Leo bedauernd.

Aber Jablonsky hätte nicht erst einen Zettel schreiben müssen, wenn er vorhatte, ihn persönlich vorbeizubringen. Oder es war gar nicht Jablonsky selbst, der sich mit Onkel Ludwig treffen wollte. Vielleicht war er nur der Überbringer.

Leo kam ein Gedanke. Sie zog eine Schreibtischschublade nach der anderen auf. Wo hatte sie es nur hingelegt? Irgendwo musste es sein, Onkel Ludwigs altes Adressbuch. Ein kleines, in weinrotes Leinen gebundenes Büchlein, nicht besonders dick, eigentlich sogar erstaunlich schmal für einen Professor mit vielfältigen Kontakten und Verbindungen. Leo war sich sicher, dass sie es nicht weggeworfen und auch nicht mit Ludwigs umfangreichen schriftlichen Unterlagen in den Keller gepackt hatte. Sie hatte es aufbewahrt, weil sie nicht wusste, ob sie Danksagungen auf die Kondolenzbriefe verschicken sollte. So viele waren dann gar nicht gekommen. Offenbar wusste kaum jemand, dass es eine Hinterbliebene gab.

Hinterbliebene. Schauderhaftes Wort, dachte Leo.

Da war es. In der untersten Schublade. Vielleicht enthielt es irgendeinen Hinweis, vielleicht waren berufliche Kontakte gesondert vermerkt. Leo ging Seite für Seite durch. Privatadressen von Professoren, von Unikollegen, dem einen oder anderen Studenten. Die meisten Namen kamen ihr bekannt vor, alte Wegbegleiter ihres Onkels. Sein Zahnarzt. Seine Hausärztin. Sein Anwalt. Irschinger stand auch drin, erstaunlich. Und Katie, na ja, das war kein Wunder. Die beiden hatten sich gut verstanden. Onkel Ludwig hatte sogar die Anschrift des Heimes, das Katie jetzt leitete. Leo markierte die Seite mit einem Eselsohr und blätterte das Buch bis zum Ende durch.

Nichts. Und unter J überhaupt keine Eintragung.

Leo untersuchte noch einmal den Zettel. Die Notiz war offensichtlich in Eile hingekritzelt worden. Vielleicht hatte Jablonsky sie hastig mitgeschrieben, vielleicht war sie ihm diktiert worden.

Vielleicht, vielleicht, vielleicht.

Leo grübelte hin und her und kam immer nur zu demselben Ergebnis: Sie wollte nicht glauben, dass Onkel Ludwig tatsächlich in unsaubere Geschäfte verwickelt gewesen sein könnte.

Der Dreizehnte war in zwei Tagen. Das Treffen stand also noch bevor, wenn es überhaupt ein Treffen war. Es konnte ja auch der Termin für eine Auktion sein, eine Ausstellungseröffnung, einen Bücherflohmarkt, weiß der Teufel, es konnte alles Mögliche sein, und vielleicht noch nicht einmal in diesem Jahr, vielleicht war es schon lange vorbei. Es gab tausend Möglichkeiten, je harmloser, desto besser, denn dann gehörte diese Nachricht keinesfalls zu den Dingen, die sie Kommissar Sandved unter seiner persönlichen Telefonnummer unbedingt mitteilen musste.

*

Wiedensahl, den 10ten März 1851

Still sein. Schweigen. Nichts verrathen, sich nichts anmerken lassen – so komme ich durch die Tage. Ich wahre mein Geheimnis gut. Andere vermögen das weniger. Schon macht es die Runde durchs Dorf: Es hat gewittert im Hause Busch. Wilhelm hat sich abgesetzt! Mit dem Ingenieurswesen ist es wohl aus. Wen nimmt es Wunder! Es war ja nur der Wunsch des Vaters. Nun endlich geht er seinen eigenen Weg, weg von der Polytechnischen Schule in Hannover zur Kunstakademie in Düsseldorf. Ich habe den Herrn Pastor gefragt, wo das liegt. Unten im Rheinland, noch ein gut Stück weiter von hier als Ebergötzen. Wie ich den Wilhelm beneide! Gerne wäre ich auch so frei zu gehen, wohin ich will. Aber wir Frauenzimmer haben ja doch immer unsere Fußfesseln mit uns zu schleppen.

Bald zehn Jahre sind vergangen, seit Wilhelm fort ist. Eine viel zu lange Zeit, und viel zu selten haben wir uns gesehen. Ohne seine Briefe wüßte ich gar nichts mehr von ihm. Hier im Dorfe nichts als das triste Tagwerk, waschen, kochen, putzen, den Garten besorgen. Nur mein Geheimnis trägt mich durch die Tage. Das ist mein Schutzschild gegen die höhnischen Blicke. Sie sollen nur abwarten, Wilhelm und ich werden sie noch das Staunen lehren. Das Maul soll ihnen offen stehen, diesem Dummvolk.

Allerdings: Es kränkt mich, daß er nicht einmal mir verrathen mochte, was er plante. Heimlich nach Düsseldorf zu gehen! Er fürchtete wohl, ich könnte mich bei meinen Besorgungen im Krämerladen einmal verplappern. Nie würde ich mich dem Verrath hergeben, unwissentlich nicht und absichtsvoll gleich gar nicht. Ich schweige und warte, denn unser großer Tag muß ja doch einmal kommen, der Tag, wenn wir in ein gemeinsames Leben aufbrechen. Zuvörderst muß Vater Busch noch für seinen Wilhelm zahlen; daß er's nur zähneknirschend thut, scheint mir sehr wahrscheinlich. Die Mutter wird ihm eingeflüstert haben, den Unterhalt auch fürderhin zu bestreiten. Hat sie doch auch etwas gutzumachen an ihrem Sohn, wenn ich denke: drei Jahre war er nicht daheim, nachdem sie ihn weggegeben haben, und als er zu seinem ersten Besuch heimkehrte – im Sommer 44 war es, ich entsinne mich genau – da erkennt sie ihn nicht! Er gieng an ihr vorüber, als sie auf dem Felde war, und sie erkannte ihn nicht.

Ich werde ihn nicht vergessen. Ich weiß, daß Großes in ihm steckt. Ich warte. Und niemand soll es wagen, sich zwischen uns zu stellen.

- 3 -

Es geschah etwa gegen neun Uhr morgens. Leo nagte gerade an einer Scheibe Toast, blätterte die Stellenanzeigen der Zeitungen vom vergangenen Wochenende durch und wartete, dass der Kaffee durchlief, als sie das verräterische Geräusch von der Straße hörte. Ein dumpfer Aufprall, ein Knirschen, eine krachend umgelegte Gangschaltung. – Stille. – Dann wurde eine Autotür zugeschlagen. Vom Küchenfenster aus sah Leo einen jungen Chinesen in schwarzen Jeans und Lederjacke im Imbiss verschwinden. Der Lieferwagen, ein weißer Mitsubishi Van, stand in einer Parklücke, die groß genug für einen Lkw gewesen wäre. Aber zwischen seiner Stoßstange und dem misshandelten Straßenbaum hätte sich nicht einmal mehr eine Amöbe hindurchquetschen können. Die Linde musste diese Folter offenbar schon seit geraumer Zeit über sich ergehen lassen, denn wo eine gesunde Rinde hätte sein sollen, klaffte die Borke in Stoßstangenhöhe wie eine Wunde auseinander.

Leo klopfte sich die Krümel von den Händen und ging hinunter.

»Tut mir so leid, aber ist noch nicht geöffnet!« Mit einem bedauernden Lächeln im Gesicht und einem beeindruckenden Messer in den Händen kam Wang Li aus der Küche. Leo ging jedenfalls davon aus, dass der freundlich lächelnde Mann, den sie schon mehrmals im Imbiss gesehen hatte, der Wang Li war, der in asiatisch stilisierten Lettern an der rot lackierten Eingangstür als Inhaber ausgewiesen wurde. Und weiterhin nahm sie an, dass der junge Mann, der regelmäßig Wangs zerbeulten Lieferwagen beim Einparken gegen den Straßenbaum vor ihrem Haus rammte, zu Wang Lis vielköpfiger Familie zählte.

Als Wang Li die Besucherin sah, legte er das Messer beiseite und wischte sich die Hände an einem Küchentuch ab, das er sich in den Hosenbund gestopft hatte.

»Die neue Frau in Professors Wohnung«, rief er erfreut. Dann legte sich unvermittelt ein Schatten auf sein Gesicht.

»Haben toten Mann gehabt gestern? Viel Aufregung! Und keiner da zu helfen. Waren alle in Küche. Nur alte Frauen oben, gehen nie raus, haben immer Angst. Bitte entschuldigen!«

Nichts da. Leo war entschlossen, sich nicht beirren zu lassen. Gar nicht so einfach, denn nahezu alles an diesem Mann wirkte auf Anhieb nett: seine freundlichen Augen, das unermüdliche Lächeln und die Art, wie er sich ihr beim Zuhören leicht zuneigte. Besonders nett fand sie, dass er sogar noch etwas kleiner war als sie selbst.

Der sehnige kleine Mann lächelte mitfühlend. Er hatte ein zerfurchtes Gesicht und nur vier vollständige Finger an jeder Hand. Rechts fehlte ihm die Kuppe des Daumens, links das erste Glied des kleinen Fingers. Trotz der Kälte trug er lediglich ein weißes T-Shirt und eine Kattunhose. Die nackten Füße steckten in Plastiksandalen.

»Herr Wang Li, nehme ich an?«, fragte Leo.

Er nickte und lächelte weiter.

Leo zeigte entschlossen auf den Van.

»Und das ist Ihr Wagen da draußen?«

»Mein Neffe hat eingekauft. Fährt jeden Tag zum Großmarkt. Bei uns immer alles frisch!«, sagte Wang Li stolz. »Professor hat gern hier gegessen.«

»So. Ja.« Sie räusperte sich. »Ihr Neffe hat offenbar Schwierigkeiten beim Einparken. So ein Straßenbaum hat es schon schwer genug. Seine Wurzeln sind zubetoniert, er bekommt kaum Wasser und er muss die ganzen schädlichen Abgase schlucken und im Winter das fiese Streusalz, da sollte man ihm doch wenigstens Attacken mit der Stoßstange ersparen, finden Sie nicht auch?«

Schwer zu sagen, was Wang Li fand. Er hatte den Kopf ein wenig auf die Seite gelegt und blinzelte.

»Wenn Sie's nicht für die Linde tun, dann vielleicht für Ihren Wagen«, versuchte Leo es weiter. »Dem bekommt das sicher auch nicht gut. Würden Sie Ihrem Neffen das wohl ausrichten?«

Irgendwo hinter Wang Li in der Küche glaubte sie einen dunklen Schatten wahrzunehmen.

»Das wäre sehr nett!«, sagte sie etwas lauter.

Wang Li lächelte, nickte und schwieg.

»Vielen Dank. Und einen schönen Tag noch.« Leo fühlte sich, als sei sie unter vollen Segeln auf Grund gelaufen. Ziemlich lächerlich.

Trotzdem malte sie ein provisorisches Schild (*An alle Autos: Bitte Abstand halten!*) und schnürte es der Linde um den Stamm.

Bäume waren die Zuflucht ihrer Kindheit gewesen. Immer, wenn sich die Situation unerträglich zugespitzt hatte, war sie fortgerannt und wie ein Eichhörnchen auf einen Baum geklettert, der möglichst groß und möglichst weit weg von zu Hause war. Ungezählte Stunden hatte sie hoch oben im Geäst zwischen Vogelnestern und Blattlandschaften verbracht und im grünen Licht gebadet, bis alle Ängste und Zweifel wieder auf ein erträgliches Maß geschrumpft waren. Leo duldete es nicht, wenn Bäume litten. Sie fahndete in ihren Umzugskartons noch nach der Dose mit dem Baumharz, wurde fündig und spachtelte eine dichte Schicht auf die Wunde. Aufmunternd strich sie der Linde über die Borke. Wenn sie von nun an in Ruhe gelassen wurde, konnte sie sich wieder erholen.

Wang Li und einige andere verschwommene Gesichter beobachteten sie durch die Scheiben. Sie fanden ihre neue Nachbarin zweifellos etwas überspannt. Leo wischte sich die Hände ab, winkte in ihre Richtung und ging frühstücken.

Eine Stunde später verließ sie mit Rucksack und Fahrrad das Haus. Die Luft war exakt so, wie es sich für einen lausigen Novembertag gehörte: wattig grau und so kalt, dass sie einem beim Fahren die Tränen in die Augen trieb. Leo hielt kurz bei einem kleinen Blumenladen, kaufte Erde und einige Pflanzen, verstaute alles in den Gepäcktaschen und suchte sich ihren Weg durch das Straßengeflecht der Südstadt. Sie folgte der Hildesheimer Straße, bog in die Garkenburgstraße Richtung Messegelände ein und erreichte schließlich den Seelhorster Friedhof, auf dem Onkel Ludwig lag. In der riesigen parkähnlichen Anlage waren Hunde, spielende Kinder und Fahrräder nicht erwünscht. Leo schloss ihr Rad am dafür vorgesehenen Fahrradständer an, lud sich die Gepäcktaschen auf und wanderte durch die Gräberreihen. Die verwelkten Kränze und Gebinde, die vor ein paar Tagen noch auf dem Grab gelegen hatten, waren abgeräumt, die Erde sah schwarz und nackt aus. Auf den nassen Krumen klebte hier und da gelbes Laub. Auffällig hob sich die kleine weiße Marmortafel vom dunklen Untergrund ab. Schmutzspritzer sprenkelten seit dem letzten Regen die Oberfläche und saßen in den Linien der schlichten Inschrift:

Ludwig Heller
*** 13. März 1934**
† 20. Oktober 2008

Ach, Onkel Ludwig, wie trostlos. Ein unauffälliges Reihengrab, pflegeleicht und komplett bezahlt. Niemand sollte Arbeit oder Kosten haben.

Niemand, das war sie. Leo ließ die Gepäcktaschen zu Boden gleiten und setzte den Rucksack ab.

Er hätte Anspruch auf ein hübsches Plätzchen im Heller'schen Familiengrab in Hamburg gehabt. Aber Leo konnte sich schon denken, was ihn zu seiner Entscheidung bewogen hatte.

Sie schnürte den Rucksack auf, zog eine große Terrakottaschale heraus und machte sich an die Arbeit.

Mit Ludwig hatte es schon immer Ärger gegeben. So lautete der Standardsatz von Leos Mutter, wenn die Rede auf ihren Bruder kam. Was genau passiert war, blieb Leo lange Zeit ein Rätsel. Niemand sprach in ihrer Gegenwart darüber, aber mit den feinen Antennen des Kindes fing Leo die Anklagen und Beschuldigungen auf, die in der Luft lagen, und sie hatte bald begriffen, dass zwischen ihrem Onkel und ihrer Mutter ein wackliger Waffenstillstand herrschte. Aber warum?

Leo mochte Onkel Ludwig sehr gern. Niemand konnte so schön die Streiche von Max und Moritz vortragen wie er. Onkel Ludwig kannte alle Verse auswendig, und Leo war einzig durch seine Imitation der krautvernarrten Witwe Bolte dazu zu bewegen, das verhasste Sauerkraut zu essen, das sonntags auf den Tisch kam.

Leos Liebe zu ihrem Onkel war schuld, dass der Waffenstillstand zwischen den Geschwistern zerbrach. Als sie begann, ihn Papa zu nennen, war für Hanna Heller das Maß voll. »Ihm verdankst du es, dass du keinen Vater hast!« Ansonsten lautete die stereotype Antwort, wann immer Leo nach ihrem Vater fragte: »Wir haben uns getrennt.« Und weil ihre Fragen mit der Zeit immer heftigere Anfälle von Depression hervorriefen, fragte Leo schließlich nicht mehr.

Onkel Ludwig zog aus und kam nur noch gelegentlich zu Besuch. Leo wurde größer und älter und aufmerksamer. Sie besuchte ihren Onkel meist heimlich, denn sie verabscheute den Ausdruck auf dem Gesicht ihrer Mutter, wenn die davon erfuhr. An einem dieser gestohlenen Nachmittage hatte sie schließlich die ganze Geschichte erfahren.

Es war ein drückend heißer Spätsommertag kurz vor Leos neunzehntem Geburtstag. Die Sonne schien milchig durch einen zähen Schleier und die Luft war klebrig vor Feuchtigkeit. Sie hatten einen Spaziergang gemacht, weil es in Onkel Ludwigs Büro noch unerträglicher war. Vor ihnen lag ein kleiner Teich, auf dem matt ein paar Enten dümpelten. Leo und Ludwig setzten sich auf eine Bank am Ufer.

Schon eine ganze Weile hatte sich das Gespräch um seine Arbeit gedreht. Wilhelm Busch oder Leos Erlebnisse in der Schule waren ihre üblichen Themen, sie waren unverfänglich und neutral.

»Was findest du bloß so spannend an diesem alten Busch«, wollte Leo, die nicht viel mehr als die Max-und-Moritz-Geschichte kannte, wissen. Sie hatte keine Ahnung, was sie selbst nach ihrem Abitur anfangen sollte. Onkel Ludwigs Wunsch war es, dass sie Kunstgeschichte und Literatur studierte wie er, und das entpuppte sich als eine seiner wenigen Ideen, mit denen auch Hanna Heller sich anfreunden konnte. Wenn es nach ihr ging, sollte Leo wahlweise reich heiraten oder ihr Leben mit erlesenen Dingen anfüllen. Am besten beides. Sotheby's und Christie's waren betörende Namen für ihre Mutter, die ihre Tochter schon inmitten der feinen Gesellschaft Kontakte knüpfen und Geschäfte abschließen sah. Rückblickend war sich Leo durchaus bewusst, dass ihr Entschluss, Gartenbau zu studieren, sehr viel mit Trotz zu tun hatte. Damals aber wusste sie gar nichts.

»Wieso ausgerechnet Busch? Lohnt es sich, sein halbes Leben an so einen alten Zausel zu verschwenden?«

Onkel Ludwig hatte sich mit der Antwort Zeit gelassen. Er zog ein Taschentuch aus seiner Hose, nahm seinen Strohhut ab und wischte sich die Stirn trocken. Dann setzte er den Hut wieder auf.

»Zufall«, sagte er schließlich. »Es war reiner Zufall, was den Erstkontakt angeht. Wie das eben beim Studieren so passiert. Du schreibst eine Hausarbeit, in dem du jemanden erwähnst, weckst das Interesse deines Professors, der regt an, dies und jenes eingehender zu untersuchen – und schon steckst du mittendrin. Aber dass ich dabei geblieben bin, das liegt an Buschs persönlicher Geschichte. Wilhelm Busch ist nicht nur der, den alle zu kennen glauben, er ist mehr.«

Ungeduldig wedelte Leo eine Fliege weg, die ihr beständig um den Kopf schwirrte. Das war doch bloß kryptisches Gerede, nichts als heiße Luft.

»Was soll er denn sonst sein«, sagte sie gereizt. »Jeder ist so, wie er ist. Du bist Ludwig Heller und ich Leo.«

»Klare Verhältnisse, ja? Du bist so geradlinig, Leo. Das mag ich an dir. Aber das ist auch dein Problem.«

»Ich sehe nicht, was daran problematisch sein soll. Mein Leben ist schon kompliziert genug. Ich muss sowieso langsam los, Mama ist bestimmt schon unruhig.«

Es war eine Scheißidee gewesen, an einem Tag wie diesem herzukommen. Die Hitze machte sie verrückt und bissig wie die verdammten Fliegen.

Onkel Ludwig jedoch hatte seelenruhig die Hände auf seinem Bauch gefaltet, über dem sich die helle Leinenweste merklich spannte, und deutlich gemacht, dass Hanna, wenn sie denn auf Leos Rückkehr wartete, sich noch ein Weilchen gedulden musste.

»Was fällt dir zu Wilhelm Busch ein? Du hast ein fertiges Bild im Kopf, nicht wahr?«

Leo antwortete mit einem Schulterzucken und scharrte missmutig mit ihrer Schuhspitze in der staubigen Erde herum.

»Ein Bild, das alle kennen«, fuhr Onkel Ludwig fort. »Das von dem einsiedlerischen alten Junggesellen, der in seinem Dorf hinter dem Ofen hockt, Pfeife schmaucht und Bildergeschichten kritzelt. Das ist die eine Geschichte.«

Er wischte sich erneut mit seinem Taschentuch den Schweiß von der Stirn. Sein Atem ging schwer, und Leo warf ihm von der Seite heimlich einen besorgten Blick zu.

»Die andere geht so: Ein Teenager setzt sich gegen den Willen seines Vater von der Schule ab, um Kunst zu studieren. Aber dann gibt er es auf, den alten Meistern nachzueifern. Er zieht in die Welt hinaus – ich würde mal sagen, München ist schon eine ganz hübsche Herausforderung für jemandem vom flachen Land –, schlägt sich als Zeichner durch, hat unverhofft Erfolg. Er erweist sich als scharfzüngiger Beobachter, entdeckt, dass er ebenso gut mit Worten wie mit dem Kohlestift umgehen kann. Er genießt das Münchner Nachtleben, die Gunst der Frauen, die Eindrücke von Reisen, anregende Briefwechsel. Und das tut er zeitlebens. Aber immer wieder kehrt er zurück in die provinzielle Einsamkeit.«

Onkel Ludwig nahm seinen Strohhut ab und drehte ihn in den Händen. Auf seiner Stirn zeichnete sich ein roter Streifen ab, wo das Hutband zu straff gesessen hatte. Er hielt die Augen auf den Teich vor ihnen gerichtet und wandte kein Auge von den Enten, während er weiterredete.

»Weltbürger hier, Einzelgänger da, Maler, Dichter, Hagestolz,

Provinzler, Rosenliebhaber, Bienenzüchter, es sind zahllose Etiketten, die ihm aufgeklebt wurden, du kannst sie dir aussuchen. Aber wer ist der wahre Wilhelm Busch, Leo?«

»Weiß ich doch nicht.« Es interessierte sie ungefähr so sehr wie die neuesten Entwicklungen auf dem Gebiet der Quantenphysik. Sie wusste ja nicht einmal, wer sie selbst war.

»Ich möchte, dass du begreifst, dass es immer noch eine andere Version von den Dingen gibt als die, die wir kennen«, sagte Onkel Ludwig. »Die eine Geschichte ist für die Öffentlichkeit bestimmt. Manchmal wäre es angenehmer, die andere nicht zu erfahren. Aber irgendwann drängt sie doch hervor.«

Leo ahnte, dass sie gar nicht mehr von Wilhelm Busch sprachen.

»Was soll das? Worum geht es hier eigentlich?«

Ihr war heiß, sie war nervös und angespannt bei dem Gedanken, dass ihre Mutter wahrscheinlich schon auf sie wartete.

»Es geht darum, dass du und deine Mutter eigentlich in der Heller'schen Villa wohnen und ein sorgenfreies Leben führen solltet.«

Leo warf ihrem Onkel einen ungeduldigen Blick zu. »Ich weiß. Die alte Leier. Sie wird ja nicht müde, das ohne Ende zu wiederholen. Aber vielleicht verrät mir endlich mal jemand, warum das nicht der Fall ist.«

»Ja«, sagte er, »ich denke, es wird Zeit. Wenn sie es nicht tut, tue ich es.«

Leo rückte unwillkürlich ein Stück von ihm ab. Sie wollte es lieber doch nicht wissen.

»Deine Großeltern, Leo, führten ein Handelskontor. Im Krieg hatten sie zwar alles verloren, aber danach schafften sie es mit hanseatischer Nüchternheit und Strenge in kürzester Zeit, ihr Vermögen wieder aufzubauen. Sie hinterließen Hanna und mir beachtliche Werte in Form von Grundbesitz und Wertpapieren.«

Er schwieg einen Moment und ließ zwei Spaziergänger passieren. Einige Enten flatterten schnatternd auf, zogen in einem flachen Halbkreis dicht über dem Wasser dahin und ließen sich in einiger Entfernung nieder. Als wieder Ruhe eingekehrt war, fuhr er fort:

»Man kann sagen, dass wir ziemlich wohlhabend waren. Und naiv, oh mein Gott! Ich hatte da so einen Traum, weißt du, von einer Privatschule, die sich zu einem Institut mausern sollte und dann, in goldener Zukunft, zu einer kleinen, aber feinen Privatuniversität. Es war gar nicht schwer, Hanna zu überreden, unser gemeinsames Erbe in ein riskantes Immobiliengeschäft zu stecken.«

»Und dann?«, fragte Leo gegen ihren Willen, obwohl sie die Antwort kannte. Onkel Ludwig reckte den Hals, als gäbe es hinten bei den Enten etwas sehr Interessantes zu beobachten.

»Es ging den Bach runter. Gründlich. Wir mussten die Villa verkaufen und hatten trotzdem noch einen Haufen Schulden am Hals. Das heißt, ich hatte sie am Hals, denn ich war schließlich schuld an dem Dilemma. Allerdings brach es nicht unvermittelt über uns herein. Unser Schiffbruch zog sich über zwei Jahre hin. In dieser Zeit lernte deine Mutter einen viel versprechenden jungen Mann aus Diplomatenkreisen kennen.«

»Meinen Vater«, warf Leo ein. Ihr Onkel nickte.

»Er war begeistert von Hanna und der vermeintlich aussichtsreichen Zukunft. Leider nur so lange, bis unser Ruin nicht mehr zu verheimlichen war. Dann löste er vorsichtshalber die Verlobung und verschwand. Später bekam ich heraus, dass er die erstbeste Möglichkeit genutzt und sich nach Ceylon hatte versetzen lassen.«

»Sie war schwanger mit mir«, stellte Leo nüchtern fest. Diesen Teil der Geschichte kannte sie bereits, nur der Grund für das Verschwinden ihres Erzeugers war immer verschwiegen worden. Hanna hatte sich in tränenreiche Ausbrüche geflüchtet, wann immer Leo nachfragte.

»Und? Warum habt ihr ihn nicht unter Druck gesetzt? So etwas wie Unterhaltspflicht gab es doch auch damals schon.«

»Deine Mutter ist stolz«, sagte Onkel Ludwig nur. »Sie hätte standesgemäß heiraten und einem gepflegten großen Haushalt vorstehen sollen. Niemand hatte sie auf das Leben vorbereitet, das sie nun führen musste. Sie gehört zu einer anderen Generation, Leo.

Frauen wie deine Mutter wurden nicht dazu erzogen, ihr Leben selbst in die Hand zu nehmen.«

Hanna musste zumindest aus der Ferne die 68er miterlebt haben, und da klammerte sie sich immer noch an der Rolle der höheren Tochter aus gutem Hause fest? Leo konnte es nicht begreifen. Aber ihre Familie war ja schon immer irgendwie anders gewesen.

»Unsere Rettung damals war mein Lehrauftrag hier an der Hochschule«, schob sich Onkel Ludwigs Stimme in ihre Gedanken. »Du kannst dir nicht vorstellen, wie froh ich war, als ich ihn bekam. Wir zogen in die Mietwohnung, die ihr beide euch jetzt teilt.«

Leo erinnerte sich an ihre ersten Kinderjahre, an die Zeit zu dritt, und dachte, dass die Situation nach ihrer Geburt bestimmt nicht einfacher geworden war. Von da an war für ihre Mutter erst recht nicht daran zu denken gewesen, sich eine Arbeit zu suchen, und es blieb ihr unangenehm viel Zeit, sich auf ihre Tochter zu konzentrieren.

»Es war schöner, als du noch bei uns warst«, sagte Leo leise. Sie nahm Onkel Ludwigs Hand, und er erwiderte ihren Händedruck.

»Deine Mutter hat mir keine Wahl gelassen.«

»Das wusste ich nicht. Nicht so direkt, meine ich. Aber ich habe es wohl geahnt.«

»Ja«, sagte Ludwig. »Das hast du wohl. – Siehst du, so ist das. Es gibt immer noch eine zweite Geschichte.«

Im Licht dessen, was Ludwig ihr an jenem Nachmittag erzählt hatte, begann Leo, rückblickend vieles besser zu verstehen. Sie besuchte Ludwig nach wie vor nur heimlich, es war besser, wenn ihre Mutter davon nichts wusste. Einen von beiden schien sie immer zu verraten. Dann nahmen Studium und Praktika Leos Zeit immer mehr in Anspruch, und irgendwann schliefen die Besuche ganz ein.

Dass Leo weder ein allzu schweres Bündel mit Schuldgefühlen mit sich herumschleppte noch auffällige Zwangsstörungen entwickelte, lag sowohl an einer gewissen Robustheit als auch an ihrer Freundin Katie.

Katarina Singer studierte Medizin und ein paar Semester Psychologie und genoss es, ihre frisch erworbenen Kenntnisse auf Leo anzuwenden. Sie wusste, dass Leo ohnehin nichts davon glauben würde, also konnte es auch keinen Schaden anrichten. Was wirklich half, war das gemeinsame Studentendasein, der Unialltag, das ganz normale Leben. Und, natürlich, auch die mit endlosen Diskussionen angefüllten alkoholgetränkten Nächte.

Leo hatte endlich erkannt, dass ihre Mutter krank war. Mehrmals hatte Hanna Heller sich wegen Depressionen bei einem alten Freund der Familie in Behandlung begeben. Während Leo jetzt das tote Laub von Ludwigs Grab scharrte, erinnerte sie sich an ihre erste Begegnung mit Katie auf der Schwelle von Irschingers Praxis. Anfangs begleitete Leo ihre Mutter zu den Sitzungen bei Irschinger und holte sie später wieder ab, bis Hanna dann schließlich in ein Heim wechseln musste.

Joseph Irschinger war ein Kriegsgefährte ihres längst verstorbenen Großvaters und der einzige Arzt, zu dem Hanna Heller Vertrauen hatte, was Leo mehr als merkwürdig fand. Sie selbst hatte als Kind vor diesem hageren Mann mit den durchdringenden blauen Augen immer Angst verspürt, auch dann, wenn er ihr kleine Geschenke mitbrachte wie den Bernsteinbrocken, der immer noch als Briefbeschwerer auf ihrem Schreibtisch lag. Joseph Irschinger musste inzwischen weit über achtzig sein; das letzte Mal waren sie sich bei der Beerdigung von Leos Mutter begegnet. Irschinger und Ludwig Heller waren sich meist aus dem Weg gegangen. Vielleicht vermied Onkel Ludwig eine Begegnung, weil er sich für den Geisteszustand seiner Schwester mitverantwortlich fühlte. Doch als er starb, schrieb Irschinger einen freundlichen Brief an *die liebe Leonore* mit einer Einladung nach München.

Sie hätte ihn längst schon einmal besuchen sollen und nahm sich vor, nicht so lange zu warten, bis es zu spät war wie bei ihrem Onkel.

Das brachte sie wieder zurück an das unscheinbare Grab und in die Kälte dieses nebligen Novembertages. Leo fing an, den Efeu in der Schale zu arrangieren und dann die Wurzelknollen sorgfältig mit Erde zu bedecken. Ein paar Grünpflanzen waren ein jämmerlicher Dank für das, was Onkel Ludwig getan hatte. Sein Leben lang hatte er für Hanna und ihre Tochter gesorgt. Er beglich die Miete, unterstützte Leo während des Studiums und übernahm schließlich einen Großteil der Kosten für das teure Pflegeheim, in dem ihre Mutter die letzten Jahre ihres Lebens in geistiger Verwirrung verbrachte. Mit ihren sporadischen Verdiensten als Aushilfsgärtnerin hätte Leo das niemals finanzieren können. Die monatlichen Kosten konnten einen Menschen mit einer Strumpfmaske über dem Gesicht und einer Schreckschusspistole in der Hand in die nächste Bankfiliale treiben. Bevor Leo eine kriminelle Karriere startete, opferte Onkel Ludwig seine Ersparnisse und die Lebensversicherung, die er hatte. Für Hanna war das Beste gerade gut genug. Wenigstens am Ende ihres Lebens sollte seine Schwester bekommen, was ihr nach ihrer Meinung immer zugestanden hatte, auch wenn sie davon nichts mehr begriff.

Wie schnell dann alles gegangen war. Leo hielt inne, um sich geräuschvoll die Nase zu putzen. – Verdammte Kälte.

Erst Hanna, dann Onkel Ludwig. Von seinem Tod hatte Leo erst nach der Beerdigung erfahren. Zu der Zeit befand sie sich gerade auf einem Fortbildungsseminar auf der Insel Mainau. Das hatte sie dem Gartenbaubetrieb, der ihr kurzfristig gekündigt hatte, noch als Abfindung abtrotzen können.

Erst in Hamburg hatte Leo einen Anruf von Onkel Ludwigs Anwalt erhalten und die Unglücksgeschichte mit Hans, dem Raben, erfahren. Den geschraubten Worten des Testamentsvollstreckers hatte sie entnommen, dass es außer der Wohnung kaum etwas zu erben gab. Ludwig Hellers Reserven waren bis auf klägliche fünftausend Euro aufgebraucht. Ihre Gleichgültigkeit gegenüber dieser Mitteilung hatte den Mann ziemlich irritiert. Aber immerhin konnte sie die überfällige Miete und die aufgelaufenen Schulden bezahlen. Blieben noch dreitausendachthundert übrig. Leo fühlte sich eigentlich fast reich.

Auf vertrackte Weise hing immer alles am Geld. Der Absturz aus dem Wohlstand hatte die Krankheit ihrer Mutter zum Ausbruch kommen lassen. Und das dramatische Augenrollen des Bankangestellten, der sich weigerte, Leos Kreditrahmen zu erhöhen, hatte letztlich dafür gesorgt, dass sie sich in Onkel Ludwigs Wohnung wiederfand. Mit allen Konsequenzen, die dazugehörten, wie toten Ratten und ebenso toten Antiquaren.

Zu allem Übel musste sie feststellen, dass die Vergangenheit immer noch nicht abgehakt war. Etwas nicht klar Erkennbares lag wie ein Schatten auf Onkel Ludwigs Grab und drängte sich dreist in die Gegenwart hinein, als wollte es Leo daran erinnern, dass sie noch etwas gutzumachen hatte.

Okay, dachte Leo und setzte die fertig bepflanzte Schale auf das Grab. Sie würde Onkel Ludwig aus den Ermittlungen der Polizei heraushalten, was immer auch dahinter steckte. Dass es ihre Sache war, genau das herauszufinden, stand fest.

Dunkelgrün hing der Efeu über das Terrakotta und umrahmte mit seinen Ranken ein Büschel weißer Heide. Dahinter hatte Leo einen Zwergwacholder gesetzt, der winzig kleine Beeren trug. Alle Pflanzen waren winterfest und sollten in dieser Schale ohne weiteres den Frost überstehen. Leo brachte das Laub weg, wusch sich die Hände im eiskalten Brunnenwasser und verabschiedete sich mit dem stummen Versprechen, wiederzukommen und zu berichten, wie die Dinge liefen.

Niemand begegnete ihr auf dem Weg zum Ausgang. In der Luft lag der Geruch von Holzfeuer und brennenden Laubhaufen; zwischen den Bäumen hing Nebel.

Auf dem Rückweg entdeckte Leo in der Fiedelerstraße eine Buchhandlung und erstand eine Radwanderkarte der Stadt und der angrenzenden Landkreise. Eine Weile trödelte sie noch in verschiedenen Geschäften herum und kaufte Batterien für das Fahrradblinklicht, eine Flasche Rum, Orangen, Schokolade und eine Wollmütze, nachdem ihr auf dem Rad fast die Ohren abgefroren waren.

Als Leo vor dem Haus ankam, war es bereits dunkel. Ein anderer Wagen stand jetzt in der Parklücke vor der Linde und hielt artigen Sicherheitsabstand zu dem Baum. Bei Wang Li herrschte Hochbetrieb. Leo warf einen Blick durch das Fenster und sah voll besetzte Tische. Auch am Tresen warteten Leute, die ihre bestellte Mahlzeit abholen wollten. Leos Magen erinnerte sie knurrend, dass er seit dem Frühstück nichts bekommen hatte. Es fing an zu regnen, als sie das Fahrrad durch die Toreinfahrt auf den dunklen Hinterhof schob.

Plötzlich öffnete sich die Tür der Imbissküche und eine Lichtschneise fiel über den Hof. Wang Lis Neffe sprintete mit einem Abfalleimer durch den Regen, leerte den Kübel in einen der Container und hastete zurück. Als er Leo entdeckte, warf er ihr einen eisigen Blick zu.

Leo kettete ihr Fahrrad unter der Feuertreppe an. Dieser bizarren Außentreppe aus Stahl hatte sie in gewisser Weise die Aufmerksamkeiten der lästigen Bulldogge zu verdanken. Nachdem sie sich anfangs noch gewundert hatte, wie das Tier aus der verschlossenen Wohnung in das Treppenhaus gelangen konnte, erwischte sie den Hund auf frischer Tat. Sie war gerade dabei, die zweite Ratte in einem der Müllcontainer auf dem Hinterhof zu beerdigen, als der Mörder auf krummen Beinen durch die Toreinfahrt tappte, die Feuertreppe auf der rückwärtigen Seite des Hauses erklomm und durch eine Klappe in der Wohnung im zweiten Stock verschwand. Sehr praktisch, diese Feuertreppe, und irgendwie amerikanisch, hatte Leo gedacht und einen Eimer Blumenerde über den Kadaver gekippt.

Aus der Hundewohnung quetschte sich ein schwacher Lichtschein unter der Tür hindurch, als Leo jetzt hinaufging. Auch in der Wohnung gegenüber schien inzwischen jemand zu sein, denn leise Klaviermusik war zu hören. Im schummrigen Treppenhauslicht studierte sie das Türschild: Eine Ruth Herwig wohnte unter ihr.

Leo bog um die Ecke, stieg die letzten Stufen hoch und blieb am Ende der Treppe wie angewurzelt stehen.

Was für eine Überraschung. Die Ratte des Tages.

Der kleine Kadaver lag hübsch drapiert an der Stelle der nicht mehr vorhandenen Fußmatte. Fehlte nur noch ein Apfelschnitz im offenen Maul und die Aufforderung, es sich schmecken zu lassen, unterschrieben mit einem Pfotenabdruck.

Zwei Minuten später klingelte Leo an Ostermanns Tür. Aufgeregtes Bellen brach los. Kaum öffnete sich die Tür einen Spaltbreit, versuchte die Bulldogge ihren Kopf hindurchzuzwängen. Ein Filzpantoffelfuß schob sie beiseite. Das Gesicht, das jetzt erschien, war stark gerötet, auf der Stirn glitzerten Schweißperlen. Leo beobachtete fasziniert, wie sich die Augen hinter den runden Brillengläsern plötzlich verengten, wie sich die rosige Haut in Falten legte und die Nasenflügel zu beben begannen. Hastig trat sie zurück, bevor sie die Druckwelle eines gewaltigen Niesers mit voller Wucht abbekam.

»Gesundheit.«

»Verzeihung – danke – ich meine ...« Leos Nachbar blinzelte hektisch, bis er eine Brille hervorgefingert und aufgesetzt hatte. Paul Ostermann war ziemlich kurzsichtig, von kräftiger Statur, oberhalb der Ohren fast kahl und im Übrigen stark erkältet. Er hatte sich einen senfgelben Wollschal um den Hals gewickelt, meterlang, struppig befranst und vermutlich original siebziger Jahre. Unter dem weißen Saunabademantel zeichnete sich ein beachtliches Bäuchlein ab, das zu seinen runden Wangen passte.

»Das hier gehört Ihrem Hund, glaube ich«, sagte Leo und hielt ihm die in Zeitungspapier eingewickelte Ratte unter die gerötete Nase.

»Was zum ...« Ostermann nieste erneut, die Bulldogge versuchte mittlerweile, an Leo hochzuklettern. Ein Fußtritt seines Herrchens beförderte das Tier wieder in die Ecke, was seine Begeisterung aber nicht weiter dämpfte.

»Halt die Klappe!«, fuhr Ostermann den Hund an, der sich davon nicht im mindesten beeindrucken ließ.

»Entschuldigen Sie! Er bellt sonst nur, wenn ich aus der Wohnung gehe, wahrscheinlich hat er immer Angst, dass ich nicht wiederkomme. Aber das hier ist Freudebellen. Ich glaube, er mag Sie.«

Der gedrungene Hundekörper zitterte vor Aufregung, der Schwanz trommelte auf den Fußboden. Ostermann wurde unterdessen von einer neuen Niessalve geschüttelt.

Leo schlug das Zeitungspapier auseinander, um sicherzugehen, dass er den Inhalt auch zur Kenntnis nahm.

»Oh nein. Er hat es also wieder getan.« Ostermanns Stimme war kaum mehr als ein Krächzen. Mit einem müden Blick auf die Ratte schnäuzte er sich.

»Rufus, du Mistköter!« Das Bellen verstummte für einen Moment, um dann mit unverminderter Euphorie weiterzugehen.

»Sie sind die neue Nachbarin von oben, nicht wahr? Es tut mir schrecklich leid, ich weiß einfach nicht, wie ich Rufus davon abhalten soll. Manchmal vergesse ich, die Hundeklappe dichtzumachen, aber andererseits kann ich ihn doch auch nicht immer einsperren! Ich habe ihn erst im August aus dem Tierheim geholt. Ich fürchte, es handelt sich bei ihm um eine gestörte Persönlichkeit. Das mit den Ratten hat er schon beim Professor gemacht. Sie werden das wahrscheinlich nicht besonders charmant finden, aber die Ratten sind so etwas wie ein Zeichen seiner Wertschätzung.«

Er breitete entschuldigend die Hände aus. »Offenbar hat Rufus seine Zuneigung auf Sie übertragen.«

Der Hund war unterdessen langsam wieder näher gerobbt. Er sah Leo aus glänzenden schwarzen Augen an und ließ seine rosa Zunge aus dem Maul hängen. Sie beugte sich zu ihm hinunter.

»Du bist pervers, weißt du das? Ratten werden von Katzen gefangen, nicht von Hunden. Du bist für den Briefträger zuständig.«

Er drehte sich wonnevoll auf den Rücken und zeigte seinen runden Bauch.

Ostermann streckte die Hand nach dem Päckchen aus. »Geben Sie es mir. Ich bringe es auf den Müll.«

»Schon gut. Das erledige ich selbst. In Ihrem Zustand gehen Sie besser nirgendwo hin.«

Er sah an sich herab und zupfte an den senfgelben Fransen herum, die ihm vor dem Bauch hingen. »Entschuldigen Sie meinen Aufzug. Ich habe eben ein Dampfbad genommen.« Er lächelte kläglich. »Ich fürchte, ich habe mir einen miesen Grippevirus eingefangen.«

Leo zog sich unauffällig weiter auf den Flur zurück. »Dann gute Besserung. Versuchen Sie, Ihren Hund doch wenigstens ein bisschen im Auge zu behalten, ja? Guten Abend.«

Es goss in Strömen, als Leo über den Hof zu den Müllcontainern und zurück flitzte. Der Regen hatte sich zu einem wilden Wolkenbruch gesteigert. Sie war froh, als sie endlich ihre Tür hinter sich schließen konnte. Ihr war kalt, sie fühlte sich auf einmal erschöpft und auf unbestimmte Weise traurig.

In der Küche füllte sie einen Topf mit Kartoffeln und Wasser und setzte ihn auf den Herd. Auf dem Weg ins Bad knipste sie alle Lichter an und stellte die Heizung höher. Unter dem heißen Wasserstrahl der Dusche entspannte sie sich allmählich. Sie schlüpfte in ein warmes Fleeceshirt und ausgeleierte Hosen und zog sich Wollsocken über die Füße.

In der Küche duftete es nach frisch gegarten Kartoffeln. Leo pellte sie, verteilte großzügig Butterflöckchen darauf, kochte noch eine Kanne Pfefferminztee und machte es sich auf dem Sofa im Wohnzimmer bequem. Der Regen rauschte immer noch an den Fenstern hinunter.

Während Leo aß, sah sie sich die Landkarte an, die sie gekauft hatte. Sie wusste nicht genau, wonach sie suchen sollte, aber eines schien ziemlich sicher: Der Ort, an den Onkel Ludwig bestellt werden sollte, musste irgendwo in der Nähe liegen. Der Termin war schon morgen, und gestern hatte der Antiquar ihren Onkel aufsuchen wollen. Wenig Zeit also, um großartig herumzureisen.

Sie holte Jablonskys Notiz vom Schreibtisch.

13/11 Ma t. Wied hl.

Ein Ortsname mit Ma oder Wied am Anfang. Im ersten Fall kurz und mit einem t am Ende, im zweiten Fall etwas länger. Leo seufzte.

Die Karte hatte kein alphabetisches Ortsverzeichnis; sie musste ein Planquadrat nach dem anderen absuchen. Systematisch arbeitete sie sich vor und hatte bald alles gründlich nach verdächtigen Ma-Orten durchforstet, ohne Erfolg. Dann also W. Sie zog die Karte näher heran und kaute nachdenklich.

Wie. Oder *Wie hl*?

Wietze. Wiedenrode. Wiedenbrügge. – W's ohne Ende. Sie suchte weiter. Wiesenfeld. Wiebrechtshausen. Wiedensahl.

Leo schluckte einen Mund voll Kartoffeln hinunter.

Wiedensahl. – Woran erinnerte sie das?

Sie schob den Teller beiseite, ging zur Bücherwand, griff sich die erstbeste Busch-Biografie und schlug die Übersicht mit den Lebensdaten auf.

Da stand es schwarz auf weiß: Heinrich Christian Wilhelm Busch, geboren am fünfzehnten April 1832 um sechs Uhr morgens in Wiedensahl nordwestlich von Stadthagen.

Triumphierend klappte Leo das Buch zu. Das war es! Wiedensahl, der Geburtsort von Wilhelm Busch. Onkel Ludwig musste ihn oft genug erwähnt haben, sodass er schließlich Einlass in ihr Unterbewusstsein gefunden hatte.

Leo richtete sich wieder in ihrer Sofaecke ein und trank einen Schluck Tee. Warum sollte Onkel Ludwig nach Wiedensahl kommen? Vielleicht hatte dieser Kommissar Sandved doch recht, und es ging wirklich um eine Hinterlassenschaft von Busch, die Jablonsky aufgetan hatte und die Ludwig sich ansehen sollte.

Es gab nur eine Möglichkeit, das herauszufinden.

Leo studierte die Karte. Auf Landstraßen bis zur Autobahn Dortmund–Berlin, dann über eine Brücke darüber hinweg. Durch eine Reihe von Dörfern nach Stadthagen, von dort Richtung Nordwesten; der Weg führte in einen Forst und durchquerte ihn an seiner schmalsten Stelle. *Schaumburger Wald*, las sie. Gleich dahinter lag Wiedensahl.

Leo versuchte die Strecke abzuschätzen. Dreieinhalb Stunden mit dem Rad, vielleicht vier. Es würde ein anstrengender Tag werden. Und wenn es nicht aufhörte zu regnen? Es gab eine Bahnverbindung nach Stadthagen. Von dort konnte man sicherlich mit dem Bus weiterkommen. Aber das war der Notplan. Wenn es irgend ging, würde sie das Rad nehmen. Sie fühlte sich besser, wenn sie sich körperlich anstrengte. Das war einer der wenigen Punkte, in denen Leo und Doktor Katie Singer einer Meinung zu sein pflegten: Je munterer die Endorphine, desto besser die Stimmung. Merkwürdigerweise hatte ihre Freundin diese Regel nie auf sich selbst bezogen; sie hasste körperliche Betätigung.

Leo griff nach Onkel Ludwigs Adressbuch und schlug die Seite mit dem Eselsohr auf. Sie sah sich noch einmal die Karte an. Der Ort, wo Katie jetzt lebte, war gar nicht weit von Wiedensahl entfernt. Katarina Singer hatte vor zwei Jahren die Leitung eines Heimes für geistig verwirrte Senioren übernommen. Es war in einem alten Forsthaus untergebracht, wie Leo von gemeinsamen Bekannten erfahren hatte, und lag irgendwo im Schaumburger Wald.

Leos Finger fuhr suchend die Karte ab. Tatsächlich, es war eingezeichnet. Die Wald-Residenz musste es sein.

Ob es das war, was die mondäne und lebenshungrige Katie sich erträumt hatte?

Ich könnte sie besuchen, dachte Leo. An der Gesamtstrecke gemessen wäre es nur ein kleiner Umweg. Zwei lange Jahre hatten sie sich nicht mehr gesehen. Vielleicht war genug Zeit vergangen, um einen neuen Anfang zu machen. Sie und Katie hatten schließlich eine gemeinsame Geschichte. Dummerweise kam auch der gleiche Mann darin vor.

Leo verbot sich jeden weiteren Gedanken daran und holte sich noch eine Portion Kartoffeln. Nach dem Essen stellte sie zusammen, was sie für den nächsten Tag brauchte. Sie steckte die Karte ein, stellte eine Thermoskanne für Tee bereit, füllte ein kleines Fläschchen mit Rum ab und packte es zusammen mit der Schokolade in den Rucksack. Regenjacke, Regenhose, Flickzeug, Fahrradblinklicht. Alles da, gut. Zum Schluss steckte sie noch die Digitalkamera ein. Ursprünglich hatte an der Wand neben Onkel Ludwigs

Schreibtisch ein Bild von Wilhelm Busch gehangen, der Nachdruck eines Ölgemäldes, das eine Dorfstraße mit windschiefen Bauernkaten zeigte. Leo hatte es abgenommen, weil sie die düsteren braunen und grauen Farben so deprimierend fand, und es hinter den Schreibtisch geschoben. Die Pinnwand, die sie stattdessen aufgehängt hatte, war voll mit Fotos und Farbausdrucken: Steingärten, japanische Gärten, Naturgärten, Wassergärten, verwilderte Gärten, englische Gärten, Bauerngärten. Eine optische Erinnerung, damit sie nicht aus den Augen verlor, was sie eigentlich wollte: grüne Lebenswelten schaffen.

Sie musste früh aufbrechen, wenn sie sich in Ruhe umsehen wollte. Bis fünfzehn Uhr sollte sie es auf jeden Fall nach Wiedensahl schaffen. Ein Weilchen brütete sie noch über Jablonskys Notiz. War diese Backstube ein Café, in dem ein Treffen stattfinden sollte? Eine Galerie, in der um fünfzehn Uhr eine Ausstellung eröffnet wurde? Andererseits: Eine offizielle Einladung war diese Kritzelei wohl kaum. Leo sah dem kommenden Tag mit einiger Neugier entgegen. Sie überlegte, ob sie sich einen Schluck Rum als Schlummertrunk gönnen sollte, doch auf halbem Weg in die Küche wurde sie von der Türklingel gestoppt. Jemand läutete einmal zaghaft, dann etwas beherzter.

Leo hatte das letzte Mal noch in unguter Erinnerung. Wer oder was würde jetzt vor ihrer Tür liegen? Sie hatte weder Lust auf Leichen noch auf späten Besuch.

Trotzdem öffnete sie und wich unwillkürlich zurück, als sie sich Ostermann gegenübersah, der sich mit einer Hand die Nase putzte und in der anderen einen regennassen Blumenstrauß hielt.

»Als Entschuldigung, auch im Namen von Rufus. Und als Willkommensgruß, sozusagen«, schnorchelte er. »Ich hoffe, Sie sind uns nicht mehr böse. Ich ...« Und schon wurde er von einer neuen Niesattacke unterbrochen.

Einen Cent für jeden Idioten, der ihr in den nächsten zehn Tagen noch über den Weg lief, und sie wäre reich. Leo packte Ostermann am durchnässten Ärmel seines Mantels und zog ihn in die Wohnung.

»Sind Sie lebensmüde? Bei diesem Wetter und in Ihrem Zustand draußen herumzulaufen!«

»Nur bis zum Blumenladen«, krächzte er. »Mein Auto ist nicht angesprungen, und deshalb …«

»Wollten Sie sich den Tod holen. Es gibt zuverlässigere Methoden, als sich zu Tode zu niesen.« Sie nahm ihm die Blumen und den Mantel ab.

»Ich möchte Ihnen keine Umstände machen«, protestierte er.

»Sie tropfen aber alles voll, wenn Sie so stehen bleiben.«

Sie warf den Mantel über einen Küchenstuhl und reichte ihm ein Handtuch. »Für Ihre Haare.«

Ostermann lächelte und setzte seine beschlagene Brille ab.

»Das haben Sie nett gesagt.«

Ostermann hatte ein glattes, altersloses Gesicht, doch sein Schädel war nahezu kahl. Dabei war er vermutlich noch gar nicht so alt, Leo schätzte ihn auf Anfang vierzig. Als er sich trocken rieb, bemerkte sie, wie gepflegt seine Hände waren, die Nägel rosig und kurz geschnitten. Wenn Ostermann lächelte, wirkte er sehr sympathisch. Lächelte er nicht, hatten seine Augen einen leicht besorgten Ausdruck, als würde er sich ständig fragen, ob auch alles in Ordnung sei.

Ganz der freundliche Nachbar von nebenan, dachte Leo. Einer, dem man mit Freuden die Wohnungsschlüssel aushändigte, um unbesorgt in Urlaub zu fahren und der auch immer ausreichend Kaffee oder Zucker da hatte, wenn man mal gerade welchen brauchte. Ein schrecklich netter Typ eben. Der einem irgendwann furchtbar auf die Nerven ging, wenn er sich mitfühlend erkundigte, ob man schlecht schlief, weil das Licht die ganze Nacht brannte oder zum tausendsten Mal die Post mitbrachte – sehen Sie nur, meine Liebe, Tante Hilde hat Ihnen wieder geschrieben! –, weil der Briefträger ihm zufällig gerade begegnet war.

Ostermann setzte seine Brille wieder auf.

»Es tut mir wirklich leid, dass Rufus Sie belästigt hat, und ich …«

»Ist gut jetzt, ich glaub's Ihnen ja.«

Leo goss ihm einen Becher mit Tee ein und gab einen Schuss Rum dazu. »Hier, trinken Sie das. Das wärmt Sie auf.«

»Oh, danke.«

Sie bemerkte, wie aufmerksam er sich umsah, während sie nach einer Vase für die Blumen suchte. Es waren verschiedene Rosen in satten Gelb-, Rot- und Orangetönen.

»Wirklich schön. Vielen Dank.«

Sie stellte die Vase auf den kleinen Wohnzimmertisch und setzte sich. Ostermann nahm in einem der beiden Sessel ihr gegenüber Platz und blies in seinen dampfenden Becher.

»Nett haben Sie's hier«, sagte er. »Aber insgesamt haben Sie nicht viel verändert, oder?« Er beugte sich ein Stück über den Tisch. »Um ehrlich zu sein – vorhin hatte ich für einen Moment das Gefühl, Professor Heller würde noch leben. Halten Sie mich bitte nicht für neugierig, aber …«

Für was denn sonst, dachte Leo.

»Haben Sie das alles hier übernommen?«

»Ja.«

Er wartete einen Augenblick. Leo sagte nichts weiter und Ostermann räusperte sich.

»Also … ich habe von Wang Li gehört, dass es gestern Ärger gab. Und heute Mittag war die Polizei bei mir. Der Tote vor Ihrer Tür muss ein grauenvoller Schock gewesen sein!«

»In der Tat recht unerfreulich.« Es bereitete Leo ein unerklärliches Vergnügen, ihn zappeln zu lassen.

»Kannten Sie Herrn Jablonsky?«, wollte Ostermann wissen.

»Nein. Sie?«

»Flüchtig. Ich war einige Male in seinem Antiquariat.«

»Ich nehme an, er wollte zu meinem Onkel.«

Ostermann war verblüfft. »Sie sind eine Verwandte von Professor Heller?«

»Die Nichte.«

Leo hatte sich bislang nicht namentlich vorgestellt, und an ihrer Tür befand sich noch kein Schild. Allerdings hätte sie doch vermutet, dass zumindest gerüchteweise ihr Name im Haus schon einmal gefallen wäre.

»Dass ich nicht gleich darauf gekommen bin! Ihr Onkel hat oft von Ihnen gesprochen. Er hat Sie sehr gern gehabt.«

Leo konnte es nicht ausstehen, wenn die Leute mehr über sie wussten als sie selbst über diese. Katie hätte das vermutlich als zwanghaften Wunsch nach Kontrolle bezeichnet, Professor Irschinger hätte ihr wohl zugestimmt. Leo konnte nichts Zwanghaftes daran finden. Sie wusste nur gern, woran sie war. Ostermann kam ihr jedenfalls merkwürdig vor, als ob er schauspielerte und den Unbefangenen zu geben versuchte; seine Vorstellung war bescheiden.

»Kannten Sie meinen Onkel gut?«

Ostermann nickte. »Ich konnte ihm einige Male bei seinen Forschungsarbeiten weiterhelfen. Ich arbeite im Archiv der Landesbibliothek – die Gottfried Wilhelm Leibniz Bibliothek am Waterlooplatz, Ihr Onkel hat sie vielleicht mal erwähnt ... Nein? Wie auch immer, wenn Professor Heller besondere Fachliteratur benötigte, wandte er sich an mich. Ich habe die Fernbestellungen für ihn ausgeführt und Bücher und Dissertationen aus aller Welt besorgt. Es war immer sehr interessant. Und außerdem waren wir ja Nachbarn.«

»Ich wusste nicht, dass mein Onkel in letzter Zeit noch so viel gearbeitet hat«, sagte Leo überrascht.

»Doch, doch. Professor Heller war kein Mann, der untätig herumsitzen konnte. Zuletzt ...« Ostermann stockte, bevor er weitersprach.

»Noch kurz vor seinem Tod erarbeitete er die neue Ausstellung, die im Wilhelm-Busch-Museum zu sehen ist. – Hätten Sie Lust, morgen mit mir dorthin zu gehen?« fragte er unvermittelt. »Ich würde Ihnen gerne alles zeigen.«

Leo fühlte sich überrumpelt. »Nein«, sagte sie forscher als nötig.

»Sie gehen morgen höchstens zum Arzt. Und ich bin sowieso den ganzen Tag unterwegs.«

Ostermann zog ein gebügeltes Taschentuch hervor und putzte sich umständlich die Nase, als wollte er seine Verlegenheit über die Abfuhr verbergen.

»Vielleicht ein anderes Mal«, fügte Leo etwas freundlicher hinzu. Selbstverständlich wollte sie Onkel Ludwigs letzte Arbeit sehen. Aber nicht morgen. Sie musste doch nach Wiedensahl. Ihr kam ein Gedanke.

»Wo ist das überhaupt, dieses Wilhelm-Busch-Museum?«

»Sie kennen es nicht? Dann müssen Sie mir aber wirklich versprechen, mit mir dorthin zu gehen! Es ist hier in der Stadt, im alten Wallmodenschlösschen mitten im Georgengarten, einem wunderbaren Landschaftspark aus dem 18. Jahrhundert.«

Schade. Es hätte so gut gepasst. *Kommen Sie um fünfzehn Uhr ins Wilhelm-Busch-Museum in Wiedensahl, in die Cafeteria namens Backstube.* Oder so ähnlich.

»Das Museum ist eines der bekanntesten für Karikatur in Europa und das einzige, in dem sich eine solche Zahl an Lebenszeugnissen und Originalwerken von Busch befindet«, erklärte Ostermann, dessen Stimme immer rauer wurde.

Leo war an etwas anderem interessiert. »Wenn Sie sich so gut auskennen – wissen Sie, ob noch ein zweites Busch-Museum existiert? Irgendwo in der Nähe vielleicht?«

Ostermann schüttelte den Kopf. »Es gibt kleine Gedenkstätten und Heimatmuseen in den Orten, in denen Busch gelebt hat. In seinem Geburtsort Wiedensahl zum Beispiel oder in Ebergötzen, wo er seine Jugend verbracht hat. Aber ein größeres Museum? Ich glaube nicht. Weshalb fragen Sie?«

»Ach, nur so«, wich Leo aus. »Bei Gelegenheit werde ich mir ansehen, womit mein Onkel sich so befasst hat.«

Hoffentlich gab Ostermann sich damit zufrieden. Vorläufig war es besser, nichts über das Geheimprojekt Backstube zu erzählen.

Bedächtig stellte Ostermann seinen Teebecher ab und heftete seinen Blick auf Leo.

»Ich war es, der Ihren Onkel gefunden hat. Hat man Ihnen das gesagt?«

Leo schüttelte erstaunt den Kopf. Sie hatte allerdings auch nicht danach gefragt.

Er verbarg für einen Moment das Gesicht in den Händen. Als er wieder aufsah, glänzten seine Augen verdächtig, was offensichtlich nicht nur am Fieber lag.

»Wussten Sie, dass Ihr Onkel eine zahme Krähe hatte?«

Leo nickte. »Einen Raben. Hans. Ich habe davon gehört.« Bei einem ihrer seltenen Telefonate hatte Ludwig seinen gefiederten Hausgenossen erwähnt.

»Hans Huckebein, genau wie bei Wilhelm Busch«, sagte Ostermann. »Ihr Onkel hat ihn gefunden. Kennen Sie die Geschichte? – Nein? – Eines Tages lag Hans mit gebrochenem Flügel auf dem Hof. Er war noch sehr jung, hatte noch nicht mal fliegen gelernt. Der Professor hat den Flügel geschient und den Vogel wieder aufgepäppelt. Als er ihn wieder in die Freiheit entlassen wollte, weigerte Hans sich. Er ließ sich einfach nicht vertreiben; am Ende durfte er bleiben. Wenn der Professor auf Reisen war, kümmerte ich mich um den Vogel. Ihr Onkel hatte extra einen großen Käfig für diese Gelegenheiten gekauft. Hier in der Wohnung durfte Hans frei herumhüpfen, aber bei mir musste er zur Sicherheit in den Käfig.«

Er warf ihr einen verlegenen Blick zu. »Wegen Rufus.«

Leo spähte zur Dachterrasse. Der Käfig befand sich immer noch dort draußen. Von dem riesigen Gitterwerk, das gut einen Meter in der Breite und noch etwas mehr in der Höhe maß, waren in der Dunkelheit nur schwarze Umrisse zu erkennen.

Ostermann hustete. Seine Stimme war noch rauer und tiefer geworden.

»Vor drei Wochen hatte ich Hans das letzte Mal in Pflege. Gleich an dem Abend, als der Professor zurückkam, brachte ich ihn hinauf. Ihr Onkel ...« Wieder ein rascher Blick zu Leo. »Tut mir leid, wenn ich das so direkt sage, aber er war ziemlich betrunken. So kannte ich ihn gar nicht. Er ließ den Vogel gleich aus dem Käfig. Keiner von uns beiden achtete auf die Terrassentür, die nur angelehnt war. Und da ist es passiert. Während wir uns unterhielten, entwischte Hans nach draußen. Es dauerte eine ganze Weile, bis wir das bemerkten. Hans hockte auf dem Sims über dem Badezimmerfenster und beobachtete die ganze Aufregung ungerührt.«

Ostermann schüttelte den Kopf. »Der Professor lockte und rief ihn, aber Hans blieb stur auf dem Sims. Ihr Onkel versuchte ihn zu fangen und kletterte auf die Brüstung, bevor ich ihn davon abhalten konnte. Es war nass draußen, es hatte geregnet. Die Steine auf der Terrasse und der Mauer waren glatt. Er muss einfach ausgerutscht sein.«

Ostermann sah zu Boden und versank in Schweigen.

»Und dann?«

»Bin ich nach unten gerannt, aber Wang Li war schon bei ihm. Der Notarzt kam ...«

»So schnell?«

»Einer von Wang Lis Leuten muss sofort angerufen haben. Aber es war trotzdem zu spät. Der Professor kam nicht mehr zu Bewusstsein.

»Und der Vogel?«

Ostermann sah verwirrt auf.

»Haben Sie ihn gefangen?«, fragte Leo.

Er schüttelte den Kopf. »Hans ist verschwunden.«

Eine Weile hingen beide ihren Gedanken nach.

»Meine Schuld«, flüsterte Ostermann heiser.

»Reden Sie keinen Unsinn!«, sagte Leo gereizt. »Sie waren nicht Onkel Ludwigs Aufpasser. Steigern Sie sich da nicht in etwas hinein. Sie haben Fieber und gehören ins Bett.«

Das Lampenlicht spiegelte sich in Ostermanns Brillengläsern und Leo konnte nicht sehen, wie er auf den Anraunzer reagierte. Er stand auf.

»Wahrscheinlich haben Sie recht. Es tut mir leid, wenn ich …«

»Und hören Sie um Himmels willen auf, sich ständig zu entschuldigen.« Mit jedem Wort, das er sagte, stieg ihre Gereiztheit und proportional dazu auch ihr schlechtes Gewissen.

»Nehmen Sie zwei Aspirin und ziehen Sie sich die Decke über die Ohren.«

»Mach ich.« Er rang sich ein Lächeln ab. An der Tür drehte er sich noch einmal um. »Danke für den Tee. Und wenn ich was für Sie tun kann – sagen Sie es mir bitte. Jederzeit!«

»Danke, Herr Ostermann.«

»Paul.«

»Also dann, gute Besserung, Paul.« Leo gab ihm die Hand und registrierte seinen kräftigen Händedruck.

Leo wartete, bis Ostermanns Schritte auf der Treppe verklangen und ein Stockwerk tiefer die Wohnungstür geschlossen wurde. Dann schaltete sie das Licht aus und ging durch die dunkle Wohnung zur Terrasse. Der schwache Lichtschein aus der Küche reichte gerade, um die Hindernisse auf dem Weg dorthin zu erhellen. Der Regen hatte aufgehört, die Luft war kalt und schwer. Leo roch die Abgase von Autos und Schornsteinen und einen schwachen Dunst von Bratöl, der von Wang Lis Küche hochstieg. In Ostermanns Wohnung ging das Licht an. Sein Balkon mit dem Zugang zur Feuerleiter lag direkt unterhalb ihrer Dachterrasse. Sie betrachtete das kleine Tor, das am linken Ende der Brüstung schief in den Angeln hing. Die Eisenstäbe waren rostig. Es quietschte leise, als sie es bewegte. Unten wurde die Balkontür geöffnet und wieder geschlossen. Eine Jalousie ratterte herunter.

Die Fliesen auf dem Boden und der Brüstung glänzten feucht vom Regen. Wie in der Nacht von Onkel Ludwigs Sturz, dachte Leo. Sie beugte sich über den Rand, sah hinab in den Hof und versuchte, die Höhe abzuschätzen. Drei Stockwerke. Fünfzehn Meter, vielleicht auch etwas mehr. Nicht überwältigend hoch, wenn man von unten hinauf sah, aber brutal tief, wenn man hinunterstürzte.

Sie lehnte sich zurück und atmete tief durch. Dann sah sie sich die Wände an den Enden der Terrasse genauer an. Rechter Hand befand sich eine Dachgaube mit dem Schlafzimmerfenster. Auf der linken Seite gab es eine zweite Gaube, die vom Bad abführte. Was Paul Ostermann als Sims bezeichnet hatte, war vermutlich das spitze Gaubendach. Wenn Leo sich auf die Zehenspitzen stellte, konnte sie das obere Ende gerade eben erreichen.

Niemand in ihrer Familie war besonders groß gewesen, Onkel Ludwig auch nicht. Aber er war nicht so klein wie sie. Er hätte nicht unbedingt auf die Brüstung steigen müssen, um den verdammten Raben zu fangen. Warum hatte er nur so einen Blödsinn gemacht? Weil er betrunken war? Konnte ein Betrunkener wirklich so schnell klettern, dass es unmöglich war, ihn zurückzuhalten?

Noch etwas beschäftigte sie. Paul Ostermann hatte erzählt, dass Ludwig Heller verreist war. Leo wusste, dass ihr Onkel es gehasst hatte, ohne Not den Aufenthaltsort zu wechseln. Er verabscheute Züge, Koffer und Hotels. Wo war er gewesen?

*

Wiedensahl, den 20ten Mai 1853

Ich bin so in Sorge! Keine Nachricht mehr, seit Wilhelm nach Antwerpen gereist ist, um an der Königlichen Akademie der Künste zu studieren. Bald ein Jahr ist vergangen, und nun höre ich das Gerücht, er sei an Typhus erkrankt. Ich bete, es möge nur dummes Geschwätz sein. Den Waschweibern gefällt es, mich in Aufregung zu sehen.

Ach, es ist ein Fluch, ein Weib zu sein! Wäre ich ein Mannsbild, könnte ich unbehelligt durch die Welt reisen, müßte nicht zu Hause sitzen und auf Nachricht von draußen warten! Es macht mich wahnsinnig, Wilhelm in der fremden Stadt zu wissen, Krankheit hin oder her. Die niederländischen Mädchen seien drall und lebenslustig, heißt es, und fänden Gefallen daran, abends auf den Straßen zu flanieren. Ich frage mich, was er jetzt gerade treibt.

- 4 -

Noch vor der Morgendämmerung brach Leo auf. Als sie an der Wohnung im zweiten Stock vorbeikam, meldete sich die Bulldogge mit einem kurzen Bellen. Hoffentlich weckte das Viech nicht das ganze Haus auf.

Draußen war alles ruhig. Durch den Dunstschleier der Stadt sah der Himmel aus wie ein gigantischer Saphir, den jemand leicht angehaucht hatte. Leo zog ihren Schal enger. Es war so kalt, dass ihr Atem weiß in der Luft stand.

Das Fahrrad wartete wie ein treuer Gaul in seinem Stall unter der Feuertreppe. Leo schnürte die Gepäcktaschen fest und zog die Plastiktüte vom Sattel. Aus dem Haus erklang leise und fragend der dünne Jammerlaut eines Babys. Das Weinen steigerte sich zu einem empörten Schreien, als niemand reagierte. In einem Fenster im ersten Stock ging schließlich das Licht an und der Umriss einer jungen Frau erschien. Das Baby verstummte.

Leo schob ihr Rad durch den Torbogen zur Linde. Der Lieferwagen parkte auf der anderen Straßenseite. Sie tätschelte den

Lindenstamm und flüsterte dem Baum ein paar aufmunternde Worte zu.

Am östlichen Horizont verfärbte sich der Himmel allmählich rötlich. Leo fuhr in ruhigem, gleichmäßigem Tempo und dachte an nichts. Während ihr Weg sie nach Westen führte, ging in ihrem Rücken die Sonne auf. Auf der dunklen Erde lag Nebel, den die ersten Sonnenstrahlen in einen goldenen Schleier verwandelten. Leo nahm das Blinklicht ab und radelte weiter.

Der Verkehr wurde lebhafter, ungeduldige Berufspendler und Lieferwagen überholten. Leo näherte sich der Autobahn, die schon zu hören war, lange bevor sie in Sichtweite kam; ein stetiges dumpfes Rauschen in der Morgenluft. Eine Brücke schleuste die Blechkarawane über die Landstraße hinweg, Metall glitzerte in der Sonne. Leo raste unter der Brücke hindurch und strampelte auf der anderen Seite wieder hoch, froh über jeden Meter Entfernung, den sie zwischen sich und die A 2 legte.

Ihr wurde warm; sie zog die Mütze vom Kopf und schob sie in eine Jackentasche. Bei Bad Nenndorf machte sie die erste Pause und sah auf der Karte nach. Die Hälfte der Strecke hatte sie geschafft. Sie trank Pfefferminztee aus der Thermoskanne und aß einen Riegel Schokolade, Leos Geheimwaffen gegen alles. Geballte Ladungen davon hatten ihr durch die harten Zeiten bei »Gartenbau-Meyer u. Sohn« geholfen.

Ihr letzter Job in Hamburg war ein ziemlicher Albtraum gewesen. *Neugestaltung des Klinikparks am Eichfeld: Drei-Mann-Unternehmen zieht Großauftrag an Land!* So hatte die Schlagzeile im Hamburger Abendblatt gelautet. Sie schufteten Tag für Tag, am Wochenende und auch in der Nacht. Während normale Menschen in ihren Betten schlummerten, rodete Leo im grellen Licht von Bauscheinwerfern Bäume, grub Wurzeln aus, schleppte Säcke voll mit Torfmull und musste nebenbei noch dumme Sprüche und peinliche Annäherungsversuche vom pickligen Meyer junior kontern. So etwas stand man nur mit Pfefferminztee und Schokolade durch; sehr viel Schokolade. Und dem einen oder anderen Schuss Rum im Tee.

Es verschaffte Leo eine gewisse Genugtuung, Meyer junior eines Tages mit einer Ladung Hanfpflanzen zu erwischen. Sein Vater war zwar Chef, aber nur mangelhaft über die vielfältigen Einsatzmöglichkeiten von *Cannabis sativa* informiert. Im Übrigen hätte er Hanf nicht von Gurkendill unterscheiden können. Sehr gut unterscheiden konnte er dagegen zwischen guter und schlechter Publicity, und ein Auftritt der örtlichen Polizei auf seinem Gelände hätte ihm mit Sicherheit keine Freude bereitet. Unter diesen Umständen fiel es Leo nach ihrer Kündigung (denn wie sich herausstellte, hatte Meyer sie nur angeheuert, um den Klinikpark zu bewältigen) relativ leicht, Senior zum Sponsoring der Fortbildung am Bodensee und Junior zur aktiven Umzugshilfe zu überreden. Mit dem »Heinz Meyer u. Sohn, Gartenbau«-Lieferwagen und einem in die Hanfsache verwickelten Kumpel erledigte Junior die Schlepperei an einem einzigen Tag.

Das war noch nicht einmal eine Woche her.

Und was tat sie hier jetzt? Radelte an einem lausig kalten Novembermorgen stundenlang durch die Gegend, um einen ominösen Treffpunkt aufzusuchen und Onkel Ludwigs Geheimnis zu lüften.

Falls er eines hatte.

Anscheinend brannte Kommissar Sandved darauf, ihrem Onkel irgendwelche kriminellen Verwicklungen nachzuweisen. Das würde Leo nicht zulassen.

Im Süden tauchten die Ausläufer des Bückebergs auf. Bei Beckedorf quälte sich Leo über die lange Steigung und schoss auf der anderen Seite wieder hinunter, wobei sie höllisch aufpassen musste, den Autos nicht zu nahe zu kommen. Seit zweieinhalb Stunden war sie nun unterwegs und wurde langsam müde.

Stadthagen. Endlich! Ab hier begann Wilhelm-Busch-Gebiet. Leo war sicher, dass ihr Onkel alles besichtigt hatte, was zum Umfeld seines Forschungsobjektes gehörte. Nur war er bestimmt nicht mit dem Fahrrad unterwegs gewesen. Sie hielt sich nordwestlich und entdeckte bald die ersten Wegweiser nach Wiedensahl. Die Gegend wurde wieder ländlich, kleine Dörfer wechselten mit weiten Feldern und Wiesen. Auf einigen Weiden standen noch Kühe, ihr Atem dampfte in der schwachen Novembersonne.

Vor Leo tauchte der Mittellandkanal auf. Von der Brücke aus sah sie den Wald, auf dessen anderer Seite Wiedensahl liegen sollte. Jede Müdigkeit war wie weggeblasen, als sie weiterfuhr. Nach ein paar hundert Metern nutzte sie einen Waldweg, um sich kurz in die Büsche zu schlagen. Als sie wieder aufsteigen wollte, fiel ihr Blick auf eine Vogelfeder im Farnkraut. Blauschwarz blitzte sie zwischen den verwelkten Farnwedeln hervor, in der Mitte hatte sie einen weißen Streifen. Leo hob sie auf. Ein Glücksbringer konnte nicht schaden, denn je näher sie ihrem Ziel kam, desto mulmiger wurde ihr.

Vielleicht hatte Jablonsky den Kurier für irgendeinen Verbrecher gespielt. Vielleicht hatte Onkel Ludwig wirklich mit Leuten zu tun gehabt, die sie lieber nicht kennenlernen wollte. Sie verwünschte Sandved, weil er ihr diese Gedanken in den Kopf gesetzt hatte.

Plötzlich stutzte sie. Etwas hatte sich verändert. Vor dem Wald war die Straße fast verlassen gewesen, hier und da mal ein Radfahrer, ein Auto oder ein Traktor, der zu den Feldern fuhr. Ihre Seite der Fahrbahn war immer noch leer. Aber in Gegenrichtung kam eine ganze Autoschlange auf sie zu. Es sah merkwürdig aus, wie eine Massenflucht. Wenn die alle aus Wiedensahl kamen, was war dann da los?

Der Wald lichtete sich, die Straße führte wieder ins Freie und auf einmal wusste Leo die Antwort.

Bis zum Waldrand parkten Autos, Stoßstange an Stoßstange. Vom Ortseingang Wiedensahls an war die Straße gesperrt. Noch immer wendeten Fahrzeuge und suchten Fahrer vergeblich nach Parkplätzen. Sie rumpelten über Feldwege und stießen hoffnungsvoll bis zur Absperrung vor, bis sie einsehen mussten, dass es keinen Sinn hatte. Dann machten sie kehrt, um sich auf einem anderen Weg anzupirschen. Leos Blick blieb an einer großen Plakatwand hängen:

Willkommen zum Martini-Markt in Wiedensahl!

Menschenmassen schoben sich die mit Buden, Zelten und Verkaufsständen aller Art gesäumte Dorfstraße entlang. Leo stand da wie angewurzelt und hielt sich an der Lenkstange fest. Die Buchstaben auf der Notiz. Ma. Martini-Markt, ganz klar. Ein Dorffest, ein Bauernmarkt.

Und dafür hatte sie sich vier Stunden lang abgestrampelt? Das konnte doch nur ein Witz sein. Was hätte ihr Onkel auf einem ländlichen Marktfest gewollt? Leo dachte an den vermutlichen Treffpunkt, der ihm übermittelt worden war, die Backstube. Wie sollte sie in diesem Getümmel jemanden finden, von dem sie überhaupt nichts wusste, nicht einmal, wie er aussah? Wenn es diesen Jemand überhaupt gab. Es bestand ja immer noch die Möglichkeit, dass in dieser Backstube Punkt fünfzehn Uhr eine harmlose Veranstaltung begann, eine Festrede, eine Eröffnung von irgendwas.

Leo schloss das Rad an einen Laternenpfahl und schulterte den Rucksack. Nun war sie einmal hier, also würde sie sich auch umsehen. Elf Uhr. Noch vier Stunden Zeit bis zum Blind Date. Offenbar war sie zur beliebtesten Zeit angekommen, der Markt ging gerade so richtig los. Ein geschwätziges Summen lag in der Luft, und Leo ließ sich von der Menschenmenge mitziehen.

Wiedensahl war ein lang gestrecktes Dorf, das im Wesentlichen aus der Hauptstraße zu bestehen schien, auf der das Fest stattfand. Zu beiden Seiten der Straße lagen große Bauernhöfe. Ab und zu erhaschte Leo zwischen den Ständen hindurch einen Blick auf altes Fachwerk, blank gefegte Höfe und aufgeräumte Vorgärten. Das Dorf hatte sich herausgeputzt.

Neben dem Dorfweiher bot ein Korbflechter lautstark seine Waren an. Ein paar Meter weiter pries ein Mann seine frischen Walnüsse. Leo kaufte eine Tüte voll. Nebenan präsentierten zwei junge Frauen ihre Töpferwaren, und es duftete nach gebrannten Mandeln. Leo schaute, hörte, schnupperte und versuchte, sich Onkel

Ludwig inmitten des Trubels vorzustellen. Hätte er es genossen? – Ihr gefiel es.

Die Dorfstraße war so vollgestopft, dass sie nur flüchtige Blicke auf die Gebäude zu beiden Seiten werfen konnte. Ein Ort namens Backstube war nirgends in Sicht. Leo ließ sich bis zum Ende des Marktabschnitts treiben und nutzte die Gelegenheit, um unter der Absperrung hindurchzuschlüpfen. Hinter den Höfen zu beiden Seiten der Dorfstraße verlief jeweils ein schmaler Fahrweg. Leo beschloss, auf beiden Wegen einmal entlangzugehen.

Das erste, was sie zu sehen bekam, war Land. Und das zweite: noch mehr Land. Auf der einen Seite des Weges lagen die Felder, auf der anderen die Gärten; sehr groß, sehr ordentlich und schon für den Winter vorbereitet. Nichts, was sie unbedingt hätte fotografieren wollen. Hinter einer Abzäunung erregte sich eine Gänseherde über ihr Kommen. Martinsgänse; in ein paar Wochen würden sie schon in einer Tiefkühltruhe liegen und auf Weihnachten warten. Leo machte ein Foto von ihnen auf ihrer Gänsewiese und ging schnell weiter, um sie nicht noch mehr zu ärgern.

Immer noch kamen Autos, Motorräder und Traktoren über die Feldwege heran und parkten auf dem abgeernteten Land. Ein uralter hellblauer VW-Käfer mühte sich durch die Schlaglöcher und tiefen Traktorspuren. Drinnen saß ein älteres Ehepaar. Die Frau nickte Leo zu, der Fahrer blickte starr geradeaus.

Im Weitergehen bemerkte Leo eine Lücke zwischen den großen Höfen. Zwischen Kastanienbäumen stand eine kleine Kate, ein hübsches Fachwerkhaus mit einem großen Garten. Offenbar war das Gebäude erst vor kurzem saniert worden, ein beträchtlicher Teil des Gartens war den Baumaßnahmen und Erdräumarbeiten zum Opfer gefallen. Das Gras war zerwalzt, tiefe Furchen eines Kettenfahrzeugs durchzogen das Land und herausgerissene Büsche lagen auf einem traurigen Haufen.

Aber der Rest! Und das Haus!

Versonnen stand Leo da. Der alte Apfelbaum im Zentrum musste bleiben, die Kastanien, die das Haus bewachten, natürlich auch.

Dort drüben, bei den Kirschbäumen, gehörte ein Teich hin, ein Naturteich mit Schilfgürtel und Sumpfzone. Und dahinter, wo die Heckenrosen standen, da konnte der Gemüsegarten beginnen. Sie würde einen schmalen Weg anlegen, er würde von der Terrasse in den Garten führen und den Wohnbereich mit dem Freibereich verbinden. Natursteine müssten es sein, im Halbrund gelegt und …

Blödsinn. Wach auf, Leo. – Aber sie konnte ja wenigstens ein paar Bilder mitnehmen. Leo fotografierte die Kate und den Garten von allen Seiten, ehe sie sich endlich losreißen konnte.

Ein Querweg führte vom Fahrweg weg zurück zur Dorfstraße. Unvermittelt stieß Leo auf das nächste Kleinod, eine weitere kleine Kate mit winzigen Fenstern und tief hängendem Dach, dahinter ein Miniaturgarten mit niedrigen Buchsbaumhecken. Vor dem Haus eine hohe Birke, deren Blätter golden schimmerten. Neben der grün gestrichenen Eingangstür eine grüne Bank und an der Hauswand ein schmiedeeisernes Schild mit den Figuren von Max und Moritz, die durch den Schornstein der Witwe Brathähnchen vom Herd angelten. Leo las die Inschrift: *Wilhelm-Busch-Museum.* Das Geburtshaus.

Sie drückte die Klinke herunter. Das Museum war geschlossen. Enttäuscht spähte sie durch die Scheiben und legte die Hände an die Augen, um besser sehen zu können.

»Können Sie sich vorstellen, in diesen winzigen Kämmerchen zu leben?«, fragte plötzlich eine Stimme. Leo fuhr zusammen.

Neben ihr stand die Frau aus dem hellblauen Käfer. Sie war blond und pummelig, trug einen großen Korb am Arm, der schon gut gefüllt war, und schwatzte drauflos, als wären sie gute Bekannte, die sich einmal im Jahr auf dem Markt trafen.

»An diesen niedrigen Türen stößt man sich doch dauernd den Kopf! Früher müssen die Menschen wohl kleiner gewesen sein. Waren Sie schon mal da drin? Nein? Oh, Sie sind doch hoffentlich nicht extra wegen des Museums hergekommen?«, fragte sie besorgt. »Wenn Martini-Markt ist, ist es immer geschlossen. Das Heimatmuseum bei der Kirche übrigens auch.«

Ihre Fröhlichkeit wirkte aufgesetzt, wie ein Programm zur Selbstberuhigung.

»Mein Mann und ich kommen jedes Jahr hierher«, schwatzte die Frau weiter. »Das darf man sich einfach nicht entgehen lassen! Und immer kaufe ich mehr, als ich eigentlich vorhatte.«

Nervös rückte sie den Korb an ihrem Arm zurecht.

»Lina! Wo steckst du wieder?«

Der Fahrer des Käfers trat aus einer hinter Büschen versteckten Toilettenanlage und wurde ungeduldig, als er seine Frau neben Leo stehen sah.

»Lass uns was essen gehen, ich habe Hunger.«

Lina verabschiedete sich hastig. Leo sah den beiden nach. Essen war eine gute Idee. Aber erst musste sie diese Backstube finden. Sie machte noch ein paar Fotos vom Wilhelm-Busch-Haus, ging dann zur Dorfstraße zurück und schlenderte auf beiden Seiten die Gassen hinter den Ständen entlang. Mit Gasthäusern war Wiedensahl jedenfalls gut versorgt. Busch-Keller, Boltes Deele, Steubers Gasthaus, Dörp Kaffee, Gaststätte Ronnenberg, überall drängten Leute hinein und quollen wieder hinaus. Nur eine Backstube war nicht dabei.

Am unteren Ende der Dorfstraße angekommen, entschied Leo sich für das Zelt eines Bio-Bauern. Drinnen war es warm, und es duftete nach Kaffee, Brot und Gebratenem. An einem der langen Tische, vor denen schlichte Holzbänke standen, saß das ungleiche Paar. Die Frau winkte:

»Hier ist noch Platz!«

Ihr Mann erhob keine Einwände, das Essen wirkte offenbar beruhigend auf die beiden. Was sie auf den Tellern hatten, sah gut aus.

»Frische Grütze mit Brot«, erklärte ihre Bekannte, als sie Leos hungrigen Blick sah. »Köstlich!«

Leo holte sich eine Portion und setzte sich zu ihnen. Sie stellten einander vor: *Lina … Kurt. – Leo. – Sehr erfreut.*

Was eine Lüge war, denn zumindest Kurt schien nicht unbedingt entzückt über ihre Anwesenheit. Er schwieg und aß. Lina war wesentlich mitteilsamer als ihr Mann, vielleicht auch einfach nur froh über die Ablenkung. Sie weihte Leo ohne Umschweife in ihre Lebensumstände ein.

»Es ist ein Glück, sage ich immer, dass wir nicht mehr arbeiten müssen. Diesen Markttag kann man sich doch einfach nicht entgehen lassen. Früher, als wir noch zur Schule mussten – wir sind Lehrer, wissen Sie – da …«

»Wir *waren* Lehrer«, korrigierte Kurt, ohne aufzublicken.

»Ich habe Geografie und Geschichte unterrichtet«, fuhr Lina hastig fort, »und Kurt, mein Mann, Deutsch und Kunsterziehung. Am Wilhelm-Busch-Gymnasium. Kennen Sie Stadthagen?«

»Ich bin heute Morgen an Ihrer Stadt vorbeigeradelt, auf dem Weg von Hannover.«

Lina bekam große Augen.

»Mit dem Fahrrad? Sie sind mit dem Fahrrad gefahren? Den ganzen Weg bis hierher?« Sie konnte sich gar nicht beruhigen.

Mit einem Teller warmer Grütze im Bauch war Kurt imstande, dünn zu lächeln. Wie seine Frau war er ziemlich rundlich. Die randlose Brille rutschte ihm ständig von der Nase; mit einem energischen Zeigefinger schob er sie wieder zurück. Sein sandfarbenes Haar hatte er akkurat gescheitelt, die Fingernägel sorgfältig manikürt. Wenn er sprach, dann zwar leise, aber schneidend. Und seine Augen … Leo stellte sich vor, wie er eine renitente Klasse von pubertierenden Halbwüchsigen mit einem einzigen Blick zum Schweigen brachte.

Lina sah sich um. »Ist es nicht einfach nett hier? So dörflich. So locker und ungezwungen. Und dieses Gemeinschaftsgefühl! Wie früher! Als wäre die Zeit stehen geblieben, finden Sie nicht auch?«

Der verächtliche Blick, mit dem Kurt seine Frau bedachte, ließ Leo frösteln.

»Seit wann gibt es diesen Markt?«, erkundigte sie sich, ohne auf Linas Frage einzugehen. »Stammt der noch aus der Zeit von Wilhelm Busch?«

»In der Tat«, sagte Kurt, zwang seine Brille auf die Nasenwurzel zurück und begann zu dozieren. »Er war schon zu Buschs Zeiten überregional bekannt als Heiratsmarkt. Nach getaner Arbeit hatten die Leute endlich Zeit, sich nach einem geeigneten Partner umzusehen. Hier in Wiedensahl traf sich das heiratswillige Jungvolk.«

Herrje, wie aufregend. In der nächsten halben Stunde wurde Leo lückenlos über die Geschichte Wiedensahls im Allgemeinen und Ursprung und Tradition des Martini-Marktes im Besonderen aufgeklärt. Nichts davon schien in irgendeinem Zusammenhang mit Onkel Ludwig und dem mysteriösen Treffpunkt zu stehen. Und dass ihr Onkel hier ein Rendezvous gehabt hatte, konnte sich Leo nur schwer vorstellen.

»Was ebenfalls zum Markt gehört«, schloss Kurt, »und zum Abschluss dieses Essens keinesfalls fehlen darf, ist ein ordentlicher Grüner.«

Er ging zur Theke und kam mit einem Tablett zurück, auf dem drei Schnapsgläser standen. Eine dunkelgrüne Flüssigkeit schwappte darin.

»Ein echter Bitter, Markenzeichen der Region«, erklärte er und stellte ein Glas vor Leo hin.

»Luft anhalten und austrinken.«

Leo kippte das Gebräu gehorsam hinunter.

Brrrr. Teufel auch! Was für ein Zeug. Sie musste unbedingt eine Flasche davon kaufen.

»Stammt aus Stadthagen. Hat schon der alte Busch getrunken«, behauptete Kurt, leerte sein Glas und bleckte die Zähne.

Leo sah auf die Uhr. Sie hatte nur noch eine Viertelstunde Zeit.

»Kennen Sie zufällig die Backstube? Die soll hier im Ort sein.«

Da war er wieder, der eiskalte Blick. Kurt schwieg, und Lina antwortete an seiner Stelle.

»Ich weiß nicht … ich glaube nicht.« Sie klang unsicher.

»Meine Liebe, denk doch einmal nach, bevor du redest«, sagte ihr Mann in einem Tonfall, der alle Pluspunkte, die er sich in Leos

Augen in den letzten dreißig Minuten verdient hatte, wieder löschte.

»Leo meint natürlich *die* Backstube, nicht wahr?«

Lina wirkte eher überrascht als gekränkt. Sie sagte nichts mehr.

»Der Bäcker neben der Kirche«, erläuterte Kurt. »Wenn Markt ist, wird das ganze Haus zum Café umgewandelt – der Laden, der Flur, das Wohnzimmer. Sogar in der Backstube haben sie Tische und Stühle aufgestellt, daher der Name. Wirklich urig, ein echter Geheimtipp.«

Also stand das C auf dem Zettel tatsächlich für ein Café. Leo war sehr gespannt, was sie dort erwartete.

»Bestimmt laufen wir uns noch ein Dutzend Mal über den Weg«, sagte Lina hoffnungsvoll, als Leo sich verabschiedete. Es war deutlich, dass sie mit ihrem Mann heute nicht gern allein sein wollte.

Draußen war es noch kühler geworden, die Sonne hatte sich hinter einem Wolkenschleier verborgen. Leo schlenderte die Dorfstraße in der von Kurt angegebenen Richtung hinunter. Es waren immer noch unzählige Menschen unterwegs, aber die Atmosphäre hatte sich geändert. Das lag nicht nur daran, dass der Himmel nun fahlgrau war. Leo hatte das Gefühl, dass sie beobachtet wurde. Sie zwang sich, noch einige Schritte ruhig weiterzugehen und drehte sich dann rasch um. Vergeblich durchbohrte sie die Menge mit ihren Blicken. Waren vielleicht bloß Lina und Kurt hinter ihr? Aber sie konnte sie nicht entdecken.

Dann hatte sie die Backstube erreicht. Leo sah sich das Haus an: kein ehemaliger Bauernhof, sondern ein einfaches zweistöckiges Backsteinhaus. Unten befand sich das Bäckereigeschäft mit Stehcafé. Keine Galerie, kein Museum, keine Veranstaltungseröffnung. Hierher war Ludwig bestellt worden?

Entschlossen drückte sie die Tür auf und prallte erst einmal zurück.

Gleich der erste Raum war gesteckt voll. Vor dem Verkaufstresen des Ladens drängten sich die Kunden. Leo quetschte sich an der Schlange vorbei und warf einen flüchtigen Blick nach links in einen altmodisch eingerichteten Raum mit Plüschsesseln und runden Tischchen, die voll besetzt waren. Das musste das Wohnzimmer der Familie sein, ganz so, wie Kurt es beschrieben hatte. Leo schaffte es mit Sturheit und Ellbogeneinsatz auf den Flur hinter dem Laden, der ebenfalls als Bewirtungsmöglichkeit genutzt wurde. Eine Seitentür stand offen und gab den Blick auf den Hof frei, über den von einer unsichtbaren Quelle aus emsig neue Kuchenbleche und Kaffeekannen herbeigeschafft wurden. Unmittelbar vor Leo schrammten zwei Frauen und ein Mann dicht an der Wand entlang, um keine Tassen und Teller umzureißen oder Tische umzustoßen. Sie folgte ihrem Beispiel und erreichte schließlich glücklich das Herz des Ganzen, die berühmte Backstube.

Leo erkannte einen gekachelten Arbeitsraum mit gewaltigen Maschinen wie einem überdimensionalen Rührgerät, einen riesigen Ofen und etwas, das aussah wie ein Kessel, in dem man locker zwanzig Kilo Wäsche hätte kochen können. Überall dazwischen standen Bänke, Stühle und Tische. Die frisch gestärkten weißen Laken darauf lenkten nur wenig von den zweifelhaften braungelben Flecken an der Decke, dem ungekachelten Teil der Wände und in den Ritzen und Fugen rings um die Fenster ab.

Von einer nachdrängenden Gruppe wurde Leo weiter in den Raum geschoben. Auch hier war jeder Tisch umlagert. Die Neuangekommenen beharrten auf ihrem Standrecht und warteten auf freie Plätze.

Leo spürte, wie ihr der Schweiß ausbrach. Und dafür war nur zum Teil die stickige Hitze verantwortlich, die in der Backstube herrschte. Die heimlichen Augen waren wieder da. Irgendwo hinter ihr.

Leo verrenkte sich den Hals, um etwas sehen zu können. Sie war so eingekeilt, dass sie sich nicht umdrehen konnte. Eine Frau tippte ihr auf die Schulter.

»Ihr Rucksack erdrückt mich.«

Leo murmelte eine Entschuldigung, schaffte es, das Ding abzusetzen und sich vor den Bauch zu pressen und ließ sich dann schnell auf einen Stuhl fallen, der neben ihr frei wurde.

Da saß sie nun, umklammerte den Rucksack, musterte die anderen, wartete auf einen Hinweis, ein Erkennungszeichen, irgendwas, und kam sich idiotisch vor.

»Kaffee und Kuchen?« Ein junges Mädchen mit weißer Schürze stand plötzlich neben ihr.

Leo bestellte Kaffee. Die Bedienung brachte eine neue Thermoskanne und eine Tasse und leerte den Tonbecher, der auf dem Tisch stand, in ihre Tasche.

»Pro Tasse fünfzig Cent, in den Becher bitte«, sagte sie und stellte ihn zurück auf den Tisch. Dann verschwand sie wieder in der Menge.

Die Leute glaubten hier tatsächlich noch an das Gute im Menschen. Offenbar funktionierte es. Leo ließ Kleingeld in den Becher fallen und spannte sich dann unwillkürlich an.

Da! – War das nicht ...? Zwischen den vielen Köpfen schwebte ein Gesicht, das sie kannte.

»Katie!« Sie stand auf und winkte. »Hallo!«

Die Frau sah Katie ziemlich ähnlich, blickte auch in ihre Richtung, zeigte aber keine Reaktion – ganz im Gegensatz zu Leos näherer Umgebung, in der sich alle Köpfe umgewandt hatten. Einige lachten, die meisten musterten sie neugierig. Leo spürte, wie sie errötete, und setzte sich rasch. Die Frau war verschwunden.

Nachdenklich nippte Leo an ihrem Kaffee. Zwei Jahre waren eine lange Zeit. Sie hatte die Katie von damals in Erinnerung, mit blonden Locken und modisch gekleidet. Die Frau, die sie im ersten Moment für ihre Freundin gehalten hatte, musste viel älter sein. Ihr Haar war im Nacken zu einem strengen Knoten geschlungen. Alles in allem hatte Leo sie viel zu flüchtig wahrgenommen. Vielleicht hatte sie sich von einer vagen Ähnlichkeit in der Körperhaltung narren lassen oder von der leuchtenden Haarfarbe.

Sie versuchte sich wieder darauf zu konzentrieren, weshalb sie eigentlich hier war. Ludwig und die Notiz des toten Antiquars.

Wen sollte Onkel Ludwig hier treffen? Oder: Wer wollte ihn treffen? Eindringlich musterte Leo die Gesichter der Leute um sie herum und trank in ihrer Nervosität eine Tasse Kaffee nach der anderen, was nicht dazu beitrug, dass sie sich besser fühlte.

Eine Stunde später gab sie auf. Was für ein Blödsinn, hier zu hocken und auf den großen Unbekannten zu warten! Sie warf noch ein paar Münzen in den Becher, nahm ihren Rucksack und kämpfte sich wieder nach draußen.

Im Laden hatte die schlimmste Drängelei nachgelassen. Eine Bedienung kam erschöpft durch einen Hintereingang; sie trug einen großen Kasten mit Rosinenbrötchen vor sich her, kollidierte beinahe mit Leo und schimpfte laut.

»Das ist das letzte Mal, dass ich hier mitmache. Was für eine Hexenküche! Den ganzen Tag auf den Beinen, nur Hetzerei, und das alles für ein paar lausige Euro.«

Die Frau musterte Leo abschätzend und kam offenbar zu dem Schluss, dass sie einen Platz suchte. »Da drinnen ist unter Garantie alles voll. Es gäbe allerdings noch ein Plätzchen draußen im Hof, in der Laube …«, sagte sie mit vertraulich gesenkter Stimme. »Gegen ein kleines Entgelt natürlich, die Chefin sieht es nicht gerne, wenn Fremde da rumlaufen.«

»Oh, ich war schon in der Backstube und wollte gerade gehen.«

Die Frau zuckte die Achseln. »Wie Sie meinen. Es gibt genug Leute, die sich um den Logenplatz reißen.«

»Wieso Logenplatz?« Leo versuchte an ihr vorbei durch die offene Hintertür zu sehen.

»Man blickt direkt durch die Fenster in die Backstube und sitzt dabei lauschig unter Efeugestrüpp. Wollen Sie nicht doch …?«

Richtig, da war eine Laube, efeuumrankt und ziemlich dicht an der Hauswand. Auf dem Tisch stand eine halb geleerte Kaffeetasse. Wenn Onkel Ludwigs Verabredung in der Laube gewartet hatte, dann war sie nun fort. Leo ersparte sich eine Antwort und drängte sich auf die Straße hinaus. Der Himmel hatte inzwischen einen kränklichen Grauton angenommen. Die Marktbesucher kümmerte das nicht, sie machten die zusätzlichen Kältegrade durch Wärme von innen wett. Alle Glühweinstände waren dicht umlagert.

Leo fühlte sich hin- und hergerissen zwischen Enttäuschung und Erleichterung. Sie war ganz dicht dran gewesen und hatte den mysteriösen Unbekannten knapp verpasst. Mit großer Wahrscheinlichkeit hatte er in der Laube gesessen. Und nun?

Nichts zu wissen, bedeutete auch, sich keine Sorgen machen oder mit möglicherweise unangenehmen Zeitgenossen auseinandersetzen zu müssen. Sie hatte es versucht, immerhin. Jetzt konnte sie nach Hause fahren, die ganze Sache vergessen und endlich mal die Umzugskartons auspacken. Sie schlenderte zurück und suchte sich bei den beiden Töpferfrauen eine schöne Tonschale mit blauem Zickzackrand aus. Am Ende der Straße entdeckte sie den berühmten Bitterschnaps. Der musste auch mit, unbedingt. Sorgfältig verstaute sie ihre Schätze in den Packtaschen und warf noch einen Blick zurück. Es dämmerte, aber das kleine Dorf feierte unter der nebligen Haube munter weiter.

Leo würde noch einmal wiederkommen und sich das Museum ansehen. Schon allein, um diesem Kommissar keinen Anlass mehr zu abfälligen Bemerkungen über ihren Wissensstand zu geben. Und tiefer in ihr, mehr Ahnung als Wissen, gab es noch einen anderen Beweggrund. Irgendetwas war an Ludwigs letztem Abend vorgefallen, etwas, das ihn veranlasst hatte, sich zu betrinken. Leo hatte die Spur aufgenommen und würde keine Ruhe geben, bis sie Antworten auf ihre Fragen bekam.

Sie warf einen Blick auf ihre Karte. Sollte sie jetzt noch einen Abstecher zu dieser Seniorenresidenz machen oder nicht? Die Straße führte auf der anderen Seite aus Wiedensahl heraus, über die Felder zur Straße, die aus Münchehagen kam. Anschließend ging es wieder ein Stück durch den Wald. Dann müsste sie nur noch einen kleinen Weiler namens Kreuzhorst passieren und wäre schon so gut wie am Ziel.

Leo wusste nicht, ob es klug war, aber sie hatte Lust, Katie wiederzusehen. Sie malte sich aus, wie sie zusammen lachen würden, wenn sie ihr die verrückte Geschichte von Jablonsky und ihrem Undercovereinsatz in der Backstube erzählte. Waren die Ereignisse, die in der Vergangenheit zwischen ihnen gestanden hatten, nicht längst zu unwichtigen kleinen Schatten verblasst?

*

Wiedensahl, den 20ten Mai 1853

Wilhelm ist aus Antwerpen zurück und wie schwer gezeichnet. Er war fürwahr ernstlich erkrankt. Hätten seine holländischen Wirtsleute ihn nicht so aufopfernd gepflegt, wer weiß, wie es dann um ihn stünde – ohne Geld, krank und fern der Heimath. Mit einer roten Jacke und drei Orangen als Geschenk brachten sie ihn auf den Weg nach Haus, nachdem er leidlich wieder genesen. Doch es sind wohl auch andere Schläge, an denen er trägt, solche, die das Herz und den Geist schwächen. Die großen Meister wollte er studieren, als er nach Antwerpen gieng, angestachelt von dem Wunsche, es ihnen gleich zu tun. Doch statt sich zu ihnen emporzuschwingen, fiel er unsanft nieder. Er zweifelte an seiner Kunst. Was kümmern mich Rubens oder dieser Brouwer, dessen Name ich zuvor noch nie gehört hatte? Gleichfalls Tenius, oder der Hals, Frans mit Taufnamen, was können sie, daß er nicht kann? Oder es nicht zu können glaubt? Sie sind mir gleich.

Ich für mein Theil vertraue auf ihn. Er wird es schaffen.

Wie lange er wohl bleibt? Ich wollte ihm einen Besuch abstatten, jedoch er war nicht da. Noch habe ich nicht herausbekommen, wo er sich herumtreibt, wenn er nicht zu Hause ist. Wenn er mich nun nicht sehen will?

Trotz der traurigen Umstände bin ich froh, ihn wieder in meiner Nähe zu wissen. So in der Ferne und den Verlockungen der fremden Stadt ausgesetzt … Man weiß, wie Männer sind. Ich muß ein Auge auf ihn haben.

- 5 -

Sie hätte sich doch lieber auf den Heimweg machen sollen. Am Himmel ballten sich dicke Wolken und Leo befürchtete, genau in eine Regenwand zu fahren.

Im Wald lag die Dämmerung wie ein Mantel über Unterholz und Farnkraut. Was für merkwürdige Schatten Bäume haben konnten! Leo fuhr schneller, erreichte wieder freies Land und verlassene Felder. Im fahlen Blaugrau flammten plötzlich die Lichter einer Mülldeponie auf. Mit einem unbehaglichen Gefühl strampelte Leo an dem eingezäunten Gelände vorbei.

Vereinzelte Gehöfte lagen wie Schiffe in der hereinbrechenden Dunkelheit vor Anker. Schließlich kam das letzte Stück offene Landstraße, dann wieder Wald.

Ein herrschaftliches Gebäude löste sich aus der Wand aus Dunkelheit, ein großer, rechteckiger Kasten aus massiven Sandsteinblöcken. Leo hatte selten einen Ort gesehen, der einsamer wirkte, obwohl alle Fenster hell erleuchtet waren. Wald-Residenz stand in verschnörkelten Buchstaben auf einem rustikalen Holzschild, das an zwei Pfeilern mit einem Dach darüber aufgehängt war. Wie der Eingang zu einer Ranch und ziemlich deplatziert, dachte Leo und schob ihr Rad die Auffahrt entlang. Unter ihren Füßen knirschte Kies. Das Leuchtfeuer aus Lichterketten, Fußwegbeleuchtung und Laternen reichte aus, um einen parkähnlichen Garten zu erhellen. Eine Steintreppe führte zum Eingangsportal hinauf, beidseitig von mächtigen Rhododendren flankiert.

Leo klingelte. Schritte kamen näher und die große Eingangstür schwang auf. Eine ältere Frau mit gewelltem weißen Haar und einem nervösen Zucken im Gesicht baute sich vor Leo auf.

»Unsere Besuchszeit ist schon vorbei.« *Zuck.* »Zu wem wollten Sie?« *Zuckzuck.*

»Ich bin eine Freundin von Katarina Singer; Leonore Heller. Ich würde gern …«

»Bedaure. Frau Doktor hat heute ihren freien Tag.«

Das nervöse Zucken nahm zu, als wollte eine Hälfte ihres Gesichts unbedingt verhindern, dass die andere freundlich lächelte.

Leo spähte an der Frau vorbei in die Eingangshalle. Auf dem Steinfußboden lag ein flauschiger Teppich. Von der endlos hohen Decke hing an einer langen Eisenkette ein Lüster herunter, dessen Glasprismen funkelten und blitzten. Unwillkürlich musste Leo an Professor Irschinger denken. Auch er hatte lange Jahre ein Heim geleitet, das allerdings längst nicht so luxuriös gewesen war. Er hatte ständig um Gelder und Mittel kämpfen müssen. Für die meisten Menschen bedeutete Altwerden gleichzeitig auch Armwerden.

Leo fiel die merkwürdige Stille im Haus auf. Von den Bewohnern des Heimes war nichts zu sehen, nur leises Geschirrgeklapper verriet, dass sich irgendwo Menschen aufhielten.

Als könnte sie Gedanken lesen, erklärte die zuckende Dauergewellte: »Unsere Senioren haben sich gerade im Fernsehraum versammelt. Ich möchte sie dort nicht zu lange allein lassen. Wenn ich wüsste, wann Doktor Singer wiederkommt, könnten Sie warten, aber ...« Sie ließ den Satz in der Schwebe.

»Machen Sie sich keine Umstände. Wenn Sie vielleicht ausrichten, dass ich hier gewesen bin?« Unter Zuckungen wurde es versprochen, dann stand Leo wieder vor verschlossener Tür.

Was für ein ungastlicher Ort.

Leo zuckte mit den Schultern, wandte sich um und – fuhr zusammen. Neben dem dunklen Hügel der Rhododendrenbüsche stand ein Mann. Einen Moment verharrten sie beide regungslos, dann kam er langsam näher, bis Leo im Licht der Eingangslaterne sein Gesicht erkennen konnte, das glatt war und merkwürdig alterslos unter dem grauen Haar. Der Mann trug einen braunen Kleppermantel, der ihm fast bis auf die Füße reichte. Die Pelerine auf den Schultern ließ ihn auf den ersten Blick kräftig wirken. Er überragte Leo zwar um einige Zentimeter, schien aber abgesehen von den Schultern eher schmächtig zu sein.

Mit einem verschwörerischen Lächeln hob er einen Zeigefinger.

»Gleich kommen sie!«

Er legte den Finger auf die Lippen und winkte Leo mit der anderen Hand, ihm zu folgen.

Unschlüssig blieb sie stehen. Wer war er? Ein Heimbewohner, einer von der verrückten Sorte? Er griff nach ihrer Hand und wiederholte eindringlich: »Gleich kommen sie!« Seine Finger fühlten sich warm und rau an.

Leo war inzwischen viel zu neugierig, um sich aus dem Staub zu machen. Sie folgte ihm zur Rückseite des Hauses. Etwas stimmte mit seinem Gang nicht; er hielt sich nicht nur vornübergebeugt, sondern schwankte auch seltsam hin und her. Betrunken war er nicht, sie hatte keine Alkoholfahne gerochen. Ob er Tabletten bekam, die seine Motorik störten? *Schlurfschlurfschlurf* machten seine Schritte im Kies und begleiteten das rhythmische Knirschen ihrer Schuhsohlen. Zusammen veranstalteten sie einen ganz schönen Lärm.

Während Leo noch darüber nachdachte, ob in diesem Heim vielleicht Patienten mit einem Hang zu gefährlichen Gefühlseruptionen wohnten, die mit Medikamenten ruhiggestellt werden mussten, und sie hier gerade mal wieder einen grandiosen Fehler beging, hob der Mann neben ihr erneut den Finger an die Lippen.

Die offene Parkwiese grenzte auf einer Seite an ein Maisfeld. Es war noch nicht abgeerntet und die trockenen Blätter raschelten unheimlich. Dahinter lag der Wald wie ein dunkles Lebewesen auf der Lauer. Aus einigen Fenstern auf der Rückseite des Heimes fielen Lichtschneisen in den Park, die sich in der Dunkelheit schon nach wenigen Metern auflösten. Leo und ihr Begleiter blieben im Schatten stehen, als direkt neben ihnen ein Fenster aufleuchtete. Der Mann neben Leo verharrte wachsam.

»Mein Zimmer!«, wisperte er. Im Fenster erschien der Umriss eines Mannes. Er drückte sein Gesicht an die Scheibe.

»Karl!« Erleichtert trat Leos Begleiter einen Schritt vor.

Das Fenster wurde geöffnet und der, der Karl hieß, beugte sich hinaus und blinzelte mit kurzsichtigen Augen hinter fingerdicken Brillengläsern in die Nacht. Leo bemerkte, wie sorgfältig er gekleidet war: kariertes Jackett, blütenweißes Hemd und Fliege. Sein weißes, streichholzkurzes Haar war so dick, dass es in Büscheln über den Ohren abstand. Es schien noch jemand neben ihm zu sein, irgendwo weiter unten, denn Karl wurde abgelenkt und sah zu Boden.

»Ja doch! – Ja!«, flüsterte er. Leo reckte sich und erkannte die Oberseite eines Kopfes, bedeckt von flaumigem dunklen Haar.

»Was ist?«, fragte der Mann neben ihr.

»Du musst aufpassen!«, warnte Karl. »Die Loss sucht dich.«

»Keine Sorge. Komme gleich. Will ihr nur was zeigen.«

Er meint mich, dachte Leo. Karl schob sein Gesicht in ihre Richtung. Es war zweifelhaft, ob er in der Finsternis viel sah, aber er deutete eine Verbeugung an:

»Gnädige Frau!«

Eine lange, magere Hand tauchte von unten auf und zerrte an seinem Ärmel. Karl beugte sich hinunter und wandte sich dann wieder an Leo:

»Entschuldigen Sie uns«, sagte Karl. »Wir müssen!«

Er schloss das Fenster und verließ mit seiner unsichtbaren Begleitung den Raum. Das Licht ging wieder aus.

»Karl und Esmeralda«, erklärte der Mann neben Leo. »Esmeralda sitzt im Rollstuhl, aber sonst ist sie in Ordnung.«

Leo suchte noch nach einer passenden Antwort, als der Mann ihre Aufmerksamkeit auf den Wald lenkte.

»Jetzt geht's los!«

Direkt am Waldrand knackte es. Und dann brach etwas mit dem Getöse einer Planierraupe durch das Unterholz. Leos Muskeln spannten sich an. Sie warf einen nervösen Blick auf den Mann neben sich. War es in Ordnung, dass sie hier seelenruhig herumstanden? Kein Zaun trennte den Park von dem Niemandsland auf der anderen Seite. Je näher der unheimliche Lärm kam, desto mehr erwärmte sie sich für den Gedanken, ins Haus zu flüchten.

Und dann kamen sie. Gedrungene schwarze Gestalten am Waldrand. Sie hielten inne. Sie witterten. Sie grunzten.

Wildschweine! – Es waren Wildschweine, eine Rotte mit Tieren in allen Größen. Leo fand sie allesamt beeindruckend groß. Zielstrebig hielten sie auf das Maisfeld zu, um zwischen den hohen Stängeln zu verschwinden. Im Inneren des Feldes begannen sie geräuschvoll ihre Mahlzeit.

»Hast du gesehen? Sie kommen jeden Abend. Und manchmal auch frühmorgens«, wisperte es neben ihr. »Ich kann sie aus meinem Zimmer sehen.«

Plötzlich wurde das Fenster aufgerissen. »Justus?« Die Frau, die Leo die Tür geöffnet hatte, lehnte sich hinaus. »Justus, sind Sie da irgendwo?«

Sie hatte sich im Dunkeln angeschlichen, im Zimmer brannte kein Licht.

Justus trat vor. Leo blieb, wo sie war.

»Justus, es wird Zeit, dass Sie hereinkommen. Es ist zu kalt. Außerdem gibt es bald Abendessen.«

»Komme, Frau Loss«, sagte Justus und machte sich mit einer übertriebenen Verbeugung über den Befehlston in ihrer Stimme lustig. »Gleich.«

Das Fenster wurde wieder geschlossen.

»Ich mag nicht, wenn sie in mein Zimmer geht«, murmelte Justus. Dann zwinkerte er Leo zu. »Sie kann sie nicht leiden.«

»Äh, mich?«

»Die Wildschweine. Weil sie manchmal in den Park kommen.«

Für Leo das Stichwort für einen abrupten Rückzug. Als sie wieder zur Vorderseite des Hauses gingen, fiel ihr auf, dass Justus ein Bein nachzog. Den leicht schwankenden Gang versuchte er durch besonderen Schwung auszugleichen, was ihn aber erst recht auf einen leichten Schlingerkurs brachte. Der weite Mantel segelte schwungvoll mit.

»Du wolltest zu Doktor Singer«, stellte er unvermittelt fest.

»Ja«, sagte Leo. Mittlerweile waren sie bei ihrem Fahrrad auf dem Vorplatz angekommen. »Ich kenne sie von früher. Ich bin übrigens Leo.«

Feierlich schüttelten sie sich die Hände.

»Sie ist weggefahren«, sagte Justus. »Das ist gut.«

»Warum?«

»Weil ich in ihr Zimmer muss.«

Leo sah ihn beunruhigt an. Vielleicht war er doch verrückter, als sie geglaubt hatte. Er klopfte auf seine Jacke, unter der sich eine leichte Beule abzeichnete.

»Ich leih mir manchmal was zum Lesen. Das weiß sie aber nicht. Muss es zurücklegen, bevor sie es merkt.«

»Du hast etwas genommen, was du eigentlich nicht haben darfst?«

»Nein! – Ja. – Aber ich bring es zurück«, sagte er verlegen. »Und dann ist alles gut, sie hat ja nichts gemerkt.«

Leo konnte sich ein Lächeln nicht verkneifen.

»Was liest du denn so?«

»Alles Mögliche. Am liebsten Geschichten über andere Leute. Wie sie so leben.«

»Ah, Biografien«, nickte Leo.

»Kann sein. Diesmal hab ich aber was anderes erwischt, so eine Liebesgeschichte. Ich bring sie zurück!«, versicherte er.

Justus begutachtete Leos Fahrrad von allen Seiten und zog dabei mit seinem Bein Kreise im Kies.

»Deins?«

Leo nickte und stellte das Blinklicht an. Er strich über die Feder am Lenker.

»Hast du eine Elster aufs Korn genommen?«

»Gefunden. Hier, schenk ich dir. Ein Glücksbringer. Fährst du auch Rad?«, fragte Leo.

Er schüttelte den Kopf, während er abwechselnd die Feder und Fahrradlenker streichelte. »Früher mal. Aber mit dem Bein ...«

Leo hätte ihn gern gefragt, was damit passiert war, und sich noch länger mit ihm unterhalten. Aber in der Eingangstür erschien wie ein misstrauischer Wachhund Frau Loss.

»Sie sind noch da? – Justus, Sie müssen jetzt aber hineinkommen, es wird schneien.«

Leo winkte noch und zog sich die Mütze über die Ohren.

»Komm mal wieder vorbei«, rief Justus über die Schulter, während Frau Loss ihn ungeduldig ins Haus zog. »Und pass auf die Wildschweine auf, sie sind überall!«

Als sie auf die dunkle Straße einbog, hörte sie ihn fröhlich grunzen.

Inzwischen war es völlig finster. Der schmale Lichtkeil, den die Fahrradlampe auf den Weg warf, machte die Dunkelheit rechts und links nur noch undurchdringlicher. Leo überfiel eine bleierne Müdigkeit. Die Erschöpfung nach der langen Strecke, die Anspannung und die Enttäuschung darüber, dass sie Katie nicht angetroffen hatte, hingen wie Gewichte an ihren Beinen. Schweiß lief ihr den Rücken herunter, aber ihre Füße waren kalt.

Nur noch ein kleines Stück durch den Wald, komm schon, Leo. Und dann so schnell wie möglich nach Stadthagen und schnurstracks in den nächsten Zug nach Hause.

Scheinwerfer tauchten auf, kamen näher, blendeten ab, fuhren vorbei. Leo warf einen Blick hinter sich. Das Blinklicht funktionierte zum Glück immer noch und schickte tapfer kleine Lichtsignale in die Nacht.

Sie dachte an Katie und an das Seniorenheim. Was für ein Ort zum Arbeiten und Leben! Nicht unschön, nein, das nicht, im Sommer und bei Tageslicht war es sogar sicher sehr idyllisch. Aber ob Katie sich dort nicht schrecklich einsam fühlte? Kein Wunder, dass sie an ihrem freien Tag das Weite suchte.

Wieder näherte sich Motorengeräusch. Lichtfinger tasteten sich vor, kamen näher, wurden kräftiger. Ein Auto kam von hinten. Die Strecke war gerade, ihr Blinklicht blinkte, der Fahrer musste sie schon entdeckt haben. Vorsichtshalber fuhr sie trotzdem so weit rechts wie es ging.

Klang wie ein Sportwagen. Himmel, hatte der ein Tempo drauf! Leo drückte sich noch ein Stückchen weiter an den Rand. Kein Platz zum Anhalten, nur ein Graben.

Sie konnte es nicht glauben: Der Wagen beschleunigte noch! Der Motor heulte auf, und Leo wurde vom Sog erfasst, als ein roter Blitz so dicht an ihr vorbeiraste, dass einer Mikrobe die Haare zu Berge gestanden hätten. Wenn Mikroben Haare hatten. Aber dieses Detail war im Moment von untergeordneter Bedeutung. Leo riss den Lenker herum und warf sich zur Seite. Schlamm spritzte auf, als sie in den Graben hechtete. Das Fahrrad flog hinterdrein und krachte ihr in den Rücken.

Verdammt. – Verdammtverdammtverdammt.

Es tat höllisch weh. Sie wusste im ersten Moment nicht, was schlimmer war, der Schmerz oder der Schock. Als sie den Kopf hob, waren die Rücklichter des Geisterautos schon in der Dunkelheit verschwunden.

Fluchend rappelte sie sich auf. Manchmal wurde die Welt von merkwürdigen Dingen zusammengehalten: Je lauter Leo fluchte, desto besser ging es ihr. Schmatzend gab der Schlamm ihre Hände und Beine frei, und als sie zitternd und auf allen vieren aus dem Graben kroch, brüllte sie vor Wut.

»Idiot! – Scheißkerl! – Idiot!« Nicht sehr einfallsreich, aber wohltuend.

Leo tastete sich ab. Sie hatte sich das Kinn aufgeschrammt und ein gründliches Schlammbad genommen, aber ansonsten schien sie glimpflich davongekommen zu sein. Nur mit ihrem Rücken stimmte etwas nicht, sie konnte nicht gerade stehen. Irgendwo über dem Kreuzbein stach es böse. Sie hielt sich die schmerzende Stelle und versuchte tief durchzuatmen. – Was für ein Wahnsinniger! Völlig gestört. Oder betrunken. Unvermittelt überkam sie das dringende Verlangen nach einem großen Schluck Rum.

Mit Mühe und Not zerrte sie das Fahrrad aus dem Graben; ihr Rücken protestierte schmerzhaft. Dem Drahtesel war nichts passiert, sogar das Licht blinkte noch. Zitternd und frierend durchwühlte sie die Satteltaschen. Gott sei Dank, die Kamera war heil, die Flaschen mit Rum und Bitterschnaps auch. Nur die Schale bestand jetzt aus drei Teilen. Leo schraubte die Rumflasche auf und legte den Kopf in den Nacken. Etwas Feuchtes wehte ihr ins Gesicht, betupfte ihre Hände, schlüpfte in den Jackenkragen. Es schneite.

Na wunderbar, auch das noch.

Nach dem dritten Schluck Rum fühlte sie sich besser. Mit einer Hand voll Laub wischte sie sich notdürftig den Schlamm ab. Noch ein Riegel Schokolade, und sie war in der Lage, weiterzufahren. Vorsichtig stieg sie auf und stellte erleichtert fest, dass die Schmerzen auszuhalten waren, wenn sie kerzengerade saß. Dafür bot sie dem Schnee die größtmögliche Angriffsfläche. Nun gut, man konnte eben nicht alles haben.

Irgendwann während der Fahrt durch Schnee und Dunkelheit verlor sie jedes Zeitgefühl. Sie war sicher, den direkten Weg nach Stadthagen eingeschlagen zu haben, aber die Strecke kam ihr quälend lang vor. Endlich tauchte der Bahnhof auf, bis auf wenige Reisende verlassen und trostlos. Aber sie hatte Glück, der nächste Zug sollte in einer halben Stunde fahren. Sie löste die Tickets am Automaten, versuchte zu erraten, wo der Gepäckwagen halten würde, und registrierte, wie die wenigen Wartenden einen Sicherheitsabstand zu ihr hielten. Vermutlich sah sie noch schlimmer aus, als sie sich fühlte. Der Zug kam mit ein paar Minuten Verspätung und der Gepäckwagen befand sich natürlich am falschen Ende.

Leo schlurfte mühsam über den Bahnsteig. Ihr Rücken wollte in zwei Teile zerfallen, als sie das Fahrrad in den Waggon hievte. Dankbar sank sie auf einen Klappsitz. Der Schaffner kam, musterte ihre schlammverkrustete Kleidung und das lädierte Gesicht und rümpfte missbilligend die Nase, als er auch noch eine Rumfahne witterte. Es war Leo vollkommen gleichgültig. Müde und frierend döste sie vor sich hin, bis sie aussteigen musste. Am Hauptbahnhof von Hannover herrschte wie immer Hochbetrieb. Leo zwängte sich mit ihrem Rad in den Fahrstuhl, der sie unten auf der U-Bahn-Ebene wieder ausspuckte, schaffte es gerade noch, sich ein Plätzchen in der Linie 8 zu sichern und stieg am Altenbekener Damm wieder aus.

Der Schnee war zum matschig nassen Schneeregen geworden, als sie endlich vor dem Haus mit dem Torbogen ankam. Sie stutzte.

Das Schild an der Linde war weg. Irgendein Idiot hatte wieder seine Stoßstange an den Baumstamm geklebt; diesmal war es ein hastig eingeparktes Ford-Coupé-Cabriolet mit einer unglaublichen Perlmutt-Lackierung. Und in ihrer Küche brannte Licht. Wer zum Teufel stand da am Fenster?

Leo hastete am Imbiss vorbei, ließ das Fahrrad achtlos auf dem Hof stehen und lief die Treppe hinauf, so schnell ihr schmerzender Rücken es zuließ. Der eingesperrte Rufus bellte, als sie vorbeihumpelte.

Die Tür zu ihrer Wohnung war nur angelehnt. Leo stieß sie auf und blickte in die überraschten Gesichter von Paul Ostermann, Wang Li und einer ihr unbekannten älteren Frau mit schlohweißen, kurz geschnittenen Haaren. Paul Ostermann trug wieder einmal Bademantel und Pantoffeln und sah aus, als habe man ihn gerade aus dem Bett gezerrt. Wang Li hatte eine nicht mehr ganz saubere Schürze um den Hals hängen und war offenbar direkt aus der Küche heraufgeeilt. Die drei standen in einem Schlachtfeld: umgeworfene Möbel, herausgezogene Schubladen, Bücher, Papiere und Zeitungen auf dem Fußboden. Leos Augen suchten Edwina. Gott sei Dank. Die Rose stand an ihrem Platz am Fenster. Ihr war nichts passiert. Aber die Wohnung! Komplett auf den Kopf gestellt.

Leo schnappte nach Luft. »Was zum …«

Paul Ostermann kam rasch auf sie zu und fasste nach ihrer Hand.

»Leo, Sie Ärmste! Es tut mir so leid!«

Aus der Küche meldete sich eine weitere Stimme.

»Hier ist offenbar nichts angerührt worden.« Kommissar Sandved streckte seinen Kopf um die Ecke. Leos Knie drohten nachzugeben. Als er sie sah, schossen seine Augenbrauen in die Höhe.

Paul Ostermann hielt immer noch ihre Hände umklammert. »Leo, wie sehen Sie denn aus?«

Sie machte sich los. »Würde mir bitte mal jemand erklären, was hier los ist?«

»Sieht so aus, als wäre mir jemand zuvorgekommen«, sagte Sandved und kam aus der Küche geschlendert. »Ihre Wohnung wurde gründlich durchsucht.«

*

Wiedensahl, den 12ten December 1854

Um ein Haar wäre ich überführt worden. Ich wollte mir Einlaß verschaffen. Ich mußte es versuchen! Es war schwierig genug, nach Lüthorst zu gelangen, wo dieser Pastor Kleine jetzt lebt, ohne allzu viel Aufsehen zu erregen. Und theuer war es auch, kostete meine letzten ersparten Thaler. Aber ich mußte doch wissen, was Wilhelm dort treibt! Sobald er sich wieder erholt hatte, ist er eilig abgereist. Nichts hält ihn in Wiedensahl; nicht einmal ich. Was macht er, wenn er bei seinem Onkel wohnt? Welcher Umgang ist dieser Pastor Kleine für ihn? Verseucht er ihn mit klerikalen Ideen?

Vor dem Hause verließ mich der Muth. Ich wußte nicht, wie ich es anstellen sollte, hineinzukommen. Heimlich? Unter einem Vorwand? Während ich im Dunkeln noch von einem Fuß auf den anderen trat, kam das Küchenmädchen heraus, um einen Kübel Abfälle auf den Mist zu bringen. Für den letzten meiner Thaler verrieth sie mir, daß Wilhelm schon wieder weiter geflogen ist, wie ein Zugvogel gen Süden. Nach München. In düsterer Stimmung kehrte ich zurück.

Vor wenigen Tagen kam ein Brief von ihm. Er will sich an der Königlichen Akademie der Künste versuchen. Aber seine niederländische Art ist dort nicht sehr gefragt. Sein Talenth zur Karikatur hingegen findet einigen Beifall. Die neuen Freunde, die er im Künstlerverein Jung-München gewonnen hat, bestärken ihn darin. Karikaturen! Das ist nicht das, was ich erhofft habe. Auch sorge ich mich wegen der Frauen. Angeblich nehmen sie nur Mannsbilder auf in ihren Verein, aber was heißt das schon, München ist eine große Stadt, sie werden wissen, wo sie ihre Vergnügungen finden. Ich bin mißtrauisch und eifersüchtig, es ist ein häßliches Gefühl, und ich darf meine Kräfte nicht an derlei Niedrigkeiten verschwenden.

- 6 -

»Verraten Sie mir, wo Sie waren?« Sandved heftete seinen forschenden Blick auf Leo. »Schlammcatchen?«

Leo stellte fest, was für eine großartige Erfindung Türrahmen waren. Dankbar lehnte sie sich dagegen, bevor sie zusammenklappen konnte.

»Ich verstehe das nicht«, sagte sie. »Es muss ein Irrtum sein. Ein schreckliches Missverständnis. Wer sollte bei mir ... Was meinen Sie eigentlich damit? Von wegen, dass Ihnen jemand zuvorgekommen ist?«

Sandved schüttelte den Kopf. »Ich hab zuerst gefragt. Bitte antworten Sie mir.«

»Ich warne Sie«, sagte Leo. »Ich werde auf der Stelle hysterisch, wenn Sie mich nicht aufklären.«

Wang Li lächelte. Die Frau neben ihm schien ebenfalls amüsiert. Sie ließ Leo keinen Moment aus den Augen. Wer war sie überhaupt?

Unwichtig, dachte Leo. Das konnte warten. Sie bemerkte, dass sie ein Stückchen am Türrahmen hinuntergerutscht war und wollte sich wieder aufrichten, aber es ging nicht. Ihr schoss die bizarre Vorstellung durch den Kopf, dass sie von nun wie ein mit zwei gezielten Handkantenschlägen in Form gebrachtes Winkeleisen durch die Gegend schlurfen musste. Es war alles andere als einfach, in zusammengekrümmter Haltung autoritär zu wirken. Man brauchte sich ja bloß diesen Kommissar anschauen: Er nahm sie überhaupt nicht ernst.

Aber Leo blieb starrsinnig. »Also?«

Er seufzte. »Ich meine genau das, was ich gesagt habe: Ihre Wohnung ist durchsucht worden. An der Eingangstür befinden sich keinerlei Spuren von Gewalt. Jemand hat einfach aufgeschlossen, mit einem Originalschlüssel oder einem Dietrich, und sich in aller Ruhe an die Arbeit gemacht. Können Sie feststellen, ob etwas fehlt?«

Leo hob hilflos die Schultern. »So auf den ersten Blick? Keine Ahnung.«

»Okay, dann prüfen Sie das später in Ruhe. Damit wären wir schon bei den großen W-Fragen.«

Sandved zählte an den Fingern ab: »Wer war es? Wer außer Ihnen hat einen Schlüssel? Was hat er gesucht? Wo waren Sie in der Zeit? Etwas in dieser Wohnung hat unseren Unbekannten brennend interessiert. Und wissen Sie was? Mir geht es genauso. Deshalb bedauere ich es sehr, dass er mir zuvorgekommen ist. Noch einen Tag, und ich hätte den Staatsanwalt so weit gehabt, mir einen richterlichen Durchsuchungsbeschluss zu beschaffen.«

Durchsuchungsbeschluss? Leo verstand überhaupt nichts mehr.

»Ist Ihnen nicht gut?«, fragte Paul besorgt. »Sie sind ganz blass.«

Sandved musterte sie. Kühl erwiderte sie seinen Blick. Diesmal wirkte er nicht so, als ob er in seinen Kleidern geschlafen hätte. Er trug einen hellen Zopfpullover zu schwarzen Jeans und eine braune Barbourjacke. Er war sogar rasiert. Aber auch in ausgeruhtem Zustand machte er keinen besonders ausgeglichenen Eindruck. Sie spürte, dass er ihr misstraute.

»Nur damit ich Sie richtig verstehe: Sie wollten wirklich meine Wohnung durchsuchen? Und Sie glauben wahrscheinlich, das hier könnte mit diesem Jablonsky zu tun haben?«

Sandved zuckte die Schultern. »Mit Anton Jablonsky. Mit Ludwig Heller. Oder mit Ihnen.«

Er stand jetzt dicht vor ihr. Leo hätte ihm am liebsten gegen das Schienbein getreten.

»Es ist vielleicht besser, wenn Sie sich setzen«, meldete sich mit ruhiger Stimme die zierliche, weißhaarige Frau neben Wang Li zu Wort, die als Einzige das Zittern in Leos Beinen zu bemerken schien.

»Wir kennen uns noch nicht. Ich bin Ruth Herwig, Ihre Nachbarin von unten. – Kommen Sie, Sie sehen wirklich nicht gut aus.« Sie zog einen Stuhl heran.

Leo machte einen Schritt darauf zu und zuckte vor Schmerz zusammen. Verfluchter Rücken. Sandved griff ungebeten nach ihrem Arm.

»Langsam. – So.« Er musterte sie. »Was ist eigentlich passiert?«

»Bin vom Rad gestürzt«, stieß Leo zwischen zusammengebissenen Zähnen hervor.

»Sie waren mit dem Rad unterwegs?«

»Ich habe einen Ausflug gemacht.«

»So, so. Einen Ausflug. Mit dem Rad. Bei dem Wetter.«

Seine Stimme hatte unvermittelt einen warnenden Unterton angenommen: Versuchen Sie nicht, mich für dumm zu verkaufen!

Oh oh oh. Leo, halt die Klappe.

»Ich habe mir die Umgebung angesehen«, sagte sie lahm. »Die, äh, landespflegerischen Maßnahmen. Die Gartenbaubetriebe in der Nähe. Das gehört zu meinem Beruf.«

»Richtig, ich erinnere mich. Sie sind Gärtnerin, nicht wahr?«

»Gartenarchitektin.«

»Interessant. Wo arbeiten Sie?«

»Nirgends. Ich habe zur Zeit keinen Job.«

»Verstehe. Sie haben sich also nach einem neuen Betätigungsfeld umgesehen. Und Sie könnten mir auch ein paar Gartenbaubetriebe nennen, die Sie aufgesucht haben, wenn ich Sie danach fragen würde?«

Aber sicher. Wenn er sie kurz mit dem Branchenbuch allein ließ.

Leo sah zu Boden. Überall auf dem Fußboden lagen Bücher und Papiere verstreut. Nur der Tisch mit Ostermanns Blumenstrauß bildete eine kleine Enklave der Unversehrtheit. Auf einmal war ihr zum Heulen zumute.

Sandved tat, als habe er nicht bemerkt, dass sie ihm die Antwort schuldig geblieben war.

»Waren Sie den ganzen Tag unterwegs?«

Sie nickte.

»Wusste jemand davon?«

»Ich«, meldete sich Paul Ostermann. »Sie haben es mir gestern Abend gesagt, erinnern Sie sich?«, wandte er sich an Leo. Sandveds Augen gingen zwischen ihnen beiden hin und her. Das Misstrauen stand ihm ins Gesicht geschrieben.

»Bin ich jetzt verdächtig?«, fragte Paul mit einem kleinen Lächeln. »Nur mein Hund könnte bezeugen, dass ich den ganzen Tag im Bett gelegen habe. Ich habe die meiste Zeit geschlafen. Mit Ohrstöpseln. Deshalb habe ich wahrscheinlich auch nichts gehört. – Mein Gott, Leo, wenn ich mir vorstelle, Sie wären nach Hause gekommen und hätten den Einbrecher überrascht …«

»War niemand mehr da«, sagte Wang Li ruhig. Leo hatte ganz vergessen, dass er hinter ihr stand. Er trat vor.

»Wollte Sie zum Essen einladen. So dummer Ärger mit Neffe und Auto!« Er verbeugte sich leicht. »Ich sehe Tür offen – und dann ich rufe ›Hilfe, Polizei!‹, und dann kommen Frau Herwig.« Er breitete die Hände aus. »Wir sehen das hier. Aber keine Seele von Mensch.«

»Herr Wang Li hat den Einbruch entdeckt und uns informiert«, erläuterte Sandved.

»Und Sie befassen sich neuerdings mit ordinären Einbrüchen? Stehen Sie dazu nicht ein paar Stufen zu hoch auf der Leiter?«, fragte Leo bissig.

Sandved hielt es nicht für nötig, ihr darauf eine Antwort zu geben. Leo wandte ihre Aufmerksamkeit der älteren Frau zu, die mit ihren akkurat geschnittenen weißen Haaren und der tiefroten Kaschmirstrickjacke sehr gepflegt wirkte.

»Ich kam gerade nach Hause, als Wang Li die Treppe hinunterstürmte und habe hier gewartet, bis die Polizei – bis Herr Sandved kam«, sagte Ruth Herwig und hob ein paar Bücher auf, die vor ihren Füßen lagen. »Ich helfe Ihnen gern beim Aufräumen.«

»Das hat Zeit bis morgen«, wehrte Leo ab.

Ruth Herwig legte die Bücher auf den Tisch. »Wenn Sie möchten, können Sie in meinem Gästezimmer schlafen.«

»Was spricht gegen mein Schlafzimmer?« Leo sah Sandved fragend an.

»Nichts. Ist nur ein bisschen auf den Kopf gestellt. Und Ihr Türschloss ist nicht sicher.«

»Sie meinen, der Täter könnte wiederkommen?«

Er zuckte mit den Schultern. »Möglich.«

Na gut. Sollte er. Wenn es sein musste, würde sie die ganze Nacht mit einer zerschlagenen Flasche oder einem Arsenal von Küchenmessern auf der Lauer liegen.

»Sie scheinen keine Angst zu haben«, stellte Sandved fest. »Kennen Sie den Täter?«

Leo schloss die Augen und atmete tief durch. Nein, sie würde ihn jetzt nicht anschreien.

»Ich habe keine Ahnung, wer hier was gesucht hat, warum glauben Sie mir das nicht?«

»Kommen Sie, Herr Ostermann«, schaltete sich Ruth Herwig ein, »ich glaube, wir sind hier jetzt überflüssig.« Und zu Leo gewandt: »Sagen Sie mir einfach Bescheid, wenn ich etwas für Sie tun kann.«

»Das Gleiche gilt für mich«, verabschiedete sich Paul Ostermann, nachdem er seine Telefonnummer auf ein altes Bonbonpapier gekritzelt hatte.

Danke, danke, vielen Dank. Und jetzt raus. – ALLE.

Leo schloss erschöpft die Augen. Als sie sie wieder aufschlug, war Sandved immer noch da. Auch Wang Li wollte offenbar nicht gehen. Ihr Rücken schmerzte höllisch. Sie wünschte sich inständig, die beiden würden verschwinden. Von unten hörte man Rufus bellen.

»Haben Sie noch Fragen?« Herausfordernd sah sie Sandved an.

»Jede Menge.«

Er war hartnäckig wie eine Zecke. Wang Li räusperte sich.

»Darf ich Vorschlag machen? Junge Dame hier braucht erst etwas zu essen –«

Leo winkte ab. Junge Damen brauchten vor allem Schlaf. Und vorher eine heiße Dusche.

»Doch, doch!«, beharrte Wang Li. »Gute heiße Suppe macht Seele warm. Professor hat das auch gewusst. Hat oft bei mir gegessen, wann nach Hause gekommen von Arbeit mit komische Mann.«

»Mit wem?« Leo und Sandved fragten fast gleichzeitig.

Wang Li verbeugte sich. »Falsch gesagt, bitte um Verzeihung. Wie heißt er? Mann mit komische kleine Bilder?«

»Wilhelm Busch«, sagte Leo. Wang Li nickte.

»Kommen mit? Oder ich lasse Essen bringen.«

Leo wandte sich an Sandved. »Meine Küche ist in Ordnung, sagten Sie vorhin?«

Er nickte. »Ich nehme an, der Täter hat sie sich für zuletzt aufgespart. Er ist über den Balkon geflüchtet. Wahrscheinlich hat Herr Wang Li ihn vertrieben, bevor er Ihre Vorratsschränke durchwühlen konnte.«

»Dann möchte ich gern hier bleiben.« Sie lächelte Wang Li dankbar zu, und der kleine Chinese verschwand.

Sandved war inzwischen zur Balkontür geschlendert und untersuchte das Schloss. Leo ließ ihn stehen und ging ins Badezimmer, um sich etwas Wasser ins Gesicht zu klatschen und ihr Kinn zu verarzten.

Er folgte ihr. »Diese Tür da zum Dachbalkon gefällt mir nicht.«

Sie drehte prustend den Kaltwasserhahn zu und rieb sich vorsichtig das Gesicht trocken. »Was ist daran auszusetzen?«

»Die Feuertreppe, die zu ihr führt. Jeder könnte unbemerkt raufschleichen und im Handumdrehen in Ihrer Wohnung sein. Die Tür lässt sich leicht von außen aufdrücken. Ich hab es gerade probiert. Der Einbrecher hätte es gar nicht nötig gehabt, von vorn zu kommen. Vielleicht hat er das bei seiner Flucht bemerkt. Er könnte einen zweiten Versuch starten.«

Leo wühlte im Arzneischrank nach Jod und Pflaster.

»Es gibt eine Eisenjalousie.«

Er schnaubte. »Wer Türschlösser knackt, schafft auch das Ding. Es dürfte Ihnen kaum etwas nützen.«

»Sie beruhigt mich.«

»Das sehe ich.« Er warf einen vielsagenden Blick auf ihre zitternden Finger und griff nach dem Wattebausch, den sie gerade mit Jod beträufelt hatte.

»Das kann ich selbst!«, fauchte sie ihn an.

»Davon bin ich überzeugt. Aber meine Hände sind im Moment ruhiger. Setzen Sie sich auf die Badewanne.«

Konzentriert tupfte er an ihrem Kinn herum. Leo verschränkte ihre zitternden Hände im Schoß. Herrgott, war sie müde. Und der Rücken schmerzte mörderisch. Sie wollte nicht mehr nachdenken. Sie wollte auch nichts essen. Es gefiel ihr ganz gut, einfach so dazusitzen, Sandveds Rasierwasser zu riechen und die Wärme zu spüren, die von seinem Pullover aufstieg. Von ihr aus konnte er nicht nur ihr Kinn, sondern gleich das ganze Gesicht mit hübschen kleinen Pflasterstreifen bekleben.

Noch dringender regte sich allerdings der Wunsch, ihre Blase zu entleeren.

»Fertig.« Sandved trat einen Schritt zurück. Leo öffnete die Augen.

»Danke.«

Er legte das Verbandszeug weg und sah sie prüfend an. »Wegen Ihres Rückens sollten Sie vielleicht zum Arzt.«

Sie nickte müde und blieb sitzen. Worauf wartete er noch? Dass sie hier eine kleine Party feierten?

»Würden Sie bitte ...?«

Er verstand nicht.

»Ich muss mal«, erklärte sie würdevoll.

Sandved zuckte zusammen und entfernte sich eilig. Leo schloss die Tür hinter ihm und sah auf ihre Hände. Sie zitterten immer noch.

Jemand klingelte.

Als sie aus dem Bad kam, war Sandved gerade dabei, zusammen mit einer jungen Chinesin zahllose Schüsseln und Schälchen von einem Tablett auf den Küchentisch zu verteilen. Das musste Wang Lis Schwiegertochter sein. Oder nannte man das Schwiegernichte? Sie war eine stämmige kleine Frau mit einem runden Gesicht. Kinnlange schwarze Haare umrahmten rosige Wangen; Ponyfransen verdeckten die Stirn. Sie schenkte Leo ein freundliches Lächeln.

»Was für ein Chaos! Was für ein Schreck!«, sagte sie mitfühlend und gab Leo die Hand. »Ich bin Su Jing. – Ich habe übrigens Ihr Gepäck mit hochgebracht.«

Sandved ging wortlos vor die Wohnungstür und stellte die Gepäcktaschen bei der Garderobe ab.

Su Jing deutete auf den Tisch. »Ich hoffe, es wird Ihnen schmecken. Es ist ganz heiß. Essen muss heiß sein, um die Seele zu wärmen.«

Die Ernsthaftigkeit, mit der sie das sagte, entlockte Leo ein Lächeln. »Das meinte Ihr Onkel vorhin auch. Wirklich nett von ihm, uns zum Essen einzuladen.«

Su Jing nickte mit Nachdruck. »Er ist ein freundlicher Mensch.«

»Sie sprechen gut Deutsch«, mischte sich Sandved ein.

»Ich studiere hier.« Su Jing rückte die Schüsseln zurecht. »Elektrotechnik. Das heißt, im Augenblick nicht, wegen des Babys. Ich komme nicht zum Lernen, weil der Kleine dauernd schreit. Immer wird er wach von diesem schrecklichen Hund.«

Leo fiel das weinende Baby ein, das sie am Morgen gehört hatte. Rufus hatte gebellt, obwohl sie auf Zehenspitzen an der Tür vorbeigeschlichen war. Dämlicher Köter.

Su Jing schüttelte den Kopf. »Keine ruhige Minute heute. Er bellt frühmorgens, er bellt mittags, er bellt abends. Herr Ostermann hat ihn aus dem Tierheim geholt. Man kann ihn wohl nicht mehr erziehen. Was soll man da machen! Aber genug geredet. Essen Sie, bevor es kalt wird. Und sagen Sie bitte Bescheid, wenn Sie noch etwas möchten.« Sie nahm das Tablett und ging.

Sandved zog sich einen Hocker an den Tisch und schnupperte genießerisch. Leo ließ sich vorsichtig auf einem Stuhl nieder. Erst jetzt bemerkte sie, wie hungrig sie war. Sandved schob ihr den Reis zu und untersuchte den Inhalt der anderen Schüsseln. Es war ein wenig seltsam, mit ihm hier am Tisch zu sitzen, als wären sie alte Freunde.

Aber statt nett über das Wetter zu plaudern oder irgendetwas Erfreuliches zu sagen, fing er wieder von vorne an.

»Sie haben also wirklich keine Ahnung, wer in Ihre Wohnung eingedrungen ist? Und was er gesucht hat?«

Vielleicht sollte sie ihm etwas Sojasauce in die Ohren spritzen, zur Reinigung der Gehörgänge.

»Wie oft denn noch? NEIN!«

»Sie finden es nicht merkwürdig, dass Wang Li dieses opulente

Essen hier spendiert? Für mich sieht das sehr nach schlechtem Gewissen aus.«

»Das hat er ja auch. Wegen seines Neffen, hat er selbst gesagt, Sie haben es gehört.«

»Was ist das für eine Geschichte mit dem Neffen und dem Auto?«

Leo berichtete ihm die Episode mit der Linde. Sandved lachte schallend.

»Im Ernst? Sie haben einen Kleinkrieg wegen eines Baumes angezettelt?«

»Nicht wegen irgendeines Baumes«, sagte sie mühsam beherrscht. »Wegen einer Linde. Wissen Sie überhaupt, wie selten die heute sind? Sie steht vor diesem Haus und ich fühle mich für sie verantwortlich.«

Sandved lächelte nachsichtig und griff nach den Holzstäbchen, die Su Jing mitgebracht hatte. Leo verfolgte jede seiner Bewegungen. Wenn dieser arrogante Kerl auch noch in der Lage war, mit Stäbchen zu essen, würde sie schreien. Sie wusste genau, was er jetzt dachte. *Sie ist eine Frau, sie ist emotional, sie kriegt einen verklärten Blick, wenn sie Natur! Blumen! Schmetterlinge! ruft. In gewisser Weise nicht zurechnungsfähig.*

»Sind Sie deshalb Gartenarchitektin geworden? Um gegen Straßenbaumquäler zu Felde zu ziehen?«

Er versuchte mit seinen Stäbchen eine kleine Garnele zu fassen. Leo beobachtete mit Genugtuung, dass sie sich heimtückisch widersetzte.

»Nein. Ich liebe es, Landschaften zu gestalten. Knochenarbeit macht mir Spaß. Und ich wühle für mein Leben gern im Dreck.«

Jetzt hatte er es fast geschafft, öffnete den Mund und – die Garnele glitschte weg. Sandved sah verdrossen auf seine Stäbchen.

»Und warum sind Sie Polizist geworden?« Leo schob ihm einen Löffel hin.

»Für Tiermedizin reichte mein Notendurchschnitt nicht, in der Paläontologie sind alle wichtigen Entdeckungen schon gemacht, für einen Profi-Basketballer bin ich zwar groß genug, aber nicht ausreichend talentiert, und als Deutschlehrer hätte ich mich ständig mit aufsässigen Schülern herumärgern müssen.«

»Das schränkt die Möglichkeiten natürlich mächtig ein.«

Wang Li hatte sogar an heißen Sake gedacht. Leo trank einen Schluck von dem Reisschnaps und fühlte, wie er ihr Inneres wärmte.

»Sie suchen also einen Job«, fing Sandved wieder an.

»Dringend. – Geben Sie mir bitte mal die Erdnusssauce? – Danke.«

»Ihr Onkel hat Ihnen aber doch sicher ein finanzielles Polster hinterlassen.«

»Nur die Wohnung.« Die Dreitausendachthundert gingen ihn nichts an. Sie selbst behandelte das Geld, als wäre es nicht vorhanden. Es war ihre eiserne Reserve. Irgendwann, das hatte sie fest beschlossen, würde sie sich ein Flugticket nach New York kaufen und das Geld bis zum letzten Cent ausgeben.

Er runzelte verwundert die Stirn und häufte sich frittierten Blumenkohl auf den Teller. »Gibt es denn noch andere Erben?«

Leo schüttelte den Kopf.

»Aber, entschuldigen Sie …«

Oh, was für ein Feingefühl. Ich entschuldige gar nichts, dachte Leo. Iss auf und geh.

»Wo ist dann das ganze Geld geblieben? Ludwig Heller war schließlich Professor und sicherlich nicht gerade mittellos.«

»Er hat das Pflegeheim bezahlt, in dem meine Mutter lebte. Seine Schwester. Und zwar jahrelang. Ich hätte das allein nicht geschafft.«

Sandved kaute nachdenklich. »Vielleicht hat Ihr Onkel deshalb Geschäfte mit Jablonsky gemacht. Um die Kasse wieder aufzufüllen.«

Leo knallte das leere Sakeschälchen auf den Tisch, dass die Schüsseln hochsprangen. Sandved warf ihr einen überraschten Blick zu.

»Sie sind wirklich das Allerletzte!«, stieß sie hervor.

Er legte den Löffel ab und hob die Hände.

»Okay. Okay! – Beruhigen Sie sich. Das ist nur eine Vermutung. Es gehört zu meinem Job, Mutmaßungen anzustellen und sie zu überprüfen.«

Leo atmete tief durch. Das wirklich Gemeine war, dass sich ihr dieser Gedanke auch schon aufgedrängt hatte. Aber sie wollte es nicht glauben.

»Weshalb waren Sie überhaupt hinter Jablonsky her?«, fragte sie ihn. »Eigentlich geht es doch gar nicht um meinen Onkel.«

»Das kann ich Ihnen zum gegenwärtigen Zeitpunkt leider nicht sagen.«

»Sie bluffen. Sie haben gar nichts in der Hand.«

»Liebe Frau Heller, es gibt in Deutschland nur eine Handvoll Fachkommissariate, die sich mit Kunst und Antiquitäten befassen. Zu einem davon gehöre ich. Der Markt boomt. Wir sind unterbesetzt. Wir haben alle Hände voll zu tun. Ihre Gesellschaft und dies köstliche Essen in allen Ehren, aber glauben Sie wirklich, ich schlage mir aus lauter Langeweile den Abend hier um die Ohren?«

Nein, dachte Leo unbehaglich. Sicher nicht. Trotzdem war sie nicht bereit, klein beizugeben.

»Wenn Jablonsky wirklich so ein übler Geselle war, warum haben Sie ihn nicht längst aus dem Verkehr gezogen? Ich werde Ihnen sagen, warum. Weil Sie nichts als einen vagen Verdacht haben. Keine Beweise. Dieser Typ hat bestimmt einen Haufen Geschäfte gemacht, die können doch nicht alle illegal gewesen sein!«

»Abgesehen von seiner mangelnden Scheu im Umgang mit Fälschungen war Jablonsky in der Tat ein kompetenter Fachmann und anerkannter Händler.«

»Na sehen Sie. Und für *den* hat mein Onkel vielleicht gelegentlich mal gearbeitet.«

Sandved wischte sich mit einer Papierserviette den Mund ab und schenkte sich Sake ein.

»Gehen wir doch einfach mal der Reihe nach durch, was wir wissen, angefangen beim gestrigen Tag. Nein, besser beim Tag davor. Da haben Sie den zwielichtigen Kunsthändler Anton Jablonsky tot auf Ihrer Türschwelle gefunden. Leider drängeln sich die Leichen im Moment nur so in der Gerichtsmedizin, es wird ein wenig länger dauern, bis wir wissen, ob wir es mit einem natürlichen Tod zu tun haben. Aber das können wir vorerst beiseite lassen. Wichtiger ist: Wenn Sie, wie Sie sagen, den Toten nicht kannten, dann wollte er wohl zu Ihrem Onkel. Aber warum?«

Leo kämpfte einen Moment lang mit sich. Sollte sie ihm von der Nachricht erzählen? Nein. Die Sache war sowieso schon gelaufen. Sie hörte schweigend weiter zu.

»Zwei Tage später bricht jemand in Ihre Wohnung ein. Angenommen, Ihr Onkel besaß etwas, das Jablonsky gehörte oder ihn so brennend interessierte, dass er es unbedingt haben wollte. Doch Jablonsky ist tot. Vielleicht hat nun jemand anderes die Geschäfte übernommen. Jemand, mit dem Jablonsky zusammenarbeitete. Das überprüfen wir gerade. Aber die Branche ist schweigsam, das braucht seine Zeit.«

Sandved kratzte den letzten Reis von seinem Teller und beförderte ihn mit einer großzügigen Haube aus Erdnusssauce in den Mund.

»Und wenn dieser Jemand nur glaubt, dass hier etwas ist?«, wandte Leo ein.

Sandved drehte nachdenklich das Sakeschälchen zwischen seinen Fingern. »Dann muss er zumindest einen Grund zu dieser Annahme haben.«

Er goss sich nach. »Sie auch?«

Leo schüttelte den Kopf. Wie aus dem Nichts war plötzlich ein Gedanke aufgetaucht, der ihr die Kehle abschnürte. Ein Gedanke, den sie in aller Stille und für sich allein drehen und wenden wollte, bevor sie ihn aussprach. Vielleicht, dachte sie, vielleicht sollten wir unsere Rückschau nicht mit Jablonsky beginnen, sondern mit Onkel Ludwigs Tod.

Der Rabe auf dem Badezimmersims. Ludwigs Versuch, Hans wieder einzufangen. Auf der Terrassenbrüstung ausgerutscht, hieß es. Aber selbst Leo konnte mühelos den Sims erreichen, ohne auf die Brüstung zu steigen. Und ihr Nachbar war der Letzte, der an jenem Abend bei Ludwig Heller gewesen war. Ihr war klar, was es bedeuten würde, Sandved davon zu erzählen. Es hieß, den freundlichen Paul Ostermann mit einem furchtbaren Verdacht zu belasten.

Sie schwieg.

Sandved schob seinen Teller beiseite und stützte sich auf den Tisch. »Lassen wir nun die Außenwelt beiseite und konzentrieren wir uns auf das Haus.«

»Haufenweise Verdächtige«, sagte Leo. »Und mittendrin ich, die abgefeimte Drahtzieherin eines Kunstbetrugs, vielleicht sogar eines Mordes.«

»Übersteigt es eigentlich Ihre Vorstellungskraft, dass ich versuchen könnte, Ihnen zu helfen?«

»Ja.«

Sandveds Augenbrauen zuckten. »Wenn hier wirklich jemand hinter einem Kunstwerk her ist, schweben Sie womöglich in Gefahr. Kunstfälscher und ihre Händler sind keine Schöngeister, sondern äußerst skrupellos. Wir können uns das Leben etwas leichter machen, indem wir die nicht infrage kommenden Personen aussortieren. Erdgeschoss und erster Stock: Da haben wir Wang Li und seine umfangreiche Familie, insbesondere einen Neffen, den Sie bereits in Ihr Herz geschlossen haben. – Einverstanden, war nicht komisch«, sagte er, als er ihre Miene sah.

»Aber wenn es nach Ihnen geht, ist er zumindest ein Verdächtiger«, fuhr Sandved fort. »Er fühlt sich von Ihnen wegen Ihrer Vorhaltungen wegen der Linde beleidigt und beschließt, Ihnen einen Denkzettel zu erteilen. Er wartet ab, bis Sie einmal fort sind, ergreift die günstige Gelegenheit und verwüstet Ihre Wohnung, allerdings ohne ernsthaft etwas zu zerstören. Er will Ihnen bloß Angst einjagen. Wang Li entdeckt die Tat und bietet durch die Blume diese

Entschuldigung an.« Sandved deutete auf die ausgekratzten Schüsseln.

»Klingt doch plausibel«, sagte Leo.

»Hat nur einen Haken. Würde der Täter nicht wollen, dass Sie eindeutig wissen, mit wem Sie es zu tun haben? Damit Sie die Botschaft auch richtig verstehen, müsste er ein Zeichen zurücklassen. Hat er aber nicht. Oder haben Sie etwas entdeckt? Eine geheime Warnung, die mir entgangen ist?«

Leo schüttelte den Kopf.

»Su Jings Ehemann lassen wir also vorerst außer Acht, ebenso Wang Li, auch wenn er nach eigener Aussage als Erster am Tatort war«, sagte Sandved.

»Vielleicht jemand anderes aus der Familie?«, schlug Leo halbherzig vor.

Er schüttelte den Kopf. »Da unten wohnen zwar eine ganze Menge Personen, und ich bin sicher, dass die nicht alle hier gemeldet sind. Das will ich im Moment auch gar nicht so genau wissen. Aber trotzdem: Ich glaube nicht, dass Wang Li oder seine Familie etwas damit zu tun haben. Hundertprozentig ausschließen können wir natürlich gar nichts. Aber ich halte es einfach für unwahrscheinlich. Nennen Sie es Instinkt.«

Leo wusste nicht, ob sie sich lieber mit seinem Instinkt oder seinen Vorurteilen herumschlagen wollte, also schwieg sie.

»Zweiter Stock«, machte Sandved weiter. »Links Herr Ostermann und rechts die ältere Dame.« Er zog ein kleines Notizbuch aus der Hosentasche und warf einen Blick darauf.

»Ruth Herwig. Sie war mit Ihrem Onkel gut bekannt, wie sie mir erzählt hat. Hätte sie ein Motiv, hier einzubrechen? – Das wissen wir nicht«, beantwortete er seine Frage selbst. »Aber Wang Li und Su Jing bestätigen ihre Aussage, dass sie gerade erst nach Haus kam, als die Tat entdeckt wurde. – Dann Paul Ostermann. Er stieß zu uns, als wir den Schaden begutachteten. Offenkundig ist er schwer erkältet. Es ist durchaus glaubhaft, dass er den Tag im Bett verbracht und nichts Verdächtiges bemerkt hat.«

Es klang alles so furchtbar einleuchtend, was Sandved sagte. Aber es stimmte nicht. An irgendeinem Punkt passte etwas nicht zusammen; Leo konnte bloß nicht herausfinden, wo. – Su Jing. Etwas, das Su Jing gesagt hatte. Oder Wang Li? – Himmel und Hölle, wenn sie nur nicht so müde gewesen wäre! Ihr Kopf fühlte sich an wie mit pappigem Laub gefüllt, ungefähr wie das Zeug in dem Graben, in den sie gestürzt war. Sie musste nachdenken, sie musste sich bloß konzentrieren, dann würde sie den Fehler finden.

»Sie sehen aus, als würden Sie gleich vom Stuhl fallen. Vielleicht sollten wir für heute Schluss machen.« Sandved musterte sie kritisch. »Sie gehören ins Bett.«

Oh ja. Schlafen. Alles vergessen. Wunderbare Vorstellung.

»Hallo! – Hören Sie mir überhaupt noch zu?« Er kniff die Augen zusammen. »Wo sind Sie gerade?«

»In der Horizontalen.« Nie lügen, wenn es nicht unbedingt sein muss, dachte sie.

Sandved schüttelte den Kopf, ohne sie aus den Augen zu lassen. »Warum habe ich das Gefühl, dass Sie mir ständig etwas verheimlichen?«

»Weiß ich auch nicht. Vielleicht eine leichte Form von Paranoia. – Wie wär's mit einem Glückskeks zum Abschied?«, sagte sie hastig.

Sie pulten ihre Kekse auf und zogen die Zettel heraus.

»*Es ist unklug, die Schlange gering zu achten, nur weil sie keine Hörner hat*«, las sie laut. »Tsss. – Und was steht bei Ihnen?«

»*Unnötige Risiken verkürzen das Leben. Handle klug!*«

Sandved stand auf und ging zum Fenster. Der Schneeregen hatte noch nicht nachgelassen. Matschige Flocken fielen auf Hausdächer, Autos, Fußweg und Straße und lösten sich sofort in glänzende Nässe auf.

»Na dann. Vielleicht sollte ich auf meinen Glückskeks hören und lieber zu Fuß gehen.« Er warf einen Blick auf die leeren Sakekrüge.

Leo erhob sich geschmeidig wie eine arthritische Neunzigjährige und schlurfte zu ihm.

»Ist das Ihr Wagen da unten?«

»Der akkurat zwei Millimeter von der Linde entfernt steht«, betonte er. »Ja, das ist meiner.«

»Ist es Ihnen nicht peinlich, mit so was herumzufahren?«

»In dem Milieu, in dem ich mich zurzeit bewege, gehört das zum guten Ton. Die Farbe ist vielleicht ein bisschen ungewöhnlich.«

»Hmm. Sieht aus wie ein Cremetörtchen.«

»Ich habe schon einen Neuen beantragt. Vielleicht klappt das sogar noch in diesem Jahr. Dieser Schlitten hier hat allerdings den Vorteil, dass niemand einen Kommissar darin vermutet.«

Leo erinnerte sich, dass er seinen ›Fall‹, wie er es nannte, unbedingt noch vor dem Jahreswechsel abschließen wollte.

»Warum haben Sie es eigentlich so eilig?«

»Ich fliege im Januar für ein paar Wochen nach New York. – Nein, nicht was Sie denken. Kein Urlaub, sondern eine Fortbildung im Rahmen eines Austauschprogramms.«

Leo notierte sich im Geist, ihr Ticket auf keinen Fall vor März zu kaufen.

»Warum beschleicht mich das Gefühl, den falschen Beruf gewählt zu haben?«

»Haben Sie?«

»Gartenarchitekten werden so selten zu Fortbildungen nach New York geschickt.«

Er lachte. »Die haben für gewöhnlich auch weniger mit Kunstkriminalität zu tun. Obwohl Sie da vielleicht die Ausnahme bilden. – Schon gut, nicht aufregen. Haben Sie meine Karte noch? Mit der Nummer meiner Dienststelle?«

Keine Ahnung, dachte Leo. Sie nickte einfach.

Er zog seine Brieftasche aus der Jacke, die über seinem Stuhl hing, und entnahm ihr ein weiteres Kärtchen. Leo sah zu, wie er etliche Zahlen daraufkritzelte.

»Hier. Unter dieser Handynummer können Sie mich auch privat erreichen. Jederzeit.«

Sie sah auf die Karte. Martin Sandved.

»Was ist Sandved eigentlich für ein Name?«

»Skandinavisch«, erklärte er und zog seine Jacke an. »Mein Vater war Schwede, meine Mutter Deutschamerikanerin. »Geboren bin ich in Stockholm, aufgewachsen in New York und Hamburg. Noch Fragen?«

»Vorerst sind Sie entlassen.«

Sie begleitete ihn zur Tür. In ihrer gekrümmten Haltung kam sie sich neben ihm noch kleiner vor.

»Wenn das morgen nicht besser ist, sollten Sie wirklich einen Arzt aufsuchen. – Und das Schloss hier ...« Er rüttelte an dem Türgriff. »Lassen Sie sich so schnell wie möglich ein neues einbauen. Ein Sicherheitsschloss. Schieben Sie bis dahin einen Stuhl unter die Klinke. Und lassen Sie heute Nacht die Jalousie vor der Terrassentür herunter.«

»Danke für die beruhigenden Worte.«

Eindringlich sah er sie an. »Sie haben allen Grund, beunruhigt zu sein. Wollen Sie das Angebot Ihrer Nachbarin nicht doch annehmen?«

Leo schüttelte den Kopf. Es war ein komisches Gefühl, als er die Wohnung verlassen hatte. Sie zerrte gehorsam einen Stuhl vor die Tür, ließ die quietschende Jalousie herunter und ging zurück in die Küche. Vom Fenster aus beobachtete sie, wie Sandved auf dem Fußweg zögerte, schließlich doch zu seinem Wagen ging und, bevor er einstieg, einen Moment die Linde begutachtete. Dann scherte er vorsichtig aus der Parklücke aus und verschwand in der Dunkelheit.

Leo schlang fröstelnd die Arme um sich.

»Ich finde, er übertreibt. Edwina, verrat mir doch, was hier in meiner Abwesenheit los war.«

Edwina verriet nichts.

Leo schlurfte ins Bad. Als sie fertig war, warf sie einen zaghaften Blick in ihr Schlafzimmer.

Oh verdammt.

Was für ein Chaos. Matratze, Bettzeug, Kissen, alles war auf dem

Boden verteilt. Die Schranktüren standen offen, Schubladen waren herausgezogen. Keine zehn Pferde hätten sie jetzt in dieses Bett gekriegt, nachdem wer auch immer darin herumgewühlt hatte. Sie zog Decken und Laken aus dem Schrank und richtete sich auf dem Sofa ein.

Ächzend und schon im Halbschlaf kroch sie unter die Decken. Na ja, das Bett wäre vielleicht doch die bessere Wahl gewesen. Zumindest bequemer.

Bett. – Schlafen. –

Rufus.

Schlagartig war sie wieder wach. Da war es, das Mosaiksteinchen, das ihr gefehlt hatte. Sie starrte an die dunkle Zimmerdecke.

Ich habe nur meinen Hund, der bezeugen kann, dass ich den ganzen Tag im Bett gelegen habe, hörte sie Paul Ostermann sagen.

Und Su Jings Stimme: *Keine ruhige Minute heute. Er bellt frühmorgens, er bellt mittags, er bellt abends.*

Rufus inszenierte jedes Mal ein Hundedrama, wenn sein Herrchen die Wohnung verließ. Kam Paul zurück, war seine Welt wieder in Ordnung. Aber er bellte wie blöd, wenn er Leo sah oder witterte. Er hatte gebellt, als sie heute Morgen an ihm vorbeigeschlichen war. Und ebenfalls, als sie abends zurückkam. Zweifellos auch, als Paul Ostermann zuvor auf den Tumult aufmerksam geworden war und sich zu den anderen gesellt hatte. Und für alle hörbar, als er vorhin wieder hinuntergegangen war. – Aber was war dazwischen? Wieso hatte Rufus Theater gemacht, als sie nicht da war und Paul angeblich schlief?

Leo pellte sich aus den Decken und humpelte in die Küche.

Vielleicht war das so dahergesagt von Su Jing. In gestressten Ohren konnte gelegentliches Bellen zu Dauergekläff anwachsen. Oder Paul war kurz in der Apotheke gewesen und hatte es für so nebensächlich gehalten, dass er es Sandved gegenüber nicht erwähnte, dachte Leo, während sie in der Schublade herumkramte.

Es wäre ja auch denkbar, dass Rufus einmal mit seinen festen Regeln gebrochen und ausnahmsweise den Briefträger angebellt hatte. Oder einen Schatten an der Wand. Oder eine Ratte im Hof, die er nicht jagen durfte, weil er in der Wohnung bleiben musste und die Klappe zur Feuertreppe abgesperrt war.

War ja alles möglich.

Trotzdem suchte sie Onkel Ludwigs Tranchiermesser heraus, nahm es mit zum Sofa und schob es zwischen die Polster. Wohler fühlte sie sich dadurch keineswegs, eher ein bisschen neurotisch. Sie zog die Decke bis zur Nasenspitze hoch. Morgen konnte sie weiter nachdenken.

*

Wiedensahl, den 19ten Februar 1857

Es ist doch sehr angenehm, in diesen dunklen Tagen im Kämmerlein zu sitzen und es sich bei einer heißen Chocolade recht wohl ergehen zu lassen. Das Jahr hat gut begonnen, und ich bin ausgesöhnt mit den Umständen. Wilhelm war lange Zeit zugegen, und da ist es nicht so hart, ihn aufs Neue in Lüthorst zu wissen, wo er bei Pastor Kleine weilt. Sorge macht mir nur, daß ihn statt der Malerei jetzt die Heraldik umtreibt. Er streift umher und sammelt und zeichnet Wappen. Was das nun wieder werden soll! Ich würde es begrüßen, wenn er mehr an unserer Zukunft arbeitete als in der Vergangenheit fremder Geschlechter herumzustochern.

Wiedensahl, den ersten März 1857

Was muß ich hören! Der Pastor setzt meinem Wilhelm Flöhe ins Ohr, die man von einem frommen Gottesmann nicht erwarten sollte. Georg Kleine soll ein passionirter Bienenzüchter sein und seiner Leidenschaft mit gutem Erfolge nachgehen. Das ist schön, es sei ihm gegönnt, aber muß er auch Wilhelm damit infizieren? Es ist wohl recht und billig, als Knabe solchen Ideen nachzuhängen, aber nun spinnt er sich ein abentheuerliches Leben zurecht: nach Brasilien will er auswandern! Bienen züchten! – Ich bin außer mir.

Da kommt es mir nur wie ein kleines Kümmerniß vor, daß auch in Lüthorst der Frühling nicht auf sich warten läßt. Vierzehntägig findet man sich dort in einem sogenannten Klub zusammen, wo gespielt, musiziert und wer weiß was noch alles getrieben wird. Von Wilhelm heißt es, er habe dort das Fräulein von Reizenstein aus Hameln getroffen, die Tochter des Heraldikers Reizenstein. Sie sei noch ein Kind, ein dummer Backfisch, und tanze erbärmlich, will er seinem Freund Wanrecke geschrieben haben. Wüßte ich, daß es die Wahrheit ist und nicht der Bemäntelung dient, wäre ich ruhiger.

Kennt er sie gar von früher? Ist sie eine Liebelei aus der Vergangenheit, die er nun herunterspielt? Wie mag er erst von mir reden! Redet er überhaupt? Existiere ich außerhalb unserer kleinen Welt?

- 7 -

Vorsichtig. Ganz vorsichtig. Langsam in die Hocke – Kissen aufheben – am Tisch festhalten – hochstemmen – Kissen auf Sofa werfen. Dann die Bücher. Den Lampenschirm. Die Schubladen. Das Telefonbuch.

Leo arbeitete sich vor. Der Rücken schmerzte, als hätte ihn jemand mit einem Baseballschläger bearbeitet, aber so lange sie keine unbedachten Drehungen machte, konnte sie sich recht gut bewegen. Zwischendurch, um sich von dem Chaos ringsherum ein bisschen abzulenken, druckte sie die gestern gemachten Marktfotos aus und pinnte das Bild von der hübschen Kate an die Wand. Der Anblick munterte sie ausreichend auf, dass sie mit ihrer Aufräumaktion weitermachen konnte. Soweit sie feststellen konnte, fehlte nichts; doch bei jedem Gegenstand, den sie in die Hand nahm, zerbrach sie sich den Kopf, was der Einbrecher hier gesucht haben mochte. Und ob sie wirklich Paul Ostermann verdächtigen sollte. Sie kam zu keinem befriedigenden Schluss. Warum hätte er so etwas tun sollen? Im Licht des neuen Tages kamen ihr ihre nächtlichen Überlegungen ziemlich wirr vor. Und der hysterische Hund gab einen schlechten Zeugen ab. Bestimmt gab es eine ganz vernünftige Erklärung für sein Dauergebell.

Leo grübelte immer noch daran herum, als das Telefon klingelte. Es dauerte eine Weile, bis sie den Schreibtisch erreicht hatte.

»Heller.«

Am anderen Ende atmete jemand.

»Hallo?« Aufgelegt. Nachdenklich behielt sie den Apparat in der Hand. Sie fröstelte. Ihr Blick fiel auf die offene Terrassentür. Sie schloss sie und bückte sich, um Edwina wieder an ihren Platz zu rücken. Und dann passierte es.

Ein scharfer Schmerz jagte durch ihren Rücken, bohrte sich wie ein Schwert neben ihrer Wirbelsäule in ihren Leib und spaltete den unteren Teil ihres Körpers vom schreienden Rest ab. Leo fiel auf Hände und Knie und schnappte nach Luft.

Oh verdammt, verdammt!

Im Schneckentempo robbte sie zum Telefon und zog an der Schnur – was für ein Segen, dass Onkel Ludwig nichts von den Neuerungen der Telekommunikation und mobilen Telefonen gehalten hatte – bis es vom Schreibtisch plumpste. Mit zusammengebissenen Zähnen wählte sie die Nummer des ärztlichen Notdienstes. Eine unbeteiligte Frauenstimme meldete sich. Leo keuchte ihr ihre Adresse ins Ohr.

»Was für Beschwerden haben Sie?«, fragte die Frau.

»Hexenschuss, Bandscheibenvorfall, was weiß ich, es tut jedenfalls höllisch weh! Können Sie einen Arzt schicken?«

Nein, sie konnte Leo erst einmal nur weiterverbinden. Es knackte in der Leitung, ein Mann meldete sich mit einem kurzen *Ja?*, und Leo war inzwischen völlig auf dem Fußboden zusammengesunken.

Noch einmal sagte sie ächzend ihr Sprüchlein auf.

»Leo, bist du's?«, fragte die Männerstimme. »Ist das lange her, dass ich deine Stimme gehört habe!«

Oh nein. Nicht auch noch das. Sie umklammerte den Telefonhörer fester. *Jay. – Jay-Luc Miller.*

»Leo, bist du noch dran?«

»Ja«, murmelte sie. »Wieso bist du …«

»Ich arbeite hier. Ich habe Bereitschaftsdienst. Was für ein Zufall!«

Ja, großartig. Klasse. Die Krönung des Tages.

Er lachte fröhlich, und Leo wusste, dass er dabei den Kopf leicht in den Nacken warf. Sie sah seine weißen Zähne blitzen. Und sie spürte, dass er abrupt wieder ernst wurde.

»Ich wollte mich schon längst bei dir melden«, sagte er. »Ich muss mit dir sprechen. Wegen Katie.«

Unwillkürlich versteifte sich ihr Rücken noch mehr.

Jay redete einfach weiter, als ob sie sich zu einem kleinen Plausch kurzgeschlossen hätten.

»Ich mache mir Sorgen. Ich …«

»Ich habe Schmerzen«, unterbrach sie ihn.

Er stockte. »Natürlich. Entschuldige. Hexenschuss, sagte meine Assistentin? Beweg dich nicht, ich bin gleich bei dir.«

Er legte auf. Leo blieb am Boden liegen und starrte die Maserung der Holzdielen an. Das Schicksal hatte wirklich eine Vorliebe für gemeine Überraschungen. Jay-Luc Miller tauchte wie ein Zeitreisender aus ihrem alten Leben auf und brachte sie im Handumdrehen aus der Fassung. Ganz wie früher. Und wie damals war Katie daran beteiligt.

Die Sache zwischen Jay und Leo wäre vielleicht auch unter anderen Umständen nur von kurzer Dauer gewesen. Aber so, wie die Dinge damals standen, war sie vorbei, bevor sie das herausfinden konnten.

Leo erinnerte sich an den kalten Dezemberabend, an dem sie Jay kennengelernt hatte. Es war auf einer dieser Semesterpartys gewesen, wo Studenten aller Fachrichtungen zusammentrafen, um literweise Leberzellen tötende Hardcore-Bowle zu trinken, Hasch zu rauchen und furchtbar kluge Gespräche zu führen. Er war ihr sofort aufgefallen – der einzige Sonnenmensch unter wintergrauen Gesichtern. Jay kam aus Borneo, studierte Medizin und absolvierte sein Klinikum im Hamburger Institut für Tropenmedizin. Irgendwer aus seiner Abteilung hatte ihn auf diese Party geschleppt. Wie Leo kannte er kaum einen Menschen. Unter den ganzen Erstsemestern waren sie die Dinosaurier.

Ihre Kennenlernphase begann mit einem klassischen Fauxpas: Jay schüttete ihr im Gedränge einen Plastikbecher voll Bowle über die neuen Wildlederstiefel, für die sie sich vier Wochen lang beim Laubfegen in öffentlichen Parks Blasen an den Händen geholt hatte. Statt ihn anzufauchen, ging sie noch am selben Abend mit ihm ins Bett.

Katie hatte ihr Medizinstudium damals bereits abgeschlossen.

Sie träumte von einer Dozentenstelle in Seattle und hielt sich zu einem Symposium und einem anschließenden Urlaub in Kanada auf. Als sie wiederkam, befand Leo sich bereits in einem fortgeschrittenen Stadium von Verzückung und begriff nicht gleich, was passierte.

Katie kam, Jay sah, Katie siegte. So ungefähr musste es gewesen sein.

Leo fiel nur auf, dass Katie ihre emotionalen Höhenflüge mit seltsamer Distanziertheit verfolgte. Sie schob es der Zeit der Trennung zu – sie hatten sich fast ein Vierteljahr nicht gesehen – und dem Dämpfer, den Katie in Seattle erhalten hatte. Ihr Mentor hatte sich als nicht ganz so zuverlässig erwiesen wie gedacht, der Traum von einer strahlenden Universitätskarriere war geplatzt. Katie war gekränkt und enttäuscht und fühlte sich von aller Welt hintergangen.

Allmählich kapierte Leo, dass es noch einen anderen Grund für Katies ablehnende Haltung gab: Sie war Katie in die Quere gekommen. Katie hatte diejenige zu sein, der die Männer zu Füßen lagen, nicht Leo, und Jay-Luc Miller war der frisch gekürten Doktor Singer kein Unbekannter; Weißkittel kannten einander. Katie war durchaus von ihm angetan. Er hatte wahrscheinlich schon längst auf ihrer Abschussliste gestanden.

Der Fairness halber musste Leo zugestehen, dass Katie nach ihrer Rückkehr keinerlei Fallstricke ausgelegt hatte, um ihr Jay auszuspannen. Das war auch nicht nötig. Jay erlag ihr in Rekordzeit. Lange blonde Haare und Endlosbeine waren für ihn vermutlich genauso exotisch und aufreizend wie sein Sonnenlächeln für Leo.

Wie sie in schäbigem Triumph geschwelgt hatte, als auch Katie nach einigen Monaten zu den Verflossenen gehörte! Aber dann hatte sie begonnen, sich Sorgen zu machen. Was war los mit Katie?

Ich weiß es bis heute nicht, dachte Leo und legte ihre Wange auf die kühlen Holzbohlen. Gedankenverloren kratzte sie mit einem Fingernagel in der Maserung herum.

Es war immer etwas Merkwürdiges um Katie gewesen; sie schien zwei Gesichter zu besitzen. Katie konnte liebenswert, freundlich und umwerfend charmant sein. Nach ihrer zufälligen Begegnung bei Irschinger dauerte es nicht lange, bis sie sich wiedersahen und schließlich Freundschaft schlossen.

Das war an einem Herbstnachmittag wenige Wochen nach Leos Unterhaltung mit Ludwig im Park gewesen. Das Wetter war längst nicht mehr so warm, aber dafür sonnig, als Leo ihre Mutter zu einer weiteren Sitzung bei Professor Irschinger brachte. Warmes Septemberlicht vergoldete den Nachmittag und die völlige Windstille schien wie eine freundliche Atempause vor der dunklen Etappe des Herbstes, die unweigerlich kommen würde. Für gewöhnlich dauerte die Sitzung zwei Stunden. Leo hatte keine Lust, sich ins Wartezimmer zu setzen und vertrieb sich die Zeit, indem sie sich Irschingers Rosenrabatte annahm. An jedem Strauch saßen mehr verblühte und braun verschrumpelte Blüten als Knospen. Leo war ganz in ihre Arbeit vertieft, als sie hinter sich jemanden sagen hörte: »Ich hasse Rosen.«

Überrascht blickte sie auf und sah sich der jungen Frau gegenüber, die ihr vor kurzem schon vor Irschingers Haustür begegnet war. Die langen Haare leuchteten in der Herbstsonne wie Gold. Sie war noch sommerlich gekleidet, zu leicht für einen so kühlen Tag, aber die dünne weiße Leinenbluse und der dazu passende kurze Rock betonten ihre schlanke Figur und ihre leichte Bräune. Was jedoch am meisten ins Auge fiel, war das strahlende Lächeln, das Leo sogar die abfällige Bemerkung hinnehmen ließ.

»Mir gefallen sie«, antwortete sie.

»Du bist Leonore, nicht wahr?«

»Leo.«

»Ich heiße Katie«, sagte die andere und streckte ihr die Hand hin. Leo ergriff sie wachsam.

»Woher ...?«

Katie lachte erneut. »Der Professor hat deinen Namen mal erwähnt. Machst du das hier freiwillig?«

»Zum Zeitvertreib. Ich warte auf meine Mutter.«

Katie sah auf ihre Uhr. »Sie müsste gleich fertig sein. Um fünf habe ich einen Termin. Ich studiere Medizin«, sagte sie. Leo vermutete, dass Irschinger sie im Rahmen eines Projektes betreute. Er hatte oft Studenten bei sich zu Gast.

»Warum magst du keine Rosen?«, fragte Leo, weil sie nicht wusste, wie das Gespräch weitergehen sollte. Katie warf die Haare zurück.

»Weil alle anderen sie mögen. Es sind Allerweltsblumen.« Sie musterte Leo prüfend, um zu sehen, ob sie sie damit gekränkt hatte.

»Außerdem machen sie nur Arbeit. Von den gemeinen kleinen Dornen ganz zu schweigen.« Dann lachte sie unvermittelt laut auf – ein Lachen wie eine kleine Explosion, dachte Leo – und hob die Hände.

»Hör nicht auf mich, das ist nur Unsinn. Es sind sehr schöne Blumen, wirklich! Ich habe nichts dagegen, wenn ein Mann mir Dutzende davon zu Füßen legt.« Sie sah Leo, die ihre Arbeit wieder aufgenommen hatte, eine Weile schweigend zu.

»Du bist sehr geschickt damit. Du solltest Gärtnerin werden.«

Leo konnte nicht feststellen, ob das eine weitere Stichelei war.

»Ich werde Gartenbau studieren«, sagte sie.

In diesem Moment öffnete sich die große Eingangstür und Leos Mutter verließ das Haus. Leo warf die abgeknickten Blüten auf einen kleinen Haufen und wischte sich die Hände an ihrer Jeans ab.

»Ich muss los. War nett, dich kennenzulernen.«

Katie zeigte ihre weißen Zähne. »Kennst du das Café Callin im Univiertel? Morgen um diese Zeit, auf einen Kaffee, ja? Ich freue mich!« Damit ließ sie die überrumpelte Leo stehen und eilte mit einem Gruß an Hanna Heller vorbei ins Haus.

Leo war versucht, die Begegnung zu vergessen und nicht hinzugehen. Aber Tatsache war: Sie hatte wenig Freunde, und da das Semester noch nicht begonnen hatte, hatte sie auch noch keine Studienkollegen kennengelernt. Katies Freundlichkeit fiel auf fruchtbaren Boden.

Das war im Grunde kein Wunder. Katie wickelte alle Leute im Handumdrehen um den kleinen Finger, auch Ludwig. Leo hatte die beiden miteinander bekannt gemacht, als Katie plötzlich ihr brennendes Interesse für Wilhelm Busch entdeckte (denn natürlich war Leo im Café Callin erschienen und hatte sich von da an häufig mit Katie getroffen). Katie studierte damals neben Medizin auch ein paar Semester Kunsttherapie und hatte den Einfall, die Bildergeschichten von Busch kunsttherapeutisch zu analysieren, was Leo insgeheim für ein bizarres Unterfangen hielt. Ludwig ging es anfangs wohl ebenso, er war aber zu höflich, um sich etwas anmerken zu lassen, und mit der Zeit nahm ihn Katies Persönlichkeit ohnehin völlig gefangen. Stundenlang saßen die beiden in seinem kleinen Apartment beisammen, dann und wann lachte Katie ihr explosives Lachen und Ludwig strahlte. Vor allem aber fand sie es faszinierend, mit einem berühmten Wissenschaftler bekannt zu sein. Es dauerte lange, bis Leo das begriffen hatte; für sie war Onkel Ludwig nicht berühmt, sondern einfach Onkel Ludwig.

Die Beliebte, die Umschwärmte, die Kluge, die Hinreißende – das war die eine Katie. Für Leo hatte sie etwas von einer Margerite, heiter und sommersonnig. Aber Margeriten müssen alle paar Jahre ein Stückchen weiter wandern, weil sie mit ihren Wurzeln den Boden vergiften, von dem sie leben. Und so war es auch mit Katie. Unmerklich vergiftete sie ihre Umwelt. Wirklich zufrieden war sie nur, wenn sie im Mittelpunkt stehen konnte. Sie ertrug es nicht, sich zurückgesetzt zu fühlen. Und diese Empfindlichkeit schien mit den Jahren immer mehr zu wachsen. Sie war eifersüchtig, sie versuchte zu manipulieren. Das war die andere Seite an Katie.

Leo begriff immer noch nicht, wie es passieren konnte, dass Katie am Ende sie, Leo, für das Ende ihrer Beziehung zu Jay verantwortlich machte. Es war einfach zu verrückt. Mit der Zeit fand sie es geradezu beängstigend. Und weil es ihnen nicht gelang, sich einander auf ungefährlichem Gebiet wieder zu nähern, war das das vorläufige Ende ihrer Freundschaft gewesen. Von gemeinsamen Bekannten erfuhr Leo angelegentlich, dass Katie umgezogen war, einen neuen Job hatte und sich ab und an noch mit Jay traf.

Und der würde nun in wenigen Minuten hier bei ihr erscheinen, um mit ihr über Katie zu sprechen und sie nebenbei ein wenig zu verarzten.

Großer Gott.

Sie musste sich nicht nur den Rücken, sondern auch den Kopf verletzt haben. Immerhin funktionierte ihre Selbstachtung noch so weit, dass sie sich nicht in dieser hilflosen Lage präsentieren wollte.

Los, Knie, bewegt euch.

Leo versuchte noch, zum Sofa zu kriechen, als es klingelte. Jay war schon an der Tür.

»Ich komme!«, rief sie. »Dauert ein bisschen.«

Dummerweise war der Stuhl noch unter die Klinke geklemmt. Jetzt wurde es schwierig.

Jay klopfte. »Alles in Ordnung, Leo?«

Konnte man nicht sagen, nein. Nichts war in Ordnung.

»Kannst du nicht öffnen?«

»Doch, doch, Moment … Dieser dämliche Stuhl –«

Sie zog und zerrte, bis er polternd umfiel, und kippte schließlich wimmernd zur Seite.

Jay drückte die Tür auf und beugte sich über sie.

»Eigentlich hatte ich mir unser Wiedersehen etwas anders vorgestellt«, ächzte Leo.

»So? Wie denn?« Jay lächelte sein Sonnenlächeln, und es wärmte noch genau so wie früher. Sie war entschlossen, ihm keine Chance zu geben.

»Konventioneller, würde ich sagen. Aber mein Rücken … Ich hab plötzlich einen Schlag in den Rücken …«

»Lass mal sehen.« Jetzt war er ganz der geschäftsmäßige Arzt.

»Tut es hier weh? – Und hier? Spürst du das? – Kannst du das

Bein bewegen? – Und das andere?«

Ja. Nein. Nein. Ja. Auauauauaua. »Ich wollte doch nur die Rose ein Stückchen zur Seite ziehen …«

»Edwina? Du hast sie immer noch?« Jay sah sich um. »Es sind nur etwa drei Meter zum Sofa. Glaubst du, du schaffst das, wenn ich dir helfe?«

»Ich schaff's alleine.«

Wie ein betrunkener Regenwurm robbte sie auf die Teppichzone in der Zimmermitte zu.

»Auf dem Boden bleiben«, befahl Jay, als sie sich am Sofa hochziehen wollte. »Leg die Beine hoch.«

In Ordnung. Wenn nur der Schmerz nachließ.

»Ich empfehle dir eine Untersuchung durch einen Orthopäden. Lass dich durchchecken. Könnte ein Bandscheibenvorfall sein.«

Herrgott, sie hatte genug mit anderen Vorfällen zu tun. Mussten sich da auch noch die eigenen Knochen gegen sie verschwören? Verdrossen sah sie zu, wie er eine Ampulle und eine Spritze hervorholte.

»Seit wann hast du eigentlich eine Katze?«, fragte er, während er die Ampulle aufbrach und eine klare Flüssigkeit auf die Spritze zog.

»Ich habe keine. Ich hasse Katzen. Wie kommst du darauf?«

»Irgendein Tier hat dir eine tote Ratte vor die Tür gelegt. Ich dachte, Katzen tun so was. Sieht nicht sehr appetitlich aus.«

Leo schloss die Augen und hörte ihn gegen die Spritze klopfen.

»Dreh dich ein bisschen auf die Seite. Gut, das reicht schon.« Er hielt inne. »Ich muss dich warnen: Jede Lernschwester hat ein besseres Händchen dafür als ich.«

Das war nicht übertrieben. »Ein Hoch auf die Lernschwestern«, ächzte Leo, als er fertig war. »Sei so gut, gib mir das Telefon und den Zettel, der daneben liegt.« Sie wählte.

»Paul? – Hier Leo. Auf meiner Türschwelle wartet etwas auf Sie. Ich möchte, dass Sie sich darum kümmern. Schnappen Sie sich Zeitungspapier und eine Kehrschaufel und erledigen Sie das, ja?«

Sie legte auf, bevor er eine Entschuldigung hervorbringen konnte.

Jay sah sie neugierig an. »Gibt's ein Problem?«

»Nur der Hund meines Nachbarn. In seinen Hundeträumen stellt er sich vor, dass ich ihn innig liebe, wenn er mir fette Beute anschleppt. Er gibt sich Mühe, das muss man ihm lassen.«

Jay verzog angeekelt das Gesicht und setzte sich neben ihre hoch gelegten Beine auf das Sofa. Dann ließ er seine Blicke durch das Zimmer schweifen.

»Dein Onkel hat hier gewohnt, nicht wahr?«

Es war eher eine Feststellung als eine Frage; Leo bemerkte es mit Verwunderung.

»Ich habe es in den Unterlagen gesehen. Du hast zwar nicht oft von ihm gesprochen, aber es fiel mir wieder ein, als ich den Namen vor mir hatte. Es tut mir leid, was passiert ist.«

»Woher weißt du … Was für Unterlagen?«

»Er wurde zu uns in die Notaufnahme gebracht. Ich hatte Nachtdienst, als sie ihn eingeliefert haben.« Er sah sie mitfühlend an. Sie mied seinen Blick.

»Wir konnten nichts tun. Er ist nicht mehr aufgewacht.«

»War er allein, als er starb?«

»Nein. Eine ältere Frau war die ganze Zeit bei ihm. Hellwig oder so ähnlich. Sie sagte, sie sei eine Freundin.«

Ruth Herwig. Leo war froh darüber.

»Spürst du schon was von der Spritze?«, fragte Jay.

»Nein. Aber das wird schon. – Und wie geht's dir so?«

Überflüssige Frage. Jay sah blendend aus. Wahrscheinlich hatte er bereits sämtliche Krankenschwestern in seiner Abteilung flachgelegt. Heute trug er eine hellgraue Tuchhose und ein schwarzes Kaschmirpullöverchen, aus dem ein weißer Hemdkragen herausblitzte – sein Geschmack in Kleiderfragen war jedenfalls nicht schlechter geworden. Nur der Bronzeton seiner Haut war eine Spur blasser, als Leo ihn in Erinnerung hatte; offenbar hatte er seiner Sonneninsel schon längere Zeit keinen Besuch mehr abgestattet.

Jay ließ einen Seufzer hören.

»Im Grunde gut, danke. Das heißt, *mir* geht es gut. Aber ich mache mir Sorgen um Katie.«

Er sagte Kaytee, mit weichen, gedehnten Vokalen, wie es Katie immer gefallen hatte, weil es nach etwas Besonderem klang. Doch plötzlich zögerte er, als sollte er ein wirres Knäuel aufwickeln und wüsste nicht, wo er anfangen sollte.

»Es ist vielleicht ein bisschen verrückt. Nur so ein Gefühl; ich weiß es nicht so genau. Sie hat sich verändert.«

»Das tun wir alle, nehme ich an. Wäre schlimm, wenn nicht.«

Leo hoffte jedenfalls, dass auch sie sich verändert hatte. Andernfalls würde sie das Bewusstsein verlieren, wenn er weiterhin so dicht neben ihr saß und noch einmal so lächelte.

»Das meine ich nicht«, sagte er. »Sie ist nicht sie selbst. Etwas stimmt da nicht. Wann hast du sie das letzte Mal gesehen?«

»Das weißt du doch.« Es war auch die letzte Begegnung zwischen Leo und Jay gewesen. Leo fand nicht, dass sie sich daran unbedingt erinnern wollte.

»Wie wirkte sie auf dich?«

»So wie immer.«

»Aber wenn du sie jemandem beschreiben solltest: Wie war sie?«, insistierte Jay.

Leo drückte unbehaglich ihre Schultern auf den Teppich. »Jay, was soll das?«

»Bitte, es ist wirklich wichtig! Wie war sie?«

»Temperamentvoll. Selbstbewusst. Umwerfend charmant. Sie wusste genau, wie sie auf Männer wirkte.«

»Und ihr Äußeres?«

»Willst du eine Vermisstenanzeige aufgeben, oder was? ›Suche die Katie Singer von früher‹?«

Er sah sie traurig an, und Leo lenkte ein. »Also gut. Lass mich nachdenken. – Attraktiv, gepflegt. Groß, schlank, ziemlich teure Kleidung, sehr modisch, die Haare lang, blond, meistens offen.«

»Bitte, da hast du es.«

Langsam ging er ihr auf die Nerven. Katie, Katie, Katie. Wieder drehte sich alles nur um sie.

»Wir haben nach unserer Trennung zwar immer noch Kontakt gehalten, aber ich war ziemlich eingespannt«, sagte er. »Die Promotion, der Umzug, der neue Job, du weißt ja, wie das ist. Vielleicht ist es mir deswegen nicht sofort aufgefallen, dass sie immer zurückhaltender wurde.«

Leo sah ihn entgeistert an. Das fand er merkwürdig? Nach allem, was geschehen war? – Männer!

»Wir haben uns zwei-, dreimal getroffen, aber sie behauptete immer, sie sei sehr beschäftigt. Sie war kurz angebunden und sehr sachlich. Wir redeten nur noch über neue Entwicklungen bei Untersuchungsmethoden und schwierige Patienten. Auch äußerlich hatte sie sich verändert. Als ich sie das letzte Mal sah, habe ich sie erst gar nicht erkannt. Sie wirkte viel älter. Kein Lipgloss, Ringe unter den Augen, graue Haut. Sie strahlte nicht mehr. Ja, und die langen blonden Haare, du erinnerst dich, wie alle sie immer fasziniert anstarrten, wenn sie den Kopf schüttelte und ihre wundervollen Locken ihr über die Schultern fielen, also die hat sie zu einem strengen Knoten gedreht. Sie sieht so farblos aus.«

Leo hörte ein Geräusch vor der Tür. Papier raschelte, Paul Ostermann hustete leise.

Jay war noch bei Katie. »Und dann hatte sie einen langen Rock an, irgendwie unförmig, dazu einen kratzigen Pullover, alles dunkel, schwarz oder braun. Sag selbst, ist das noch unsere Katie?«

Unsere?

»Nur weil eine Frau ihren Stil wechselt, bedeutet das noch nicht den Weltuntergang«, sagte Leo gereizt. »Vielleicht hat sie viel Arbeit und keine Zeit für Kleidung.«

»Ich weiß ja, dass sich das alles äußerst vage anhört, aber ich werde einfach das Gefühl nicht los, dass es ihr nicht gut geht!« Jay blickte besorgt ins Leere. »Es ist zu einsam dort, wo sie jetzt ist. Ein Pflegeheim im Wald, ich bitte dich! Das ist kein Platz für eine Frau wie sie. Sie braucht Abwechslung, Kultur, Menschen. Sie braucht Freunde!«

Hast du jemals auch nur einen Gedanken daran verschwendet, was ich vielleicht brauche?, dachte Leo bitter.

Katies Lebenselixier war grenzenlose Bewunderung, gepaart mit einem gewissen Luxus. Ob sie beides in der Wald-Residenz bekam, schien allerdings zweifelhaft.

»Sie lebt ziemlich abgeschieden«, gab Leo zu. »Ich wollte sie gestern besuchen. Sie war aber nicht da.«

»Fahr noch mal hin! – Wenn es dir besser geht«, fügte er hinzu.

Wie rücksichtsvoll. Was bildete sich dieser Mann eigentlich ein? Langsam stieg ihr die Bitterkeit wie ein dicker Kloß in den Hals, den sie nicht mehr hinunterschlucken konnte. Er hatte nicht mal gefragt, was sie selbst jetzt so machte.

»Um der alten Zeiten willen, Leo, triff dich mit ihr und sag mir, welchen Eindruck sie auf dich macht.«

Die alten Zeiten. Hörten die denn nie auf? Leo zählte still bis zehn, bevor sie antwortete.

»Und dann? Was erwartest du? Wenn ich sage, ja, Jay, in der Tat, sie hat sich verändert – na und? Ist das nicht ihr gutes Recht? Sei ehrlich: Bist du einfach gekränkt, weil sie nicht mehr die Katie ist, in die du verknallt warst? Weil sie dich nicht mehr liebt?«

Jay wurde rot und schüttelte den Kopf. »Nein. Das ist es nicht.«

Lügner.

»Ich mache mir einfach Sorgen. Genauso, wie ich mich um dich sorgen würde.«

Na, mein Lieber, davon merke ich aber nicht viel, dachte Leo. »Vielleicht schau ich irgendwann noch mal vorbei«, sagte sie widerstrebend.

»Danke, Leo.«

»Aber ich will noch eine Spritze. Die erste wirkt gar nicht!«, beklagte sie sich. Sie fühlte sich elender als zuvor.

»Kommt gar nicht in Frage. Du musst Geduld haben, es dauert, bis das Medikament wirkt.«

»Mistkerl!«, stöhnte Leo und registrierte undeutlich, dass jemand an der Tür war und klopfte. Sie schloss die Augen.

Als sie sie wieder öffnete, stand Sandved neben ihr.

»Was ist denn hier los?«

»Helfen Sie mir. Er hat mich niedergeschlagen und unter Drogen gesetzt«, sagte Leo.

»Leo!« Jays Gelassenheit war schlagartig dahin. Das hatte er verdient.

»Darf ich vorstellen: Doktor Miller. Hauptkommissar Sandved.«

»Polizei?« Jay wirkte verwirrt.

»Bei mir wurde eingebrochen.«

»Was ist mit ihr?«, fragte Sandved schroff.

»Sie hat sich den Rücken verletzt. Vermutlich ist ein Nerv eingeklemmt«, sagte Jay.

»Schlimm?«

»Ein paar Tage wird sie wohl damit zu tun haben.

»Und das Kinn?«

Jay sah sie an, als bemerkte er das Pflaster in ihrem Gesicht zum ersten Mal.

»Was ist passiert?«, fragte er.

»Sie ist gestürzt«, erklärte Sandved.

»He«, meldete sich Leo. »Lassen Sie es mich ruhig wissen, wenn ich störe.«

Jay beugte sich zu ihr hinunter. »Soll ich mir das schnell mal ansehen?«

»Nicht nötig. Das heilt von allein.«

Er tätschelte ihr die Schulter. »Also dann. Keine unvorsichtigen Bewegungen. Und lass dich von einem Orthopäden untersuchen. Ich ruf dich an.«

Sobald Jay gegangen war, begann Sandved im Zimmer auf und ab zu tigern. Er hatte eine große Plastiktüte mitgebracht, die ihm ständig gegen die Beine schlug.

»Was haben Sie sich eigentlich dabei gedacht?«, knurrte er.

Rumms, die Tüte landete knapp neben Leos Kopf; ihr Inhalt klirrte.

»Ich wollte nur die Rose umstellen«, verteidigte sie sich.

»Ihre bescheuerte Rose interessiert mich nicht. Sie wissen genau, was ich meine.«

Verdammt, nein, das wusste sie nicht.

»Vielleicht erklären Sie mir mal, warum Sie so geladen sind! Gab's keinen Kaffee mehr in der Kantine?«

Er zerrte an der Plastiktüte herum und förderte ein Notizbuch zu Tage, dem er zwei Zettel entnahm.

»Hier«, sagte er und hielt ihr einen davon vor die Nase. »Ich habe Jablonskys Büro durchsuchen lassen. Das hier ist ein Notizbuch. Und dies die Durchschrift einer Notiz, die sich auf das darunter liegende Blatt durchgedrückt hat. Sie stammt von Jablonskys Angestelltem, einem Valentin Scherkow. Herr Scherkow hat uns heute Morgen bestätigt, dass er in Abwesenheit von Jablonsky das Geschäft geführt und diesen Anruf entgegengenommen hat.«

Sandved tippte auf den Zettel und ging neben ihr in die Hocke. »Nun sehen Sie mal, was hier oben steht: ›Professor Heller‹.«

In der Tat, das stand da. Und darunter war noch mehr gekritzelt, aber das brauchte er ihr nicht vorzulesen. Den Rest kannte sie. Es war die Notiz, die sie dem toten Jablonsky aus der Weste gezogen hatte.

In ruhigerem Tonfall fuhr Sandved fort: »Scherkow gab an, er hätte viel zu tun gehabt und sei in Eile gewesen. Er notierte nur Kürzel, weil er wusste, dass Jablonsky am selben Tag aus Köln zurückkommen würde und er ihm die Nachricht noch einmal persönlich erläutern konnte. Das war am elften November.«

Als ob sie den Tag vergessen könnte, an dem ihr ein viel versprechender Job durch die Lappen gegangen war. Wegen einer Leiche vor der Tür. Sie sagte nichts.

»Herr Scherkow war so freundlich, uns mitzuteilen, worum es bei dem Anruf ging. Der Anrufer wollte eine Nachricht für Ihren Onkel hinterlassen, der zu diesem Zeitpunkt allerdings schon tot war. Das wusste unser Unbekannter aber nicht; auch Jablonsky und Scherkow waren ahnungslos.«

»Wieso?«, fragte Leo. »Ihre Lieblingstheorie lautet doch, dass mein Onkel bei diesem Antiquar in Diensten stand. Sollte er nicht über das Ableben eines so wichtigen Mitarbeiters unterrichtet sein?«

Sandved schüttelte den Kopf.

»Anton Jablonsky befand sich im Oktober wegen eines Herzleidens in Kur. Und dieser Scherkow hatte zwei Wochen Urlaub, die er im Übrigen in Moskau verbracht hat. Das Geschäft hatte am elften November gerade erst wieder geöffnet, und Scherkow will nicht einmal dazu gekommen sein, die Post durchzusehen, sonst wäre ihm die große Traueranzeige der Universität in der Zeitung aufgefallen. Er hatte keine Ahnung, dass Professor Heller nicht mehr lebte. Also nahm er die Nachricht des Unbekannten für Ihren Onkel einfach kommentarlos entgegen.«

»Wieso sprechen Sie dauernd von einem Unbekannten?«, unterbrach Leo.

»Scherkow behauptet, der Mann habe seinen Namen nicht genannt und sehr leise gesprochen. Er gab an, ein Klient von Professor Heller zu sein, den er dringend treffen müsse, aber nicht erreichen könne. Und jetzt wird es noch merkwürdiger: *Es geht um Christine*, soll er gesagt haben. Scherkow sollte das einfach nur ausrichten, der Professor wüsste dann schon Bescheid. Scherkow notierte es in Kürzeln.«

»Auf dem Zettel steht nichts von einer Christine.«

»Nein. Nur ein C. Scherkow hat es abgekürzt.«

Das Café! Mist. Sie hatte gar keine andere Möglichkeit in Betracht gezogen.

»Und dann?«, fragte sie, obwohl sie die Antwort ahnte.

»Jablonsky kam, Scherkow erzählte ihm von dem Anruf und gab ihm den Zettel. Jablonsky soll, nachdem er die Notiz gelesen hatte, sehr aufgeregt aus dem Büro gestürmt sein. Und dann brach er hier vor Ihrer Tür zusammen. Dummerweise haben wir bei der Leiche nirgends ein Fitzelchen Papier entdeckt. – Sie waren diejenige, die ihn gefunden hat. Muss ich noch deutlicher werden?«

Leo schüttelte stumm den Kopf. Nein. Musste er nicht.

»Dank der durchgedrückten Schrift und Herrn Scherkows Auskunftsfreudigkeit sind wir aber trotzdem weitergekommen. Und nun raten Sie, wo Ihr Onkel erscheinen sollte: in Wiedensahl, dem Geburtsort von Wilhelm Busch. Genauer gesagt, in einem Café namens Backstube.«

»Alle Achtung. Ich habe einen ganzen Abend gebraucht, um das herauszukriegen.«

Sandved erhob sich mit knackenden Gelenken aus der Hocke und setzte sich neben Leo, den Rücken an das Sofa gelehnt. Leo, die immer noch flachlag, verzog das Gesicht, als sich die Erschütterung des Bodens schmerzhaft auf ihre Beine und den Rücken übertrug. Sie hätte schwören können, dass für einen winzigen Moment so etwas wie Mitgefühl über sein Gesicht huschte.

»Warum haben Sie mich angelogen?«, fragte er und griff wieder nach der Plastiktüte.

»Ich habe nicht gelogen, ich habe Ihnen nur nicht alles gesagt, und jetzt hören Sie auf, die Tüte zu strangulieren, Sie machen mich ganz nervös.«

Er starrte sie an, ließ aber die Plastiktüte los.

»Wären Sie so gut, mir eines von den Kissen da zu geben? Für meinen Kopf. – Danke. Also das mit dem Zettel war so: Ich dachte, er wäre für meinen Onkel bestimmt, weil sein Name darauf stand. Und dann, das können Sie mir glauben oder nicht, habe ich das Ding schlicht vergessen.«

»Vergessen heißt in diesem Fall Unterschlagung von Beweismitteln, das ist Ihnen doch wohl klar.«

»Aber da war nichts! Oder niemand. In Wiedensahl, meine ich. Einfach nur ein Marktfest.«

Sandved sah sie durchdringend an. »Sie waren gestern also dort.«

»Ja«, gab Leo zu. »Ich wollte einfach sicher sein, dass niemand Dubioses auf meinen Onkel wartet.«

»Warum?«

»Warum, warum! Weil Sie mich mit Ihren Verdächtigungen verunsichert haben!«

Er schüttelte den Kopf. »Und da fahren Sie einfach los und sehen nach. Himmel noch mal, Sie wussten doch nicht einmal, nach wem oder was Sie Ausschau halten sollten!«

»Wissen Sie es?«

»Wir haben zumindest einen Anhaltspunkt.« Sandved sah auf den Zettel. »Christine. Wer immer das sein mag. Wir hätten vielleicht eine Chance gehabt, wenn Sie mir rechtzeitig von diesem Zettel erzählt hätten! Es gibt so etwas wie Fahndungsfotos, stellen Sie sich vor! Wir haben Gigabytes von Verdächtigen auf unseren Festplatten, einige von denen könnten sehr wohl in Kunstraub oder Fälschung verwickelt sein. Wären wir vor Ort gewesen, hätten wir überprüfen können, ob jemand von unseren Kandidaten dort aufkreuzt.«

Leo gefiel das alles gar nicht.

»Wenn es zwischen meinem Onkel und Anton Jablonsky ein Projekt gegeben hat, dann existieren doch bestimmt auch Unterlagen. Vielleicht eine Kundin namens Christine? Eine Klientin?«

Sandved schüttelte den Kopf. »Unsere Leute haben den ganzen Laden und das Büro auf den Kopf gestellt. Wenn etwas vorhanden war, ist es verschwunden. Bis auf mehrere Expertisen, die Ihr Onkel erstellt hat. Das ist zumindest der Beweis, dass er für Jablonsky gearbeitet hat. Wir werden die Gutachten prüfen lassen.«

»Wieso das?«

Er seufzte. »Muss ich das wirklich erklären?«

»Ja, bitte. Fangen Sie ganz unten im Urschleim an.«

»Wer etwas verkaufen will, braucht ein Gutachten, das die Echtheit des Stückes bestätigt und den Wert einschätzt. Je wohlklingender der Name des Gutachters, desto überzeugender das Angebot. Und desto größer natürlich auch die Chance, das Stück auf dem Markt zu platzieren. Echte Expertisen sind aber logischerweise das

Letzte, was Fälscher und alle, die mit gefälschter Ware handeln, brauchen können.«

»Leuchtet mir ein«, sagte Leo. »Würde ich auch nicht haben wollen. Was tun sie also?«

»Für diese Leute gibt es Gefälligkeitsgutachten. Der Experte erhält natürlich eine satte Entlohnung für sein Entgegenkommen.«

»Professor Ludwig Heller als Komplize eines Kunstgangsters, Ihre Lieblingstheorie, ich weiß. Was ist mit diesem Angestellten, diesem Scherkow? Er könnte Unterlagen beiseite geschafft haben.«

»Ihr Onkel soll auf Teufel komm raus unschuldig sein, aber Jablonskys Mann wäre Ihnen als Sündenbock willkommen, wie?«

»Wer sagt Ihnen denn, dass er nicht lügt?«

»Schon möglich, dass er etwas verheimlicht«, räumte Sandved ein. »Vorläufig können wir nur mit dem arbeiten, was wir wissen, und versuchen, noch mehr zu erfahren.«

»Nicht von mir. Ich habe Ihnen jetzt wirklich alles gesagt, was ich weiß. Sie glauben mir nicht, ich ahne es schon. Sie denken, dass ich noch etwas verheimliche. – Denken Sie, was Sie wollen.«

»Immerhin scheint der Einbrecher gestern meiner Meinung gewesen zu sein. Sie stecken in der Sache mit drin, ob Ihnen das gefällt oder nicht.«

Sandved reichte ihr das zweite Papier, das er dem Notizbuch entnommen hatte, und sah sie auffordernd an.

»Was ist das?«

»Das haben wir auf Jablonskys Schreibtisch gefunden. Laut Valentin Scherkow ist es Jablonskys Handschrift.«

In kleiner Kritzelschrift stand da:

Am Abend vor der Abreise plätscherte ich mit der Hand in der Regentonne, über die ein Strauch mit weißen Rosen hing, und sang Christine! Christine! versimpelt für mich hin.

Sie ließ das Blatt sinken und war sich bewusst, dass Sandved sie unausgesetzt beobachtete. Er wartete auf eine Reaktion.

»Nun? Was meinen Sie dazu?«

»Ich bin mir nicht sicher ... Es könnte sich um Madame Hardy handeln. Exquisite Damaszenerrose, bis zu einen Meter achtzig hoch, reinweiße Blüten, wunderbarer Duft. Um 1832 von Eugene Hardy, dem Direktor der kaiserlichen Luxemburgischen Gärten, eingeführt. Oder die Ayshire Queen – aber deren Blüten können auch leicht rosa getönt sein. Wenn ich wüsste, ob es sich wirklich um eine Strauchrose oder nicht eher um eine Kletterrose handelt … Sehen Sie, Edwina zum Beispiel – »

Sandved grinste. »Sie sind unglaublich.«

»Danke«, sagte sie bescheiden. »Es ist nicht ganz einfach, anhand einer so vagen Beschreibung eine klare Spezifikation zu treffen.«

Sandved wurde wieder ernst. »Sie geben wirklich nicht so schnell klein bei, wie? Madame Hardy ist doch bestimmt nicht alles, was Ihnen dazu einfällt. Einmal taucht der Name in der Telefonnotiz von Scherkow auf, das zweite Mal in diesen von Jablonsky persönlich aufgeschriebenen Zeilen. Hier gibt es einen Hinweis auf eine Christine, die einzige Verbindung, die wir haben. Sehen Sie das denn nicht?«

»Doch. Aber ich kann damit nichts anfangen. Ich weiß nicht, wer da singt oder warum. Und ich kenne weder eine Christine noch ein Lied mit diesem Titel.«

»Für jemanden, der vorgibt, so ahnungslos zu sein, leben Sie ganz schön gefährlich. Jetzt mal ehrlich: Wie sind Sie zu dem lädierten Kinn gekommen?«

»Ich bin wirklich gestürzt. Ein Auto hat mich zu dicht überholt und ich habe das Gleichgewicht verloren. Mehr nicht.«

Er nickte versonnen. »Mehr nicht.«

Sie wusste, was ihm durch den Kopf ging. Eine Nacht in einer durchwühlten Wohnung mit einer kaputten Tür davor konnte ganz schön lang sein, und sie hatte genug Zeit gehabt, über die Ereignisse nachzudenken. Was, wenn das riskante Überholmanöver Absicht gewesen war? Vielleicht hatte sie wirklich jemand von der Straße drängen wollen.

Aber wer? Niemand kannte sie in Wiedensahl. Und sie hatte doch nichts Verbotenes getan. Nur ein wenig spioniert.

Das Gespräch zermürbte sie allmählich. Es konnte auch die Wirkung der Spritze sein. Jedenfalls war sie bereit, Ratschläge anzunehmen.

»Machen Sie mir einen Vorschlag. Was soll ich tun?«

»Zunächst sollten wir für mehr Sicherheit sorgen.« Kopfschüttelnd untersuchte er die Tür. »Ich habe mir schon gedacht, dass Sie das Schloss noch nicht ausgetauscht haben.« Er kramte in seiner Plastiktüte herum, zog eine Türkette und eine Bohrmaschine hervor und machte sich an die Arbeit.

Leo sah ihm zu. »Oh, nett von …«

»Su Jing. Das Schloss ist von ihr. Sie hat mich auf der Treppe abgepasst und gebeten, das zu erledigen, weil sie keine Zeit hat. Was dachten Sie denn?«, fragte er mit hochgezogenen Augenbrauen.

Leo versuchte, nicht rot zu werden. Sie verdrehte den Hals und sah zu, wie er bohrte, schraubte und klopfte. Sehr geschickt stellte er sich nicht an.

»Eine neue Fußmatte hat sie Ihnen auch hingelegt«, bemerkte er und zog die Schrauben an.

Das erinnerte Leo an Jablonsky. Da war noch eine wichtige Frage offen.

»Was hat die Obduktion ergeben?«

Sandved wischte sich die Hände an einem Taschentuch ab und legte die Stirn in Falten.

»Es war tatsächlich Herzversagen.« Er klang, als missfiele ihm das.

Leo lächelte zufrieden. »Sie haben Ihre ganzen Verdächtigungen auf einer Mordtheorie aufgebaut, stimmt's? Weil der böse Jablonsky ein krummes Ding gedreht hat, wird er vor der Wohnung seines Komplizen ermordet. Das ist ja nun hinfällig. Sie können einpacken, Herr Kommissar.«

»Das würde Ihnen gut gefallen, ich weiß. Ich gebe zu, ich bin von Mord ausgegangen. Aber wir wissen inzwischen, dass Jablonsky ein schwaches Herz hatte und sich seit dem achten Oktober zu einem

Sanatoriumsaufenthalt in Süddeutschland aufhielt. Zwischendurch besuchte er eine Versteigerung in Köln, und ein paar Tage später, am elften November, fuhr er nach Hause. In den Tod.«

»Offenbar hat die Kur nicht besonders gut angeschlagen.«

Sandved warf ihr einen scharfen Blick zu.

»Oder Jablonsky hat sich wegen dieser ominösen Nachricht bezüglich Christine über die Maßen aufgeregt«, sagte er.

»Unglückliche Zufälle.«

»Möglicherweise. Möglich, dass es auf dem Mars Leben gibt. Möglich, dass mir beim Ausparken Ihre Linde auf den Kopf stürzt. Möglich, dass der tragische Unfall Ihres Onkels gar keiner war.«

Leo zuckte zusammen.

»Und deshalb werde ich nicht lockerlassen«, fuhr er ungerührt fort. »Meine Nummer haben Sie ja, falls die Rückenlage für vermehrte Blutzufuhr im Kopf sorgt und Ihnen doch noch etwas einfällt. – Warum bekommen Sie plötzlich so einen verklärten Blick?«

Weil sie erleichtert war, dass er das Thema Onkel Ludwig nicht weiterverfolgte.

»Weil endlich der Schmerz nachlässt«, behauptete sie. Es stimmte sogar. Die Spritze begann allmählich zu wirken.

»Könnten Sie mir noch einen Gefallen tun? Mein Bett – ich kriege die Matratze im Moment nicht allein wieder rein. Könnten Sie …?«

Wortlos verschwand er im Schlafzimmer.

»Sonst noch was?«, fragte er, als er wiederkam.

»Nein. Danke für Ihre Hilfe.«

»In gewisser Weise beruhigt es mich, dass Sie vorläufig aus dem Verkehr gezogen sind. Lassen Sie sich ruhig Zeit mit dem Gesundwerden. Und vergessen Sie nicht, die Kette vorzulegen, sobald Sie aufstehen können. Schönen Tag noch.«

Du mich auch, dachte sie. Dann war er weg.

Sie sah Edwina an, die in den letzten Tagen fast verblüht war.

»Der ganze Ärger nur wegen dir«, murmelte sie. »Wärst du nicht so empfindlich, hätte ich dich nicht von der Tür wegrücken müssen. Wie soll ich mich gegen diesen Kerl behaupten, wenn ich auf dem Boden liege?«

Das Schmerzmittel wirkte jetzt mit aller Macht, und ihr fielen fast die Augen zu. Leos Kopf war so vollgestopft mit Dingen, über die sie nachdenken musste, dass sie auch ohne Analgetikum ihre Schwierigkeiten damit gehabt hätte.

Da war Jay, der ohne Vorwarnung wieder in ihrem Leben aufgetaucht war; sein merkwürdiger Bericht über Katie beunruhigte Leo fast so sehr wie die Tatsache, dass sie in seiner Gegenwart immer noch weiche Knie bekam. Sogar im Liegen. Die ominöse Christine und der geheimnisvolle Anrufer, der Ludwigs gutem Ruf möglicherweise noch im Tod schaden konnte, trugen auch nicht gerade dazu bei, sie aufzumuntern. Ganz abgesehen von Sandved. Irgendetwas war an dem Mann, das sie ständig zum Widerspruch reizte.

Zu viel, um darüber nachzudenken. Schläfrig schloss sie die Augen. Aber der Besucherstrom riss an diesem Morgen nicht ab.

»Hallo, sind Sie da?« Das musste Ruth Herwig sein. Unwillig versuchte Leo sich aufzurichten.

»Augenblick, es dauert ein bisschen. Mich hat es im Kreuz erwischt.«

Die Antwort war das Geräusch eines Schlüssels, der ins Türschloss geschoben wurde. Leo erstarrte mitten in der Bewegung.

Ruth Herwig trat ein. »Den wollte ich Ihnen zurückbringen«, sagte sie und reichte Leo einen kleinen Schlüssel mit einem Kleeblattanhänger. »Bevor Sie jetzt fragen: Nein, ich habe mir gestern keinen Eintritt zu Ihrer Wohnung verschafft. Warum auch? Ich war oft genug hier, als Ludwig noch lebte. – Mit Ihrem Rücken ist es schlimmer geworden?«

Leo ließ sich langsam auf den Boden zurücksinken. Sie drehte den Schlüssel zwischen den Fingern. »Geht schon. – Woher haben Sie den?«

»Ludwig hat ihn mir gegeben.«

»Warum haben Sie das gestern Abend nicht gesagt?«

Ruth Herwig lachte nur und ging zu Ludwigs Schreibtisch. Leo folgte ihr mit den Augen.

»Und warum haben Sie gelogen?«, antwortete ihre Nachbarin mit einer Gegenfrage und musterte die Pinnwand. »Sie waren gestern in Wiedensahl.«

Leo rutschte auf ihrem Bodenlager hin und her, um eine bequemere Lage zu finden. »Wie kommen Sie darauf?«

Ihre Nachbarin zeigte auf den Farbausdruck von der Bauernkate mit dem großen Garten, den Leo am Morgen an die Pinnwand gesteckt hatte.

»Das ist mein Haus«, sagte Ruth Herwig. Leo bekam große Augen.

»Im Ernst?«

»Ja. Ich war gestern ebenfalls da. Sie schienen sich sehr für meinen Garten zu interessieren. Ludwig hat mir erzählt, dass Sie Gartenarchitektin sind. Nun, wie finden Sie das Grundstück? Es könnte ein Kleinod daraus werden, nicht wahr? Ihr Onkel hat sich dort sehr wohlgefühlt.«

»Ludwig war dort?«

»Oft. Es war praktisch unser zweiter Wohnsitz.«

Oh. So gut kannten die beiden sich also. Das erklärte Ludwigs Abwesenheiten.

»Diese Büsche hier …« Ruth Herwig tippte auf einen Gestrüpphaufen, der im Bildhintergrund zu sehen war. »Ludwig hat mir geholfen, sie zu roden. Wir wollten neue Sträucher anpflanzen. Leo – darf ich Leo zu Ihnen sagen?«

Leo nickte kraftlos.

»Sie und ich, wir müssen über einiges reden.« Ruth setzte sich seitlich auf das Sofa, sodass Leo sie sehen konnte, ohne sich allzu sehr den Hals zu verdrehen. »Sie haben ein Recht darauf, einige Dinge zu erfahren.«

Leo musterte sie von der Seite. Ruth Herwig war eine kleine Person, nicht viel größer als Leo, aber zierlicher, wie diese zu ihrem stillen Leidwesen feststellte. Sie hatte allerdings den Eindruck, dass diese Zartheit täuschte. Unter der sanften Oberfläche schien eine starke Energie zu brodeln. Dennoch bekam man in ihrer Gegenwart unwillkürlich den Eindruck, sobald sie den Mund öffnete, müsste ein Eichendorff-Gedicht oder eine hübsche Goethe-Sentenz herausströmen. Was sie tatsächlich sagte, nachdem sie sich eine Weile gesammelt hatte, war:

»Heilige Scheiße, er hat seinen Abgang wirklich gründlich versaut.«

Leo blinzelte verblüfft.

»Er hätte sich geruhsam bis ans Ende seiner Tage im Ruhm seines akademischen Rufes sonnen können«, fuhr Ruth Herwig ungerührt fort. »Ein recht begrenzter Ruhm, aber immerhin. Er hätte auch richtig berühmt werden können, aber er musste sich ja ausgerechnet Wilhelm Busch aussuchen. Wer zum Teufel kennt schon Wilhelm Busch? Trotzdem hatte Ludwig Heller einen Ruf. – Stattdessen so was!«

»Frau Herwig«, sagte Leo verwirrt, »macht es Ihnen etwas aus, ganz von vorn anzufangen?«

»Nennen Sie mich Ruth. – Entschuldigen Sie, manchmal geht es mit mir durch.« Sie suchte in ihren Taschen herum und zog ein Päckchen Zigaretten heraus.

»Stört es Sie? Ach, schon gut, bei Ludwig durfte ich auch nicht rauchen.«

Sie steckte die Zigaretten wieder weg. »Ihr Onkel war sehr einsam, als er hier einzog. Aber dank Wang Li änderte sich das rasch. Der kleine Chinese bringt die Menschen zusammen. Wir haben oft zusammen bei ihm gegessen. – Jedenfalls wurden Ludwig und ich gute Freunde. Allerdings nicht in der Art, wie Sie vielleicht denken.«

»Ich denke gar nichts«, behauptete Leo.

»Nein? Nun, es ist ja heutzutage auch nicht mehr so wie früher. Jeder hat seine Freiheiten. Ich weiß, dass Ludwig eine, sagen wir: Beziehung hatte, zu einer jungen Frau. Wir sprachen nie darüber, aber einige Dinge bekommt man auch so mit. Keine Ahnung, ob es etwas Ernstes war oder nicht; es hat wohl auch nicht lange gehalten. Aber ich schweife ab. Das wollte ich gar nicht erzählen.«

»Oh, bitte, ich finde es sehr interessant«, sagte Leo langsam.

»Ich weiß nicht genau, wann es anfing; vor ein paar Wochen jedenfalls. Mir fiel auf, wie bedrückt Ludwig war. So kannte ich ihn nicht. Er wirkte depressiv und klagte über Schlaflosigkeit. Erst dachte ich, seine – nun ja, seine junge Freundin hätte ihm den Laufpass gegeben. Das war es offenbar nicht. Aber was ihn bedrückte, wollte er mir nicht verraten. Um mich nicht zu belasten, wie er sagte. Als das gestern passiert ist – der Einbruch – da musste ich wieder daran denken.«

»Sie meinen also auch, mein Onkel hat etwas Illegales getan?« Leo wunderte sich, wie sachlich ihre Stimme klang. »Besaß er etwas, das jemand anderem gehörte?«

»Das ist die Idee dieses Kommissars, ich weiß«, sagte Ruth Herwig. »Ich kann nur sagen, Ludwig hatte Angst. Er war nicht er selbst. An dem Abend, als er starb, war es besonders schlimm. Wir waren wenige Stunden zuvor aus Wiedensahl zurückgekommen, wo wir ein paar Tage verbracht hatten. Ich schlug vor, gemeinsam ins Kino zu gehen, ich dachte, etwas Ablenkung würde ihm guttun. Er wollte nicht. Er hatte ein Schlafmittel genommen, und ich fürchte, er hatte auch etwas getrunken. Er sagte, ich solle allein gehen, er würde sich hinlegen.«

Sie zog ihre Strickjacke enger um sich, als fröstelte sie.

»Als ich wiederkam …«

»War Ludwig bereits im Krankenhaus«, vollendete Leo den Satz.

»Ja. Wang Li wartete auf mich und fuhr mich in die Klinik. Ostermann war auch schon dort. Später in der Nacht – nein, es war schon Morgen, als wir wiederkamen. Ich konnte mich nicht einfach schlafen legen und ging in Ludwigs Wohnung. Ich dachte, etwas von ihm müsse noch da sein, und wollte es festhalten, so lange wie möglich. Und dann habe ich das hier gefunden.«

Ruth Herwigs Strickjacke hatte große Taschen. Sie fuhr in eine hinein und entnahm ihr ein zusammengefaltetes Papier.

»Es lag auf dem Schreibtisch. Ein Abschiedsbrief.«

Leo hatte das Gefühl, keine Luft mehr zu bekommen, als sie das Blatt entgegennahm. Es war ein Bogen von Ludwigs Briefpapier, mit dem aufgedruckten offiziellen Briefkopf. Sie faltete ihn auseinander.

Nur ein nicht zu Ende geführter Satz stand darauf: *Ich habe einen schweren Fehler begangen und …*

Das war alles. Keine Unterschrift. Sieben Wörter in Ludwigs akkurater Handschrift, die Bögen sauber geschwungen, die Pünktchen genau über den dazugehörigen Buchstaben.

»Aber das ist … Nein. – Nicht Ludwig.« Leo suchte angestrengt nach Argumenten. »Wenn man sich umbringen will, springt man doch nicht einfach vom Balkon. Sie sagen, er hat Schlafmittel genommen, das wäre doch weitaus zuverlässiger. Und … schmerzlos …« Sie musste sich räuspern. »Außerdem war Paul Ostermann dabei. Er hat bezeugt, dass es ein Unfall war.«

Ruth Herwig zog die Schultern hoch. Von ihrer anfänglichen Erregung war nichts mehr zu spüren.

»Vielleicht war es ein Unfall. Vielleicht war Ludwig schon betäubt. Vielleicht hat ihn der Rotwein …«

»Vielleicht, vielleicht!«, unterbrach Leo grob. »Haben Sie dem Arzt gesagt, dass Ludwig ein Schlafmittel genommen hat?«

»Nein.«

»Warum nicht?«

»Weil ich nicht sicher war. Und ich stand unter Schock. Das ist doch wohl verständlich.«

»Was hat er genommen? Und wie viel? Haben Sie nachgesehen? Später, meine ich?«

Ruth Herwig schüttelte den Kopf. »Die Tropfen, die er immer nahm, standen im Badezimmer.«

Leo erinnerte sich an die kleine braune Flasche mit dem roten Etikett. Sie hatte alles weggeworfen, als sie eingezogen war und das Medikamentenschränkchen mit den Standardutensilien neu aufgefüllt.

»Sie haben nichts gesagt«, stellte Leo fest. »Dem Arzt nicht. Und Kommissar Sandved auch nicht.«

Ruth Herwig sah sie lange an. »Nein. Ihr Onkel war ein ganz besonderer Mensch. Ich finde, sein Ruf sollte nicht mit einem derart kläglichen Ende belastet werden. Und was den Schlüssel angeht: Ich habe gestern Abend nichts gesagt, weil ich keine Scherereien wollte.«

Leo hatte den Eindruck, dass Ruth Herwig noch mehr sagen wollte, aber sie tat es nicht. Sie ging, ohne sich zu verabschieden.

Leo wusste nicht, wie lange sie anschließend so da lag, halb betäubt, verwirrt, durcheinander. Irgendwann rollte sie sich auf die Seite und kringelte sich zu einem Knäuel zusammen, den Schmerz ignorierend, der durch ihren Rücken schoss. Etwas tief drinnen tat viel mehr weh als ein eingeklemmter Nerv.

*

Wiedensahl, den 30ten Juni 1858

So manches Mal holen die Geister der Vergangenheit uns ein. Alle Worte, alles Thun, ja sogar jegliches im Stillen Gedachte wartet auf Wiederkehr, das Gute wie das Schlechte. Seit es Wilhelm im Mai wieder in die Arme seiner Jung-Münchner getrieben hat, habe ich mir gewünscht, etwas möchte ihn zu Besinnung bringen und wieder zur Rückkehr veranlaßen. Es ist kostbare Zeit, die er dort unten mit Müßigkeit und Tändelei vergeudet, ein Strudel von Verlockungen, in den er, so scheint's, immer aufs Neue geräth. Er thut nichts, er arbeitet nicht, er schafft nichts. Und nun ist das, was ich mir wünschte, eingetroffen, doch auf welch bittere Art! Anna ist tot. Wilhelms Schwester war die Jüngste der Geschwister. Im Juni erlosch ihr Lebenslichtlein für immer. Ihr Ende hat ihn bitter getroffen. Diese Mahnung an die eigene Vergänglichkeit hat eine starcke Veränderung an ihm bewirkt. Ernster ist er geworden und wohl auch ruhiger. Er arbeitet mit neuer Entschlossenheit und Gründlichkeit, doch fürchte ich, daß gerade dieses, was ich mir so wünschte, andere Früchte trägt als erwartet. Er entgleitet mir. Das werde ich nicht zulassen.

Wiedensahl, den 18ten October 1858

Die menschliche Seele ist ein sonderbar Ding. So groß die Erschütterungen auch sein mögen, denen sie ausgesetzt ist, ihr einziges Streben scheint dahinzugehen, recht bald zurück in die Welt des Alltäglichen zu finden. Wilhelms Welt ist wieder einmal in München, Annas Tod scheint verwunden. Zusammen mit seinen Klubbrüdern von Jung-München feiert er, daß er am Leben ist. Ich kann in dem ganzen Treiben dort unten nur ein Gutes entdecken: Caspar Braun, der die Fliegenden Blätter herausgibt, hat Wilhelm als Zeichner eingestellt. Das ist nun seine erste richtige Arbeit.

Vielleicht ist das Annas Vermächtnis an ihn. Schicksalsschläge formen uns, und erst durch Qualen werden wir groß. Aber mir scheint, daß immer, wenn er so weit fort von mir weilt, noch andere Veränderungen mit ihm vorgehen. Was treibt er dort unten?

- 8 -

In den nächsten Tagen hatte Leo viel Zeit zum Nachdenken. Sie rief den Schlüsseldienst an und ließ das Schloss auswechseln. Danach lag sie auf dem Sofa, knackte Walnüsse und zerbrach sich den Kopf.

Die Frau, die Ruth Herwig erwähnt hatte, ging ihr nicht mehr aus dem Sinn. Ludwigs *junge Freundin,* wie Ruth sie nannte. Konnte das Christine sein?

Leo fragte ihre Nachbarin danach, als sie das nächste Mal kam, um nach ihr zu sehen. Die Antwort war enttäuschend. Ruth Herwig hatte die Frau nur einmal im Treppenhaus gesehen, als sie in Ludwigs Wohnung verschwand.

»Wie lange ist das her?«

Ruth Herwig dachte nach. »Zwei Monate ungefähr. Vielleicht auch länger.«

»Hat Ludwig diese Frau je erwähnt?«

Die Antwort kam mit unbewegter Miene. »Nein. Das war auch besser so.«

»Aber …«

»Ich weiß nur, dass diese Person mehrmals hier war, und das reicht doch wohl. Ihr Duft lag jedes Mal in der Luft, so ein altmodisches Blumenbouquet. Da wusste ich genug.«

Sie fragte, ob sie noch etwas einkaufen sollte und ging. Leo hatte das Gefühl, einen sehr wunden Punkt berührt zu haben.

Bei zu vielen Unbekannten im Spiel wurde die Rechnung unlösbar. Also ließ Leo eine weg. Ludwigs Besucherin sollte vorläufig sein Geheimnis bleiben. Aber was bedeutete dieser Abschiedsbrief? Er passte nicht zu dem, was sie von Paul Ostermann erfahren hatte. Ludwig war nicht vom Balkon gesprungen, er war gestürzt.

Je länger sie darüber nachdachte, was Ruth Herwig erzählt hatte, desto merkwürdiger kam es ihr vor. Ludwig betrunken?

Undenkbar. Aber auch Paul hatte so etwas erwähnt. Und was war mit dem Schlafmittel? Solche Sachen hatte er früher nie angerührt. Etwas musste ihn an seinem letzten Abend so aufgewühlt haben, dass er von allen Gewohnheiten abgewichen war.

Vielleicht erinnerte sich Ruth Herwig doch noch an irgendeine Kleinigkeit, die einen Anhaltspunkt geben konnte. Bis dahin musste dieser Abschiedsbrief als ungeschrieben gelten. Wenn Sandved davon erfuhr, war er imstande, Ludwig ausgraben und obduzieren zu lassen. Leo suchte aus ihren CDs Mozarts Requiem heraus. Das schien ihr ein passendes Versteck; sie schob den zusammengefalteten Bogen in das Booklet und stellte die CD wieder an ihren Platz. Sie würde den Brief erst wieder hervorholen, wenn sie eindeutige Beweise dafür hatte, dass ihr Onkel nicht mehr leben wollte, weil er einen verheerenden Fehler gemacht hatte und in einer Sackgasse steckte, aus der er keinen anderen Ausweg mehr sah.

Noch einmal sortierte sie die bekannten Fakten und stellte sie neu zusammen. Ein unbekannter Anrufer hatte sich bei Jablonsky gemeldet und eine Nachricht für Onkel Ludwig hinterlasssen. Also kannte er Ludwig vermutlich, hatte ihn wahrscheinlich zuvor schon kontaktiert. Er setzte Wissen voraus; das Wissen um Christine. Was wollte er von Ludwig? Ein Gutachten? Oder ging es um ein Kaufangebot? Ludwig hatte sich dann vermutlich an Jablonsky gewandt. Aber vielleicht war es auch umgekehrt gewesen: Der Antiquar hatte ein Angebot bekommen, das er von Ludwig prüfen lassen wollte. Möglicherweise hatte er den Kontakt zum Kunden hergestellt.

Je länger Leo auf dem Rücken lag und die Decke anstarrte, desto sicherer war sie, dass es bei der ganzen Geschichte um Wilhelm Busch ging. Warum sonst wäre Onkel Ludwig beteiligt worden? Schließlich war das sein Spezialgebiet. Die Frage war nur, um was für ein Objekt es sich handelte.

Eine wertvolle Handschrift vielleicht. Oder eine verschollene Originalausgabe? Im Grunde konnte es alles Mögliche sein, auch ein Bild oder eine Skizze.

Missmutig warf Leo Walnüsse zur Decke und versuchte sie wieder aufzufangen. Sie hatte es gründlich satt. Warum sollte sie für Onkel Ludwigs Fehler oder Nichtfehler verantwortlich sein? Die Toten sollten verdammt noch mal in Frieden ruhen, wie sich das gehörte. Hatte sie etwa nichts Wichtigeres zu tun, als sich mit ihnen zu befassen? Sie musste Arbeit finden, und zwar richtige. Arbeiten und Geld verdienen, darauf kam es jetzt an. Ab sofort würde sie sich einfach aus allem heraushalten, jawohl, das war es, was sie tun würde.

Einfacher gedacht als getan.

Leo wälzte sich rastlos auf dem Sofa herum, obwohl ihr Rücken dagegen protestierte. Aus dieser Perspektive fiel ihr Blick auf die Bilder unter dem Schreibtisch. Busch war nicht nur Dichter, sondern auch Maler gewesen. Ludwig besaß einige Reproduktionen seiner Gemälde. Einige gefielen ihr ganz gut, besonders eines, das fast nur aus bunten Farbstrichen bestand und eine Waldszene im Herbst zeigte. Aber die meisten hatte sie abgehängt und hinter den Schreibtisch gestellt, auch das von der Dorfstraße in Wiedensahl. Windschiefe Katen mit Strohdächern, Misthaufen vor der Tür, ein paar winterkahle Bäume, ein schlammiger Weg.

Leo lag still und musterte das Bild. Wie musste es gewesen sein, an so einem Ort zu leben? Was wusste sie überhaupt von Wilhelm Busch?

Eigentlich gar nichts. Sie fasste die Bücherwand ins Auge, die sich über die gesamte Breite des Wohnzimmers erstreckte, und seufzte. Es funktionierte nicht. Sie konnte die ganze Sache nicht einfach beiseiteschieben und so tun, als ginge sie das alles nichts an. Mühsam humpelte sie zu Ludwigs Bücherwand und ließ sich davor auf dem Boden nieder. Wenn sie das alles lesen wollte, würde sie in zwei Jahren noch hier liegen. Warum musste sich Ludwig ausgerechnet auf Kunstgeschichte verlegen! Hätte er nicht Botaniker werden können? Dann hätte sie wenigstens eine faire Chance gehabt.

Nach einigem Zögern begann sie mit den Bildergeschichten. *Max und Moritz* kannte sie fast auswendig; *Maler Klecksel* auch. Sie konnte sich nicht daran erinnern, dass eine Christine darin vorkam, aber sie prüfte es nach. Sie sah sich die vertrauten Bilder an und las die Verse halblaut vor. Ab und zu hörte sie sich selbst leise lachen. Dann begegnete ihr eine Christine. Es war in *Schnurrdiburr*, dieser Geschichte mit den Bienen, in der es um einen geklauten Bienenstock samt Schwarm, einen liebeskranken Eugen und Imker Dralle ging. Und natürlich um Christine Dralle, die ihrem Nachbarn den Kopf verdreht. War das die Richtige? Sandved hatte den Zettel mit Jablonskys Notiz natürlich wieder mitgenommen, aber Leo erinnerte sich, dass von Rosen und Abschied die Rede gewesen war. Sie ging den Text erneut durch. – Nichts dergleichen tauchte darin auf, aber vorsichtshalber kennzeichnete sie die Stelle.

Nach den Bildergeschichten kamen die Gedichte an die Reihe, nach den Gedichten die Prosa. Nirgends stieß sie auf eine weitere Christine. Leo nahm die Sekundärliteratur in Angriff. Sie las und las, bis ihr die Augen brannten. Mit der Zeit verstand sie immer besser, was Ludwig an dem eigenbrötlerischen Busch so fasziniert hatte. Er war eine seltene Doppelbegabung gewesen, Dichter und Zeichner in einer Person, dessen Wortwitz und spitze Feder sich perfekt verbanden. Bildergeschichten dieser Art hatte es vorher noch nicht gegeben. Einer seiner Biografen sah in Busch gar den ersten Comic-Zeichner seiner Zeit.

Als Leo bei den Publikationen angelangt war, die sich mit Buschs Biografie befassten, war sie endgültig gefesselt. Sie fühlte Sympathie für diesen Mann, der allem äußerlichen Erfolg zum Trotz in seinem anfänglichen Lebensentwurf gescheitert war. Mit dem Lesen kam die Erinnerung an Ludwig und an das, was er ihr an jenem so lange vergangenen Sommernachmittag im Park erzählt hatte.

1832 in Wiedensahl geboren, 1908 in Mechtshausen gestorben, dazwischen Antwerpen, München, Frankfurt, Wien – Busch war ganz schön herumgekommen für seine Zeit. Und immer wieder Wiedensahl, stetiger Wechsel zwischen Weltoffenheit und Einsiedelei; Leo wünschte sich brennend, Onkel Ludwig würde noch leben. Er hätte ihr so viele Fragen beantworten können.

Einmal rief Sandved an und fragte, ob es schon besser ginge. Paul Ostermann, selbst immer noch krank, schaute vorbei, Ruth Herwig bot erneut an einzukaufen. Auch Wang Li hatte von Leos aufsässiger Bandscheibe gehört und ließ einmal am Tag durch seine Schwiegertochter eine warme Mahlzeit vorbeibringen. Leo bedankte sich bei Su Jing für Türkette und Matte und nahm ihr das Versprechen ab, alles anzuschreiben. Der Einzige, der sich nicht meldete, war Jay.

Leo las weiter, aber sie las immer oberflächlicher. Je dicker die Bücher waren, desto mehr schreckten sie Leo ab, bis sie schließlich nur noch herumblätterte. Die Vorstellung, dass ihr auf diese Weise womöglich der entscheidende Hinweis durch die Lappen ging, machte sie fast krank, aber sie konnte einfach nicht mehr.

Am Nachmittag des fünfundzwanzigsten Novembers, dem neunten Tag, den sie zwischen Bücherbergen und Fachzeitschriften verbrachte, stieß Leo auf ein dünnes Heftchen, das Buschs Verhältnis zu Wiedensahl behandelte; eine Art Kurzzusammenfassung für Eilige. Und hier fand sie die Bestätigung, dass sie auf der richtigen Spur war. Der Verfasser, ein gewisser Hans Ries, stellte bedauernd fest, *man könne nur vermuten, was sich im Lied »Christine, Christine!« verschlüssele und was dabei das hilflose Plätschern mit der Hand in der Regentonne ausdrücke, »über die ein Strauch weißer Rosen hing«.*

Ein Lied? Woher hatte er das? Hastig überflog Leo die Seite. Da: Buschs Erinnerungen, *Was mich betrifft.*

Hatte sie die gelesen? Sie erinnerte sich nicht. Ausgerechnet Buschs eigene autobiografische Anmerkungen war sie nicht gründlich genug durchgegangen. Eilig suchte sie aus Ludwigs Bücherwand den richtigen Band heraus und las.

Sie starrte eine Weile vor sich hin, bevor sie zum Telefon griff.

Sandved meldete sich sofort.

»Ich habe Christine gefunden«, sagte Leo.

»Was haben Sie angestellt?«

»Nichts. Nur gelesen. Hören Sie zu: ›*Als ich neun Jahr alt geworden, beschloß man, mich dem Bruder meiner Mutter in Ebergötzen zu übergeben. Ich freute mich drauf, nicht ohne Wehmut. Am Abend vor der Abreise plätscherte ich mit der Hand in der Regentonne, über die ein Strauch von weißen Rosen hing, und sang Christine! Christine! versimpelt für mich hin.*‹

Haben Sie den letzten Satz erkannt? Das ist der Text, den Jablonsky sich auszugsweise aufgeschrieben hat.«

Sandved schwieg eine Weile. »Woher haben Sie das?«, fragte er schließlich.

»Aus den Erinnerungen von Wilhelm Busch, erschienen 1886. – Sie ahnen ja gar nicht, wie öde es ist, ständig auf dem Rücken zu liegen.«

»Und da haben Sie sich quer durch den ganzen Busch gelesen.«

»Und durch seine klugen Interpreten. Aber das hier war ein Zufallstreffer. Hilft Ihnen das weiter?«

»Wir werden sehen. Wenn Sie noch etwas finden, informieren Sie mich bitte.«

Was denn, das war alles? Ein wenig mehr Begeisterung hatte Leo schon erwartet. Enttäuscht legte sie auf.

Dieser Ries hielt Christine für ein Lied. Sandved war selbst schuld, dass sie ihm das nicht mehr verraten hatte.

Aber war alles, was gesungen wurde, wirklich gleich ein Lied? Wenn sie daran dachte, was sie unter der Dusche so von sich gab – Einkaufslisten, Telefonnummern, Termine, die sie nicht vergessen durfte, Rosen- und andere Namen, wenn sie verliebt war.

Leo wählte erneut und trommelte ungeduldig auf der Schreibtischplatte herum, bis sich die Auskunft meldete.

»Eine Adresse in Hannover, bitte. Antiquariat Anton Jablonsky. – Danke.«

*

München, den 24ten November 1860

Ich habe etwas Unerhörtes getan. Ich bin in München. Die Fahrt mit Pferdepost und Eisenbahn dauerte ganze fünf Tage. Um das Gerede klein zu halten, mußte ich eine Base in München erfinden, die plötzlich erkrankt und meiner Hilfe bedürftig ist. Ich bin sehr erschöpft. Auf Reisen zu sein bedeutet für unsereins doch etwas anderes als für ein Mannsbild. Wie verhaßt mir diese lästigen Turnüren sind! Und das Stahlkorsett schnürt mir die Luft ab. In meinem Mauseloch in Wiedensahl ist all dies nicht nöthig. Hier logiere ich allerdings auch nur in einer kleinen Pension am Bahnhof und betrachte von meinem Kammerfenster aus das Treiben vor den großen Hotels. Die schwindsüchtige Reisekasse sorgt dafür, daß ich hier in diesem elenden Quartier bin und nicht an einem Platz, der meiner würdig ist. Wilhelms Unterkunft befindet sich nicht weit von hier. Ich habe erfahren, daß er krank war, sich nun aber auf dem Wege der Beßrung befindet. Von Schleimfieber war die Rede, und daß er dem Tode knapp entronnen sei. Ich bin sicher, daß sein unsteter Lebenswandel daran schuld ist. Wie gerne würde ich seine Pflege in die Hand nehmen und mich um ihn kümmern, doch ich fürchte, er nähme meine Anwesenheit hier nicht günstig auf. Er darf nicht wißen, daß ich hier bin. Ich will Klarheit über sein Treiben, und was ich sehe, ist viel versprechend: Noch habe ich kein Weibsbild bemerkt, das bei ihm aus und eingegangen wäre.

- 9 -

Nach einer Auszeit von zehn Tagen fühlte Leo sich so weit wiederhergestellt, dass sie das Haus verließ, um ein paar Dinge in Erfahrung zu bringen. Sie war auf dem Weg die Treppe hinunter, als Rufus zuverlässig zu bellen begann. Leo zögerte einen Moment, bevor sie klingelte. Vielleicht würde Rufus sich über eine Dosis Frischluft freuen. Paul Ostermann zeigte sich immer noch von seiner Grippe angeschlagen; er öffnete die Tür im Bademantel und flüsterte etwas.

»Danke«, antwortete Leo. »Mir geht es auch gut. Ich wollte auf einen Sprung nach draußen, und – mein Gott, er erstickt gleich!«

Rufus versuchte soeben, sich mit der ganzen Kraft seines Bulldoggenkörpers zwischen Paul und der Tür hindurchzuquetschen, um zu ihr zu gelangen. Die Zunge hing ihm aus dem Maul, während er sich hartnäckig abmühte.

Leo bot an, ihn mitzunehmen. »Sieht aus, als wär er versessen auf ein bisschen frische Bewegung.«

Ostermann strahlte. »Das würden Sie tun?«, flüsterte er heiser. »Hast du gehört, Rufus? Gassi gehen mit Leo! Ist das nicht toll?«

Leo hörte gar nicht richtig zu. Sie achtete nur auf seine Stimme, die wie ein Reibeisen klang. Heiser. Flüsternd. Wie der Anrufer, der sich angeblich bei Scherkow gemeldet hatte.

Sie zuckte zusammen, als ihr bewusst wurde, in welche Richtung ihre Gedanken gerade liefen. So ein Unsinn. Er war einfach nur erkältet. Und er hätte Ludwig nirgendwohin bestellen müssen, schließlich wohnte er gleich nebenan.

»Leo?«

Verwirrt sah sie ihn an. »Entschuldigung, ich war gerade …«

»Ich fragte, ob Sie die Leine mitnehmen wollen?«

Rufus war ganz Japsen, Schwanzwedeln und aufgeregtes Bellen und sprang herum wie ein Gummiball.

»Ist wohl besser«, murmelte Leo.

Rufus' erster Gang führte zur Linde, wo er ausgiebig und konzentriert das Bein hob. Leo tat, als bemerke sie es nicht, schnürte unterdessen ein neues Schild um den Stamm und kontrollierte die Wunde. Unverändert groß, aber zumindest nicht schlimmer geworden.

Jablonskys Laden lag nur etwa zehn Minuten Fußweg entfernt. Was Valentin Scherkow wohl einer kinderbuchbegeisterten Literaturwissenschaftlerin anzubieten hatte? Leo besaß zwar nur eine sehr vage Vorstellung, womit sich Literaturwissenschaftler für gewöhnlich beschäftigten, aber sie hoffte, dass Wilhelm Busch dazugehören würde.

Der Laden lag im Erdgeschoss eines taubenblau gestrichenen vierstöckigen Hauses aus der vorletzten Jahrhundertwende. Eingang und Auslage waren aus dunklem Holz, an der Tür hing ein Messingklopfer in Form eines Löwenmauls mit einem Ring darin. Auf der Schaufensterscheibe stand in Goldbuchstaben *Anton Jablonsky. Antiquariat.* Ein Stückchen weiter die Straße hinunter befand sich eine Baustelle mit einem Bauzaun aus windschiefen Brettern. Der Zaun war zum Teil umgestürzt, man konnte das Gelände offenbar ungehindert überqueren. Leo vermutete, dass sie ganz in der Nähe der Straße herauskommen würde, in der Ludwigs Wohnung lag. Sie erinnerte sich an Jablonskys dreckige Schuhe. Wenn er den Weg abgekürzt und über die Baustelle gelaufen war, musste er es ganz schön eilig gehabt haben. Hatte ihn der Anruf so aufgeregt?

Rufus hechelte. »Benimm dich!«, warnte sie ihn. »Dann gehen wir anschließend noch Stöckchenwerfen. Oder was immer Hunde so spielen.«

Leo putzte sich gewissenhaft die Schuhe an der dunkelblauen Kokosmatte vor der Tür ab, trat ein und fand sich vor einem großen Schreibtisch wieder, hinter dem ein Mann die Post sortierte. Leo registrierte noch flüchtig, dass ein Durchgang in ein weiteres Zimmer führte, dann wurde ihre Aufmerksamkeit völlig von dem Mann gefesselt, der höflich den Poststapel aus der Hand legte und sie begrüßte.

Valentin Scherkow konnte nur von einem launenhaften Schicksal an diesen Ort verschlagen worden sein und schien viel eher in die schillernde Welt der Stars und Models zu gehören als in eine dunkle Bücherhöhle. Scherkow war ungefähr Anfang dreißig, mittelgroß und hatte den Körper eines Athleten. Die blonden Haare trug er schulterlang und verwegen zerzaust. Er erinnerte Leo an diesen russischen Balletttänzer, wie hieß er doch gleich? Der Name wollte ihr nicht einfallen. Geschmeidig schob sich Scherkow um den Schreibtisch herum und schenkte ihr ein aufmerksames Lächeln. Neben diesem Lächeln waren sein größter Pluspunkt sicherlich die blitzblauen Augen. Leo war froh, dass sie Stiefel mit Absätzen trug; die hoben ihr Selbstbewusstsein beträchtlich.

»Was kann ich für Sie tun?«

Der weiche russische Akzent war unverkennbar. Als attraktiver James-Bond-Gegenspieler wäre Valentin Scherkow umwerfend gewesen. Er machte nicht den Eindruck, als ließe er sich leicht hinters Licht führen, also änderte Leo kurzentschlossen ihre Strategie, denn vermutlich konnte Scherkow lässig über jedes Fachgebiet fachsimpeln und sie im Handumdrehen entlarven.

»Ich suche ein Geschenk für eine Freundin. Sie sammelt Kinderbücher aus dem neunzehnten Jahrhundert. Haben Sie etwas in dieser Richtung?«

»Das könnte schwierig werden. Haben Sie eine bestimmte Vorstellung?«

»Keine Ahnung. Wilhelm Busch vielleicht?«

»Aber Wilhelm Busch ist kein Kinderbuchautor.«

Jetzt nicht rot werden, dachte Leo. »Und was ist mit Max und Moritz?«

Er machte eine wegwerfende Handbewegung.

»Ja, die Bildergeschichten. Die wurden später zwar als Kinderbücher gehandelt, ursprünglich hat Busch sie jedoch in den Fliegenden Blättern und im Münchner Bilderbogen veröffentlicht. Es sind Karikaturen und Satiren. Richtig ist allerdings, dass Busch zu einem neuen Bild des Kindes in der Literatur beigetragen hat. Sehen Sie, es ist so …«

Scherkow geriet in Fahrt und Leo war heilfroh, dass sie die Nummer mit der Literaturwissenschaftlerin spontan gestrichen hatte. Dieser Mensch war beängstigend gut informiert. Rufus knurrte leise.

»Psst«, machte sie. Um seine Pfoten hatten sich vier kleine Pfützen aus Schneematsch gebildet.

Plötzlich schoss eine gefleckte Katze aus dem Dunkel hinter dem Schreibtisch hervor und ging fauchend auf Rufus los. Er jaulte erschrocken auf, auf seiner Nase zeigte sich ein Tropfen Blut.

»Mimi, was soll das!« Scherkow griff sich das Tier mit einer raschen Bewegung und beförderte es in eine kleine Kammer zwischen zwei Bücherregalen, in der Leo eine Art Teeküche erkannte.

»Verzeihen Sie. Mimi ist Hunde nicht gewöhnt und manchmal etwas ungnädig.«

Rufus blieb verstört hinter Leos Füßen hocken. Scherkow schloss die Tür und stand nun irritierend nah bei ihr. *Baryschnikow.* Jetzt wusste sie den Namen wieder. Er sah aus wie Michail Baryschnikow, und er bewegte sich auch so.

»Aber zurück zu den Kinderbüchern, Frau …?«

Leo bediente sich beim erstbesten Autorennamen, der ihr von einem der abgegriffenen Buchrücken ins Auge sprang. »Jäckel«, sagte sie. »Veronika Jäckel.«

»Ich fürchte, Frau Jäckel, aus der Zeit der Jahrhundertwende habe ich nicht viel. Ich kann Ihnen eine deutsche und eine russische Ausgabe des Struwwelpeter anbieten.«

Die Art, wie er *Strrrouwelpätärr* sagte, bescherte Leo ein Flattern im Bauch. Sie hatte Mühe, sich zu konzentrieren.

»Die russische ist schöner illustriert, mit nachkolorierten Tuschezeichnungen. Um 1860 erschienen. Oder eine sehr hübsche Erstausgabe von Waldemar Bonsels Biene Maja, von 1912. Sie ist nur ganz leicht beschädigt.«

»Und Wilhelm Busch? Was haben Sie von Wilhelm Busch da?«

Er sah sie nachsichtig an wie ein Kind, das fußstampfend auf seinem Lutscher besteht: *Ich will aber Erdbeergeschmack, nicht Waldmeister!*

»Es muss ja kein Kinderbuch sein. Vielleicht schenke ich meiner Freundin einfach etwas anderes«, sagte Leo.

»Wie Sie meinen, Frau Jäckel. Kommen Sie mit.«

Er ging voran in den zweiten Raum, dessen Wände ringsum mit Bücherregalen bis zur Decke vollgestellt waren. Leo zerrte den immer noch geschockten Rufus hinter sich her. In einer Ecke tickte leise ein Hydrometer. Scherkow trat an eines der Regale.

»Es ist nicht viel, was ich Ihnen zeigen kann. Die achtbändige Nöldeke-Ausgabe dürfte sicherlich nicht in Frage kommen. Aber ich hätte den *Heiligen Antonius von Padua* und hier eine Faksimileausgabe von *Der Floh*.«

Er zog verschiedene Bücher und Bändchen heraus und legte sie aufgeschlagen auf den Tisch. Leo sollte sie offensichtlich nicht anfassen.

»Dann wären da noch die Briefe an Maria Anderson. Aber das dürfte Ihre Freundin wahrscheinlich nicht so interessieren.«

Maria Anderson? Wer zum Teufel war Maria Anderson? Offenbar hatte sie immer noch große Wissenslücken, was Busch anging. Leo hätte sich Briefe an Christine gewünscht, nicht an irgendeine Maria. Verstohlen warf sie einen Blick auf die Preiszettel, die zwischen den Seiten lagen, und hielt es für besser, umgehend den Rückzug anzutreten.

»Tja, also … so teuer hatte ich mir das nicht vorgestellt. Ich meine, für ein Geschenk …«

Scherkows Miene spiegelte höfliche Zurückhaltung.

»Bitte halten Sie mich nicht für naiv, aber …« Obwohl es eigentlich nicht schaden konnte, wenn er genau das tat. Leo hatte den Eindruck, dass sie es ihm ziemlich leicht machte.

»Gibt es tatsächlich Leute, die so viel Geld ausgeben?«, fragte sie.

Er lächelte herablassend. »Erst vor zwei Wochen wurde auf einer Auktion in Köln eine Erstausgabe von Max und Moritz für hundertfünfundzwanzigtausend Euro versteigert. Dabei war das Buch nur mit zwölftausend veranschlagt.«

Hundertfünfundzwanzigtausend. Leo schluckte.

»Meines Wissens ist das der höchste Preis, der je für ein sogenanntes Kinderbuch bezahlt wurde«, sagte Scherkow. »Da konnten wir leider nicht mithalten.«

»Sie haben mitgeboten?«

»Natürlich.« Er sagte es in einem Ton, als habe sie ihn gerade gefragt, ob er imstande sei, mit Messer und Gabel zu essen.

Offenbar handelte es sich um die Auktion, die Sandved erwähnt hatte. Jablonsky hatte auf ganz offiziellem Weg versucht, an ein

Werk von Busch zu kommen. Kein Wunder, dass es nicht geklappt hatte.

»Tja, dann … Haben Sie vielen Dank für Ihre Mühe. Ich glaube, es ist nichts Passendes für mich dabei. – Komm, Rufus. Wir gehen.«

Scherkow hielt ihr die Tür auf.

Draußen holte Leo tief Luft. Rufus sah ängstlich zu ihr hoch.

»Ach was. Wer wird sich denn von einer blöden Katze einschüchtern lassen. Oder von einer lächerlichen Achtelmillion. Komm, großer Rattentöter, wir gehen spielen.«

Immerhin, ganz sinnlos war der Besuch bei Scherkow nicht gewesen. Sie hatte jetzt eine ungefähre Ahnung vom Marktwert Wilhelm Buschs und konnte sich durchaus vorstellen, dass jemand Himmel und Hölle in Bewegung setzen (oder eine Wohnung auf den Kopf stellen) würde, um etwas Entsprechendes in die Finger zu bekommen.

Und Leo konnte ziemlich sicher sein, worum es sich dabei *nicht* handelte: In Jablonskys Geschäft gab es kein einziges Bild, sondern nur Bücher. Also war es unwahrscheinlich, dass Christine auf einem Gemälde oder einer Skizze Buschs zu finden war. Mit solchen Dingen handelte Jablonsky nicht. Nein, Christine verbarg sich entweder in einem Text oder hinter der unbekannten Frau, die Ludwig besucht hatte.

Leo lotste Rufus über die Hildesheimer Straße und ließ ihn erst von der Leine, als sie beim Maschsee waren. Eine ältere Frau fütterte die Enten mit Brot, die Schilder ignorierend, die genau dies verboten. Rufus tobte zwischen den alten Bäumen am Ufer herum und Leo bewarf ihn mit Schneebällen, nach denen er ausgelassen schnappte.

»Tierquälerin!«, giftete die Entenfrau hinter ihr her, als sie schließlich gingen.

Leo lieferte einen ziemlich nassen, aber zufriedenen Rufus bei Ostermann ab und gab eine zensierte Version der Katzengeschichte zum Besten, um die angekratzte Nase zu erklären. Das war der

Vorteil vierbeiniger Gesellschaft; Rufus konnte nichts von ihrem Besuch im Antiquariat verraten. Dann ging sie hinunter zu Wang Li. Es war Zeit, endlich ihre Schulden zu bezahlen.

Der Imbiss hatte Ruhetag, aber in der Küche brannte Licht. Auf Leos Klopfen öffnete Su Jing. Sie freute sich, als sei Leo ein von schwerer Krankheit genesenes Familienmitglied.

»Ich möchte Sie nicht stören«, sagte Leo. »Ich wollte nur rasch …«

»Sie stören nicht. Heute ist geschlossen, ich habe nur ein wenig aufgeräumt. Kommen Sie, wir gehen nach vorn.«

Leo folgte ihr und beäugte im Vorbeigehen das Messersortiment, das neben einem riesigen Hackbrett in einem Holzklotz steckte. Im Gastraum brannte ein einsamer roter Lampion, unter dem das Baby in seinem Kinderwagen schlief.

»Mein Sohn«, sagte Su Jing stolz, nahm eine Flasche und zwei Gläser aus einem Regal hinter der Theke. »Morgen ist er elf Monate alt. Trinken Sie einen Pflaumenwein mit mir?«

»Wenn ich Ihnen das Geld für meine Verköstigung aufschwatzen kann.«

»Der ehrenwerte Onkel wird böse sein.«

»Er braucht es ja nicht zu erfahren. Hier.« Leo legte die Scheine auf die Theke.

Sie nahmen an einem kleinen Ecktisch an dem Fenster Platz, durch das der Hofeingang zu sehen war. Su Jing schenkte ein.

»Mögen die Götter uns Gesundheit und ein langes Leben schenken!«, prostete sie Leo zu.

Leo nippte an ihrem Pflaumenwein und blickte hinaus. Sie konnte einen Teil der Straße sehen und auch den Treppenaufgang, der ins Hausinnere führte.

»Darf ich Sie etwas fragen, Su Jing? Ich denke in letzter Zeit oft darüber nach, ob mein Onkel wohl einsam war. Wir haben uns selten gesehen. Wissen Sie vielleicht, ob er gelegentlich Besuch bekam?«

Ein nachdenklicher Ausdruck legte sich auf Su Jings rundes Gesicht. »Einsam? Ich weiß nicht. Der Professor war oft hier unten bei uns. Er hat auch viel Zeit mit Frau Herwig verbracht. Aber sonst lebte er sehr für sich. Zurückgezogen, sagt man, oder? Ich glaube, das gefiel ihm.«

Su Jing überlegte einen Moment.

»Da war noch der dicke Mann, der gestorben ist. Er hat Ihren Onkel einige Male besucht. Aber sonst – ich weiß nicht … Es kommen immer wieder Leute hier vorbei, aber ich habe nicht darauf geachtet.«

Aus dem Kinderwagen drangen glucksende Geräusche. Das Baby war aufgewacht, Su Jing nahm ihr Söhnchen heraus und setzte sich wieder an den Tisch. Mit Schlafbäckchen und zauseligem schwarzem Haar lehnte der Kleine an der Brust seiner Mutter und sah einfach niedlich aus; Ludwig hatte ihn bestimmt in sein Herz geschlossen.

»Su Jing, ich weiß nicht sehr viel über meinen Onkel. Ich möchte herausfinden, wie er gelebt hat. Können Sie sich vorstellen, dass er eine Freundin hatte?«

»Frau Herwig«, nickte Su Jing.

»Nein, ich meine … eine Jüngere. Sie wissen schon.«

Su Jing schüttelte belustigt den Kopf. Der Kleine auf ihrem Schoß blinzelte, als ob auch er sich sehr wundern müsste, und zog und zerrte mit seinen Patschhändchen an einem Zipfel der Tischdecke. Leo hielt sie auf ihrer Seite unauffällig fest.

»Warten Sie mal.« Su Jing krauste die Nase. »Doch, da war eine Frau. Aber ob sie jung war? Sie hatte einen Mantel mit Kapuze an, und ich habe sie mir nicht so genau angesehen.«

»Wie oft kam sie?«

»Zwei- oder dreimal vielleicht. Ich könnte den ehrenwerten Onkel fragen, wenn Sie möchten. Er weiß über alles Bescheid, was hier passiert. Er ist das Familienoberhaupt. Er sorgt für alle, und alle hören auf ihn.«

»Auch Ihr Mann?«

»Aber ja. Haben Sie es noch nicht bemerkt? Wegen des Baumes vor dem Haus? Er darf nicht mehr dort parken, der Onkel hat es ihm verboten.«

Sieh an, dachte Leo. Su Jing nickte mit Nachdruck.

»So ist das bei uns. Wir hören auf die Alten. Der ehrenwerte Wang Li ist ein kluger Mann. Er kümmert sich um alles, so wie Ihr Onkel es tat.«

»Mein Onkel?«, fragte Leo erstaunt.

»Oh ja. Ich verdanke ihm viel. Er hat mich dem ehrenwerten Onkel vorgestellt und mir diese Stelle verschafft. Also verdanke ich ihm auch meinen Mann. Und meinen kleinen Jadestern.«

Sie küsste das Baby, das immer noch emsig mit der Tischdecke beschäftigt war und vor Konzentration laut schnaufte.

»Soll ich den ehrenwerten Onkel also fragen?«

Leo winkte ab. Sie wollte nicht unnötig Staub aufwirbeln. Vorerst interessierte sie etwas anderes.

»Su Jing, woher kannten Sie Professor Heller?«

»Schon aus der Zeit, als er noch an der Universität war. Ich studiere zwar Elektrotechnik, aber ganz am Anfang habe ich auch viele Sprachkurse und Literaturvorlesungen besucht. Und als der Professor jemanden suchte, der ihm den Computer in seinem Büro anschließen konnte, habe ich ihm geholfen. – Ja, so war das.«

Su Jing füllte Leos Glas nach.

»Der Professor hörte, dass ich dringend eine Arbeit suchte und hat mich zu Wang Li gebracht. – Sie wissen vielleicht nicht, wie es ist, allein in einem fremden Land zu leben. Ich hatte das Gefühl, nach Hause zu kommen. Der ehrenwerte Onkel hat mich überaus freundlich aufgenommen. Und als er die Idee mit seinem Neffen hatte, habe ich natürlich nicht nein gesagt. Der ehrenwerte Onkel hatte versprochen, Xue nach Deutschland zu holen. Er suchte nur noch eine Frau für ihn.«

In Leos Ohren klang das wie ein Kuhhandel, aber Su Jing lachte selbstbewusst. »Wenn er mir nicht gefallen hätte, hätte ich nein gesagt.«

»Und Xue wurde nicht gefragt?«

Sie zuckte mit den Achseln. »Dem ehrenwerten Onkel widersetzt man sich nicht. Er ist ein sehr freundlicher Mann, und viele unterschätzen ihn. Aber das ist ein Fehler, den man nur einmal begeht.«

Leo begann den schmächtigen Wang Li mit seinem Lächeln und seinen Verbeugungen in einem anderen Licht zu sehen.

»Wo ist Ihr Mann jetzt?«

»Er besucht einen Sprachkurs. Ich bin sehr froh darüber. Wenn er mehr von Ihrer Sprache versteht und selbst reden kann, ist das gut für ihn. Es heilt sein Selbstbewusstsein. Dann kann er auch hier vorn bei den Gästen mitarbeiten und nicht nur in der Küche.«

Leo schaute sich um. Der Raum war groß, aber sparsam eingerichtet; fünf Tische standen darin und boten vielleicht zwanzig Leuten Platz. Der übliche Pomp, den Leo aus China-Restaurants kannte, fehlte; nur zwei rote Lampions mit Goldtroddeln hingen von der Decke. Schön gerahmte Tuschezeichnungen schmückten die weißen Wände.

»Warum vergrößern Sie nicht und machen aus dem Imbiss ein richtiges Restaurant?«, fragte sie. »Das Essen ist hervorragend. Sie hätten bestimmt Erfolg.«

»So einfach ist das nicht«, sagte Su Jing ausweichend. »Gut gehende Lokale ziehen nicht nur Gäste an.« Sie wartete, ob Leo verstand.

»Schutzgelderpressung?«

Su Jing nickte. »Vor einiger Zeit hatten wir hier Schwierigkeiten.«

Leo sah Wang Lis Hand mit den fehlenden Fingern vor sich und bekam eine Gänsehaut.

»Bezahlen Sie?«

»Alles ist ruhig jetzt«, war Su Jings Antwort. Sie schaukelte das Baby hin und her, das verdrießlich zu quengeln begann, weil es die Tischdecke nicht in seine Gewalt bekam. Leo leerte ihr Glas und verzichtete auf weitere Fragen.

»Uns geht es gut, und wenn Xue sich eingelebt hat, wird es noch besser werden«, sagte Su Jing zuversichtlich. »Auch nach einem Jahr ist alles noch sehr fremd für ihn, die Menschen, die Sprache, die Kultur. Sogar die Autos sind anders als bei uns.«

Das erklärte natürlich einiges.

»Nehmen Sie ihm seine Art nicht übel«, bat Su Jing. »Er ist kein schlechter Mann, nur sehr unsicher und manchmal etwas unbeherrscht.«

»Ihnen gegenüber auch?«

»Oh nein«, sagte sie entschieden, »das würde er nicht wagen. Aber er hätte es eben lieber, wenn ich mich nur um die Familie kümmern würde und er arbeiten könnte. Er ist Elektrotechniker, wie ich. Solange er keine Arbeit hat, kann ich weitermachen. Der ehrenwerte Onkel sieht das ähnlich. Wozu soll eine Frau studieren, wenn sie Kinder bekommen und eine Familie haben kann? In der Küche helfen, das ist etwas anderes. Er ist noch sehr den alten Ansichten verpflichtet, wissen Sie. – Eine gute Arbeit für Xue, das wäre am einfachsten.«

»Ja, für ihn«, sagte Leo.

Su Jing krauste die Nase. »So sind die Männer, was soll man machen.«

»Arööh«, machte das Baby.

Darauf tranken sie noch einen Pflaumenwein.

*

Wiedensahl, den 11ten Januar 1860

Wie glücklich war ich in dem Gefühl, daß Wilhelm keine anderen Frauen hat. Damals in München habe ich nichts Verdächtiges zu entdecken vermocht, und so hatte ich bis jetzt fast die Gewißheit, mir keine Sorgen machen zu müssen. Doch nun ist das elende Mißtrauen wieder geweckt. Anlaß dazu geben mir zahlreiche Tanzvergnügungen der Jung-Münchner, an denen Wilhelm munter teil nimmt. Und, man mag es kaum glauben, er versucht sich als Operettentexter: Liebestreu und Grausamkeit heißt sein Werk. Liebestreu und Grausamkeit! Der Titel ist Programm. Ich werde ihm eine Warnung zukommen lassen. Er soll den Bogen nur nicht überspannen.

Wiedensahl, den 20ten Februar 1862

So, die Fäden will er ziehen. Den Puppenspieler geben. Regie führen. Märchen auf die Bühne bringen. Jetzt hat ihn der Münchner Künstlerfasching in seinem verlotterten Griff. Schon zwei Monate hat er wegen dieser Tändeleien nicht ordentlich gearbeitet. Zeit, Geld und Gesundheit gehen perdü. Was soll davon werden? Ich warte immer noch auf seinen großen Durchbruch, der uns beide befreien und mich von hier fortbringen wird, und er schlägt sich die Nächte im Franziskanerkeller und im Café Taburger um die Ohren. Wenn er wüßte, wie sauer mir die Zeit hier wird! Strohdächer, dunkle Kammern, ringsherum nur Schäbigkeit. Seit ich ein Stück von der Welt gesehen habe, verlangt es mich nach Beßrem.

Was wissen diese Kleingeister um mich herum denn! Wie Ameisen erfüllen sie ihr Tagwerk, blind, besinnunglos, blöde. Sie alle werde ich weit hinter mir lassen. Meine Zeit wird kommen, denn ich habe die Macht des Geheimnisses.

- 10 -

Über Nacht setzte Tauwetter ein und am Morgen waren die Straßen frei von Schnee. Der Himmel präsentierte sich in einem frühlingshaften sanften Blau. Leo holte ihr Fahrrad unter der Treppe hervor und fuhr zum Seelhorster Friedhof. Es zwickte ein wenig im Rücken, als sie sich auf den Sattel schwang, aber es ging.

Auf dem Hauptweg von der Kapelle kam ihr ein Trauerzug entgegen, der Pfarrer ging vorweg, die Sargträger schwankten in würdevollem Gleichschritt mit ihrer Last hinterher. Leo wich auf einen Seitenweg aus und gelangte auf ein paar Umwegen zu Ludwigs Grab. Jemand hatte ein Grablicht neben die Schale gestellt, vielleicht Ruth. Die Flamme brannte noch.

In der Nähe erklang Gesang, ein Kirchenlied. Leo dachte an den Abschiedsbrief, versteckt in der CD-Hülle von Mozarts Requiem. Sie dachte an die Frau, von der Ruth Herwig und Su Jing gesprochen hatten. Und an die geheimnisvolle Christine.

»Was ist passiert, Onkel Ludwig?«

Ludwig blieb stumm. Kleine Grüppchen schwarz gekleideter Leute gingen vorüber. Die Beerdigung war vorbei, die Trauergesellschaft löste sich auf. Unter den Gästen erkannte Leo zu ihrer Überraschung Ruth Herwig und Valentin Scherkow. Etwas abseits von den anderen ging Kommissar Sandved. Er sah zu ihr herüber.

Auch das noch.

Wie immer war seine Stirn von tiefen Falten durchfurcht. Sie hätte gern mal gewusst, ob das von ihrem Anblick kam oder ob er ständig in Gedanken vertieft war.

Ruth Herwig sagte etwas zu dem blonden Russen, der daraufhin in Leos Richtung blickte. Er deutete eine Verbeugung an und verabschiedete sich von seiner Begleitung. Wenn Leo sich nicht sehr täuschte, war ihre Tarnung soeben aufgeflogen.

Ihre Nachbarin kam auf sie zu und zündete sich eine Zigarette an. In ihrem schwarzen Kostüm mit dem offenen Mantel darüber wirkte sie noch zierlicher als sonst. Leo fiel auf, wie knotig ihre Finger waren, dünn und mager, aber mit angeschwollenen Gelenken. Die vielen Ringe, die sie trug, schienen sich nie wieder abstreifen zu lassen.

»Das haben Sie schön gemacht.« Ruth Herwig zeigte auf die Schale und stieß eine Wolke blauen Rauchs aus.

»Danke.« Leo war sich unangenehm der Anwesenheit Sandveds bewusst. Doch als sie zu ihm hinüber sah, war er verschwunden.

»Sie waren auf einer Beerdigung?«, fragte Leo, weil ihr nichts anderes einfiel.

»Ja. Anton Jablonsky. – Ich hörte, dass Sie ihn gefunden haben. Muss ein ziemlicher Schock für Sie gewesen sein.«

»Sie kannten ihn?«

»Von früher. – Wollen wir nicht ein Stückchen gehen? Diese feuchte Kälte macht mich ganz steif.«

Ohne weitere Umstände hakte sie sich bei Leo unter. Sie schlenderten über die aufgeweichten Wege, und Ruth Herwig erzählte unaufgefordert weiter.

»Jablonsky arbeitete bei meinem Vater als Lehrling in der Buchbinderei. Später hatte er eine kleine Buchhandlung, und nach der Wende ist er in den Antiquariatshandel eingestiegen, kaufte massenhaft Bücher, Urkunden und Handschriften auf. Das ging ja nach dem Zusammenbruch der DDR ganz leicht. Nach und nach eröffnete er auch in anderen Städten Filialen, aber sein Hauptgeschäft befand sich hier in Hannover in der Südstadt.«

Sie seufzte. »Der Arme. Er konnte seinen Erfolg nicht lange genießen.«

Vorsichtshalber blickte Leo sich um, ob Sandved ihnen folgte oder hinter irgendeinem Busch ihre Unterhaltung belauschte; wo er doch ständig argwöhnte, sie könnte sich in seine Ermittlungen einmischen.

Das hatte sie ja gar nicht vor. Sie musste nur ein paar Kleinigkeiten in Erfahrung bringen.

Aber Sandved war nicht zu sehen. Leo räusperte sich.

»Sie und Herr Jablonsky waren also sozusagen Jugendfreunde. Und woher kannte mein Onkel ihn?«

»Ich habe die beiden einander vorgestellt, wann genau, weiß ich nicht mehr. Anton suchte einen Gutachter, Ludwig konnte ihm weiterhelfen. Seitdem erstellte er gelegentlich Gutachten für ihn.«

»Als Sie mir diesen Brief brachten, da haben Sie gesagt, mein Onkel hätte geglaubt, einen großen Fehler begangen zu haben. Einen Fehler, der ihn schrecklich belastet hat. Glauben Sie, es könnte mit Jablonsky zu tun haben? Vielleicht mit einer Arbeit, die Onkel Ludwig für ihn erledigt hat?«

Ruth Herwig ließ ihre Zigarette fallen und trat die Kippe mit der Spitze ihrer hochhackigen Lederstiefel aus.

»Wieso fragen Sie mich das?«

»Weil ich Jablonsky diese Frage nicht mehr stellen kann. Er ist tot, genau wie mein Onkel. Eigentlich ein merkwürdiger Zufall, nicht wahr?«

»Nein.«

Entgeistert blieb Leo stehen, bis Ruth Herwig sie weiterzog.

»Es war abzusehen, dass sein Herz irgendwann nicht mehr mitmachen würde. Er hat oft darüber geklagt. So was passiert eben.«

Mit Befremden hörte Leo den ungerührten Tonfall ihrer Stimme. Vielleicht war er aufgesetzt, um die Trauer nicht zu nah an sich herankommen zu lassen.

»Ich habe mich schon tausendmal gefragt, was Ludwig mit diesem Fehler gemeint haben könnte«, sagte ihre Nachbarin.

Leo nickte nachdenklich.

»Als Sie mir von dem Abend erzählten, an dem Sie meinen Onkel zum letzten Mal sahen, sagten Sie, er sei betrunken gewesen. Etwas hat ihn offenbar so aufgeregt, dass er sogar noch ein Schlafmittel genommen hat. Was ist in Wiedensahl vorgefallen?«

Ruth Herwig kniff die Augen zusammen. »Wollen Sie andeuten, dass wir uns gestritten haben?«

»Ich deute gar nichts an«, versicherte Leo eilig. »Ich frage mich nur, ob es einen konkreten Grund für seine Verzweiflung gab. Was hat er gemacht?«

»Nichts Besonderes. Nichts, was er nicht schon tausendmal zuvor gemacht hätte. Er war wieder einmal in Buschs Geburtshaus. Er hielt sich oft dort auf, der Ort inspirierte ihn, wie er sagte.«

»Und Sie? Haben Sie ihn begleitet?«

Ruth Herwigs Lachen klang etwas gezwungen. »Wird das jetzt ein Verhör? Nein, ich habe ihn nicht begleitet. Ich war im Wald.

Später habe ich ihn im Gasthaus Ronnenberg getroffen. Da hatte er schon angefangen zu trinken.«

»Und vorher? Ich meine, ist Ihnen etwas an ihm aufgefallen? War er so wie sonst?«

»Ja. Mäßig deprimiert. Das war er in den letzten Wochen häufig. Er wollte mit mir nicht darüber sprechen.«

Schweigend gingen sie weiter und hingen ihren Gedanken nach. Das Museum war vielleicht ein wichtiges Puzzleteilchen. Onkel Ludwig hatte offenbar unter Depressionen gelitten, aber nach dem Besuch im Wiedensahler Museum hatte sich sein Zustand noch verschlimmert.

Ich muss mich da mal umhören, dachte Leo. Wenn er sich dort so häufig aufgehalten hatte, erinnerte sich die Aufsicht bestimmt an seinen letzten Besuch.

Leo wählte ihre nächsten Worte mit Bedacht. »Jablonsky war ja wohl nicht unumstritten. Nicht alle angeblich alten Originale, die er verkauft hat, sollen wirklich ihr Geld wert gewesen sein.«

Zu ihrer Überraschung lachte Ruth Herwig laut auf.

»Das haben Sie von diesem Kommissar, stimmt's? Es würde mich nicht wundern, wenn er recht hat. Der gute Anton hat immer gewusst, wo seine Vorteile lagen. – Sehen Sie mich nicht so an! Es ist nicht meine Aufgabe zu richten. Ich kann nur sagen, dass Anton mir immer ein Freund war. Aber was Ludwig angeht …« Sie wurde wieder ernst. »Ich weiß, welche Gedanken jetzt in Ihrem Kopf herumgehen. Sie fragen sich, ob Ihr Onkel in unsaubere Geschäfte verwickelt war. Das kann ich mir nicht vorstellen. Dazu war er zu anständig. Und, mit Verlaub, auch zu naiv. Das habe ich auch diesem Sandved gesagt. Was halten Sie übrigens von ihm? Sympathischer Mann, was?«

Leo zog es vor, darauf nicht zu antworten.

»Hat er noch einmal mit Ihnen gesprochen?«, fragte sie.

»Nur an dem Abend, als das mit Ihrer Wohnung passiert ist.«

Dann wusste sie nichts von der Notiz, die Leo dem toten Jablonsky abgenommen hatte. Leo berichtete es ihr und erzählte von der

Passage über Christine, die sie in der Busch-Biografie gefunden hatte.

Ruth Herwig schlug ihren Mantelkragen hoch und legte den Kopf zurück. Am Himmel formierten sich weiße Wolken; der Wind war kühler geworden.

»Und jetzt vermuten Sie, dass Anton und Ihr Onkel in ein Geschäft verwickelt waren, bei dem es um ein Busch-Objekt ging. Etwas, das mit dieser Textstelle über eine Christine zu tun hat.«

Leo nickte.

»Klingt plausibel. Ich wüsste nicht, warum Anton sonst eigenhändig eine Abschrift von dieser Stelle angefertigt haben sollte. Es muss wichtig für ihn gewesen sein. – Sie sagten, jemand hat Ihren Onkel nach Wiedensahl bestellt. Wer?«

»Keine Ahnung. Mir ist niemand besonders aufgefallen. Allerdings wusste ich auch nicht, nach wem ich Ausschau halten sollte«, gab Leo zu und erinnerte sich an Sandveds Vorwürfe.

»Das ist die entscheidende Lücke«, stellte Ruth Herwig fest. »Wenn wir diese Person finden, dann bekommen wir vielleicht auch Antworten auf unsere Fragen.«

Unsere Fragen. Leo lächelte.

Ruth Herwig war tief in Gedanken, als sie weitergingen.

»Es muss ein Schriftstück sein. Anton handelte nicht mit Bildern«, überlegte sie.

»Zu dem Schluss bin ich auch gekommen. Ich war in Jablonskys Antiquariat und habe mich ein wenig umgesehen.«

»Dann haben Sie den schönen Valentin ja schon kennengelernt.«

»Ja. Er mich aber nicht. Nicht als Leo Heller, wenn Sie verstehen, was ich meine.«

Ruth Herwig grinste. »Ich fürchte, jetzt kennt er Sie. Ich habe ihm gesagt, wer Sie sind.«

»Oh.«

Stell dich nicht so an, meldete sich Leos innere Stimme. *Du hast dich blamiert, na und? Wiedersehen willst du ihn doch sowieso nicht. – Oder? – Leo?*

Halt die Klappe, dachte Leo zurück.

»Wird Scherkow das Geschäft übernehmen?«, fragte sie.

»Die Geschäfte. Denken Sie an die Filialen. Anton hat keine Erben. Ich vermute, Valentin Scherkow ist jetzt ein gemachter Mann.«

Sie waren am Ausgang angekommen. Ruth Herwig blieb stehen.

»Bitte, sagen Sie mir, wenn ich Ihnen helfen kann. Es ist mir wirklich wichtig. Ich habe Ludwig sehr gern gehabt.«

»Es gibt schon etwas, was Sie tun könnten. Es wäre mir sehr lieb, wenn Kommissar Sandved nicht unnötig aufgescheucht wird. Er braucht von unserer Unterhaltung nicht unbedingt etwas zu erfahren.«

Ruth Herwig legte einen goldberingten Finger an die Lippen. »Kein Wort. – Wie geht es eigentlich Ihrem Rücken?«

»Ich trainiere wieder den aufrechten Gang.«

»Mein Wagen steht etwas weiter da hinten. Ich kann Sie mitnehmen, wenn Sie wollen.«

»Danke. Ich bin mit dem Rad da.«

Ruth Herwig ergriff ihre Hand und hielt sie einen Augenblick länger fest als nötig.

»Seien Sie vorsichtig.« Dann drehte sie sich um und ging, und Leo hatte das ungute Gefühl, dass Ruth auf etwas anderes als ihren Rücken anspielte. Wenn sie auf jeden hören würde, der ihr Vorsicht nahelegte, wäre sie bald paranoid.

Sie machte sich daran, die diversen Schlösser zu öffnen, mit denen sie ihr Rad gesichert hatte.

»Ich dachte mir schon, dass ich Sie heute hier finden würde«, bemerkte eine Stimme hinter ihr. Leo richtete sich auf.

»Herr Kommissar, Sie haben wirklich abwechslungsreiche Arbeitsplätze.«

Sandved schob die Hände in die Taschen und spazierte um ihr Fahrrad herum. Der dunkle Mantel, den er trug, ließ ihn noch größer wirken.

»Ja, das ist mein Fahrrad«, sagte Leo. »Richtig, genau das, mit dem ich in Wiedensahl war. Und in den Graben gefallen bin. Sieht man ihm nicht an, nicht wahr? Und meinem Rücken fehlt auch nichts mehr, danke. Aber dass ich ausgerechnet heute hier bin, ist Zufall. Ich wusste nichts von Jablonskys Beerdigung. Großes Ehrenwort. – Noch Fragen?«

Sie öffnete das letzte Schloss und verstaute die Ketten in der Satteltasche.

Sandved lachte. »Trinken Sie einen Kaffee mit mir?«

Leo musterte ihn misstrauisch. »Warum?«

»Nur so.«

»Glaube ich nicht.«

»Glauben Sie, was Sie wollen, aber ich habe den Rest des Tages frei. Überstunden abbummeln.«

»Freut mich für Sie. Aber ich habe noch was Dringendes zu erledigen.«

»Schade. Dann will ich Sie nicht aufhalten. – Was ist denn so dringend, dass Sie mir einen Korb geben?«

Als Antwort winkte Leo ihm zu und fuhr los. Mit braunäugigen Männern Kaffee zu trinken, war eine Sache. Das Gleiche mit Hauptkommissaren zu tun, die noch dazu rote Haare hatten, war eine andere. Manchmal konnte dieser Mann fast so gefährlich lächeln wie Jay.

Und ihre Freizeitaktivitäten gingen ihn gar nichts an.

Das Wilhelm-Busch-Museum lag im Georgengarten, der an die Herrenhäuser Gärten angrenzte. Die große Anzahl alter Bäume aus aller Welt ließ Leo für einen Moment fast vergessen, wieso sie hier war. Kreuz und quer fuhr sie alle Wege in dem schönen Park ab, entdeckte eine malerische alte Brücke, die über einen Bach zu einer Art offenem Tempel mit Rundsäulen führte, und gelangte schließlich zu dem hellgelb gestrichenen Gebäude, in dem das Museum untergebracht war. Es sah aus wie ein altes Sommerpalais und leuchtete zwischen den Bäumen auf, als die Sonne wieder hinter den Wolken hervorkam. Vor dem Plakataufsteller am Fuß der Freitreppe blieb Leo stehen.

›Wer einsam ist, der hat es gut, weil keiner da,
der ihm was tut …‹
Wilhelm Busch und die Frauen.
Briefe, Bilder und Zeitzeugenberichte
Sonderausstellung der Wilhelm-Busch-Gesellschaft
Geöffnet täglich von 10 bis 18 Uhr.
Montags geschlossen.

Wie war das doch gleich mit dem Propheten und dem Berg? Wenn der eine nicht kam, musste der andere zu ihm gehen. Oder umgekehrt. – Leo schien es, als sei diese Ausstellung Ludwigs letzter Gruß an sie, damit sie die Rätsel, die er ihr hinterlassen hatte, lösen konnte. Wilhelm Busch und die Frauen, na bitte. Hier würde sie vielleicht mehr über die geheimnisvolle Christine erfahren.

Es war nur eine kleine Ausstellung und Leo an diesem Nachmittag die einzige Besucherin. Aus Schaukästen blickten ihr ernste Frauengesichter entgegen, festgehalten auf steifen, vom Alter vergilbten und brüchigen Fotografien. An den Wänden hingen Texttafeln, die Ludwig verfasst hatte. Aufmerksam las Leo die Einführung. Wilhelm Busch war sein Leben lang Junggeselle geblieben, stand da, und hatte sich, was Frauengeschichten anging, eher spröde verhalten. Aber natürlich gab es entsprechende Geschichten.

Onkel Ludwig war gründlich vorgegangen. Er begann mit der wichtigsten Person in Buschs Kindheit, der Mutter, und beschrieb, wie der kleine Wilhelm einem Bruder der Mutter, Pfarrer in Ebergötzen, zur Erziehung übergeben wurde. Neun Jahre war der Junge damals.

Wahrscheinlich war Mutter Busch froh, dass es einen Bauch weniger zu füllen gab, dachte Leo. Bei einem Pfarrer zu leben war gut für die Seele, sorgte für eine fundierte Ausbildung und einen respektablen Ruf.

Sie zog das Büchlein aus der Tasche, in dem sie den Hinweis auf Christine gefunden hatte. – Ja, da stand es. Das war der Zeitpunkt, auf den sich die Christine-Notiz bezog. Der Vorabend der Abreise aus Wiedensahl.

Gespannt überflog sie den Rest der Texttafel, aber Ludwig erwähnte die Textstelle nicht. Stattdessen schilderte er, wie der kleine Wilhelm nach drei Jahren Abwesenheit zum ersten Mal wieder nach Hause kam. Drei Kinderjahre waren eine sehr lange Zeit. Er rannte zu seiner Mutter, die gerade den Landarbeitern Essen auf das Feld brachte. Und was geschah? *Ich kannte sie gleich; aber sie kannte mich nicht, als ich an ihr erst mal vorbei ging. So hatte ich mich verändert,* zitierte Ludwig den älteren Busch, und führte dann andere Quellen an, nach denen Busch seine Mutter dennoch in liebevoller Erinnerung behalten hatte.

Nachdenklich musterte Leo Buschs Selbstdarstellung aus dieser Zeit; eine Bleistiftzeichnung, die ihn als Halbwüchsigen zeigte. Ob ihn dieses Erlebnis nicht doch erschüttert hatte, auch wenn er sich auf den Fotos sehr erwachsen gab?

Der Tod seiner Schwester Anna war für ihn der Anstoß, das eigene Leben entschlossener in Angriff zu nehmen.

Es gab noch eine weitere Anna, siebzehnjährig und reizend. Ludwig beschrieb verständnisvoll den Sommeraufenthalt 1864 in Wolfenbüttel, der für den fast doppelt so alten Busch mit jugendlicher Leichtigkeit und romantischen Höhenflügen gesegnet war. Und dann die Enttäuschung, vom Vater des Mädchens als Heiratskandidat abgewiesen zu werden – wegen mangelnder finanzieller Sicherheit und fragwürdiger beruflicher Aussichten.

Leo dachte an die Nürnberger Versteigerung. Was der potenzielle Schwiegervater dazu wohl gesagt hätte! Aber zu Lebzeiten hatte Busch wie so viele Maler und Dichter einen langen Atem beweisen müssen; seine ersten Arbeiten waren für wenig mehr als ein Taschengeld in den Besitz der Verleger übergegangen.

Leo nahm die nächste Tafel in Augenschein und lernte Nanda, Letty und Johanna Keßler kennen, zwei sittsame junge Damen und ihre eindrucksvolle Mutter. Auf dem Ölbild, das Busch von der Dame angefertigt hatte, sah Johanna Keßler aus, als prüfe sie gerade die Wirtschaftsbücher. Eine würdevolle Erscheinung mit züchtig am Hinterkopf zusammengefasstem Haar, einem dunklen, hochgeschlossenen Kleid und einem mütterlichen Busen. Johanna war die Gattin des Bankiers Keßler, in dessen Haus Wilhelms jüngerer Bruder Otto als Hauslehrer unterrichtete, und machte dem guten Busch offenbar ganz schön zu schaffen.

Mit unverhohlenem Vergnügen hatte Onkel Ludwig die diversen Anreden aufgelistet, die Busch in seinen Briefen an Johanna Keßler benutzte. *Sehr verehrte Frau Keßler! – Liebe Tante Johanna – Meine liebe Tante – Liebs guts Ungeheuer!*

Leo grinste vor sich hin. *Leo, liebes Ungeheuer …* So ein Brief würde ihr gefallen.

Und die Töchter? Für Nanda und Letty war Busch der gute Onkel Wilhelm. Zwei hübsche Mädchen, dachte Leo. Bestimmt gut erzogen und bestens ausgebildet in allen Handarbeiten. Sie bekam Atemnot, wenn sie sich ihre eng geknöpften Taillen nur ansah. – Komische Namen übrigens. Nanda und Letty. Mit Sicherheit keine Abkürzung für Christine.

Die nächste Tafel führte sie von Frankfurt nach Holland. Überrascht entdeckte Leo eine Bekannte. Sie erinnerte sich, dass Scherkow Briefe von Maria Anderson erwähnt hatte. Onkel Ludwig schrieb mit einem gewissen Mitleid von der holländischen Frauenrechtlerin, die offenbar in Liebe zu Wilhelm Busch entbrannt war, aber nicht auf Gegenliebe stieß. Sie bohrte und drängelte beharrlich, doch am Ende herrschte Schweigen, aus Wiedensahl kam kein Brief mehr. Leo sah sich das Foto an. Eine hagere Person, spröde und nicht sehr attraktiv; keine Frau, deren Namen ein neunjähriger Junge unter einem Rosenbusch vor sich hin singen würde.

Leo ging dann noch einmal an den Vitrinen entlang. Hatte sie etwas übersehen? Nirgends eine Christine. Aber andererseits war das auch eine Art von Information. Diese Christine war in der Busch-Forschung offensichtlich noch ein unbeschriebenes Blatt.

Auf einem Tisch am Ausgang lagen Faltblätter mit einer Zusammenfassung der Ausstellungstexte. Leo griff sich eines davon; als

Erinnerung an Ludwig. Unter dem Eingangsmotto, mit dem auch das Plakat draußen warb, stand: *Wilhelm Busch und die Frauen. Sonderausstellung der Wilhelm-Busch-Gesellschaft.* Und etwas kleiner darunter: *Konzipiert von Professor Ludwig Heller, Hannover. Mitarbeit Paul Ostermann, M.A.*

*

Wiedensahl, im August 1864

Anna Richter, ich verfluche, dich!

Dieses junge Geschöpf, dieses Kind, dieses alberne Gänslein! Und alles unter den Augen von Wilhelms Bruder Gustav. Kochen sollte sie lernen, die Anna, im Hause von Gustav, und nicht, wie man den Mannsbildern schöne Augen macht. Es ist eine Verschwörung gegen mich.

Bin ich das, dort im dunklen Spiegel? Ein fremdes Gesicht, bitter von Enttäuschung.

Ich will die sein, die ich eigentlich bin. Sicher. Stark. Über allen und allem. Unverwundbar.

Aber die Hände zittern mir. Ich kann nicht weiter schreiben.

später am Abend

Ich bin so müde, so unendlich müde. Was gäbe ich darum, nur noch zu schlafen. Doch wie soll ich vergeßen, was in Wolfenbüttel paßiert ist? Hinter meinem Rücken. Ich weiß nicht einmal genau, wann es geschah, nur, daß es früh im Sommer war, in jenen zwei Wochen, die Wilhelm dort weilte. Ist es möglich, daß ich die ganze Zeit ohne Argwohn war, gar einen liebevollen Brief an ihn schrieb, während der Betrug vonstatten ging? Dank meiner Fähigkeiten, ungesehen in heimliche Ecken zu schlüpfen, erfuhr ich, was Wilhelm jüngst an seinen Busenfreund Bassermann schrieb. Es ist empörend. Von Mädchen ist die Rede und lustigen Frauenzimmern und viel Wein. Dann dieser Satz, der sich mir eingebrannt hat: ›Ein hübsches Kind, das ich da wiederfand, bot aufs neue manch heimlich-gute Stunde. Ein närrisches Herz, was der Mensch im Leibe hat!‹

Oh ja, mein lieber Wilhelm, ich möchte es dir herausreißen! Dein gutes Kind möge in der Hölle schmoren. Und alle mit ihr, die diese Tändelei verschwiegen und mir in den Rücken fielen, die heimlich über mich lachten, mich freundlich grüßten und schwiegen, meine Abwesenheit nutzten, um mich zu hintergehen.

Sie ist siebzehn. Ich bin nun so alt wie Wilhelm: Zweiunddreißig Jahre. Die Jahre zählen mehr für eine Frau. Es wird Zeit, daß etwas geschieht.

- 11 -

Er hatte es ihr gesagt. Er hatte es in seiner geschraubten Art angedeutet, als er die Blumen brachte. Wie konnte ihr das bloß entfallen? Als Bibliothekar hatte er die Fachliteratur für Ludwig besorgt. *Ich konnte Ihrem Onkel einige Male bei seinen Forschungsarbeiten weiterhelfen …*

Paul Ostermann war der Mann, mit dem sie reden musste. Leo fuhr nach Hause und ging geradewegs zu ihm. Schwer zu sagen, wer sich mehr freute, Rufus oder Paul. Der Hund bellte aufgeregt. Leo dachte an Su Jings Baby, drängte sich, damit es nicht aufwachte, in die Wohnung – »Ich störe doch nicht?« – und zog die Tür hinter sich zu.

Ostermann strahlte sie an. Er war noch ziemlich blass und hatte eine wunde Nase, aber es ging ihm offensichtlich besser. Er trug jetzt Hose und Pullover und hatte sich auch rasiert.

»Leo, Sie stören nie.«

»Sie haben gearbeitet, wie ich sehe.« Die Tür zu seinem Arbeitszimmer stand offen. Leo sah einen großen, fast leeren Schreibtisch, auf dem ein Computerbildschirm flimmerte.

»Ja«, sagte er und schloss die Tür. »Ich habe mir zur Erholung ein paar Tage frei genommen. Muss ein paar Dinge erledigen, die immer so liegen bleiben. Behördenkram, Sie kennen das ja. – Hier entlang bitte.«

Sie kamen in eine gemütliche Wohnküche, in der es nach Bratäpfeln duftete.

»Setzen Sie sich.« Er stellte zwei Teller auf den Tisch.

»Ich wollte eigentlich nur …«

»Sie kommen hier erst wieder raus, wenn Sie meine Bratäpfel probiert haben. Mit Zimt und Zucker.«

»Und Vanillesauce?«

»Und Vanillesauce.«

»Dann bleibe ich.«

»Sie haben auch keine Wahl.«

Wie zur Bekräftigung legte sich Rufus auf ihre Füße. Ganz schön schwer, dieser Hund. Sie beugte sich hinunter.

»Zeig mal deine Nase, Dicker. – Na, geht ja wieder.«

Leo wickelte sich aus dem Schal, stopfte die Handschuhe in die eine Jackentasche und zog aus der anderen das Faltblatt hervor.

»Paul, Sie haben mir gar nicht gesagt, dass Sie an der Ausstellung mitgearbeitet haben.«

Seine Hand, die gerade nach der Teekanne greifen wollte, hielt inne.

»Ach. Sie waren schon dort.«

Leo schwatzte eilig etwas über spontane Entschlüsse und Matschwetter und seine Grippe und überhaupt …

Er goss Tee ein. »Schon gut. Sie müssen sich schließlich nicht rechtfertigen. Ich bin Professor Heller außerdem nur ein bisschen zur Hand gegangen.«

»Aus den Unterlagen meines Onkels geht hervor, dass er mit dem Antiquar Anton Jablonsky in geschäftlichem Kontakt stand«, sagte Leo. Ihr lief das Wasser im Mund zusammen, als Ostermann den Backofen öffnete und eine Schale mit brutzelnden Äpfeln herauszog.

»Und was sind das für Unterlagen?«

»Nichts Besonderes. Eigentlich nur eine Erwähnung in seinem Terminplaner«, log sie. »Anton Jablonsky ist tot. Ich frage mich, ob da irgendwelche Ansprüche vonseiten seines Nachfolgers bestehen.«

»Ich bin kein Jurist«, bemerkte Ostermann. »Um was geht es denn überhaupt?«

»Wenn ich das wüsste. ›Es‹ trägt vermutlich den Namen Christine oder hat irgendwie damit zu tun, und … Um Himmels willen!«

Die heiße Schale glitt Ostermann aus der Hand und Leo konnte gerade noch rechtzeitig aufspringen, bevor sie auf ihrem Schoß landete. Rufus machte einen Satz und knurrte erschrocken. Die

Äpfel hüpften hoch und plumpsten wieder zurück, Fett spritzte über den Tisch.

»Oh verdammt!« Ostermann stürzte zur Spüle und ließ kaltes Wasser über die Finger laufen.

»Schlimm?«, fragte Leo.

»Nein, nein. Haben Sie was abbekommen? Tut mir wirklich leid. Ich bin manchmal fürchterlich ungeschickt. Es war dieser Name, der mich abgelenkt hat – Christine.«

Er trocknete sich die Hände ab und kam wieder zum Tisch. Rufus zog sich unter Leos Stuhl zurück.

»Sagt Ihnen der etwas?« Leo beobachtete ihn scharf.

»Ja und nein.« Er verteilte die Äpfel auf ihre Teller, jetzt wieder ganz ruhig.

»In der Ausstellung wird sie nicht erwähnt«, sagte Leo und lauerte auf die Antwort.

Ostermann schüttelte den Kopf. »Ihr Onkel wollte das nicht. Es gibt nur zwei Stellen bei Busch, wo von einer Christine die Rede ist. – Hier, nehmen Sie Vanillesauce zu den Äpfeln.«

»Ich weiß. Christine Dralle, die Geschichte mit den Bienen. Und dann dies hier.« Sie zeigte ihm das Büchlein mit Buschs autobiografischen Notizen. Sie hatte die Sätze mit Bleistift markiert.

Ostermann rieb seine Brille blank, setzte sie umständlich auf und las. »Ja«, sagte er dann. »Eben um diese Stelle ging es. Ich hatte eine kleine Auseinandersetzung mit Ihrem Onkel, als wir die Ausstellung vorbereiteten.«

Leo wurde heiß. Sie schälte sich aus ihrer Jacke, ohne ihre Augen von Ostermann abzuwenden. Nachdenklich nahm er seine Bratäpfel in Angriff.

»Meiner Ansicht nach sollte auch diese Textstelle genannt werden, wenn es um Busch und die Frauen geht«, sagte er. »Ihr Onkel war anderer Meinung, weil es keinerlei Hinweise gibt, dass es sich bei der genannten Christine um eine Person aus Fleisch und Blut handelt. Das Problem ist, dass es überhaupt keine Hinweise gibt. Nicht eine Andeutung in Buschs Aufzeichnungen, keine Erwähnung in seinen Briefen. Aber gerade weil alles so offen ist, hätten wir darauf hinweisen sollen.«

»Wenn es nicht mal einen Briefwechsel gibt, kann Christine doch eigentlich keine Person gewesen sein, die ihm wichtig war.« Leo dachte an Maria Anderson, die nicht zu den besonderen Favoriten gehört und dennoch Briefe erhalten hatte.

»Nicht unbedingt«, erwiderte Ostermann mit vollem Mund. »Busch hat fast alle an ihn gerichteten Briefe vernichtet. Angenommen, es gab eine Christine. Vielleicht eine Kinderfreundschaft, er war ja erst neun Jahre alt, als diese Szene passierte. Die Freundschaft kann in die Brüche gegangen sein. Oder sie schrieb ihm, und er hat die Briefe später verbrannt, so wie sie die seinen. So etwas passiert. – Es gibt aber noch eine andere Möglichkeit, und die wird gern als die wahrscheinlichste dargestellt.«

»Dass es sich um einen Liedtext handelt?«, warf Leo ein. »Darauf bin ich auch schon gestoßen. ›Christine, Christine sang ich versimpelt für mich hin‹, so schreibt er. Eine vereinfachte Version von etwas bedeutet doch, dass es noch eine Urversion geben muss.«

»Muss nicht, kann aber sein.«

Sie sah ihn an. »Vielleicht hat Ludwig die Textquelle entdeckt!«

Ostermann nickte. »Das wäre eine kleine Sensation. Haben Sie Aufzeichnungen Ihres Onkels darüber gefunden? Er war Wissenschaftler, er hätte eine solche Entdeckung nicht verschwiegen.«

Leo schüttelte den Kopf, aber Ostermann ließ nicht locker.

»Haben Sie auch gründlich nachgesehen? Vielleicht befindet sich das, was Sie vermuten, unter den Unterlagen des Professors.«

»So richtig habe ich noch nicht gesucht«, gestand Leo. »Vielleicht ist es dazu sowieso schon zu spät. Der Einbruch neulich, erinnern Sie sich?«

Ostermann holte tief Luft. »Das wäre ja … Wer könnte sonst noch von einem möglichen Geschäft zwischen Ihrem Onkel und Anton Jablonsky gewusst haben?«

Ja, wer? Eigentlich nur einer. Valentin Scherkow, Jablonskys Nachfolger.

»Was werden Sie jetzt machen?«, wollte Ostermann wissen.

»Ich nehme mir noch mal den Schreibtisch vor. Und dann den Keller. Es ging alles so schnell mit dem Umzug, und wegschmeißen wollte ich nichts.«

Bei ihrem Einzug lauerten überall in der Wohnung Stolperfallen in Form von Zeitungsstapeln, Büchertürmen und willkürlich abgelegten Aktenordnern, die in den Regalen keinen Platz mehr gefunden hatten. Onkel Ludwig hatte nichts von übertriebener Ordnung gehalten.

»Ich hab einfach alles in Kartons gepackt und in den Keller gebracht, um erst mal Platz zu schaffen«, sagte Leo. »Vielleicht entdecke ich darunter etwas.«

»Wann soll es losgehen? Ich helfe Ihnen gern.«

»Danke. Morgen vielleicht.« Sie lehnte sich zurück. Rufus schnarchte leise unter ihrem Stuhl. »Jetzt kann ich mich nicht mehr bewegen. Die Äpfel waren wunderbar. Habe ich das schon gesagt?«

Er lächelte.

Als sie sich eine Stunde später verabschiedete, war ihr eigentlich schon klar, dass sie sich den Schreibtisch sparen konnte. Sie musste sich ja nur das Bild vor Augen rufen, das sie bei ihrer Rückkehr aus Wiedensahl vorgefunden hatte: aufgerissene Schranktüren und Schubläden, der Inhalt überall verstreut. Sie konnte also gleich im Keller nachsehen. Warum bis morgen warten? Leo war schon fast oben und wollte gerade wieder umkehren, um Ostermann Bescheid zu sagen, als sie Rufus mit seinem Herrchen im Schlepptau die Treppe hinunterhecheln hörte. Gassi gehen, vermutlich. Dann musste sie den Keller eben allein in Angriff nehmen. Eine gute Gelegenheit, auch den Käfig von Hans wegzuschaffen, der immer noch auf dem Balkon stand.

Wenn ihr nur einfiel, wo die Taschenlampe war. In Onkel Ludwigs Kellerraum gab es kein Licht, er lag am Ende des Ganges und war finster und eng wie ein Rattenloch. Leo rumpelte in der Abstellkammer neben der Küche herum und förderte neben Mausefallen, Putzlappen und einem alten Gartenschlauch schließlich eine große Stablampe zutage.

Also dann. Hinab in die Unterwelt.

In diesem Moment klingelte das Telefon. Sie ließ es eine Weile läuten, nur für den Fall, dass es Jay war. Sollte er ruhig ein bisschen zappeln. Schließlich nahm sie ab.

»Frau Heller? Valentin Scherkow am Apparat. Ich hoffe, mein Anruf kommt nicht ungelegen. Ich muss Ihnen etwas Wichtiges erzählen. Das heißt, es *könnte* wichtig sein, vielleicht auch nicht, ich bin mir nicht sicher. – *Mimi, was soll das!* Komm her. – Entschuldigen Sie, die Katze …«

Er machte eine Pause, aber Leo erwiderte nichts.

»Als Sie gestern bei mir waren, wusste ich leider noch nicht, wer Sie sind«, sagte er. »Ich erfuhr es heute Morgen auf dem Friedhof von Frau Herwig. Und erst da ist es mir wieder eingefallen.«

»Was?« Leo trommelte ungeduldig auf der Kommode herum. Vom anderen Ende der Telefonleitung aus wirkte Scherkow schon nicht mehr so betörend. Sie hasste es, wenn Leute redeten, als würden sie für jeden Buchstaben bezahlt.

»Vor ein paar Tagen rief eine Frau hier an und erkundigte sich nach der Adresse Ihres Onkels. Sie wollte mit dem Professor sprechen.«

Leos Finger hörten auf zu trommeln.

»Wann war das? Können Sie sich an den Tag erinnern?«

»Natürlich. Es war der Tag, als die Polizei hier alles durchsucht hat. Ich war gerade beim Aufräumen. Ich hatte nur rasch die Katze hinausgelassen und wieder zugesperrt. Eigentlich haben wir über Mittag geschlossen. Aber dann bin ich doch ans Telefon gegangen. Die Dame wollte auch nur eine Auskunft.«

»Lassen Sie mich raten. Die Anschrift von Professor Heller.«

»Ja. Aber deshalb rief sie gar nicht an. Da hätte sie sich gleich an die Telefonauskunft wenden können. Sie wollte eigentlich den Professor sprechen, und ich musste ihr sagen, dass er verstorben ist. Sie wirkte sehr betroffen. Und dann bat sie um die Adresse, um einen

Kondolenzbesuch zu machen. Ich sagte ihr, dass sie dort niemanden antreffen würde – ich wusste ja nicht, dass Sie dort jetzt wohnen«, sagte Scherkow leiser.

»Die Dame wollte dann wenigstens eine Beileidskarte schicken, sie sagte, wenn es keine Angehörigen gäbe, dann doch bestimmt Freunde.«

»Also haben Sie ihr die Adresse gegeben.«

»Nun, sehen Sie … Die Adressen unserer Kunden geben wir grundsätzlich nicht weiter. Aber Professor Heller war ja kein Kunde, sondern hat für uns gearbeitet. Deshalb habe ich mir nichts dabei gedacht. Erst das Gespräch mit Frau Herwig heute Morgen hat mich nachdenklich gemacht. Sie erzählte, dass in die Wohnung eingebrochen wurde und dass sie sich Sorgen um Sie macht. Ich hoffe sehr, dass ich Ihnen den Einbrecher nicht geschickt habe. Die Dame könnte die Adresse weitergeleitet haben.«

»Ein bisschen spät, sich darüber Gedanken zu machen, finden Sie nicht? Aber ich kann Sie beruhigen. Der Einbruch fand schon am Tag vorher statt, und außerdem ist es keine Kunst, eine Adresse herauszubekommen.«

»Da haben Sie sicher recht.«

»Wahrscheinlich hatte diese Person wirklich nur geschäftlich mit meinem Onkel zu tun. Hat sie nicht gesagt, um was es ging?«

Scherkow schwieg, als müsste er einen Moment nachdenken. »Nein. Vielleicht habe ich es auch vergessen. Bis heute Morgen habe ich überhaupt nicht mehr an den Vorfall gedacht.«

»Sagen Sie, Herr Scherkow – nur mal so aus Neugier: Wie lief das eigentlich ab, wenn mein Onkel für Sie arbeitete? Stellte Herr Jablonsky den Kontakt zum Kunden her? Ich frage mich, warum die Dame bei Ihnen anrief, um ihn zu sprechen.«

»Oh, das weiß ich nicht«, wiegelte Scherkow ab. »Mit diesen Dingen hatte ich nichts zu tun.«

Und wasche meine Hände in Unschuld, jaja, dachte Leo.

»Herr Jablonsky pflegte mich nicht in seine persönlichen Verhandlungen einzuweihen. Er war immer sehr auf Diskretion bedacht. Das ist das A und O in diesem Geschäft.«

Leo nickte zufrieden. Immerhin ergab das einen Sinn. Wenn Geheimhaltung Pflicht war, erklärte das Jablonskys Aufregung über den Anrufer, der zuvor die Nachricht mit dem Wiedensahler Treffpunkt und den Hinweis *Es geht um Christine* hinterlassen hatte. Da hatte jemand etwas erfahren, was nicht an die große Glocke gehängt werden sollte. Vielleicht vermutete er die undichte Stelle bei Ludwig und hatte es so eilig, ihn zur Rede zu stellen, dass er dafür auch in Kauf nahm, seine teuren italienischen Schuhe mit Baustellenschlamm zu besudeln. Das wiederum bedeutete: Der Mann, der Ludwig nach Wiedensahl bestellt hatte, war kein Kunde und kein Auftraggeber. Wer war er dann? Und wer war diese Frau?

»Frau Heller? Sind Sie noch dran?«

»Sollte die Dame noch einmal persönlich bei Ihnen auftauchen, sperren Sie sie zusammen mit Mimi in die Küche, bis sie gesteht«, schlug Leo vor.

Er lachte. Sie hörte Mimi auf seinem Schoß schnurren und stellte sich vor, wie seine Hand über das seidige Fell glitt.

»Haben Sie für Ihre Freundin noch ein passendes Geschenk gefunden?«, fragte er.

»Was? Oh, das – ja. Ich denke an einen handgeschnitzten Nussknacker. Weil ja bald Weihnachten ist.«

»Eine sehr gute Idee.«

Das meinte er doch wohl nicht ernst.

»Dann wünsche ich Ihnen eine schöne Adventszeit. Und bitte, sagen Sie mir, wenn ich etwas für Sie tun kann.«

Mit diesen Worten legte er auf. Leo starrte das Telefon an. Erstaunlich, wirklich erstaunlich. In letzter Zeit schienen sich die Leute förmlich darum zu drängeln, ihr behilflich zu sein. Sie fragte sich, ob Sandved von dem Anruf der Unbekannten wusste. Wahrscheinlich nicht. Scherkow hatte behauptet, es sei ihm erst heute Morgen wieder eingefallen.

Erst als Leo bemerkte, dass sie die ganze Zeit an der Taschenlampe herumgespielt und sie an- und ausgeknipst hatte, erinnerte sie sich wieder an ihr Vorhaben. Sie war schon im Erdgeschoss angelangt, als ihr der Rabenkäfig wieder einfiel. Egal, den konnte sie später noch holen. An der Kellertür mahnte ein vergilbtes Pappschild, hier sei jederzeit abzusperren. Folgerichtig stand die Tür weit offen. Leo spähte hinunter und tastete nach dem Lichtschalter. Er war tot, die Treppe lag im Dunkeln.

Erstaunlich, wie tief die Keller alter Häuser sein konnten. Leo leuchtete die Stufen aus und stieg vorsichtig hinab. Unten angekommen, bog sie nach rechts in einen schmalen Gang ab. Zu beiden Seiten führten roh zusammengezimmerte Holztüren in die einzelnen Kellerräume. Von ihrem letzten Besuch hier unten erinnerte sie sich, dass zwei Räume unverschlossen waren. Dort lagen der Heizungskeller und der Raum mit den Elektroanschlüssen. Die Luft war eisig; Leo sah ihren Atem in weißen Wölkchen vor sich aufsteigen. Es roch merkwürdig. Wahrscheinlich müffelte der ganze Sperrmüll, der an den Wänden lag. Leo zog den Kopf ein und bewegte sich langsam voran. Gegenstände wuchsen aus den Wänden, wenn der Lichtstrahl der Lampe auf sie fiel. Alte Fahrräder. Ein Bettgestell. Eine Leiter. Ein Haufen Kleider. Ein Fensterrahmen ohne Glas. Ein Werkzeugkasten. Ein …

Leo leuchtete zurück.

Der Kleiderhaufen bewegte sich. Er stöhnte leise.

»Su Jing!«

Leo lief zu ihr und ließ sich auf die Knie nieder. Su Jing hatte die Augen geschlossen und atmete flach. Die Arme hielt sie vor der Brust verkrampft. Leos Blick fiel auf ihre Hände. Die Innenfläche der einen war verbrannt.

»Su Jing! Können Sie mich hören?«

Endlich schlug sie die Augen auf. Leo schirmte die Taschenlampe ab, damit der Schein sie nicht blendete. Su Jing bewegte sich nicht, nur ihre Augen huschten verstört hin und her. Als sie den

Mund öffnete, war ihre Stimme so leise, dass Leo sich über sie beugen musste.

»Ist es noch da?«

»Was meinen Sie?«

Su Jing schloss die Augen und fuhr mit der Zunge über ihre trockenen Lippen. »Hinten im Gang …«

Leo leuchtete den Kellergang aus. »Da ist nichts.«

Eine wächserne Blässe überzog Su Jings Gesicht. Ihr Atem war kaum zu hören.

»Bleiben Sie ruhig liegen. Ich hole einen Arzt.«

»Nein!« Su Jing riss die Augen auf und klammerte sich mit ihrer unversehrten Hand an Leos Arm fest.

»Keinen Arzt. Keine Umstände, bitte! Es geht gleich wieder.«

»Aber Sie brauchen …«

»Bitte. Keinen Arzt.«

Leo blieb ratlos neben ihr hocken. Su Jing rang sich ein schwaches Lächeln ab.

»Wirklich, es ist halb so schlimm.«

»Was ist denn passiert?«

»Ein Missgeschick. Ein kleiner Stromschlag. Meine Schuld. Ich habe nicht aufgepasst.«

Leo deutete auf ihre verbrannte Hand. »Aber das muss versorgt werden. Und Ihr Kreislauf …«

Su Jing versuchte sich aufzusetzen. »Es geht schon, wirklich. Sehen Sie?«

»Ich sehe, dass Sie gleich kollabieren. Seien Sie doch vernünftig!«

Su Jing blieb an die Wand gelehnt sitzen.

»Bitte«, flüsterte sie unglücklich. »Wenn der ehrenwerte Onkel das erfährt … oder mein Mann … Ich will doch weiter studieren! Siehst du, werden sie sagen, es ist zu gefährlich. Keine Arbeit für eine Frau, das werden sie sagen.« Sie schluckte. »Ich war nur dumm. Ich habe nicht aufgepasst. Ich … hatte Angst. Sie glauben nicht an Dämonen, oder?« Su Jing lächelte verlegen.

Dämonen. Nun ja. Kam darauf an, was alles darunter fiel.

»Ich hörte Geräusche im Dunkeln«, flüsterte Su Jing. »Wie von einem Wesen. Ein … ein Hecheln. Es war böse.« Sie erschauerte. Dann ging ein Ruck durch ihren Körper.

»Verzeihen Sie, ich rede dummes Zeug. In der Finsternis hört und sieht man manchmal seltsame Dinge«, sagte sie mit einer Stimme, die wahrscheinlich möglichst normal klingen sollte. »Ich habe mich schon immer vor der Dunkelheit gefürchtet. Bestimmt war da gar nichts. Ich wollte einfach nur schnell die Leitung reparieren und so rasch wie möglich wieder nach oben. Da ist es passiert. Ich habe einen Fehler gemacht, bekam einen Schlag und wurde nach hinten geschleudert. Dann weiß ich nichts mehr, bis Sie kamen.«

Sie blieben im Gang hocken, bis Su Jing so weit wieder zu Kräften gekommen war, dass sie aufstehen konnte. Sie war leichenblass, ihr Gesicht glänzte vor Schweiß. Leo war keinesfalls überzeugt, dass es richtig war, keinen Arzt zu holen. Aber Su Jing versicherte immer wieder, es sei alles in Ordnung, ihr fehle nichts. Leo brachte sie die Treppe hinauf und begleitete sie in den ersten Stock.

»Was wollen Sie Ihrem Onkel sagen wegen der Brandwunde? Und Ihrem Mann? Die werden doch Fragen stellen.«

Su Jing nahm ihr mit der unversehrten Hand den Werkzeugkoffer ab, den sie mitgenommen hatten.

»Ich habe mich in der Küche verletzt. – Furchtbar ungeschickt, nicht wahr?« Sie versuchte ein Lächeln. »Eine von den Tanten wird sich darum kümmern. Darf ich Sie um einen großen Gefallen bitten?«

»Ich habe nichts gesehen und gehört.«

»Danke«, sagte Su Jing erleichtert. Als sie die Tür aufdrückte, war von drinnen leises Greinen zu hören.

»Der Kleine hat Hunger. Und Xue wird auch bald kommen. Ich sage ihm Bescheid wegen der Leitung. Er bringt das in Ordnung.«

Sie huschte hinein.

Nachdenklich stieg Leo die Treppe weiter hinauf nach oben. Da sie schon auf halbem Weg war, konnte sie auch gleich den Rabenkäfig holen. Hinter Ruths Tür war leise Musik zu hören. Bei Paul war alles still. Und bei ihr blinkte der Anrufbeantworter. Leo hörte die Nachricht ab.

»Leo, hier ist Jay.«

Oh, hallo Jay, du Ratte. Mieses Timing. Und überhaupt hättest du auch ein bisschen eher anrufen können.

Sie hörte nicht weiter zu und holte den Käfig vom Balkon.

»... ich fahr für ein paar Tage hin. Ich ruf dich wieder an.«

Jaja. – Sie drückte auf die Vorwärtstaste. Es war noch ein Anruf abgespeichert. Mit leichtem Schrecken erkannte Leo die Stimme von Professor Irschinger. Sie hatte sich immer noch nicht bei ihm gemeldet.

»Leonore, langsam beginne ich mich zu sorgen. Warum höre ich denn nichts von Ihnen? Geht es Ihnen gut? Ich darf Ihnen nochmals mein aufrichtiges Mitgefühl zum Tode Ihres Onkels aussprechen. Sicherlich ist das ein harter Schlag für Sie. Aber ich bitte Sie, jetzt nicht den Fehler zu machen, sich von aller Welt zurückzuziehen. Das ist nicht Ihre Art, mit den Dingen umzugehen. Besuchen Sie mich. Lassen Sie uns reden. Wie wäre es im Advent? Weihnachten bin ich nicht zu Hause. Aber im Advent, wie gesagt. Melden Sie sich.«

Es klickte, als er aufgelegt hatte. Leo starrte den Apparat an. Was dachte Irschinger von ihr? Dass sie wie gelähmt vor Trauer in einer dunklen Ecke hockte? Natürlich tat es weh. Aber auf andere Art.

Sie musste hier einfach noch einiges in Ordnung bringen. Dann konnte sie ihn anrufen.

Inzwischen war es draußen genauso dunkel wie im Keller. Wenigstens funktionierte die Treppenhausbeleuchtung noch. Leo stieg zum zweiten Mal die Kellertreppe hinab.

Selbstverständlich hatte sie überhaupt keine Angst. Nicht die geringste.

Sie passierte den Elektroraum und die Stelle, an der Su Jing gelegen hatte. Die Taschenlampe in ihrer Hand zitterte.

Dämonen. Lächerlich.

Aber wer zum Teufel hatte das Schloss an ihrer Kellertür geknackt?

Leo setzte den Käfig ab und sah sich den Riegel genauer an. Das war mit Sicherheit nicht das Werk dämonischer Kräfte, sondern geschickter Hände.

Sie leuchtete den Gang zurück bis zu dem dunklen Durchlass, hinter dem der Elektroraum lag. Was hatte Su Jing von dort aus gehört?

Leo stupste gegen die Brettertür, die langsam aufschwang. Leo blieb, wo sie war, bereit, jeden Moment wegzurennen. Sie hätte nicht sagen können, was sie erwartet hatte. Durchwühlte Kisten wahrscheinlich, Chaos, etwas in der Art wie bei dem Einbruch vor ein paar Tagen. Und eine finstere Gestalt, die in einem Winkel lauerte. Aber nichts dergleichen. Die Sachen wirkten unangetastet. Wer immer hier gewesen war, musste von Su Jing gestört worden sein.

Plötzlich blitzte ein zweiter Lichtstrahl auf und blendete sie. Leo machte einen Schritt zur Seite und stolperte über den Käfig, der scheppernd umkippte. Nach einem kurzen Scheinwerferduell erkannte sie Xue.

Lautlos wie eine Schlange, dieser Mann. Sie hatte ihn nicht einmal die Treppe hinunterkommen hören.

»Ich repariere Licht«, sagte er feindselig.

Leo fühlte sich verpflichtet, ihn zu warnen. »Seien Sie vorsichtig. Bei diesen alten Leitungen kann man leicht …«

Unmöglich zu sagen, was sein Gesichtsausdruck bedeuten sollte. Sie hätte wetten mögen, dass er sich nur mühsam ein verächtliches Grinsen verkniff. Ebenso gut konnte er auch kochen vor Wut. Vielleicht hatte sie ihn in seiner Ehre gekränkt. Er verschwand jedenfalls auf der Stelle im Elektroraum. Es dauerte nicht lange, dann flammte die Neonröhre im Gang auf. Xue verließ den Keller, ohne ein weiteres Wort zu verlieren.

Leo knipste ihre Taschenlampe aus und blinzelte, um ihre Augen wieder an das grelle Licht zu gewöhnen. Sie hatte Su Jing nicht ganz geglaubt. Im Dunkeln konnte man sich eine Menge einbilden, auch Geräusche. Aber jetzt stellte sie fest, dass ihre Hände flatterten. Es war tatsächlich jemand hier gewesen. Xue war ihr von Herzen unsympathisch, und sie hätte ihn gern verdächtigt, das Schloss aufgebrochen zu haben, aber er war nicht zu Hause gewesen, als Su Jing den Unfall hatte. Paul und Rufus waren ebenfalls unterwegs. Und Ruth Herwig befand sich in ihrer Wohnung und hörte Musik.

Oder vielmehr – Leo hatte Musik gehört, als sie die Treppe hinaufging. Sollte das ein Ablenkungsmanöver sein? – Quatsch. Absoluter Unsinn, Ruth zu verdächtigen. Genauso wie Wang Li oder die anderen Hausbewohner. Sie wurde langsam paranoid. Wer sollte Interesse an den Kisten in ihrem Keller haben? Außer Paul Ostermann fiel ihr auf Anhieb niemand ein. Aber er hatte doch mit Rufus das Haus verlassen!

Hatte er?

Natürlich. Sie hatte es gehört. Und außerdem hatte er sogar angeboten, ihr beim Suchen zu helfen.

Was, wenn der Einbrecher, der ihre Wohnung auf den Kopf gestellt hatte, wiedergekommen war? Leo bekam feuchte Hände bei der Vorstellung, ihn nur knapp verpasst zu haben.

Mit etwas Glück fand sie vielleicht zuerst, wonach sie beide suchten, und wenn sie dazu eine Kiste nach der anderen ausräumen musste. Sie legte die Taschenlampe so ab, dass sie auch den hintersten Winkel des Kellerraumes ausleuchtete. Ganz hinten unter dem vergitterten Kellerfenster war noch eine Ecke für den Rabenkäfig frei.

Er war auf die Seite gekippt, als Leo dagegen gerempelt war; die Tür hatte sich geöffnet. Leo bückte sich, um den Käfig aufzuheben. Mit einem trockenen Ratschen löste sich der Einlegeboden und fiel heraus. Der untere Teil des Käfigs bestand aus einem Kunststoffkasten. Der Boden lag auf zwei Schienen und ließ sich herausnehmen, um den Käfig zu reinigen. Darunter befand sich eine Sperrholzplatte, die mit Vogelsand und Kotresten besprenkelt war. Das Ding machte nicht den Eindruck, als ob es dorthin gehörte. Die Platte war an der Unterseite der Schienen festgeleimt. Eine Ecke hatte sich durch den Aufprall gelöst.

Interessant. Leo prokelte ein wenig daran herum. Plopp! machte es und das Holz gab einen etwa vier Zentimeter hohen Hohlraum frei. In diesem Hohlraum lagen nebeneinander zwei in blaue Plastikfolie eingewickelte Papierbündel.

Okay. Jetzt ganz ruhig. Denk nach, Leo.

In einer der Kisten befanden sich alte Vorhänge, Gardinen, Tischdecken und ähnliches Zeug. Es dauerte eine Weile, bis Leo sie wiedergefunden hatte. Sie zog eine verblichene Weihnachtsdecke hervor und wickelte die Päckchen darin ein. Wohin mit dem Käfig? Nach kurzem Überlegen setzte sie den Boden so weit wieder ein, dass der Hohlraum darunter nicht mehr zu erkennen war. Dann stellte sie ihn unter das Fenster. An der Tür blickte sie zurück. Der Käfig fiel sofort ins Auge, aber er sah eigentlich nichtssagend aus. Stand halt einfach da herum, das alte Ding.

Leo verzichtete darauf, die Brettertür mit einer der Stahlketten vom Fahrrad zu sichern. Wer die Wohnung und das Schloss hier aufbekommen hatte, würde auch die in aller Ruhe knacken. Aber jetzt gab es nichts mehr zu holen.

Leo nahm die Taschenlampe und das Deckenbündel, knipste das Kellerlicht aus und ging nach oben. Ein Schwall chinesischer Wörter drang aus der Wohnung im ersten Stock. Klang nach einem kleinen Ehekrach.

Ruth Herwig hörte immer noch Musik und telefonierte dabei. Wie hellhörig dieses Haus war! Leo dachte flüchtig, dass sie ihre Gespräche mit Edwina in Zukunft etwas leiser führen musste, wenn nicht jeder sie für meschugge halten sollte.

Sie legte das Bündel in der Weihnachtsdecke auf den Küchentisch und trat auf die Dachterrasse. Die Wohnung von Paul Ostermann war dunkel. Leo sah auf den hellen Fleck zu ihren Füßen. Wo der Käfig gestanden hatte, waren die Steine trocken. Da war es die ganze Zeit gewesen, Ludwigs Geheimnis; vor aller Augen und trotzdem gut versteckt.

Anders als in den letzten Tagen ließ Leo die Eisenjalousie nicht herunter und schloss auch die Wohnungstür nicht ab. Sie nahm das Telefon mit in die Küche, speicherte Sandveds und Ruth Herwigs Nummer unter einer Kurzwahl ab und kochte sich eine Kanne Kaffee. Es konnte eine lange Nacht werden, und sie musste wach bleiben.

Leo nahm eine Schere, schnitt die Folien auf und zog die Papierbündel heraus. Es waren schlechte Fotokopien eines offenbar in Oktavhefte geschriebenen Textes; die Seiten waren lose zusammengelegt und mit römischen Ziffern nummeriert. Der Text lief teilweise schief oder verschwand am Rand, die Vorlage war nicht sorgfältig ausgerichtet worden. Das sah nach ziemlicher Hast aus. Auf einigen Kopien waren in der Mitte gezackte Linien zu erkennen, als seien aus den Originalheften einige Seiten herausgerissen worden. Was Leo jedoch am meisten irritierte, war die Schrift. Es würde sie einige Zeit kosten, die in Sütterlin geschriebenen Worte zu entziffern. Sie holte sich Ludwigs alte Bibel zum Vergleich und begann mit der Arbeit.

*

Wiedensahl, im Februar 1865

Da hat er sich schön über den Tisch ziehen lassen, mein Wilhelm. Wäre ich bei ihm gewesen, wäre das nicht paßiert. Sein alter Verleger Caspar Braun hat einen guten Schnitt gemacht. Für lächerliche tausend Gulden sind Max und Moritz in seine Hände übergewechselt. Wenn ich denke, wieviel Geld uns diese Lausbuben hätten einbringen können! Manches Mal wird mir ganz trübsinnig zu Muthe, denn ich sehe sehr wohl, wie lange es noch dauern kann, bis der Durchbruch geschafft ist und mein Traum von einem anderen Leben mit Wilhelm sich erfüllt. Es kömmt mir vor, als stäke ich im tiefsten Winter fest, in Kälte und grauem Einerlei, während um mich herum sich der Frühling schon angekündigt. Wilhelms Bruder Adolf wird im Mai heiraten. Wieder eine Hochzeit, wieder ein glückliches Paar. Ob ihm das nicht auch bisweilen einen leichten Stich versetzt? Ich weiß nicht, wie lange ich es noch ertrage, mich als Geheimniß behandeln zu lassen. Warum steht er nicht zu mir? Warum beharrt er auf der ganzen Geheimnißkrämerei? Als wir Kinder waren, war das nöthig, das leuchtete mir wohl ein. Nun möchte ich ernten, was wir damals gesät haben. Aber er scheut sich, sich in der Öffentlichkeit an meiner Seite zu zeigen. Es liegt an meiner Stärke. Ich weiß, daß mein Geist den seinen beherrschen kann. Sah ich zu Beginn einen ebenbürtigen Zwilling in ihm, so bin ich mir nun bewußt, daß ich ihn mir erst noch heranzüchten muß. Ein mühseliges Unterfangen.

Immerhin, die heimliche Art macht mir den Wilhelm recht brav. Keine Frauengeschichten in letzter Zeit. Er muß wohl fürchten, daß ich den Leuten von uns erzähle, wenn er mich ärgert. Da wird er sich hüten.

- 12 -

Leo las bis zum Morgengrauen. Novembermorgen beginnen spät; erst als das fahle Grau des neuen Tages die Küche in ein kaltes Licht tauchte, hatte sie auch das letzte Wort glücklich entziffert. Leo fröstelte. Sie war müde und überdreht zugleich, zittrig von Schlafmangel, zu viel Kaffee und dem, was sie gelesen hatte.

Es war das Tagebuch einer Frau, beginnend im Sommer des Jahres 1841. Die eigentliche Geschichte aber fing vermutlich schon viel früher an, im Nachbargarten des Krämers Johann Friedrich Busch.

Du hast mich bei meinem Namen gerufen … Christine hatte sich zu Wort gemeldet.

Leo legte das letzte Blatt zu den anderen auf den Stapel und rieb sich die schmerzenden Schläfen. Elf eng beschriebene Hefte. Der Beginn eines neuen Oktavheftes war von Onkel Ludwigs Hand jeweils auf den Kopien vermerkt. Insgesamt hatte Leo mehr als zweihundert Seiten vor sich liegen, fünfzig Jahre eines Lebens umspannend, das nur einen Inhalt kannte: Wilhelm Busch. Allerdings mussten etliche Seiten aus dem Original herausgerissen und vernichtet worden sein, denn zwischen den Niederschriften klafften zeitliche Lücken. In manchen Monaten gab es keine Eintragungen, dann hin und wieder ein paar Sätze, und unvermittelt ganze Seiten voll zu einem Ereignis. Die letzte Eintragung stammte von 1891.

In Leos Kopf wirbelten Fragen mit Sätzen und Gedanken, die sie gelesen hatte, durcheinander. Sie wusste jetzt, dass es eine Christine gab, die sich offenbar schon als Mädchen zu dem jungen Wilhelm hingezogen gefühlt hatte. Aber wer war sie? Ein Nachbarskind? Eine entfernte Verwandte? Leo stellte sich vor, wie eine kleine Christine an jenem Sommerabend vor mehr als hundertfünfzig Jahren hinter einer Hecke gekauert hatte, unsichtbar für den Jungen nebenan, vielleicht auch unbemerkt von der eigenen Familie und in heimlicher Schwärmerei entbrannt. Und dann der Ausruf des kleinen Wilhelm, ihr Name: Christine, Christine!

Am Tag darauf setzten die Tagebuchaufzeichnungen ein. Aber was war vorher geschehen? Und vor allem danach, als die Notizen endeten? Ein Fall von Dornröschenschlaf? Christines Tod?

Es irritierte Leo, dass Christine fast nichts über sich selbst preisgab. Der autobiografische Hintergrund fehlte völlig, als hätte sie ihn absichtlich verschwiegen. Wie lautete ihr voller Name, wo genau wohnte sie, in welcher Beziehung stand ihre Familie zu der von Wilhelm Busch? Vielleicht waren die entsprechenden Hefte, die die Person Christine hätten erklären können, verloren gegangen. Jedenfalls gab es keinen Anhaltspunkt, wie sie ihre Tage verbrachte. Nur ihre Träume und Wilhelm, der Theure, der Treulose, der Liebste, der Werthe.

Leo blätterte die Aufzeichnungen noch einmal durch. Was für große Hoffnungen da zusammenkamen. Waren sie enttäuscht worden? Wie kam es, dass niemand von dieser Frau in Buschs Leben zu wissen schien? Sie selbst gab einen Hinweis darauf: Er bestand auf Geheimhaltung. Christine schien Grund zur Eifersucht zu haben. Und sie war in geradezu unheimlicher Weise über alle Details im Leben des Vergötterten informiert.

Leo nagte gedankenverloren an ihrer Unterlippe. 1891 musste etwas Einschneidendes geschehen sein. Jedenfalls brach das Tagebuch ab. *Verfluchter Sommer,* hieß es. *Alles umsonst, alles vergebens. Johanna hat gesiegt.* Sie ging zu Ludwigs Bücherwand und schlug das Jahr 1891 in den Biografien nach. Alle berichteten übereinstimmend, dass sich Busch im August jenes Jahres mit Johanna Keßler, dem *lieben guten Ungeheuer*, wieder versöhnte, nachdem sie sich dreizehn Jahre angeschwiegen hatten. Der Neuanfang mit Johanna Keßler bedeutete offenbar das Ende für Christines Träume.

Leo rieb sich die brennenden Augen. Wie war Onkel Ludwig an dieses Tagebuch gekommen? Wer hatte das Original? Wo befand es sich jetzt? Weshalb hatte ihr Onkel die Kopien so sorgfältig versteckt? Und warum zum Teufel stieß sie immer nur auf Fragen, nie auf Antworten?

Der Gedanke, dass Sandved mit seinen Verdächtigungen letztlich doch recht gehabt haben könnte, gefiel ihr gar nicht. Sie musste mit jemandem darüber reden.

Katie. Warum nicht Katie anrufen und auf diese Weise gleich das Versprechen erfüllen, das sie Jay gegeben hatte? Außerdem kannte Katie sich mit Wilhelm Busch ein bisschen aus, schließlich hatte sie einmal eine Arbeit über ihn schreiben wollen. Leo sah auf die Uhr und zögerte. Kurz vor acht. Viel zu früh für Katie, sie schlief gern lange.

Leo gähnte und streckte sich, schob die Papiere wieder zu zwei Stapeln zusammen, wickelte jeden in Packpapier, das sie sorgfältig verklebte, und legte die Päckchen dann zwischen zwei Backbleche in den Ofen. Kein sehr originelles Versteck, aber ihr fiel auf die Schnelle nichts Besseres ein.

Nach einer heißen Dusche war sie halbwegs wach und frisch. Sie öffnete die Balkontür, um kräftig durchzulüften, schüttete den tintigen Rest Kaffee weg, presste Orangensaft aus und warf zwei Scheiben Brot in den Toaster. Das Radio lief, die Sonne kam durch die Wolken und Leo saß im Bademantel beim Frühstück, als plötzlich ein Schrei tiefster Verzweiflung ertönte. Ihr blieb der Bissen im Hals stecken.

Leo rannte auf die Dachterrasse. Unten im Hof stand Paul mit geballten Fäusten, seine Schultern zuckten. Eine rote Blutlache glänzte in der Morgensonne. Und in dem Blut lag Rufus. Seine Kehle war eine klaffende Wunde. Paul weinte hemmungslos.

Allmächtiger.

Schritt für Schritt tastete Leo sich zurück, bis sie drinnen war, zog sich hastig an und lief hinunter.

Ruth Herwig kam ihr auf halbem Weg mit einer Tüte frischer Brötchen in der Hand entgegen. Sie sah verstört aus.

»Wissen Sie schon …?«

»Ich habe es gerade gesehen. Ist Paul noch draußen?«

»Er ist weggefahren. Den Hund hat er mitgenommen. Ist regelrecht hingerichtet worden, der arme Köter.« Ruth Herwig schüttelte sich. »Ich kann nicht behaupten, dass ich das Vieh besonders gemocht habe, aber das geht entschieden zu weit. – Ich brauche jetzt einen Kaffee. Sie auch?«

Leo schüttelte den Kopf. Sie beobachtete, wie sich die Küchentür vom Imbiss öffnete und Wang Li herauskam. Er hielt das Ende eines Schlauchs in der Hand. Mit sparsamen Bewegungen drehte er das Wasser auf und spritzte den Hof gründlich ab, bis kein Tropfen Rot mehr zu sehen war.

Eine Hinrichtung, hatte Ruth gesagt. Genau das war es. Leo ging wieder nach oben und suchte die Telefonnummer des Altenheims heraus. Frau Loss meldete sich. Leo fragte nach Doktor Singer.

»Einen Moment bitte.«

Leo wartete. Die nüchterne Einschätzung einer Ärztin war genau das, was sie jetzt brauchte.

Es knackte in der Leitung, dann hörte sie Katies kühle Stimme.

»Das ist wirklich eine Überraschung, Leo. Ich hätte nicht gedacht, dass du anrufst. Wir sprachen gerade von dir.«

»Wer ist wir?«

»Jay und ich, Schätzchen.«

Oh.

»Wir frühstücken gerade. Ich habe Jay gesagt, ich glaube nicht, dass du anrufst. Er erzählte mir, dass ihr euch überraschend getroffen habt und dass du vorbeikommen wolltest. Leo ist ein bisschen empfindlich in dieser Angelegenheit, habe ich gesagt. Scheint so, als hätte ich mich geirrt. Oder? Du sagst ja gar nichts.«

»Ihr hättet wetten sollen.«

Sie hörte Katie leise lachen; im Hintergrund klapperte Geschirr. Dann Jays Stimme, die etwas fragte.

»Er will wissen, wie es dir geht. Was macht der Rücken?«

»Alles bestens, danke.«

Leo stellte sich die beiden traulich vereint am Frühstückstisch vor. Vielleicht schien die Morgensonne durchs Fenster und brachte Katies Haar zum Leuchten. Jay schenkte Tee ein, wahrscheinlich hatten sie die Nacht zusammen verbracht. Das Wochenende stand vor der Tür, und dann, ausgerechnet, klingelte das Telefon, und die dumme kleine Leo rief an. Sie kam sich so blöde vor.

Wieso war Jay dort? Sein Anruf fiel ihr ein. Sie hätte doch zuhören sollen.

»Hör mal, wenn ihr in Ruhe frühstücken wollt, melde ich mich später noch mal.« Oder nie. Sie hätte nicht anrufen sollen. Sie war übermüdet und verstört und fühlte sich ziemlich vorgeführt. Keine gute Position.

»Sei nicht albern, du störst doch nicht. Ehrlich, ich *freue* mich«, behauptete Katie. »Erzähl, wie es dir geht. – Leo? Bist du noch dran?«

»Der Hund meines Nachbarn ist tot.«

Leises Lachen war die Antwort, und Leo hätte sich am liebsten die Zunge abgebissen. Man sagte schon seltsame Sachen, wenn man nicht ganz bei sich war.

»Der Hund deines Nachbarn?«, wiederholte Katie belustigt. »Und jetzt bist du in Trauer?«

Wenn sie nur nicht gelacht hätte, dachte Leo später. Vielleicht hätte sie ihr dann alles erzählt.

»Deswegen rufst du ja wohl nicht an, oder?«, fragte Katie.

Ich rufe an, weil dieses Arschloch neben dir mich darum gebeten hat. Und weil ich mit einem Menschen reden wollte.

»Nein, natürlich nicht.« Leo staunte, wie leichthin sie das sagen konnte. »Ich wollte mich nur mal wieder melden. Ist ja schon lange her …«

Und das war's dann, dachte sie. Pflicht erfüllt, Schuldigkeit getan.

»Leo, am vierten Advent habe ich Zeit. Komm zum Tee.«

Jay hatte ja einen Knall mit seinen besorgten Theorien. Katie war noch genau die gleiche wie immer, despotisch wie in alten Zeiten: Komm dann und dann, und lass dir nicht einfallen, etwas anderes vorzuhaben.

»Wir feiern Wiedersehen, ja? Ich freue mich schon«, behauptete Katie.

»Ja … Ich mich auch. Bis dann. Gruß an Jay.«

Leo stöhnte auf. Manchmal zweifelte sie wirklich an ihrem Verstand.

Sie musste dringend hier raus. Klare Luft und viel Land waren jetzt das einzig Richtige. Aber vorher gab es noch etwas zu erledigen. Leo nahm die Kopien aus ihrem Versteck.

Ruth Herwig öffnete sofort auf ihr Klingeln. In ihrem roséfarbenen Kaschmirpullover und einem langen grauen Strickrock wirkte sie grazil und elegant. Leo überfiel ein Anflug von schlechtem Gewissen. Was für ein Recht hatte sie, diese Frau in eine Sache mit hineinzuziehen, deren Ausmaß sie selbst noch nicht überschaute? Aber sie wusste nicht, an wen sie sich sonst wenden sollte.

»Könnten Sie das hier für mich aufheben? Ich fahre für ein paar Stunden weg. Heute Abend sind Sie den Kram wieder los.«

Ruth Herwig zögerte einen Moment. »Leo, was ist das? Das, wonach der Einbrecher gesucht hat?«

»Ich verspreche Ihnen, dass Sie alles erfahren werden, was ich weiß. Aber nicht jetzt. Darf ich heute Abend kommen?«

»Natürlich.« Ruth Herwig nahm die Päckchen in Verwahrung und Leo konnte erleichtert auf ihr Fahrrad steigen.

Der kalte Wind biss in ihre Wangen und nahm ihr fast den Atem; es tat ihr gut. Stundenlang fuhr sie ziellos über das Land, sog die Strahlen der schwächlichen Novembersonne auf und arbeitete sich die aufgestaute Angst und Wut aus dem Leib. Mit jedem Kilometer blieben das Bild des toten Rufus, das seltsame Tagebuch und auch Katie und Jay mit ihren undurchschaubaren Spielchen weiter zurück. Im stetigen Rhythmus von Treten und Keuchen konnte Leo endlich ruhig nachdenken.

Sie wusste nicht, was sie von dem Hundemord halten sollte. Wer konnte so etwas tun? Und warum? Bis auf die Sache mit den Ratten und seinem nervtötenden Gebell hatte Rufus niemandem etwas getan. Deshalb brachte man ein Tier doch nicht um. Noch dazu auf so grausame Weise.

Es sei denn, jemand wollte ein Exempel statuieren oder eine deutliche Warnung überbringen. Dann konnte es nur einen geben, für den sie bestimmt war: Paul.

Sie hatte mit Paul darüber gesprochen, den Keller zu durchsuchen. Er hatte sogar seine Hilfe angeboten. Dann war Su Jing verunglückt, angeblich, weil sie nicht aufgepasst hatte. Und warum?

Sie hatte ein beängstigendes Geräusch gehört. Und am nächsten Morgen war der Hund tot.

Vollkommen verrückt, das Ganze.

Leos Magen knurrte. Sie konnte nicht nachdenken, wenn sie hungrig war. Schließlich fand sie einen Landgasthof, der einfache und deftige Küche versprach, und bestellte eine große Portion dampfender Erbsensuppe. Während sie aß, rückte sie die Puzzleteilchen in ihrem Kopf immer wieder hin und her, pflückte sie auseinander und probierte andere Muster.

Su Jing hatte ein Hecheln gehört. Vielleicht war der Hund in den Keller entwischt und hatte dort herumgeschnüffelt. Su Jing hatte sich erschrocken, war an die Leitung gekommen und wollte das geheim halten. Vielleicht war es Xue aber doch gelungen, die wahre Geschichte aus ihr herauszukitzeln. Und dann hatte er beschlossen, den dämlichen Hund umzubringen, der den Unfall verursacht hatte.

Die Erinnerung an die Messer in Wang Lis Küche ließ Leo nicht los. War Rufus mit einem davon hingemetzelt worden? Weil er sich im Keller herumgetrieben hatte?

Nicht blödsinniger als alle anderen Theorien. Die Sache hatte nur einen Haken. Es war ziemlich unwahrscheinlich, dass vier Hundepfoten ein Vorhängeschloss öffnen konnten. Wenn das mysteriöse Wesen im Keller Rufus gewesen war – wer hatte sich dann an ihrer Tür zu schaffen gemacht?

Immer wieder blieb sie an derselben Stelle hängen: Paul hatte sich erboten, beim Suchen zu helfen; er schied also aus. Und er war mit Rufus unterwegs gewesen, als Leo in den Keller hinabstieg. Rufus konnte gar nicht da unten gewesen sein. Womit die Xue-ist-der-Mörder-Theorie hinfällig wurde und Leo wieder beim Ausgangspunkt angekommen war.

Sie bezahlte und fuhr weiter. Die Sonne strahlte von einem fast wolkenlosen Himmel, aber Leo nahm das schöne Wetter kaum wahr. Da war noch das Tagebuch. Sollte sie es Sandved geben? Sie verwarf den Gedanken. Den würde es zwar brennend interessieren, aber sie betrachtete das Dokument als Köder. Sie wollte sehen, wer anbiss.

Das erinnerte sie daran, dass sie Ruth Herwig ein paar Erklärungen schuldig war. Was sie ihr anbieten konnte, war allerdings ziemlich dürftig.

Allmählich wurde Leo müde. Sie fühlte sich zwar etwas ruhiger als vor wenigen Stunden, aber abgesehen davon war sie immer noch völlig ratlos. Nur was Katie und Jay anging, hatte sie einen konkreten Plan. Sollte er ruhig kommen, der vierte Advent, mit Kerzenschein und Tannenduft und Katies allerherzlichstem Lächeln. Zumindest ein Mensch in diesem einsamen Haus im Wald würde sich ehrlich freuen, sie zu sehen: Sie hatte Justus versprochen, ihn zu besuchen, und genau das würde sie tun.

An einem kleinen Gehölz hielt sie an und suchte nach ihrem Taschenmesser. Wenn schon Advent, dann richtig. Leo schnitt Tannengrün und Eibenzweige ab, bediente sich an den dornigen Hagebuttensträuchern, die den Feldrand säumten, und fand sogar noch ein paar Kiefernzapfen. Mit genug Zutaten für einen üppigen Adventskranz fuhr sie schließlich nach Hause.

Es war bereits dunkel, als sie in die Tordurchfahrt einbog. Sie bemerkte die schemenhafte Gestalt, die wie aus dem Nichts vor ihr aus dem Boden zu wachsen schien, erst im letzten Moment. Leo bremste und flog fast über den Lenker. Die Gestalt sprang erschrocken zur Seite und prallte gegen die Mauer.

»Verdammt noch mal!« Sandved rieb sich die Schulter.

Was für eine Überraschung. Der hatte ihr gerade noch gefehlt.

»Mein Gott!«, ächzte er. »Fahren Sie immer so verrückt?«

»Sehen Sie die Kerben in meinem Lenkrad? Sie hätten eine schöne Trophäe abgegeben.«

»Tut mir leid, wenn ich Ihnen die Jagd verdorben habe. Ich vermute, Sie haben wieder einen anstrengenden Tag mit der Begutachtung landespflegerischer Maßnahmen verbracht, wie?«, fragte er ironisch und klopfte sich die Jacke ab.

Er sah ganz anders aus als sonst. Statt Stoffhose und Wollmantel trug er Jeans, eine abgewetzte schwarze Lederjacke und Turnschuhe, soweit Leo das erkennen konnte; der rote Lampion in dem kleinen Fenster im Torbogen spendete nur spärliches Licht. Das Ganze stand ihm irritierend gut. Und dieses Lampionlicht sorgte für geradezu teuflische Reflexe in seinen Haaren.

Leo ignorierte seine letzte Bemerkung. »Wo haben Sie Ihr Cremetörtchen gelassen?« Sie hatte den Ford mit der skandalösen Farbe auf der Straße nicht gesehen.

»Mein was? – Ach so.« Sandved nickte zur Straße hin. »Wir haben endlich einen neuen Wagen bekommen.«

Auf der anderen Seite parkte ein leichenwagenschwarzer Mercedes-Kombi. Im Schein der Straßenbeleuchtung erkannte Leo eine blonde Frau am Steuer. Sie blickte interessiert zu ihnen herüber.

»Schick. Eine echte Verbesserung, würde ich sagen. – Und was führt Sie hierher, Herr Kommissar?«

»Der Hunger. Meine Kollegin und ich müssen uns wahrscheinlich noch bis in die frühen Morgenstunden auf den Straßen herumtreiben. Mir fiel das gute Essen von Wang Li ein«, sagte er. »Fried Chicken mit extra Erdnusssauce, Sie erinnern sich? Ich wollte es gerade abholen.«

»Hier sind Sie falsch. Der Eingang liegt vorne an der Straße. Sie können ihn eigentlich gar nicht verfehlen, es sei denn, Sie möchten auf unserem Hinterhof ein bisschen herumschnüffeln. – Undercovereinsatz, wie?«, sagte sie mit Blick auf seine Lederjacke und schob ihr Fahrrad an ihm vorbei. »Dann stärken Sie sich mal gut.«

»Frau Heller?«

Sie drehte sich um.

»Bei Ihnen alles in Ordnung?«

Leo zuckte die Schultern. »Keine größeren Vorkommnisse.« Es war schließlich alles eine Frage der Perspektive.

»Passen Sie auf sich auf«, sagte Sandved und verschwand im Imbiss.

Leos Blick wanderte über die Hinterfront des Hauses. Sandved hatte unter Garantie rasch nachgesehen, wer zu Hause war und wer nicht. War doch eine gute Gelegenheit und völlig unverbindlich. Bei Paul Ostermann brannte Licht. Bei Ruth Herwig auch. Im chinesischen Stockwerk befand sich immer jemand, auch dort waren die Fenster erleuchtet. Bei Leo Heller war es dunkel.

Und das blieb es auch. Leo brachte die Tannenzweige und die übrigen Sachen auf den Balkon, schaltete das Licht aber nicht ein. Vom Küchenfenster aus sah sie Sandved mit zwei Papiertüten in den Mercedes steigen und wegfahren.

Plötzlich kamen merkwürdige Geräusche von der Dachterrasse. Es raschelte und knackte laut. Leo bekam eine Gänsehaut. Im Dunkeln schlich sie näher zur Tür.

Stille. Und wieder Geraschel.

Irgendein Tier zerpflückte die Zweige, die sie draußen abgelegt hatte.

Leo pirschte sich weiter heran, bis sie durch die Glasscheibe sehen konnte. Ein Rabe hatte die Hagebuttenzweige freigelegt und pickte sorgfältig die Früchte ab.

Leise öffnete Leo die Tür. Der Rabe legte den Kopf schief und blickte sie aus einem schwarz glänzenden Knopfauge an, flog aber nicht weg. Onkel Ludwigs Freund war wiedergekommen. Hans Huckebein, der Unglücksrabe, machte ein paar Hüpfer zur Seite.

Leo ließ sich langsam in die Hocke nieder.

»Hallo Hans.«

Noch ein Hüpfer.

»Keine Angst, ich tu dir nichts.«

Zugegeben, an seiner Stelle hätte sie das auch nicht geglaubt. Konnte ja jeder behaupten. Der Vogel flatterte mit einem rauen Krächzen auf und drehte eine Runde über dem Hof, dann strich er über die Dächer davon. Leo erhob sich und starrte auf den Fleck, wo er in der Dunkelheit verschwunden war.

Vielleicht würde er wiederkommen. Sie holte die Nüsse aus dem Wohnzimmer, knackte ein paar und legte sie auf die Steinfliesen. Als sie sich wieder aufrichtete, bemerkte sie eine Silhouette hinter der Glastür von Paul Ostermanns Balkon. Paul war damit beschäftigt, die Hundeklappe in der Tür zu verschließen. Kein Rufus mehr, der über die Feuertreppe tapsen und auf Rattenjagd gehen konnte. Leo überlegte, ob sie Paul einen Besuch abstatten sollte. Sie war hin- und hergerissen zwischen Mitleid und Argwohn. Wenn er nun doch das Phantom im Keller gewesen war?

Das Klingeln des Telefons ließ sie zusammenfahren. Ruth Herwig meldete sich. Im Hintergrund hörte Leo vergnügte Stimmen. Ruth hatte überraschend Besuch bekommen. Sie klang gedämpft, als schirme sie die Muschel ab.

»Alte Schulfreundinnen auf der Durchreise. Lästig, aber anhänglich. Sie kommen immer unangemeldet vorbei. Macht es Ihnen was aus, unser Gespräch zu verschieben?«

Leo stand der Sinn ohnehin eher nach einem langen heißen Bad und einem mittelschweren Besäufnis. Sie war todmüde. Die durchwachte Nacht, ihre Tour mit dem Rad und unerklärlicherweise auch die Begegnung mit Sandved hatten sie geschafft. Morgen war schließlich auch noch ein Tag, um sich mit dem ganzen Durcheinander zu befassen. Sie wünschte Ruth einen schönen Abend, schaltete das Licht ein und ging ins Badezimmer.

Von unten hörte sie Frauenstimmen und Gelächter. Sie ließ Wasser in die Wanne laufen, goss sich drei Fingerbreit Rum in ein Glas, nahm einen großen Schluck und suchte eine Weile die Radiosender ab, bis sie etwas gefunden hatte, das zu ihrer Stimmung passte. Keltische Musik, ein tiefer Bass, eine dumpfe Trommel, dazu sang eine elfenhafte Frauenstimme. Leo drehte lauter, goss sich Rum nach und zündete die Kerze an, die auf dem Badewannenrand stand. Mit einem wohligen Seufzen glitt sie ins Wasser. Sie spürte, wie der Alkohol durch ihren Körper strömte und schließlich im Kopf ankam. Genau da sollte er hin. Bloß nicht mehr nachdenken müssen.

Langsam breitete sich die Wärme von innen und außen aus. Leo nahm noch einen Schluck Rum und schloss die Augen.

Schon wieder ein Geräusch.

Ein leises, rostiges Quietschen. Vielleicht bildete sie sich das nur ein, aber es klang verdächtig nach dem Türchen an der Feuerleiter.

Leo horchte angespannt.

Ein dumpfes Schnappen. Die Terrassentür wurde aufgedrückt. Leo wurde schlecht vor Schreck und Ärger. Sie hatte die Eisenjalousie nicht heruntergelassen. *Mist, verdammter.*

Die ganze letzte Nacht hatte sie auf Besuch gewartet. Jetzt käme er wirklich ungelegen. Aber kein Zweifel, jemand war in der Wohnung.

Und das Telefon mit den eingespeicherten Rufnummern von Sandved und Ruth Herwig stand nebenan auf dem Schreibtisch. So gut wie unerreichbar. Großartig.

Behutsam stellte Leo das Glas auf dem Badewannenrand ab und plätscherte mit einer Hand im Wasser. Wer immer da herumschlich, sollte ruhig denken, sie hätte noch nichts bemerkt. Das verschaffte ihr vielleicht etwas Zeit.

Aber Zeit wofür? Um aus der Wanne zu steigen und sich mit einer Wurf-, Hieb- oder Stichwaffe hinter der Tür zu verschanzen? Außer dem Glas war nichts Passendes in Reichweite. Das kam davon, wenn man sich manierlich betrinken wollte und nicht aus der Flasche soff.

Drooom! dröhnte die Trommel. *Drooom! Dromm, dromm!*

Im Wohnzimmer ging das Licht aus. Es war zu spät, um noch raffinierte Strategien zu entwickeln.

Leo rutschte tiefer ins Wasser, als ein dunkler Umriss in der Badezimmertür auftauchte. Ihr Herz hämmerte gegen die keltische Trommel an. Die Gestalt stand ruhig in der Tür. Ein Mann? Leo sah, dass er untersetzt war und eine schwarze Maske trug. Dann löschte er mit einer schnellen Handbewegung die Kerze. Er hatte etwas mehr Zeit gehabt als sie, sich an die Dunkelheit zu gewöhnen. Vor ihren Augen flackerte immer noch die Kerzenflamme. Sie konnte nur Umrisse erkennen, die mit der Dunkelheit verschmolzen.

Keiner von ihnen rührte sich. Leo hörte ein angespanntes Keuchen.

War er das? Oder sie selbst? Sie versuchte, ruhig zu atmen. Sag was, beschwor sie den dunklen Schatten stumm. Ich will deine Stimme hören. Sag was!

Der Schatten schwieg. Er wollte sie mürbe machen. Das würde ihm nicht gelingen. Sie hatte ausreichend Rum getrunken, um nicht vor Angst zu schlottern. Sollte sie vielleicht ewig hier in der Wanne sitzen? Sie würde jetzt einfach aus dem Wasser steigen, nach dem Badelaken greifen und …

Die Gestalt hob abwehrend die Hand.

»Sitzen bleiben.« Es war nur ein Flüstern.

In Leo kochte die Wut hoch. »Was fällt Ihnen ein? Wer sind Sie überhaupt, und was haben Sie in meiner Wohnung zu suchen?«

Aber der Schatten sagte nichts mehr, sondern wiederholte die Bewegung, die auf einmal sehr bedrohlich wirkte.

Leo sank zurück. Ich hoffe, ich träume, dachte sie. *Nein, Leo. Das ist die beschissene Wirklichkeit.*

Inzwischen hatten sich ihre Augen an die Dunkelheit gewöhnt und sie konnte etwas mehr erkennen. Mittelgroß. Dunkle Kleidung, wahrscheinlich schwarz. Sweatshirt oder Jacke mit Kapuze. Und eine Gesichtsmaske, die nur die Augen freiließ. Sah aus wie die klassische Strumpfhose mit Löchern. Wer immer da drinsteckte, war so gut wie unkenntlich. Und er schwieg hartnäckig.

Leo fand, dass sie unter diesen Umständen bemerkenswert viele Details wahrnahm. Sandved wäre hoffentlich beeindruckt. Das hieß, wenn sie in diesem Leben noch dazu kommen sollte, ihm Bericht zu erstatten.

Was sie allerdings nicht sehen konnte, war, ob der Schatten eine Waffe trug.

Die Musik hörte auf, und ein Radiosprecher ließ sich über die Bedeutung der keltischen Götter aus. Leo plätscherte ungeduldig im Wasser.

»Also? Was wollen Sie von mir?«

»Die Dokumente.« Wieder nur ein Flüstern. Er rührte sich nicht vom Fleck. »Sie sind doch eine kluge Frau. Deshalb werden Sie jetzt nicht behaupten, Sie wüssten nicht, wovon ich rede. Ich wäre sehr enttäuscht von Ihnen, und mit Enttäuschungen kann ich schlecht umgehen.«

»Das, hrrm, verstehe ich gut«, sagte Leo. Er ließ ein röchelndes Lachen hören.

»Wenn Sie kooperieren, geschieht Ihnen nichts«, flüsterte er.

Er wollte offensichtlich nicht, dass sie seine Stimme hörte. Aber Leo war sich inzwischen sicher, dass sie ihren Feind kannte. Die Größe, die Statur – alles stimmte. Nur die Brille trug er nicht, vielleicht wegen der Maske.

»Sehr schön, ich kann Ihnen versichern, dass mir daran sehr gelegen ist. Es gibt nur ein Problem. Ich habe die Papiere nicht mehr«, sagte sie und überlegte fieberhaft, ob die Frauen unten sie hören würden, wenn sie jetzt lauthals losbrüllte.

»Wo sind sie?«

»Ein Stockwerk tiefer. Bei Ruth Herwig.«

Bis er dort war, hatte Leo allemal Zeit, Hilfe zusammenzutrommeln oder selbst einen Knüppel zu schwingen. Das hoffte sie zumindest. Außerdem hatte Ruth Besuch, ihr konnte nichts passieren.

»Sie lügen.« Ein verächtliches Schnauben begleitete das Flüstern. »Um Ihren armseligen dünnen Hals zu retten, lügen Sie. Das mag ich gar nicht.«

Auf einmal hielt er einen kleinen Gegenstand in der Hand.

»Es ist aber wahr!«, versicherte Leo. »Ich habe die Papiere Frau Herwig zur Aufbewahrung gegeben, weil ich so was wie das hier schon befürchtet hatte, ich bin doch nicht blöd! Wir haben erst gestern davon gesprochen.«

Warum zögerte er jetzt? Als er plötzlich die Hand hob, rutschte Leo unwillkürlich tiefer ins Wasser.

»Wissen Sie, was das hier ist?«, flüsterte er. »Das tragen Sie doch bestimmt auch in Ihrer Handtasche bei sich. Wie all diese ängstlichen Hühner, die abends zehn Schritte im Dunkeln laufen müssen.«

Er hielt eine kleine Spraydose in der Hand. Pfefferspray. Und er kam näher.

»Hübsches Spielzeug, bei richtigem Gebrauch harmlos. Bei Überdosierung zerstört es die Augen.« Er zielte auf ihr Gesicht.

Jetzt aber raus hier! Hastig versuchte Leo aus der Wanne zu springen. Ein heftiger Schlag traf ihr Schlüsselbein und warf sie zurück ins Wasser. Das Rumglas klirrte zu Boden und zersprang.

»Wo hast du es? Sag mir die Wahrheit!« Aus seinem Flüstern war ein bösartiges Knurren geworden.

Leo schnappte nach Luft und rieb sich die schmerzende Brust. Der Schreck verwandelte sich in kalte Wut. Was bildete sich dieser Dreckskerl eigentlich ein? Na schön. Wenn er sie nicht aus der Wanne ließ, mussten sie eben die Plätze tauschen.

Als er sich über sie beugte, griff sie zu. Sie stieß gegen einen schwabbeligen Bauch und hätte damit beinahe den Überraschungseffekt verdorben, doch dann bekam sie Stoff zu fassen und zog mit aller Kraft.

»Du Scheißkerl! Ich hab dir vertraut! Hast du das auch mit meinem Onkel gemacht?«

Ein Ruck genügte, um ihn von den Beinen zu bringen. Armwedelnd und mit einem verblüfften Grunzen stürzte er in die Wanne. Bevor Leo sich unter ihm hervorwinden konnte, spürte sie schon seine Hände an ihrem Hals. Es war ein ziemlich ekelhaftes Gefühl, von nassem Latex angefasst zu werden. Offenbar trug er über seinen schwarzen Handschuhen noch ein Paar aus Gummi. Blindlings schlug Leo um sich und traf dabei seinen Kopf. Als er an die Fliesen knallte, gelang es ihr endlich, nach oben zu kommen. Sterne tanzten vor ihren Augen, seine Hände umklammerten weiter eisern ihren Hals. Er ließ nicht los.

Endlich fanden ihre Daumen seine Augenhöhlen. Mit aller Kraft, die sie noch aufbringen konnte, drückte sie ihn unter Wasser. Er gurgelte und würgte, und endlich, endlich ließ er los.

Hustend und zitternd stürzte Leo aus der Wanne. Scherben knirschten unter ihrem Fuß, als sie ins Wohnzimmer taumelte. Durch die halb geöffnete Terrassentür strömte nasskalte Novemberluft herein. Edwina zitterte im Luftzug, ein Trieb war abgeknickt und hing kläglich zu Boden. Dieser elende Mistkerl! Flüchtig dachte sie daran, ihn im Bad einzusperren, aber der Schlüssel steckte innen in der Tür, das würde jetzt zu viel Zeit kosten. Leo wankte zum Telefon und drückte mit zitternden Fingern auf die Tasten. Nervös sah sie sich um, bereit, sofort über die Feuerleiter zu flüchten.

Wieso kam die verdammte Verbindung nicht zustande? Leo folgte der Schnur und zog daran. Er hatte wirklich an alles gedacht: Der Stecker war aus der Wand gerissen. Situationen wie diese waren ein Grund, sich endlich ein Handy zuzulegen. Sie notierte es im Geist auf ihrer Dringlichkeitsliste.

Aus dem Bad kam ein Geräusch. Leo warf sich die Decke um, die über der Sofalehne hing, und schnappte sich den Brieföffner vom Schreibtisch. Offenbar hatte sie seinen Kopf recht ordentlich gegen die Fliesen geknallt, es dauerte jedenfalls ziemlich lange, bis ihr Besucher wieder auftauchte. Tropfnass und schwer atmend stand er in der Badezimmertür.

Leo tastete nach der Lampe auf der Kommode hinter sich. Das Licht flammte auf. Er hob schützend den Arm. Leo wollte ihm in die Augen sehen. Sie wollte wissen, warum er das getan hatte. Er sollte es ihr ins Gesicht sagen.

»Sieh mich an!«, schrie sie. »Was liegt dir an diesem verrückten Tagebuch? Wieso hast du es Ludwig nicht schon längst abgenommen? Du hast es versucht, stimmt's? Er ist gar nicht vom Balkon gestürzt! Gib es zu, du hast ihn umgebracht!« Sie zitterte vor Wut.

Er antwortete nicht. Seine blutunterlaufenen Augen starrten mit einem verwirrten Ausdruck aus der Maske. Er wankte. Einen Moment glaubte sie, er wollte sich erneut auf sie stürzen und umklammerte den Brieföffner fester. Er stand zwischen ihr und der

Eingangstür. Sie schätzte die Entfernung zur Terrasse ab. Das konnte sie schaffen.

Aber zu ihrer Verblüffung warf er sich plötzlich herum, riss die Eingangstür auf und rannte hinaus ins Treppenhaus. Leo raffte die Decke um sich und stürzte hinterher. Der Kerl durfte nicht entkommen!

Die schwarze Gestalt verschwand bereits um den ersten Treppenabsatz.

»Hilfe!« Sie schrie so laut sie konnte.

Sie polterten die Stufen hinunter. Leo blieb mit der Decke am Geländerpfosten hängen, rutschte aus, fing sich wieder und hastete weiter.

Er war langsamer als sie, aber er hatte einen Vorsprung.

»Hilfe, verdammt noch mal!« Leos Stimme überschlug sich, als sie schon wieder ausrutschte. Irgendetwas Glitschiges befand sich unter ihrem rechten Fuß. Sie sah nach unten.

Wieso blutete sie? Dann brachte sie eine Tür, die geöffnet wurde, vollends aus der Fassung.

Es war die falsche. Die von Paul Ostermann. Das konnte gar nicht sein. Der rannte doch dort unten!

Und dann kam auch noch Paul heraus.

»Um Himmels willen, Leo, was ist denn passiert?« Er riss die Augen auf, als er ihren Aufzug sah.

Leo starrte entgeistert zurück. Beugte sich über das Geländer und blickte der schwarzen Gestalt nach, die stolpernd und taumelnd wieder ein Stockwerk tiefer angelangt war. Sah zurück zu Paul und begriff es nicht.

»Überfall!«, ächzte sie und setzte sich wieder in Bewegung. »Da unten rennt er!«

Paul warf einen raschen Blick nach unten und eilte dann an ihr vorbei. Im Stockwerk unter ihnen erhob sich Aufruhr. Ein chinesischer Wortschwall stieg auf.

»Festhalten!«, hörte sie Paul in ungewohntem Befehlston. Ein allem Anschein nach deftiger chinesischer Fluch war die Antwort.

Nun erschien auch Ruth Herwig, umringt von einer Gruppe besorgter älterer Damen. Leo humpelte um den letzten Treppenabsatz und sah Xue und den Vermummten in einem Ringkampf ineinander verkeilt. Paul sprang hinzu. Weitere Chinesen tauchten auf und kommentierten den Kampf interessiert. Su Jings Baby schrie. Am Fuß der Treppe tauchte Wang Li auf, die Damen hinter Leo wisperten aufgeregt. Sämtliche Hausbewohner waren inzwischen versammelt, und trotzdem gelang es dem Schwarzen mit der Kraft der Verzweiflung, sich loszureißen. Zehn, vielleicht zwölf Stufen trennten ihn vom Durchgang zur Straße, doch dann verfehlte er die oberste. Oder hatte Xue ihm ein Bein gestellt? Kopfüber krachte die vermummte Gestalt hinunter und blieb am Fuß der Treppe reglos liegen.

»Die Polizei ist informiert«, verkündete Ruth Herwig ungerührt von oben.

»Ich glaube, wir brauchen auch einen Krankenwagen«, sagte Su Jing.

»Der läuft uns jedenfalls nicht mehr weg«, setzte Paul grimmig hinzu.

Leo humpelte die letzten Stufen hinab, von großen Augenpaaren verfolgt. Die Decke schlappte hinter ihr her.

Er lag auf dem Rücken. Blut sickerte aus dem linken Mundwinkel auf die schwarze Wolle seiner Maske. Leo bückte sich und schob die Kapuze beiseite. Sandfarbenes Haar kam zum Vorschein. Sie streifte die Maske ab und starrte in die blicklosen Augen eines Mannes, den sie kannte. Leos geschocktes Hirn gab die Erinnerung nur stückweise frei. Lehrer. Marktfest. Lina und Kurt. Grütze und Bitterschnaps. Kurt Friedmann. Sein Kopf kippte zur Seite, als sie ihn losließ und sich am Treppengeländer festhalten musste. Sie hatte das Gefühl, dass ihr jemand den Boden unter den Füßen wegzog.

Paul legte ihr den Arm um die Schultern. »Kennen Sie den Mann?«, fragte er.

»Da ist nichts mehr zu machen«, vermeldete eine fremde Stimme. »Schädelbruch, würde ich sagen.«

Inzwischen waren noch weitere Gäste aus dem Imbiss aufgetaucht und beäugten die Szene mit Interesse.

»Unsinn«, meinte ein anderer mit vollem Mund. »Er hat nur das Bewusstsein verloren.«

»Wieso ist er so nass?«, erkundigte sich eine ältere Frau bei Su Jing, die sich inzwischen um Friedmann bemühte.

Paul deutete auf die blutigen Fußabdrücke, die sich die Stufen hinunterzogen.

»Leo, Sie sind verletzt!«

»Nein. – Ja. Das war das Rumglas«, erklärte sie nicht sehr logisch. Jemand lachte hysterisch. Sie boten hier wirklich Unterhaltung.

Wang Li trat energisch dazwischen und versuchte, die Gäste zurück ins Lokal zu dirigieren.

»Gibt nichts zu sehen, bitte. Nur kleiner Unfall«, wiederholte er immer wieder. »Bitte Weg frei machen, bitte! Nichts zu sehen hier.«

Als sich die Leute langsam zerstreuten, warf er Su Jing, die gerade Friedmanns Beine hochlagerte, eine knappe Bemerkung zu und machte Xue ein Zeichen, der immer noch oben auf dem Treppenabsatz stand.

Xue verschwand in der Wohnung. Sie hörten ihn etwas brüllen. Dann kam er mit einer winzigen alten Frau zurück. Er half ihr die Treppe hinunter, brüllte weiterhin auf sie ein und gestikulierte heftig in Leos Richtung. Die Alte nickte und lächelte. Offenbar war sie stocktaub.

»Die ehrenwerte Tante wird Ihnen helfen. Ich muss in die Küche zurück«, sagte Su Jing entschuldigend.

Leo ließ sich auf die Treppe sinken. Die Alte hielt ein Handtuch und eine braune Flasche in ihren arthritischen Händen und ging vor Leo in die Knie. Sie grinste sie zahnlos an und begann sie zu verarzten. Behutsam zupfte sie ein paar Glassplitter aus der Wunde. Leo bemerkte, wie Paul den Blick abwandte. Ihre Samariterin tränkte das Handtuch mit einer herb riechenden Flüssigkeit und wickelte es ihr um den Fuß. Anschließend reichte sie die Flasche an Leo weiter und deutete pantomimisch an, sie solle sie an den Mund setzen.

Warum nicht. Wenn es half. Leo nahm einen kräftigen Schluck und hustete. Das Zeug brannte von innen noch mehr als von außen. Sie schmeckte Ingwer und fremdartige Kräuter und dachte bedauernd an ihren Rum. Es hätte so ein netter Abend werden können.

Das hutzlige Weiblein nickte und lächelte, Leo nickte und lächelte schwach zurück. Ruth Herwig hatte inzwischen ihre Damen zurück in die Wohnung geschickt.

»Sie kann hier nicht so sitzen bleiben, halb nackt und nass«, sagte sie zu Ostermann. »Kommen Sie, Leo, wir bringen Sie hinauf. Und dann erzählen Sie uns, was passiert ist. Wer ist der Mann?«

Leo wehrte alle stützenden Arme ab. Was dachten sie, dass sie jetzt tun würde? Ohnmächtig werden? Eine mittlere Krise zum Besten geben? Sie hatte genug Fürsorge für einen Abend.

Die Treppenhaustür stand immer noch offen. Draußen jaulte ein Martinshorn auf, schwoll an, erstarb. Flackerndes Blaulicht erhellte die Toreinfahrt. Ein Notarzt und ein Sanitäter sprangen aus dem Rettungswagen und fielen über den immer noch bewusstlosen Friedmann her, um den sich inzwischen eine Wasserlache gebildet hatte. Wenn der Sturz ihm nicht den Rest gegeben hatte, dann würde das vermutlich eine Lungenentzündung besorgen.

»Er ist die Treppe hinuntergestürzt«, sagte Leo, die sich am Treppenpfosten festhielt.

Der Sanitäter sah kurz zu ihr auf. Sein Blick blieb an ihrem Fuß hängen. »Brauchen Sie auch Hilfe?«

Sie schüttelte den Kopf und machte sich an den Aufstieg, Paul und Ruth wie zwei besorgte Krankenwärter hinter sich.

Ein zweiter Sanitäter kam mit einer Trage angerannt. Friedmann wurde hinaufgehievt.

»Was wollte der Kerl von Ihnen? Kennen Sie ihn?«, fragte Paul erneut.

Hinter ihnen begann Xue die Treppe aufzuwischen. Wirklich eine praktisch veranlagte Familie.

Das Gute war, je mehr Leute auf sie einredeten, desto weniger Antworten brauchte sie zu geben. Während Fragen und besorgte Kommentare auf Leo einprasselten, nickte sie nur oder schüttelte den Kopf. Sie kapierte es einfach nicht. Es ergab keinen Sinn, dass Friedmann da unten lag. Aber sie spürte immer noch seine Hände an ihrem Hals.

»Hallo, Moment bitte! Können Sie mal mit anfassen?«, rief einer der Sanitäter hinter ihnen her. Ostermann bekam einen Infusionsbeutel in die Hand gedrückt, den er hochhalten musste, während Kurt Friedmann hinausgeschoben wurde, still und starr und schrecklich blass.

Leo folgte der Trage mit den Augen. »Ruth, egal wer Sie fragt, kein Wort von den Papieren. Bitte.«

»Machen Sie sich keine Sorgen«, sagte Ruth Herwig beruhigend.

Ein weiterer Wagen fuhr mit quietschenden Reifen vor. Eilige Schritte waren zu hören, die im Torbogen mit denen der Sanitäter zusammenstießen. Gemurmel. Sandveds Stimme, die beschied, das habe Zeit bis später. Dann kam er um die Ecke gerannt, zwei Stufen auf einmal nehmend, bis er Ruth und Leo auf dem ersten Treppenabsatz sah.

Zu ihrem Bedauern fiel Leo keine bissige Bemerkung zur Begrüßung ein. Er wirkte ehrlich besorgt. Und wütend.

»Sind Sie verletzt?«

»Bin in Glasscherben getreten.« Mit einer Hand hielt sie sich am Treppengeländer fest, mit der anderen umklammerte sie immer noch den Brieföffner. Sie bemerkte es erst, als Sandveds Blick darauf fiel.

Er nahm ihn ihr behutsam ab.

»Was wollten Sie denn mit dem Ding?«

»Also wirklich, manchmal stellen Sie merkwürdige Fragen.« Leo zog die Decke enger um sich und wich aus, als er ihren Arm nehmen wollte.

»Lassen Sie das, ich schaff es alleine«, sagte sie und machte sich an den Aufstieg. Sandved blieb direkt hinter ihr, Ruth folgte ihnen.

»Sie sind also schon wieder überfallen worden. Das wird ja langsam zur lieben Gewohnheit«, sagte er leise dicht an Leos Ohr.

»Was heißt schon wieder? Absolute Premiere«, antwortete sie. Ihre Zähne klapperten. Trotz ihrer heißen Wangen war ihr entsetzlich kalt.

»Sie sollten sich etwas anziehen«, schlug er vor, als sie endlich im Wohnzimmer angekommen waren. Mit gerunzelter Stirn musterte er die blutigen Fußabdrücke, die über den Boden zum Telefon liefen, und die herausgerissene Schnur.

Leo schnipste mit den Fingern. »Gute Idee.«

Das Radio lief noch immer. Im Schlafzimmer hörte sie, wie er es ausstellte und die Balkontür schloss. Als sie wiederkam, waren auch Ruth Herwig und Ostermann da. Leo setzte sich auf das Sofa, während alle kopfschüttelnd die Folgen der Wasserschlacht im Bad betrachteten.

Jetzt hatten sie fast die gleiche Situation wie vor ein paar Tagen. Sandved, Ruth, Paul und sie, wie am Abend des Einbruchs.

Ein hysterisches Kichern flatterte in ihrer Kehle. Es gelang ihr, den unpassenden Heiterkeitsausbruch niederzukämpfen, indem sie sich zwang, Paul in die Augen zu sehen. In seinem Blick las sie Besorgnis und Mitgefühl. Leo schämte sich entsetzlich. Sie hatte ihn zu Unrecht verdächtigt. Vorhin, im Bad, war sie sich ganz sicher gewesen. Die Größe stimmte, die Statur, der Bauchansatz. Und dann das alberne Flüstern. Nicht Paul, sondern Friedmann wollte verhindern, dass sie seine Stimme erkannte.

Ihr Hals schmerzte. Sie schauderte und kroch tiefer in ihren Pullover.

Sandveds Handy klingelte. Er meldete sich knapp. »Ja. – Verstehe. – Bleib dran.«

Er sah in die Runde. »Meine Kollegin ist mit ins Krankenhaus gefahren. Der Mann ist noch nicht vernehmungsfähig. Er hatte keinerlei Papiere bei sich.«

»Sein Name ist Kurt Friedmann«, sagte Leo. Alle starrten sie an, als könne sie im nächsten Moment in Flammen aufgehen.

»Sie kennen den Mann?« Ruth Herwig war verblüfft.

Sandved beugte sich vor. »Ich höre.«

»Kennen ist zu viel gesagt. Ich habe Friedmann und seine Frau auf diesem Markt getroffen. In Wiedensahl, Sie wissen schon. Ein pensioniertes Lehrerehepaar aus Stadthagen.«

»Und weiter?« Sandved begann hin und her zu wandern, was er offenbar brauchte, um sich zu konzentrieren.

»Wir haben uns über völlig belanglose Dinge unterhalten. Eine zufällige Begegnung, ein Mittagessen am gleichen Tisch. Das war schon alles. Das heißt ...« Sie stockte.

Sandved blieb hinter ihr stehen. »Ja?«

»Ich habe nach dem Weg zur Backstube gefragt«, sagte sie langsam.

Ostermann sah verständnislos zwischen ihnen hin und her. Sandved trommelte inzwischen mit den Fingern auf der Rückenlehne des Sofas herum.

Wenn er mir jetzt wieder mit seiner Ich-hab-es-ja-gleich-gesagt-Tour kommt, kratze ich ihm die Augen aus, dachte Leo.

Er knurrte etwas.

»Wie bitte?«

»Was passiert ist, will ich wissen. Was wollte Friedmann von Ihnen?«

»Das sind gleich zwei Fragen.«

»Fangen Sie einfach mit der ersten an.«

»Also mit Hans.«

»Wer ist Hans?«

»Der Rabe. Er war auf dem Balkon, und deswegen habe ich die Tür geöffnet.«

Leo berichtete von Ruths Anruf, der sie abgelenkt hatte. Ruth nickte bestätigend. Von unten erklang jetzt Klaviermusik. Ruth horchte auf. Ihre Gäste schienen sich auch ohne sie zu amüsieren.

Als Leo zu der Rangelei im Badezimmer kam, machte Paul ein

schockiertes Gesicht. Der Rest war schnell erzählt. Ihren anfänglichen Verdacht verschwieg sie allerdings.

»Schön«, sagte Sandved hinter ihr. »Jetzt wissen wir, *was* passiert ist. Aber *warum* hat Friedmann Sie überfallen?«

Leo lehnte sich müde zurück.

»Keine Ahnung.«

Es war nicht die völlige Unwahrheit. Friedmann hatte die Papiere verlangt, richtig, aber sie konnte sich nicht erklären, weshalb. Woher wusste er von deren Existenz? Und vor allem, wie kam er darauf, dass sie sich bei ihr befanden? Wie hatte er Leo gefunden? Sie erinnerte sich, was Scherkow ihr am Telefon gebeichtet hatte. Vielleicht hatten sich in Wirklichkeit noch viel mehr Leute nach Ludwig erkundigt. Aber das hatte doch nichts mit ihr zu tun!

»Was hat er gesagt? Er muss doch etwas gewollt haben.« Sandved ließ nicht locker.

»Irgendwelche Dokumente. Um was es sich handelt, hat er mir nicht verraten.«

Friedmann hatte die Papiere schließlich nicht näher benannt, dachte sie. Vielleicht ging es ja um etwas ganz anderes als um dieses Tagebuch. Da Sandved immer noch hinter ihr stand, riskierte sie es trotzdem, Ruth einen warnenden Blick zuzuwerfen. Ruth Herwig blickte gleichmütig zu Boden und schien mehr der Klaviermusik als dem Gespräch zu lauschen.

Leo seufzte. Sie hatte die Nase gestrichen voll. Sie war müde. Sie wollte ins Bett. Aber vorher wollte sie noch einen großen Schluck Rum.

»Ich habe wirklich …«

»Keine Ahnung, ich weiß«, vollendete Sandved den Satz. »Ich möchte Ihnen fast glauben. Wer würde sich schon bei klarem Verstand und freiwillig in eine solche Situation manövrieren?«

»Man könnte meinen, dieses Haus stünde unter einem Fluch«, bemerkte Ostermann nachdenklich, und Ruth Herwig nickte. Sie hatte also doch zugehört.

»Erst stirbt Ludwig, dann Anton Jablonsky«, sagte sie.

»Ein paar Tage später der Einbruch bei Leo«, ergänzte Ostermann. »Und nun das hier.«

Leo dachte an Su Jings böse Geister im Keller.

»Ich glaube nicht an Flüche. Und an Dämonen auch nicht«, sagte sie.

»Aber der Mord an Rufus, der war wirklich teuflisch«, wandte Ruth ein.

»Wer ist Rufus?«, fragte Sandved.

»Mein Hund«, antwortete Ostermann. »Jemand hat ihm heute Nacht die Kehle durchgeschnitten.« Seine Augen verschwammen. »Das muss ein Verrückter gewesen sein. Vielleicht haben wir es hier mit einem Irren zu tun!«

Sandved entgegnete nichts, aber er machte sich eine Notiz.

Was Rufus anging, war Leo fast geneigt, Paul zuzustimmen. Aber der Einbruch? Und der Überfall? Sie war heilfroh, dass Friedmann außer Gefecht gesetzt war. Er würde kein weiteres Mal hier auftauchen. Und niemand brauchte etwas von dem Tagebuch zu erfahren, bevor sie nicht wusste, ob Onkel Ludwig in dunkle Geschäfte verstrickt gewesen war oder nicht.

Es klopfte an der Tür. Eine von Ruths Damen streckte schüchtern den Kopf um die Ecke.

»Es ist wohl besser, wenn wir jetzt gehen. Wir kommen lieber ein anderes Mal. Übrigens solltest du dein Klavier mal stimmen lassen. Es klingt ganz dumpf.«

Ruth nickte zerstreut. »Ich begleite euch hinaus.«

Paul Ostermann verabschiedete sich ebenfalls, kam aber nach kurzer Zeit, in der Sandved ein weiteres Telefonat mit dem Krankenhaus geführt hatte, mit einem dampfenden Becher zurück.

»Hier, trinken Sie das.«

»Heiße Milch?« Misstrauisch starrte Leo in den Becher, in dem ein paar seltsame orangegelbe Fusseln herumschwammen.

»Mit frisch geriebenem Zimt, ein paar Fädchen Safran und Honig. Das beruhigt die Nerven. Und wenn Sie noch etwas brauchen, sagen Sie mir Bescheid, ja?«

»Mach ich. Danke.«

Schuldbewusst sah sie ihm nach. Sandved wirkte belustigt.

»Er kümmert sich ja rührend um Sie. Heiße Milch mit Zimt und Safran! – Schmeckt das Zeug?«

»Nein.« Sie nahm entschlossen noch einen Schluck.

»Was macht der Fuß?«

»Tut weh.«

»Und der Hals?«

»Auch.«

Er nickte grimmig. »Ich hoffe sehr, dass der Kerl wieder zu sich kommt und uns ein paar interessante Dinge zu berichten hat.«

Erneut klingelte das Handy. Er meldete sich, lauschte. »Ich komme. – Ja, ihr könnt Schluss machen.«

Er nickte Leo zu. »Also dann.«

»Ich weiß«, sagte sie. »Aufpassen und im Notfall sofort anrufen. Klappt irgendwie nicht so gut.«

Er lachte nicht, als er ging.

*

Wiedensahl, den 10ten Mai 1866

Kaum hat er Erfolg, zieht es ihn wieder fort. Wilhelm hat erneut Quartier in München genommen. Ich habe durchaus Verständnis dafür. Wenn es mir möglich wäre, würde ich diesen trostlosen Ort lieber heute als morgen verlassen. Aber es ist nicht Wiedensahl, was Wilhelm forttreibt. Es will mir fast so scheinen, als laufe er vor mir davon.

Ich gestehe es: Ich bin ratlos und entmutigt.

Nein! Das werde ich nicht zulassen. Es sind unwürdige Gefühle.

Wiedensahl, den 12ten Juli 1866

Die alte Mutter Busch hat der Schlagfluß getroffen. Kein schöner Anblick. Aber itzo geht es wieder, sie humpelt umher, auf einen Stock gestützt, eine Seite ist lahm geblieben.

Was für ein Gefühl mag das sein, eingesperrt in einem Körper, der dem Geist nicht mehr gehorcht? Es gemahnt mich auf bestimmte Weise an meine eigenen, den Atem abschnürenden Lebensumstände. Nun habe ich Wilhelm zwar in meiner Nähe – pflichtbewußter Sohn, der er ist, ist er sogleich an das Krankenlager geeilt – aber ich kann ihn doch nicht erreichen. Diese Heimlichkeiten, die versteckten Begegnungen, das Schweigen und höfliche Umgehen im Beisein anderer vergiften mich.

Bis auf weiteres wird Wilhelm in Wiedensahl bleiben. Er muß sich nun endlich offen zu mir stellen. Einmal hat er sich zu entscheiden.

Wiedensahl, den 19ten Juli 1867

Schon wieder ein Sommer. In der Spanne, die zwischen diesem und dem letzten liegt, habe ich nichts erreicht. Es schmerzt mich, Bilanz zu ziehen. Umso mehr, als ich eine undeutliche Ahnung habe, daß etwas Ernstes vorgefallen ist. Ich bin beunruhigt, vermag jedoch die Ursache dafür nicht zu ergründen. Es hat mit Wilhelms Besuch in Frankfurt zu tun, wo sein Bruder Otto als Erzieher thätig ist, wenn ich mich recht erinnere, im Hause eines reichen Bankiers, Kestner oder Kressler heißt er oder ähnlich. Wilhelm weilte im Juno dort zu Besuch. Seit seiner Rückkehr ist er mir entrückt. Ich kann nicht sagen, wie, doch ich fühle, es steckt eine Frau dahinter. Wem ist er dort begegnet?

Die Linden blühen und vergiften mir die Luft mit ihrer betörenden Süße, nur wenn es regnet, habe ich Erleichterung. Wilhelm pußelt herum mit sei-

nen Bienen, die immer noch sein Steckenpferd sind, freut sich darob gar nicht über den Regen, und thut ansonsten, als sei alles in schönster Ordnung.

Wen soll ich fragen? Ich werde es ihm auf den Kopf zusagen, morgen im Wald. Ich werde es so einzurichten wissen, daß ich ihn auf seinem täglichen Spaziergange abpaße. Es muß bald sein, denn schon wieder spricht er vom Verreisen. In Göttingen hat Hermann, der jüngste Bruder, sein Examen bestanden. Es gefällt mir gar nicht, daß diese Brüder allerorten verstreut sind. Das fordert eine rege Reisethätigkeit nachgerade heraus.

- 13 -

Es war Ruths Idee, wegzufahren, am besten gleich an diesem Wochenende. Leo könne einen Tapetenwechsel vertragen und sie selbst benötige jemanden, der ihr einen Gartenplan für das kommende Jahr erstelle. Behauptete sie.

Nach einer Nacht, in der Leo wie eine Tote geschlafen hatte, fühlte sie sich erstaunlich gut restauriert. Ein Rollkragenpullover verdeckte die Flecken an ihrem Hals, die über Nacht zu einem bunten Fresko erblüht waren, und unter ihrer rechten Fußsohle klebte ein großes Pflaster. Leo hatte in der Wohnung bereits die Spuren des Überfalls beseitigt, Edwina verarztet und ein üppiges Frühstück zu sich genommen. Überstandene Katastrophen machten sie enorm hungrig. Jetzt saßen sie bei Ruth in der Küche und tranken Kaffee.

Sie hoffte, in nächster Zeit weder Paul noch jemandem aus dem China-Clan zu begegnen; sie würden mit frisch gestärktem Mitgefühl über sie herfallen. Leo war ihnen dankbar, ausnahmslos allen, aber sie wollte schnellstmöglich zur Normalität zurück. Dann konnte sie besser nachdenken, und sie musste dringend ein paar Fragen klären. Eigentlich nur eine einzige: Wie hing das alles zusammen? Und im Detail: Was hatte Friedmann mit Ludwig zu tun, woher wusste er von dem Tagebuch (oder wusste er in Wirklichkeit gar nichts?), und was hatte es mit dem Tagebuch selbst auf sich? Wie war es in den Besitz von Ludwig geraten? Und wie sollte sie bei all diesen Problemen Zeit finden, sich einen Job zu suchen? Grundgütiger, wenn sie anfing nachzudenken, wurde alles nur noch schlimmer.

»Was meinen Sie«, wollte Ruth wissen und schreckte Leo aus ihren Gedanken auf. »Kommen Sie mit nach Wiedensahl?«

Leo überlegte. Genau genommen gab es nichts, was sie hier hielt. Stellenanzeigen konnte sie auch anderswo studieren. Überhaupt machte sie sich wenig Hoffnungen, vor Weihnachten noch irgendwo eine Anstellung zu finden. Dafür brannte sie auf ein Gespräch unter vier Augen mit Lina Friedmann. Sie könnte die anonyme Anruferin bei Valentin Scherkow gewesen sein. Das war Leo in der Nacht eingefallen, bevor sie in einen komaähnlichen Schlaf gefallen war. Kurt hatte seine Frau möglicherweise vorgeschickt, um die Adresse zu erfragen. Das allein ergab zwar noch keinen Sinn, aber Leo hatte das Gefühl, das Ende eines langen Fadens in der Hand zu halten. Sie musste mit Lina sprechen. Und um Katie musste sie sich auch noch kümmern. So gesehen, klang Wiedensahl geradezu ideal.

»Wenigstens ein paar Tage«, drängte Ruth. »Aber am besten bis zum Jahreswechsel. Es wird auch nicht allzu einsam werden, falls Sie das befürchten. Wir feiern meinen Geburtstag dort, alle werden kommen. Das ist schon Tradition.«

»Kann ich mein Fahrrad mitnehmen?«

»Klar, können Sie. Packen Sie zusammen, was Sie brauchen, und nehmen Sie Gummistiefel mit. Sie haben doch Gummistiefel? – Gut. In zwei Stunden fahren wir.«

»Ach, Ruth – was ist mit den Papieren, die ich Ihnen gegeben habe?«

»Kommen Sie mit.«

Leo folgte Ruth ins Wohnzimmer, das überraschend modern eingerichtet war mit einer Mixtur aus dunklen Antiquitäten und bunten Bauhausmöbeln. An einer Wand stand ein ebenholzschwarzes Ungetüm von Klavier. Es gab nur ein Bücherregal, das Fachliteratur über Jagd- und Forstwesen enthielt. Ruth bemerkte Leos erstaunten Blick.

»Mein Hobby, neben dem Klavierspiel«, sagte sie knapp und blieb vor dem Instrument stehen.

Leo vermutete, dass die Papiere zwischen den Notenstapeln versteckt waren, die auf dem Deckel lagen. Doch Ruth räumte alles weg und klappte den Klavierdeckel auf. Sie hatte die Dokumente in Plastiktüten gesteckt und mit breiten Klebestreifen unter dem Deckel befestigt.

»Ich dachte, mir bleibt das Herz stehen, als Hilda zu spielen anfing«, grinste sie. »Es klang in der Tat sehr dumpf.«

Leo lächelte erleichtert. »Sie haben zwar gesagt, Sie lesen nicht mehr; aber ich finde, Sie sollten eine Ausnahme machen. Sie haben ein Recht darauf, zu erfahren, was in diesen Papieren steht. Es ist die Kopie eines Tagebuchs. Ich habe es bei Ludwig gefunden.«

Ruth löste die Klebestreifen ab und zog die beiden Päckchen aus den Tüten. Das Packpapier war unbeschädigt.

»Was für ein Tagebuch?«

»Von einer Frau namens Christine, die offenbar ein sehr enges Verhältnis zu Wilhelm Busch hatte.«

Ruth pfiff leise durch die Zähne. »Und Sie wollen nicht, dass dieser Kommissar davon erfährt, weil Sie Angst haben, er könnte Ludwig irgendwelche nicht ganz sauberen Geschäfte nachweisen?«

»Ich glaube, dass mein Onkel seine Gründe hatte, das Tagebuch zu verstecken. Reiner Zufall, dass ich darauf gestoßen bin. Ich habe es im Käfig von Hans entdeckt. Er hat einen doppelten Boden.«

»Wussten Sie, dass dieser Friedmann danach suchen würde?«

»Nein.« Leo mochte ihr nicht verraten, dass sie eigentlich Paul verdächtigt hatte. »An Friedmann habe ich nicht einmal im Traum gedacht. Ich habe ihn doch auf dem Markt überhaupt erst kennengelernt, und das auch nur flüchtig. Ohne seine Frau wäre der Kontakt gar nicht zustande gekommen. Ich muss mit ihr reden.«

Ruth sah sie zweifelnd an.

»Meine Kellertür ist aufgebrochen worden«, sagte Leo mit Nachdruck. »Jemand hat dort unten nach dem Tagebuch gesucht. Wie zuvor in meiner Wohnung. Ich muss wissen, wie tief Friedmann in dieser Geschichte drinsteckt. Und vor allem, weshalb. Was hatte er mit Ludwig und Jablonsky zu tun? Die Einzige, die mir da weiterhelfen kann, ist Lina Friedmann.«

»Wenn sie eingeweiht war, wird sie ihren Mann decken«, gab Ruth zu bedenken. »Und überhaupt, sollten Sie das nicht lieber Sandved überlassen?«

»Er weiß nichts von dem Keller und auch nicht von dem Tagebuch. Wie kann er da die richtigen Fragen stellen?«

»Klingt einleuchtend«, stimmte Ruth zu.

»Bitte lesen Sie das Tagebuch und sagen Sie mir, was Sie davon halten.«

Ruth klemmte sich die beiden Päckchen unter den Arm. »Gut. Wir nehmen es mit.«

Leo packte ihre Sachen und legte noch ein paar aufgeknackte Nüsse auf den Balkon. Hans war in den frühen Morgenstunden offenbar zurückgekommen und hatte sich die Leckerbissen geholt. Das Tannengrün und die anderen Zweige waren völlig zerrupft und wild verstreut. Leo ließ sie liegen; sollte der Rabe sich weiterhin damit vergnügen. Sie nahm einige Bücher über Wilhelm Busch mit, die sie noch nicht kannte, und eine kleine Festschrift, die ein Foto von Ludwig enthielt. Die Aufnahme zeigte ihn hinter einem Rednerpult. Er hielt das Gesicht gesenkt, war aber trotzdem gut zu erkennen. Wenn er wirklich so ein häufiger Gast im Wiedensahler Museum gewesen war, würde sich die Museumsaufsicht an ihn erinnern und mit etwas Glück auch an seinen letzten Besuch.

Leo händigte Ostermann den Zweitschlüssel für das neue Türschloss aus und bat ihn, die Blumen zu gießen. Su Jing hatte mit Baby und Küche genug um die Ohren, Leo mochte ihr das nicht auch noch zumuten. Außerdem fand sie, Paul diesen kleinen Vertrauensbeweis schuldig zu sein.

»Könnten Sie insbesondere ein Auge auf Edwina haben? Die

Rose ist ein bisschen eigenwillig, was Gießwasser und Düngung angeht. Ich hab Ihnen hier alles aufgeschrieben.«

Sie reichte ihm den Zettel. Paul rückte seine Brille zurecht und las. Er wirkte ein wenig besorgt.

»Keine Sorge, Sie schaffen das«, versuchte Leo ihn aufzumuntern.

»Dürfen Sie denn so einfach weg?«, erkundigte sich Ostermann. »Ich meine, hat der Kommissar nicht …«

Leo sah ihn verdutzt an. Wer wurde denn hier verdächtigt? Sie war es schließlich, die man überfallen hatte.

»Ich fahre doch nur ein paar Kilometer nach Westen und nicht heimlich über die Landesgrenze.«

»Natürlich. Ja. Erholen Sie sich gut! Und keine Sorge, ich werde mich um alles kümmern.«

Ruth wartete schon im Hofeingang. »Fertig?«

»Nur noch eine Kleinigkeit. Haben Sie ein Telefon in Wiedensahl?«

»Ja, sicher. Warum?«

»Ich glaube, ich sollte diesem Kommissar mitteilen, wo ich zu erreichen bin. Sonst wittert er gleich wieder Verrat. Und ich habe kein Handy.«

Ruth lachte. »Hier, nehmen Sie meins.«

Leo wählte Sandveds Nummer. Die Mailbox meldete sich. Auch gut, dann musste sie wenigstens keine Fragen beantworten. Ruth soufflierte ihr die Nummern von Mobil- und Hausanschluss.

»Ordnungsgemäß abgemeldet«, sagte Leo und reichte ihr das Handy zurück. Sie sah sich um. »Wo ist Ihr Wagen?«

»Er steht in einer Mietgarage, ein paar Schritte die Straße hinunter. Kommen Sie.«

Ruth schloss ein graues Garagentor auf, das unscheinbar zwischen zwei Hauseingängen eingeklemmt war, und Leo machte große Augen. Vor ihr blitzte in sattem Nachtblau und Chrom die gewaltige Rückfront eines Ford Explorer auf. Nicht unbedingt ein Wagen für zierliche ältere Damen.

»Zweihundertfünf PS, hundertsechsundneunzig Spitze, in zehn Sekunden von null auf hundert«, erklärte Ruth mit kaum verhohlenem Stolz. »Hab ich vor einem Jahr gekauft. Der kommt überall durch, auch durch Morast und Unterholz.«

»Äh, wo sagten Sie, fahren wir hin? Kann ich mir die Sache noch mal überlegen?«

Ruth lachte und ließ den Motor an. Mit einem satten Brummen rollte der Geländewagen aus der Garage. Leo schloss das Tor. Der Rücksitz des Ford war umgeklappt, sodass die Ladefläche den Habseligkeiten einer vierköpfigen Familie Platz geboten hätte. Leo hievte ihr Fahrrad hinein und warf die Tasche hinterher. Hinten lagen bereits ein Daunenschlafsack, eine Werkzeugkiste und rätselhafterweise auch noch eine Leuchtpistole mit einer Schachtel Munition.

»Wozu brauchen Sie denn das ganze Zeugs?«, fragte Leo, als sie auf den Beifahrersitz kletterte.

»Ach, so für alle Fälle«, antwortete Ruth vage. »Man kann ja nie wissen.«

Sie kamen noch einmal an dem Haus mit der Torbogeneinfahrt vorbei, das Leo mittlerweile als ihr Zuhause betrachtete. Su Jing stand draußen, hielt den Kleinen auf dem Arm und ließ ihn Kusshändchen werfen. Wang Li winkte.

Eineinhalb Stunden später fuhren sie auf der langen Dorfstraße nach Wiedensahl hinein. Auch ohne Festtagsbesucher wirkte das Dorf wie frisch geputzt und aufgeräumt. Hier und da waren Hofbesitzer damit beschäftigt, den Rinnstein vor ihrem Grundstück zu fegen oder den Kies in der Auffahrt zu harken.

»Ist hier so üblich, wenn der Sonntag naht«, erläuterte Ruth, die Leos verwunderte Blicke bemerkt hatte. Einige Wiedensahler grüßten, als der Ford vorbeifuhr; der Wagen war bekannt.

Sie bogen in eine Gasse ab, die am Busch-Museum vorbei auf den Fahrweg hinter dem Dorf führte. Es war derselbe Weg, auf dem Leo entlanggeschlendert war; er brachte sie von hinten an das Häuschen heran. Ruth bremste abrupt.

»Sehen Sie sich das an! Was für eine Schweinerei!«

Die Auffahrt stand halb unter Wasser, der Boden war völlig aufgeweicht. Ein Graben war über die Ufer getreten und hatte Schlamm und Brackwasser auf das Grundstück gespült.

»Lüdersen hat mir versprochen, sich darum zu kümmern! Er wollte den Graben ausbaggern und reinigen.«

Vorsichtig steuerte sie den Wagen durch den Matsch.

»Wer ist Lüdersen?«, fragte Leo.

»Der Bauer nebenan. Heinrich Lüdersen. Ich werde mit ihm sprechen.«

Das klang wie: ihm die Ohren langziehen. Leo dachte flüchtig, dass sie mit dieser energischen Person neben ihr lieber keinen Streit haben wollte.

Sie stiegen aus. Auf dem Nachbargrundstück kommentierten vier oder fünf Jagdhunde in einem großen Zwinger ihre Ankunft mit lautem Gebell.

»Klappe halten! Ich bin's nur. Und das hier ist Leo. – Den mit den Hängeohren leihe ich mir manchmal aus«, sagte Ruth, öffnete mit großer Geste die Haustür und ließ Leo den Vortritt.

Überall an den Wänden der großen Eingangsdiele hingen Geweihe und andere Jagdtrophäen. Von der Diele gingen drei Türen ab, und neben einer davon, hinter der Leo das Wohnzimmer vermutete, stand ein alter Gewehrschrank. Offensichtlich eine Antiquität. Und gut gefüllt.

Ruth gluckste vor Vergnügen, als sie Leos entgeisterte Miene sah.

»Alles selbst geschossen. Ich habe hier eine Jagd gepachtet. Warten Sie, bis Sie das Wohnzimmer sehen.«

Sprachlos folgte Leo ihr an den Gewehren vorbei in den nächsten Raum. Noch mehr Geweihe.

Über der Tür prangte – sie zählte rasch – ein Sechzehnender. Und vor dem Kamin lagen, gütiger Himmel, Wildschweinfelle. Abgesehen von den sterblichen Überresten von Rehböcken, Hirschen und drahtigem Schwarzwild gab es noch ein paar dunkle Ledersessel, einen niedrigen Tisch und geschickt verteilte Lampen. Auf dem Holzfußboden lag ein grober Webteppich.

Ruth breitete die Arme aus.

»Wie finden Sie es?«

»Tja, also ... Ist schon was Besonderes. Irgendwie ... scheußlich!« Das Wort war heraus, bevor Leo es verhindern konnte. »Entschuldigung, ich wollte nicht ...«

Ruth lachte nur schallend. »Leider fehlen mir immer noch ein paar richtig große Dinger. Leoparden, Tiger. Echtes Wild eben. Irgendwann gehe ich auf Safari, dann ...« Sie ließ offen, was dann geschehen würde, aber Leo fiel es nicht sehr schwer, sich die Szene auszumalen. Gab es so etwas heute überhaupt noch? Die Viecher standen doch alle unter Schutz.

»Ich dachte, die Zeiten der Großwildsafaris sind vorbei«, sagte sie.

»Ach, es gibt Wege«, antwortete Ruth dunkel und wechselte das Thema. »Wenigstens hat Lüdersen die Heizung angestellt.«

In allen Räumen herrschte angenehme Wärme. Sie gingen zurück in die Diele und stiegen von dort eine schmale Stiege hinauf, die auf den ausgebauten Dachboden führte. Die beiden großen Räume fanden schon eher Leos Beifall. Der eine war Ruths Schlafzimmer und durch eine Tür mit dem zweiten Raum verbunden. Eine Fachwerkwand unterteilte dieses Zimmer in zwei Bereiche. Lediglich der untere Teil der Wand war gemauert. Ab einem Meter Höhe hatte man nur die dicken, vom Alter fast schwarzen Holzbalken stehen lassen. Im vorderen Teil, der an Ruth Herwigs Schlafzimmer angrenzte, standen ein Schrank und ein riesiges Sofa, das als Bett dienen konnte. Auf der anderen Seite der Balkenwand befanden sich ein Schreibtisch und ein Bücherregal.

»Ein Zugeständnis an Ludwig«, bemerkte Ruth. »Ganz ohne Bücher konnte er nicht sein.« Sie breitete die Arme aus. »Werden Sie es hier aushalten?«

Leo konnte nur nicken, weil ihr die Erinnerung an Ludwig auf einmal die Kehle zuschnürte.

»Wie lange haben Sie das Haus schon?«, fragte sie etwas später, während sie auspackte.

»Viereinhalb Jahre.«

»Und die Jagd?«

»Noch länger. Als ich aufgehört habe zu arbeiten, wollte ich etwas Neues anfangen. Jeden Tag Bilder anstarren und Kataloge zusammenstellen – es reichte mir einfach. Ich besaß eine kleine Galerie, wissen Sie. Jedenfalls hatte ich genug von Kultur und der ganzen Schickimicki-Szene.«

»Also zurück zu Mutter Natur.«

Ruth lachte. »So ungefähr. Ich habe meinen Jagdschein gemacht und auf diese Weise Heinrich Lüdersen kennengelernt. Er war einer der Jagdprüfer. Lüdersen ließ mich ab und an in seinem Revier jagen. Dann wurde im Schaumburger Wald eine Jagd frei. Anfangs musste ich mich immer bei Ronnenberg einquartieren, dem Gasthaus unten an der Straße. Bis schließlich das Haus hier zum Verkauf stand«, sagte sie zufrieden. »Und dann habe ich auch noch Ludwig getroffen. Perfekt, nicht wahr?«

»Hier in Wiedensahl?« Leo war überrascht. Sie hatte angenommen, die beiden wären sich in der Stadt begegnet, in der Galerie, im Museum oder im Haus. Dann hatten sie sich noch gar nicht so lange gekannt; viereinhalb Jahre waren eine relativ kurze Zeit.

»Raten Sie, wo wir uns getroffen haben! Es dürfte ungefähr sein hundertfünfzigster Besuch im Busch-Museum gewesen sein und mein erster. Wir kamen rasch ins Gespräch. Ich hatte gerade beschlossen, meine Wohnung und die Galerie zu verkaufen, um das Haus hier zu finanzieren. Aber ganz wollte ich die Stadt nicht aufgeben. Bei Ludwig im Haus war ein billiges Quartier frei, und so wurden wir Nachbarn.«

Leo holte Luft, bevor sie aussprach, was ihr die ganze Zeit auf der Seele lag.

»Ruth, Sie kannten meinen Onkel. Aus welchem Grund hätte er seinem Leben ein Ende setzen wollen?«

Ruth musterte sie nachdenklich. »Glauben Sie wirklich, dass

man einen anderen Menschen restlos und bis in den letzten Winkel seiner Persönlichkeit kennen kann? – Ich weiß es nicht. Aber vielleicht hatte seine Entscheidung irgendwie mit dem Tagebuch zu tun.«

Wenn es noch eines Anstoßes bedurft hätte, Lina Friedmann aufzusuchen, dann hatte Leo ihn jetzt. Sie gingen wieder hinunter in die Diele, in der außer dem Gewehrschrank eine alte Truhe und ein Tischchen mit dem Telefon standen. Auf dem dunklen Steinfußboden lag kein Teppich. Gleich neben dem Eingang befand sich eine Garderobe mit Regenzeug, warmen Westen und Jacken. Darunter standen auf einer Matte ein Paar hochschaftige Gummistiefel, einer davon mit einem Riss quer über dem Spann.

»Muss mir dringend neue kaufen«, bemerkte Ruth, als Leos Blick darauf fiel. »Mit dicken Socken drin wird es gehen, wenn wir uns auf den Wegen halten.«

»Was haben Sie vor?«, fragte Leo misstrauisch.

Auge in Auge mit einem geifernden Keiler, das hätte ihr gerade noch gefehlt.

»Sie mit auf die Jagd nehmen, was sonst?«, erwiderte Ruth. »Am liebsten würde ich Ihnen gleich heute noch alles zeigen, aber abgesehen davon, dass ich mit Lüdersen reden muss, haben Sie vermutlich schon konkrete Vorstellungen, was Sie mit dem Rest des Tages anfangen wollen. Oder irre ich mich?«

»Sie haben recht. Ich würde gern kurz bei einer Freundin vorbeischauen, die in der Nähe arbeitet. In diesem Seniorenheim an der Straße, die durch den Wald führt, Sie kennen es vielleicht.«

»Die Wald-Residenz.«

»Genau. Und dann muss ich unbedingt noch nach Stadthagen.«

»Aber nicht mit dem Rad. Das stellen Sie in den Schuppen hinten im Garten. Es wird viel zu früh dunkel, um hier großartig in der Gegend herumzuradeln. Und nach Stadthagen ist es ohnehin viel zu weit.« Leo verzichtete auf den Hinweis, dass sie die Strecke – und noch viel mehr – bereits einmal bewältigt hatte. Genau genommen war sie selbst nicht besonders versessen auf eine abendliche Spritztour durch den Wald.

»Nehmen Sie den Wagen«, sagte Ruth. »Hier sind die Schlüssel. Ich habe nur eine Bedingung: Lassen wir das förmliche Sie weg, ja?« Sie klopfte Leo auf den Rücken. »Bis heute Abend also. Und viel Erfolg.«

Das letzte Mal, dass Leo am Steuer eines solchen Schlachtschiffs gesessen hatte, war noch während ihres alten Jobs gewesen, als sie mit dem brandneuen Kleinlaster von »Heinz Meyer + Sohn« Torf und Erde hin und her karren musste.

Wrommmwromm! Etwas unsicher hoppelte Leo vom Hof und versuchte dabei, den aufgeweichten Fahrrinnen auszuweichen.

Ruth war zwar zierlicher, aber nur wenig größer als sie, alles war perfekt eingestellt. Leo hatte Seiten- und Rückspiegel im Auge und konnte die Straße überblicken. Sie bog auf den Fahrweg Richtung Wald ab und lenkte den Ford, als hätte sie noch nie etwas anderes gemacht. Die Strecke kam ihr jetzt nur noch wie ein Katzensprung vor. Eigentlich schade.

Im Wald herrschte an diesem Spätnovembertag bereits Zwielicht. Die Lichter des Seniorenheims leuchteten von weitem durch die kahlen Bäume. Pünktlich zum bevorstehenden Advent war das Haus mit Lichterbögen und üppigen roten Lackschleifen herausgeputzt worden. Über der Eingangstür prangte eine Efeugirlande mit einer bunten Lichterkette. Das Ganze wirkte wie eine Mischung aus Weihnachtsmarkt und Disney World.

Auf dem Hof und auch am Straßenrand parkten weitaus mehr Autos als bei Leos erstem Besuch, große Wagen und teure Limousinen. Am Zaun stand etwas verloren eine Gestalt in einem langen braunen Mantel. Justus ließ die Straße nicht aus den Augen.

Leo konnte auf dem Hof keinen freien Parkplatz entdecken und fuhr langsam vorbei. Justus starrte auf den Wagen, erkannte sie aber nicht. Hinter dem Heimgrundstück befand sich ein Holzabfuhrplatz, dort stellte sie den Explorer ab. Es war nasskalt und ungemütlich. Leo schlug den Jackenkragen hoch, stakste über den aufgeweichten Waldboden und ging an der Straße zum Heim zurück.

Justus stand immer noch auf seinem Posten und blickte in die andere Richtung.

Leo tippte ihm auf die Schulter. »Wartest du auf mich?«

Ein Leuchten ging über sein Gesicht. »Nee«, sagte er und knuffte sie in die Seite. »Trotzdem schön, dass du kommst.«

»Dann ist es ja gut. Sonst wäre ich gleich wieder ins Auto gestiegen.« Sie knuffte ihn zurück.

»Auf wen wartest du eigentlich?«

»Auf gar keinen«, antwortete Justus und wandte sich wieder der Straße zu. »Sie kommen heute nicht. Hatte einen Unfall, mein Bruder.«

»Oh, tut mir leid.«

Justus sah zum Himmel. »Sie kommen sonst jeden Samstag.«

Sie? Wahrscheinlich ein Ehepaar. »Ich mach dir einen Vorschlag«, sagte Leo. »Ich will nur kurz mit Doktor Singer sprechen. Wenn du Lust hast, machen wir anschließend eine kleine Fahrt.«

»Ehrlich?«

»Ehrlich. Ich hab mir einen tollen Wagen geliehen und möchte ein bisschen damit angeben.«

»Na gut«, sagte er großzügig.

»Kommst du mit rein? Ist doch bestimmt schon Teezeit, oder?«

Justus schüttelte den Kopf. »Muss noch Autos zählen. Einundfünfzig sind schon vorbeigekommen. Du warst die Zweiundfünfzigste.«

Er sah an der Fensterfront hoch, die blinkte und leuchtete.

»Da oben ist ihr Wohnzimmer.« Er zeigte auf den rechten Seitenflügel des Hauses. Auch hier brannte Licht.

»Sie hat aber schon Besuch«, bemerkte er.

»Ach, das macht nichts. Es wird bestimmt eine hübsche Überraschung.«

Er kicherte leise. »Wenn sie dich reinlässt! – Treppe rauf und dann gleich links. Da wohnt Doktor Singer.«

Leo verstand nicht ganz, was er meinte. Wieso sollte Katie sie nicht hereinlassen? Doch Justus' Aufmerksamkeit gehörte schon wieder der Straße, wo gerade ein Bus vorbeifuhr.

»Dreiundfünfzig.«

Zu Leos Erstaunen wurde die Eingangstür nicht von Frau Loss bewacht, sie konnte unbehelligt eintreten. Offensichtlich hatte sie den Hauptbesuchstag erwischt. In der Cafeteria, die von der Eingangshalle durch große Glastüren abgetrennt war, herrschte geschäftiges Treiben. Fein gekleidete Damen und Herren saßen an Tischchen, nippten am Tee, knabberten Gebäck und fühlten sich offensichtlich unwohl. Leo dachte an die dicken Autos, die draußen standen. Dies war kein Heim für Durchschnittsrentner. Die Leute zahlten vermutlich eine hübsche Stange Geld, um anstrengende Familienmitglieder hier unterzubringen.

Leo hörte Geschirrklappern und Weihnachtslieder, die von einer Stereoanlage kamen. Das geschwätzige Summen angeregter Unterhaltungen fehlte, die Gespräche schienen ziemlich einsilbig zu sein.

Von der Hallendecke hing neben dem pompösen Lüster ein großer Adventskranz herab. Die roten Kerzen brannten noch nicht. Leo stieg die Treppe hinauf, ohne angehalten zu werden. Erste Tür links, hatte Justus gesagt. Katie bewohnte offenbar den ganzen oberen Seitenflügel.

Sie sah sich die Glastür genauer an und begriff, was Justus gemeint hatte. Der eine oder andere Residenz-Senior verlor wohl gelegentlich die Orientierung, denn der Zugang zu Katies Wohnung war mit einem Zahlencode und einer Gegensprechanlage gesichert. Im gegenüberliegenden Flügel des Hauses befanden sich vermutlich weitere Zimmer der Heimbewohner. Katie hielt es offenbar für notwendig, ihre Privatsphäre klar abzugrenzen.

Und wie sollte Leo jetzt hineingelangen, ohne die Überraschung zum Teufel zu schicken?

Frau Loss löste das Problem für sie. Sie verließ in diesem Moment einen von Doktor Singers Privaträumen und kam genau auf die Glastür zu. Als sie Leo bemerkte, runzelte sie die Stirn.

»Der Empfangsraum für Besucher befindet sich im Erdgeschoss. Zu wem möchten Sie?«

»Oh, ich bin hier schon richtig.« Leo hielt die Tür fest, bevor sie ins Schloss fallen konnte.

»Moment!« Die Haushälterin musterte sie eindringlich. »Sie kenne ich doch! Sie waren vor ein paar Tagen schon einmal hier.«

»Ja, und diesmal habe ich Glück!«, strahlte Leo und zwängte sich an ihr vorbei.

»Sie können nicht einfach ... Das ist privat! Doktor Singer!«, rief Frau Loss schrill und lief hinter Leo her. »Doktor Singer!«

Ein dunkelroter Veloursteppich dämpfte zwar die Schritte, nicht aber das empörte Geschrei. Leo war den Flur zur Hälfte hinuntergeprescht, als in ihrem Rücken eine vertraute Stimme erklang.

»Hier bin ich, Leo. Ich nehme doch an, du wolltest zu mir.«

Das war's dann mit der Überraschung. Aber wenigstens Frau Loss stand der Mund offen.

Katie musterte sie abwartend. Sie lehnte in einer Tür, die offenbar in einen großen Wohnraum führte. Ein knöchellanges schwarzes Strickkleid verhüllte ihre Körperformen, statt sie zu betonen; den geschlossenen Kragen schmückte eine altmodische Brosche. Ihre blonden Haare hatte Katie in einem Nackenknoten zusammengefasst, der sie streng und älter aussehen ließ, als sie tatsächlich war.

Leo kam sie vor wie eine Klosterfrau. Sie war so verblüfft, dass ihr die Worte fehlten.

»Danke, Frau Loss«, sagte Katie. »Es ist alles in Ordnung, gehen Sie nur.« Ihr eisblauer Blick blieb kühl. Doch dann breitete sie plötzlich die Arme aus: »Willkommen, Leo.«

Frau Loss zog sich pikiert zurück.

Leo kam sich auf alberne Weise überrumpelt vor. Noch etwas irritierte sie: Katie war nicht mehr so groß wie früher. Leo schielte auf ihre Füße und sah flache, solide Schuhe, nicht die hohen Absätze, die Katie immer bevorzugt hatte, weil sie ihre ohnehin schon langen Beine ins Endlose verlängerten.

»Gut siehst du aus«, sagte Katie. »Komm rein.«

Leo folgte ihr in ein Zimmer von beeindruckenden Ausmaßen. Auch hier lag der gleiche dunkelrote Teppich wie im Flur. Die Wände waren schlicht weiß, ohne Bilder. Dunkle schwere Möbelstücke, nach Leos laienhafter Schätzung alle etwa aus der wilhelminischen Zeit, standen wirkungsvoll verteilt, sodass jedes für sich die Aufmerksamkeit auf sich zog. Schräg vor einer geöffneten Flügeltür, die den Wohnraum mit einem weiteren Zimmer verband, stand ein altes Pianoforte. Und an diesem Instrument saß Jay und klimperte vor sich hin. Als er Leo sah, sprang er auf. Mit Genugtuung bemerkte Leo die Schrecksekunde, die sie ihm beschert hatte. Doch seine Überraschung wurde im gleichen Moment von schlecht verhohlener Erleichterung abgelöst. Er begrüßte sie überschwänglich, und Leo wusste sofort, dass sie in einen Streit hineingeplatzt war. Nun war sie eine willkommene Ablenkung. Ein Blick zu Katie dämpfte Jays Begeisterung allerdings.

»Wolltest du nicht erst in drei Wochen kommen?«, fragte er.

Leo zuckte die Schultern. »Ich war gerade hier in der Gegend und dachte, ich schau mal vorbei.«

Katie lächelte unergründlich und nahm auf einem sanft geschwungenen Kanapee Platz, das offenbar vom Trödel stammte. Der abgewetzte Samtbezug passte zwar hervorragend zum Teppich, verströmte jedoch einen muffigen Geruch. Katie thronte auf dem Möbel so kerzengerade wie eine Dame der Jahrhundertwende.

Genau. Das ist es, dachte Leo plötzlich. Katie sah aus, als gehörte sie in eine andere Zeit. Das ganze Zimmer, die Möbel, ihre Aufmachung – gehobenes Bürgertum des späten neunzehnten Jahrhunderts.

Leo schaute sich im Zimmer um. Katie Singer hatte wirklich mehr als nur ihren Kleidungsstil geändert. Alles war anders: Keine Pastellfarben, keine schick gerahmten teuren Kunstdrucke, nichts, was auch nur entfernt ihren früheren Vorlieben entsprach.

»Setz dich«, sagte sie zu Leo und klopfte auf den Platz neben sich. »Jay hat gerade Tee gekocht.«

Eilfertig brachte Jay eine Tasse und schenkte ein. Leo hasste ihn für die beflissene Art, mit der er Katie zu Diensten war.

»Was hat dich hierher verschlagen?«, fragte Katie.

»Ach, nichts Besonderes«, wich Leo aus. »Ich bin für ein paar Tage zu Besuch bei einer Freundin in Wiedensahl.«

Katie zog überrascht die Augenbrauen hoch. »Eine Freundin«, wiederholte sie, als sei das eine überaus erstaunliche Tatsache.

»Kenne ich sie?«

»Sicher nicht. Aber ich dachte, wir könnten mal etwas zusammen unternehmen. Hier ist die Telefonnummer, unter der ich zurzeit zu erreichen bin.« Leo legte einen alten Kassenzettel auf den Tisch, auf dessen Rückseite sie die Nummer von Ruths Hausanschluss gekritzelt hatte.

»Wie geht's dir denn so?«, fuhr sie fort und wechselte einen schnellen Blick mit Jay, der sich wieder hinter dem Pianoforte verschanzt hatte. Er schüttelte leicht den Kopf.

»Ist ja ein hübscher Ort hier. Aber ziemlich einsam, was?«

Jay begann hektisch durch den Schneewalzer zu holpern.

»Genau das behauptet unser guter Jay auch immer«, sagte Katie spöttisch. »Dass es zu ruhig hier ist. Aber für mich ist es genau richtig.«

Sie war in der Tat sehr verändert. Ernsthafter als früher. Viel ruhiger. Irgendwie präsenter.

Unschlüssig nippte Leo an ihrem Tee. Von ihrem Platz aus konnte sie eine Wand des anschließenden Zimmers sehen. Sie war vom Fußboden bis zur Decke mit Bücherregalen bedeckt. Die Ecke eines großen Schreibtisches ragte in den Blickwinkel. Katie nutzte den Raum offenbar als Bibliothek und Arbeitszimmer. Bei den Unmengen von Büchern, die es dort gab, fiel es bestimmt nicht auf, wenn Justus sich gelegentlich mit Lesestoff versorgte. Aber wie kam er hier rein? Der Code an der Eingangstür schien ein sicheres Bollwerk. Er musste einen anderen Weg gefunden haben.

»Ruhe ist gut zum Nachdenken und zum Arbeiten«, sagte Katie und riss Leo aus ihren Betrachtungen.

»Was? – Ach ja, stimmt wohl. Heute ist aber ganz schön was los. Besuchstag, wie?«

»Samstags kommen immer alle. Dann haben sie es hinter sich und können den Sonntag für sich nutzen«, sagte Katie nüchtern.

»Wie viele, äh …« Sagte man Insassen? Leo suchte nach einem anderen Wort. »Wie viele Leute wohnen denn hier?«

»Neunzehn zurzeit. Zwanzig sind das Maximum. Ich lege Wert auf intensive Betreuung. Ich beschäftige zwei Pfleger und zwei Krankenschwestern, eine Köchin, eine Hilfe. Und Frau Loss. Das hier ist kein normales Seniorenheim, wie dir bestimmt schon aufgefallen ist. Wir haben hier unter anderem zwei manisch Depressive und mehrere Parkinsonfälle. Meine Sorgenkinder.«

Die mütterliche Art, in der sie das sagte, passte nicht zu ihr.

»Alle unter deiner Aufsicht«, bemerkte Leo.

Katie lächelte. »Du siehst, es gibt wirklich viel zu tun. Aber wiederum nicht so viel, dass mir keine Zeit für Vergnügungen bliebe.«

Was heißen sollte: Halte dich aus meinem Privatleben heraus.

Sie weiß genau, woher der Wind weht, dachte Leo. Okay, Jay. Einen Versuch, mehr hatte sie ihm nicht versprochen.

»Dann können wir ja mal ins Kino gehen!«, schlug sie wacker vor.

Jay blieb im Refrain stecken und begann sein schauderhaftes Spiel von vorn.

»Gern. Wie wär's gleich heute?«, sagte Katie und sah dabei aus wie eine Sphinx. »Wir wollten sowieso nach Stadthagen, über den Weihnachtsmarkt schlendern und dann einen netten Film ansehen.«

»Äh …« Leo wusste, dass sie in diesem Moment ein ziemlich dummes Gesicht machte.

»Ja, komm doch mit!«, bat Jay.

Feigling. Er wollte nur nicht mit Katie alleine sein. Leo konnte es ihm allerdings auch nicht verdenken. Etwas an ihr war beunruhigend.

Sie wich aus. »Ausgerechnet heute geht es nicht. Ich wollte ja auch nur kurz vorbeischauen, und außerdem hab ich einem deiner sogenannten Sorgenkinder eine kleine Spritztour versprochen. Sie dürfen das Gelände doch verlassen, oder?«

»Wer ist es?«

»Ich weiß nur, dass er mit Vornamen Justus heißt. Er steht draußen und zählt Autos.«

»Ach, der Friedmann, ja, der hat Freigang. In Begleitung natürlich nur. Er ist recht pflegeleicht. – Oh bitte, hör endlich mit dem Geklimper auf!«, sagte Katie entnervt zu Jay, der seinen Walzer gründlich erledigt hatte und nun die Petersburger Schlittenfahrt in ihre Einzelteile zerlegte.

Äußerst behutsam stellte Leo ihre Teetasse ab. – *Friedmann* hatte Katie gesagt. Sie räusperte sich, unsicher, ob ihre Stimme ihr gehorchen würde.

»Was ist eigentlich mit ihm?«

»Mit Friedmann? Ein bisschen zurückgeblieben, aber nicht dumm. Kann nur seinen Alltag nicht allein bewältigen. Wie bist du überhaupt an den geraten?«

»Er stand so verloren am Zaun und wartete vergeblich auf Besuch.«

»Ein Appell an dein fürsorgliches Herz, ich verstehe«, sagte Katie spöttisch. »Die Schwägerin hat heute Morgen angerufen, dass ihr Mann im Krankenhaus ist. Sie kommen sonst ziemlich regelmäßig.«

In Leos Kopf jagten sich die Gedanken. Die Schwägerin. Lina Friedmann. Kurt und Justus waren Brüder.

Nicht zu fassen.

Sie hatte das Gefühl, dass gerade eine Tür aufgegangen war, aber was dahinter lag, konnte sie noch nicht erkennen.

»Wie nett von dir, dass du dich aufopferst«, bemerkte Katie.

»Das ist kein Opfer«, sagte Leo und stand auf. »Ich bin sicher, es wird ganz interessant. Wir sehen uns dann am letzten Adventssonntag. – Bemüh dich nicht, ich finde allein hinaus.«

An der Tür wandte sie sich um und schenkte Jay ein strahlendes Lächeln: »Viel Spaß heute Abend!«

Jay sank in sich zusammen.

Justus stand immer noch am Zaun und wartete. Leo gesellte sich zu ihm und musterte ihn von der Seite. Er sah seinem Bruder überhaupt nicht ähnlich.

»Wie viel Autos hast du gezählt?«

»Einundsechzig. Fahren wir jetzt?«

»Jawohl. Es geht los.«

Er schlingerte neben ihr her und zog mit seinem steifen Bein aufgeregte Kreise in den Kies und dann, Leo bekam sofort ein schlechtes Gewissen, auch in den aufgeweichten Boden des Holzabfuhrplatzes. Seine Hosen waren im Nu mit Dreck bespritzt. Hoffentlich bekam er deswegen keinen Ärger. Natürlich mussten sie erst einmal um den riesigen Ford herumlaufen und ihn von allen Seiten bewundern, bevor sie einstiegen. Justus zog seine Handschuhe aus und legte andächtig die Fingerspitzen auf die blitzende Stoßstange.

»Komm, steig ein.« Leo öffnete ihm die Beifahrertür.

»Du hast mit Abstand den besten Wagen von allen hier«, stellte er fest.

»Es ist nicht meiner«, erinnerte sie ihn und ließ den Motor an.

»Werd's keinem verraten«, versicherte er.

»Ich weiß. Ihr seid überhaupt eine schweigsame Familie.« Sie prüfte den Rückspiegel. »Ich hatte zum Beispiel keine Ahnung, dass du der Bruder von Kurt bist.«

»Nee?« Justus zog sich die Mütze vom Kopf.

»Nee. – Schnall dich an, ja? – Kurt hat es mit keinem Wort erwähnt.«

»Woher kennst du den denn?«, fragte Justus und kämpfte mit dem Gurt. Leo half ihm.

»Vom Martini-Markt«, sagte sie. »Da haben wir uns zufällig getroffen. Das war an dem Nachmittag, als ich das erste Mal hier war und wir die Wildschweine beobachtet haben, erinnerst du dich?«

»Klar.« Er fingerte in seiner Jacke herum und zog die zerzauste Feder heraus. »Guck, ich hab sie noch.«

Leo steuerte den Wagen auf die Straße und gab Gas.

»Kurt spricht nicht viel«, bemerkte Justus und stopfte die Feder wieder zurück. »Ich mag Lina lieber.«

Der Wald hörte auf, die ersten Hinweisschilder erschienen im Scheinwerferlicht. Justus sah wie hypnotisiert geradeaus.

»Wo möchtest du gern hin?«, fragte sie ihn.

»Egal.«

»Sollen wir nach Stadthagen fahren? Gucken, ob Lina da ist?«

Er antwortete nicht.

»Was ist los? Stimmt etwas nicht?«

»Ich weiß nicht, ob ich den Weg finde«, sagte er zögernd.

»Das kriegen wir schon hin. Sag mir einfach die Adresse. In welcher Straße wohnen sie?«

»Am Stadtpark 21.«

Ja, sie hatte ein schlechtes Gewissen. Ja, es war schäbig von ihr, Justus zu benutzen. Im Gegensatz zu ihm wusste Leo bereits, dass Kurt nicht in Stadthagen im Krankenhaus lag. Es war also ziemlich unwahrscheinlich, dass Lina überhaupt schon von ihrem Besuch zurück war. Leo wollte einfach nur – ja, was eigentlich? Ein bisschen spionieren? Sie schob den Gedanken beiseite.

Justus genoss die Fahrt, das war doch auch schon was, redete sie sich ein. Und außerdem schien er gar nicht sonderlich auf einen Besuch bei seinen Verwandten erpicht.

Sie bogen bei einem großen Kaufhaus in die Straße Am Stadtpark ein, Leo fuhr Schritttempo. Die Nummer 21 befand sich ganz am anderen Ende.

»Alles dunkel«, stellte Justus gleichmütig fest, als sie langsam am Stadtpark entlangrollten.

»Wieso, da brennt doch ein Licht?«

»Das ist immer an, wenn sie weg sind. – Fahren wir weiter?«

Leo musterte das Haus mit dem großen Vorgarten und der Glasveranda, hinter deren bunten Mosaikfenstern ein Wachtlicht leuchtete. Im Grunde war sie erleichtert, dass niemand zu Hause war. Sie wollte sich lieber unter vier Augen mit Lina unterhalten. Justus drängelte. »Leo! Ob wir weiterfahren!«

»Schon unterwegs.«

Ein überraschtes »Ah!« entfuhr Leo, als sie das von Scheinwerfern angeleuchtete alte Schloss vor sich hatte. »Schön, nicht?«, fragte sie Justus. »Und guck mal da vorne!« In der Obernstraße befanden sich die Ausläufer eines Weihnachtsmarktes. Lichterketten mit Sternen spannten sich über die Straße, viele Menschen bummelten an den mit Tannengrün geschmückten Buden vorbei.

Wie bestellt fuhr ein Lieferwagen aus einer Parklücke. Wo der herkam, passte der Explorer auch hinein. Leo parkte ein und hatte schon die Fahrertür geöffnet, als sie merkte, dass Justus keine Anstalten machte, auszusteigen.

»Was ist los? Keine Lust auf Weihnachtsmarkt?«

Justus schüttelte den Kopf.

»Na komm schon! Oder ist dir kalt?«

»Zu viele Leute«, sagte er und blickte starr geradeaus.

Ach je. An so etwas hatte sie überhaupt nicht gedacht.

»Macht es dir etwas aus, einen Augenblick zu warten? Dann hole ich uns schnell was zu trinken.«

Nein, Warten war in Ordnung, solange Justus im sicheren Wagen bleiben durfte. Also kaufte Leo zwei Plastikbecher mit Holunderpunsch und ein paar dicke, wunderbar duftende Honigkerzen. Als sie zurückkam, hatte sich Justus etwas entspannt.

Sie schlürften ihren Punsch und beobachteten das Treiben, während ein Posaunenchor Weihnachtslieder spielte.

»Das kenn ich!« Justus summte mit. Die Dunkelheit verwischte seine Züge, er sah jetzt aus wie das große Kind, das er war. Was würde passieren, wenn er von der Tat seines Bruders erfuhr? Von Leo würde er es jedenfalls nicht hören.

Pünktlich zum Abendessen lieferte sie Justus wieder im Heim

ab. Hof und Straßenrand waren verwaist, die meisten Autos fort. Justus blieb in der Auffahrt stehen und winkte Leo hinterher. Im Rückspiegel sah sie seine Gestalt einem roten Wagen Platz machen. Katie und Jay auf dem Weg ins Kino. Leo starrte in den Rückspiegel, bis die Lichter zu kleinen Punkten verglühten und schließlich ganz verschwunden waren, und fühlte sich auf einmal unerklärlich deprimiert. In dunkler Stimmung fuhr sie zurück nach Wiedensahl.

Essensduft wehte ihr entgegen, als sie die Dielentür hinter sich zuzog.

»Na, wie war's?«, rief Ruth aus der Küche.

Wieso saß da so ein blöder Kloß im Hals? Leo konnte nicht antworten und ließ die Autoschlüssel lauter als nötig neben dem Telefon auf das Tischchen fallen.

Ruth streckte den Kopf um die Ecke. »Alles in Ordnung?«

Leo hängte ihre Jacke auf. Zu ihrem Entsetzen stiegen ihr die Tränen in die Augen.

»Was ist denn passiert?« Ruth kam herbei und legte den Arm um sie. »Nimm das bloß nicht ernst«, sagte Leo. »Ich bin nur müde und ein klitzekleines bisschen eifersüchtig. Sonst geht's mir gut.«

Ruth lachte. »Eifersüchtig? Auf wen? Auf deine Freundin?«

»Ja. – Nein. – Ach, was weiß ich. Jedenfalls habe ich Friedmanns Adresse herausgekriegt«, wich sie aus. »Und ich war auf dem Weihnachtsmarkt. Hier, für dich.« Sie reichte Ruth das Paket mit den Kerzen.

»Wunderbar, danke! Davon zünden wir gleich ein paar an, und dann essen wir. Nichts hilft besser gegen einen moralischen Kater als ein gutes Essen. Es gibt überbackene Forellen, Kartoffel-Schwarzwurzel-Gratin und einen Weißwein, den ich letztes Jahr aus dem Elsass mitgebracht habe.«

Leo seufzte. Eigentlich war sie doch gesegnet: Immer wieder traf sie auf Leute, die kochen konnten.

»Die Forellen sind von Lüdersen«, erläuterte Ruth, während sie in die Küche gingen. »Als kleine Wiedergutmachung wegen des

Grabens, er konnte sich erst vorhin darum kümmern. Der Arme hat Ärger mit seinem neuen Zuchtbullen. Das Vieh schafft es immer wieder, abzuhauen und alles niederzutrampeln.«

Sie lachte. »Äußerst unklug von ihm. Wenn der so weitermacht, wird er nicht viele Nachfahren haben.«

Beim Essen erzählte Leo von Katie und Jay. Ruth zeigte sich zunächst genauso skeptisch, wie sie selbst es gewesen war, als Jay ihr weismachen wollte, Katie habe sich in beunruhigender Weise verändert.

»Aber er hat recht«, sagte Leo. »Ich habe es selbst gesehen.«

»Und was ist anders? Ihre Kleidung? Ihr Auftreten?«

»Alles. Ihre ganze Art. Unter der Oberfläche liegt etwas Hartes, das früher nicht da war. Ich weiß nicht, was ich tun soll.«

»Und du bist nicht einfach nur gekränkt, weil dieser Jay ...?«

Eine ähnliche Frage hatte Leo in Bezug auf Katie auch Jay gestellt. Und wenn sie ehrlich war – nun ja. Obwohl Katie auf den ersten Blick viel von ihrer früheren Attraktivität verloren hatte, besaß sie immer noch die Macht, Menschen an sich zu fesseln. Jay war das beste Beispiel dafür. Aber das war auf keinen Fall der Hauptgrund für Leos Unbehagen.

Ruth schenkte Wein nach und wechselte das Thema. »Ich habe heute Nachmittag zu lesen begonnen.«

»Und?«

»Grauenhaft, diese deutsche Schreibschrift, aber der Inhalt – hochinteressant. Du könntest da tatsächlich auf eine heiße Sache gestoßen sein. Aber ...« Ruth drehte ihr Weinglas zwischen den Fingern. »Klingt auch irgendwie ziemlich weltfremd, was diese Frau da schreibt, oder?«

»Ein bisschen seltsam ist es schon«, musste Leo zugeben. Ihr kam eine Idee. Wenn sie sowieso noch einmal zu ihrem verabredeten Besuch zu Katie musste ...

»Vielleicht sollte ich Katie die Kopien mal zeigen. Eine Psychologin könnte sicher zwischen den Zeilen lesen, was für ein Mensch das geschrieben hat. Das würde helfen, die Person in Buschs Umfeld zu lokalisieren.«

»Du willst ihr das Tagebuch geben?«, fragte Ruth. »Tu das nicht. Es lohnt sich nicht.«

Leo war überrascht. »Wieso? Glaubst du, dass das Manuskript nicht echt ist?«

Ruth zögerte mit der Antwort. »Also – wenn du mich nach meiner spontanen und völlig unbedarften Meinung fragst – ich denke, es ist nichts wert.«

»Eben hast du aber noch von einer heißen Sache gesprochen.«

»Ja«, sagte Ruth mit Nachdruck. »Für Leute, die sich nicht auskennen und auf alles hereinfallen. Auf dem Kunstfälschermarkt wäre das ein Riesending. Es könnte jedenfalls eine Menge Staub aufwirbeln.«

Leo schwieg. An die Möglichkeit einer Fälschung hatte sie bisher noch nicht gedacht.

»Aber dieses Tagebuch … diese Frau … sie weiß so viel«, sagte sie nachdenklich. »Immer wieder erwähnt sie intime Details aus Buschs Leben. Woher soll eine Frau, die ihn nur aus der Ferne angehimmelt und sich dann in eine fiktive Liaison hineingesteigert hat, diese Kenntnisse haben? Oder hat sie sich das alles ausgedacht?«

Ruth verzog das Gesicht.

»Die ganze Geschichte könnte nichts weiter sein als die harmlose Schwärmerei einer Frau, die in Wilhelm Busch vernarrt war«, sagte sie. »Und zwar so vernarrt, dass sie schließlich zwischen Wunsch und Realität nicht mehr unterscheiden konnte. So etwas kommt vor, wäre nicht das erste Mal. Gerade in einer Zeit, in der den Frauen nicht viel mehr beschert war als endlose Handarbeitsstunden und gelegentlich ein Stündchen Hausmusik.«

»Dann«, erwiderte Leo triumphierend, »wäre das Tagebuch aber trotzdem echt.«

»Nein«, sagte Ruth und legte ihre Gabel beiseite. »Dann wäre es lediglich alt, aber das, was es beschreibt, trotzdem erfunden. Als Kuriosität besäße es vielleicht einen gewissen Wert.«

»Trotzdem«, beharrte Leo. »Ich will wissen, von wem es stammt und in wessen Händen sich das Original befindet. Wie ist Onkel Ludwig dann an die Kopien gekommen? Und warum hat er sie versteckt? Wusste er, dass früher oder später jemand danach suchen würde? Friedmann zum Beispiel?«

»Also schön«, lenkte Ruth ein. »Sollte das Dokument nicht echt sein, bleiben die gleichen Fragen.«

»Wir bräuchten einen weiteren Experten, um Klarheit zu bekommen«, überlegte Leo. »Vielleicht sollte ich mich lieber an das Wilhelm-Busch-Museum wenden. Oder an jemanden von der Universität?«

Ruth faltete ihre Serviette zusammen.

»Das würde ich an deiner Stelle nicht tun«, sagte sie mit Nachdruck. »Es wäre nicht klug, die Fachwelt aufzuschrecken, solange du noch gar nichts Genaueres weißt. Diese Angelegenheit sollte behutsam und vertraulich behandelt werden.« Sie machte eine kleine Pause, bevor sie fortfuhr: »Frag Valentin Scherkow. Er kennt sich aus. Und er ist absolut vertrauenswürdig. Anton hat ihn in seine Geschäfte nie mit einbezogen. Wenn Anton wirklich etwas, nun ja, etwas nicht ganz Korrektes plante, hat er seinen Assistenten bestimmt nicht eingeweiht. Dazu war er viel zu geizig, der gute Anton. Seinen Profit hätte er nie geteilt. – Valentin ist sauber. Sprich mit ihm. Und meinetwegen auch mit deiner Freundin.«

Leo leerte ihr Glas. Der Wein begann ihr bereits zu Kopf zu steigen. Ruth besaß eine sehr dominierende Art, aber vielleicht hatte sie recht.

»Ich rede mit Katie und mit Scherkow. Aber vorher will ich wissen, was Friedmann mit der Sache zu tun hat.«

*

Wiedensahl, den 31ten August 1868

Was für ein hitziger Sommer. Die Sonne lähmt mir Körper und Geist, das grelle Licht und die schlaflosen Nächte ermüden mich. Es ist so recht ein Sommer, still hinweg zu dampfen, einfach zu vergehen. Der alte Busch hat keinen schlechten Zeitpunkt für seinen Tod gewählt. Gestern ist er überraschend verstorben.

Zu alledem ist Krabbelzeug wie eine biblische Plage über uns hereingebrochen. Mücken, Fliegen, Stechvieh in ungeheurer Zahl und nicht abzuwehren. Sie pricken und quälen und summen einem Dinge ins Ohr, die man nicht wissen will. Der Verdacht, den ich schon im vergangenen Sommer hegte, ist nicht mehr zu entkräften: Wilhelm hat eine andere. Als ich ihn zuletzt zur Rede stellte und forderte, nun möge er doch endlich sich offen zu uns bekennen, gelobte er reumüthigst alles, was ich verlangte, darauf bedacht, den Disput rasch zu beenden, bevor ein Zeuge des Weges käme. Doch die Zerknirschung hielt nicht lange an. Bald reiste er fröhlich wieder ab. Ständig zieht es Wilhelm jetzt ins Bankiershaus nach Frankfurt. Die Keßler ist der Grund seiner Besuche, daran kann es keinen Zweifel geben. Daß Bruder Otto ebenfalls dort weilt und die Füllen der Familie, Nanda und Letty, unterrichtet, liefert den angenehmsten Vorwand noch dazu.

Die Gnädige gefällt sich in der Rolle der Mäzenin. Was sie wohl sagen würde, wenn sie erführe, wer Wilhelm seit vielen Jahren schon die Treue hält? Ich glaube an ihn, was braucht es sie dann noch! Mit mir vermag sie sich in keiner Weise zu messen.

Aber wenn ich es recht betrachte, so ist der Stein ins Rollen gerathen und ich vermag ihn nimmer aufzuhalten. Obgleich es sich sogar als nützlich erweisen mag, was die Arbeit angeht. Immerhin war Wilhelm in der letzten Zeit nicht sonderlich rührig. Ein albernes Stück über einen trunkenen Raben, Hans Huckebein, und die Geschichte über die kühne Müllerstochter, die mir dagegen recht gut gefällt, sind alles, was er zuwege gebracht und versilbert hat. Und nun ist mit dem Tod des Vaters eine wichtige Instanz verschwunden, die ihn angespornt und Leistungen erwartet hat. Vielleicht nimmt Madame vorerst diese Rolle ein, vielleicht zeigt es Erfolg.

Ich will es dulden, wenn es dabei bleibt.

Aber nicht Johanna, Wilhelm! Denke daran! Ich bin es, mit der du vor Jahren einen Bund geschlossen hast. Ich, Christine. Und ich werde nicht nachlassen, mich immer wieder in Erinnerung zu bringen. Sollte es sich als nöthig erweisen, dies entschlossner zu tun, werde ich mich auch dazu erkühnen. Ich will, daß man mich ernst nimmt.

- 14 -

Sonntag früh waren die Straßen in Stadthagen wie ausgestorben. Graue Wolken ballten sich an diesem ersten Advent am Himmel zusammen, und ein eisiger Wind fegte den Stadtpark entlang. Das Haus mit den bunten Glasfenstern wirkte verlassen, obwohl der babyblaue VW Käfer vor der Garage stand. Aus der Nähe waren die Roststellen an dem alten Wagen nicht zu übersehen. Leo vermutete, dass er während der Samstagsbesuche im Heim verschämt abseits geparkt wurde, um unter den ganzen Nobelkarossen nicht aufzufallen.

Jetzt, im grauen Tageslicht, konnte man auch dem Haus ansehen, dass es schon bessere Zeiten erlebt hatte. Die alten Holzrahmen der noch mit Einfachglas versehenen Fenster hätten dringend einen neuen Anstrich gebraucht. Auch an der Eingangstür blätterte die Farbe ab. Hier fehlten Elan oder Geld, vielleicht auch beides.

Lina Friedmann sah todmüde aus, als sie auf Leos hartnäckiges Klingeln endlich öffnete. Das blonde Haar war in Unordnung, das Gesicht zerdrückt. Es dauerte eine Weile, bis sie Leo wiedererkannte.

»Sie sind es.«

»Ja, ich. Leonore Heller.«

Lina legte den Kopf schief und schien in sich hineinzuhorchen, welchen Nachhall dieser Name auslöste. Dann weiteten sich ihre Augen vor Schreck. Leo wusste, warum. Lina hatte soeben zum ersten Mal ihren Nachnamen erfahren.

»Darf ich hereinkommen?« Und schon stand Leo im Flur.

»Was … was wollen Sie von mir?«, fragte Lina überrumpelt.

»Setzen wir uns doch erst mal«, schlug Leo vor.

Resigniert schloss Lina die Tür und ging voran in ein großes Wohnzimmer, dessen Panoramafenster auf einen von hohen Tannen umschlossenen Garten hinausgingen. Die Wände waren mit südamerikanischen Webdecken und afrikanischen Masken dekoriert. Auf kleinen Tischchen standen Buddhastatuen und indische Kupferschalen. Es gab ein paar Fotos, die Lina vor der Kulisse des Kilimandscharo zeigten und Kurt im Gespräch mit höflich lächelnden Indios. Keine Familienbilder, keine Kinder.

Etwas in der Art hatte Leo erwartet. Die Friedmanns hatten wahrscheinlich in den siebziger Jahren aufgeklärt die halbe Welt bereist, ihre Schüler später mit endlosen Diavorträgen gequält und steckten nun in einem nicht sehr aufregenden Rentnerdasein fest. Offenbar reichte das Geld nicht mehr für tolle Reisen.

Leos Blick schweifte zu einem schwarzen Ledersofa, auf dem eine zerknäulte Decke und ein Häkelkissen lagen.

»Ich habe geschlafen«, glaubte Lina erklären zu müssen. Sie zog die Decke beiseite und setzte sich. Unaufgefordert tat Leo das Gleiche.

»Wie geht es Ihrem Mann inzwischen?«

Lina wurde blass. »Woher wissen Sie …?«

»Ich habe vor kurzem eine Freundin besucht, zufällig die Leiterin der Wald-Residenz.«

»Doktor Singer«, sagte Lina und leckte sich die trockenen Lippen.

»Richtig«, nickte Leo. »Justus hat gestern vergeblich auf Besuch gewartet.«

»Sie haben mit Justus gesprochen?« Aus Linas Stimme klang reines Entsetzen.

»Weshalb beunruhigt Sie das?«, fragte Leo.

»Mich beunruhigen? Aber warum sollte es? Nicht im Geringsten«, antwortete Lina hastig. »Ich habe genug echte Sorgen. Mein Mann hatte einen Unfall, er ist schlimm gestürzt und hat sich den Kopf verletzt. Die Ärzte wissen nicht, ob sein Gehirn Schaden genommen hat. Vielleicht kommt er nie mehr zu sich!« Sie schluchzte auf.

Das wollen wir doch nicht hoffen, dachte Leo. Schließlich war er ihr noch ein paar Erklärungen schuldig.

Tränenblind suchte Lina nach einem Taschentuch und putzte sich die Nase.

»Wissen Sie, was passiert ist?«, fragte Leo und beobachtete sie genau. »Die Polizei muss doch mit Ihnen gesprochen haben. Ihr Mann ist schließlich nicht während einer Sightseeing-Tour gestolpert.«

Linas Miene verschloss sich. »Was soll diese Fragerei? Ich weiß nicht, was Sie von mir wollen. Weshalb …«

»Als Kurt in die Klinik eingeliefert wurde, war er nicht nur nass wie eine ertrunkene Ratte, sondern merkwürdigerweise auch noch ganz in Schwarz gekleidet und er hatte eine Maske bei sich, was aber wiederum gar nicht so merkwürdig ist, wenn man bedenkt, dass er nach einem Überfall in meinem Badezimmer gestellt und während der Verfolgungsjagd zu Fall gebracht wurde. Hat Sie wirklich noch niemand gefragt, was Sie von den dunklen Plänen Ihres Gatten wussten? Nein? Dann tue ich es jetzt.«

Lina war kreideweiß geworden. Ihre Augen huschten umher wie Mäuse auf der Suche nach einem Ausweg. Zwecklos, die Katze lauerte vor dem Bau. Leo war entschlossen, sich nicht wegzurühren, bevor sie eine Antwort hatte. Sie zog ihren Schal ein wenig zur Seite. »Sehen Sie meinen Hals? Ganz schön bunt, nicht? Beim Schlucken tut es immer noch weh.«

Aus Lina kam kein Wort heraus, sie schüttelte nur unablässig den Kopf und zerknüllte das Taschentuch in ihren Händen.

»Ich wette, dass Sie Ihrem Mann das Ganze ein wenig erleichtert haben, indem Sie in seinem Auftrag nach der Adresse gefragt haben«, bohrte Leo weiter. »Sie haben im Antiquariat Jablonsky angerufen und nach Professor Heller gefragt.«

»Ich hatte ja keine Ahnung!«, brach es aus Lina hervor. »Ja, er hatte etwas vor, aber ich wusste nicht, was. Das müssen Sie mir glauben! Er bat mich, in diesem Antiquariat anzurufen, weil er selbst so viel zu tun hatte. Ist … war der Professor mit Ihnen verwandt?«, fragte sie plötzlich. Als Leo nicht antwortete, sagte sie: »Ich wusste nicht, dass Sie auch Heller heißen.«

»Was hat Ihr Mann Ihnen erzählt? Er hat Sie doch bestimmt in seine Pläne eingeweiht. Was wollten Sie von meinem Onkel? Welche Beziehung hatten Sie zu Jablonsky? Er ist übrigens einem Herzleiden erlegen, wussten Sie das?«

Lina schüttelte angstvoll den Kopf. »Nein. Nein, ich weiß nichts, wirklich nicht! Mein Gott, dass Kurt so etwas tun würde... Ich kann es immer noch nicht glauben. Er sprach nur von einem Termin in der Stadt. Das habe ich der Polizistin im Krankenhaus auch schon gesagt. Ich hätte nie gedacht, dass es etwas mit Ihnen zu tun hat. Es tut mir so schrecklich leid! Ich habe den Namen Heller nie vorher gehört. Ich habe doch nur einen Anruf für meinen Mann erledigt!«

»Wissen Sie, was ich denke? Ihr Mann hat meinen Onkel nach Wiedensahl bestellt. Er hat sein Erstaunen wirklich gut verborgen, als ich nach der Backstube fragte. Allerdings wusste er zu dem Zeitpunkt nicht, wer ich bin. Als mein Onkel nicht erschien, hat er Sie vorgeschickt, um im Antiquariat anzurufen. Aber Ludwig Heller war in der Zwischenzeit verstorben. Großes Erstaunen! Trotzdem haben Sie sich seine Privatadresse geben lassen.«

Leo hielt einen Moment inne. Die Puzzleteilchen in ihrem Kopf fügten sich wie von selbst zu einem Bild zusammen. Da war noch ein Anruf gewesen. Bei ihr; am Tag nach dem Einbruch. Der Anrufer hatte aufgelegt, sobald sie sich gemeldet hatte. Auch das ergab jetzt einen Sinn.

»Dann haben Sie die Nummer angerufen, die Valentin Scherkow Ihnen gegeben hat«, fuhr sie fort.

Lina, die beharrlich zu Boden gestarrt hatte, sah auf. »Hab ich nicht«, sagte sie. »Ich habe nirgendwo mehr angerufen.«

Leo geriet für einen Moment aus dem Konzept. »Dann eben Ihr Mann«, sagte sie. »Er rief an, hörte meine Stimme und wusste Bescheid.« Worüber eigentlich? Egal. Da war eine Spur, und an der musste sie dranbleiben.

»Was ich wissen will, ist: Was hatte Ihr Mann mit meinem Onkel zu tun? Wie ist er darauf gekommen, Sie in diesem Antiquariat anrufen zu lassen? War das eine Kontaktadresse, oder was?« Das Tagebuch erwähnte sie nicht. Es bestand immer noch die schwache Möglichkeit, dass Lina wirklich nichts davon wusste. Aber wie hatte Kurt davon erfahren?

Nervös und bleich hockte Lina auf der Sofakante und ließ Taschentuchfetzchen auf den Boden rieseln.

»Sie sagten, Sie haben mit Justus gesprochen?«, fragte sie plötzlich und beobachtete Leo ängstlich. Es schien sie noch nachhaltiger zu irritieren als der Umstand, dass ihr Gatte seine Fingerabdrücke an Leos Hals hinterlassen hatte.

»Justus und ich haben uns sehr angeregt über Fahrräder unterhalten«, sagte Leo. »Und über Wildschweine. Er ist ein netter Kerl.«

»Ach ja. Wir haben ihn auch sehr gern.« Offenbar hatte Lina Friedmann eine andere Antwort erwartet, Leo glaubte ihr jedenfalls kein Wort.

»Doktor Singer meinte, Justus sei einer der pflegeleichten Fälle.«

»Ja, das stimmt vermutlich«. Lina lachte nervös. »Und … hat sie sonst noch etwas gesagt?«

»Allerdings.«

Es war ein Schuss aufs Geratewohl, und Lina fuhr zusammen, als hätte sie einen Stromschlag bekommen, doch sie hatte sich rasch wieder in der Gewalt.

»Eine fähige Frau, die Frau Doktor«, redete sie eilig drauflos. »Wir sind sehr froh, dass sie die Leitung des Heims übernommen hat. Ihr verstorbener Vorgänger war in seinen letzten Jahren nicht mehr sehr motiviert.«

»Wie lange lebt Justus schon dort?«, fragte Leo.

»Zwölf Jahre, nein, dreizehn inzwischen.« Lina strich sich fahrig über das Gesicht. »Haben Sie eine Vorstellung, was das kostet?«, brach es plötzlich aus ihr heraus.

»Ja«, antwortete Leo ruhig. Lina schien es nicht zu hören.

»Es verschlingt Unsummen! Dafür hat man nun sein ganzes Leben lang hart gearbeitet. Aber es muss eben sein. Und wir machen es ja auch gern.«

Na klar. Lina war eine erbärmliche Lügnerin.

»Weiß Frau Singer von dem Überfall?«, fragte Lina.

»Ja.«

Ängstlich wartete Lina auf mehr, doch Leo beschloss, sie zappeln zu lassen. Mit einem Blick auf die Uhr stand sie auf.

»Sie … Sie gehen?«

»Ich habe genug erfahren. Machen Sie sich nicht die Mühe, ich finde allein hinaus«, sagte Leo und ließ eine ziemlich verstörte Lina zurück.

Sie konnte nicht behaupten, dass es ihr selbst anders ging. Was sollte sie tun? Kurt aufsuchen? Zwecklos, solange er bewusstlos war. Und sollte er wunderbarerweise wieder aufwachen, würde die Polizei vor Ort lange vor ihr davon erfahren. Aber sie musste mit ihm reden.

Leo schloss den Wagen auf und setzte sich hinein, ohne den Motor zu starten. Lina stand hinter einer Gardine und beobachtete sie. Friedmanns Frau hatte unabsichtlich ein mögliches Motiv für den Überfall durchblicken lassen. Wenn die beiden Friedmanns von akuter Geldnot geplagt wurden, konnten sie durchaus ein Interesse daran haben, ein wertvolles Manuskript in ihren Besitz zu bringen.

Vorausgesetzt, es war wertvoll. Wie hatte Kurt von dem Tagebuch erfahren? Und was wusste Justus? Um mit ihm zu reden, musste Leo ins Heim. Aber dort würde sie erst am letzten Adventssonntag auftauchen und keinen Tag früher.

Sie kam sich vor wie bei einem dieser Würfelspiele: *Setzen Sie eine Runde aus oder gehen Sie zurück zum Start.*

Auch wenn es ihr schwerfiel, Leo entschied sich fürs Aussetzen. Außerdem gab es auf ihrer Liste unerledigter Dinge noch ein paar andere Punkte, die abgehakt werden mussten. Zum Beispiel das kleine Museum. Sie beschloss, das jetzt gleich zu erledigen und fuhr zurück nach Wiedensahl.

Leo brachte den Wagen zurück zu Ruth und ging vom Häuschen

aus die paar Schritte zu Fuß. Die Festschrift mit dem Foto von Ludwig hatte sie bei sich.

Das Geburtshaus von Wilhelm Busch hatte an diesem Sonntag geöffnet. Leo bemerkte allerdings keine weiteren Besucher. Wenn hier immer so wenig los war, erinnerte sich die Aufsicht bestimmt an ihren eifrigsten Gast. Entschlossen drückte sie die grün gestrichene breite Eingangstür auf und betrat eine lange Diele mit Steinfußboden. Unter der dunklen Decke zogen sich dicke Holzbalken entlang, Fachwerkgevierte unterteilten die Wände. Leo fühlte sich bedrückt. Wie niedrig diese alten Häuser waren! An den beiden Längsseiten der Diele standen Schaukästen, darüber hingen Zeichnungen und Bilder aus der Hand von Wilhelm Busch. Weiter hinten führten zwei oder drei rot gestrichene Türen in weitere Räume. An einer Vitrine neben der Eingangstür lehnte eine junge Frau mit dick geschminktem Gesicht und blätterte in einer Illustrierten. Auf die Glasplatte hatte sie eine Tasse Kaffee und einen Teller mit einem Sahnestückchen abgestellt, am Tassenrand prangte Lippenstift. Sie blickte kaum auf, als Leo eintrat.

Es war ein merkwürdiges Gefühl, unvermittelt an Ludwigs Lieblingsort zu sein. Leo hatte erwartet, sich wohlzufühlen oder zumindest das Bedürfnis zu verspüren, die Atmosphäre andächtig in sich aufzunehmen und wirken zu lassen. Stattdessen wurde sie unendlich traurig und wollte nur so schnell wie möglich wieder weg.

Widerwillig löste die junge Frau ihren Blick von bunten Hochglanzfotos, Windsor, Monaco oder Liechtenstein.

»Drei Euro.«

Leo zögerte.

»Der Eintritt kostet drei Euro«, wiederholte die junge Frau. »Wollen Sie eine Karte?«

»Ich habe eigentlich nur ein paar Fragen.« Leo sah sich um. »Ist hier eigentlich immer so wenig los?«

Die junge Frau griff nach ihrer Kaffeetasse und zuckte die Achseln. »Kann schon sein. Wundern tät's mich nicht. Wen interessiert schon dieser alte Kram? Ich würde durchdrehen, wenn ich jeden Tag hier herumlungern müsste.«

»Verstehe«, sagte Leo in der Hoffnung, dass sie weiterredete.

»Ich mach das ja nur, weil ich meinem Schwager einen Gefallen schuldig bin. Er musste dringend weg, und ich bin ausnahmsweise eingesprungen.« Sie musterte Leo abschätzend. »Wollen Sie nun eine Eintrittskarte oder nicht?«

»Ich – äh, nein, nur eine Postkarte. Diese hier.« Leo zog aufs Geratewohl eine Karte aus dem Ständer heraus.

Die Aufsicht verzog gelangweilt ihre roten Lippen. »Und Ihre Frage? Sie wollten doch etwas fragen.«

»Hat sich schon erledigt.« Leo bezahlte und beeilte sich, nach draußen zu kommen. Sie war enttäuscht und erleichtert zugleich.

Ruth hatte sich mit dem Tagebuch auf ihr Zimmer zurückgezogen, und Leo verbrachte den Rest des Tages im Garten, halb und halb darauf gefasst, dass Sandved auftauchte, weil er von ihrem Besuch bei Lina Friedmann erfahren hatte, und herumnörgelte, sie hätte sich schon wieder in polizeiliche Ermittlungen eingemischt. Er kam aber nicht.

Leo stapfte mit Distanzmessgerät und Skizzenblock herum, plante und zeichnete. Abends las sie in der zweibändigen Ausgabe der Briefe Wilhelm Buschs, die sie in der Hoffnung mitgenommen hatte, doch noch einen Hinweis auf Christine zu finden. Mit besonderem Interesse studierte sie die Briefe, die aus Wiedensahl stammten. Was für ein Leben hatte Busch in seinem stillen Dorf geführt? Was hatte er getrieben?

Dasselbe wie sie – im Garten herumgepusselt: *In den lichten Augenblicken, da es nicht kalt ist, kramt ich im Garten herum; schnittcherte im Boskett, sägte Zweige von der Kastanie…, harkte das Laub von dem Maiblumenbeete und den Farrnkräutern, grub die Petersilienecke um und entfernte per Barte das krumme Zwetschenbäumchen hinter Laube.*[1]

1 Briefe II, S. 69, Wiedensahl, 8. März 1896

Leo las kreuz und quer und verfolgte aufmerksam das Gedeihen des Busch'schen Gartens. Besonders freute sie sich über Buschs offensichtliche Vorliebe für Rosen, selbst gezogene oder gekaufte. Immer wieder wurden sie in den Briefen erwähnt. Nur zu gern hätte sie mit ihm über Remontanten, Okulation und Rosenschädlinge gefachsimpelt: *Würden Sie mir Ihr Rezept gegen Spinnmilben verraten? Ach, und sagen Sie, was war das eigentlich für eine weiße Rose, die damals bei Ihrem Elternhaus an der Regentonne wuchs? Sie wissen schon, die, deren Blüten im Wasser trieben, als Christine …*

In einem Brief, geschrieben an einem nicht näher datierten Sonnabend im November 1893, hieß es unverhofft: *Vorgestern war unser berühmter Markt. Alles ist ruhig und programmäßig verlaufen. Nur ein Unglück ist paßiert: Pastors Mädchen geht eben mal bei Ronnenbergs vorbei, geht eben mal hinein zum Tanz, und alsbald liegt sie streckelangs da, und ein wohlbeschlagener Fuß tritt ihr auf die Finger; und als ihr der Doktor den Nagel vollends herausgerißen, soll sie recht gejammert haben, schon deßhalb auch, weil sie, scheint's, zu diesem Tanze keine Erlaubniß hatte.*[2]

Das Pastorsmädchen besaß Leos volle Sympathie. Offenbar konnte sie selbst von Glück reden, dass sie selbst nur in einem schlammigen Graben gelandet war.

Mit einem Seufzer legte sie die Briefe beiseite. Von Christine existierte weiterhin keine Spur. Es gab Briefe an Cousinen, Tanten, Schwestern, Schwägerinnen und die onkelhaften Schreiben an die Keßlers in Frankfurt.

Eine Frau wie Christine passte in dieses Leben offenbar nicht hinein.

Es sei denn, Wilhelm Busch hatte zeit seines Lebens ein grandioses Theater gespielt und seine Christine vor der Welt verheimlicht.

Dann wiederum wäre das Tagebuch eine Sensation.

Leos Gedanken wanderten zu Sandved. Wie viel hatte er inzwischen herausbekommen? Sie schwankte, ob sie ihm nicht doch ein

2 a.a.O, S. 21, Wiedensahl, Sonnabend, Nov. 1893

oder zwei Geheimnisse verraten sollte, ihre Entdeckung des Tagebuchs zum Beispiel. Und Onkel Ludwigs Brief …

Sie wünschte sich fast, Sandved bald wiederzusehen. Und das beunruhigte sie wirklich.

✶

Wiedensahl, den 14ten Juli 1870

Nun haben wir einen handfesten Skandal, obgleich die Gefahr nicht von Frankfurt droht, wie ich die ganze Zeit geargwöhnt habe. Sie kommt von der Jurisprudenz. Die Staatsanwaltschaft des Großherzoglich Badischen Kreis- Und Hofgerichtes zu Offenburg hat Anklage gegen Wilhelm erhoben, oder vielmehr gegen seinen Verleger Moritz Schauenburg, welcher den Heiligen Antonius von Padua herausgebracht hat. Man wirft Wilhelm Herabwürdigung der Religion und Erregung öffentlichen Ärgernisses durch unzüchtige Schriften vor. Ihr Götter! Was sind unzüchtige Schriften gegen leibhaftige Unzucht? Alles rührt nur daher, weil er jetzt schon seit über einem Jahr seinen ständigen Wohnsitz in Frankfurt hat. Im Januar ist nun auch die Mutter hier gestorben. Bin ich nun die letzte Instanz des Gewissens, die es zu vergessen gilt? Ich wüßte doch zu gern, was Madame Keßler zu solchen Vorwürfen zu äußern hat. Ob sie des guten Rufes wegen das Interesse an Wilhelm verliert? Ich werde warten. Er kommt zu mir zurück. Er muss.

Wiedensahl, den 17ten April 1871

Er wird uns noch alle vor der Zeit ins Grab bringen – mich, seine Schwester Fanny, seine Schwägerin Johanne, die Brüder, kurz alle, die sich um ihn sorgen und an seinem Leben Antheil nehmen. Ich fürchtete ernstlich, ihn im Gefängnis aufsuchen zu müssen. Wochenlang haben wir nichts von ihm gehört, die Familie nicht, ich nicht, er schreibt ja nicht mehr, seit diese Madame in Frankfurt ihn mit Beschlag belegt hat. Nun aber sah es so aus, als habe man ihn verhaftet. Jetzt erst haben wir erfahren, daß der Heilige doch freigegeben worden ist und Wilhelm nichts mehr zu befürchten hat.

Ich kann die ganze Aufregung um den Antonius nicht recht verstehen. Ein scheinheiliger Asket und ein fettes Schwein kommen gemeinsam in den Himmel, ja und, was ist dabei? Wie Wilhelm mich behandelt, ist das etwa nicht scheinheilig? Immerzu hält er mich hin. Seit dreißig Jahren warte ich auf ihn. Die Zahl der verstrichenen Sommer läßt mir den Atem stocken.

Hin und wieder überkommt mich der Gedanke, auch ein Buch zu schreiben und den wahren Wilhelm der Welt zu enthüllen. Aber ich habe noch Hoffnung. Er wird ja kommen, irgendwann. Bis dahin muß ich die Weibsbilder im Auge behalten. Wie bringe ich ihn aus Frankfurt fort?

- 15 -

In Wiedensahl schien die Zeit stillzustehen. Das Wetter war lausig. Regen und Sturm hielten Leo und Ruth die meiste Zeit im Haus fest. Die Tage verloren ihre Konturen, grau und verwaschen ging einer in den anderen über. Ruth lag bis zum späten Mittag im Bett und verschlief die meiste Zeit. Hin und wieder blätterte sie in dem Tagebuch. Auch Leo las viel in diesen Tagen; in Ludwigs Büchern fühlte sie sich ihrem Onkel nahe.

Endlich ließ der Regen nach. Der Wind schlief ein, die Temperaturen fielen und überzogen das aufgeweichte Land mit einer dünnen Kruste aus Frost. Am Montagmorgen eröffnete Ruth, nun wäre es so weit:

»Wir gehen auf die Jagd.«

Vor Leos geistigem Auge zogen Bilder hingemeuchelter Rehe, toter Hasen und endloser Strecken blutbesudelter Fasane auf. Die angriffslustigen Keiler nicht zu vergessen, die ihre Decke bis zum letzten Grunzer verteidigen würden.

»Du willst doch nicht im Ernst auf irgendwas schießen, was sich bewegt?«

»Warum nicht, wenn es mich dazu zwingt?« Sie lachte. »Ich möchte dir einfach das Revier zeigen. Es wird Zeit, dass ich mal wieder nach dem Rechten sehe. Keine Sorge, wahrscheinlich läuft uns gar nichts vor die Flinte.«

Ruth leerte ihren Kaffeebecher und stand auf. Sie hatte bis spät in die Nacht hinein gelesen und das Tagebuch schließlich mit einer Miene von Überdruss beiseitegelegt.

»Dieses überspannte Weibsbild geht mir auf die Nerven. Wilhelm hier, Wilhelm da. Ich brauche was Handfestes. Komm schon, wir sehen nach, was so los ist im Wald.«

Und es war allerhand los an diesem Morgen.

Sie hatten sich gerade aufgemacht, um über die Felder zum

Waldrand zu wandern – Ruth in Jägerkluft und mit Gewehr, einer abschreckend aussehenden Waffe mit Zielfernrohr, Leo dagegen nur mit einem Fernglas und dem festen Entschluss, jedes Tier, das in Sichtweite kam, sofort zu verscheuchen –, als Heinrich Lüdersen angelaufen kam. Sein Traktor stand mit laufendem Motor auf dem Feldweg.

Lüdersen war ein freundlicher, rotgesichtiger Mann von massiger Statur. Leo hatte sich im Garten einige Male mit ihm unterhalten und ihn damit beeindruckt, den Unterschied zwischen Schwarzem Holunder und Trauben-Holunder zu kennen. Auf Lüdersens Land wucherten Sträucher beider Arten unbehelligt vor sich hin, und Leo spekulierte darauf, ihm ein paar Stecklinge für Ruths Garten abzuschwatzen.

Normalerweise war Heinrich Lüdersen die Ruhe selbst, aber jetzt schnappte er vor Aufregung nach Luft. Außerdem trug er eine Waffe; das Gewehr, das er in seinen großen Fäusten hielt, ähnelte Ruths Flinte.

»Samson ist weg!«

»Mein Gott!« Ruths Schreckensausruf passte nicht zu ihren jagdlustig leuchtenden Augen.

»Wer ist Samson?«, fragte Leo.

»Mein Zuchtbulle«, schnaufte Lüdersen. »Er ist abgehauen. Hat den Stacheldrahtzaun niedergetrampelt und läuft jetzt irgendwo da draußen herum!« Lüdersen zeigte mit dem Gewehr in Richtung Wald.

»Mein Sohn Lorenz ist ihm auf den Fersen. Doktor Haffner habe ich auch schon angerufen. Das ist der Tierarzt«, sagte er, zu Leo gewandt. »Aber wir könnten noch Helfer gebrauchen.«

»Natürlich.« Ruth rückte den Schulterriemen ihres Gewehrs zurecht. »Wir kommen mit. Nicht wahr, Leo?«

Wenn sie es sagte.

»Ich kann für nichts garantieren«, warnte Lüdersen. »Weiß der Teufel, was das Vieh anstellt. Sollte schon längst zum Abdecker. Schießen Sie, wenn es sein muss.«

»Auf wen?«, erkundigte sich eine Stimme hinter ihnen.

Leo verkniff sich ein Grinsen. Sie drehten sich um. Sandved besaß wirklich ein ausgesprochenes Talent, immer in den unpassendsten Momenten aus den Kulissen aufzutauchen.

»Ich wollte klingeln, aber dann habe ich Ihre Stimmen im Garten gehört«, sagte er. »Auf wen soll geschossen werden?«

»Herr Sandved, was für eine Überraschung«, begrüßte ihn Ruth und erklärte rasch die Situation. »Sie könnten eigentlich mithelfen, wo Sie schon mal da sind.«

Leo musterte die derben Stiefel an seinen Füßen, in deren Schafte er die Enden seiner Jeans gestopft hatte. Der Parka war kein Stück, das man in einer städtischen Grünanlage spazieren trug. Und jede Wette, dass sich unter der ausgebeulten Jacke außerdem noch das Schulterholster mit Waffe verbarg. Wer eine Waffe bei sich hatte, bewegte sich einfach anders, das hatte sie schon an Ruth bemerkt.

Wieso hatte er sich so ausstaffiert? Und was hatte er überhaupt hier verloren?

»Herr Sandved ist ein Bekannter«, stellte Ruth vor. Sandved zog eine Augenbraue hoch und lächelte vage. Er schüttelte Lüdersen die Pranke.

»Wenn ich helfen kann, ich bin dabei.«

»Leo, ihr beide nehmt den Ford«, bestimmte Ruth. »Ich fahre auf dem Traktor mit.«

»Samson kann noch nicht weit gekommen sein. Wir treffen uns am besten bei der Schweinehütte«, sagte Lüdersen.

Schweinehütte? Leo schossen eine Menge unangenehmer Assoziationen durch den Kopf. Egal, ob Wildschwein oder wilder Stier, sie war nicht versessen darauf, sich Auge in Auge mit einer dieser Kreaturen wiederzufinden. Niemand schien ihre mangelnde Begeisterung zu bemerken, aber Lüdersen fühlte sich bemüßigt, ihr den Treffpunkt zu erklären: »So ’ne Art Unterstand für Hirten. Früher haben die Leute ihr Viehzeug absichtlich zur Mast in den

Wald getrieben, wir müssen jetzt zusehen, dass wir Samson wieder da rauskriegen.«

Er zeigte zum Wald. »Der Weg da hinten führt direkt hin. Fahren Sie einfach hinter uns her.«

Ruth und Lüdersen ruckelten mit dem Traktor davon, während Leo zum Ford ging. Sandved folgte ihr. Sie wartete auf die Standpauke. Wahrscheinlich hatte er Lina einen Besuch abgestattet und von ihren privaten Nachforschungen erfahren. Obwohl – in dieser Aufmachung? Sie schielte wieder auf seine Stiefel.

An der Straße vor dem Häuschen parkte ein silberfarbener BMW.

»Schon wieder ein neuer Dienstwagen?«, fragte Leo.

»Nein. Der gehört mir.«

Leo pfiff durch die Zähne. »Schick.«

Sie stiegen in den Explorer. Auf einmal war sich Leo mit irritierender Intensität seiner Nähe bewusst. Starr blickte sie nach vorn.

»Wenn Sie zwei oder drei Telefonbücher auf Ihren Sitz legten, könnten Sie noch mehr von der Straße sehen«, bemerkte Sandved.

Klasse. Sag noch ein paar fiese Sachen, und mir geht's wieder gut.

»Es war mir schon klar, dass Sie wieder Detektiv spielen würden«, stellte er schließlich fest. »Aber ich dachte mir, ich lasse Ihnen die Freude. Wo Sie doch jetzt keine Gelegenheit mehr dazu haben werden.«

»Wie soll ich das verstehen?«

Bevor er antworten konnte, musste sie scharf abbremsen. Ein Stück vor ihnen auf dem Weg hielt der Traktor. Lüdersen stieg aus und räumte etwas beiseite, das wie ein verkabelter Holzpfosten aussah. Es war ein Stück des Weidezaunes, das der Bulle mitgerissen hatte. Der Draht hing wie ein ausgeleiertes Telefonkabel herunter. Lüdersen stieg wieder auf und fuhr weiter.

»Ich werde Sie nicht mehr aus den Augen lassen«, sagte Sandved, und Leo musste gegen ihren Willen lachen.

»Ist das eine Drohung oder ein Versprechen? Wieso sind Sie auf einmal so anhänglich?«

»Ich habe noch Resturlaub vom vorletzten Jahr, und ich denke, ich werde ihn hier verbringen. Wiedensahl ist doch ein hübsches Örtchen.« Sandved sah sich zufrieden um und betrachtete den Waldrand, der sich in einem Bogen wie ein Hufeisen um Wiesen und Felder legte.

Leos Gedanken überschlugen sich. Urlaub, von wegen, das konnte er ihr doch nicht erzählen. Was zum Teufel hatte er vor?

Sie fuhren an der Wiese vorbei, die Samson für sich nicht mehr angemessen gefunden hatte. Der Zaun sah aus, als sei er eigentlich ziemlich massiv gewesen. Entweder war dieser Bulle außergewöhnlich kräftig oder schlichtweg verrückt. Selbst Sandved wirkte beeindruckt.

»Ich hätte gedacht, dass Sie andere Formen der Freizeitgestaltung bevorzugen«, knüpfte Leo an seine letzte Bemerkung an. »Obwohl Ihr Outfit ja perfekt ist.«

Der Wald schloss sich um sie. Das Fahrgeräusch wurde leiser; die Räder rollten jetzt nicht mehr über Schlaglöcher, sondern fuhren auf weichem Waldboden.

»Zugegeben, ich habe mich vorbereitet. Eigentlich wollte ich Sie zu einem Spaziergang abholen. Es gibt ein paar Dinge zu besprechen.«

»Nur zu, ich bin ganz Ohr.«

»Später.« Er zeigte nach vorn. »Ich glaube, wir sind da.«

Ruth und Lüdersen kletterten gerade aus dem Traktor. Sie wurden schon von Lorenz Lüdersen erwartet, einer rotgesichtigen jüngeren Ausgabe seines Vaters. Ein Stückchen weiter hinten parkte ein olivgrüner Kombi, der Wagen des Tierarztes. Doktor Haffner hatte abseits des Weges unter einer großen Eiche gewartet und gesellte sich jetzt zu der kleinen Gruppe. Hinter ihm lag die Schweinehütte, die sich als gemauertes Fachwerkhäuschen mit weiß gekalkten Wänden und leeren Fenster- und Türöffnungen herausstellte.

»Er ist da lang«, sagte Lüdersen junior nach kurzer Begrüßung.

Andächtig betrachteten sie die Schneise der Verwüstung, die der Bulle in das Unterholz getrampelt hatte.

»Er wird versuchen, zurück auf den Weg zu kommen. Rindviecher hassen Gestrüpp.« Doktor Haffner, ein drahtiger grauhaariger Mann von etwa sechzig Jahren, spuckte aus. Auch er trug ein Gewehr.

Weit entfernt krachte es im Unterholz. Es hörte sich nach ziemlich viel Kraft an.

»Es gibt nur diesen Weg und den da hinten.« Lüdersen zeigte auf eine Kreuzung in knapp fünfzig Meter Entfernung. »Wenn er nicht direkt auf seiner eigenen Spur zurückläuft, muss er auf den anderen Weg kommen.«

Sie einigten sich auf die brillante Strategie, Samson vor die Flinten von Lüdersen und Haffner zu treiben. Die beiden sollten auf dem Waldweg patrouillieren, der den Hauptweg kreuzte. Lorenz Lüdersen und Ruth erhielten den Auftrag, der Schneise zu folgen, die Samson getrampelt hatte. Sandved und Leo sollten ein Stück zurückgehen und sich dann in den Wald schlagen, für den Fall, dass der Bulle die Richtung wechselte und in einem Bogen zurücklief.

»Machen Sie so viel Krach wie möglich«, riet Haffner. »Aber reizen Sie ihn nicht. Halten Sie Abstand.«

Leo fand, dass das eine sehr gute Idee war. Sie und Sandved marschierten ein Stück zurück nach Westen und stellten sich dann dem Kampf mit dem Unterholz. Es setzte sich standhaft zur Wehr.

»Bitte. Nach Ihnen.« Sie ließ Sandved den Vortritt.

Wieder war das Krachen von trockenem Holz zu hören. Leo ging auf, dass sie als einziges Mitglied der SOKO Samson unbewaffnet war. Sie bückte sich nach einem ordentlichen Knüppel und wog ihn abschätzend in der Hand. Vor ihr verschwand Sandveds Rücken zwischen Zweigen und sie beeilte sich, aufzuschließen. Warum war sie nicht einfach zu Hause geblieben, um Ludwigs Grab zu pflegen und Stellenanzeigen zu studieren? Ihr Leben hätte so einfach sein können. Bis auf ein paar Kleinigkeiten jedenfalls.

Sandveds angespannten Schultern war anzusehen, dass auch er

sich nicht besonders wohl in seiner Haut fühlte. Zögernd gingen sie weiter. Nach einiger Zeit hatte Leo den Eindruck, dass sie zu weit nach Osten gerieten. Mehrmals waren die Stimmen von Ruth und Lüdersen junior zu hören.

»Wir kommen den anderen in die Quere«, bemerkte sie. Sandved wollte gerade zu einer Antwort ansetzen, als ganz in der Nähe ein gewaltiges Krachen losbrach. Wie angewurzelt blieben sie stehen. Wer umschlich hier eigentlich wen? Dieser gerissene Bulle hatte ihnen den Rückweg abgeschnitten. Der Holzknüppel in Leos Hand fühlte sich federleicht an und überhaupt nicht beruhigend.

Eine angespannte Stille breitete sich aus. Lüdersen hatte doch behauptet, der Bulle würde versuchen, zurück auf den Weg zu kommen; an Sandveds plötzlich weit aufgerissenen Augen und einem infernalischen Getöse in ihrem Rücken erkannte Leo, dass er sich gründlich verschätzt hatte.

Wie ein Panzerfahrzeug brach Samson durch das Unterholz.

»Zur Seite!«, brüllte Sandved. Seine Hand fuhr hoch zu seiner Waffe, Leo wirbelte herum – nein, sie *wollte* es, aber ihr Körper fühlte sich an, als wäre er mit Blei gefüllt. Alles verlangsamte sich auf gespenstische Weise. Sie blickte in zwei blutunterlaufene Augen. Ein massiger Körper mit angriffslustig gesenktem Kopf schwebte wie in einem grotesken Ballett auf sie zu. In Zeitlupe hob sich ihr linker Arm, nahm die Drehung ihres Körpers auf und landete – verwundert nahm sie den Knüppel wahr – einen gut platzierten Schlag auf die Bullennase.

Wie auf ein Zeichen sprang die ganze Situation in die Normalzeit zurück. Samson blieb mit einer Vollbremsung stehen, kleine Klumpen Walderde spritzten von seinen Hufen auf. Leo hörte seinen rasselnden Atem.

»Gehen Sie aus dem Weg, verdammt noch mal!« Sandved zielte. Samson glotzte.

Dann brach der Bulle unvermittelt zur Seite aus und riss den verblüfften Sandved zu Boden. Er konnte ihn höchstens gestreift haben, doch die Wucht des massigen Körpers verdreifachte die

Wirkung. Der Schuss ging in die Luft. Samson galoppierte weiter, als befände er sich auf einer weiten Wiese, walzte noch eben eine Gruppe junger Tannen nieder und verschwand im Dickicht.

Aufgeregte Rufe ertönten. Ruths Stimme klang hervor. Sie hatten den Schuss gehört. Leo ließ den Knüppel fallen und rannte zu Sandved. Benommen rappelte er sich auf.

»Alles in Ordnung mit Ihnen?«

Er nickte und rieb sich die Schulter. Seine Waffe lag neben ihm im Moos. Er sicherte sie und schob sie zurück in das Holster.

Ein Schuss krachte, dann ein zweiter. Leo fuhr zusammen. Das war es dann wohl mit Samson. Sie half Sandved auf die Beine und wandte sich dem breiten Pfad zu, den der Bulle getrampelt hatte. Sandved machte keine Anstalten, ihr zu folgen. Er schien auf die lauten Pfiffe und Rufe zu lauschen.

»Leo! Herr Sandved! Wir haben ihn!«

Sandved rührte sich nicht.

Leo lachte. »Sind Sie immer noch entschlossen, Ihren Urlaub hier zu verbringen?«

Als er nicht antwortete, zuckte sie die Schultern. Dann eben nicht. Sie machte sich allein auf den Weg.

»Warten Sie. Ungestörter als hier werden wir wohl kaum mehr sein. Ich muss mit Ihnen reden.«

Sie blieb stehen und zerrte an einer Dornenranke herum, die sich heimtückisch um ihr Bein geschlungen hatte.

»Um was geht es denn?«

»Möglicherweise um Ihr Leben.«

»Oh bitte, werden Sie nicht melodramatisch. Das passt nicht zu Ihnen.«

Sie war die Ranke endlich losgeworden und setzte sich auf einen Baumstumpf, um ihren Stiefel neu zu schnüren.

»Warum sind Sie wirklich hier?« Sie warf ihm einen schrägen Blick zu.

Er ging vor ihr in die Hocke und sah sie eindringlich an. Auf seiner Stirn zeigten sich tiefe Furchen, und was das zu bedeuten hatte, wusste sie inzwischen. Er war entweder stinksauer oder ernsthaft besorgt.

»Kurt Friedmann ist aufgewacht. Gestern Abend.«

»Ah. Das ist doch gut.«

»Wie man es nimmt. Er gibt den Überfall zu. Das kann er ja auch schwer leugnen. Doch über sein Motiv schweigt er sich aus.«

Leo sah ihn an. »Und? Wollen Sie das jetzt etwa von mir hören?«

Seine braunen Augen ließen sie nicht los.

»Das ist nicht das eigentliche Problem. Das kriegen wir heraus. Früher oder später.«

»Was ist es dann?«

»Friedmann behauptet, nichts von dem Einbruch in Ihrer Wohnung zu wissen, der vor dem Überfall stattgefunden hat.«

»Dann lügt er.«

»Wirklich? Weshalb sollte er das tun? Er hat nicht viel zu verlieren. Wegen des Überfalls ist er so oder so dran. Ich fürchte, das Ganze ist komplizierter. Wir haben es möglicherweise nicht nur mit Friedmann zu tun. Angenommen, er sagt die Wahrheit und er hat wirklich nichts mit dem Einbruch zu tun. Dann gibt es einen weiteren Täter. Im Klartext: Noch jemand, der hinter Ihnen her ist. Und solange wir den nicht haben, werde ich Sie nicht aus den Augen lassen.«

Nicht Friedmann? – Leo war es, als hätte eine kalte Hand nach ihr gefasst. Jemand anderes.

»Wer immer es ist, er wird Sie vermutlich nicht in Ruhe lassen, bis er hat, was er will. – Fühlen Sie sich unter diesen Umständen immer noch nicht ermuntert, mir zu verraten, hinter was diese Leute her sind?«

Er stieß verärgert die Luft aus, als sie nicht antwortete. Wortlos verließen sie den Wald.

Wenn er doch jetzt etwas sagen würde, dachte Leo. *Es wird Ihnen nichts passieren, solange ich in Ihrer Nähe bin* oder etwas ähnlich Blödes. Blöd und beruhigend. Dann hätte sie gelacht und später einfach weitergemacht mit dem, was sie für richtig hielt. Aber er schwieg.

Auf dem Kreuzweg herrschte Siegesstimmung. Der tote Samson lag am Waldrand zwischen verdorrten Farnkräutern. Ein Schuss zwischen die Augen hatte ihn niedergestreckt, ein zweiter war in das linke Auge eingedrungen. Aus der leeren Augenhöhle sickerten Blut und ein grauweißer Schleim. Der mächtige Körper wirkte noch kraftvoll und lebendig, obwohl frische Risswunden vom Gestrüpp das braune Fell durchzogen.

Mitleid überkam Leo. Nachdem er sich selbst in eine unglückliche Lage manövriert hatte, war dem Bullen nur noch die Flucht nach vorn geblieben. Auf einmal erschien ihr der tote Samson wie ein böses Omen.

»Haben Sie den ersten Schuss abgefeuert?«, wandte sich Ruth an Sandved. Neben dem riesigen Tier sah sie noch filigraner aus als sonst.

Sandved nickte nur und Ruth fuhr fort: »Das Vieh raste direkt an uns vorbei, so schnell, dass wir nicht mal anlegen konnten.« Es klang bedauernd.

»Kam wie ein Bulldozer aus dem Wald«, nahm Lüdersen den Jagdbericht auf. »Mein Gott, einen Augenblick hatte ich wirklich eine Heidenangst.« Er stieß den toten Bullen mit der Stiefelspitze an. »Schade drum. Hat 'ne Stange Geld gekostet. Wenigstens hat Haffner ihn sauber erledigt. Klasse Treffer, direkt zwischen die Augen!«

Der Tierarzt spuckte wieder aus. »Es schneit. Wir sollten zur Hütte gehen.«

Der leichte Schneefall wurde innerhalb von Minuten zu einem dichten Gestöber und färbte das braune Fell Samsons weiß. Der kleine Jagdtrupp hastete zurück zur Schweinehütte. Haffner holte eine Flasche Weinbrand aus seinem Wagen.

»Ich glaube, wir können jetzt alle einen Schluck gebrauchen«, sagte er.

»Gute Idee«, stimmte Ruth zu. »Ich habe ganz nasse Füße. Einen zumindest.« Alle blickten auf ihre Gummistiefel. Der mit dem Riss im Spann klaffte jetzt vollends auseinander und ließ die graue Wollsocke darin erkennen.

»Auf Samson!« Haffner nahm den ersten Schluck und ließ die Flasche dann kreisen.

Während draußen der Schnee fiel und sich drinnen die Nerven langsam beruhigten, wurde lang und breit diskutiert, wie nun zu verfahren sei – Samson auf den Anhänger verfrachten, zum Schlachthof bringen oder die Sache mit fachkundiger Hilfe von Metzgermeister Fritz Noltemeyer zu Hause erledigen und sich dann an einer üppigen Schlachteplatte laben?

»Ich sage Noltemeyer Bescheid«, beschloss Lüdersen. »Der kommt ins Haus und macht das.«

Leo zog es die Kehle zu. Erneut machte die Flasche unter Gelächter die Runde. Nur Sandved und sie sprachen kein Wort. Es fiel niemandem auf.

*

Wiedensahl, den 18ten October 1871

Zunehmend scheint mir unser Geheimnis das einzige Druckmittel, um Wilhelm zur Vernunft zu bringen. Was, wenn ich Wilhelms Briefe öffentlich mache? Seine Versprechungen, seine Hinhaltungen? Es wäre das Ende zwischen uns, folglich kann ich nur damit drohen. Das werde ich jetzt thun. Denn statt zurück nach Wiedensahl zu kommen, wie er mir zum soundsovielten Male versprochen, hat er festes Quartier in Frankfurt genommen. Und wo? In einem Nebengebäude auf dem Keßlerschen Grundstück! In ihrer Nähe! Ich war dort und bin vor dem Hause auf und abgegangen, Bockenheimer Landstraße, Ecke Wiesenau.

Meine zweite große Fahrt nach der Reise nach München. Zehn Tage hat sie mich gekostet, und entsetzlich viele Thaler. Und, was weit mehr wiegt, es wirft mich zurück, es droht mich klein zu machen. Wilhelm wird mir unterdeßen immer fremder. Was er veröffentlicht, ist nicht das, worauf ich anfangs hoffte. Mit der Ölmalerei ist es nichts geworden, damit habe ich mich abfinden können. Ich sage mir, sein Erfolg als Zeichner sei ja auch etwas. Sowohl seine Zunge als auch sein Federstrich werden immer schärfer. Sein jüngstes Werk, die fromme Helene, hat mich auch wirklich durchaus erfreut. Ohrfeigen und Spott und Hohn für die heuchelnden Kleingeister!

Wiedensahl, den 4ten November 1871

Dieser dunkle Monat wird mir zur Qual. Alle im Ort begegnen mir mit mitleidigen Blicken. Alte Jungfer, steht in den Augen. Armes Ding. Es muß wohl was mit ihr nicht stimmen, so ist es bei allen Weibern, die keinen Mann bekommen.

Was mit mir nicht stimmt, wird allmählich zu einer eiternden Wunde, an die jede neue Nachricht aus Frankfurt unbarmherzig rührt.

Ich lächle und gehe meinem Tagwerk nach, schwatze mit den Leuten, lasse mir nichts anmerken, wenn sie den neuesten Klatsch über Wilhelm verbreiten; ich spiele, als ginge mich dies alles nichts an. Dabei ist jeder Gedanke, der mir durchs Hirn fährt, auf ihn ausgerichtet.

Wenn er in diesem Jahr nicht zurückkommt, werde ich ihn vor die Wahl stellen: Entweder ein öffentlicher Skandal – ich habe alle seine Briefe wohlverwahrt – oder die Erfüllung unseres Bundes. Er soll mich lieben. Er thuts ja. Er soll mich heiraten. Er wirds. Er muß. Dann steigen wir beide im vor-

nehmsten Frankfurter Hotel ab. Wilhelm Busch und Gemahlin, Madame Christine Busch. Da staunen Sie, gnädige Frau!

- 16 -

Leo lieh sich den Explorer und teilte Ruth mit, dass sie für einen Tag zurück nach Hannover wollte. Ruth fragte nicht, was Leo vorhatte. Sie interessierte sich für etwas ganz anderes.

»Du bist so still seit gestern. Ist zwischen Sandved und dir was vorgefallen?«

»Leider nicht.« Die Worte waren heraus, bevor Leos Verstand eingreifen konnte. Bestürzt presste sie die Lippen zusammen. Zu spät.

»Ich wusste es doch! Er gefällt dir!«, kicherte Ruth.

»Streich meinen letzten Satz. War nur eine Sprechprobe.«

»Oh nein!« Ruth schüttelte lachend den Kopf. »Wenn ich eine Spur aufgenommen habe, lasse ich sie nicht aus den Augen.«

Wem erzählte sie das. Leo machte es genauso. Und deshalb fuhr sie los. Der Imbiss hatte noch geschlossen, aber Su Jing kam heraus, als sie den Wagen sah.

»Ist etwas passiert?«

»Nein, nein. Alles bestens. Ich will nur ein paar Dinge erledigen, dann fahre ich zurück. – Wie geht es Ihrer Hand?«

Su Jing trug immer noch einen Verband.

»Oh, bald wieder gut. Tantchen kümmert sich darum.«

Mit Ginsengschnaps vermutlich, dachte Leo. Ob der auch bei Bäumen half? Der Lieferwagen stand sprichwörtlich an seinem alten Stammplatz. Offensichtlich hatte er die Linde erst gerammt und war dann wieder einen knappen Zentimeter davon abgerückt.

»Er war sehr wütend«, bemerkte Su Jing entschuldigend. Leo brauchte nicht zu fragen, wen sie meinte.

»Wie halten Sie das mit ihm aus?«

»Man muss ihm einfach nur ausweichen«, erklärte Su Jing. »Ich mache trotzdem, was ich will und gehe zu Ruth Hellers Geburtstagsparty.«

Den Geburtstag am 30. Dezember hatte Leo total vergessen; nur gut, dass es noch ein paar Tage bis dahin waren. Sie brauchte dringend noch ein Geschenk für Ruth.

»Xue will nicht mitkommen«, erzählte Su Jing. »Er möchte auch nicht, dass ich fahre. Aber das ist nur, weil er so unsicher ist.«

»Was sagt denn Ihr ehrenwerter Onkel dazu?«

Su Jing lachte. »Er wird da sein.«

Leo schlug die Einladung auf einen Jasmintee aus und ging nach oben. Wie sie erwartet hatte, war Paul Ostermann nicht da. Wahrscheinlich saß er längst wieder an seinem Arbeitsplatz in der Landesbibliothek. Das kam ihrem Plan entgegen.

Mit einem merkwürdigen Gefühl des Nachhausekommens schloss Leo die Wohnungstür auf. Trotz allem, was sich hier ereignet hatte, und obwohl sie erst so kurze Zeit hier war, fühlte sie sich schon heimisch. Dennoch zögerte sie einen Moment, bevor sie eintrat, um dann mit Erleichterung festzustellen, dass in der Zwischenzeit niemand hier gewesen war. Außer Paul.

Er schien ihre Anleitungen gewissenhaft zu befolgen. Den Blumen ging es jedenfalls gut. Leo gönnte Edwina eine kleine Dusche aus der Sprühflasche, bevor sie sich an den Schreibtisch setzte. Ihr Blick fiel auf den großen Bernstein, den sie als Briefbeschwerer dort liegen hatte. Sie hatte es schon wieder versäumt, sich bei Professor Irschinger zu melden und sich für einen Besuch anzukündigen. Nachdenklich hielt sie sich den Harzklumpen vor ein Auge und schaute in sein goldenes Licht. Winzige urzeitliche Fliegen waren darin eingeschlossen, der klebrigen Masse beim Putzen, Fressen oder Ruhen zum Opfer gefallen.

Sie konnte jetzt nicht einfach fort und allem hier den Rücken zukehren. Ganz deutlich spürte sie, dass etwas ins Rollen geraten war. Und sie konnte die Dinge noch beschleunigen. Irschinger musste warten. Mit einem Anflug von schlechtem Gewissen legte sie den Bernstein zurück, griff nach einem Blatt Papier und begann zu schreiben.

Lieber Paul,
schade, dass ich Sie nicht angetroffen habe. Es gibt Neuigkeiten! Habe Christine gefunden, oder vielmehr ihr Tagebuch. Scheint so, als hätte der alte Busch eine geheime Liebschaft gehabt. Bin sehr gespannt, was Sie als Busch-Kenner dazu sagen werden. Melde mich wieder.
Gruß, Leo

Vielleicht hatte sie etwas dick aufgetragen, aber der kurze Brief würde auf jeden Fall Pauls Neugier wecken. Er musste glauben, dass sie den Fund in Wiedensahl gemacht hatte, und wenn ihre Rechnung aufging, würde er kommen. Denn entweder log Friedmann, wenn er behauptete, nichts mit dem Einbruch in ihre Wohnung zu tun zu haben, oder es gab tatsächlich eine zweite Person, die an dem Dokument interessiert war. Leo betrachtete ihren Versuch als Ausschlussverfahren. Würde Paul kommen, war er zumindest verdächtig. Kam er nicht, musste es jemand ganz anderes sein. Vielleicht Ludwigs unbekannte Freundin. Man würde ja sehen. Leo setzte noch das Datum hinzu und faltete den Bogen in der Mitte zusammen.

Plötzlich überkam sie ein merkwürdiges Kribbeln im Nacken und zwischen den Schulterblättern. Da war doch jemand hinter ihr, sie spürte es genau. Mit einem Ruck drehte sie sich um.

Vor der Balkontür hockte Hans und starrte sie an. Die schwarzen Knopfaugen glänzten, als wollten sie etwas sagen.

Leo stieß erleichtert die Luft aus und stand ganz langsam auf.

Der Rabe ließ sie nicht aus den Augen. Leo holte eine Packung Reiscracker aus der Küche, öffnete behutsam die Tür und ließ sich in die Hocke nieder. Hans hüpfte ein wenig zur Seite, flog aber nicht weg. Sein Gefieder glänzte blauschwarz, am Rücken stand eine Feder heraus.

Leo legte einen Cracker ab. Hans beäugte ihn.

»Na komm. Der ist doch weit genug von mir entfernt.«

Eine blitzschnelle Schnabelattacke, schon hatte er die Beute in Sicherheit gebracht.

Leo legte einen weiteren Cracker aus. »Wie läuft's denn so da draußen? Kommst du zurecht, so als verwöhnter Stubenrabe?«

Zack, das gleiche Spiel.

»Wäre schön, wenn du reden könntest. Na los, Infos gegen Cracker! Wie's aussieht, bist du der einzige Zeuge.«

Sie hielt ihm einen Cracker hin. Hans musterte abwechselnd den Leckerbissen und die Hand, die ihn hielt, und versuchte abzuschätzen, ob es das Risiko wert war.

Vorsichtig rückte er näher, streckte den Kopf vor, so weit es ging und schnappte zu.

»Was ist wirklich passiert in jener Nacht? War Onkel Ludwig betrunken? Warum? Und weshalb ist er auf diese Brüstung geklettert? Hätte Paul ihn daran hindern können?«

Der Rabe beschäftigte sich mit seinem Cracker und dachte gar nicht daran, zu antworten. Dann knallte ein Müllcontainerdeckel im Hof, Hans zuckte zusammen und ließ den Cracker fallen.

Weg war er. Leo seufzte. Schade, Rabe.

Hoffentlich erwies sich ihr nächster Gesprächspartner als mitteilsamer. Leo hatte sich zwar nicht angekündigt, aber Valentin Scherkow würde sich bestimmt ein wenig Zeit nehmen, wenn er erst erfuhr, um was es ging.

Sie nahm die Packung mit den Reiscrackern, den Zettel und die Tasche, in der das Tagebuch ruhte, sprach noch ein paar aufmunternde Worte zu Edwina und ging.

Su Jing erklärte sich bereit, dem Raben täglich ein paar Cracker auf den Balkon zu legen. Über die Feuertreppe konnte sie gut hinaufkommen.

*

Wiedensahl, den 9ten Juli 1872

Mein Kampf um Wilhelm ist wie ein Kampf mit Schatten. Ständig tauchen neue Feinde auf. Zwar haben meine Vorhaltungen endlich Erfolg gezeigt, und Wilhelm hat seinen festen Wohnsitz in Frankfurt aufgegeben. Mit der Entscheidung hat es auch preßiert. Neuerdings nahmen ja sogar die beiden Füllen der Keßler-Familie eine ungeheure Bedeutung für Wilhelm an. Unzählige Briefe gingen an sein ›liebs Nandache, liebs Lettyche‹. Schluß damit und Adieu, Madame Keßler und Anhang! Nun gibt es keinen Zweifel mehr, wer von uns beiden die Erste ist! Denn ohne mich wäre Wilhelm nicht das geworden, was er ist. Ich verstehe die Zeichenfeder nicht zu führen wie er, auch im Verseschmieden habe ich es nur zu einer kläglichen Kunst gebracht, aber Geschichten sind in meinem Kopf, daß es auf Jahre keine Not daran haben wird. Oft genug nennt er mich verrückt. Aber einiges von meinem Gedankenzeug findet sich auf wunderbare Weise dann doch bei ihm wieder.

Wenn ich es recht bedenke, ist auch das ein Strick, der ihn an mich bindet. Doch was ich nun täglich hier vor Augen habe, ist fast so unerträglich wie die Vorstellung von ihm in Frankfurt. Das traute Familienglück im Pfarrhaus bringt mich zur Raserei. Statt bei mir Logis zu nehmen und damit unser Verhältnis öffentlich zu machen, schlüpft er in der Familie des Schwagers unter. Schwester Fanny führt das Regiment. Wieder ein Weibsbild vor meiner Nase. Abends geistere ich wie ein Schatten durch den Garten und spähe zu den Fenstern hinauf. Da sitzt er, zeichnet, dichtet, raucht sein Pfeifchen und sieht mich nicht.

Wiedensahl, den 19ten Dezember 1872

Wenn wir uns sehen, ist er wie immer. Man möchte sich fast täuschen lassen und glauben, er spräche tatsächlich zu einem. Aber das ist nur seine Larve! Alles, was ihn ausmacht, sein Herz, sein Geist, sein Verstand, ist in Frankfurt geblieben. In den Monaten, die er nun hier ist, hat er wahrhaftig mehr Briefe nach Frankfurt auf die Post gegeben, als ich in den ganzen letzten Jahren von ihm bekommen habe. Für mich bleiben nur die Brosamen an Zeit und Gefühl, die neben seiner Arbeit noch abfallen.

Der Wind heult vor meinem Fenster und orchestriert den Aufruhr in meinem Inneren. Es zerreißt mich. Bin das ich, die aus dem Spiegel blickt? Es muß am Flackern der Kerzenflamme liegen, daß mir mein Gesicht so fremd ist.

- 17 -

Es begann wieder zu schneien. Leo fügte sich in die Autoschlange ein, die die Landstraßen entlangkroch, und bemühte sich vergeblich, ihre Aufmerksamkeit voll auf den Verkehr zu konzentrieren. Immer wieder ging ihr durch den Kopf, was sie von Valentin Scherkow erfahren hatte. Sie brauchte Zeit zum Nachdenken. Ach was, Zeit. Sie brauchte einen Plan.

Erst nach Einbruch der Dunkelheit erreichte sie die Ortseinfahrt von Wiedensahl. Feine weiße Schneekristalle lagen auf Dächern, Wegen und Feldern und ließen das Dorf aussehen wie mit Zuckerguss überzogen. Es war schon reichlich spät für einen Besuch im Museum. Ein älterer Mann, der trotz der Kälte nur einen Wollpullover und eine karierte Schirmmütze trug, schloss gerade ab, als Leo den Wagen vor der kleinen Kate parkte und ausstieg.

»Tut mir leid, wir öffnen erst morgen wieder.« Es klang nicht unfreundlich, und Leo fühlte sich ermutigt.

»Nur eine kurze Frage. Bitte, es ist sehr wichtig, ich bin extra von außerhalb gekommen!«, behauptete sie ohne die leisesten Skrupel, denn in gewisser Weise stimmte es ja.

Der Mann schob seine Mütze zurück, kratzte sich hinter dem Ohr und musterte skeptisch den Explorer. Natürlich kannte er ihn.

»Also gut. Fünf Minuten.« Er schloss wieder auf.

Leo hatte bereits die Festschrift aus ihrer Jacke gezogen und schlug die Seite mit Ludwigs Foto auf.

»Erinnern Sie sich an diesen Besucher?«

Der Mann warf nur einen kurzen Blick auf das Bild. »Professor Heller, natürlich. Er war häufig hier. – Wieso fragen Sie?«

»Er war mein Onkel«, sagte Leo und stellte sich vor.

»Mein Beileid. Ich habe die Todesanzeige in der Zeitung gelesen.« Der Mann – *Herr Krüger* stand auf dem Namensschild an seinem Pullover – sah gedankenvoll vor sich hin. »Er wird mir fehlen, der Herr Professor. Wir haben uns immer so anregend unterhalten.«

Leo schluckte. »Können Sie sich an seinen letzten Besuch hier erinnern?«

»Und ob. An dem Tag war viel los. Eine ganze Schulklasse tobte durch das Haus. Der Professor hat sich nicht lange aufgehalten. Er konnte Trubel nicht ausstehen. Am liebsten hatte er es, wenn er ganz für sich in der hinteren Kammer sitzen und nachdenken konnte.«

»Waren noch andere Besucher da?«

»Zwei Lehrer. Wenn Sie mich fragen, hätten die auch zu Hause bleiben können. Die hatten die Rasselbande absolut nicht unter Kontrolle. Die ganze Zeit musste ich hinter ihnen her sein, damit sie mit ihren schmutzigen kleinen Händen nicht alles anfassen und kaputt machen.«

»Und sonst noch jemand?«

Krüger runzelte die Stirn. »Ich glaube nicht. Nicht an dem Nachmittag. Aber so genau kann ich das nicht sagen. Ich hatte gegen vierzehn Uhr einen Zahnarzttermin, meine Vertretung war hier.«

»Ach ja, Ihre Schwägerin.«

Er sah sie erstaunt und mit einer Spur von Verlegenheit an. »Doris? Nein. Die hat nur gestern ausnahmsweise ausgeholfen. Sonst springt meine Kollegin ein, wir teilen uns die Stelle. Jedenfalls, als ich vom Zahnarzt wiederkam, war der Professor schon da.«

Krüger sah demonstrativ auf seine Uhr. »Wenn Sie die Ausstellung sehen wollen, müssen Sie morgen wiederkommen. Es ist wirklich schon zu spät. Ich muss jetzt los.«

Wieder nichts. Leo hatte gehofft, Hinweise auf die blonde Frau zu bekommen, die Ludwig angeblich besucht hatte. Aber wenn ihr Onkel hier am liebsten allein gewesen war, dann vermutlich auch an seinem letzten Abend. Leo dankte Krüger für sein Entgegenkommen. Er verabschiedete sich und eilte mit raschen Schritten die Straße hinunter, wo er bald in einen Hauseingang einbog.

Sandveds Wagen stand auf dem Hof von Ruth. Leo stellte den

Explorer am Straßenrand ab. Drinnen hatte man ihr Kommen bereits bemerkt, Ruths Umriss tauchte im erleuchteten Eingang auf. Leo gab sich einen Ruck und stieg aus, unter dem Arm einen Stapel Zeitungen. Sie legte ihn in der Diele ab. Das Durchblättern der Stellenanzeigen konnte sie sich heute Abend wohl schenken.

In der Küche saß ein hemdsärmeliger Sandved am Tisch und schälte Kartoffeln. Ruth, offenbar nicht so sicher, ob Leo über den unerwarteten Besuch in Jubelschreie ausbrechen würde, schwatzte munter drauflos.

»Ich habe Herrn Sandved spontan zum Essen eingeladen, zum Dank für seine Mithilfe gestern.«

Ich hasse Spontaneität, dachte Leo.

»Allerdings muss er mithelfen, bis vor einer halben Stunde war ich nämlich noch bei Lüdersens. Ich weiß ja nicht, was bei Ronnenberg heute auf dem Küchenzettel steht, aber so was Gutes wie das hier bestimmt nicht!«

Sie lüpfte den Deckel eines gewaltigen Topfes, der auf dem Herd stand. Er war randvoll mit Grünkohl.

»Von Else Lüdersen frisch gekocht!«

»Mit irgendwas von Samson drin?«, fragte Leo misstrauisch.

»Ach was! So schnell wird aus einem toten Bullen kein Räucherwürstchen. Wir müssen nur noch die Kartoffeln kochen, dann können wir essen. Es gibt ein schönes Bier dazu und Bittern, diesen grünen Schnaps, du kennst ihn ja schon.«

»Kann ich gleich einen haben?«

Sandved sah zum ersten Mal von seiner Beschäftigung auf. Vor ihm türmte sich ein Berg schmutzig brauner Schalen. Die geschälten Kartoffeln ließ er in eine Schüssel plumpsen.

Leo legte ihre Tasche ab und nahm am Küchentisch Platz. Sandved schälte weiter.

»Hatten Sie einen schönen Tag in der Stadt?«, erkundigte er sich.

Leo kippte den Schnaps hinunter, bevor sie Sandved eine Antwort gab.

»Ich weiß jetzt, wer meine Wohnung durchsucht hat. Und ich habe, was er will.«

Sie klopfte auf die Tasche neben sich. – So. Das war's. Jetzt hatte sie gleich alles auf einmal ausgespuckt. Was sagte er dazu?

Sandved schnitt sich weder in den Finger noch ließ er die Kartoffel fallen, mit der er gerade beschäftigt war. Leo fand, er hätte wenigstens so tun können, als sei er überrascht.

Ruth dagegen warf ihr wegen des plötzlichen Kurswechsels einen verdutzten Blick zu. Bis eben hatte noch Geheimhaltung gegolten.

Sorgsam schälte Sandved die Kartoffelschale in einer langen Spirale ab, ohne dass sie einmal riss. Leo konnte sehen, wie sich die Muskeln an seinen Unterarmen bewegten. Äußerlich war er ganz ruhig. Nur seine prächtig gerunzelte Stirn verriet, dass dahinter die Gedanken tobten.

»Ich will hoffen, dass du dich nicht in Gefahr begeben hast«, sagte Ruth.

Sandved wischte sich die Hände ab und schnaubte.

»Tut sie je etwas anderes?«

Das sah ihm ähnlich. Erst bedrängte er sie, Namen, Fakten und nochmals Namen zu nennen, und wenn sie dazu bereit war, interessierten sie ihn nicht.

»Ein bisschen mehr Enthusiasmus dürfen Sie ruhig zeigen. Was ist los, freuen Sie sich gar nicht? Sie können den Fall abschließen, New York rückt in greifbare Nähe!«

Endlich bequemte er sich zu einer Antwort. »Wer war es also?«

»Paul Ostermann. Ich kann es nicht beweisen«, schränkte Leo ein. »Noch nicht. Aber er war als Einziger zu Haus, als der Einbruch passiert ist. Gut, er war krank, er hatte die Grippe, aber es ging ihm nicht so schlecht, dass er sein Bett nicht hätte verlassen können. Und er wusste auch als Einziger, dass ich nicht da sein würde. Ich hatte am Abend vorher seine Einladung ausgeschlagen, mit ihm ins Museum zu gehen.«

Sandveds Augenbrauen schossen in die Höhe.

»Was noch?«

»Misstrauisch hat mich die Sache mit seinem Hund gemacht. Rufus bellte jedes Mal, wenn ich an der Tür vorbeiging, es war ziemlich lästig. Noch lästiger waren allerdings die Ratten, die er mir auf die Matte gelegt hat. – Nur Geduld, ich komme gleich zur Sache.«

Sandved schluckte die Bemerkung hinunter, die ihm auf den Lippen lag.

»Als ich Paul auf das Dauergebell ansprach, behauptete er, dass das Tier sich sonst nur so aufführen würde, wenn er die Wohnung verließe oder wiederkomme.«

»Und?«

»An dem Tag, als ich in Wiedensahl unterwegs war, hat der Hund ständig angeschlagen. Öfter als sonst. Wegen mir kann es nicht gewesen sein, nicht wahr? Und Paul hätte ja eigentlich krank im Bett liegen sollen. Aber Rufus hat trotzdem Theater gemacht. Und zwar so sehr, dass Su Jings Baby nicht schlafen konnte. Su Jing hat es mir erzählt. Ich habe mir nichts dabei gedacht, erst später ist mir klar geworden, was das bedeuten kann.«

»Dass Paul Ostermann unter Umständen entgegen seiner Aussage die Wohnung verlassen hat. Na und? Er kann zur Apotheke gegangen sein. Das ist noch kein Beweis.«

Ruth hatte aufmerksam zugehört. »Aber mal angenommen, er war der Einbrecher. Wusste er, wonach er suchen musste?«

»Nicht genau. Zu dem Zeitpunkt jedenfalls noch nicht.«

»Und ich weiß es, nebenbei bemerkt, auch nicht«, sagte Sandved. »Wenn Sie wohl so freundlich wären …?«

»Es ist ein Tagebuch; oder vielmehr die kopierten Seiten. Da schreibt eine Frau, die ein sehr intimes Verhältnis mit Wilhelm Busch gehabt haben will.«

Noch mehr Stirnrunzeln. »Christine? Die, von der in dieser autobiografischen Textstelle die Rede ist?«

»Genau. Ich hab Sie Ihnen vorgelesen. Und ich glaube, dass Ostermann ihr auf der Spur war. Er hat mit meinem Onkel zusammen diese Ausstellung vorbereitet, über Wilhelm Busch und die

Frauen. Wir sprachen am Abend von Jablonskys Beerdigung darüber.«

»Was hat die Beerdigung damit zu tun?«

»Gar nichts.«

»Verstehe.«

»Tun Sie nicht. Ich versuche nur, den Zeitrahmen abzustecken.«

»Das war aber bereits nach dem Einbruch.«

»Lassen Sie mich doch einmal ausreden! Ich habe nach dem Friedhofsbesuch einen Abstecher ins Museum gemacht und mir die Ausstellung angesehen.«

»Und deswegen wollten Sie nicht mit mir Kaffee trinken?«

Ruth stand auf. »Ich setz dann mal die Kartoffeln auf.«

»Gute Idee«, sagte Sandved.

Die machen mich wahnsinnig, dachte Leo.

»Ich … wo war ich?«

»Im Museum.«

»Äh, ja. Ich hoffte, einen Hinweis auf Christine zu finden. Den gab es aber nicht. Stattdessen stand da, dass die Ausstellung unter Mitwirkung von Paul Ostermann konzipiert worden war. Also habe ich ihn abends aufgesucht, um ihn nach Christine zu fragen. Ich dachte mir, wenn er an der Ausstellung mitgearbeitet hat, muss er sich auskennen. Ich habe ihm erzählt, ich hätte in Ludwigs Unterlagen einen Hinweis auf geschäftliche Beziehungen zu dem Antiquar Anton Jablonsky gefunden.«

»Das Tagebuch?«

»Ja, aber das habe ich ihm nicht …«

»Woher haben Sie es? Und wo ist es jetzt?«

»Bringen Sie mich doch nicht dauernd aus dem Konzept! Ich komme gleich dazu. Ich habe Ostermann gesagt, es ginge um ein Dokument, das unter dem Stichwort Christine erwähnt würde; oder so ähnlich, ich weiß nicht mehr ganz genau, was ich gesagt habe. Die Erwähnung des Namens genügte jedenfalls, um Ostermann eine Schale mit ofenheißen Bratäpfeln aus der Hand fallen zu lassen.«

»Bratäpfel.«

»Jawohl, Bratäpfel. Er kann nämlich kochen.«

»Und ich kann Kartoffeln schälen. Erzählen Sie weiter.«

Seine Miene wurde immer finsterer. Leo musste sich räuspern, bevor sie fortfahren konnte.

»Er gab zu, wegen dieses Themas eine Auseinandersetzung mit Ludwig gehabt zu haben. Er wollte, dass die bewusste Textstelle, wo Busch ›Christine, Christine‹ singt, genannt werden sollte. Ludwig lehnte es ab. Wir rätselten dann herum, ob mein Onkel vielleicht einen bisher unbekannten Text zu diesem Thema entdeckt haben könnte, den er Jablonsky verkaufen wollte. Und dabei habe ich erwähnt, dass ich selbst die Wohnung schon gründlich durchsucht hatte und mir als Nächstes den Keller vornehmen würde.«

»Und da haben Sie dann dieses Tagebuch gefunden.«

»Ja. – Nein. Das heißt, eigentlich doch.«

»Was denn nun?«

»Nicht das Original, nur die kopierte Version. Die Blätter waren im Käfig von Hans versteckt, im doppelten Boden. Stand die ganze Zeit harmlos auf dem Balkon herum, das Ding. Als ich den Käfig in den Keller getragen habe, ist er mir heruntergefallen. Zufall, purer Zufall.«

»Das war am Abend der Beerdigung?«

Leo nickte.

»Seitdem weiß Ostermann Bescheid?«

»Nein. Erst seit heute. Es ist mir klar, dass es keine Beweise für den Einbruch gibt, und deshalb habe ich einen Köder ausgelegt. Ich habe ihm eine schriftliche Nachricht hinterlassen. Wenn er zu einem Einbruch bereit war, dann wird er auch jetzt alles daransetzen, um an das Dokument zu kommen.«

Sandved starrte sie entgeistert an. »Ist das Ihr Ernst?«

»Jawohl«, sagte sie zufrieden.

»Aber Leo, wenn das stimmt, was du vermutest, dann ist Paul ziemlich skrupellos«, schaltete sich Ruth ein.

»Da bin ich mir sogar ziemlich sicher.«

Leo dachte an Ludwigs letzten Abend auf dem Balkon. An Paul, den Käfig und den Raben. Und den Sturz. Vielleicht war Ostermann sogar so skrupellos, dass er einen Mord auf dem Gewissen hatte. Aber das war ein Thema, das sie lieber noch nicht anschneiden wollte. Stattdessen fiel ihr ein, was Su Jing im Keller zugestoßen war. Leo erinnerte sich, dass sie Rufus und Paul auf der Treppe gehört hatte. Auf einmal begriff sie: Die beiden waren nicht zu einem Spaziergang aufgebrochen, wie sie geglaubt hatte. Sie berichtete, was an jenem Abend geschehen war.

»Sie meinen, er hat die Stromleitung manipuliert?«, fragte Sandved.

»Unsinn. Warum sollte er das tun? Nein, ich denke, er hat sich einfach da unten rumgetrieben und Su Jing einen solchen Schrecken eingejagt, dass sie einen Fehler machte.«

»Warum war er denn Ihrer Meinung nach im Keller?«

»Hören Sie mir eigentlich zu? Weil ich ihm bei Bratäpfeln und Tee blauäugig erzählt habe, dass sich das Dokument oder was immer es sein könnte, unter Umständen dort unten befinden könnte! Dass es nicht in meiner Wohnung war, davon hatte er sich ja schon selbst überzeugt.«

Wahrscheinlich hatte Paul den Hund auf den Hof gelassen und war dann im Keller verschwunden. Oder er hatte ihn mitgenommen, damit er nicht bellte. Das würde das keuchende Atmen erklären, das Su Jing gehört hatte.

»Mein Gott, jetzt verstehe ich. Der Hund!«

Sandved und Ruth sahen sie verständnislos an.

»Was ist mit dem Hund?«, wollte Sandved wissen.

»Er ist tot, erinnern Sie sich? Jemand hat ihm die Kehle durchgeschnitten. Ich glaube, ich bin nicht die Einzige, die Paul Ostermann unsauberer Machenschaften verdächtigt. Das mit Rufus – das sollte eine Warnung sein.«

Jemand hatte an Rufus ein Exempel statuiert.

Sandved warf ihr einen langen Blick zu. »An wen denken Sie?«

»Keine Ahnung«, wich Leo aus. Vielleicht wusste Wang Li mehr, als er sagte. Oder Xue?

Ruth seufzte. »Da lebt man jahrelang zusammen im gleichen Haus, Tür an Tür, und dann stellt man fest, dass man seine Nachbarn gar nicht richtig kennt. Der freundliche Herr Ostermann!«

Sie schüttelte den Kopf. Auch Sandved schien mit der Wendung der Dinge alles andere als zufrieden.

»Wenn Sie mit Ihren Vermutungen recht haben, dann ist er bereit, Gewalt einzusetzen, um an das Tagebuch zu kommen. Sind Sie sicher, dass Sie wissen, was Sie tun?«

Sandveds Gesichtsausdruck sagte deutlich, dass er das Gegenteil für wahrscheinlich hielt.

»Sie wollten doch Beweise, oder?«, antwortete Leo. »Ostermann weiß jetzt, dass ich habe, was er will. Er weiß, wo ich bin, und er wird kommen. Garantiert. Was soll passieren? Sie sind ja da. Und außerdem hat er keine Ahnung, dass ich ihn verdächtige. Ich habe ihm sozusagen eine freundliche Einladung zukommen lassen, und er wird sie annehmen. Ganz offen.«

Zugegeben, es war ihr noch etwas unklar, wie offen Ostermann agieren würde. Damit musste sie sich eben befassen, wenn es so weit war.

»Ich weiß, wann er kommt«, behauptete Ruth. »Am dreißigsten. Das ist am unverfänglichsten für ihn.«

Sandved sah sie fragend an.

»Das ist mein Geburtstag. Alle kommen. Wang Li und Su Jing werden da sein, Valentin Scherkow, und Sie hoffentlich auch, Sie sind herzlich eingeladen.«

Sandved richtete sich auf. »Valentin Scherkow?«

»Ja, Valentin Scherkow. Er und Anton waren immer dabei. Es wird seit vielen Jahren der erste Geburtstag ohne Anton sein. – Und ohne Ludwig.«

Sandved antwortete nicht. Seine Miene spiegelte deutlich, dass er die Gästeliste sehr interessant fand.

»Ich weiß, was Sie denken.« Ruth kam zurück an den Tisch und setzte sich Sandved gegenüber.

»Sie denken, wenn Anton Jablonsky unsaubere Geschäfte gemacht hat, dann ist auch sein Geschäftspartner irgendwie darin verwickelt.«

»Ist er es?«

»Nein.«

»Was macht Sie da so sicher? Im Fall von Jablonsky würden Sie das nicht so bestimmt sagen, oder?«

Ruth zuckte die Schultern. »Ach Gott, Herr Kommissar …«

»Jetzt wieder Kommissar?« Sandved lächelte.

»Wenn Sie solche Fragen stellen! – Ich habe mich für Antons Geschäfte nicht interessiert. Ganz bewusst nicht. Er ist ein alter Freund meiner Familie. Was Valentin Scherkow angeht, so war er nicht Antons Geschäftspartner, sondern sein Angestellter. Für jemanden wie Anton machte das einen gewaltigen Unterschied. Wenn er Geschäfte getätigt hat, die sich am Rande der Legalität bewegten, dann hat er seinen Angestellten bestimmt nicht eingeweiht. Das war seine persönliche Angelegenheit. Und im Übrigen war er viel zu geldgierig, um jemanden an seinen Nebeneinkünften zu beteiligen.«

»Nette Freunde haben Sie«, bemerkte Sandved trocken.

»Herr Kommissar, man muss nicht alle Menschen bedingungslos lieben. Dazu hat jeder von uns zu viele Schwächen. Aber man kann sie trotzdem mögen. Für Valentin verbürge ich mich, er ist ein guter Junge.«

Leo fand ihren Eifer, Scherkows Harmlosigkeit zu beteuern, ein bisschen übertrieben. Bei ihrem Gespräch am Nachmittag hatte sich der »gute Junge« zwar von seiner charmantesten Seite gezeigt und auch mit seinem beachtlichen Fachwissen nicht hinter dem Berg gehalten, aber Leo war trotzdem auf der Hut geblieben. Andererseits: Er hatte versucht, sie zu warnen.

»Er hat mich angerufen«, sagte sie.

»Scherkow?«, fragte Sandved. »Weshalb?«

»Ich nehme an, um sein Gewissen zu erleichtern. Eine Frau hat im Antiquariat nach Ludwigs Adresse gefragt, und er hat sie ihr gegeben.

Sandved fischte ein Notizbuch aus seiner Hosentasche.

»Telefonisch? Oder war sie persönlich dort?«

»Sie hat angerufen.«

»Und ihren Namen genannt?«

»Nein. Scherkow sagte, sie sei sehr überrascht gewesen, als sie von Ludwigs Tod erfahren habe. Die Adresse wollte sie trotzdem, um einen Kondolenzbrief zu schicken. Scherkow hat ihr die Anschrift gegeben.«

»Ich frage mich, ob das der übliche Weg ist«, sagte Sandved, ohne den Blick von seinem Notizbuch zu heben. »Einfach bei Jablonsky anzurufen und nach Ihrem Onkel zu fragen. Woher wusste die Anruferin, dass Ludwig Heller Kontakt zu diesem Antiquariat hatte?« Wieder eine Frage, auf die es keine Antwort gab, dachte Leo frustriert. Sandved hatte unentwegt in sein Notizbuch gekritzelt. Jetzt hob er den Kopf. Leo konnte sehen, wie es hinter seiner Stirn arbeitete.

»Was denken Sie?«, fragte sie.

»Friedmann kann nicht angerufen haben. Aber was ist mit seiner Frau? Wir müssen das prüfen. Vielleicht erkennt Scherkow die Stimme wieder.«

Manchmal schienen ihre Gedanken ja doch in die gleiche Richtung zu gehen. Leo fragte sich allerdings, wie er reagieren würde, wenn er erfuhr, dass sie Lina Friedmann bereits mit dieser Anschuldigung konfrontiert hatte. Er hatte es bestimmt nicht gern, wenn man sich in seine Ermittlungen einmischte.

»Was soll das nützen?«, fragte sie mehr aus Verlegenheit.

»Es würde uns helfen, ein weiteres kleines Mosaiksteinchen an den richtigen Platz zu legen. So funktioniert Polizeiarbeit. Und jetzt entschuldigen Sie mich bitte, ich muss telefonieren.«

Er ging mit seinem Handy in die Diele.

»Ein schönes Durcheinander hat Ludwig uns da eingebrockt«,

murmelte Ruth. Sie goss sich einen ordentlichen Schnaps ein und kippte ihn hinunter.

»Auch noch einen?«

Leo schüttelte den Kopf. Von der Diele war Sandveds Stimme zu hören. Sie konnte nicht verstehen, was er sagte, aber er klang energisch. Im Topf auf dem Herd blubberte es leise. Dampf stieg auf und schlug sich an den Fensterscheiben nieder. Draußen auf den Simsen hatten sich kleine Schneeverwehungen aufgetürmt.

Leo fuhr mit dem Finger die Maserung der alten Tischplatte nach. Schnitte und Kratzer bildeten eigenartige Muster, einige sahen aus wie Krähenfüße.

»Hans ist wieder da«, bemerkte Leo beiläufig. »Er hat meinen Balkon verwüstet und holt sich jetzt täglich ein paar Leckerbissen. Su Jing legt sie ihm hin, solange ich weg bin.«

»Das kleine Mistvieh!«, sagte Ruth. »Ich habe nie verstanden, wieso Ludwig so an dem Vogel gehangen hat.« Ruth zuckte die Achseln. »Er hätte ihn einfach sich selbst überlassen sollen. Diese Raben sind eine wahre Plage. Aber das hat er natürlich nicht fertiggebracht.« Sie kippte einen weiteren Schnaps hinunter.

Leo hegte keinen Zweifel, dass Ruth sehr wohl dazu imstande gewesen wäre.

Sandved telefonierte immer noch.

»Ruth …« Leo senkte die Stimme. »Was immer an Ludwigs letztem Abend passiert ist – kein Wort zu Sandved, ja? Ich will erst wissen, was wirklich geschehen ist. Hans hat jedenfalls nichts damit zu tun. Ludwig ist nicht gestürzt, weil er dem Vogel hinterhergeklettert ist. Er hätte ihn mit ausgestreckter Hand erreichen können, ich habe es ausprobiert.«

»Soso. Und was ist mit dem Abschiedsbrief, den ich gefunden habe?«

»Ich habe keine Erklärung dafür. Aber an Selbstmord glaube ich einfach nicht.«

Erst als sie es aussprach, wurde Leo klar, dass es sich tatsächlich so verhielt. Ihre Zweifel waren verflogen.

»Aber das würde bedeuten …«, begann Ruth, doch Leo legte warnend den Finger an die Lippen. Sandved hatte sein Gespräch beendet.

»Die Kartoffeln sind fertig und wir können essen«, improvisierte Ruth, als er die Küche betrat. »Haben Sie etwas erreicht?«

»Jemand wird Scherkow einen Ausschnitt des Tonbandprotokolls von Lina Friedmanns Vernehmung vorspielen. Meine Kollegin ist gerade bei ihr.«

Leo musterte ihn unsicher. Hatten sie schon erfahren, dass sie da gewesen war? Er ließ sich jedenfalls nichts anmerken. Ruth verteilte die Teller.

»Es gibt da noch etwas, was Sie vielleicht interessiert«, sagte Leo, als sie sich setzten.

»Ich höre Ihnen immer gerne zu. Was haben Sie noch angestellt?«

»Ich war bei Valentin Scherkow und habe ihm das Tagebuch gezeigt.«

Es klirrte leise, als eine Gabel auf den Tisch fiel. War es Ruths oder Sandveds? Egal. Leo begann ihren Bericht.

Als sie das Antiquariat am frühen Nachmittag betreten hatte, war der Laden wie schon bei ihrem ersten Besuch leer. Kunden fanden vermutlich nur selten hierher. Jablonsky hatte kein Sonderangebots-Antiquariat geführt, bei den meisten Büchern handelte es sich um teure Raritäten, die sich nicht jeder leisten konnte. Während Leo wachsam nach der Katze Ausschau hielt, kam Scherkow aus dem hinteren Raum.

»Frau Heller. Was führt Sie zu mir?«

Seine routinierte Höflichkeit wich ausgeprägtem Interesse, als Leo ihm den Grund ihres Besuches erklärte.

»Ich habe dieses Dokument unter den Unterlagen meines Onkels gefunden. Es ist nur eine Kopie; ob das Original noch existiert, weiß ich nicht. Trotzdem möchte ich wissen, wie groß die Wahrscheinlichkeit ist, dass dieses Tagebuch echt ist?«

»Ein Tagebuch?«

»Ja. Von einer Frau, die offenbar in einem sehr vertrauten Verhältnis zu Wilhelm Busch stand. Sie heißt Christine.«

Scherkow spitzte überrascht die Lippen. Leo hätte schwören können, dass ihm um ein Haar ein Pfiff entwischt wäre. Aber der gepflegte Valentin hatte sich gut im Griff.

»Erinnern Sie sich an diese Telefonnotiz, die Sie für meinen Onkel entgegengenommen haben? Auch da ging es um eine Christine. Vielleicht hat das miteinander zu tun.«

Leo hatte weitere Kopien von den Papieren gemacht und gab Scherkow eine davon. Sie beobachtete ihn, während er aufmerksam die Seiten durchging, aber seiner Miene war nichts zu entnehmen. Er sah das gesamte Dokument einmal durch, hielt hier und da inne, blätterte zurück, schüttelte den Kopf, blätterte weiter. Leo verfolgte es mit wachsender Ungeduld.

»Nun? Was meinen Sie?«

Valentin Scherkow lächelte mitleidig. »Ich hoffe, Sie haben nicht darauf vertraut, dieses Machwerk verkaufen zu können. Es ist nichts wert.«

»Eine Fälschung? Sind Sie sicher?«

Scherkow lehnte sich zurück. »Ich bin kein Busch-Experte, aber durch die Zusammenarbeit mit Ihrem Onkel habe ich doch einiges gelernt. Sehen Sie, es gab nicht viele Frauen im Leben von Wilhelm Busch. Wäre eine Christine darunter gewesen, hätte er sie gewiss erwähnt. Die anderen Damen finden ja auch Eingang in seine Aufzeichnungen. Es gibt Briefe an Anna Richter, Maria Anderson, die Keßlers, an sämtliche weiblichen Verwandten. Aber nirgends fällt der Name Christine.«

»Doch«, sagte Leo. »Einmal. Als er den Vorabend seiner Abreise nach Ebergötzen beschreibt.« Sie konnte die bewusste Stelle mittlerweile auswendig zitieren.

Scherkow machte eine wegwerfende Handbewegung. »Ein Zufall, nichts weiter. Er singt da einfach nur ein paar Worte vor sich hin. Wie alt war er damals? Ein Junge, ich bitte Sie! Sie wissen doch, wie Kinder so sind.«

Leo beobachtete verwirrt, wie er sich unvermittelt hinabbeugte und halb unter dem Tisch verschwand. Dann kam er mit Mimi auf dem Arm wieder hervor, die die ganze Zeit unbeweglich dort unten gehockt haben musste. Die Katze schnurrte leise, als Scherkow sie auf seinen Schoß hob und ihr mit sanften Fingern durch das Fell strich.

»Dieser Mann war bei seinen Biografen bekannt für seine Sprödigkeit im Umgang mit Frauen. Der Damenwelt gegenüber verhielt er sich ausgesprochen distanziert. Sie haben im Deutschen ein bezeichnendes Wort dafür: Hagestolz. Ja, ich würde sagen, Wilhelm Busch war ein echter Hagestolz, kein Mann für Liebesschwüre und Leidenschaft.«

Scherkow lachte leise, während Mimis Fell unter seinen Händen zu knistern begann. Die Katze warf Leo aus halb geschlossenen Augen einen unergründlichen Blick zu.

Was gab Scherkow das Recht, so zu urteilen? Leo ärgerte sich, denn sie sah auf einmal Onkel Ludwig vor sich, diesen kleinen, klugen Mann, freundlich und einsam. Zum ersten Mal begann sie darüber nachzudenken, *wie* einsam er gewesen war. Hatte es in seinem Leben Frauen gegeben? Abgesehen von dieser geheimnisvollen Blonden?

Sie musste die Sache nüchtern betrachten, ermahnte sie sich. Wilhelm Busch und Ludwig Heller waren verschiedene Personen. Aber seit diese Geschichte sie Tag und Nacht beschäftigte, schienen die beiden immer mehr zu verschmelzen.

»Was diese Christine erlebt haben will, klingt absolut unwahrscheinlich«, sprach Scherkow weiter. »Sie hätte den armen Busch mit ihren Forderungen und Erwartungen nur in die Flucht geschlagen. Wenn Sie mich fragen, hat hier jemand seiner Fantasie freien Lauf gelassen. Ein historisches Dokument ist das jedenfalls nicht.«

»Aber sie weiß so viel!«, wandte Leo ein.

Er lachte. »Ich bitte Sie, das ist doch keine Kunst. Sie können alles in der Sekundärliteratur nachlesen, und natürlich auch in den Briefen, die Busch geschrieben hat. Viele davon sind erhalten, weil die Adressaten sie aufbewahrt haben. Bemerkenswerterweise ist keiner an eine Christine darunter.«

Leo verriet ihm nicht, dass sie das bereits selbst herausgefunden hatte. Und dann überraschte er sie mit einem unerwarteten Angebot.

»Wollen Sie mir Ihr Fundstück überlassen? Ich könnte es als Kuriosität anbieten. – Nein? Dann nicht. Aber Sie sollten es nicht wegwerfen.«

»Das habe ich auch nicht vor.«

»Wollen Sie es trotzdem noch dem Museum zur Prüfung vorlegen?« Scherkows Stimme sagte deutlich, dass sie höchstens eine Blamage zu erwarten habe. Er brachte sie zur Tür, um bei dieser Gelegenheit auch die Katze hinauszulassen. Inzwischen hatte jedoch bereits der Schneefall eingesetzt, und Mimis Fell sträubte sich, als sie den feuchtkalten Luftzug spürte. Sie krallte sich an Scherkows Arm fest.

»Was werden Sie also tun?«, fragte er.

»Ich weiß es noch nicht«, sagte Leo.

»Grüßen Sie Frau Heller von mir, wenn Sie sie sehen.« Plötzlich sog er scharf die Luft ein und schüttelte mit einer heftigen Bewegung die Katze ab. »Mimi, du Biest!«

Drei rote Krater zogen sich über seinen Arm, wo die Krallen zugeschlagen hatten. Scherkow jagte das Tier hinaus.

»Das wird sie abkühlen. Verzeihen Sie, wenn ich jetzt die Tür schließe, sie schlüpft sonst sofort wieder hinein.«

Und Leo war nachdenklich zurück zu Ruths Wagen gegangen, begleitet vom funkelnden Blick der Katzenaugen.

»Tja«, sagte sie jetzt, ließ den Blick durch Ruths Küche schweifen und lehnte sich zurück. »So viel dazu.«

Sandved legte seine Serviette beiseite. »Scherkow meint also, diese Liebschaft ist erfunden. Wie gut kennt er sich denn aus? Ich meine, ist er ein ausgewiesener Experte? Busch-Kenner?«

»Er hat Literaturwissenschaft studiert«, meldete sich Ruth zu Wort. »Und promoviert. Ich hab vergessen, worüber.«

»Oh, *Doktor* Scherkow.« Sandveds Stimme klang spöttisch. Leo zuckte die Schultern.

»Die Zusammenhänge sind für jeden, der sich etwas mit Busch beschäftigt, offensichtlich«, sagte sie. »Der Mann war ein Einzelgänger. Wenn es überhaupt eine Frau gegeben hat, die Gefühle in ihm weckte, dann war es Johanna Keßler. Verheiratet, Kinder, unerreichbar. Abgesehen von gelegentlichen Besuchen und einem regen Briefwechsel.«

Sie warf einen Blick in Sandveds Gesicht und erwischte ihn, wie er sich ein Grinsen verkniff.

»Werden Sie jetzt zur Busch-Expertin? Mit Forschungsschwerpunkt auf seinem angeblich nicht vorhandenen Liebesleben?«

Sie ignorierte ihn. »Wilhelm Busch hat fast alle Briefe, die an ihn gerichtet waren, vernichtet. Nicht nur die von Johanna Keßler, auch andere.«

»Warum?«

»Vermutlich wollte er gerade das vermeiden, was trotzdem passiert ist. Seine Biografen haben sich über sein Leben hergemacht und Privates ins Licht der Öffentlichkeit gezerrt. Aber er hatte keinen Einfluss darauf, was mit seinen eigenen Briefen geschah. Die Adressaten haben das meiste aufbewahrt. Unter diesen Umständen ist es doch verwunderlich, dass nicht ein einziger Brief von Busch an Christine überliefert ist, finden Sie nicht? Christine glüht vor Leidenschaft. Warum hat sie die kostbaren Briefe, die sie erhalten haben will, dann nicht aufgehoben?«

»Vielleicht hat sie?«, gab Sandved zu bedenken.

Natürlich bestand die Möglichkeit, dass das Tagebuch nur eine Art Vorspiel war und die Briefe noch auf dem Markt erscheinen würden. Aber Leo glaubte es einfach nicht. Sie fand Scherkows Einschätzung, dass es sich bei dem vermeintlichen Tagebuch um ein reines Fantasieprodukt handelte, überzeugend. Die Frage war nur, von wem es stammte, und wieso Ludwig es für nötig gehalten hatte, es zu verstecken.

»Wir haben nicht einmal das Original«, warf Ruth ein und zündete sich eine Zigarette an. »Nur eine Kopie. Ich weiß nicht, wie es sich bei Papier verhält, aber Bilder kann man mit einer Laboruntersuchung datieren. Die Materialbeschaffenheit gibt Aufschluss über ihr Alter. Und damit auch zu neunzig Prozent über ihre Echtheit. Das müsste bei Papier doch auch gehen.«

»Woher kennen Sie sich so gut aus?« Sandved nippte an seinem Glas mit dem grünen Bittern und wirkte sehr interessiert.

Ruth stieß den Rauch durch die Nase aus, bevor sie antwortete, was ihr ein drachenhaftes Aussehen verlieh.

»Ich hatte früher eine kleine Galerie und musste mich von Zeit zu Zeit zwangsläufig mit solchen Fragen herumschlagen.«

»Wir besitzen aber nur eine Kopie aus einem Copyshop, eindeutig frühes einundzwanzigstes Jahrhundert«, warf Leo ungeduldig ein. »Darüber brauchen wir uns gar nicht erst den Kopf zu zerbrechen.«

Oder vielleicht doch? Angenommen, sie wäre ein Fälscher von Papieren und hätte kein Originalpapier aus der infrage kommenden Zeit zur Hand. Was würde sie tun? – Natürlich: Das vermeintliche Original zurückhalten und erst mal eine Kopie unter die Leute bringen. Sie wollte die anderen darauf hinweisen, aber Sandved war noch mit den Briefen beschäftigt.

»Wilhelm Busch ist seit hundert Jahren tot«, sagte er. »Zwei Weltkriege liegen zwischen damals und jetzt und wer weiß wie viele persönliche Schicksale. Briefe können verloren gehen oder zu Staub zerfallen.«

In diesem Punkt stimmte Leo ihm zu. »Trotzdem glaube ich, dass Scherkows Einschätzung zumindest ziemlich nahe an der Wahrheit dran ist. Das Tagebuch ist nicht das, was es zu sein vorgibt. Jeder Satz klingt nach einem Menschen, der genau weiß, welche Wirkung er damit erzielen will und wie er das erreicht. Ich gebe ja zu, dass mir das auch nicht gleich klar war. Aber da versucht jemand, uns zu manipulieren.«

Ruth drehte nachdenklich ihr leeres Schnapsglas zwischen den Fingern. Alle schwiegen jetzt. Sandved blickte schon seit einer Weile in die Dunkelheit vor den kleinen Küchenfenstern hinaus. Leo betrachtete sein Gesicht in der Fensterscheibe. Sie war noch ganz versunken in seinen Anblick, als er sie aufschreckte.

»Wir wissen doch gar nicht, wer das Dokument zuerst hatte. Es könnte Ludwig Heller in die Hände gespielt worden sein, der sich daraufhin an Jablonsky wandte. Die beste Möglichkeit, um es schnell und unauffällig zu Geld zu machen.«

»An einem der großen Auktionshäuser hätte es aber den größten Gewinn erzielt«, wandte Ruth ein.

»Wenn es echt ist. Vielleicht hat Professor Heller aber erkannt, dass es sich um eine Fälschung handelt.«

»Und versucht, sie zu verkaufen? Ich bitte Sie!«, protestierte Leo.

»Immerhin hat er das Dokument versteckt, oder? Dafür muss er doch einen Grund gehabt haben. Sonst hätte er es gleich in den nächsten Papierkorb werfen können.«

Sie drehten sich im Kreis, unaufhörlich und immer wieder. Leo schenkte eine weitere Runde Bittern aus und bemerkte erstaunt, dass die Flasche fast leer war.

Sandved war unerbittlich. »Das Urteil von Professor Heller hätte genügt, um zumindest einem Laien Sand in die Augen zu streuen«, sagte er.

»Ich wünschte, Sie wären schon in New York«, murmelte Leo. Er grinste.

»Was wollen Sie denn bei den Amis?«, fragte Ruth.

»Mich fortbilden. Ein Austauschprogramm.«

»CSI!« Ruths Zunge hatte leichte Schwierigkeiten mit der Aussprache. »Die Cops aus dem Fernsehen!«

Sandved schüttelte den Kopf. Auch er machte keinen ganz frischen Eindruck mehr.

»Andere Abteilung. Kunstkriminalität.«

»Das ist toll!«, sagte Ruth. »Einige der größten Auktionshäuser sitzen da drüben. Und jede Menge kleine. Ich war auch mal da. Ist schon lange her.«

»Ehrlich?«, fragte Leo. Wenn sie hartnäckig genug dranblieb, würde Sandved sein Thema vielleicht aus den Augen verlieren. »Da werden richtig Geschäfte gemacht?«

»Zweieinhalb Milliarden Dollar Umsatz«, murmelte Sandved. »Im Jahr. Allein in New York.«

Ruth kippte einen weiteren Schnaps hinunter. Leo versuchte noch auszurechnen, wie viel zweieinhalb Milliarden Dollar in Euros waren, als Sandved wie ein Spürhund seine Fährte wieder aufnahm. Er musste eine Art inneres Radar besitzen, das ihn mit unfehlbarer Sicherheit immer zu den Themen leitete, die ihr am unangenehmsten waren.

»Vielleicht hat Ihr Onkel das Tagebuch sogar selbst geschrieben.«

»Blödsinn.«

»Ich wusste, dass Sie das sagen würden. Und vermutlich haben Sie recht. Er hätte es bestimmt geschickter angefangen, oder?«

»Unter Garantie. Schließlich war er Experte.« In der Hoffnung auf Unterstützung blickte Leo zu Ruth, aber sie machte den Eindruck, als würde sie dem Gespräch bereits nicht mehr folgen. Geistesabwesend starrte sie vor sich hin.

Allmählich schien ihnen die Sache zu entgleiten. Sandved wirkte deutlich mitgenommen und fixierte mit unsicherem Blick den Pegel der Flasche. Leo fühlte sich auch nicht besonders und schob ihr Glas mit dem grünen Schnapsrest weg.

»Die Stimme, die aus diesem Tagebuch spricht, klingt für mich ziemlich neurotisch«, versuchte sie es noch einmal. »Mich würde interessieren, was ein Fachmann dazu sagt. Ich werde es einer Freundin zeigen. Sie ist Ärztin. Katarina Singer, vielleicht haben Sie schon mal von ihr gehört? – Nein? – Nein.«

Da half auch kein Stirnrunzeln mehr. Sandveds Gehirn hatte sich wahrscheinlich bereits grün gefärbt; er durchforschte sein Gedächtnis vergeblich.

»Ich hoffe, dass sie uns etwas über die Persönlichkeit sagen kann, die hinter den Zeilen steht«, erklärte Leo. »Vielleicht finden wir dann eine Person im Umfeld von Wilhelm Busch, die passt. Christine könnte schließlich auch ein falscher Name sein.«

»Den sich der neunjährige Busch ausgedacht hat«, spöttelte Sandved.

Sie wussten nichts. Gar nichts. Leo fühlte sich müde und betrunken und frustriert. Ihre Gedanken schienen sich immer mehr ineinander zu verhaken, statt sich zu ordnen.

Hatte sie sich festgebissen? Weigerte sie sich, zu sehen, was auf der Hand lag?

»Es ist mir egal, ob Christine historisch oder erfunden ist. Ich möchte einfach wissen, wer so etwas schreibt«, sagte sie. »Das wäre ein weiteres Mosaiksteinchen. Auf die sind Sie doch so scharf, dachte ich?«

»Erst will ich es lesen«, sagte Sandved. »Mir scheint, ich bin hier der Einzige, der dieses berühmte Tagebuch noch nicht kennt.«

Leo zog ein Paket aus ihrer Tasche.

»Hier. Ich habe eine Kopie für Sie gemacht.«

Verständnislos starrte Sandved auf die Buchstaben.

»Deutsche Schreibschrift«, sagte Leo.

»Auch das noch.«

*

Wiedensahl, im Oktober 1874

Ich weiß nicht mehr, welchen Tag wir haben. Die Zeit hat ihr Gewicht verloren. Warten, Hoffen, Zweifeln, alles ist eins. Wenn ich aus dem Fenster sehe, tanzen gelbe Birkenblätter im Wind. Die Schwalben sind fort gen Süden. Auch Wilhelm ist ein Zugvogel. Er reiste die ganze Zeit herum; war er bereits im letzten Herbst in Holland, so zog es ihn in diesem Jahr erneut dorthin und auch noch nach Belgien. Im August warf ihn eine Nikotinvergiftung kurzfristig aufs Krankenlager, da verstand er vielleicht, wie ich mich seit langem fühle. Vergiftet.

Stets weiß er es so einzurichten, daß wir uns allein miteinander befinden, nie unter den Augen von Zeugen. Unterdeßen läßt er nicht davon ab, brennende Briefe nach Frankfurt zu schreiben.

Vor wenigen Tagen ist sein jüngstes Werk erschienen, die Kritik des Herzens, eine kleine Sammlung von Gedichten. Nicht eines davon ist mir gewidmet.

Wiedensahl, kurz vor dem Weihnachtsfeste 1875

Nun ist mir alles klar! Seit Anfang des Jahres – elf Monate nun schon – unterhält Wilhelm eine Brieffreundschaft mit einer Holländerin. Maria Anderson heißt sie. Bestimmt hat er deshalb seine vielen Reisen in dieses platte Land unternommen. Ich habe aber den Verdacht, daß diese Dame nicht allzulange in den Genuß seiner Briefe kommen wird. Gestern ist es mir gelungen, eine ihrer Schmierereien an ihn abzufangen und über dem Wasserkessel zu öffnen. Ihr Tonfall ist zu fordernd, zu bohrend. Sie will mehr von ihm als unverfängliche Brieflein. Wenn mich nicht alles täuscht, wäre das nur einer Johanna Keßler gestattet. Allein mir stünde es zu.

- 18 -

Leo sah Sandved erst am Nachmittag des folgenden Tages wieder. Die ganze Nacht und auch am Vormittag hatte es geschneit und immer noch rieselten feine Flocken herab. Ruth war mit Lüdersen und Haffner zu einem Jagdausflug in den Wald aufgebrochen, und

Leo beschäftigte sich damit, den Zufahrtsweg zum Haus von der Feldseite her frei zu schaufeln.

Lüdersen hatte nicht alle Hunde aus dem Zwinger mitgenommen; zwei lagen unter dem Vordach und beobachteten sie aufmerksam. Als sie leise zu knurren begannen, sah Leo auf. Sandved kam angeschlendert. Er hatte die Hände tief in die Taschen seiner Jacke geschoben, die Schultern hochgezogen und war ziemlich blass. Schneeflocken sprenkelten sein Haar.

»Sie sehen aus, als wären Sie soeben von den Toten erwacht.« Leo rammte die Schaufel in den Schnee und stützte sich auf.

Sandved fröstelte. Er ließ seinen Blick zum Haus schweifen, auf das schneeverwehte Feld hinaus und wieder zurück zu ihr.

»Bin ich gestern eigentlich noch aus eigener Kraft ins Gasthaus gekrochen?«

Sie grinste. »Sie haben sich zumindest aufrecht auf den Weg gemacht, soweit ich mich erinnere.«

Er stöhnte. Kratzte sich am Kopf. Schlug den Jackenkragen hoch. Räusperte sich.

»Ich habe mit dem Tagebuch angefangen.«

»Und?«

»Es ist wirklich merkwürdig. Zeigen Sie es dieser Ärztin. Meinen Segen haben Sie.«

Vielen Dank. Als wenn es darauf ankäme. – Arroganter Kerl.

Schweigend schaufelte sie weiter. Sandved sah ihr zu. Nach einer Weile wurde ihr so warm, dass sie ihre Arbeitshandschuhe auszog und in die Tasche stopfte.

»Ist Ihnen eigentlich der Anfang aufgefallen? Die Szene mit dem Rosenbusch?«, fragte Sandved.

»Natürlich. Die Eintragung entspricht der Passage aus Wilhelm Buschs Erinnerungen, die ich Ihnen damals am Telefon vorgelesen habe.«

»Richtig. Und genau diese Sätze hat sich auch Jablonsky notiert. Erinnern Sie sich? Der zweite Zettel? Ich frage mich, warum er sich dieses Exzerpt gemacht hat.«

Leo zuckte die Schultern. Jetzt bloß nicht aufs Glatteis wagen. Er wollte bestimmt wieder auf Ludwigs unmoralischen Verstrickungen herumreiten.

»Vielleicht hat's ihm einfach gefallen.«

»Vielleicht hat er es von Ihrem Onkel.«

»Und wenn schon. Was beweist das?«

Sandved stieß einen Seufzer aus. »Nichts. Gar nichts.«

»Genau. Die Christine-Stelle ist der einzige offizielle Hinweis, dass das Tagebuch authentisch sein könnte. Ist doch einleuchtend, dass Jablonsky sich diesen wichtigen Punkt notiert hat.«

Sandved nickte. »Übrigens haben die Kollegen angerufen. Scherkow hat Lina Friedmanns Stimme wiedererkannt. Sie streitet den Anruf nicht ab. Das ist aber auch schon alles. Ihr Mann hat sie angeblich um den Anruf gebeten, und sie will natürlich keine Fragen gestellt haben.«

Lina hatte Leos Besuch offensichtlich erwähnt. Sandved bückte sich nach einer Handvoll Schnee und verzog das Gesicht, als er sich wieder aufrichtete. Leo ahnte, wie es hinter seinen Schläfen hämmerte.

»Wenn wir ihn nur zum Reden bringen könnten!« Mit roten Händen formte er den Schnee zu einer kleinen harten Kugel. »Er verrät uns nicht, wie er auf Jablonsky als Kontaktmann gekommen ist.«

Leo war in Gedanken schon woanders. Sie stützte sich wieder auf ihre Schaufel. »Wäre es möglich, dass Friedmann der Verfasser ist?«

»Wie kommen Sie denn darauf?«

»Immerhin war er Lehrer für Deutsch und Kunsterziehung. Das passt doch. Wer das Tagebuch geschrieben hat, muss sich ziemlich gut auskennen.«

Sandved ließ den Schneeball von einer Hand in die andere rollen und machte eine ratlose Geste.

»Vielleicht sollten Sie noch einmal mit seiner Frau reden«, schlug sie vor. »So eine Arbeit kann doch nicht unbemerkt geblieben sein.

Sie muss etwas mitbekommen haben. Oder sie weiß sowieso Bescheid und lügt hartnäckig.«

Sandved feuerte den Schneeball auf den alten Apfelbaum in der Mitte des Gartens ab. Er zielte schlecht, der Ball plumpste lautlos in den Schnee. Niedergeschlagen sah Sandved hinterher.

»Mit Lina Friedmann habe ich heute Mittag bereits gesprochen«, bemerkte er.

»In Ihrem Zustand? Sind Sie sicher, dass Sie alles richtig verstanden haben?«

»Da gibt es nichts zu verstehen. Sie sagt nichts, sie mauert. Genau wie ihr Mann. Oder sie weiß wirklich nichts. – Wollen Sie wissen, was ich denke? Ich denke, dass es nicht Friedmann ist, der hinter dem Dokument steckt. Dass er zwar gern Nutznießer sein wollte, aber das Tagebuch nicht geschrieben hat. Mit anderen Worten, dass wir nach jemand anderem suchen müssen. Verdammter Mist!«

»Ihr Lieblingsverdächtiger ist Ihnen verloren gegangen, ist es das, was Sie so mitnimmt? Seit Jablonsky tot ist, gähnt ein Loch in Ihrem Polizistenleben. Jetzt suchen Sie verzweifelt nach Ersatz.«

»Vielleicht habe ich den ja schon.«

»Paul Ostermann?«

»Zum Beispiel.«

»Den wiederum kann ich mir nicht als Urheber dieses Dokuments vorstellen.«

»Zunächst kommt jeder in Betracht. Sogar Sie.«

»Das ist ja reizend. Wieso dürfen Sie eigentlich einfach etwas glauben und ich nicht?«

Sandved beugte sich vor, und Leo hätte schwören mögen, dass ihm »Weil ich der Kommissar bin!« auf der Zunge lag. Aber er sah sie nur mit drohend zusammengezogenen Augenbrauen an.

»Da gäbe es noch etwas, was mich interessiert«, sagte Leo. »An Jablonsky waren Sie doch ursprünglich wegen einer ganz anderen Sache dran. Dürfen Sie jetzt darüber reden?«

Er nickte und blies in seine roten Hände.

»Ikonenschmuggel. Seit dem Zusammenbruch der Sowjetunion herrscht da drüben Ausverkaufsstimmung. Wir wissen, dass ein russischer Hehler Jablonsky ein Angebot gemacht hat. Mit Jablonskys Tod hat sich der Deal zerschlagen.«

»Und wie sind Sie dem Hehler auf die Spur gekommen?«

Sandved gönnte ihr einen kurzen Blick, ehe er sich wieder seinen Händen widmete.

»Alles brauchen Sie nun auch nicht zu wissen.«

»Okay. Nur eins noch, bitte.« Leo rammte die Schaufel in den Schneewall, den sie schon aufgetürmt hatte, und hielt ihm ihre Arbeitshandschuhe hin, die er geistesabwesend nahm und überstreifte.

»Wenn es keinen Deal mehr gibt«, sagte sie, »ist der Fall doch im Grunde erledigt. Weshalb ist diese Geschichte hier überhaupt noch wichtig für Sie? Jablonsky ist eines natürlichen Todes gestorben, der Einbruch in meine Wohnung ist so gut wie geklärt, Friedmanns Attacke auf mich schreiben wir einfach einem Anfall von geistiger Verwirrung zu, und wenn ich auf eine Anklage verzichte, dann gibt es doch für Sie eigentlich nichts mehr zu tun. Das Tagebuch, das die ganze Aufregung verursacht hat, ist höchstwahrscheinlich nicht ernst zu nehmen. Und wenn doch, dann kann es in keinem Fall mit wertvollen russischen Ikonen mithalten. Warum sind Sie also noch hier? Sie könnten doch schon Ihre Koffer für New York packen, anstatt Ihren Urlaub zu vergeuden.«

»Das könnte Ihnen so gefallen! Aber die Unschuld Ihres Onkels, die Sie so heroisch verfechten, ist in meinen Augen noch lange nicht bewiesen. Nennen Sie's Jagdeifer. Oder schlicht Neugier. Unvollständige Lösungen rauben mir den Schlaf. Und was den alten Fall angeht, so ist er nur vorläufig erledigt. Wir werden Scherkow im Auge behalten, egal, was Ihre Freundin Ruth Herwig über ihn sagt. Und Sie möchte ich im Moment auch lieber nicht sich selbst und diesem Herrn Ostermann überlassen.«

Sandved sandte einen missmutigen Blick gen Himmel, aus dem immer noch Schneeflocken fielen. »Es schneit mir dauernd in den

Kragen. Und meine Füße fühlen sich an wie etwas, was schon seit Tagen in Gletscherwasser liegt.«

»Gehen Sie zurück in Ihr Gasthaus und packen Sie sich ins Bett«, sagte Leo und nahm ihre Schaufel wieder auf.

Er gähnte und wischte sich eine Schneeflocke von der Nase.

»Gute Idee. Schließlich habe ich Urlaub, wie Sie so richtig bemerkten.«

»Genau. Genießen Sie ihn. Er kann noch schlimmer werden.«

»Warum müssen Sie immer solche Sachen sagen? Ach was.« Er winkte ab. »Ersparen Sie mir die Antwort. Ich gehe jetzt schlafen. Und Sie?«

Leo zeigte auf die schmale Furche hinter sich, die schon wieder unter einer Schneeschicht lag.

»Ich mache weiter.«

An diesem Abend eröffnete ihr Jay, dass er fortgehen würde. Es wurde bereits dunkel, als er anrief und fragte, ob sie mit ihm ins Kino gehen wolle.

Kino klang ungefährlich. Sie würde ihn kaum sehen können und noch weniger mit ihm reden. Noch ungefährlicher wäre es, zu Hause zu bleiben und ihn zum Teufel zu schicken. Warum tat sie es nicht? Es lag an seiner Stimme. Sie klang dringend, und manchmal folgte Leo eben ihren Eingebungen. Sogar ziemlich oft. Jedenfalls sagte sie zu.

Ruth war noch nicht zurück und Leo hinterließ ihr eine Nachricht auf dem Küchentisch. Jay wartete bereits draußen im Wagen. Er hatte es eilig; nur eine flüchtige Begrüßung, dann fuhren sie los.

Als sie am Gasthaus Ronnenberg vorbeikamen, warf sie einen raschen Blick auf die Fenster. Nirgends brannte Licht. Hinter einer der dunklen Scheiben schlief Sandved.

»Ich habe nachgedacht«, sagte Jay.

Im Dunkeln konnte sie sein Gesicht nicht erkennen, aber seine Stimme klang flach und angespannt.

»Über uns und Kaytee.«

Oh, Kaytee, natürlich.

»Ich werde weggehen.«

»Zurück in die Stadt?«

»Ja, heute Abend noch. Aber ich meinte eigentlich, dass ich zurück nach Borneo will. Ende des Jahres.«

So bald schon. Leo versuchte sich darüber klar zu werden, ob ihr das etwas ausmachte.

»Was wirst du tun?«

»Ich will eine kleine Klinik einrichten.«

Sie fuhren in den Wald hinein und Jay schaltete das Fernlicht an.

»Das wollte ich schon immer. Jetzt ist der richtige Zeitpunkt, das habe ich in diesen Tagen begriffen.«

Er warf ihr einen flüchtigen Blick zu. »Dein Besuch am Samstag hat mir die Augen geöffnet.«

Jetzt wartete er darauf, dass sie etwas sagte. Leo betrachtete die Schneeflocken, die im Scheinwerferlicht tanzten, die Bäume am Straßenrand, die wie eingegipste Skelette aussahen, und schwieg.

Sie sprachen nicht, bis sie Stadthagen erreichten. Auch als sie vor dem Kino an der Bahnhofstraße ausstiegen, beschränkte sich ihre Konversation auf Banalitäten. Vielleicht dachte er, seine Mitteilung hätte sie tief getroffen. Aber Leo bemerkte mit einiger Verwunderung, dass es ihr gleichgültig war. Eigentlich hätten sie dieses Gespräch auch am Telefon führen können; sogar eine Postkarte hätte ihr genügt. Aus Borneo. *Mit freundlichen Grüßen, Jay.* So weit war es gekommen. Und es war in Ordnung.

Obwohl sie fast allein im Saal saßen – die meisten Leute befanden sich auf dem Weihnachtsmarkt –, war die Luft schal und abgestanden. Als die Lichter ausgingen und die Werbefilme liefen, nahm Jay den Faden wieder auf. Er schien den Schutz der Dunkelheit und die Anonymität dieses Saales zu brauchen, um zu reden.

»Ich weiß, dass ich feige bin«, sagte er, als könne er ihre Gedanken lesen. »Ich hasse Konflikte. Ich kann nicht zwischen dir und Kaytee leben. Sie braucht Hilfe, aber ich kann sie ihr nicht geben.

Ich bin ihr nicht gewachsen. Ich kann nichts tun, damit es wieder so wird wie früher.«

Ich, ich, ich, dachte Leo. Daran krankte diese ganze unglückliche Geschichte. Tat es weh? Sie lauschte in sich hinein. Nein, da war nichts. Keine Wut. Und auch kein Herzklopfen, wie es sich sonst immer in seiner Gegenwart eingestellt hatte. Er tat ihr leid. Mitleid war kein guter Boden für Liebe; ein zu starker Dünger, der alles verätzte.

Auf der Leinwand flimmerte eine bis zum Bersten aufgeblähte Sonne orangerot ihrem Untergang entgegen. Ein Cowboy entfachte sein Lagerfeuer, zündete sich eine Zigarette an und wartete einsam auf die Nacht.

»Ich möchte, dass du es verstehst«, sagte Jay.

»Es ist mir so klar wie nie zuvor. Du wolltest gern reinen Tisch machen, bevor du verschwindest. Aufräumen und guten Gewissens in den Flieger steigen. Saubere Sache. Und du dachtest, ein bisschen Verstärkung könnte bei dieser etwas heiklen Operation nicht schaden. Kann ich verstehen, wirklich.«

»Leo, bitte …«

Sie klopfte ihm beruhigend aufs Knie. »Keine Angst, Jay, ich mache dir keine Szene. Ich konstatiere nur. Du hast mich benutzt. Nein, ich korrigiere: Ich habe mich benutzen lassen.«

»Aber doch nur, weil …« Er stockte. Der Cowboy rauchte immer noch.

»Wir sind schließlich schuld an Kaytees Veränderung.« Jays Stimme war lauter geworden; einige Reihen vor ihnen drehten sich ein paar Köpfe um.

Leo saß ruhig neben ihm, hörte ihm zu und konnte sich nicht einmal mehr aufregen. Es war zum Lachen.

»Wir?«, flüsterte sie. »Wir sind schuld? Darf ich dich daran erinnern, dass du mit Katie nicht meinetwegen Schluss gemacht hast, sondern dass es genau umgekehrt war? Und du müsstest dich eigentlich daran erinnern, dass es zwischen euch beiden ebenfalls nicht lange gut ging.«

»Seitdem ist sie anders geworden«, sagte er, als hätte er sie nicht gehört. Die Sonne war endlich untergegangen. Der Cowboy verschmolz mit der Nacht, nur die Zigarettenspitze glühte weiter.

»Egal, was du von mir denkst, ich bin kein unmoralischer Mensch«, verteidigte Jay sich. »Ich fühle mich verantwortlich.«

Ende und Schnitt. Der nächste Spot war eine Eisreklame.

»Wenn jemand die Verantwortung trägt, dann Katie selbst«, sagte Leo.

Er schüttelte den Kopf. »Du willst es einfach nicht begreifen. Sie ist eine Andere geworden. Ich rede mit ihr, sie sitzt da, hört mir zu – und ist auf einmal weg. Richtig weit weg. Ihr Blick wird leer, ihr Gesicht verändert sich – du müsstest es sehen! Und dann wird sie ganz hart und kalt und sagt etwas wie: ›Du wirst es bereuen‹, oder: ›Ihr werdet schon sehen, alle werdet ihr sehen‹, und ich frage, was? Was habe ich gesagt oder getan? Dann schweigt sie eisig, oder sie rennt weg und bleibt für Stunden fort. Einmal war es anders, da hat sie getobt wie eine Furie, es war furchtbar. Und Stunden, manchmal Tage, später tut sie, als wäre nichts gewesen. Sie ist freundlich und zurückhaltend, manchmal ein wenig zerstreut. Ich bin kein Experte für klinische Psychologie, Leo, aber sie ist krank. Zumindest bewegt sie sich am Rand einer psychischen Störung.«

»Wenn es wirklich so ist, braucht sie Hilfe«, sagte Leo.

»Das meine ich ja!«, bekräftigte Jay erleichtert. »Aber ich kann das nicht. Sie macht mir Angst.«

»Nicht mehr lange. Du bist ja bald weg. In einer hübschen Klinik unter Palmen wird dir alles nur noch wie ein schlimmer Traum vorkommen.«

Er sah sie an, als hätte sie einen Kübel kaltes Wasser über ihm ausgeschüttet. »Gemeinheit passt nicht zu dir, Leo.«

»Vielleicht habe ich mich auch verändert.«

»Leo ...«

»Psst. Der Film fängt an.«

»Es tut mir leid.«

Mir auch.

»Werden wir Freunde bleiben?«

Sie drückte kurz seine Hand. »Ach, Jay. Das sind wir in Wirklichkeit nie gewesen.«

Der Abschied tat nicht weh. Leo stieg bei dem kleinen Verkehrskreisel am Ortseingang von Wiedensahl aus, Jay wendete und fuhr in die Richtung zurück, aus der sie gekommen waren. Durch den frisch gefallenen Schnee ging Leo die verlassene Straße entlang und genoss die Dunkelheit und die eisige Luft. In der Ferne brummte ein Schneepflug. Wintersterne sprenkelten den Nachthimmel.

Leo blickte zurück auf ihre Fußspuren, die sich außerhalb des Lichtkreises der nächsten Straßenlaterne verloren. Aber sie sind da, dachte sie. Die Schritte lagen hinter ihr, aber sie hatte sie gemacht. Ihre Spur; sie gehörte zu ihr. Die klare Luft brannte in ihren Augen, auf ihrem Gesicht, in ihren Lungen. Sie atmete tief durch. Jay-Luc Miller war eine Krankheit gewesen, eine überraschend hartnäckige Gefühlsverwirrung, die sie endlich überstanden hatte.

*

Wiedensahl, den 4ten September 1877

Ich frage mich, wer mir den Wilhelm zu einem solchen Skeptiker in Ehedingen gemacht hat. Im August ist der letzte Theil seiner Knopp-Trilogie glücklich erschienen. Nach den ›Abenteuern eines Junggesellen‹ und ›Herrn und Frau Knopp‹ zeigt er auch in ›Julchen‹ den Ehestand von seiner lächerlichsten Seite.

Warum nur? Von mir kann er diese Ideen nicht haben. An diesem Werk bin ich unschuldig, auch wenn ich von Feiglingen, die es nur hübsch behaglich haben wollen, ein eigenes Lied singen könnte.

Wiedensahl, im März 1878

Welchen Tag haben wir heute? Mein Kopf ist zu voll mit anderen Dingen. Engelschöre sollen singen und Posaunen sollen schmettern! Nur Himmelsmusik könnte mein Glück beschreiben: Er hat sich mit der Madame überworfen! Das genaue Geschehen konnte ich trotz aller diskreten Nachforschung bislang nicht eruieren, und mein Gefühl sagt mir, daß es äußerst unklug wäre, Wilhelm direkt darauf anzusprechen. Aber fest steht: Es gibt keine Briefe mehr. Seit Dezember nur Stillschweigen! Die lästige Holländerin wird er hoffentlich auch bald abgeschüttelt haben, aber diese Frau stellt ohnehin keine ernste Gefahr dar. Im Gegenteil, sie verschafft mir Erheiterung. Fast wäre die Anderson an einer Glasscherbe erstickt. Man denke: Wilhelm schickt ihr Konserven aus der Fabrik seines Bruders, eine davon war zerbrochen, sie hätte beinahe ein Stückchen Glas verschluckt, behauptet sie. – Hätte sie's doch gethan!

In einem seiner Briefe an sie (oh, ich bin inzwischen Meisterin der Spionage!) bemerkte er, platonische Liebe komme ihm vor wie ein ewiges Ziehen und niemals sich Losdrücken. Wie lange war genau das der Zustand meiner Seele! Gefangen zwischen dem Hin und dem Zurück. Diese Qual ließ Gedanken in mir keimen, vor denen mir manchmal selbst bange wurde. Doch nun ist die größte Bedrohung gebannt, nun heißt es: Adieu, Madame! Er ist frei, auch im Geiste, frei für mich.

- 19 -

Ruth behauptete, nie würde es ihr in den Sinn kommen, freiwillig im Winter mit einem Fahrrad durch den Schnee zu fahren. Auch nicht bei strahlendem Sonnenschein. Erst recht nicht mitten durch den Wald. Und schon gar nicht diese lange Strecke!

Leo hatte sich nicht davon abbringen lassen. Es war der vierte Advent, der Tag, an dem sie mit Katie verabredet war. Der Schnee knirschte leise unter den Reifen, ansonsten war nur die Stille zu hören, das Knacken von Holz oder das leise Geräusch von Schnee, der von den Zweigen der Bäume rutschte. Es war wunderbar.

Das Heim machte einen verlassenen Eindruck, der Parkplatz war leer. Auf Leos Klingeln öffnete Katie höchstpersönlich, diesmal in einem dunkelblauen Strickkleid mit einer dazu passenden langen Jacke. Um ihren Hals hing eine lange Kette mit einer Art Medaillon. Ihr blondes Haar hatte sie wieder zu einem Knoten gesteckt. Trotz der strengen Aufmachung wirkte sie nicht so abweisend wie beim letzten Mal, im Gegenteil, sie strahlte Leo geradezu an.

»Immer noch mit dem Rad unterwegs? Du musst ja halb erfroren sein. Komm rein!«

Leo folgte ihr in die große Halle. Am Adventskranz brannten alle Kerzen, aber niemand war zu sehen.

»Wo sind denn deine Schützlinge? Und die tüchtige Frau Loss?«

»Bei einem Nikolausnachmittag der Gemeinde. Endlich ein paar Stunden Ruhe, du ahnst nicht, wie herrlich das ist!«

Oh doch, dachte Leo. Sie und Ruth gingen einander zunehmend auf die Nerven. Das Schlauste wäre es, einfach abzureisen. Aber Ruth hatte sie beschworen, Weihnachten nicht allein zu verbringen. Schwer zu sagen, wer damit wem einen Gefallen tat. Leo fühlte sich verpflichtet, zu bleiben. Das war sie Ruth schuldig. Und außerdem konnte sie den Dingen hier jetzt nicht einfach den Rücken zukehren.

»Komm, der Tee ist schon fertig.« Katie stieg bereits die Treppe hinauf.

Leo folgte ihr. Die Tür mit dem Zahlencode stand offen. Ob Justus seine heimliche Lektüre inzwischen zurückgebracht und sich etwas Neues »ausgeliehen« hatte? Es war ihr immer noch ein Rätsel, wie er überhaupt hier hereingekommen war.

Im Wohnzimmer war der Tisch gedeckt, vier Kerzen brannten, die Sonne schickte ihr freundliches Licht durch die alten Bleiglasfenster und ließ den roten Teppich leuchten. Katie deutete auf die Sitzecke.

»Nimm Platz. Ich hole den Tee.«

Die Flügeltür zum Arbeitszimmer war geöffnet. Leo ignorierte das Kanapee, schob sich am Piano vorbei und betrachtete die Wände voller Bücher. Das meiste davon war fremdsprachige Fachliteratur, größtenteils englische Publikationen. Katies Schreibtisch war vollgepackt mit Aktenbündeln.

Leo hörte sie aus der Küche zurückkommen. »Du hast ganz schön viel zu tun, was?«, fragte sie über die Schulter.

Katie setzte die Teekanne ab. »Ich versuche neben meiner Arbeit hier noch wissenschaftlich zu arbeiten. Ohne Veröffentlichungen gilt man auf meinem Gebiet nichts.«

Leo schlenderte zu ihr. »Führst du hier auch Gespräche mit den Patienten?«

Katie lächelte, jetzt wieder mit einem Anflug des vertrauten Spotts.

»Seit wann interessierst du dich so für meine Arbeit? Wenn du es wirklich wissen willst: Hier erledige ich nur Schreibkram. Gespräche sind nur selten nötig. Wenn ich mit jemandem reden muss, komme ich in sein Zimmer. In vertrauter Atmosphäre fällt es den meisten leichter, sich zu konzentrieren.«

Katie goss Tee ein. Ihre Kette war ihr dabei im Weg und drohte in die brennenden Kerzen zu fallen. Leo griff rasch zu und hielt den Anhänger fest. Was sie für ein Medaillon gehalten hatte, war ein aufklappbares Lorgnon; ein Augenglas, wie es die Leute früher trugen.

»Brauchst du eine Brille?«

»Ja, manchmal.« Katie nahm ihr das Lorgnon aus der Hand und setzte sich. »Wir werden eben älter, nicht wahr? Aber erzähl mir lieber, was du in diesem Nest so treibst.«

»Ich feile an meinen hausfraulichen Fähigkeiten. Hier, Kekse.« Sie reichte Katie eine Dose. Ruth und sie hatten einen ganzen Abend mit Plätzchenbacken verbracht. »Keine Sorge, ich war im Wesentlichen nur für die Verzierung zuständig. Sie schmecken wirklich.«

Katie lachte erneut und wurde dann ernst. »Du wohnst also inzwischen in Ludwigs Wohnung. Es tut mir leid, was passiert ist.«

»Woher weißt du es?«

»Die Todesanzeige stand in der Zeitung.«

Richtig. Und vermutlich hatte auch Jay ihr davon erzählt. Blitzartig kam Leo ein neuer Gedanke. War es möglich, dass Katie die blonde Person war, die Ruth und Su Jing bei ihrem Onkel gesehen haben wollten? Leo wählte ihre nächsten Worte sorgfältig.

»Hast du in der letzten Zeit noch Kontakt zu Ludwig gehabt?«

»Schon lange nicht mehr«, sagte Katie und setzte ihre Teetasse ab. »Ich habe mein Wilhelm-Busch-Projekt irgendwann aufgegeben. Für eine Analyse mit kunsttherapeutischer Ausrichtung war das Material nicht ergiebig genug. Es sind am Ende nur zwei kleine Aufsätze geworden. Dein Onkel war so nett, sie mit einem Vorwort zu versehen. Das muss vor einem Jahr gewesen sein. – Ist es nicht seltsam, dass ich so nahe bei Buschs alter Heimat gelandet bin? Und du jetzt auch.«

Was sie sagte, klang aufrichtig. Leo schämte sich fast. Sie wurde zunehmend misstrauisch in letzter Zeit. Zu viele offene Fragen schienen einen ungesunden Einfluss auf strapazierte Gehirne zu haben, jedenfalls auf ihres.

»Ich bin noch dabei, Ludwigs Nachlass zu ordnen«, erklärte Leo und zog den Umschlag mit der Tagebuchkopie hervor. »Dabei habe ich das hier gefunden. Es könnte dich vielleicht interessieren.«

»Was ist das?« Neugierig nahm Katie den Umschlag entgegen.

»Ein Tagebuch. Wenn es echt ist.« Leo verschwieg, dass Ludwig das Dokument versteckt hatte. »Ich wüsste gern, was du davon hältst.«

»Aber ich bin keine Kunsthistorikerin«, gab Katie zu bedenken. »Und mit Literaturwissenschaft habe ich auch nichts zu tun.«

»Das weiß ich, ich dachte auch mehr an eine psychologische Einschätzung. Die Stimme, die aus dem Text spricht, klingt irgendwie merkwürdig. Aber das kannst du besser beurteilen.«

Katie wendete den Umschlag in ihren Händen hin und her. »Hast du es schon jemand anderem gezeigt?«

»Nein.« Die Lüge kam Leo schon über die Lippen, bevor sie sich daran erinnerte, wie wichtig es für Katie immer gewesen war, die Erste zu sein; in jeder Beziehung.

»Willst du es verkaufen?«

»Keine Ahnung. Kommt darauf an, ob es echt ist. Die Frau, die es geschrieben hat, hat Busch offenbar sehr gut gekannt; ihr Name ist Christine. Sie erscheint aber, und das ist merkwürdig, nirgendwo in der Sekundärliteratur. Ich dachte mir, du kannst vielleicht Rückschlüsse auf ihre Persönlichkeit ziehen. Möglicherweise gibt uns das einen Hinweis, wo man weiterforschen kann. Würdest du mir den Gefallen tun und es lesen?«

Katie lächelte. »Gern.« Dann legte sie den Umschlag beiseite. »Oder möchtest du sofort eine Antwort?«

Leo winkte ab. »Nimm dir die Zeit, die du brauchst«, sagte sie und richtete ihre Aufmerksamkeit wieder auf ihre Teetasse. Sie zwang sich, ihre alte Freundin nicht allzu prüfend zu beobachten. Es gab nichts, was sie irritierend hätte finden können. Jay war derjenige, der eine Neurose hatte, nicht Katie.

Plötzlich wurde ihr bewusst, dass Katie etwas gefragt hatte.

»Wie?«

»Ich habe gesagt, was war eigentlich mit dem Hund?«

»Welchem Hund?«

»Mit Rufus. Am Telefon hast du gesagt, er wurde umgebracht. Wer tut denn so was?« Katies Augen schauten groß und blau.

»Ich weiß es nicht.«

»Wie unheimlich.«

Leo rührte in ihrer Teetasse herum. Woher wusste Katie, wie Pauls Hund hieß? Hatte sie selbst seinen Namen erwähnt, als sie anrief? Nein. Sie war sich sicher, das nicht getan zu haben.

»Er war Ludwigs großer Rattentöter«, sagte Katie. »Hat ihm immer tote Ratten vor die Tür gelegt.«

Sie lügt, dachte Leo. Katie sagte nicht die Wahrheit, wenn sie behauptete, keinen Kontakt mehr mit Ludwig gehabt zu haben. Paul hatte den Hund erst vor vier Monaten aus dem Tierheim geholt. Wie konnte sie von ihm wissen, wenn ihr Kontakt zu Ludwig vor einem Jahr abgebrochen war? Sie saßen eine Weile schweigend und nippten an dem Tee. Draußen wurde das Licht blau und kalt, die Sonne war verschwunden.

»Ich sollte mich besser auf den Weg machen«, sagte Leo, der nichts mehr einfiel, worüber sie hätten reden können, und stand auf.

»Ich bin nicht scharf darauf, im Dunkeln durch den Wald zu fahren. Neulich hat mich so ein Idiot glatt von der Straße gefegt.«

Katie erhob sich ebenfalls und trat ans Fenster. Leo konnte ihr Gesicht nicht sehen, aber ihre Schultern zuckten.

»Katie?«, fragte sie unsicher.

Die Andere drehte sich um. Sie lachte. »Es gibt schon verrückte Leute. Diese Strecke ist als Rennbahn berüchtigt. Du musst besser aufpassen. Komm, ich bringe dich hinunter.«

Als sie vor die Haustür traten, drückte Katie auf einige Schalter und alle Lichter flammten auf: Die Lampen in der Einfahrt, die Scheinwerfer, die das Gebäude anstrahlten, und sämtliche Lichterketten, die die Büsche, das Treppengeländer und Fenstersimse mit ihren roten Schleifen schmückten.

»Ganz schön üppig, findest du nicht?«, bemerkte Leo.

»Den Leuten gefällt es«, entgegnete Katie gleichgültig. »Du musst übrigens bald wiederkommen. Justus wird sich freuen, er redet fast ständig von seiner tollen Freundin.«

»Grüß ihn von mir.«

Katie hauchte ihr zum Abschied zwei Luftküsse über die Schultern, und Leo roch einen schwachen Hauch von Lavendel.

*

Wiedensahl, den 2ten März 1879

Wilhelm ist seßhaft geworden. Doch statt mit mir wohnt er mit seiner Schwester Fanny zusammen. Im August ist ihr der Mann gestorben, der Pastor Hermann Nöldeke, und gestern sind Fanny und Wilhelm zusammen ins Pfarrwitwenhaus gewechselt. Dem voraus ging ein langes Hin und Her: Bleiben? Fortziehen? Wilhelm hat sich bereit erklärt, die Erziehung seiner drei Neffen zu überwachen. Es ist ihm wohl sehr recht, aus dem alten Elternhause fortzukommen, wo Bruder Adolf und seine Schwägerin Johanne wohnen. Seit den Erbschaftsstreitigkeiten nach dem Tode des Vaters ist das Verhältnis stark getrübt.

Mich soll es nicht kümmern. Ich habe ein anderes Problem: Wie werde ich Fanny los?

Wolfenbüttel, im August 1881

Ich hatte geglaubt, die Zeiten, in denen ich zu solcherart Heimlichkeiten gezwungen wäre, seien endgültig vorüber. Weit gefehlt! Ich bin Wilhelm nach Wolfenbüttel nachgereist. Die Gegend ist mir verdächtig, hat er doch in jungen Jahren hier schon einmal recht munter poussiert. Und tatsächlich mußte ich auch diesmal wieder eine Damenbekanntschaft feststellen. Grethe Fehlow heißt das junge Ding. Sie ist eine Nichte seiner Schwägerin Alwine.

Hört das denn nie mehr auf? Schwester Fanny ist nicht beizukommen, die beiden haben sich artig arrangiert, und jetzt auch noch dieses junge Gemüse. Auch wenn Wilhelm den guten Onkel hervorkehrt, ich traue ihm nicht.

- 20 -

Leo fragte sich, was Sandved die ganze Zeit trieb. Er wohnte nach wie vor im Gasthaus, verschwand ab und zu aus dem Dorf, kam wieder zurück und wirkte nicht im mindesten gelangweilt. Aber immer schien er in Gedanken versunken. Sie vermutete, dass er täglich in die Stadt fuhr, um Scherkow zu bespitzeln, raffinierte

Geheimeinsätze zu koordinieren und seine Leute herumzuscheuchen.

Von wegen Urlaub. Irgendetwas lief da, und es machte Leo ganz kribbelig, untätig herumzusitzen. Ihre Jobsuche konnte sie von hier aus auch nicht vorantreiben. Nicht einmal ihre Fachzeitschriften waren hier zu bekommen. Die Tatsache, dass das Jahr bereits dem Ende zuging und sie immer noch nicht weiter war als vor ein paar Monaten, bot nicht gerade Anlass zu höchstem Optimismus. Ganz zu schweigen von den ganzen Merkwürdigkeiten, mit denen sie sich herumschlug.

Auf der Suche nach Ablenkung beschäftigte sie sich mit dem Gartenplan für Ruth. Er beinhaltete eine Kartierung des Grundstücks, einen genauen Plan mit Steinterrassen, Totholzhecken, Bruchsteinwegen und höchst vielfältigen Pflanzen, den genauen Standorten und idealen Pflanzzeiten, und, als Extra, eine Kreidezeichnung des Gartens, wie er einmal aussehen würde. Der Gartenplan sollte ihr Geburtstagsgeschenk für Ruth sein.

Jetzt gab es nicht mehr viel zu tun. Sobald der Geburtstag vorüber war, würde sie wieder nach Hause fahren. Bis dahin musste sie die Tage in Wiedensahl so gut es eben ging ausfüllen.

Leo marschierte zum Gasthaus. An der Straße kratzte Sandved gerade die Scheiben seines Autos frei.

»Ich lechze nach Abwechslung und Abenteuer. Kommen Sie mit ins Museum?«

Er zögerte, als hätte er wichtige Termine, zu denen er sich gerade auf den Weg machen wollte. Doch dann packte er den Kratzer weg und klopfte sich die Handschuhe ab. *Ihre* Handschuhe, wie Leo bemerkte.

»Abwechslung, soso«, wiederholte Sandved amüsiert.

»Und Abenteuer.«

»Im Museum? Originell. Aber warum nicht.«

Zu spät fiel Leo ihr Gespräch mit Krüger ein; sie hoffte, dass der Museumsangestellte sie nicht verraten würde. Zu ihrer Erleichterung war jedoch diesmal seine Kollegin da, eine matronenhafte

Frau mit resolutem Kurzhaarschnitt und Doppelkinn. Sie nickte den beiden einzigen Besuchern an diesem Morgen gemessen zu.

Sandved begutachtete interessiert den Inhalt der Vitrinen, während Leo langsam durch die Diele auf die hinteren Räume zuschlenderte. Ihr Herz klopfte. Nun bekam sie das Allerheiligste doch noch zu sehen. Die meisten der rot gestrichenen Türen waren verschlossen. Leo steuerte auf eine offene Tür am Ende der Diele zu. In einem Schaukasten daneben waren Gegenstände aus dem Besitz von Wilhelm Busch ausgestellt. Eine zerbrechlich wirkende Brille, das Etui daneben. Verehrung und Sammelleidenschaft trieben manchmal kuriose Blüten. Und trotzdem rührte es sie; sie schluckte, als sie in einem anderen Schaukasten seinen Hut und seinen Spazierstock erblickte.

Sie betrat eine kleine Kammer mit schiefem Holzfußboden und ausgetretenen Dielen. In einer Ecke stand ein grüner Lehnstuhl ohne Armlehnen. Buschs Refugium? Sie versuchte sich vorzustellen, wie er hier gesessen hatte. Kalt musste es gewesen sein. Nirgends gab es einen Ofen.

Ein zweiter Raum grenzte an die Kammer an. Ein schmales Bett, ein Nachttisch, eine Kommode. Eine kärgliche Einrichtung.

»Sieht nicht nach dem Zuhause eines leidenschaftlichen Lebens aus«, sagte Sandved neben ihr, der unbemerkt aufgeschlossen hatte.

»Sie sind gemein.«

»Was sagt denn Ihre Freundin zu unserer leidenschaftlichen Christine?«

»Noch gar nichts. Ich war erst vorgestern bei ihr. Sie leitet ein Altenheim hier in der Nähe, und sie hat viel zu tun. Aber ich hoffe, dass wir nicht allzu lange warten müssen. Ich bin genauso neugierig wie Sie.«

»Wer sagt, dass ich neugierig bin?«

»Ihre Augenbrauen.«

»Meine was? Wie kommen Sie jetzt darauf?« Er musterte sein Spiegelbild in einer der kleinen Fensterscheiben und brummte etwas, während sie zurück in die Diele ging.

Das war es also schon gewesen. Die Diele und zwei kleine Kammern. Leo versuchte sich Ludwig hier vorzustellen; wenn er auch an seinem letzten Abend in Wiedensahl hierhergekommen war, dann sicher allein. Kaum vorstellbar, dass er dieses winzige Museum gewählt hatte, um sich mit jemandem zu treffen. Es gab keine Möglichkeit, sich ungestört zurückzuziehen geschweige denn unauffällig zu bleiben, wenn man das wollte. Nein, Ludwig hatte hier bestimmt nur Ruhe gesucht. Die Schulklasse musste eine herbe Enttäuschung gewesen sein. Krüger hatte gesagt, ihr Onkel sei nicht lange geblieben. Leo blieb nachdenklich vor einem alten Schreibpult in der Diele stehen.

War Ludwig vom Museum direkt ins Gasthaus gegangen? Hatte er umgehend begonnen, sich zu betrinken? Was konnte ihn so aus der Fassung gebracht haben? Vielleicht sollte sie mal mit den Leuten bei Ronnenberg sprechen.

Aber dort hockte Sandved wie die Spinne in ihrem Netz. Leo würde nichts anderes übrig bleiben, als zu warten, bis er abreiste.

»Hier hat der alte Busch also gemütlich gestanden, gedichtet und sein Pfeifchen geraucht«, sagte Sandved, als er zu ihr an das Schreibpult trat.

»Zigaretten. Es waren Zigaretten. Haben Sie mal seine Finger angeschaut auf den alten Fotografien? Die waren nikotingelb. Zweimal hat ihn eine Nikotinvergiftung umgehauen.«

»Erzählen Sie mir von ihm«, forderte Sandved.

»Da gibt es nicht viel zu erzählen. Nicht über die Zeit in Wiedensahl. Busch hat zwar viele Jahre hier gelebt und ist von seinen Exkursionen in die weite Welt auch immer wieder hierher zurückgekommen, aber er war ein ziemlicher Eigenbrötler. Ich glaube kaum, dass er den Kontakt mit den Leuten im Dorf gesucht hat. Er war selten im Gasthaus, noch seltener in der Kirche, viel in Wald und Feld unterwegs, ansonsten im Garten und sehr produktiv.«

Je mehr Leo von und über Busch gelesen hatte, desto besser konnte sie diese Lebenshaltung verstehen. Vermutlich entsprach sie auch Onkel Ludwigs Bedürfnissen, nachdem er sich von seinem existenziellen Schiffbruch erholt hatte: einfach arbeiten und ansonsten in Ruhe gelassen werden. Selbst wenn sonst nichts bei dieser ganzen Sache um Christine herauskommen sollte, dann hatte es sich schon um Onkel Ludwigs willen gelohnt, sich damit zu befassen.

Beim Hinausgehen nahm Leo noch ein paar Handzettel mit, die auslagen. Die Aufsicht verabschiedete sie mit einem Nicken.

»Was jetzt?«, fragte Sandved, als sie wieder auf die Straße traten. Leo blieb überrascht stehen und tippte auf einen der Zettel, den sie gerade gelesen hatte.

»Ich möchte noch das Heimatmuseum sehen.«

»Wieso das?«

»Hören Sie, was hier steht: ›Das über 400 Jahre alte Pfarrhaus ist als eines der letzten noch erhaltenen Pfarr-Bauernhäuser eine historische Rarität. In ihm findet man die Museumsräume, in denen Wilhelm Busch zwischen 1872 und 1878 viele seiner bedeutendsten Werke schuf.‹«

Sie hatte die ganze Zeit angenommen, das Geburtshaus von Busch hätte im Mittelpunkt von Ludwigs Aufmerksamkeit gestanden. Bei dem Gedanken, dass es in diesem Heimatmuseum vielleicht eine neue Spur gab, wurde sie ganz aufgeregt. Und eine innere Stimme sagte ihr, dass da noch mehr war. Es hatte mit Christine zu tun. Eine Eintragung im Tagebuch. Was war es nur?

Sandved hob resigniert die Schultern. »Gehen wir.«

»Aber Herr Kommissar, bemerke ich hier einen gewissen Mangel an Begeisterung?«

»Was finden Sie an diesem Heimatmuseum so spannend, abgesehen davon, dass Busch dort ein paar Jährchen verbracht hat?«

Sie hatten kaum ein paar Schritte gemacht, als Leo wieder stehen blieb. »Warten Sie. Gleich weiß ich es.« Sie schloss die Augen. »Erinnern Sie sich, was Christine in ihrem Tagebuch zu dem Pfarrhaus schreibt? Vom Familienglück, das sie rasend macht? Und von Wilhelms Schwester Fanny, die sie als neue Rivalin empfindet? Sie schleicht sogar nachts durch den Pfarrgarten und spioniert. Es scheint, als hätte sie die Familienidylle täglich vor Augen gehabt. Also hat sie vielleicht ganz in der Nähe gelebt! – Sie brauchen gar nicht so zu schauen, ich weiß, dass ich das Tagebuch eigentlich zur Fälschung deklariert habe. Scherkows Theorie finde ich nach wie vor überzeugend. Ich ... Herrje, ich weiß nicht, was ich von dem Ding halten soll! Kommen Sie schon. Umsehen schadet ja nichts.«

Sie betraten das alte Fachwerkhaus durch eine Diele, kletterten eine steile Stiege hoch und gelangten direkt unter das Dach. Hier war alles vollgestellt mit alten Haus- und Küchengeräten, rätselhaften Werkzeugen und längst vergessenen Gerätschaften zur Feldarbeit. In der Luft lag ein Geruch nach Staub, Holz und Alter. Mitten aus ihrem Trödel-Reich trat eine freundlich lächelnde ältere Dame auf Leo und Sandved zu.

»Schade, dass Sie nicht gestern gekommen sind! Da hätten Sie an unserem Aktionstag teilnehmen können.« Sie deutete auf die Geräte, die an einer Dachseite aufgereiht waren. Leo erkannte einen Webstuhl und ein Spinnrad. Wofür die anderen Dinge gemacht waren, war ihr ein Rätsel.

»Meister der alten Künste zeigen, was heute kaum noch jemand beherrscht«, erläuterte die weißhaarige Frau.

Einen schwindelerregenden Moment lang hatte Leo das Gefühl, dass Frau Slevogt – so lautete ihr Name, der auf einem selbst gemalten Schild auf dem kleinen Schreibtisch stand – von Schwarzer Magie sprach, und stellte sich einen wilden Hexensabbat unter dem dunklen Dach vor. Irgendwie wollte Frau Slevogts Erscheinung nicht zu dieser Vision passen; sie trug Gesundheitsschuhe, ein dickes Wollkostüm und eine Brille mit Goldrand, die ihr an einem langen Band um den Hals hing.

»Gestern haben wir Flachs gesponnen und aus den Samen Leinöl gepresst«, sagte die freundliche Frau. »Heute kann ich Ihnen leider nur die fertigen Produkte zeigen.«

Sandved sah aus, als hätte er am liebsten auf der Stelle kehrtgemacht. Leo trat schnell einen Schritt vor und räusperte sich. »Um ehrlich zu sein, eigentlich sind wir nur wegen Wilhelm Busch hier.«

Frau Slevogt nickte traurig. »Ich hätte es mir denken müssen. Alle kommen immer nur wegen Wilhelm Busch. Es ist deprimierend. Dabei haben wir hier noch so viele andere Schätze! Das hier« – sie umfasste mit einer Armbewegung den dunklen Dachraum –, »das ist ja nur ein kleiner Teil. In den Räumen dahinter geht es erst richtig los.«

Am Ende des Dachbodens befand sich eine Fachwerkwand mit einer Tür. Offenbar gab es einen Anbau oder einen weiteren Dachbodenteil. Die Architektur des alten Hauses verwirrte Leo.

Frau Slevogt fuhr mit ihrer Anpreisung fort. »Wir haben Saurierfußabdrücke und Mineralien und uralte Fundstücke aus einer nahen Cherusker-Siedlung und …«

»Saurierfußabdrücke?« Sandveds Interesse war plötzlich geweckt. »Echte Saurierspuren?«

»Ja, gleich dahinten. Erster Raum links.«

Sandved legte das Eintrittsgeld auf den Schreibtisch und nickte Leo zu. »Ich geh dann schon mal vor.«

Wie niedlich. Vielleicht sollte sie mit ihm mal in den Zoo gehen.

»Wir haben auch alte Trachten«, sagte Frau Slevogt hoffnungsvoll.

Aber Leo hatte ihre Chance erkannt. Sobald Sandved durch die Tür am Ende des Dachbodens verschwunden war, rückte sie der alten Dame vertraulich näher.

»Ich habe da eine ganz bestimmte Frage. Mein Onkel hat sich sehr intensiv mit Wilhelm Busch beschäftigt, und ich sehe mich zurzeit sozusagen auf seinen Spuren ein wenig um.«

Erwartungsgemäß fand das Frau Slevogts Beifall. »Es gibt heutzutage nicht mehr viele junge Leute, die sich noch für ihre Familiengeschichte interessieren.«

»Äh, ja.« Leo warf einen nervösen Blick zu der Tür, durch die Sandved zu seinen Sauriern verschwunden war. »Was ich wissen möchte, ist, ob er auch mal hier im Heimatmuseum war. Vielleicht erinnern Sie sich an ihn.«

Leo tastete ihre Taschen ab. Mist. Sie hatte die Festschrift vergessen.

»Ein kleiner älterer Herr, ein wenig größer als ich, mit schütterem Haar ...« Hat keinen Zweck, dachte sie entmutigt.

»Ach, der Herr Heller«, sagte Frau Slevogt. »Sie meinen den Professor.«

Leo starrte sie verblüfft an und ergriff automatisch die Hand, die Frau Slevogt ihr mit einem freundlichen Lächeln entgegenstreckte.

»Ich freue mich sehr, seine Nichte kennenzulernen. Der Professor war ein ganz besonderer Mensch. Ein schwerer Schlag, von seinem Ableben zu erfahren. Heinz Krüger hat mir die traurige Nachricht persönlich überbracht. Mein Kollege nebenan.«

»Vom Wilhelm-Busch-Geburtshaus, ich weiß«, sagte Leo. »Ich habe bereits mit ihm gesprochen.«

»Ja, der Professor ... Ich habe es immer sehr genossen, wenn er hier war. Man konnte sich so überaus angeregt mit ihm unterhalten.«

»Kam er oft?«

»Oh, er war mein häufigster Gast! Manchmal hat er mir sogar Blumen mitgebracht oder eine Schachtel Pralinés.« Frau Slevogts Gesicht überzog sich bei der Erinnerung daran mit einer mädchenhaften Röte.

»Natürlich nur, wenn er allein kam. In Begleitung war er stets etwas zurückhaltener. Schließlich war er der Professor, nicht wahr?« Frau Slevogt hatte offenbar klare Vorstellungen von der Wahrung eines akademischen Rufes.

»Können Sie sich noch erinnern, mit wem mein Onkel hierherkam?« Leo hoffte, die Frage würde so alltäglich klingen, als erkundige sie sich nach dem Wetter.

»Er kam immer allein«, antwortete Frau Slevogt. »Meistens wartete seine Studentin dann schon auf ihn.«

In Leos Ohren brauste es. Sie traute sich kaum zu atmen, aus

Angst, Frau Slevogt könnte aufhören zu sprechen. Aber die alte Dame gab bereitwillig Auskunft.

»Der Professor stellte mir die junge Frau Schröder als seine Doktorandin vor. Ich habe mich gewundert, dass man für eine Doktorarbeit so oft ins Museum gehen muss. Aber davon verstehe ich natürlich nichts.«

»Vielleicht kenne ich sie ja vom Sehen … Können Sie sie beschreiben?«, fragte Leo angespannt.

»Eine hübsche Person, groß, schlank, sehr blond. Sie hätte eine richtige Augenweide sein können, wenn sie nur etwas mehr aus sich gemacht hätte.« Frau Slevogt lächelte nachsichtig. »Meine Mutter hätte mich so nicht auf die Straße gelassen. Aber alte Sachen sind ja bei den jungen Leuten heute wieder sehr beliebt.«

»Alte Sachen?«

»Knopfstiefel zum Beispiel. Manchmal sah sie aus, als hätte sie ihre Kleidung beim Trödler gekauft. Und sie trug ein Augenglas, das ist mir aufgefallen.«

»Ein Lorgnon?«

»An einer langen Kette. Das fand sie wohl schick. Gebraucht hat sie es wahrscheinlich nicht. Jeder normale Mensch würde sich im Ernstfall doch lieber mit einer Brille behelfen. Das ist doch auch viel besser für die Augen.«

»Da haben Sie sicher recht«, stimmte Leo geistesabwesend zu. Aber Katie war eben nicht wie alle anderen. Und es konnte sich nur um Katie handeln. Onkel Ludwig war längst emeritiert, er betreute keine Studenten mehr. Vielleicht hatte er eine Ausnahme gemacht, aber das kam Leo unwahrscheinlich vor. Sie war sich sicher, dass Katie die geheimnisvolle Frau war. Das Lorgnon, die blonden Haare – vielleicht war Katie sogar die Fremde, die Ruth und Su Jing gesehen hatten.

»Kennen Sie die junge Dame nun?«, erkundigte sich Frau Slevogt.

»Nein, wohl doch nicht«, murmelte Leo. Sie verstand es einfach nicht.

Was war da zwischen euch beiden, Ludwig?

»Die beiden sind immer gleich in den hinteren Räumen verschwunden«, sagte Frau Slevogt, als hätte sie Leos Gedanken erraten. »Ich habe sie unbesorgt gehen lassen, in Anwesenheit des Professors musste man ja nicht befürchten, dass etwas gestohlen oder beschädigt wird. Aber sonst kann man heutzutage gar nicht vorsichtig genug sein. – Sehen Sie sich nur ruhig alles an! Für die Flachsverarbeitung hier werden Sie sich wohl nicht so sehr interessieren. Die Räume von Wilhelm Busch kommen gleich hinter den Sauriern.«

Leo lächelte zerstreut. »Vielen Dank. Ach, und Frau Slevogt? Mein Begleiter braucht von unserer kleinen Unterhaltung nichts zu erfahren.« Sandved stand vor einem Glaskasten mit archäologischen Fundstücken und sah nicht einmal auf, als Leo vorbeiging. Immer mehr Räume tauchten hintereinander auf, vollgestopft mit den kuriosesten Dingen; der ideale Ort für eine heimliche Verabredung.

Sie hörte leise Schritte hinter sich. Frau Slevogt war ihr nachgegangen. Die eifrige alte Dame sah sich um, ob Sandved in der Nähe war, bevor sie flüsterte:

»Mir ist da noch etwas aufgefallen. Es ist schon merkwürdig, Ihre Fragen haben mich erst darauf gebracht. Seit Ihr Onkel nicht mehr kommt, ist auch die Doktorandin nicht mehr hier gewesen.«

»Als mein Onkel das letzte Mal hier war, ist da irgendetwas Besonderes passiert? War etwas anders als sonst?«

»Nicht dass ich wüsste«, sagte Frau Slevogt. »Er redete nicht viel und verabschiedete sich rasch. Er hatte es wohl eilig, nach Hause zu kommen. Nach diesen Arbeitstreffen wirkte er immer sehr erschöpft.«

»Und seine Doktorandin?«

»Die verließ das Museum immer vor ihm.«

Nachdenklich trat Leo an ein Fenster. Frau Slevogt rückte nach.

»Das«, sagte sie mit ihrer Aufsichtsstimme, »ist der Blick, den

Wilhelm Busch seinerzeit von seinem Schreibtisch aus vor sich hatte. Da unten sehen Sie den Pfarrgarten, rechts das neue Pfarrhaus.«

Leo starrte in kahle Baumkronen und versuchte sich vorzustellen, wie es vor hundertzwanzig Jahren da draußen wohl ausgesehen hatte. War Christine im Schutz der Dunkelheit vor den Fenstern herumgeschlichen? Hatte sie spioniert und beobachtet und ihre Eifersucht gepflegt?

Sie ließ die Räume auf sich wirken, die kleinen Zimmer, die niedrigen Decken, die tiefen Türstürze, bei denen Sandved, der sich endlich von seinen Sauriern hatte losreißen können, den Kopf einziehen musste. Es war merkwürdig: Je tiefer sie in dieses Umfeld eintauchte, desto glaubhafter erschien ihr plötzlich Christine. Die Argumente Scherkows rückten immer mehr in den Hintergrund.

»Ich frage mich, wo Christine gewohnt hat«, sagte Sandved, als sie das alte Pfarrhaus verließen, und Leo hatte das Gefühl, dass er ihre Gedanken lesen konnte.

»Wenn es sie wirklich gegeben hat«, fügte er eilig hinzu. Er blickte die Dorfstraße hinauf und hinunter und blieb plötzlich stehen. »Die alten Kirchenbücher! Wenn die noch existieren, muss Christine eingetragen sein.«

»Wir kennen ihren vollen Namen nicht«, erinnerte Leo ihn.

»Aber sie ist vielleicht konfirmiert worden oder hat geheiratet. Wie viele Christines haben damals wohl hier gelebt? Hm? – Na also.«

Sie schlenderten über den Friedhof, aber hier gab es schon längst keine alten Gräber mehr. Beim Pastor hatten sie kein Glück, er war nicht zu Hause.

»Sie sollten es auf jeden Fall später noch mal probieren«, riet Sandved, als sie an der Straße entlang durch den Schneematsch stapften.

Leo warf ihm einen schrägen Blick zu. »Kommen Sie nicht mit?«

»Ich verbringe Weihnachten bei meiner Familie in Stockholm. Morgen fahre ich.«

»Wie nett.« Ein rot gestrichenes Holzhaus in den Wäldern, massenhaft Schnee, Elche vor der Tür und Wolfsgeheul hinter den Bergen, und am Julmorgen viele Geschenke und strahlende Gesichter und ein Feuer im Kamin … Das Bild stimmte unter Garantie nicht, aber es brachte Leo trotzdem fast zum Heulen. Sie wollte auch dort sein. Oder jedenfalls nicht hier. Irgendwo anders eben.

Mit Sandved.

War sie jetzt völlig verrückt?

»Was werden Sie machen?«, unterbrach er ihre Gedanken.

»Ich? Oh, ich weiß nicht …«, stotterte Leo. »Mal sehen.«

»Klingt nicht gerade glücklich.«

»Ich möchte nach Hause«, platzte es aus ihr heraus. »Meine eigenen vier Wände fehlen mir. Und Edwina. Wer weiß, ob Ostermann sie nicht schon längst ertränkt hat?«

Die Wahrheit war: Das Zusammenleben mit Ruth wurde langsam anstrengend. Leo war an Freiraum gewöhnt, an viel mit sich allein verbrachte Zeit. Das war hier so gut wie unmöglich. Und diese ganze Jägerei hing ihr zum Hals heraus. Ruth machte draußen keinen Schritt ohne eine ihrer Flinten und Büchsen. Den Unterschied hatte Leo gegen ihren Willen schon gelernt: Flinten für Kleinwild, Büchsen für Schalenwild, also Wildschweine. Das Viehzeug besaß mittlerweile ihr volles Mitgefühl.

»Warum fahren Sie dann nicht einfach?«, fragte Sandved. Er sah zum Himmel auf, aus dem bereits wieder feine Schneeflocken rieselten.

»Wegen Ruth, und weil doch bald Weihnachten ist. Sie kann sich nicht vorstellen, dass jemand diese Tage freiwillig allein verbringen will. Außerdem macht sie sich Sorgen wegen Paul Ostermann.«

»Zu Recht«, sagte Sandved. »Ich weiß Sie auch lieber hier. Statt um Ihre Rose sollten Sie sich lieber um sich selber kümmern. Was ist übrigens mit ihm? Hat er sich schon gerührt?«

»Paul? Nein.«

»Wann ist noch mal der Geburtstag von Frau Herwig?«

»Am dreißigsten. Das sollten Sie sich aber merken, Sie sind schließlich auch eingeladen.«

»Da komme ich gerade zurück.«

Sie waren vor der Backstube angelangt. Wo während des Marktes dichtes Gedränge geherrscht hatte, war jetzt alles leer, der Laden geschlossen. Leo zeigte Sandved die Laube auf dem Hof.

»An diesem Markttag, als ich hier war, hatte ich das Gefühl, ich werde beobachtet. Es könnte Friedmann gewesen sein. Hier hat er gesessen. – Hat er inzwischen etwas gestanden?«

»Nichts Neues.«

»Strengen Sie sich mal ein bisschen an. Es wäre mir sehr lieb, wenn ich wüsste, dass ich nicht unter Verfolgungswahn leide. Ich habe gespürt, dass jemand hinter mir war, und es kann nur Friedmann gewesen sein.«

Die Frau, die sie für Katie gehalten hatte, erwähnte Leo nicht. Aber wenn Katie sich hier aufgehalten hatte, dann vermutlich, um sich einen schönen Tag zu machen und wie alle aus der Umgebung den Markt zu besuchen. Sie hatte nicht wissen können, dass Leo hier war.

Oder doch?

Sandveds Stimme riss sie aus ihren Gedanken.

»Haben Sie gehört, was ich gesagt habe? So sehr mir Ihre Gesellschaft gefällt, ich muss mich jetzt wirklich auf den Weg machen.«

Leo sah ihn verwirrt an. »Wohin?«

»Sie haben doch eben selbst gesagt, ich soll mich anstrengen. Bevor ich nach Stockholm fahre, muss ich noch ein paar Dinge erledigen.«

Vor Ruths Haus verabschiedeten sie sich. Das Schneetreiben wurde heftiger.

»Leo, tun Sie mir den Gefallen und passen Sie wenigstens einmal auf sich auf, ja? Ich möchte Sie so wiederfinden, wie ich Sie verlassen habe.«

Sandved hob die Hand, als wollte er ihr eine Schneeflocke von der Augenbraue streichen. Was natürlich vollkommener Blödsinn und eine Sinnestäuschung war.

»Geben Sie mir meine Handschuhe zurück«, sagte Leo.

Verdutzt blickte er auf seine Finger und zog dann lachend die Arbeitshandschuhe aus, die er nach dem Verlassen des Museums wieder übergestreift hatte.

»Völlig vergessen. Also dann.«

»Machen Sie, dass Sie wegkommen.«

Im Hauseingang hörte sie seinen Wagen starten und davonfahren. Sie drückte die Handschuhe an ihre Nase. Sie rochen vertraut nach Holzfeuer, Schnee und, sie hätte wetten können, nach Sandveds Rasierwasser.

✶

Wiedensahl, im Januar 1882

Das neue Jahr fängt nicht gut an. Wo ist Wilhelm? In Wolfenbüttel! Zur Bäderkur! Das liebe Grethchen badet mit, möchte ich meinen. Nun gut. Sollte ich am Ende doch zu starken Mitteln greifen müssen, werde ich das tun. Ich habe die Briefe der letzten zwei Jahre geordnet und Abschriften gemacht. Wenig genug sind es, die er mir schrieb, aber zwei oder drei sind darunter, die die Öffentlichkeit sehr interessieren dürften, jetzt, wo er ein leidlich bekannter Mann ist. Es sind die, in denen er zugibt, meine Ideen aufgegriffen zu haben. Ich dachte zunächst, sie an die Baßermannsche Verlagsbuchhandlung in München zu schicken. Was sein Freund Baßermann dann wohl sagen würde? Aber die großen Zeitungen und Anzeigenblätter erreichen ein noch größeres Publikum. Sollte ich mich gleich an sie wenden?

Ich konstatiere zu meinem eigenen Erstaunen, daß meine Gefühle von Zuversicht und immer neuer Hoffnung umgeschmolzen sind zu dem Wunsch, Rache zu nehmen und Unheil anzurichten.

- 21 -

Ruths Geburtstag rückte näher, aber Paul Ostermann biss nicht in den Köder, den Leo mit ihrer Nachricht für ihn ausgelegt hatte. Er schickte eine Karte, in der er sich entschuldigte, er sei wegen einer unerwarteten Terminsache verhindert und müsse kurzfristig nach Italien fliegen. Er hatte Grüße an Leo angefügt und gratulierte zu ihrer Entdeckung, die eine interessante Unterhaltung versprach.

Unterhaltung, bah! Die konnte ihr gestohlen bleiben. Ihre ganze schöne Theorie vom bösen Paul schien in sich zusammenzustürzen. Wenn er wirklich so versessen auf das Dokument war, dass er erst ihre Wohnung verwüstet und dann den Keller aufgebrochen hatte, warum nahm er dann jetzt seine Chance nicht wahr?

Aber Leo hatte nicht lange Zeit, darüber nachzugrübeln, denn einen Tag vor Heiligabend kam eine Nachricht, die Ruth in helle Aufregung versetzte. Scherkow war verhaftet worden. Die Anklage lautete auf schwere Hehlerei. Er durfte zwei Anrufe tätigen, einen an seinen Anwalt, einen an Ruth, dann kam er in Untersuchungshaft. Ruth geriet völlig außer sich. Sie tobte und zerschlug eine Schale, die neben dem Telefon stand. Doch als sie sich schließlich an Leo wandte, war ihre Stimme flach und kalt.

»Daran ist nur dein Kommissar schuld.«

»Mein Kommissar? Ruth, ich bitte dich!« Leo glaubte sich verhört zu haben. »Erstens ist er nicht mein Kommissar, und zweitens befindet er sich in Schweden. Er kann gar nicht direkt daran beteiligt sein.«

»Dann eben indirekt. Aber sie werden schon sehen, was sie davon haben. Sie müssen Valentin schneller wieder laufen lassen, als sie ihre Protokolle schreiben können. Allerdings verkompliziert es die Sache«, sagte sie wie zu sich selbst, während sie nervös auf und ab lief und eine Zigarette nach der anderen rauchte.

Ob sie ihren Geburtstag meinte? Leo sah dem Tag mit Unbehagen entgegen. Sie teilte Ruths Überzeugung nicht, dass Scherkow so bald wieder freikommen würde. Vermutlich hatten ihn Sandveds Leute schon eine ganze Zeit beobachtet; sie mussten etwas Schwerwiegendes gegen ihn in der Hand haben. Hatte Sandved nicht etwas von russischen Ikonen erzählt? Vielleicht war Scherkow doch nicht so uninformiert über Jablonskys Aktivitäten, wie Ruth sie glauben machen wollte. Möglicherweise hatte er das Geschäft während seines letzten Moskaubesuches wieder in Gang gebracht.

Abgesehen von Scherkows kurzem Anruf erfuhren sie nichts weiter. Ruth beruhigte sich, jedenfalls schien es so.

Auch von Katie kam keine Nachricht. Am ersten Weihnachtstag rief Leo sie an. Katie war kurz angebunden und hörbar gestresst und erklärte Leo, sie solle auf keinen Fall vorbeikommen. Justus und die anderen Heimbewohner seien schon aufgeregt genug, und außerdem kämen die Familienangehörigen, das Haus sei voll. Kein Wort zu dem Tagebuch, und Leo wagte nicht zu fragen.

Die Feiertage verliefen schließlich entspannter, als Leo befürchtet hatte. Sie gingen in die kleine Dorfkirche, kochten zusammen ein mehrgängiges Festessen und besuchten am nächsten Tag Lüdersens zum Kaffee. Es schneite fast ununterbrochen, und wie um die Situation noch schwieriger zu machen, stellte sich ein Problem mit der Heizung ein. Irgendein winziges Ventil tat nicht mehr das, was es tun sollte, und die Heizung fiel dauernd aus.

Leo war froh, als Weihnachten vorüber war. Jetzt würde Sandved bald zurückkommen.

Schließlich brach der vorletzte Tag des Jahres an; Ruths Geburtstag. Am Morgen überreichte Leo ihr das Geschenk: »Herzlichen Glückwunsch!«

Ruths Freude war echt. »So soll der Garten werden, genau so! Was für eine herrliche Kreidezeichnung. Und der Plan … Er ist wunderbar! *Du* bist wunderbar!« Sie umarmte Leo. »Schlehenbüsche, Holunder, Heckenrosen – hast du auch an Haselsträucher gedacht? Und hier der Teich, die Sumpfzone … Komm, wir sehen es uns draußen an, ich will, dass du mir alles erklärst.«

Sie stapften im winterkargen Garten herum, und als die Sonne ihnen auch noch den Gefallen tat, den Morgendunst wegzunehmen und von einem blauen Himmel zu leuchten, war Ruth selig.

»Ein Tag, der so schön anfängt, muss gut werden!«

Hoffentlich, dachte Leo mit gemischten Gefühlen. Immerhin stand noch die Begegnung mit Sandved bevor. Das letzte Mal, als sein Name fiel, war Ruth noch bereit gewesen, ihn zu filetieren und an Lüdersens Hunde zu verfüttern. Seitdem hatten sie das Thema nicht mehr angerührt.

Ruth erwartete ihre Gäste für den frühen Abend. Für Wang Li und Su Jing waren Zimmer im Gasthaus reserviert; Xue hatte sich bis zuletzt geweigert, mitzukommen.

Leo half Ruth bei den Vorbereitungen. Sie hängten die Tür zwischen Diele und Wohnzimmer aus, um genug Platz zu haben, und Ruth schwatzte die ganze Zeit aufgedreht. Kurz nach dem Frühstück fiel die Heizung endgültig aus und ließ sich auch mit allen Kniffen, die Ruth kannte, nicht wiederbeleben. Der Mann vom Wartungsdienst hatte zwar versprochen, das nötige Ersatzteil so schnell wie möglich zu besorgen, aber das war schon zwei Tage vor

Ruths Geburtstag gewesen, und noch immer war nichts passiert. Zum Glück funktionierte der Kamin. Sie befeuerten ihn schon seit den frühen Morgenstunden, um die Diele mitzuheizen, in der zwei lange Tapeziertische als Tafel dienen sollten. Lüdersen hatte die Bänke dazu geliehen.

Nun mussten sie nur noch warten. Die Küche blieb kalt, Ruth hatte die Organisation des Festessens einigen ihrer Gäste überlassen. Als Erste trafen Tierarzt Doktor Haffner und seine Frau, eine pummelige Blondine, ein. Beide trugen große Töpfe. Leo schnupperte. Rotkohl in dem einen. Und in dem anderen?

»Knödel«, raunte Frau Haffner ihr zu. »Selbst gemachte!«

Draußen hielt ein weißer Lieferwagen, am Steuer saß Su Jing. Mit ihr stieg Wang Li aus, gleichzeitig kam auch Sandved die Straße entlang. Leos Herz machte einen Sprung, als sie ihn vom Dielenfenster aus sah, groß, leicht nach vorn gebeugt gegen den kalten Wind und mit seinen Gedanken offensichtlich noch woanders.

Es schneite ausnahmsweise nicht, aber es war klirrend kalt. Alle beeilten sich, ins Warme zu kommen – ohne Naturalien, dafür mit anderen Gaben: Wang Li überreichte mit seinem schönsten Breitwandlächeln ein kleines, sichelscharfes Messer, Su Jing einen papierzarten chinesischen Lampion. Sandved hielt ein Paket hinter seinem Rücken, in dem Leo ein Elchgeweih oder dergleichen Fantasievolles vermutete. Es waren Gummistiefel.

»Wie war es in Schweden?«, fragte sie, während sie ein Tablett voller Champagnergläser an ihm vorbeijonglierte.

»Kälter als hier. Und sehr schön.«

Er überreichte ihr ein kleines Päckchen.

»Für Sie.«

Überrascht stellte sie ihr Tablett ab. »Handschuhe?«

»Aus guter schwedischer Wolle. In Ihren erfrieren einem ja die Finger.«

Er sah zu, wie sie sie überstreifte.

»Passen sie?«

»Hervorragend.« Sie lächelte und wäre ihm am liebsten um den

Hals gefallen. Nicht wegen der Handschuhe. Einfach so. Er hätte sich auch nur ein bisschen bücken müssen. Aber bevor es peinlich werden konnte, sorgte erneutes Hallo an der Eingangstür für Ablenkung.

Heinrich und Else Lüdersen und zwei große, knusprig braune und liebevoll mit Äpfeln ausgestopfte Gänse kamen. Leo nahm ihre Runde mit dem Tablett wieder auf.

Hinter Heinrich und Else erschien auch Lüdersen junior. Ein wenig befangen überreichte er Ruth einen großen Blumenstrauß, den sie gleich an Leo weiterreichte.

»Stell ihn für mich ins Wasser, sei so nett. – Warum trägst du eigentlich Handschuhe?«

»Äh – nur so.« Sie huschte davon.

Bis auf Sandved und Leo kannten sich hier alle schon lange, auch Wang Li und Su Jing hatten bereits mehrere Geburtstagsfeiern mitgemacht. Dementsprechend ungezwungen war die Stimmung, und Leo stellte mit Erleichterung fest, dass sich Ruth insbesondere Sandved gegenüber betont freundlich und unbefangen gab. Leo platzierte die Vase mit den Rosen in der Mitte der Tafel und gesellte sich zu Su Jing.

»Wo ist denn Ihr Kleiner?«

»Bei den Tanten«, sagte sie fröhlich.

»Und Ihr Großer?«

»Weg!« Es klang noch fröhlicher.

»Wie, weg?«

»Zurück nach China!«

»So plötzlich?« Leo war verblüfft.

»Ach, so plötzlich eigentlich nicht.« Su Jing zuckte mit den Schultern. »Unsere Ehe war eben der Herzenswunsch des ehrenwerten Onkels und nicht unserer.«

»Ist Wang Li jetzt nicht ziemlich enttäuscht?«

»Sie sollten ihn besser nicht darauf ansprechen. Der Onkel hat die Sache mit dem Hund aufgeklärt«, sagte Su Jing voller Abscheu.

»Xue …?«

Su Jing nickte. »Vieles hätte ich ihm zugetraut, aber eine solche Gemeinheit! Und das Schlimmste ist, er will es für mich getan haben. Er behauptete, er habe Herrn Ostermann mehrmals im Keller herumschnüffeln sehen, und gedacht, er wolle sich an unseren Sachen zu schaffen machen. Und mein Unfall damals, als ich mich so erschreckt habe ...« Sie sah Leo etwas verlegen an. »Xue dachte, dass das auch wieder Ostermann war, und wollte ihm eine Lektion erteilen. Dumm von ihm, nicht wahr?«

Und grausam. Leo nippte nachdenklich an ihrem Champagner. Ihre Theorie, dass jemand ein Exempel statuieren wollte, indem er Rufus hinmetzelte, war also richtig gewesen. Ostermann war tatsächlich im Keller gewesen. Aber an Xues Habseligkeiten hatte er sich mit Sicherheit nicht vergreifen wollen.

»Weiß Paul Ostermann Bescheid?«

Su Jing schüttelte erschrocken den Kopf. »Nein! Besser, wenn er es nicht erfährt. Bei uns sagt man, beim Lied des Wassers, das den Fluss hinunterfließt, schläft der Schmerz ein. Trotzdem bin ich sehr froh, dass Herr Ostermann für ein paar Tage verreist ist. Ich würde ihm jetzt nicht gern begegnen.« Su Jing schüttelte die ungute Erinnerung rasch ab. Sie deutete unauffällig auf Wang Li, der eine Art Filzmappe mitgebracht hatte. Jetzt schlug er sie auf und präsentierte ein blitzendes Messersortiment.

Leo dachte an Rufus und schluckte.

»Dem ehrenwerten Onkel kommt jedes Jahr die Aufgabe zu, das Essen zu zerteilen«, wisperte Su Jing ihr in der erwartungsvollen Stille ins Ohr. Jetzt, ihr Gänse, macht euch auf was gefasst, dachte Leo.

Wang Li erledigte die Sache sauber und schnell, während aller Blicke wie gebannt an seinen Händen hingen.

Sandved hatte offenbar beschlossen, den Kommissar an diesem Abend zu Hause zu lassen. Er fiel nicht mal aus der Rolle des Privatmannes, als sich das Tischgespräch brisanteren Themen als dem Winterwetter zuwandte. Lüdersen machte eine große Geste zu den sie umgebenden Geweihen und schlug Ruth kameradschaftlich seine Pranke auf die Schulter.

»Weiß gar nicht, was du hast, ist doch gar kein Platz mehr hier. Wozu brauchst du ein Leopardenfell oder einen Tigerkopf?«

Ruth trank gelassen ihren Rotwein. »Das verstehst du sowieso nicht, Heinrich. Manchmal muss es eben prickelnder sein als der Ansitz auf Wildschweine. Gefährlicher. Hierzulande weiß man doch schon gar nicht mehr, was eine richtige Jagd überhaupt ist! Irgendwann kriege ich meine Safari, du wirst schon sehen«, sagte sie mit glänzenden Augen.

»Und zwar eine echte, bei der es so richtig zur Sache geht! Nicht so ein Pauschalzeug für Touristen, die den Schwanz eines Elefanten nicht von seinem Rüssel unterscheiden können und ihre Kamera auf alles draufhalten, was sich bewegt und nach Zoo aussieht.«

»Aber Ruth, wie stellst du dir das vor?«, wandte Else Lüdersen ein. Als bodenständige Bauersfrau konnte sie sich mit erlegten Hasen und allerlei Wildbret anfreunden. Aber Leoparden?

»Die stehen doch unter Schutz!«

»Natürlich ist es nicht mehr so wie früher, wo man relativ leicht zu seinen Trophäen kam«, gab Ruth zu. »Heute muss man vorsichtig sein, Beziehungen spielen lassen und Geld auf den Tisch legen. Sehr viel Geld. Mit harten Dollars geht alles. Dann kann man für zwei, drei Wochen in der Mongolei oder irgendwo anders im gottverlassenen Osten abtauchen.«

Haffner und Lüdersen lachten; niemand schien Ruth richtig ernst zu nehmen.

Es wurde ein ausgelassener Abend. Ruth brachte immer neue Flaschen eines schweren Rotweins herbei, und auch der berüchtigte grüne Schnaps, von dem sich einzig Sandved auffällig fern hielt, kam auf den Tisch.

Wang Li behauptete, »deutsche Gänse fast so gut wie Pekingente, sehr, sehr lecker wie immer«, und unterstrich das mit lächelnden Verbeugungen in Richtung Else Lüdersen, die vor Freude rosig anlief.

Sandved brachte einen schwedischen Trinkspruch auf Ruth aus und Lüdersen erzählte zu vorgerückter Stunde für Wang Li und Su

Jing die Geschichte von der furchtlosen Jagd auf Samson. Während zwischen Doktor Haffner und Ruth noch der Vorschlag erörtert wurde, die Schweinehütte in Bullenhütte umzubenennen, beugte sich Sandved zu Leo.

»Was ist denn eigentlich mit Paul Ostermann? Ich denke, er sollte heute kommen?«

»Er ist wegen irgendwelcher dringenden Geschäfte in Italien.«

»Italien? Was will er denn dort um diese Zeit? Dann dürfte Ihre Theorie vom bösen Nachbarn vorerst auf Eis liegen. Oder – warten Sie.« Er legte in gespielter Nachdenklichkeit den Finger an die Nase. »Ich hab's: Ostermann prüft gerade seine Kontakte zur Mafia, um es Ihnen dann aber so richtig zu zeigen.«

»Sehr witzig. Sie haben es gerade nötig, den Mund so weit aufzureißen. Ist Ihnen klar, dass Sie heute Abend nur knapp der Lynchjustiz entgangen sind? Was ist eigentlich in Sie gefahren, Ruths Busenfreund Scherkow einfach aus dem Verkehr ziehen zu lassen?«

Sandved machte ein Gesicht, als hätte sie ihn mit kaltem Wasser übergossen. Er blickte ernst auf seinen Teller. »Das ist wohl kaum der richtige Ort, um das zu erörtern«, entgegnete er leise. »Aber glauben Sie mir, es war unumgänglich. Die Situation gefällt mir auch nicht, aber die Kollegen haben nun einmal eindeutige Indizien, dass dieser Russe sich der Hehlerei schuldig gemacht hat.« Er lächelte dünn. »Ich habe den ganzen Abend damit gerechnet, dass Frau Heller mich zur Rede stellt.«

Leo konnte es nicht benennen, aber ein ungutes Gefühl hatte sich ihrer bemächtigt. Seit ihrem Besuch bei Katie ließ sie der Gedanke nicht los, dass es in der ganzen Geschichte noch einen zweiten Brennpunkt gab. Die Tatsache, dass Paul nicht erschienen war, verstärkte dieses Gefühl noch. Irgendetwas war hier mehr als undurchsichtig.

Sie fand keinen Schlaf in dieser Nacht. Die Gäste hatten sich längst verabschiedet und im Haus war tiefe Ruhe eingekehrt, als Leo immer noch wach lag und dem Schauspiel zusah, das Wind und Schnee vor ihrem Fenster veranstalteten. Weiße Wirbel tanzten lautlos vor dem schwarzen Vorhang der Nacht. Nebenan schlief Ruth;

Leo hörte ihr leises Schnarchen hinter der Wand. Schließlich stand sie auf und zog sich ein paar Schichten warme Kleidung an. Es war eisig kalt. Die letzte Kaminwärme aus dem Erdgeschoss schaffte es nicht mehr bis nach oben in die Schlafzimmer. Sie konnte ihren Atem in der Luft sehen.

Leo rollte sich in dem Sessel neben dem Schreibtisch zusammen, knipste die Lampe an und ging die Kopien noch einmal durch. Nach wie vor quälte sie das Gefühl, etwas Wichtiges übersehen zu haben. Wahllos begann sie zu lesen. Wiedensahl. Sommer 1841. *Unser Bund muß halten.* Den 10ten März 1851. *Niemand soll es wagen, sich zwischen uns zu stellen.* Den 12ten December 1854. *Ich bin mißtrauisch und eifersüchtig.* November 1860. *Diese Kleingeister … Ameisen … blind, besinnungslos, blöde … ich werde sie weit hinter mir lassen.*

Die Zeit verstrich, ein Reigen von Jahreszeiten. Dann blieb ihr Blick an einer Eintragung vom August 1864 hängen. *Ich will die sein, die ich eigentlich bin. Sicher, stark. Unverwundbar.*

Da war etwas; ein Zipfel, den sie festhalten musste. Sie blätterte zur Eintragung davor zurück. *Anna Richter, ich verfluche dich … Wäre die Holländerin doch an der Glasscherbe erstickt … Wie werde ich Fanny los?* Zuversicht, Enttäuschung, wieder Hoffnung, *umgeschmolzen zu dem Wunsch, Rache zu nehmen, Unheil anzurichten …*

Plötzlich erschien ihr das Tagebuch nicht mehr als Zeugnis einer bedingungslosen Liebe; es war das Dokument einer Besessenheit. Immer wieder Erwartung. Immer heftigere Rachegelüste. Kleine Anlässe, maßlose Gefühle. Christine schrieb, Busch habe ihre Ideen aufgegriffen. Ob sie damit sagen wollte, dass eigentlich ihr die Anerkennung und der Erfolg gebührten?

Leo ließ die Blätter sinken. Sie kannte einen Menschen, der so dachte. Warum begriff sie es erst jetzt? Blind starrte sie aus dem Fenster in das Dunkel; was sie vor sich sah, war Katie. Katie, als sie von Leo und Jay erfuhr. Katie und Ludwig. Katie und ihre Hoffnungen auf eine Dozentenstelle in Seattle. Katie und ihre großen Pläne. Katie, Katie, Katie. Christine.

Regungslos saß Leo im Sessel. Allmählich fügte sich eines zum anderen. Christine war Katies Erfindung. Sie kannte sich einigermaßen aus mit Wilhelm Busch, sie hatte sich intensiv mit ihm beschäftigt. Vielleicht war sie eher zufällig auf die Christine-Passage in seinen Erinnerungen gestoßen. Oder Onkel Ludwig hatte sie darauf aufmerksam gemacht. Traurig dachte Leo daran, wie oft Katie mit ihm zusammengesteckt hatte. Hatte er von der ganzen Sache gewusst? Jay hatte recht gehabt, Katie *war* verändert. Sie *hatte* ein Problem. Aber wie hing Onkel Ludwig da mit drin? Und Friedmann?

Als der Silvestermorgen kam, saß Leo immer noch wie versteinert in ihrem Sessel. Was sollte sie tun? Sie hatte Katie das Tagebuch ausgehändigt, und Katie hatte sich mit keinem Zeichen verraten. Was würde nun geschehen? Die Versuchung, einfach abzuwarten, war groß. Sitzen bleiben. Nichts tun, außer abzureisen und die Dinge dann in Vergessenheit geraten zu lassen.

Leo seufzte tief auf. Es ging nicht. Zu viele Fragen waren noch offen. Auf einmal hatte sie das Gefühl, dass ihr die Zeit fortlief. Sie setzte sich auf, rieb sich ihre steifen Finger und suchte im Schreibtisch nach Stift und Papier. Eilig verfasste sie einen Brief an Professor Irschinger, in dem sie in aller Kürze vom Stand der Dinge berichtete und den alten Psychologen dringlichst um seine Meinung bat. Sie steckte den Brief zusammen mit der Tagebuchkopie in einen Umschlag, fand im Schreibtisch sogar ein paar Briefmarken, hoffte, dass das Porto reichen würde, und schlich leise aus dem Haus zum nächsten Briefkasten. Sie atmete auf, als sie den Brief schließlich auf den Weg gebracht hatte. Es gab ihr das Gefühl, sich noch eine Atempause verschafft zu haben. Sie würde nichts unternehmen, bis Nachricht von Irschinger kam, dachte sie. Unbemerkt kehrte sie zurück in die frostkalte Küche und setzte Kaffee auf.

*

Wiedensahl, den 2ten Februar 1882

Diesmal war ich bereit, der Öffentlichkeit einen Skandal zu servieren. Im letzten Moment überkam mich doch ein leiser Zweifel vor dem endgültigen Schritt, und welch ein Glück! Wilhelm ist zurück und war sehr lieb.

Die Zeit geht dahin und wir sind beide älter geworden. Oder schon alt? Ein ganzes verwartetes Leben ... Im Moment macht es mich traurig, nicht wütend.

- 22 -

Die ganze Nacht hatte es geschneit, nun war das Land im tiefsten Winter versunken. Der Himmel hing so tief, dass Leo den Eindruck hatte, ihn berühren zu können, wenn sie die Hand ausstreckte. In Ruths Häuschen herrschte dank der streikenden Heizung eine kaum weniger arktische Atmosphäre. Ruth hatte Ewigkeiten mit dem vergeblichen Versuch verbracht, einen Handwerker ans Telefon zu bekommen, doch selbst der Notdienst schien in den Weihnachtsferien zu sein. Das brachte Ruth auf die Idee, eine Schlittenfahrt durch den Wald zu unternehmen, sie konnten schließlich genauso gut draußen erfrieren.

Leo war alles egal. In ihrem Kopf wirbelte alles durcheinander, Onkel Ludwig, Katie, Christine ...

Wang Li wollte eigentlich in die Stadt zurück, um rechtzeitig zum Silvestergeschäft im Imbiss zu sein, aber Ruth behauptete, ein paar Stunden könnten die Tanten ihn wohl noch entbehren. Gemeinsam trugen sie die Bänke zu Lüdersen zurück und standen dann eine Weile herum, während Ruth auf ihren Nachbarn einredete. Er besaß sowohl den Schlitten als auch die Pferde, zwei stämmige Friesen mit den Namen Wotan und Hartmut.

Sandved hatte bereits angekündigt, den Silvesterabend im Ort zu verbringen; er hasse Partys und hätte nichts weiter geplant, nein, im Gegenteil, er freue sich darauf, den Jahreswechsel ganz ruhig mit Ruth und Leo zu verbringen, vorausgesetzt, dass er den Tag überlebe. In Weinlaune hatte er sich von Lüdersen und Haffner zu einem Jagdausflug überreden lassen. Als er mit dem Tierarzt bei Lüdersen eintraf, sah er aus, als würde er gern behaupten, sich an nichts mehr zu erinnern.

Wotan und Hartmut kamen Leo erschreckend groß vor. Jeder von ihnen hätte den Schlitten allein ziehen können und noch eine Walze hinterdrein. Aber sie ließen sich von Lüdersen junior geduldig einschirren. Der Schlitten war ein wunderschönes, altmodisches Gefährt mit dicken Ledersitzen und geschwungenen Kufen. Während Leo ihn von allen Seiten bewunderte, ließ Hartmut sie nicht aus den Augen. Er schnaubte. Sie klopfte ihm auf das dicke Fell. Er schnaubte lauter.

»Und du bist sicher, dass sie tun, was du von ihnen willst?« Leo war skeptisch.

Ruth lachte selbstbewusst. »Ich mach das nicht das erste Mal. Sonst würde mir Heinrich die beiden nicht anvertrauen und seinen kostbaren Schlitten schon gar nicht.«

Su Jing hielt sich in einiger Entfernung. Wang Li lächelte und wusste offenbar ebenfalls nicht so recht, was er von der Sache halten sollte. Die beiden riesigen Kaltblüter schienen beiden nicht ganz geheuer zu sein.

Ruth hatte sämtliche Decken mitgeschleppt, die im Haus waren, und Lüdersen junior brachte noch zwei große Schaffelle an, die sie sich über die Knie legten. Leo saß Su Jing und Wang Li gegenüber. Beide trugen Daunenjacken und hatten die Decken fast bis zu den roten Nasenspitzen hochgezogen. Ruth stieg auf den Bock, ließ angeberisch die Peitsche knallen, und mit Glöckchengeklingel setzten sie sich in Bewegung. Lüdersen junior hatte ihnen geraten, den Landstraßen fernzubleiben; Wotan und Hartmut seien zwar einiges gewohnt, aber man könne ja nie wissen, was zu Silvester alles los war.

Ruth kutschierte auf dem Leo nun schon vertrauten Weg an der

Schweinehütte vorbei. Irgendwo in der Nähe brummte ein Auto, doch je tiefer sie in den Wald hineinglitten, desto stiller wurde es. Die Pferdehufe waren kaum zu hören, nur das leise Schleifen der Kufen und das Klingeln der Glöckchen belebte den winterlichen Wald. Die Luft war so barbarisch kalt, dass bei jedem Atemzug die Lungen schmerzten.

Ruth beschleunigte das Tempo. Die Pferde dampften.

»Ist es nicht herrlich?«, rief Ruth über die Schulter. Anstelle einer Antwort krochen alle noch tiefer in ihre Decken. Ruth lenkte den Schlitten auf einen geraden Hauptweg, der nach wenigen Kilometern einen Bogen machte und auf eine Kreuzung stieß. Von hier führte ein Holzabfuhrweg noch tiefer in den Wald hinein, ein anderer zurück zur Schweinehütte. Mit roten Nasen, kribbelnden Ohren und vor Kälte tauben Füßen einigten sie sich auf Umkehr. Auch Ruths Enthusiasmus war inzwischen etwas abgekühlt.

Schließlich hielt Leo den eisigen Wind nicht mehr aus und stülpte sich zusätzlich zu ihrer Mütze die Kapuzenjacke über den Kopf, was ihr Blickfeld stark einschränkte. Vielleicht begriff sie deshalb nicht gleich, was geschah.

Sie befanden sich schon in Sichtweite der Hütte, als direkt vor ihnen Funken aufflogen. Leo hörte einen Knall. Nein, nicht nur einen, eine ganze Reihe kleiner, knatternder Explosionen, die dicht aufeinander folgten. Noch mehr Funken, Wotan wieherte erschrocken, Su Jing schrie, Ruth fluchte laut, Hartmut scheute. Ein Ruck ging durch den Schlitten, erneut stoben Funken auf, begleitet von Krachen und panischem Wiehern. Für den Bruchteil einer Sekunde erblickte Leo eine Gestalt zwischen den Bäumen. Doch bevor sie genauer hinsehen konnte, wurde sie vom Sitz geschleudert und stürzte auf den Schlittenboden. Der Schlitten raste zwischen den Bäumen am Wegrand hindurch über den Graben und auf das ehemalige Bullenfeld zu, begleitet vom schrillen Gebimmel der Glöckchen. Schnee wirbelte auf, Äste flogen auf sie zu, Ruth duckte sich – zu spät, mit einem Aufschrei stürzte sie in den Graben. Endlich gelang es Leo, sich zwischen den Sitzen wieder emporzuziehen, ohne ebenfalls aus dem Schlitten zu fliegen, der in wilder Jagd weiter über das Feld holperte. Wotan und Hartmut waren völlig entfesselt.

»Abspringen, abspringen!«, schrie Wang Li neben ihr ohne Unterlass, und Leo hatte alle Hände voll zu tun, ihn daran zu hindern.

Sie fegte sich die Kapuze vom Kopf, um besser zu sehen. Eine Gestalt tauchte am Waldrand auf, ein brauner Mantel wehte hinter ihr her, als sie fortrannte und zwischen den Bäumen verschwand. Leo durchlief es kalt.

Su Jing hatte es inzwischen geschafft, die Zügel zu fassen. Verzweifelt zerrte sie daran herum, was Wotan und Hartmut ungefähr so nachhaltig beeindruckte wie eine Massage mit Samthandschuhen. Leo versuchte abzuschätzen, wie lang die Wiese noch war, da schaffte es ausgerechnet eine Gruppe aufgeschreckter Wachteln, die verrückten Pferde wieder zur Besinnung zu bringen. Die Vögel flatterten aus einer Schneeverwehung knapp vor den Pferdehufen auf: Hartmut stutzte und versuchte eine Vollbremsung, aber sein etwas schwerfälliger Kumpel zog nicht gleich mit. So schlitterten und stolperten die beiden weiter, aber mit deutlich verringertem Tempo und, wunderbare Fügung, auf einmal auch zugänglich für Su Jings Zügelzerren. Su Jing redete unaufhörlich auf Chinesisch auf sie ein und brachte sie endlich kurz vor dem abschließenden Stacheldrahtzaun zum Stehen.

Aufatmend fiel Leo zurück auf den Sitz.

»Können loslassen, bitte«, flüsterte Wang Li, den sie immer noch umklammert hielt.

Ihre temperamentvolle Rückkehr war nicht unbemerkt geblieben. Aufgeregt kamen Lüdersen junior und ein Mann vom Nachbarhof angelaufen. Leo wartete nicht, bis sie beim Schlitten waren, sondern sprang ab und rannte über die Wiese zurück. Decken lagen im Schnee und markierten die Spur. An einigen Stellen hatten die Kufen die Grasnarbe freigeschabt und Erde aufgeworfen.

»Ruth!« Sie stolperte und rutschte, lief weiter und brüllte immer wieder Ruths Namen.

Nah am Graben bewegte sich ein dunkler Fleck. Wurde größer. Kroch auf allen vieren aus dem Graben heraus. Und fluchte gotteslästerlich.

»Ruth!« Jetzt war Leo bei ihr und fiel neben ihr auf die Knie. »Bist du verletzt?«

Ruth war voller Schnee und hatte ein paar üble Schrammen im Gesicht von den Zweigen, unter denen sie hindurchgeprescht waren.

»Hilf mir aufstehen«, ächzte sie. »Ich hab mir den verdammten Knöchel gestaucht.«

Leo legte sich ihren Arm um die Schultern und zog sie hoch. Ein Traktor kam angebrummt. Else Lüdersen war schon unterwegs zu ihnen.

Ruth fluchte immer weiter, der Schock wahrscheinlich. Leo suchte den Waldrand mit den Augen ab. Irgendwo da hinten war sie verschwunden, die Gestalt in einem langen braunen Kleppermantel. Leo kannte nur einen Menschen, der so etwas trug.

Else Lüdersen brachte den Traktor zum Stehen, ließ den Motor laufen und sprang ab.

»Was ist denn passiert, um Himmels willen? Die Pferde kamen an, als hätten sie den Leibhaftigen gesehen. Gott sei Dank ist der Schlitten nicht umgestürzt!«

»Weiß der Teufel«, schnaubte Ruth. »Etwas ist explodiert, direkt vor unserer Nase. Einfach so, wie aus dem Nichts, und die Pferde sind sofort durchgegangen.«

Die Nachbarin hatte den Blick auf den Boden gerichtet.

»Sehen Sie sich das an!«, sagte sie empört.

Überall lagen dunkle Papierfetzchen im Schnee, angesengte Zündschnurreste und kleine Päckchen aus zusammengeschnürten Papierröllchen.

»Knallfrösche, ist es denn zu glauben! Diese dummen Jungs, die Ohren sollte man ihnen langziehen! Konnten es wohl nicht abwarten bis Mitternacht, mussten schon vorher herumballern. Wenn ich die erwische!«

»Einer«, murmelte Leo. »Es war nur einer, ich hab ihn flüchtig gesehen.«

Ächzend kletterte Ruth auf den Beifahrersitz des Traktors. »Wo sind denn die anderen?«

Su Jing und der ehrenwerte Onkel kamen langsam über das Feld gelaufen und sammelten dabei die verstreuten Decken wieder ein. Sie waren unverletzt, hatten aber einen gehörigen Schrecken davongetragen.

Leo umarmte Su Jing. »Das haben Sie großartig gemacht!«

Su Jing nickte, blass und erleichtert. Die Art, wie Wang Li seiner angeheirateten Nichte die Hand auf den Rücken legte, verriet, dass er stolz auf sie war.

Else Lüdersen erklomm den Fahrersitz.

»Also dann. Können wir? Tut mir leid, alle anderen müssen laufen.«

»Ich komme nach«, sagte Leo und lief zurück zu dem Punkt, wo sie glaubte, die Gestalt zuletzt gesehen zu haben.

»Wohin willst du?«, rief Ruth ihr nach, aber Leo tat, als habe sie es nicht gehört.

Der schmale Pfad war unter der Schneedecke kaum auszumachen. Dann sah sie die Fußabdrücke. Große Stiefel hatten saubere, gerade Stapfen gesetzt. Dort, wo sie zu laufen begonnen hatten, waren die Abdrücke ungleichmäßiger und vom hochgeschleuderten Schnee verwischt, aber sie verliefen weiterhin in einer geraden Linie und nicht in halbkreisförmig gescharrten Bögen.

Es war also nicht Justus gewesen, der ihnen aufgelauert hatte, dachte Leo erleichtert. Aber jemand in seinem Mantel; vielleicht auch in seinen Stiefeln.

»Wohin führt dieser Weg?«, fragte sie, als sie zum Traktor zurückkam, der immer noch wartete.

»Zur Straße. Ist der Bengel da lang?«, fragte Else Lüdersen. »Den erwischen Sie nicht mehr.«

Das werden wir noch sehen, dachte Leo.

Der Traktor setzte sich ruckelnd in Bewegung, Wang Li, Leo und Su Jing trotteten in einigem Abstand hinterher.

»Was ist mit Ihnen, Leo?« Su Jing hatte etwas gemerkt.

Leo blickte auf. »Habe ich mal von dem Altenheim erzählt? Das im Wald liegt?«

»Ihre Freundin lebt dort«, schaltete sich Wang Li ein.

»Und dieser komische kleine Mann mit den Wildschweinen, nicht wahr?«, ergänzte Su Jing.

»Justus«, sagte Leo. »Er ist der Bruder von Friedmann. Der bei uns die Treppe hinuntergestürzt ist.«

Wang Li wandte ihr überrascht den Blick zu. »Mann mit Maske?«

Je mehr man die Dinge auf das Wesentliche verkürzte, desto fantastischer wurden sie, dachte Leo. *Der Mann mit der Maske. Ein Irrenhaus im Wald. Eine möglicherweise ebenfalls irre Ärztin an der Spitze. Christine oder Das zweite Leben der Katarina Singer.*

Su Jing zog die Nase hoch. »Hat einer aus dem Heim diese … wie heißen die?«

»Knallfrösche.«

»Hat einer von denen sie geworfen?«

»Vielleicht. Ich denke jedenfalls, ich sollte mal hinfahren.«

»Müssen vorsichtig sein«, sagte Wang Li unvermittelt. »Nicht nur wegen knallende Frösche.«

»Sondern?«

Er zuckte die Schultern und lächelte. »Vorsicht immer gut.«

»Klingt wie eine Botschaft aus einem Ihrer Glückskekse.« Leo musste wider Willen lachen. Sie nahm Su Jings Hand.

»Kümmern Sie sich bitte um Ruth? Sie würden mir einen großen Gefallen tun.«

Ruth vor ihnen auf dem Traktor hatte es gehört. Sie war unwirsch. »Ich brauche keine Hilfe. Und außerdem müssen die beiden zurück in die Stadt.«

»Richtig. Tut mir leid, habe ich vergessen.«

»Warum willst du überhaupt ausgerechnet jetzt irgendwohin? Schau dich mal um, es wird einen Schneesturm geben.«

Der Wind hatte nachgelassen, aber der Himmel war noch dunkler geworden.

»Machen Sie sich keine Sorgen, wir fahren etwas später«, beschwichtigte Su Jing. Auf einmal schien sie die Entscheidungen zu treffen, denn Wang Li nickte nur dazu.

Else Lüdersen zockelte ein wenig beleidigt mit dem Traktor davon, nachdem Ruth ihren Rat, einen Arzt kommen zu lassen, ziemlich barsch abgewehrt hatte. Sie wollte auch nichts davon wissen, mit auf den Nachbarhof zu kommen, obwohl im Häuschen immer noch die Heizung ausgefallen war. Es war nicht sehr nett, sie so abzuservieren, immerhin hatten sie um ein Haar den wertvollen Schlitten zu Kleinholz gemacht, dachte Leo. Ganz zu schweigen von den unzähligen Gefallen, die Lüdersen Ruth schon getan hatte. Leo nahm sich vor, später mit den Nachbarn zu reden.

»Ruth, leihst du mir dein Handy? Und den Explorer?«

Eine gleichgültige Handbewegung war die Antwort. »Den Notruf kennst du ja.«

Leo kümmerte sich nicht um die Missbilligung in Ruths Stimme. Die einzige Nummer, die sie brauchen würde, war die von Sandved. Und der jagte gerade Wildschweine.

Hoffentlich kam er bald zurück.

Leo nahm die Straße nach Münchehagen, die sie auch auf dem Rückweg vom Martini-Markt entlanggeradelt war. Der Asphalt war unter einer festen Schneedecke verschwunden. Als sie dem Wald näher kam, verlangsamte sie das Tempo. Bald hatte sie den Pfad entdeckt, der aus dem Wald herausführte. Sie hielt an. Die gleichen Fußspuren wie dort, wo die Knallfrösche geworfen worden waren. Und Reifenabdrücke. Ein Auto hatte gehalten und gewendet.

Wie eine düstere Festung tauchte schließlich das Heim auf. Die Weihnachtsbeleuchtung brannte nicht. Das einsame Haus hätte auch auf einem anderen Planeten liegen können; der Schnee veränderte alles ringsherum in eine unbekannte Welt.

Justus stand nicht am Zaun. Heute gab es offenbar keine Besucher, der Parkplatz war leer. Auch Katies roter Porsche befand sich nicht auf seinem Platz.

Vor dem Haupteingang hielt mit laufendem Motor der Lieferwagen einer Wäscherei. Frau Loss erschien in der Tür, der Fahrer stieg aus. Leo fuhr im Schritttempo vorbei und stellte den Ford auf dem Holzabfuhrplatz hinter dem Heim ab. Von hier konnte sie das Wildschweinfeld sehen, die abgestorbenen Maisstängel ragten trostlos in den schmutzig grauen Himmel. Es wurde immer dunkler; obwohl der Mittag gerade erst vorüber war, dämmerte es bereits.

Leo näherte sich durch das Maisfeld der Rückseite des Hauses. Bevor sie den Schutz der Maispflanzen verließ, hielt sie nach dem Fenster Ausschau, das Justus gehörte. Da, das musste es sein. Sie warf Steinchen gegen die Scheibe und hoffte, dass Frau Loss vorne zu tun hatte. Justus' Kopf erschien, Leo winkte. Justus stand ruhig da. Hatte er sie nicht gesehen? Doch dann öffnete er das Fenster.

Sie huschte hinüber und duckte sich an die Mauer. Justus betrachtete sie missmutig.

»Ich gehe heute nicht raus. Mein Mantel ist weg.«

»Ich weiß. Deine Stiefel auch?«

Er blickte an sich hinunter, als müsse er das nachprüfen. »Nein. Hab gar keine.«

Es begann wieder zu schneien. In Sekundenschnelle wurde ein Schneetreiben daraus. Der Wind rauschte in den kahlen Baumwipfeln und Leo zog sich wieder die Kapuze über den Kopf.

Justus sah interessiert zu. »Du wirst nass da draußen.«

»Stimmt. Kannst du mich reinlassen?«

Er wandte sich ab und war schon fast verschwunden, ehe sie kapierte, was er vorhatte.

»Warte! Nicht von vorn!«

Es musste ja nicht unbedingt alles unter den Augen von Frau

Loss stattfinden. Justus kam zurück und grinste. Er hatte schon verstanden. »Eine Überraschung!«

»Äh, ja. Sozusagen.« Leo rang sich ein Lächeln ab. »Meine Freundin – also, Doktor Singer hat etwas von mir, was ich dringend brauche.«

»Und wenn Frau Loss dich sieht, hält sie dich vielleicht für eine Diebin«, sagte Justus verständnisvoll.

Das war zu befürchten.

Er brachte einen Stuhl, um dessen Rückenlehne ein Seil geschlungen war, hob ihn ins Fenster und ließ ihn behutsam zu ihr hinab.

»So mache ich das immer, wenn sie nichts merken soll«, flüsterte er.

Leo kletterte hinauf, schwang sich über das Fensterbrett und war drinnen. Ein wütender Wind peitschte Schnee ins Zimmer und hatte ihre Spuren im Garten schon fast verwischt. Eilig zog sie den Stuhl herein und schloss das Fenster.

Justus sah sie erwartungsvoll an. »Was jetzt?«

»Jetzt bist du an der Reihe. Bring mich rauf in die Wohnung!«

»Okay.« Er machte ein entschlossenes Gesicht. »Warte hier.«

Leo sah ihm nach, wie er durch das Zimmer schlingerte, die Tür öffnete und verschwand. Sie musste verrückt sein. Was sie hier tat, war absolut nicht in Ordnung. Justus zu Heimlichtuerei und, wenn alles klappte, auch noch zum Einbruch anzustiften!

Um sich abzulenken, ließ sie ihre Blicke durchs Zimmer wandern. Ein netter kleiner Raum, intim und persönlich; ein Heimzimmer hatte sie sich anders vorgestellt. Eine Wand wurde vollständig von Bücherregalen eingenommen; Leo sah Bücher über Archäologen, Seefahrer, Erfinder, Cowboys, Meeresforscher, Entdecker. Oh, und Astronauten natürlich. Vor der Bücherwand standen ein kleiner Tisch und ein gemütlicher Lesesessel. Auf der Tischplatte lag aufgeschlagen ein großformatiger Bildband über New York.

Das Bett erinnerte als einziges Möbelstück im Raum an ein Pflegeheim. Es war ein verstellbares Krankenhausbett auf Rollen, mit einem heruntergelassenen Gitter an der Seite. Die Wand dahinter hatte Justus dicht mit Bildern, Postkarten, Fotos und Kalendermotiven behängt, als sei das Bett eine Peinlichkeit, von der er ablenken wollte.

An der Tür war eine Kleiderleiste angebracht. Die Steppweste hing an ihrem Haken. Vermutlich hatte normalerweise auch der Mantel dort seinen Platz. Jetzt war der Haken leer.

Leo blickte noch auf den leeren Fleck, als Justus wieder hereinkam.

»Sie helfen uns. Wir müssen nur ein bisschen warten.«

»Wer, *sie*?«

»Esmeralda und Karl. Gleich klingeln sie beide gleichzeitig, dann kommen die Schwester und der Pfleger und sind eine Weile beschäftigt.«

»Wie lange?«

»Och, lang genug. Esmeralda kann gut in die Hose machen. Lohnt sich. Und wenn Karl seine Brille nicht findet, dauert es immer ewig, ihn zu beruhigen.«

»Das ist … brillant«, sagte Leo und schickte ein Stoßgebet zum Himmel, dass der Plan klappen möge. »Sag mal, was ist eigentlich mit deinem Mantel? Wieso ist der weg?«

»Weiß nicht. Vielleicht hat ihn jemand genommen.«

»Wer?«

Als Antwort erhielt sie nur ein gleichmütiges Schulterzucken.

»Hast du es gemeldet?«

»Nein, warum?« Er klang verwundert. »Ich will doch heute gar nicht raus.«

Leo schüttelte den Kopf. Sie vergaß manchmal, dass Justus seiner eigenen Logik folgte.

Ein Summton, gleich darauf ein zweiter. Auf dem Flur wurde es lebhaft; Schritte eilten hin und her, Stimmen riefen sich etwas zu, Türen wurden geöffnet und wieder geschlossen.

Sie lauschten.

»So«, sagte Justus. »Jetzt.«

Leo folgte ihm auf den Flur, von dem zu beiden Seiten weitere Türen abgingen. Über jeder von ihnen saß ein rotes Lämpchen. Zwei davon leuchteten hell. Das rechte Ende des Flures mündete in den rückwärtigen Teil der großen Eingangshalle. Sie gingen nach links und gelangten nach wenigen Schritten in ein altes Treppenhaus. Der Seiteneingang, in dem Leo den ursprünglichen Dienstbotenaufgang vermutete, war verschlossen. Sie erreichten den zweiten Stock, wo sich weitere Zimmer der Heimbewohner befanden. Der Flur endete spiegelgleich zu dem im Erdgeschoss, diesmal nur genau über der großen Halle. Von unten drang die Stimme von Frau Loss herauf, die an der Wäsche herummäkelte. Der Fahrer schien zu protestieren. Leo warf einen raschen Blick über die Brüstung. Die Haustür war von hier oben nicht zu sehen; sie hoffte, dass man sie von unten ebenfalls nicht entdecken konnte.

Ihr fiel auf, dass Justus stärker humpelte als sonst.

»Was ist mit deinem Bein?«

»Tut weh. Das macht der Sturm.« Er gab sich Mühe, keinen Lärm zu machen, aber die Gummisohle seines linken Schuhs quietschte auf dem glatten Bodenbelag.

Sie erreichten die Glastür, die den Flügel mit Katies Privaträumen vom Rest des Hauses abteilte.

»Kannst du sie öffnen?«, wisperte Leo.

»Klar. Guck weg.«

»Wie bitte?«

»Du sollst weggucken!«, sagte Justus streng. »Das ist mein Geheimnis.«

Ein eitler Künstler, auch das noch. Nervös drehte Leo sich um und hörte seine Finger flink auf die Tasten drücken. Ein leises Knacken, die Sicherheitssperre war aufgehoben. Sie fragte sich, wie und wann er die Kombination herausgekriegt hatte, um an seinen Lesestoff zu kommen.

Und jetzt? Sie konnte schlecht ohne ihn hineingehen, obwohl ihr das lieber gewesen wäre. Aber die Überlegung erübrigte sich, Justus war schon drinnen. Er winkte ihr, hereinzukommen, und schloss die Tür wieder hinter ihnen.

Leo hielt inne und lauschte. Alles wie immer, alles normal. Niemand würde sie hier vermuten. Sie drehte sich zu Justus um.

»Fass nichts an, hörst du? Bleib am besten einfach im Wohnzimmer.« Wonach sollte sie überhaupt suchen? Es musste etwas in dieser Wohnung sein, irgendein Hinweis auf Christine, der ihren Verdacht bestätigen würde. Möglicherweise das Original des Tagebuchs.

Sie ging durch das Wohnzimmer ins Arbeitszimmer, betrachtete die Bilder, die Regale mit den Büchern, die Stühle, den Schreibtisch. Die Tagebuchkopie, die sie Katie gegeben hatte, lag neben Patientenakten, Rechnungen und anderen Unterlagen. Die Blätter wirkten noch unberührt. Warum hätte sie sie auch lesen sollen.

Leo ließ den Blick umherschweifen. Es gab nichts, was ihr ins Auge sprang, ihr etwas zuflüsterte. War sie einem Hirngespinst gefolgt? Aber wenn sie schon mal hier war, konnte sie sich auch den Rest der Wohnung ansehen.

Auf der Anrichte in der kleinen Küche stand eine Tasse mit einer Pfütze Tee darin, der Teebeutel lag achtlos auf die Arbeitsplatte geworfen daneben. Das Badezimmer war weiß, sauber, leer. Wieder eine Merkwürdigkeit; unauffällig, aber für Leo, die Katie lange kannte, alarmierend: Keine Cremetiegelchen, kein Make-up, keine Parfumflakons wie früher. Auf dem Bord über dem Waschbecken stand eine Dose mit Allzweckcreme und ein Fläschchen, das eine klare, zartlila schimmernde Flüssigkeit enthielt. Leo schraubte es auf und schnupperte. Lavendelwasser.

Im Schlafzimmer ebenfalls nur das Notwendigste: ein Bett, ein Schrank, ein Sessel, alles aus dunklem Holz. Neben einem alten Kamin eine Frisiertoilette aus Nussbaum, nach der sich jeder Antiquitätenhändler die Finger geleckt hätte. Die blank polierte Glasplatte war leer. Neben dem Spiegel hing eine Kunstpostkarte.

Leo ging näher heran. Das Frauenporträt im Profil kam ihr bekannt vor. In Öl gemalt, düstere Farben. Eine unsichtbare Lichtquelle leuchtete das Antlitz an, die Augen waren niedergeschlagen, das linke durchbohrt von einer Stecknadel, die die Karte an der Wand hielt.

Der Wind heulte im Kamin und ließ Leo zusammenschauern.

Wenn Katie plötzlich käme, wie sollte sie ihr Eindringen hier erklären? Zu allem Überfluss hatte sie auch noch Justus in die Sache mit hineingezogen. Ratlos trat sie ans Fenster. Da draußen verschwand die Welt in wirbelnden Schneeschleiern. Vom Wald war nichts mehr zu sehen, nicht einmal den Zaun oder die Straße dahinter konnte sie erkennen. Hoffentlich hatte Sandved inzwischen ein Dach über dem Kopf. Und wo mochte Katie jetzt sein?

Von Unruhe getrieben verließ Leo das Schlafzimmer. Besser verschwinden, bevor die Situation wirklich peinlich wurde. Hatte sie sich nicht vorgenommen, nichts zu unternehmen, bevor Irschinger sich gemeldet hatte?

Justus stand im Wohnzimmer neben einem alten Nähtischchen, wie es früher benutzt wurde. Die Schublade war aufgezogen. Er las.

»Justus, ich bin fertig. Kommst du?«

Völlig versunken las er weiter.

»He.«

»Was?« Zerstreut sah er auf. »Oh, noch nicht! Ich will wissen, ob sie sich kriegen.«

»Ob wer wen kriegt?« Sie sah ihm über die Schulter.

»Wilhelm und Christine. Weißt du, die beiden …«

Er hatte sich die Tagebuchkopie geholt.

»Leg es zurück, Justus. Wir müssen gehen.«

Er verzog das Gesicht und stampfte mit dem steifen Bein auf. »Nie darf ich es zu Ende lesen! Immer muss ich es zurückgeben!«

Sein Ausbruch überraschte Leo, aber sie hörte nicht richtig hin, weil er Anstalten machte, die Blätter in die Schublade des Nähtischchens zu legen.

»Nein, nicht dahin. Es gehört doch ins …«

Moment.

Sie blickte um die Ecke ins Arbeitszimmer. Zum Schreibtisch.

Die Kopie, die sie Katie gegeben hatte, lag unverändert an ihrem Platz. Was Justus in der Hand hielt, waren lose Blätter, nicht die, die Leo im Copyshop hatte heften lassen. Sie starrte das Nähtischchen an; ihr war, als hörte sie aus der Ferne Katie lachen. Die hysterischen Schneewirbel vor den Fenstern, die Zimmerwände, die Möbel, Justus, sie selbst, alles stürzte auf einen Punkt zusammen und verdichtete sich in der aufgezogenen Schublade, die leer war bis auf zwei braune Umschläge.

Justus wollte die Schublade schließen.

»Warte.« Leos Stimme klang belegt.

Schuldbewusst sah Justus auf. »Leo, sie erfährt es doch nicht, oder? Ich hab's auch bloß zufällig gefunden, damals, eigentlich wollte ich zu den Büchern da drüben, aber weil ich den Tisch umgestoßen habe – mein Bein, weißt du, und …«

»Wer hat dir verboten, es zu Ende zu lesen?«, unterbrach sie ihn sanft.

Unsicher wechselte er von einem Fuß auf den anderen.

»Keiner. Niemand hat's verboten. Aber ich musste es doch zurücklegen, bevor sie es merkt. Kurt wollte es mir nicht wiedergeben. Er hat es viel zu lange gehabt. Zwei Tage! Lina hat's mir wiedergegeben.«

Kurt. – Natürlich. Im Grunde war es geradezu erschreckend einfach. Der lesehungrige Justus hatte auf einem seiner Streifzüge zufällig einen Text entdeckt, den er für eine aufregende Liebesgeschichte hielt, und an sich genommen, selbstverständlich nur für ein paar Tage, niemand durfte etwas merken. Aber irgendwie war der Text dann seinem Bruder Kurt Friedmann in die Hände geraten, und der hatte angebissen, überzeugt, ein Kleinod entdeckt zu haben.

»Hast du Kurt gesagt, woher du die Geschichte hast?«

»Natürlich! Er hat mich doch gefragt. Ich hätte sie nicht mitnehmen sollen, als ich bei ihnen zu Besuch war.« Seine Hände zitterten. »Aber es war so spannend, und ich kann da sowieso immer nicht schlafen, und es war Linas Geburtstag, und sie waren so laut, weil sie doch gefeiert haben, und ich wollte ein bisschen weiterlesen …«

Seine Stimme kippte. Leo strich ihm beruhigend über den Arm. Sie hatte vergessen, wie leicht er aus der Fassung zu bringen war.

Behutsam nahm sie ihm die Blätter ab. Es waren Kopien wie die, die sie selbst von den bei Ludwig entdeckten Blättern gemacht hatte, nur klarer im Schriftbild; vermutlich noch nicht so oft vervielfältigt. Die erste Kopie des Originals? Die Vorlage war gerade ausgerichtet worden, nicht so nachlässig wie bei Ludwigs Exemplar. Vieles sprach dafür, dass Ludwig sich heimlich und in Eile eine Kopie gezogen hatte.

Leo sah in den Schneesturm hinaus. Sie erinnerte sich an die gereizte Stimmung, die am Markttag zwischen den Friedmanns geherrscht hatte.

»Wann hat Lina dir die Geschichte wiedergegeben?«, fragte Leo.

»Am Morgen von dem Tag, als du mir die Feder geschenkt hast.«

Vielleicht war das Dokument der Grund für den Ehekrach gewesen. Wenn Lina es ohne Kurts Wissen an Justus zurückgegeben hatte, hatte sie bestimmt ein Donnerwetter über sich ergehen lassen müssen.

Aber wie war es Friedmann gelungen, die Verbindung zu Ludwig herzustellen?

Leo dachte nach. Der Wind trieb Schneekristalle gegen die Fensterscheiben, es klang, als träfen haarfeine Nadelspitzen auf das Glas.

Warum war Friedmann bei ihr eingebrochen? Warum nicht bei Katie, wenn auch sie eine Kopie besaß?

Ihr wurde übel. Die Antworten lagen vor ihr, sie musste nur danach greifen. Sie nahm die Briefumschläge aus der Schublade und öffnete den ersten. Er enthielt eine Liste mit Verlagsadressen. Einige Namen kannte sie aus Ludwigs Bibliothek, es waren Verlage, die Busch-Literatur veröffentlichten.

Der andere Umschlag war größer als der erste, DIN-A4-Format.

»Leo?« Justus klang vorsichtig.

»Hm.«

»Wenn du noch nicht fertig bist, kann ich dann weiterlesen? Nur noch zwei Seiten?«

Sie nickte und öffnete den Umschlag, der nicht zugeklebt war.

»Da ist nichts Besonderes drin«, bemerkte Justus entgegenkommend. »Nur so ein Brief mit lauter schwierigen Wörtern. Langweilig.« Er wandte sich wieder seiner Geschichte zu.

Das einzelne Blatt, das Leo herauszog, trug Jablonskys Briefkopf, aber Ludwigs Unterschrift. Es war eine Expertise, angefertigt von Professor Ludwig Heller im Auftrag des Antiquariats Anton Jablonsky.

Gegenstand des überraschend kurzen Gutachtens waren elf Quarthefte, im Besitz von Doktor Katarina Singer und Ludwig Heller zur Aufbewahrung überlassen.

Leos Hände zitterten, als sie das Gutachten überflog. Ihr Onkel hielt das Dokument für echt. Offenbar, so schrieb er, handele es sich bei der Verfasserin um eine Zeitgenossin Wilhelm Buschs, die in engem Kontakt zu dem Künstler gestanden habe und der Forschung bislang unbekannt sei. Sie verfüge offenkundig über Wissen aus erster Hand. Zudem legten auch Sprachmodus, Syntax und Rechtschreibung nahe, dass es sich bei dem Tagebuch um ein authentisches Dokument handele.

Und weiter behauptete Ludwig, diese Hefte stellten einen beträchtlichen Wert für die Busch-Forschung dar. Sie zeigten bislang unbekannte Seiten aus dem Leben Wilhelm Buschs und erklärten zudem die mysteriöse Christine-Passage in Buschs Erinnerungen.

Unterzeichnet von Professor Ludwig Heller, den vierzehnten Oktober 2008.

Das war es, das Verbindungsstück, nach dem Sandved gesucht und an das Leo nicht geglaubt hatte, sechs Tage vor seinem plötzlichen Tod von Ludwig verfasst.

Ihr war kalt, in ihrem Kopf wirbelte es wie der Schnee vor dem Fenster – unmöglich, klar zu denken. Katarina Christina Singer.

Von dem Zweitnamen hatte Leo nichts gewusst. Oder hatte Katie ihn sich nachträglich zugelegt?

Sie steckte das Blatt zurück in seinen Umschlag, legte ihn zu dem anderen und blickte um sich, ohne wirklich etwas zu erkennen. Was war, wenn Ludwig log?

Scherkows Aussage stand gegen Ludwigs. Scherkow sprach von Fälschung, Ludwig von einer Entdeckung. Was wog mehr, die Einschätzung eines kriminellen Antiquars oder die eines Wissenschaftlers?

Punkt für Ludwig.

Die Quarthefte mussten der Beweis sein. In seiner Expertise behauptete Ludwig, er habe sie. Unmöglich, Leo hatte alles durchsucht.

Wie war Katie überhaupt in ihren Besitz gelangt?

Die Antwort war wieder die gleiche, die Leo seit der letzten Nacht verfolgte: Katie hatte das Tagebuch selbst verfasst.

Leo nahm die Kopie erneut zur Hand. Der Text war in Sütterlin geschrieben. Die Schrift konnte Katie sich selbst beigebracht haben. Aber müsste man nicht trotz der altertümlichen Buchstaben so etwas wie ihre individuelle Handschrift erkennen? So gründlich konnte sich niemand verstellen.

Oder doch?

Katies Bild erschien vor ihr. Die ungewohnt spröde Erscheinung, die langen Kleider und Röcke, die strenge Frisur, das Lorgnon. Der altmodische Lavendelduft. Sie versuchte, jemand anderes zu sein. Christine.

War es möglich, mit dem eigenen Äußeren auch etwas so schwer Kontrollierbares wie die Handschrift zu ändern?

Und plötzlich wusste Leo, woher sie das Frauenporträt im Schlafzimmer kannte. Es war Johanna Keßler, die Bankiersfrau aus Frankfurt mit den zwei Töchtern, von Busch in Öl gemalt.

Die Nadel in ihrem Auge war ein Akt mutwilliger Zerstörung. Hass. Gegenüber einer Toten. Das war krank.

Oder hatte Katie ganz kühl einen Betrug kalkuliert, indem sie ein Dokument verfasste, von dem sie annahm, dass es für Busch-Liebhaber und Wissenschaftler eine Sensation wäre?

Leo wusste keine Antwort darauf. Noch nicht. Aber etwas Hässliches lauerte am Rande ihres Bewusstseins.

Ich habe einen Fehler gemacht, hieß es in Ludwigs Brief, den Ruth ihr gebracht hatte, und nun bekamen die Worte einen anderen Sinn. Er hatte Katie mit einer Expertise geholfen, die nicht echt war.

»Das ist ein blödes Ende!« Die Stimme von Justus holte sie zurück. »Mittendrin hört es auf!« Enttäuscht legte er die letzten Seiten weg. »Wer kriegt ihn jetzt? Christine oder Johanna?«

Leo atmete tief durch. »Keine von beiden.«

Sie zog Ruths Mobiltelefon aus ihrer Jackentasche. Sie musste Sandved informieren. Es sah so aus, als wäre er von Anfang an auf der richtigen Spur gewesen.

Aber Sandved hatte sein Handy ausgestellt. Natürlich, dachte Leo. Lüdersen und Haffner wären bestimmt nicht erfreut, wenn es auf der Pirsch plötzlich neben ihnen klingelte.

Sie mussten doch längst zurück sein bei diesem Sturm! Aber Leo hatte keine Zeit, sich darüber Gedanken zu machen; sie nahm den Umschlag mit dem Gutachten an sich und steckte ihn unter ihre Jacke. Die Liste mit den Verlagsadressen und die Tagebuchkopie legte sie zurück in das Tischchen. Sie schob die Schublade zu und schaute sich um. Alles sah so aus wie zuvor. Sie hatten keine Spuren hinterlassen.

Justus zeigte auf ihre Jacke, unter der der Umschlag steckte.

»War es das, was du holen wolltest?«

»Gewissermaßen. – Komm.«

Vorsichtig schoben sie ihre Köpfe um die Ecke. Auf der anderen Seite der Glastür war alles ruhig. Doch dann öffnete sich eine Tür im anderen Flügel und die Krankenschwester kam heraus. Esmeraldas Einsatz war wohl doch nicht ergiebig genug gewesen, wenn sie jetzt schon wieder bei einem anderen Heimbewohner gewesen war. Auf ihren Kreppsohlen eilte die Schwester lautlos die Treppe hinunter.

Sie ließen noch ein paar Minuten verstreichen, bis sie sich auf den Flur wagten. Tacktacktack, wieder eine Zahleneingabe, Justus öffnete die Glastür, sie schlüpften hinaus.

Dann waren sie im alten Treppenhaus und schließlich wieder zurück im Zimmer. Leo atmete auf. Justus hingegen sah aus, als könne das Abenteuer seinetwegen jetzt erst richtig losgehen. Plötzlich klingelte das Handy in ihrer Jackentasche. Das Geräusch war durch den dicken Stoff gedämpft, aber Leo fuhr zusammen, als sei Frau Loss persönlich neben ihr aufgetaucht. Justus blickte sie erwartungsvoll an.

»Hallo?«, meldete sie sich zögernd.

»Was haben Sie ausgefressen?«, fragte die Stimme von Professor Irschinger. »Sie klingen wie das leibhaftige schlechte Gewissen.«

In Leos Kopf überschlugen sich die Gedanken. Das Tagebuch! – Unsinn. Er konnte es noch gar nicht gelesen haben. Sie hatte es heute Morgen erst zur Post gebracht. – War das wirklich erst heute Morgen gewesen?

»Sind Sie noch dran?« Irschingers Stimme war so unwirsch wie immer.

»Ja. Ja, ich bin noch da. Es ist wunderbar, dass Sie anrufen. Moment, ich muss nur eben …« Sie legte die Hand über das Mikrofon.

»Das hier ist wichtig«, sagte sie zu Justus. »Wo kann ich ungestört telefonieren, ohne dass Frau Loss reinplatzt?«

Justus schob die Falttür zu seinem kleinen Badezimmer beiseite. »Ich halte Wache und lasse keinen rein.« Er wirkte äußerst entschlossen.

»Vielleicht lenkst du sie lieber ab«, sagte Leo zweifelnd.

»Gut. Wenn wer kommt, dann mache ich das. Ich mache beides. Ich lenke sie ab und lasse sie nicht rein.« Er schloss die Tür hinter ihr.

Leo hockte sich auf den Toilettendeckel. »Da bin ich wieder.«

»Ich muss schon sagen, was ist denn das für eine Art. Eigentlich wollte ich Ihnen nur einen guten Rutsch in das neue Jahr wünschen. Wieso habe ich das Gefühl, dass bei Ihnen im Moment gar nichts gut aussieht?«

Leo sah Irschingers große hagere Gestalt mit dem ernsten Gesicht vor sich und fragte sich, ob er sich immer noch so tadellos aufrecht hielt wie ein preußischer Offizier. Einen beunruhigenden Moment lang hatte sie das Gefühl, seine Augen könnten direkt durch das Telefon sehen; leuchtend blaue Augen, die mühelos auf den Grund jeder Seele blicken konnten. So war es ihr als Kind jedenfalls oft vorgekommen: Irschinger war wie der liebe Gott, vor dem sich ja auch nichts verheimlichen ließ. Leo starrte auf das Rosenmuster der Fliesen und wusste nicht, wie sie beginnen sollte. *Paeonia officinalis Rubra Plena,* schoss es ihr unpassenderweise durch den Kopf. *Bauern-Pfingstrose, zartrosa.* Sogar die feinen Härchen auf den Stängeln waren zu erkennen. Sie beugte sich vor, um sie genauer anzuschauen.

»Leonore, wenn ich das Schweigen im Walde hören will, kann ich auch auflegen.«

Schuldbewusst setzte Leo sich auf. »Tut mir leid. Ich, äh … ich wollte Sie eigentlich Weihnachten anrufen.«

»Na, was für ein Glück, dass ich nicht da war. Jetzt können Sie behaupten, Sie hätten es auch getan. Ich war bei den Kindern. Der übliche Pflichtbesuch über die Feiertage. Zweimal im Jahr entdecken sie, dass sie einen Vater haben. Ich bin heilfroh, wieder in meinen eigenen vier Wänden zu sein. Manchmal kann ich kaum glauben, dass diese hysterische Bande mein eigen Fleisch und Blut sein soll.«

Leo lachte halbherzig.

»Leonore, was ist los?«

»Ich … Es ist eine ziemlich lange Geschichte.« Sie hörte ihn schnauben.

»Wissen Sie, wie alt ich jetzt bin? Neunundachtzig. Und wissen Sie, was das bedeutet? Nein, natürlich nicht, wie sollten Sie. Ich verrate es Ihnen. Ich habe keine eigenen Zähne mehr und kaum noch Freunde, die ich besuchen kann. Es gibt nur wenig Dinge, die mir noch Spaß machen und meinen Arzt nicht zum Toben bringen. Was ich dagegen im Übermaß habe, ist Zeit. Relativ gesehen. Also fangen Sie an.«

Leo lehnte sich zurück. Im Toilettenkasten gluckste es leise.

»Ich brauche Ihren Rat als Psychologe. Mal angenommen, ich leide unter einer Persönlichkeitsstörung. So sagt man doch, wenn jemand sich einbildet, ein Anderer zu sein? Weiß ich dann, was ich tue? Ich meine, bin ich mir der Rolle, in die ich schlüpfe, bewusst oder nicht?«

Professor Irschingers Stimme war mit dem Alter zittrig und hoch geworden, aber seine Antwort kam sehr bestimmt.

»Reden Sie nicht um den heißen Brei herum, Leonore. Geht es hier um Sie oder um jemand Bestimmtes?«

✶

Wiedensahl, Sommer 1884

Läßt es sich wohl ergehen am Meer, der Wilhelm. Spaziert am Strande von Sylt, lauscht den Wellen und dem Geschrei der Möwen.

Hörst du den Wind, Wilhelm?

Nichts geschieht. In mir wächst die Wut und tötet alles ab. Ein Sturm braust heran, noch fern, doch ich spüre ihn. Er macht mir Angst, ich kann ihm nicht ausweichen.

- 23 -

Leo berichtete, was geschehen war, ohne Namen zu nennen. Stattdessen versuchte sie, Katies Veränderung zu schildern, ihr äußeres Erscheinungsbild, ihr merkwürdiges Verhalten. Sie erzählte von dem Tagebuch, das sie gefunden hatte.

»Ich wünschte, Sie könnten schon einen Blick darauf werfen, aber ich habe Ihnen erst heute Morgen eine Kopie davon in die Post getan«, sagte Leo und gab eine kurze Zusammenfassung, wovon es handelte. Ludwig und seine Expertise erwähnte sie nicht. Aber sie äußerte ihren Verdacht, dass eine Verschmelzung zwischen der Frau im Tagebuch und ihrer Freundin stattgefunden hatte, oder Christine gar eine Kopfgeburt Katies war, von der sie sich selbst nicht mehr unterscheiden konnte.

»Mit anderen Worten, Sie wollen von mir hören, ob diese Frau schizophren ist oder nicht«, brachte Irschinger die Sache auf den Punkt.

»Leonore, das kann ich unmöglich sagen. Dazu müsste ich sie sehen, mit ihr sprechen, oder wenigstens noch mehr Informationen haben. Wahrscheinlich hat sie mit diesem Tagebuch nur ihre schriftstellerischen Ambitionen ausgelebt. Sonst würde sie es doch weiterführen.«

Vielleicht tut sie das ja, dachte Leo.

»Die Frau in diesem Tagebuch heißt Christine. Und das Unheimliche ist, dass sich in ihrem Schicksal Fragmente aus dem Leben meiner Freundin widerspiegeln. Lauter Ereignisse, die meiner Freundin wie eine einzige Anhäufung von Enttäuschungen vorgekommen sein müssen.«

Sie wollte ihre nächste Frage stellen, als ihr die Stille am anderen Ende der Leitung auffiel.

»Professor? Sind Sie noch dran?«

Irschingers Stimme klang angespannt. »Leonore, von wem reden wir hier? Ist es möglich, dass mir diese Person bekannt ist?«

Leo prokelte mit dem Finger in den Fliesenfugen herum. War es schlimm, wenn er die Wahrheit erfuhr?

»Es ist …«

»Katarina Singer«, vervollständigte er ihren Satz. »Ich wusste nicht, dass Sie Kontakt zu ihr haben. Seit sie damals bei mir in Behandlung war, habe ich nichts mehr von ihr gehört. Es war offensichtlich, dass sie sich für Sie interessierte, aber um ehrlich zu sein, habe ich einer näheren Bekanntschaft oder gar Freundschaft zwischen Ihnen beiden keine große Chance eingeräumt. Schließlich hatten Sie damals schon genug mit Hanna zu tun.«

Zum ersten Mal ließ er durchblicken, dass er sehr wohl wusste, wie schwierig es für sie mit ihrer Mutter gewesen war, doch Leo beachtete es kaum. Da war etwas anderes, was er gesagt hatte, etwas Wichtiges.

»Ich hatte gehofft, ihr wenigstens ein bisschen geholfen zu haben«, sagte Irschinger. »Sie hat die Behandlung nach wenigen Sitzungen abgebrochen, aber dennoch kam sie mir bei unserem Abschied stabiler vor als zu Beginn. Was ich jetzt von Ihnen höre, klingt allerdings sehr beunruhigend.«

»Katie war bei Ihnen in Behandlung?« Leo war fassungslos.

»Hat sie Ihnen das nicht gesagt? Ich dachte, Sie wüssten es.« Irschingers Stimme wurde abweisend.

Sie war so naiv gewesen! Katie hatte ihr weisgemacht, den Professor immer wieder wegen irgendwelcher Seminare aufsuchen zu müssen, und sie hatte es gerne geglaubt, ohne je misstrauisch zu werden. Dabei hätte es damals schon Zeichen genug gegeben, wenn sie sie nur hätte sehen wollen.«

»Professor …«

»Vergessen Sie es, Leonore. Das unterliegt der ärztlichen Schweigepflicht.«

»Oh, bitte kommen Sie mir jetzt nicht damit! Ich muss einfach wissen, mit wem ich es zu tun habe! Sie haben ja keine Ahnung, was hier los ist.« Leo gab ihm einen Bericht von dem Anschlag während der Schlittenfahrt, bevor er Einwände erheben konnte.

»Und ich habe Grund zu der Annahme, dass Katie am Steuer eines Wagens saß, der mich vor kurzem haarscharf von der Straße abgedrängt hat«, sagte sie zu ihrer eigenen Überraschung. Es stimmte ja. Nur hatte sie sich auch das nicht eingestehen wollen.

»Seit dem Angriff heute Nachmittag ist sie verschwunden, und ich muss einfach wissen, was sie unter Umständen noch anstellt. Verstehen Sie denn nicht? Hier geht es nicht nur um mich. Sie leitet ein Heim, sie hat Menschen in ihrer Obhut!«

Irschinger schwieg. Schließlich sagte er: »Ich werde mich nicht zur Person Katarina Singer äußern. Ich könnte Ihnen allerdings anhand eines Fallbeispiels erklären, wie es überhaupt zu einer Persönlichkeitsstörung kommen kann. *Irgendeiner* Form der Störung.«

Und Leo hörte zu, wie der alte Psychologe vor ihr eine Geschichte entrollte, die nicht im entferntesten mit Katarina Singer zu tun zu haben schien. Was erzählte er da von einer zerrütteten Familie? Leo kannte nur die Version der Diplomatentochter, die sich mit ihren konservativen Eltern überworfen hatte, um endlich unabhängig zu sein. Aber wie hatte Ludwig gesagt? *Es gibt immer noch eine zweite Geschichte.*

»Stellen Sie sich ein Mädchen von vielleicht zehn Jahren vor. Der Vater arbeitslos, Alkoholiker. Die Mutter putzt, spart, wo sie kann. Die Stimmung ist von unausgesprochenen Schuldzuweisungen und unterdrückten Szenen erfüllt. Vermutlich findet auch ein

Missbrauch statt; er wird totgeschwiegen. Trotzdem wissen alle Bescheid. Die Mutter ist von Hass erfüllt. Nicht auf den Mann, wohlgemerkt, sondern auf die Tochter. Eine Art Machtkampf bricht aus, ein Wetteifern um den höchsten Grad der Einflussnahme. Wer in der Lage ist, den Vater zu manipulieren, hat gewonnen; für eine Stunde, für einen Tag. Das Mädchen lernt die Spielregeln schnell. Es gibt zwei ältere Geschwister, einen Bruder, eine große Schwester. Beide ziehen aus, sobald es ihnen möglich ist. Das Mädchen fühlt sich verraten. Von nun an hat es nur noch ein Ziel: Stark sein, unverwundbar sein, selbst Macht ausüben. Als es älter ist, kommen der Drang nach Erfolg, der Wunsch nach Geld – viel Geld – und Bewunderung als gleich starke Werte hinzu. Wünsche, die jeder von uns nachvollziehen kann. Aber das Mädchen – oder vielleicht inzwischen die junge Frau – findet keinen Weg, sie zu verwirklichen. Immer wieder erlebt sie sich als Opfer. Dann kommt sie möglicherweise – möglicherweise, hören Sie, Leonore! – an einen Punkt, wo sie Hilfe sucht.«

Und sich in Therapie begibt, dachte Leo.

»Wie könnte es weitergehen mit dieser Frau?«, fragte sie, darauf bedacht, die Fiktion nicht zu zerstören.

»Unter Umständen bekommt sie ihr Leben in den Griff, findet zu einem gesunden Selbstwertgefühl, geht eine Beziehung ein, gründet vielleicht eine Familie. Was aber ebenso geschehen kann, ist die Verfolgung dieses Ideals, das sie sich in ihrer seelischen Not konstruiert hat: Sie selbst als die Vergötterte, Anerkannte, Allmächtige. Nehmen wir an, es verhält sich so. Diesem Ideal wird alles unterworfen, auch das Gewissen. Es fungiert als eine Art Exekutivgewalt, das dieses Ideal durchsetzen soll. Für das Gewissen gibt es nur absolut gut und absolut böse; keine Zwischenstufen. Alles, was der Realisierung des Ideals im Wege steht, ist böse. Das kann eine ganze Weile gut gehen.« Irschinger klang so nüchtern und ruhig, als verläse er einen Tagungsbericht. Leo lehnte den Kopf an die kühle Fliesenwand und lauschte seiner Stimme, die von Dingen sprach, die ungeheuerlich klangen und dennoch merkwürdig vertraut waren.

»Aber stellen Sie sich vor, irgendetwas Einschneidendes passiert. Eine bittere Kränkung, eine Enttäuschung, eine Zurücksetzung, die alle vorherigen übertrifft.«

Leo wusste, was er meinte. Das Scheitern in Seattle. Die Assistentenstelle wäre die vorläufige Krönung in Katies Leben gewesen. Eine wichtige Station in ihrem Plan. Mit wie viel Zuversicht war sie hingeflogen! Und dann das Auswahlverfahren, die Absage. Natürlich waren die anderen schuld. Sie hatten es gewagt, sich ihr in den Weg zu stellen. Und bei ihrer Rückkehr dann auch noch die Sache mit Jay.

Festzustellen, dass der Mann, auf den sie schon vage ein Auge geworfen hatte, ausgerechnet mit der sogenannten besten Freundin ein Verhältnis hatte, musste der berühmte Tropfen gewesen sein, der das Fass zum Überlaufen brachte. Was spielte Logik da noch für eine Rolle?

»Keine«, murmelte Leo halblaut. Katies Reaktion war es dann gewesen, alles daranzusetzen, ihr Jay auszuspannen. Mit Erfolg.

»Haben Sie etwas gesagt?«, fragte Irschinger.

»Kann diese Frau gefährlich werden? Ich meine, wenn sie die Kontrolle über sich verliert?«

»Nicht auszuschließen. Aber sie verliert nicht einfach die Kontrolle, eine andere Person in ihr übernimmt. Verstehen Sie den Unterschied? Ich habe vorhin von einem Grenzbereich gesprochen. Jetzt reden wir über die Möglichkeit, diese Grenze zu überschreiten. Das bedeutet, dass alle normalen Hemmungen abgestreift werden. Dann gelten andere Regeln, nicht die von Gut und Böse. Was es für einen Außenstehenden so schwierig macht, ist die Tatsache, dass er diese Grenzüberschreitungen nicht immer bemerkt. Sehen Sie, Ihre Freundin Ka … » Er stockte.

»Sie meinen unsere hypothetische Frau«, half Leo ihm.

»Richtig.« Irschinger räusperte sich, bevor er fortfuhr: »Sie kann beliebig oft wechseln. Sie kann nach außen ein ganz normales

Leben führen und trotzdem schon längst auf der anderen Seite sein, in ihrer eigenen Welt.«

Plötzlich ließ Irschinger seine Zurückhaltung fallen.

»Versuchen Sie sie dazu zu bewegen, ärztliche Hilfe zu suchen.«

Leo antwortete nicht. Ihr Gefühl sagte ihr, dass das vermutlich der letzte aller gangbaren Wege war.

»Leonore! – Haben Sie mich verstanden?«

»Ich habe heute das Tagebuch an Sie geschickt. Würden Sie es trotzdem lesen und mir sagen, was Sie davon halten? Sobald wie möglich?«

Irschinger ließ ein Seufzen hören. »Ich glaube nicht, dass das viel nützt. Aber natürlich werde ich es lesen. Wenn ich Ihnen nicht so helfen konnte, wie Sie es sich erhofft haben, bedauere ich das. Aber ich sehe im Moment keine andere Möglichkeit. Vielleicht ist ja auch alles gar nicht so schlimm, wie Sie denken.«

Lieber Professor, ich fürchte, es ist noch schlimmer, dachte Leo.

»Warum kommen Sie mich nicht bald einmal besuchen? Es gibt noch so vieles, worüber wir uns unterhalten könnten. Erfreulichere Dinge. Sie sind herzlich eingeladen.«

Sie bedankte sich. »Im neuen Jahr. Bestimmt.«

Leo hielt das Telefon noch eine Weile gedankenverloren in der Hand, ehe sie merkte, dass Irschinger längst aufgelegt hatte.

Justus stand am Fenster und sah in das Schneetreiben hinaus. Als er Leo aus dem Bad kommen hörte, wandte er sich um.

»Ich habe eine wichtige Aufgabe für dich«, sagte sie. Er nickte erwartungvoll.

»Das hier ist ein Handy. Ein Telefon ohne Schnur. Du kannst es überall mit hinnehmen. Kennst du dich damit aus?«

»Ich bin doch nicht blöd.«

Leo nickte entschuldigend. »Ich möchte, dass du mir Bescheid gibst, sobald Doktor Singer nach Hause kommt.« Ruth würde wahrscheinlich nicht erfreut sein, wenn sie Justus das Handy überließ, aber sie wusste sich keinen anderen Rat.

»Du musst unauffällig sein, das kannst du doch so gut. Drück einfach auf diese Taste und dann auf die Sieben, und die Verbindung wird hergestellt. Mehr brauchst du nicht zu tun.«

Leo zeigte ihm, wie die Kurzwahl funktionierte. Ruths Nummer war abgespeichert. Er sah aufmerksam zu und hatte es schnell begriffen.

»Das kann ich.«

Dann fiel ihr noch etwas ein. »Unser Ausflug bleibt aber unser Geheimnis, ja?«

Er sah sie mit einem Ausdruck an, der ganz fremd an ihm war – ruhig, nüchtern, wissend. Er hatte sie längst durchschaut.

»Sie könnte böse werden, weil du was mitgenommen hast, nicht?«, fragte er.

Allerdings. Leo hoffte, dass Katie, wenn sie zurückkam, das Fehlen der Expertise nicht sofort bemerkte. Und wenn doch – auf wen würde ihr Verdacht fallen? Konnte sie eine Verbindung zu Justus ziehen?

»Ich sag nichts«, versicherte er.

»Das weiß ich.« Leo drückte seinen Arm. »Und für alle Fälle hast du das Telefon. Ruf an, ich komme sofort.«

Er nickte und schickte sich an, den Stuhl wieder zum Fenster zu rücken, damit sie hinaus konnte. Leo zögerte. Das Unwetter tobte immer noch mit unverminderter Heftigkeit. Sie verspürte keine große Lust, sich im Schneesturm den langen Weg zurück durch das Maisfeld zu kämpfen.

»Ich gehe vorn raus.«

Justus, der schon die Hand auf dem Fenstergriff hatte, runzelte die Stirn. »Aber Frau Loss?«

»Ich riskier's einfach. Grüß Esmeralda und Karl von mir. Und ruf mich an!«

Sie spähte auf den Flur. Von Frau Loss war nichts zu hören und zu sehen. Nur aus der Teeküche neben dem großen Aufenthaltsraum drangen Stimmen. Leo schlüpfte hinaus. Nach ein paar Schritten kehrte sie noch einmal um und drückte Justus einen Kuss auf die stoppelige Wange. Verlegen legte er die Hand auf die Stelle und rührte sich nicht vom Fleck. Leo huschte durch die Halle, stemmte die schwere Eingangstür auf und war draußen. Der Sturm warf sich ihr entgegen und nahm ihr fast die Luft. Die Temperatur war noch um einige Grad gefallen, und im wirbelnden Weiß begriff Leo unvermittelt, wieso sich Leute im Schneesturm verirren konnten. Sie sah absolut nichts, wusste nur, dass sie sich auf dem relativ sicheren, weil eingezäunten Gelände des Heims befand. Es waren vielleicht dreißig Meter bis zur Straße und noch einmal hundert bis zum Holzplatz. Ein Katzensprung, geradezu lächerlich. Trotzdem tauchte flüchtig der Gedanke auf, dass niemand sie bei diesem Wetter finden würde, wenn …

Der Schnee machte sie blind, nur der dunkle Umriss des Heims hinter ihr bot Orientierung. Mit jedem Schritt verschwand es weiter hinter Schneeschleiern. Dann tauchte schemenhaft der Zaun auf. Leo tastete sich daran entlang bis zum Ende und kletterte darüber. Ihrer Erinnerung nach musste sie jetzt auf dem Holzabfuhrplatz sein.

Falsch. Es war noch ein Graben dazwischen. Ächzend rappelte sie sich auf. Der riesige weiße Haufen vor ihr entpuppte sich als der Explorer. Eilig wischte sie die dicke Schneeschicht von der Frontscheibe und atmete auf, als sie endlich im Wagen saß.

Wenn es so weiterschneite, würde sie es kein zweites Mal zum Heim schaffen. Schon jetzt war die Straße durch den Wald nahezu unpassierbar. Die Bäume beugten sich gefährlich unter ihrer Last. Vor kurzem schien ein Schneepflug gefahren zu sein, der Aufwurf türmte sich am Straßenrand auf, aber die Schneedecke hatte sich bereits wieder geschlossen. Schneeverwehungen blockierten die Straße, sobald sie aus dem Wald ins Freie führte. Der Explorer kämpfte sich hindurch. Leo konnte knapp einen Meter der Fahrspur vor sich erkennen. Zwei Lichter kamen ihr entgegen, der Schneepflug war auf dem Rückweg, ansonsten war kein vernünftiger Mensch bei diesem Wetter unterwegs. Leo war heilfroh, als sie Ruths Haus erreicht hatte. Jemand hatte sogar die Einfahrt geräumt, Lüdersen junior vielleicht.

Drinnen herrschte immer noch Eiseskälte. Das Feuer im Kamin war fast niedergebrannt. Kein Wunder, dass sie Ruth noch genauso missmutig antraf, wie sie sie verlassen hatte. Sie saß in Decken gehüllt in einem Sessel, hatte den verletzten Fuß hochgelegt und trank Grog. Leo rümpfte die Nase. Kalter Zigarettenrauch hing in der Luft. Eine leere Schachtel lag zusammengeknüllt auf dem Tisch, eine neue war schon angebrochen. Der Aschenbecher quoll über. Ruth stieß eine Rauchfahne aus. »Du siehst aus wie ein verdammter Schneemann.«

Leo stampfte sich den Schnee von den Füßen. »So fühle ich mich auch.«

»Noch zwei von der Sorte«, sagte Ruth, als es klingelte und Sandved und Lüdersen in der Tür standen.

»Immer herein, erfrieren könnt ihr auch hier drinnen. In der Küche ist heißes Wasser, der Rum steht hier. Bedient euch.« Ruth nahm einen großen Schluck aus ihrem Glas.

Leo ging zur Seite, um die beiden durchzulassen. Sandved blieb vor ihr stehen. Blass und müde sah er aus, unter seinen Augen lagen dunkle Schatten.

»Wir haben eben gehört, was mit dem Schlitten passiert ist. Alles in Ordnung mit Ihnen?«

»Mir geht's gut.« Es gab einfach zu viel zu erzählen, um zwischen Tür und Angel damit anzufangen. Außerdem spürte sie ein seltsames Unbehagen vor Ruth. Vielleicht konnte sie unter vier Augen mit Sandved sprechen.

Lüdersen schüttelte sich den Schnee aus dem Kragen.

»Wie geht's deinem Fuß, Ruth? Wir sind gerade zurückgekommen, Else hat uns erzählt, dass die Pferde durchgegangen sind. Knallfrösche, wie?«

Ruth winkte ab. »Wird schon wieder. Sind die Pferde okay?«

»Immer noch ein bisschen nervös, die alten Zossen, kann aber auch am Schnee liegen. Haffner sieht sie sich gerade an. Ein unglaubliches Wetter ist das da draußen, so was habe ich seit Jahren nicht erlebt«, sagte er. »Zuletzt hatten wir so einen Winter, als ich ein kleiner Junge war, muss kurz nach dem Krieg gewesen sein. – Das Revier ist wie ausgestorben, das Viehzeug hat sich versteckt. Nicht mal ein Fuchsschwanz ist aufgetaucht.«

Keiner hörte ihm richtig zu. Ruth schaute zu Leo und Sandved herüber.

»Was ist mit euch beiden? Entweder rein oder raus, aber macht die Wohnzimmertür zu, bevor hier Eiszapfen von der Decke hängen.«

Sie setzten sich ruckartig in Bewegung und gingen zu ihr.

»Ich seh mal nach der Heizung«, sagte Lüdersen und verschwand in der Küche. »Funktioniert immer noch nicht«, rief er. »Ich krieg das Ding nicht in Gang.«

Sandved ging näher an den Kamin und streckte die klammen Hände aus. »Bei dem Wetter kommt wohl auch kein Notdienst mehr.«

Gedankenverloren blickte er in die verglimmende Glut. Leo rückte näher an ihn heran und half ihm beim In-die-Asche-Starren. Sie wollte auch etwas von der letzten Wärme abbekommen. Merkwürdigerweise schien es aber nur auf der Seite wärmer zu sein, wo sie Sandved neben sich spürte.

Sie neigte sich noch ein bisschen näher zu ihm. »Also kein Waidmann geworden heute? Keine blutige Initiation?«

»Ich weiß ja nicht, was Sie sich so vorstellen, aber Diana sei es gedankt, nein, es ist nichts passiert.« Sein Atem kitzelte ihre Wange.

Lüdersen gesellte sich wieder zu ihnen und schüttelte den Kopf.

»Wollt ihr nicht doch lieber mit zu uns kommen? Dann braucht ihr nicht hier in der Kälte zu sitzen. Was ist denn das für ein Silvesterabend!«

Auch das noch, Silvester. Leo hatte es völlig vergessen. Ihr war absolut nicht nach Feiern zumute. Nach Erfrieren allerdings auch nicht. Und Sandved verwünschte inzwischen wahrscheinlich seine Idee hierzubleiben. Sie sollten das freundliche Angebot annehmen. Die Entscheidung lag bei Ruth. Alle drei sahen sie an.

Das Klingeln des Telefons unterbrach die kurze Stille. Leo fuhr zusammen. Justus!

Sie nahm ab, doch es war ein Polizist am Telefon, der nach Hauptkommissar Martin Sandved fragte. Sie reichte den Hörer weiter. Sandved runzelte fragend die Stirn und lauschte.

»Verstehe«, sagte er knapp. – Ja. Völlig richtig. – Danke.« Er legte auf.

»Friedmann ist aus der Klinik verschwunden. Sie haben es eben erst bemerkt. Er kann schon länger weg sein.«

»Wer ist Friedmann?«, fragte Lüdersen.

»Kennst du nicht«, antwortete Ruth kurz angebunden. Sie hatte heute wahrhaftig kein Gespür im Umgang mit ihren Nachbarn. Lüdersen verabschiedete sich kühl.

Sandved zog sein Handy aus der Jackentasche und schaltete es wieder ein.

»Ich werde hinfahren«, sagte er und riss sie damit aus ihrer eigenen Lethargie.

»Wohin?«, fragte sie alarmiert. Er sah sie an. Die Schatten unter seinen Augen wirkten im unruhigen Widerschein des Kaminfeuers noch dunkler.

»Es gibt nur einen wahrscheinlichen Ort, an dem Friedmann sich jetzt aufhält, und das ist bei sich zu Hause.«

»Was hat er vor?« Ruth klang nervös.

»Ich weiß es nicht. Aber er kann nicht wissen, wo Sie und vor allem Leo sich aufhalten. Er hat bestimmt nicht vor, hierherzukommen. Ich werde ihn mal ein bisschen belästigen.«

»Bei diesem Sturm?«, protestierte Leo.

»Das kann ich bei jedem Wetter.«

»Sie wissen genau, was ich meine.«

Sie griff nach seinem Arm. »Was soll Friedmann denn schon groß anrichten? Es kann doch nichts passieren. Zumindest nicht mehr in dieser Nacht. Hat das nicht Zeit bis später?« *Es gibt Wichtigeres! Wann zum Teufel soll ich mit dir reden? Von all den anderen Dingen ganz zu schweigen.*

Er zeigte ein klitzekleines Lächeln, das nur Leo sehen konnte, und machte sich los. »Bis später.«

Dann war er draußen.

Leo fühlte sich schwer und kraftlos, als hätte sie Blei in den Gliedern. Hoffentlich kam er heil zurück. Und was sollte sie nur tun, wenn Justus anrief? Katie musste bald zurückkommen. Schließlich war Silvester, wie Lüdersen so richtig bemerkt hatte. Doktor Singer als Heimleiterin musste sich doch kümmern. Es sei denn, sie befand sich in einem Zustand, in dem ihr alles außer Christine egal war. Leo war sich nicht sicher, ob sie dieser Christine heute Abend noch gewachsen wäre.

»Da geht er hinaus ins feindliche Leben«, bemerkte Ruth spöttisch. »Wer von uns kocht? Wir sollten etwas essen. Es ist noch was da von gestern, muss nur aufgewärmt werden.«

Es interessierte Leo nicht. Sie würde sowieso keinen Bissen hinunterbringen. Himmel, war das kalt. Sie schlang die Arme um sich. Ruth beobachtete sie.

»Du hast recht, erst müssen wir einheizen«, sagte sie und drückte ihre Zigarette aus. »Kann ich dir zumuten, noch einmal vor die Tür zu gehen?«

Nur gegen Bezahlung, dachte Leo. Oder unter Androhung von Gewalt.

Oder wenn sie sonst erfrieren würden. Und das würden sie wohl, wenn sie noch länger hier herumstand.

»Wir brauchen Holz«, drängte Ruth.

Wärst du etwas diplomatischer gewesen, hätte Lüdersen das erledigt, dachte Leo bitter und griff sich Holzkorb und Taschenlampe. Der Wind heulte um das Haus und biss sich im Nu durch alle Kleiderschichten, die sie trug. Sie hielt den Kopf gesenkt und leuchtete in das wirbelnde Schneegestöber. Es machte sie schwindelig. Schwach drangen Lichter von Lüdersens Hof herüber, kleine Zeichen von Zuflucht und Wärme in der Nacht. Vor Leo war alles finster, das Licht von der Straßenbeleuchtung reichte nicht bis zum rückwärtigen Ende des Grundstücks. Aufgeregt tanzte der schmale Lichtstrahl der Taschenlampe vor ihr her. Sie versuchte sich vorzustellen, wie es da draußen auf den dunklen Feldern jetzt sein musste. War Katie dort irgendwo? Ein Schauder erfasste sie.

Sie bog um die hintere Hausecke und leuchtete zum Schuppen hinüber. An seiner Südwand war bis zum Dach hinauf Brennholz aufgeschichtet. Die vorderen Reihen waren bereits zur Hälfte abgetragen und zum Schutz vor Regen mit einer Plane bedeckt. Leo legte die Taschenlampe ab und schlug die Plane zur Seite. Der Wind riss sie ihr sofort aus den Händen. Leo beschwerte das wütend flatternde Plastik mit mehreren großen Holzscheiten und machte sich daran, den Korb zu füllen.

Außer dem Wind und dem Knistern trockenen Schnees war nichts zu hören. Trotzdem beschlich sie das seltsame Gefühl, nicht allein zu sein. Mehrmals drehte sie sich um, leuchtete mit ihrer Lampe hierhin und dorthin. Schnee trieb ihr ins Gesicht, sie kniff die Augen zusammen, aber sie sah niemanden.

Überspannte Nerven, nichts weiter. Sie musste einfach zusehen, dass sie fertig wurde und wieder ins Haus kam.

Das Fahrgeräusch vom Schnee gedämpft, rollte vorn auf der Straße ein Auto vorbei und hielt in der Nähe. Noch ein paar Verrückte, die bei diesem Wetter unterwegs waren. Der Korb war endlich voll, und Leo zerrte die Plane wieder über den Stapel. Es polterte leise, als ein Holzscheit zu Boden fiel.

Sie bückte sich, um den schweren Korb aufzuheben, und starrte unvermittelt auf ein Paar derbe Männerstiefel. Kurz über dem Schaft flatterte dunkler Stoff.

Was zum Henker …?

Das Letzte, was sie bewusst wahrnahm, war ein Hauch von Lavendel, der sich mit dem Holzgeruch mischte, dann löschte ein dumpfer Schlag das Licht aus.

✶

Wiedensahl, den 20ten April 1886

In Rom ist er. Ohne mich. Dachte nicht einmal daran, Christine mitzunehmen.

Wie heißt es? Rom sehen und sterben …

Wenn wir nicht zusammen leben können, können wir zusammen …

Das wäre der letzte Ausweg.

Die Rosen. Die Treulosen. Mit den Rosen werde ich ihn warnen.

Wiedensahl, den 23ten April 1886

Der Apotheker wunderte sich, warum ich solche Mengen Salpeter brauche, ich sahs an seinem Gesicht, gewiß wird er einen Verdacht gegen mich hegen, sobald die Sache bekannt wird. Ein und ein halbes Pfund Salpeter in einem Bottich Wasser gibt ein hübsches Gemisch. Ich bin gespannt, was Wilhelms Rosenstrauch dazu sagen wird. Und Wilhelm erst. Meinen Namen wird er unter diesem Gestrüpp nicht mehr singen. Der Mond scheint nicht in diesen Nächten. Sollte mich jemand sehen, nun denn, mir ists einerlei.

Wie ich Rosen hasse! Verlogene Reinheit. Heuchelei. Nur Duft und Dornen.

- 24 -

Jemand fingerte beharrlich an ihrem Gesicht herum.

Nicht. – Weg da.

Lästiges Licht flimmerte vor ihren Augen. Benommen schlug sie nach der Hand, die eine Taschenlampe hielt.

Ihre Taschenlampe. – Wieso?

Sie wurde unruhig. Die Hälfte ihres Kopfes fehlte. Das wummernde, dröhnende Etwas hinter ihren Ohren gehörte bestimmt nicht zu ihr.

»Wachen Sie auf!«

Auf keinen Fall. Sie würde sich nicht bewegen.

»Leo, um Himmels willen, machen Sie die Augen auf! Sie müssen aufstehen, sonst werden Sie erfrieren!«

Warum die Aufregung, ihr ging es doch gut. – *Nein, nicht!* – Sie versuchte sich die Ohren zuzuhalten, als jemand laut um Hilfe rief.

Oh verdammt. Das Wummern gehörte doch zu ihr, es saß hinten in ihrem Kopf und breitete sich jetzt mit irrwitziger Geschwindigkeit aus.

Etwas Kaltes fiel in ihr Gesicht, verwandelte sich in Nässe, wurde noch kälter. Schnee. Das erinnerte sie an etwas.

Holz holen. Feuer machen.

Widerstrebend öffnete sie die Augen und schrie auf. Über ihr schwebte wie ein leuchtender Vollmond das Gesicht von Paul Ostermann.

»Ist ja gut, Leo, ganz ruhig, alles wird gut.«

Was hatte er hier zu suchen? Sie blinzelte, um aufzuwachen. Da tauchte ein zweites Gesicht auf, und eine fremde Stimme fragte, was zur Hölle denn los sei.

»Helfen Sie mir, sie ins Haus zu bringen«, sagte Paul zu dem Mann, der hinter ihm stand.

»Sie hat sich am Kopf verletzt«, stellte der Fremde fest. Und zu Leo, überlaut wie zu einer Schwerhörigen: »Können Sie aufstehen?«

Nicht anfassen ... Sie murmelte etwas in der Art, als vier Hände ihr unter die Arme griffen. Alles in ihr drängte von ihnen weg, aber ohne ihre Hilfe konnte sie nicht gehen.

An der Straße hielt mit laufendem Motor ein Taxi. Für einen Moment blitzte in Leos malträtiertem Hirn der bizarre Gedanke auf, dass sie entführt werden sollte. Aber da stand Ruth in der offenen Haustür, sie lehnte im Türrahmen, den verletzten Fuß vom Boden hochgezogen.

Und sie hielt ein Gewehr im Anschlag. »Lassen Sie sie los. Sofort.«

Genau. Finger weg, los.

»Ganz ruhig, gute Frau«, sagte der Fremde zu ihrer Linken erschrocken. Er folgte der Aufforderung und hielt beide Hände erhoben.

»Keine Panik, ja? Bitte machen Sie jetzt keinen Fehler!«

Ruth zielte weiterhin. Auf wen eigentlich? Leo konnte kaum klar sehen, geschweige denn denken, und grübelte beiläufig darüber nach, wieso eine schwarze Reisetasche vor der Tür im Schnee stand.

»Frau Heller, bitte, was soll denn das?« Auch Paul Ostermann war nervös, ließ Leo aber nicht los. »Wir sind es doch nur!«

Ruth kniff ein Auge zusammen und sah zu allem entschlossen aus.

»Machen Sie, dass Sie wegkommen.«

Der Fremde – der Taxifahrer, wie Leo mit Verspätung begriff, ein dünner Mann mit langen, zu einem Pferdeschwanz gebundenen Haaren – ließ sich das nicht zweimal sagen und war schon unterwegs.

»Warten Sie, wo wollen Sie hin?«, rief Paul. »Wir müssen ins Krankenhaus!«

Der Mann schlug hastig die Tür hinter sich zu. Dann kurbelte er das Beifahrerfenster herunter: »Nicht mit mir, ich bin doch nicht verrückt!« Und zu Ruth: »Sie sind ja gemeingefährlich! Ich werde Sie anzeigen!« Die Reifen drehten durch, als er zu viel Gas gab, dann schlingerte er mit aufheulendem Motor davon.

»Jetzt zu Ihnen.« Ruths Stimme klang eisig. Leo spürte, wie sich Paul an ihrer Seite versteifte.

»Aber – ich verstehe nicht … Sie hatten mich doch eingeladen? Es tut mir leid, dass ich zu Ihrem Geburtstag nicht kommen konnte, aber ich dachte, es wäre eine nette Überraschung, wenn ich jetzt noch – oh bitte, legen Sie die Waffe weg, Sie werden noch jemanden verletzen!«

»Es ist nicht so, wie du denkst, Ruth«, brachte Leo mit einiger Anstrengung heraus.

Was dachte Ruth überhaupt? Was dachte sie selbst? – Gar nichts. Sie konnte nicht denken. Paul gab sie frei und streckte die Hand aus. Ruth ließ den Lauf der Waffe sinken, und er griff behutsam nach der Waffe. Sie überließ sie ihm überraschend bereitwillig. Leo torkelte an den beiden vorbei ins Haus, schaffte es bis zur Treppe und plumpste dort nieder.

Paul folgte ihr mit der Tasche in der einen und der Büchse in der anderen Hand, und Ruth kam mit steinerner Miene hinterdrein gehinkt.

»Ich verstehe überhaupt nichts mehr«, sagte Paul. »Es war wohl doch keine so gute Idee, noch zu kommen. Aber wer weiß, wann man Sie dann gefunden hätte, Leo!«

Ihre Zähne klapperten. Sie registrierte, wie Ruth an der Garderobe Halt machte und sich ein paar schwarze Wollfingerhandschuhe überstreifte. Der Gewehrschrank in der Diele stand offen.

»W-ww-was ist p-p-passiert?«

»Das fragen Sie mich?«, sagte er erstaunt.

»Ich k-kann mich nicht erinnern.« Ich wollte Holz holen, dachte sie. Ich hörte ein Auto. Das Taxi. Und dann? Sie schloss für einen Moment die Augen, riss sie aber sofort wieder auf, als sich alles um sie zu drehen begann.

Paul lehnte die Waffe an den Gewehrschrank und setzte seine Tasche ab. Die Gläser seiner Brille waren beschlagen, er nahm sie ab.

»Ich komme direkt vom Bahnhof, mit dem letzten Taxi, das noch bereit war, bei diesem Wetter zu fahren. Wir haben fast eine Dreiviertelstunde gebraucht. Der Kerl hat mir ein Vermögen abgeknöpft.«

Leo stellte fest, dass das Dröhnen in ihrem Kopf ein wenig nachließ, wenn sie ihn gegen das Treppengeländer lehnte.

»Verständlich«, sagte sie müde. »Und dann?«

»Ich war schon auf dem Weg zur Haustür, als jemand wie der Teufel von hinten über den Hof gerannt kam. Er hat wohl nicht damit gerechnet, jemandem zu begegnen. Jedenfalls hat er kehrtgemacht und ist dann in der Dunkelheit verschwunden.«

Ruth schnaubte verächtlich. »Was für eine Räuberpistole!«

»Frau Heller, ich weiß nicht, wie ich Ihre Feindseligkeit interpretieren soll.« Ohne seine Brille wirkte Paul seltsam schutzlos. Er blinzelte. »Es war wirklich so«, sagte er mit Nachdruck. »Die Gestalt lief davon, und das kam mir natürlich merkwürdig vor. Ich dachte, ich hätte vielleicht einen Einbrecher aufgescheucht, und guckte mal kurz um die Ecke. Und da lag Leo im Schnee. Sie müssen doch mitbekommen haben, wie ich laut um Hilfe rief. Der Fahrer hat es jedenfalls gehört. Wenn Sie ihn nur nicht verjagt hätten! Unter Garantie hat er über Funk schon die Polizei alarmiert. Was wollen Sie denen erzählen? Und Leo muss zum Arzt. Sehen Sie, sie blutet. Das muss genäht werden. Was machen wir jetzt?«

»Holz holen.« Leo räusperte sich. Pauls Blick verriet deutlich, was er dachte: Verrückt. Alle miteinander durchgeknallt hier.

»Der Korb mit dem Feuerholz steht noch draußen. Wir müssen einheizen. Die Heizung funktioniert nicht.«

Zweifelnd sah er sie an. »Soll ich nicht lieber erst einen Krankenwagen rufen?«

»Ich brauche keinen. Bei dem Wetter dauert das sowieso Stunden. Gehen Sie bitte das Holz holen, und beeilen Sie sich.«

Er brauchte nicht einmal eine Minute dafür. Ruth nahm ihm den Holzkorb ab. »Geben Sie her, ich mache das. Sie wissen nicht, wie man mit diesem Kamin umgehen muss. Kümmern Sie sich um Leo. In der Küche ist ein Erste-Hilfe-Kasten. An der Wand neben dem Kühlschrank.«

Leo hörte, wie er sich gewissenhaft die Hände wusch. Dann kam er mit einem Fläschchen Jod, Verbandszeug, etwas Küchenpapier und einer Schere zurück. Er rieb seine schon wieder beschlagene Brille blank, setzte sie auf und musterte Leos Hinterkopf.

»Vielleicht doch nicht so schlimm, wie ich dachte. Sie haben da eine kleine Platzwunde. Können Sie sich wirklich an nichts erinnern?«

Sie verzichtete darauf, ihren dröhnenden Kopf zu schütteln und stützte ihn stattdessen lieber in die Hände. »Nein.«

Ihr Blick wanderte über seine dunkelbraune Cordhose zu den Schuhen. Halbschuhe, Leder. Teuer aussehend. Vielleicht handgenäht. Dass er die bei Schnee anzog …

Leo starrte sie an und merkte kaum, wie er ihr das brennende Jod auf die Wunde tupfte. Ein anderes Bild schob sich davor. Derbe Stiefel mit hohem Schaft. Und dazu die Erinnerung an Lavendelduft.

Paul riss Streifen vom Klebeband ab. »Ich lege ein Mullpäckchen auf die Wunde, das müsste vorerst reichen. – So. Fertig.«

»Danke.«

Sie fühlte sich seltsam körperlos, als würde sie wegschweben, sollte sie versuchen, von der Treppe aufzustehen; aber abgesehen von diesen Unannehmlichkeiten war sie wieder völlig klar. Was hatte Professor Irschinger von der unsichtbaren Grenze gesagt? Katie war jetzt auf der anderen Seite. Aber sie würde zurück ins Heim finden, darauf vertraute Leo einfach. Wohin sollte sie sonst gehen?

Sobald der Anruf von Justus kam, würde Leo aufbrechen. Irgendwie musste sie das schaffen, auch wenn ihr Kopf noch so dröhnte.

Weder Paul noch Ruth verriet sie, dass sie nun wusste, was geschehen war. Zum einen aus Sorge, dass sie sie nicht weglassen würden, wenn Justus anrief. Zum anderen: Welchen Beweis hatte sie denn, dass Katie tatsächlich in Justus' Mantel und in Männerstiefeln herumlief und bizarre Anschläge verübte? Aber sie besaß etwas anderes, und das war im Moment fast noch wichtiger: die Expertise.

Ruth hatte inzwischen ein ordentliches Feuer angefacht, ohne dabei ihre Handschuhe auszuziehen, und humpelte zurück in ihren Sessel. Leo schluckte zwei Aspirin und ging dann zu ihr ins Wohnzimmer. Würziger Holzgeruch durchzog den Raum.

»Wie fühlst du dich?« Ruth musterte sie kritisch.

Leo betastete das Mullpäckchen auf ihrem Hinterkopf, unter dem es dumpf pochte. »Wie nach einer durchzechten Silvesternacht. Dabei haben wir noch nicht mal angefangen.«

Sie setzte sich zu Ruth auf die Armlehne des Sessels. Die Scheite im Kamin knackten und prasselten und verbreiteten die Illusion von Behaglichkeit. Das Feuer schaffte es kaum, das Zimmer zu heizen, aber wenigstens von einer Seite wurden sie ein wenig warm. Ihre Gesichter sahen aus wie Janusköpfe: Die eine Hälfte glühte rosig im Feuerschein, die andere lag im Schatten.

»Und du? Hast du eine Idee, was du der Polizei erzählen willst, wenn sie hier aufkreuzt?«

Ruth machte eine Kopfbewegung Richtung Küche und senkte

ihre Stimme. »Ich habe nur versucht, dir zu helfen. Er war's, stimmt's? Dieser fette kleine Mops hat dir aufgelauert, wie wir es die ganze Zeit befürchtet haben.«

Leo gab keine Antwort. Es stimmte zwar, dass sie es gewesen war, die den Verdacht überhaupt auf Paul Ostermann gelenkt hatte. Aber immerhin war er ein guter Bekannter von Ruth, in gewisser Weise sogar freundschaftlich mit ihr und Ludwig verbunden, was auch immer in der letzten Zeit geschehen sein mochte. Wie feindselig sie jetzt von ihm sprach und, vor allem, wie sie ihn und auch den Taxifahrer behandelt hatte, erschreckte Leo. Seit der missglückten Schlittenfahrt – nein, eigentlich schon seit der Nachricht von Scherkows Verhaftung – verhielt Ruth sich immer befremdlicher.

»Paul?«, rief Leo laut zur Küche hinüber. »Kommen Sie zu uns. – Ich möchte euch beiden etwas zeigen.«

Sie hörten ihn im Flur hantieren und in seiner Tasche herumrascheln, dann kam er und schloss die Tür hinter sich, damit das bisschen Wärme, das der Kamin verströmte, im Wohnzimmer blieb. Er legte ein kleines, in Geschenkpapier gewickeltes Päckchen neben Ruth auf den Tisch und nahm im Sessel gegenüber Platz.

»Nachträglich alles Gute zum Geburtstag«, murmelte er.

Ruth zeigte keine Regung.

Paul stützte die Ellenbogen auf die Knie und rieb sich unbehaglich die Hände. »Es ist nichts Besonderes, nur ein Tierchen aus Muranoglas. Ich habe es in Bologna gekauft.«

»Ach, Bologna. Was Sie nicht sagen.« Ruth machte keine Anstalten, das Päckchen zu nehmen.

»Ja, ich musste kurzfristig dorthin. Als ich während einer Tagung im Oktober dort war, gab es vor meinem Hotel einen schweren Verkehrsunfall mit Fahrerflucht. Und deshalb …«

»Ich wusste gar nicht, dass die Gerichte in Italien zwischen Weihnachten und Neujahr tagen«, sagte Ruth.

»Tun sie nicht. Die Verhandlung ist ausgesetzt bis Januar. Ich hatte ein Gespräch mit dem Anwalt der Kläger, und dann habe ich auch noch ein paar Freunde besucht. – Waren Sie schon mal in Bologna?«, fragte Paul, um ein normales Gespräch bemüht.

Er redete ins Leere. Ruth befand sich nach wie vor auf Gefechtsstellung, und Leo musste sich auf anderes konzentrieren.

»Ich habe auch noch eine Überraschung. Für Sie beide.«

Sie zog den Reißverschluss ihrer Jacke auf und holte den Umschlag heraus.

»Was ist das?«, fragte Paul.

»Ein Teil dessen, hinter dem Sie her sind, nehme ich an.«

»Ich … verstehe nicht.« Nervös rückte er seine Brille zurecht.

Ein Holzscheit knackte laut, als die Flammen sich darüber hermachten; Funkenregen stob auf und fiel vor dem Kamingitter auf die Steine.

Leo drehte den Umschlag in ihren Händen und spürte, wie Ruth wachsam wurde. Sie selbst ließ Paul nicht aus den Augen.

»Mein Onkel hat ein Gutachten erstellt. Dergleichen hat er sicherlich oft getan, es ist insofern nichts Besonderes. Aber diese Expertise« – sie hob den Umschlag – »bestätigt die Existenz einer Person namens Christine. Sie bestätigt darüber hinaus die nicht unerhebliche Bedeutung, die diese Frau im Leben von Wilhelm Busch hatte; und sie bestätigt schließlich auch die Echtheit ihres Tagebuchs, dessen Kopie oben in meinem Zimmer liegt und das Sie in meiner Wohnung und in meinem Keller vergeblich gesucht haben.«

Pauls Augen hinter den Brillengläsern wurden groß und rund. Aber er sagte nichts; es war Ruth, die nachdenklich und so, als hätte sie nur einen Teil der Geschichte verstanden, schließlich das Schweigen brach.

»Eine Expertise? Dann lag Scherkow richtig.«

»Falsch, meinst du«, korrigierte Leo in Erinnerung an ihr Gespräch mit ihm. Schließlich hatte er das Dokument für eine Fälschung gehalten. Aber im Grunde – müde schloss sie die Augen. In ihrem Kopf summte es. Er hatte ja recht. Es war eine Fälschung. Die Expertise ebenfalls.

Leo wehrte ab, als Ruth ihr den Umschlag aus den Händen nehmen wollte. »Moment noch.«

»Woher hast du es?«, fragte Ruth.

Leo antwortete nicht. Paul begegnete ihrem Blick mit entwaffnender Offenheit.

»Sie trauen mir nicht über den Weg, nicht wahr?«, sagte er ruhig. »Ich habe es an Ihren Augen gesehen, damals schon, am ersten Abend, als wir zusammen Tee getrunken haben.«

Er nahm seine Brille ab, rieb die Nasenwurzel zwischen Daumen und Zeigefinger und setzte die Gläser wieder auf. Leise und gleichmütig begann er zu sprechen, als wäre jetzt ohnehin nichts mehr wichtig.

»Es ist mir gleich, was Sie von mir halten. Ich bitte Sie nur, mir eines zu glauben: Ich habe den Tod Ihres Onkels nicht auf dem Gewissen.«

»Das habe ich auch nicht behauptet.«

»Aber gedacht.«

Anfangs ja. Aber nach dem Brief mit Ludwigs mysteriösen Abschiedsworten … Leo wusste nicht mehr, was sie glauben sollte.

»Ich habe es gespürt, als ich Ihnen von dem letzten Abend erzählt habe«, fuhr Paul fort.

»Sie haben gelogen.«

»Ja. – Ja, Sie haben recht. Was ich Ihnen über den Tod Ihres Onkels erzählt habe, war nicht ganz die Wahrheit. Aber auch nicht völlig unwahr.«

»Sie haben eine merkwürdige Auffassung von Lüge und Wirklichkeit. Haben Sie nicht behauptet, er sei auf die Brüstung des Balkons geklettert, um den Raben vom Fenstersims zu holen? Das hätte er gar nicht tun müssen. Ich habe es ausprobiert. Mein Onkel war nicht groß, aber größer als ich, und sogar ich hätte Hans mit ausgestrecktem Arm erwischt. Erklären Sie's mir.«

»Er war betrunken. Sehr ungewöhnlich für ihn, aber so war es.«

Ruth hatte sich in ihrem Sessel zur Seite gelehnt, so weit es ging, und lauschte stumm. Leo, die immer noch auf der Armlehne saß, kam es vor, als wollte Ruth Abstand zwischen sie beide bringen.

»Der Vogel ist tatsächlich in einem unbemerkten Moment entwischt«, fuhr Paul fort. »Professor Heller wollte ihn fangen und stürzte dabei, das habe ich Ihnen bereits erzählt. Es war ein Unfall, ein dummer, unglücklicher Unfall, aber einer, an dem ich nicht unschuldig bin. Das ist der Teil der Wahrheit, den ich Ihnen verschwiegen habe, und er quält mich, seit es geschehen ist. Sie wissen, dass Ihr Onkel und ich die Ausstellung im Busch-Museum gemeinsam vorbereitet haben«, fuhr Paul fort. »Ich habe Ihnen auch erzählt, dass er während unserer gemeinsamen Arbeit ein Dokument erwähnte, das meine Neugier weckte.«

Leo nickte ungeduldig.

»Es waren nur vage Hinweise, ein paar Andeutungen, die der Professor fallen ließ. Es kam mir vor, als könnte er die Neuigkeit nicht länger für sich behalten. Im letzten Moment schien er sich ein Schweigegebot aufzuerlegen, aber selbst die bruchstückhaften Informationen genügten, um mich ahnen zu lassen, um was für eine Sensation es sich bei diesem Dokument vermutlich handelte.«

»Und Sie wollten es um jeden Preis bekommen«, unterbrach ihn Leo.

»Ich wollte es *sehen*, damit arbeiten! Das hätte mir doch schon genügt. Aber Ihr Onkel war nicht bereit, es mir zu zeigen. Nach einer Weile hätte er seine Andeutungen wohl am liebsten zurückgenommen. Er behauptete, er habe sich geirrt und sich zu einem voreiligen Schluss hinreißen lassen. Ich glaubte ihm nicht.«

»Warum?«, mischte sich Ruth ein.

Er heftete seinen Blick auf sie und sagte im Tonfall tiefster Überzeugung: »Professor Heller ließ sich nie zu einer übereilten Schlussfolgerung verleiten. Er irrte sich einfach nicht.«

Diese Art von Heldenverehrung brachte Leo fast zum Schreien. Warum benutzte zur Abwechslung nicht mal jeder seinen eigenen Verstand? Dann fiel ihr ein, dass Paul das Dokument noch nie zu Gesicht bekommen hatte; vielleicht hätte er dann anders geurteilt.

Sie versuchte sich zu konzentrieren, was ihr mit dem pochenden Schmerz in ihrem Hinterkopf immer schwerer fiel.

»Was meinten Sie damit, als Sie sagten, Sie wollten das Dokument, um damit zu arbeiten?«

»Mein Buch. Ich wollte es für meine Biografie über Wilhelm Busch.«

Entgeistert starrte sie ihn an. Sein Arbeitszimmer fiel ihr ein, und wie hastig er die Tür vor ihren Augen verschlossen hatte, um sie weiter in die Küche zu seinen Bratäpfeln zu lotsen, damit sie nur keinen Blick in sein Allerheiligstes warf.

Er lächelte niedergeschlagen. »Sie halten mich für einen verschrobenen kleinen Bücherwurm, nicht wahr? Einen Möchtegern-Literaten, der sich von der Gegenwart eines großen Kenners inspiriert fühlte und sich einbildete, die Welt hätte nur auf sein Werk gewartet.« Er fuhr sich mit einer Hand über seinen runden Kopf und die wenigen Haare, eine Geste, die Leo unerklärlicherweise rührte.

»Ich weiß durchaus, dass es unzählige Busch-Biografien gibt, geschrieben von berufeneren Geistern als mir«, sagte er. »Bedenken Sie, wie viele Bücher, Hochschulveröffentlichungen, Aufsätze und Manuskripte täglich durch meine Hände gehen! Aber ich habe genug Informationen und Beweise gesammelt, um eine völlig unbekannte Seite von Wilhelm Busch aufzudecken. Mein Buch sollte einen neuen Busch zeigen. Er war nicht nur der harmlose Einzelgänger, der die ländliche Idylle liebte und mit Frauen am liebsten aus der Ferne korrespondierte, wie uns das die Forschung und seine eigenen Zeugnisse immer weismachen wollen. Oh nein! Ich behaupte, Wilhelm Busch war ein Mensch, der dieses Bild von sich bewusst inszenierte, um Menschen zu manipulieren. Verleger, Gönner, Freunde, Frauen, höchstwahrscheinlich auch Christine. Ich hätte einen völlig neuen Ansatz für die Forschung geliefert – und dazu ein Dokument, das noch völlig unbekannt ist!«

Paul war während seiner letzten Worte immer mehr in Eifer geraten. Ein kleines Speicheltröpfchen saß in seinem linken Mundwinkel, er bemerkte es nicht. Leo hatte das Gefühl, einem Ein-Personen-Stück beizuwohnen, das auf unerklärliche Weise zum Lachen reizte. Was der Hauptdarsteller sagte, klang noch verrückter als ihre Befürchtung, dass die Person, die ihr vor weniger als einer Stunde einen Knüppel über den Schädel gezogen hatte, ihre Freundin Katie sein konnte. Und doch war das ziemlich wahrscheinlich. Dann konnte auch an Pauls Worten etwas Wahres sein.

»Sie wussten doch gar nicht, ob das Dokument Ihre Thesen stützt«, sagte sie.

»Es wäre in jedem Fall die Krönung meines Buches gewesen«, erwiderte er leise. »Sie können sich meine Enttäuschung nicht vorstellen, als Ihr Onkel einen Rückzieher machte.«

»Aber Sie haben nicht aufgegeben, nehme ich an.«

»Hätten Sie das getan? So dicht vor Ihrem Ziel? Ich bedrängte ihn immer wieder, aber vergebens. Dann war die Tagung in Bologna, ich hatte die Reise schon lange gebucht und musste fahren. Kurz nach meiner Rückkehr übergab Ihr Onkel mir den Raben und verschwand für einige Tage.«

»Mit mir«, warf Ruth unerwartet ein. »Wir waren hier, in Wiedensahl. Das letzte Mal gemeinsam.« Dann starrte sie wieder in die Flammen.

Paul schwieg einen Moment, bevor er weitersprach. »Zu dem Zeitpunkt wurde mir klar, dass das Dokument bei Ihrem Onkel sein musste. Wegen Hans, verstehen Sie?«

Leo runzelte die Stirn. »Nein.«

»Früher hätte mir Ihr Onkel den Zweitschlüssel für die Wohnung gegeben. Aber er überließ mir einfach den Käfig. Er wollte nicht, dass ich mich bei ihm umsah, verstehen Sie?«

»Das hat Sie nicht gehindert, es trotzdem zu tun.«

»Wenn ich es hätte umgehen können, hätte ich es nicht getan!«, beteuerte Ostermann. »Aber ich fürchtete schon, dass es so kommen würde. Ich hatte ihn zu sehr bedrängt. Zum Glück musste der Professor schon kurz nach Beginn der Arbeit an der Ausstellung für zwei Tage nach München. Es ging um irgendwelche Exponate. Ich habe die Gelegenheit genutzt und einen Schlüssel nachmachen lassen.«

Der Zweitschlüssel! Vor Ruth hatte Paul ihn also gehabt. Keine große Sache, ein Duplikat anfertigen zu lassen, dachte Leo. Paul hatte ganz einfach aufschließen und zur Vordertür hereinspazieren können.

»Dabei wäre das gar nicht nötig gewesen«, sagte sie. »Sie hätten einfach über den Balkon kommen können. Die Tür ist kinderleicht zu öffnen.«

»Aber von der Küche unten zu sehen«, antwortete Paul verlegen. »Wang Li hätte mich beobachten können.«

»Oh. Verstehe.«

»Ich schwöre Ihnen, ich wollte den Schlüssel nicht benutzen!«, sagte Paul flehentlich. »Es sollte die allerletzte Möglichkeit sein, so etwas wie ein Notanker.«

Und alles nur für einen Haufen Papier. Als wenn sein Leben von den verdammten Kopien abhängen würde, dachte Leo. Aber was wusste sie schon? Vielleicht war das in gewisser Weise wirklich der Fall. Er hatte vermutlich viel Arbeit in dieses Buch gesteckt. Sein großes Geschenk an die Welt, die davon vielleicht gar nichts wissen wollte.

»Sie sind also gleich zweimal eingebrochen«, stellte sie fest. »Einmal hinter Ludwigs Rücken, einmal hinter meinem. – Und?«

»Ich habe nichts gefunden.«

»Dann haben Sie nicht gründlich gesucht. Oder sich nicht ordentlich um Hans gekümmert. Soll ich Ihnen verraten, wo ich das Tagebuch entdeckt habe? Der Käfig hatte einen doppelten Boden. Es hätte Ihnen förmlich ins Gesicht springen müssen.«

Er schien nicht erstaunt. »Dann ist es nachträglich dort versteckt worden. – Natürlich, so muss es gewesen sein. Ich brachte Hans zurück und wollte noch einmal ganz vernünftig mit dem Professor über alles reden. Aber weil er schon angetrunken war, kam ich zu dem Schluss, dass es nicht viel Sinn hatte. Ich ging nach unten und versuchte zu arbeiten. Es funktionierte nicht, ich war zu angespannt und lief die ganze Zeit unruhig hin und her. Jedes Mal, wenn ich mich an den Schreibtisch setzte, musste ich an das Dokument denken, es war wie verhext. Nach einer Stunde gab ich auf und klingelte erneut. Ihr Onkel hatte noch mehr getrunken, trotzdem brachte ich das Thema zur Sprache. Ich redete auf ihn ein, ich argumentierte, schmeichelte, flehte. Ich gebe zu, ich habe auch gedroht, mit dem Vorwurf an die Öffentlichkeit zu gehen, dass er wissenschaftliches Material zurückhalten würde. Ich war außer mir. Und in dieser Situation entwischte der Vogel durch die Balkontür. Ihr Onkel hatte nichts anderes im Sinn als Hans und ich nichts außer dem Dokument. Wäre es anders gewesen, hätte ich die Gefährlichkeit seines Unterfangens durchschaut und es abwenden können. Aber so ... Es passierte einfach. Er kletterte auf die Brüstung und rutschte aus.« Paul sah sie traurig an. »Es tut mir so unendlich leid.«

Nach allem, was sie jetzt wusste, glaubte sie ihm. Es fiel ihr immer noch schwer, sich Ludwig so betrunken vorzustellen, dass er etwas so Überflüssiges und Gefährliches tat wie auf die Brüstung zu klettern. Aber sie konnte vor sich sehen, was dann geschah. Es war so jämmerlich.

»Ihre Reue hat nicht lange angehalten«, sagte sie, ungerührt von Pauls Bittstellermiene.

Er schloss für einen kurzen Moment die Augen. »Ich hab's verdient, dass Sie das sagen. Es stimmt ja, ich habe den Tag, als Sie in Wiedensahl waren, genutzt, um mich noch einmal umzusehen. Es hätte doch sein können, dass Ihnen beim Aufräumen und Aussortieren noch etwas in die Hände gefallen ist. Natürlich bellte Rufus die ganze Zeit wie rasend, ich musste mich ziemlich beeilen, deshalb leider die Unordnung; ich habe das sehr bedauert, wirklich. Ich wollte Ihnen keine unnötigen Scherereien machen.«

Scherereien nannte er das! Leo schnaubte ungläubig. Sein müheloser Wechsel zwischen Melodram und Untertreibung war wirklich bemerkenswert.

»Und dann kreuzte auch noch Wang Li draußen auf«, nahm Paul den Faden wieder auf. »Er behauptete zwar, er wollte Sie zum Essen einladen, aber ich glaube, er war aus irgendeinem Grund bereits misstrauisch geworden. Er wusste, dass ich den Professor als Letzter lebend gesehen hatte, und traute mir vermutlich genauso wenig wie Sie. Wahrscheinlich hat Rufus ihn herbeigelockt.«

Also doch! Der Hund hatte von Anfang an den entscheidenden Hinweis geliefert, Leo hatte ihn nur nicht sehen wollen. Wieder meinte sie Su Jings Stimme zu hören. *Er bellt morgens, er bellt mittags, er bellt abends …*

»Sie haben nicht schlecht geschauspielert an dem Abend«, stellte sie fest.

Er nahm seine Brille ab und fuhr sich mit der Hand über die Augen. »Es ist mir schwergefallen, glauben Sie mir«, sagte er leise. »Ich habe mich sehr geschämt. Aber es gab kein Zurück.«

Leo dachte an die besorgte Miene, die er die ganze Zeit ihr und den anderen gegenüber zur Schau getragen hatte. Und an seine Hilfsangebote. Aus seiner Sicht waren sie wohl tatsächlich aufrichtig gemeint gewesen.

Ein plötzlicher Windstoß peitschte eine Schneeböe gegen das Fenster. Paul fuhr zusammen und setzte seine Brille wieder auf. Leo wurde nervös bei dem Gedanken, noch einmal dort hinaus zu müssen. Justus hatte immer noch nicht angerufen. Halb und halb wünschte sie, er würde sich heute auch nicht mehr melden. Aber Katie …

Sie schob den Gedanken beiseite und konzentrierte sich wieder auf Paul. Sie wollte alles hören, die ganze Geschichte, auch wenn sie den Rest schon ahnte. Ruth wandte unterdessen die Augen nicht von den Flammen, in die sie seit einer Ewigkeit schweigend starrte.

»Nach dem Einbruch haben Sie sich ein paar Tage still verhalten. Warum? Wieso haben Sie sich nicht gleich anschließend den Keller vorgenommen? Die Zeit wäre ideal gewesen, mit meinem Rücken war ich außer Gefecht gesetzt. Sie brauchten nicht zu befürchten, dass ich Sie da unten überrasche.«

Er holte tief Luft und ließ sie in einem langen Seufzer entweichen, bevor er sprach.

»Ich hatte aufgegeben. Ich war bereit, das Dokument zu vergessen. Auch wenn Sie das möglicherweise anders sehen: Meine kriminelle Energie reicht für solche Aktionen nicht aus. Ich habe ein Gewissen, ich kann das nicht.«

»Leider kreuzte ich dann bei Ihnen auf, erzählte etwas von einer rätselhaften Christine und Jablonskys Interesse an ihr und weckte damit wieder Ihren Appetit«, sagte Leo sarkastisch. »Wenn sogar der berüchtigte Jablonsky in die Sache verstrickt war, musste es sich um ein großes Ding handeln. Nicht wahr, das dachten Sie doch? Sie fühlten sich plötzlich wieder bestärkt – zum Teufel mit dem Gewissen! Weil ich ankündigte, den Keller nach einem Hinweis zu durchsuchen, gerieten Sie in Zugzwang.«

»Es war nicht nur leichtsinnig, sondern auch unsäglich dumm«, gab er zu. »Aber zu dem Zeitpunkt war es mir bereits egal, ob Sie mich erwischen würden. Ich dachte nicht mehr darüber nach.«

»Haben Sie dafür gesorgt, dass das Kellerlicht nicht funktionierte?«

»Nein. Das brannte schon ein paar Tage nicht. Es war ein unglücklicher Zufall, dass Su Jing es gerade an dem Abend reparieren wollte.«

»Sie hat Sie gestört.«

»Nicht direkt. Das Schloss an Ihrer Tür hatte ich schon aufgekriegt.« Er lächelte verlegen. »Sie sollten sich wirklich ein anderes kaufen. Nein, ich werde das natürlich für Sie erledigen, entschuldigen Sie. Diese einfachen Dinger sind kinderleicht zu öffnen. Ein verbogener Nagel oder ein Stückchen Draht … Es ging ganz schnell, ich war fertig, als Su Jing kam. Sie hat mich nicht gesehen. Trotzdem saß ich in der Falle. Ich hatte Angst, dass Rufus mich verraten würde. Ich musste ihm die Schnauze zuhalten und war nahe daran, in Panik zu geraten.«

Leo dachte an das Geräusch, das Su Jing solch einen Schrecken eingejagt hatte. Armselige Gespenster.

»Was dann eigentlich passiert ist, weiß ich nicht genau. Funken flogen, ich hörte Su Jing schreien und zu Boden fallen. Ich weiß, dass ich ihr hätte helfen sollen«, sagte Paul verlegen. »Aber ich bin kopflos davongerannt und stundenlang mit dem Hund durch die Straßen gelaufen, bis ich mich wieder beruhigt hatte.« Ein Schatten flog über sein Gesicht. »Es war sein letzter Ausflug. Mein armer Rufus.«

»Xue hat ihn umgebracht«, sagte Leo. »Wussten Sie das?«

Überrascht hob Paul den Kopf. »Nicht Wang Li? Aber ich dachte …«

»Ich weiß nicht, was Su Jing ihrem Mann erzählt hat, aber er hat Verdacht geschöpft. Allerdings in anderer Hinsicht. Er dachte, Sie hätten sich in den Kellern der Familie zu schaffen gemacht. Es sollte eine Warnung sein.«

Paul nickte betreten. »Er hat mich schon einmal erwischt. Als Sie krank waren.« Er musste sich einen Moment sammeln, bevor er weitersprach.

»In Bologna hatte ich genug Abstand und auch Ruhe, um nachzudenken.«

»Und zu welchem Schluss sind Sie gekommen?«

»Ich überlasse es Ihnen, ob Sie mir das Dokument zur Einsicht zur Verfügung stellen oder nicht.«

»Ich bin gerührt von so viel Großmut«, sagte Leo.

Paul wehrte sich nicht. »Sie haben ja jetzt auch noch eine Expertise«, sagte er. »Damit können Sie das Tagebuch verkaufen, das Gutachten erhöht den Wert noch. Aber für mich ist die Angelegenheit zu Ende, es ist schon viel zu viel Unheil entstanden. Ich habe das Leben meines besten Freundes auf dem Gewissen.«

Wie kam er dazu, Ludwig so für sich zu vereinnahmen? Aber dann wurde Leo klar, dass er Rufus meinte. Sie spürte einen Kloß im Hals.

»Ich werde mein Buch zu Ende schreiben«, sagte Ostermann leise, aber bestimmt. »Es ist mir gleich, ob mit oder ohne Christine.«

Sollte sie ihm die Wahrheit sagen? *Sie sind einer Fälschung nachgejagt, Paul. Schade, nicht wahr? Das ganze Risiko für nichts und wieder nichts.* Doch das Telefon klingelte, bevor sie antworten konnte.

Leo sprang etwas zu schnell auf, das Zimmer drehte sich einen

Moment lang, aber sie erwischte das Telefon, bevor sie umfallen konnte, und hielt sich an einer Sessellehne fest.

Justus flüsterte so leise, dass sie ihn kaum verstehen konnte. »Ihr Auto ist gerade gekommen.«

»Großartig. Das hast du wunderbar gemacht, Justus. Wo ist sie jetzt?«

»Weiß nicht. Soll ich nachgucken?«

»Nein, lass nur.«

»Was soll ich dann tun?«, flüsterte er.

»Nichts. Mach einfach gar nichts. Ich komme.«

Ruth und Paul musterten sie erwartungsvoll, nachdem sie aufgelegt hatte. Leo hielt schon die Autoschlüssel in der Hand. »Es ist wirklich dringend. Ich kann es jetzt nicht erklären, nicht auf die Schnelle, aber ich muss zum Heim. Es ist etwas passiert.«

Sie begegnete Pauls erschrockenem Blick. »Das Tagebuch liegt oben auf dem Schreibtisch«, sagte Leo. »Lesen Sie es, wenn Sie sich die Zeit vertreiben wollen. Sie werden sich wundern.« Sollte er ruhig endlich erfahren, was für Hirngespinsten er die ganze Zeit so besessen hinterhergejagt war.

Er schüttelte den Kopf. »Was halten Sie davon, wenn ich Sie begleite?«

»Gar nichts.«

»Aber Sie haben vermutlich eine Gehirnerschütterung! Sie sollten im Bett liegen und in diesem Zustand nicht allein in der Gegend herumfahren. Lassen Sie mich mitkommen.«

»Wozu? Damit wir beide im Graben landen?«

Aber wahrscheinlich hatte er recht. Sie hatte trotz der Tabletten rasende Kopfschmerzen, und ihr war immer noch übel.

»Warum lässt du den nicht hier?«, fragte Ruth plötzlich. Sie deutete auf den Umschlag mit dem Gutachten, den Leo gerade wieder in ihre Jacke schob. »Ich würde es mir gerne ansehen.«

»Jetzt nicht. Später.« Leo zog den Reißverschluss zu. »Kann sein, dass ich es brauche.«

Sie waren schon auf der Diele, als Ruth noch etwas einfiel.

»Wartet! Ich brauche ein Gewehr. Nach allem, was heute passiert ist … Wer weiß, wer da draußen noch so herumschleicht.«

Leo wollte nach der Flinte greifen, die Paul an den Gewehrschrank gelehnt hatte. Die Türen standen noch immer offen.

»Nein, nicht die. Die zweite von rechts.« Ruth deutete auf eine Waffe mit Zielfernrohr, von denen sie mehrere besaß. Leo verstand zwar nicht, warum es jetzt eine andere Waffe sein sollte als vorhin, die Flinte hatte doch immerhin getaugt, um den Taxifahrer zu verscheuchen, aber bitte. Falls die Polizei doch noch den Weg durch das Schneechaos finden sollte, war es Ruths Problem, die ganze Sache zu erklären. Eilig drückte sie ihr das Gewehr in die klammen Finger, deren Kälte sie sogar durch die Wollhandschuhe fühlen konnte, und verließ mit Paul das Haus.

Der Schneefall hatte nachgelassen, aber es wehte immer noch ein grausamer Wind. Sie hasteten zum Wagen.

»Ich kann fahren, wenn Sie wollen«, erbot sich Paul.

Leo schüttelte stumm den Kopf. Eilig kratzte sie ein Guckloch in die vereiste Frontscheibe. Die Hände zitterten ihr, als sie das Schlüsselloch suchte, aber dann waren sie endlich drinnen. Der Ford Explorer wühlte sich mit jaulendem Motor durch die Schneewehen, die sich hinter ihm gebildet hatten. Leo warf einen Blick auf die Uhr. Neunzehn Uhr dreißig. Die letzte Nacht des Jahres hatte begonnen.

*

Wiedensahl, 1891. Verfluchter Sommer!

Ein elendes Jahr, welches nur Bitterkeit für mich bereithält. Alles ist aus. Er hat sich mit Madame versöhnt. Es war alles umsonst, alles vergebens. Johanna hat gesiegt.

Aber Christine wird diejenige sein, die überlebt. Ich habe die Macht. Ich habe die Rache.

- 25 -

Leo fuhr durch die verlassene Schneelandschaft. Neben ihr zitterte Paul vor Kälte in seiner dünnen Jacke.

»Hinten liegt ein Daunenschlafsack. Decken Sie sich den über. Sie müssen im Wagen warten, bis ich fertig bin.«

Gehorsam griff er nach hinten und rollte den Schlafsack auf. Ein muffiger Geruch entströmte ihm, aber Paul hüllte sich ohne Kommentar ein.

Leo überlegte, wie viel sie ihm erzählen sollte. Eigentlich gab es keinen Grund, etwas zu verschweigen. Sie sah erneut auf die Uhr. Neunzehn Uhr vierzig. Nur würde die Zeit nicht für die ganze Geschichte reichen. Sie fuhren auf den Wald zu; wenn alles glatt ging, waren sie in fünfzehn Minuten beim Heim.

Paul hörte schweigend zu, während sie von ihrem Verdacht berichtete und von den Gründen, die dazu geführt hatten.

»Sie glauben, dass Ihre Freundin krank ist?«

»Nennen Sie es, wie Sie wollen. Normal finde ich es jedenfalls nicht, mit einem Holzscheit alte Freunde zu attackieren.«

Vereinzelt lagen Zweige und größere Äste auf der Fahrbahn, die der Schneesturm von den Bäumen gerissen hatte. Leo wich einem dicken Ast aus, der die Hälfte der Straße blockierte.

»Wenn das Tagebuch von dieser Katie stammt, dann …«

»Sind Sie die ganze Zeit einem Phantom nachgejagt«, ergänzte Leo. »Dann ist es eine Fälschung.«

Vorsichtig fuhr sie in die letzte Kurve und fluchte. Direkt vor ihnen war ein Baum auf die Straße gestürzt, Äste und Wurzeln hatten dem Sturm nicht mehr standgehalten. Leo bremste. Der Wagen geriet ins Schlingern und stellte sich quer. Glücklicherweise war die Straße nicht völlig versperrt, die linke Fahrspur war noch so breit, dass sie an dem Hindernis vorbeifahren konnten. Einige Äste hatten sich in der Stromleitung verfangen und den Mast umgerissen. Es konnte Stunden dauern, bis das geräumt war. Mit einem mulmigen Gefühl betrachtete Leo die schneebeladenen Äste der anderen Bäume, die sich über die Straße wölbten.

Paul hatte nachgedacht. »Aber das Gutachten Ihres Onkels? Wie erklären Sie sich das?«

Leo antwortete mit einem Schulterzucken. »Vielleicht erfahre ich es heute Abend. Allerdings nur, wenn Sie nicht dabei sind. Ich weiß nicht, in welcher Verfassung Katie sein wird, darum müssen Sie im Wagen bleiben. – Wir sind da.«

Diesmal hielt sie nicht auf dem Wendeplatz im Wald, sondern fuhr direkt auf den Hof des Heims. Der Vorplatz lag im Dunkeln; der umgestürzte Baum hatte die Stromleitung gekappt. Hinter einigen Fenstern brannte jedoch Licht. Wahrscheinlich verfügte das Haus über eine Notstromversorgung. Leo stieg aus. Der rote Porsche stand neben dem Eingang, der Motor knackte noch leise.

Pauls blasses Gesicht hinter der Scheibe war Leo zugewandt, als sie zum Haupteingang ging und klingelte. Die Tür wurde so rasch geöffnet, dass sie sich überrumpelt fühlte. Vor ihr stand die Krankenschwester, die sie am Nachmittag von Katies Flur aus beobachtet hatte. Die Szene in der großen Eingangshalle wirkte wie ein Tableau: lebende Figuren, zu einem Bild erstarrt. Die Halle lag im Halbdunkel und wurde nur von den Tischlampen aus dem Speisesaal spärlich beleuchtet. Der große Kronleuchter unter der Decke war offenbar mit der Außenbeleuchtung zusammengeschaltet und jetzt von dem Stromausfall betroffen. Das düstere Licht von hinten verstärkte den Eindruck einer Bühne, auf der sich Katie und Frau Loss gegenüberstanden, offenbar am Beginn oder Ende einer Auseinandersetzung. Keine von ihnen rührte sich, nur in Frau Loss' Gesicht zuckte es nervös. Vielleicht hatte sie Katie zur Rede gestellt, wo sie den ganzen Tag gewesen war. Es gab sicherlich viel Arbeit, wenn Silvester gefeiert werden sollte. Katie jedoch machte nicht den Eindruck, als hielte sie es für nötig, sich zu rechtfertigen. Sie war sehr blass, aber ihre Augen funkelten. Sie sah auch nicht verwirrt aus, sondern kühl und selbstbewusst wie immer in ihrem grauen langen Flanellrock und einem feinen Wollmantel.

Einen Moment dachte Leo, sie hätte sich getäuscht. Vielleicht wollte sie das sogar gerne glauben. Aber dann wanderte ihr Blick zu Katies Füßen, die in derben Stiefeln steckten. Sie passten nicht zu ihrer eleganten Aufmachung und waren mindestens zwei Nummern zu groß. Mit einer seltsamen Mischung aus Befriedigung und Trauer erkannte Leo den braunen Kleppermantel, der zusammengelegt über Katies Arm hing. Sie hatte sich doch nicht geirrt.

Auch Justus war da. Er hielt sich im Hintergrund, neben sich eine Frau im Rollstuhl mit einem arthritisch verkrümmten Körper und einem dunklen Vogelgesicht. Das musste Esmeralda sein. Sie zupfte beständig an seinem Ärmel und wisperte ihm etwas zu. Weitere Heimbewohner, die Leo nicht kannte, standen in der offenen Tür zum Speisesaal, offenbar vom Lärm der vorangegangenen Auseinandersetzung angelockt. Der Saal war mit Konfetti und Luftschlangen geschmückt, aus einem Fernseher plärrte Musik. Alle Gesichter waren jetzt Leo zugewandt und warteten schweigend.

Leo hatte das Gefühl, ihr Stichwort verpasst zu haben. Hilflos sah sie in die Runde. Katie erwiderte den Blick ohne eine Regung. Die Krankenschwester löste schließlich den Bann. Sie trat zur Seite, um sie eintreten zu lassen, und warf fragende Blicke hinüber zu den beiden Herrinnen des Hauses. Frau Loss nickte.

Über Katies Gesicht glitt ein Lächeln.

»Ich muss schon sagen, Leo, mit dir hätte ich heute Abend nicht gerechnet.«

Das glaube ich gern, dachte Leo.

»Wann haben wir das letzte Mal Silvester zusammen gefeiert?« Katie tat, als überlege sie. »Muss schon eine Weile her sein.«

Die Krankenschwester schloss die Tür. Frau Loss würdigte Leo jetzt keines Blickes mehr, sondern wandte ihre Aufmerksamkeit wieder Katie zu. In ihrem Gesicht zuckte es heftig.

Katie redete unbekümmert weiter, als ob die Spannung im Raum sie nichts anginge und alles in bester Ordnung sei.

»Wenn ich mich nicht irre, geht es nebenan schon recht vergnüglich zu. Wir können uns dazugesellen, wenn du magst. Ein Segen, dass der Fernseher funktioniert. Der grässliche Sturm hat uns einen partiellen Stromausfall beschert, wie du sicher bemerkt hast.«

Leo wusste, dass sie Katie durchdringend anstarrte, aber sie konnte ihren Blick nicht lösen. *Wer bist du? Jetzt, in diesem Moment?*

Katie machte eine Handbewegung zur Speisesaaltür, wo Justus sichtbar zusammenzuckte. Die Frau mit dem Vogelgesicht neben ihm reckte das Kinn und musterte sie wachsam.

»Ich habe nur mit deinem Freund hier noch ein Wörtchen zu reden«, sagte Katie. »Immer lässt er seine Sachen irgendwo liegen.«

Sie hielt den Mantel hoch, damit alle ihn sehen konnten. »Den habe ich im Gartenhäuschen gefunden.«

Niemand fragte, was sie um diese Zeit dort getrieben hatte. Justus sah verstört zwischen Katie und Leo hin und her, humpelte zögernd ein paar Schritte vor und nahm den Mantel wortlos entgegen.

»Sie sollten besser darauf aufpassen, Justus«, mahnte Katie sanft.

Noch mehr Personen drängelten sich vor der Speisesaaltür, und die Krankenschwester bemühte sich vergeblich, sie wieder zurückzuscheuchen. Kein Wunder, dachte Leo; eine Silvesterfeier, deren Hauptattraktion aus Fernsehen bestand, war vermutlich lange nicht so unterhaltsam wie ihr kleines Drama hier.

Sie hatte bisher geschwiegen und Katie beobachtet. Jetzt trat sie einen Schritt vor.

»Kann ich kurz mit dir reden? Bevor wir mitfeiern, meine ich.«

Ein misstrauischer Funke glomm in Katies Augen auf, dann hatte sie sich wieder unter Kontrolle. Für Frau Loss legte sie ihr bezauberndstes Lächeln auf; Leo konnte nicht umhin, es zu bewundern.

»Sie haben es gehört, Frau Loss. Also entschuldigen Sie uns bitte. Wir sind dann oben.«

Als sie an Justus vorbeigingen, fühlte Leo etwas Glattes in ihrer Handfläche. Unauffällig hatte er ihr Ruths Handy zugesteckt. Warme Zuneigung ergriff sie, und sie nickte ihm unmerklich zu.

Doch während sie hinter Katie die Treppe hinaufstieg, verließ sie beinahe der Mut. Sie hatte keine Zeit gehabt, sich etwas zu überlegen. Wie sollte sie vorgehen, was sagen? Ihr Kopf schmerzte, und ihr war sehr kalt. Sie fühlte sich elend.

Das Licht in ihrer Wohnung funktionierte nicht, Katie zündete Kerzen an.

»Es ist ohnehin gemütlicher so, findest du nicht auch?« Sie blies das Streichholz aus. Der Schwefelgeruch verursachte Leo erneute Übelkeit. Katie glitt auf das Sofa und zog die Beine an.

»Warum hast du mir nicht gesagt, dass du das Tagebuch schon kennst?«, eröffnete Leo den Angriff. Mit einem abwesenden Lächeln blickte Katie in die Flammen.

»Du hast es geschrieben, nicht wahr? Es geht mich nichts an, weshalb du das getan hast. Aber wie hast du Ludwig dazu gebracht, dieses lächerliche Gutachten dazu zu erstellen? Wofür brauchst du es? Das würde mich wirklich interessieren.«

Katie runzelte die Stirn und stand auf. Mit ein paar raschen Schritten war sie beim Nähtischchen und zog die Schublade auf. Sie hob die Papiere hoch, nahm sie aber nicht heraus. Leo ließ sie nicht aus den Augen, trotzdem erschrak sie, als Katie sich umwandte. Ihr schönes Gesicht war wutverzerrt.

Mit Grauen sah Leo zu, wie diese Maske fiel und sofort eine andere aufgesetzt wurde. Sie zeigte Selbstmitleid und Empörung.

»Ich bin bestohlen worden! Hast du meine Tür gesehen? Die Sicherung, das Zahlenschloss? Es nützt nichts! Ich kann machen, was ich will. Hier hat jemand herumgeschnüffelt! Ich muss mit Frau Loss reden.«

Aufgeregt ging sie hin und her.

»Ich werde sie hinauswerfen, ja, das werde ich tun.«

Mit angehaltenem Atem hörte Leo zu und begriff plötzlich, dass Katies Zorn sich nicht gegen sie richtete. Wie war das möglich?

Sie öffnete ihre Jacke. »Ich war es. Ich habe das Gutachten. Siehst du? Hier ist der Umschlag.«

Katie stand da, als hätte sie nichts gehört. Ihr Blick war in die Ferne gerichtet, weit über die dunkle Ecke des Zimmers hinaus.

»Natürlich«, sagte sie so leise, dass Leo zunächst glaubte, sie hätte sich verhört. »Wieder du. Immer wieder du!«

Leos Kehle wurde eng. »Was meinst du damit?«, brachte sie mühsam hervor.

Katie lächelte höhnisch. »Ach ja, wie unschuldig! – Alles machst du kaputt. Du nimmst dir einfach, was du willst. Und du kriegst alles. Erst meine Männer und jetzt mein Geld.«

Ihre Männer? Zum Teufel, ich weiß nur von einem, und der war ein Versehen, dachte Leo. Außerdem hast du mir Jay ausgespannt und nicht umgekehrt. Sie bezweifelte allerdings, dass es ihr gelingen würde, Katie davon zu überzeugen.

»Erst Jay, und dann auch noch Ludwig!«, klagte Katie.

Leo glaubte ihren Ohren nicht zu trauen. Was meinte sie damit?

»Ich hatte ihn schon fast da, wo ich ihn haben wollte, doch dann hat er einen Rückzieher gemacht«, sagte Katie.

Die blonde Frau. Ruths Worte: *Seine Gespielin. Ich habe ihren Duft gerochen und wusste genug.* Frau Slevogt aus dem Museum: *Seine Doktorandin. Fräulein Schröder …* Eine Welle von Übelkeit überrollte Leo.

»Du hast ihn also benutzt.« Mit Mühe gelang es ihr, den Tonfall von Anerkennung zu finden. »Alle Achtung. War sicher nicht leicht. Wie hast du das geschafft?«

Katie lächelte spöttisch. Während sie bei ihren letzten Worten noch aufgebracht hin und her gelaufen war, wurde sie jetzt plötzlich ruhig. Sie nahm eine malerische Pose am Fenster ein. Der Kerzenschein schickte flackernde Schatten durch den Raum.

»Es war nicht einfach. Aber ich hatte Geduld«, sagte sie selbstgefällig. »Ich musste nur warten. Ludwig war sehr einsam. Du hast dich ja nicht mehr um ihn gekümmert.«

Leo krümmte sich innerlich.

»Dein Onkel freute sich über meine Besuche. Jedes Mal ein wenig mehr«, sagte Katie süffisant. Leo zwang sich, ihr ins Gesicht zu sehen. »Am Anfang wolltest du nur seinen Rat, vermute ich. Wegen dieses Tagebuchs. Hat Ludwig dir gesagt, was du schreiben sollst?«

Katie wirkte verwundert. »Wie kommst du darauf? Christine war doch schon längst fertig damit.«

Christine. Sie sagte Christine, nicht: Ich.

»Es hat sie sehr getroffen.« Katie sprach jetzt wie zu sich selbst. »Immer hintergangen zu werden von dieser Frau, dieser heiligen Johanna. Er gehörte zu Christine, aber diese reiche Schlampe hat ihn nicht losgelassen. Dabei wollte sie ihn gar nicht wirklich.«

Leo brauchte eine Weile, bis sie verstand. Die heilige Johanna war Johanna Keßler, die Bankiersfrau; Buschs Mäzenin mit den beiden Töchtern, die niedliche Briefe an den Onkel Wilhelm in Wiedensahl schrieben.

»Wir werden uns rächen«, sagte Katie.

»Wir?«

Katie blinzelte, für einen Moment verwirrt.

»Ich. Sie. Christine. – Ihre Geschichte hätte viel Geld eingebracht, sehr viel Geld! Mit Ludwigs Hilfe wären wir reich geworden. Aber dann bist du gekommen.« Sie maß Leo mit einem flammenden Blick.

Wäre die Situation nicht so beängstigend gewesen, Leo hätte laut gelacht. Sie kam sich vor wie in einem schlechten Melodram, in dem ihre Freundin die Verrückte gab. – Aber spielte sie?

»Du hast ihn verunsichert, bis er nicht mehr zu mir hielt«, behauptete Katie.

»Ich?«

»Wer sonst? Du würdest das Geld nicht wollen, hat er gesagt. Er wollte dir seinen Anteil geben, stell dir vor! Nur für dich war er bereit, es zu tun. Ich habe lange auf ihn einreden müssen, hab ihm ausgemalt, wie viel Geld Christine uns einbringen würde. Er wollte nicht. ›Dann tu es für Leo‹, habe ich gesagt. ›Gib ihr das Geld, wenn du willst.‹ – Stell dir vor, das hat ihn überzeugt. Er fühlte sich verantwortlich für dich. Und schließlich war er das ja auch, nicht wahr? Nachdem er das Leben seiner Schwester ruiniert hat. Der jämmerliche kleine Mann!«

Leo lauschte wie gelähmt. Warum hatte sie damals nur ihren Mund nicht halten können! Sie wäre auch allein mit ihren Problemen fertig geworden, ohne sich bei Katie auszuheulen. Stattdessen hatte sie alle gut gehüteten Familiengeheimnisse verraten und offengelegt.

»Ludwig hatte immer ein schlechtes Gewissen, weil er dir nichts hinterlassen konnte«, sagte Katie. »Du hättest mir dankbar sein sollen, anstatt mich zu verfolgen. Mit Christines Hilfe hättest du ausgesorgt.«

Das war verrückt. In Leos ratloses Staunen mischte sich immer mehr Angst. Das Schlimmste war, dass sie Katie glaubte. Ludwig hatte es für sie, für seine Nichte getan. Er hatte diesen Wahnsinn ihretwegen mitgemacht.

Katie war noch nicht fertig. »All die Monate hat er mir etwas vorgegaukelt!«, rief sie empört. »Er hat mich hingehalten wie Christine. Ja, er macht es, nein, vielleicht lieber nicht, dann schließlich doch – und als alles geregelt ist und ich das verdammte Gutachten endlich habe, trifft er sich mit mir in Wilhelms Haus und jammert und fleht, ich möge ihn aus unserer Abmachung entlassen.«

Wilhelms Haus? Leo erinnerte sich an die verwinkelten, vollgestopften Räume. Sie hatte richtig vermutet: Das alte Pfarrhaus war ein Treffpunkt gewesen.

Katie schnaubte verächtlich. »Er wollte es zurückhaben! Mein Gutachten! – Ich habe es ihm natürlich nicht gegeben. Es war schließlich meine einzige Sicherheit. Dann drohte er damit, einen Widerruf zu schreiben. Als wenn er sich das getraut hätte! Ich habe ihn gewarnt, er würde es bereuen. Am Ende bereuen sie alle.«

Allmählich nahm unter den panisch herumwirbelnden Wortfetzen in Leos Kopf ein neuer Gedanke Gestalt an. Der Brief! Ludwigs Abschiedsbrief war gar keiner. Es war der Anfang seiner Gegendarstellung oder seines Widerrufs oder wie immer man so etwas nannte. Deshalb der offizielle Briefkopf, deshalb das Eingeständnis, er habe einen Fehler gemacht. Weiter war er nicht gekommen, dann hatte Paul Ostermann ihn gestört. Nun begriff sie plötzlich, weshalb der letzte Besuch im Museum ihn so aufgewühlt hatte, dass er sich betrunken hatte. Kein Wunder auch, dass er in den Wochen davor niedergedrückt und depressiv gewesen war. Er saß in der Falle und konnte nicht mehr zurück.

Katie lächelte selbstvergessen. Leo beobachtete sie mit einer Mischung aus Faszination und Grauen. Wer war sie jetzt? Katarina Singer? Oder Christine?

Ludwig war mutiger, als du ahnst, dachte Leo. Er hätte widerrufen. Ohne Paul und den Raben wären die Dinge vermutlich ganz anders verlaufen.

»Wo ist das Original?« Ihre eigene Stimme klang hohl in ihren Ohren. »Ich habe nur Kopien gesehen.«

Katie warf den Kopf zurück und lachte, und einen Moment lang schienen sie sich tatsächlich wieder in derselben Welt zu befinden. Ihr Lachen war laut und ehrlich.

»Es gibt keines. Jedenfalls jetzt nicht mehr. Ich habe die Hefte verbrannt. Wer hätte Christine denn geglaubt, wenn sie mit neuen Papieren angekommen wäre? Sie hätten sich leicht auf die Jetztzeit datieren lassen. Ich habe nur die Kopien behalten. Das Original wäre dann eben gestohlen oder bei einem Brand beschädigt worden. Es gibt tausend Dinge, die einem Dokument zustoßen können. Die Hauptsache war, dass Ludwig erklärte, er habe das Original geprüft. Das bedeutete zwar weniger Geld, aber es hätte gereicht.«

»Was war auf den Seiten, die du herausgerissen hast?«

Katie gluckste. »Nichts. Ich hatte keine Lust, jeden einzelnen Tag festzuhalten. Nur die Eckdaten. Aber ich musste die Zeitlücken zwischen den Eintragungen erklären, und deshalb habe ich die Seiten dazwischen vernichtet. Es sollte so aussehen, als hätte jemand Eintragungen herausgerissen. Das hätte der Wissenschaft noch hübsch was zum Grübeln gegeben!«

Katie verstummte für einen Moment. Ihr war ein neuer Gedanke gekommen. »Woher hast du die Kopie, die du mir gegeben hast?«, fragte sie lauernd.

»Bei Ludwig gefunden.«

Katies Gesicht verzog sich höhnisch. »Er hat es also doch gewagt! Wollte mich hintergehen! – Und du? Wie bist du uns auf die Spur gekommen?«

»Ein Hinweis von Jablonsky kurz vor seinem Tod. Ludwig hatte ihn mit dem Verkauf beauftragt.« Es stimmte so ungefähr. Warum sollte sie noch etwas erklären?

»Wenn du nicht gekommen wärst und angefangen hättest, herumzuschnüffeln, wäre Christine schon längst aus der Vergessenheit befreit«, sagte Katie mit gefährlich leiser Stimme. »Wir wären an die Öffentlichkeit getreten und hätten allen die Augen geöffnet.«

Über die Verderbtheit der Menschen im Allgemeinen? Und Wilhelm Busch im Besonderen? Es war grotesk.

Katie zupfte gedankenverloren an einer Strähne ihres Haares, die sich aus dem Nackenknoten gelöst hatte. »Sie hat dich nur zufällig gesehen, weißt du das?«

Leo brauchte jetzt keine Fragen mehr zu stellen. Katie war in ihrer Geschichte versunken. Sie sprach ruhig und sachlich, als würde sie etwas zu Protokoll geben. Nur der ständige Wechsel zwischen den Personen, der sie und Christine immer wieder zu einem Wir verschmelzen ließ, zeigte ihre Geistesverfassung.

»Beinahe hätten wir dich nicht erkannt. Was hattest du auf dem Markt zu suchen? Konntest du uns nicht in Ruhe lassen? Christine wollte sich doch nur ein wenig zerstreuen und in die Erinnerung eintauchen. Früher war sie oft dort, und manchmal hat sie Wilhelm dort getroffen. Natürlich musste ich etwas unternehmen. Ich konnte doch nicht tatenlos zusehen, wie du alles durcheinanderbringst.«

Katie sprach mit einer Überzeugung, als sei alles ganz vernünftig und unwiderlegbar. Leo begann schon fast, sich schuldig zu fühlen. Es war gespenstisch.

»Ich wollte dir nur einen Schrecken einjagen«, behauptete Katie.

»Das ist dir gelungen. Der rote Wagen, der mich in den Graben gedrängt hat – das warst also du.«

»Millimeterarbeit, nicht wahr? Dir sollte schließlich nichts Ernstes passieren. Hast du dir wehgetan? Ach ja, ich erinnere mich, der Rücken. Das ließ sich eben nicht vermeiden. Du solltest einfach nur aufhören, herumzuschnüffeln. Du solltest uns nur in Ruhe lassen.«

Leo meinte erneut den Luftzug des vorbeirasenden Wagens zu spüren, sah die roten Rücklichter in der Dunkelheit verschwinden, kroch noch einmal mit hämmerndem Herzen aus dem Schlamm.

»Tut mir leid, dass ich den Wink nicht verstanden habe. Ich bin manchmal schwer von Begriff. Du musstest dir also noch etwas anderes einfallen lassen. – Raffiniert, die Sache mit den Knallfröschen. Woher wusstest du von der Kutschfahrt heute Mittag? Du musst dir genau ausgerechnet haben, wo du uns treffen kannst.«

Verwirrung spiegelte sich auf Katies Gesicht. Dann hellte sich ihre Miene auf.

»Christine war das. Sie hat es mir gesagt. Sie beobachtet dich ständig. Schließlich ist sie in Wiedensahl zu Hause«, sagte sie ernsthaft. »Sie kennt alle Wege und sie wusste, dass ihr bei der Hütte wieder vorbeikommen musstet.«

»Ruth hat sich verletzt, als die Pferde durchgingen.«

»Oh?«

»Es hätte uns alle erwischen können.«

»Christine macht manchmal, was sie will. Sie hört nicht immer auf mich.«

Es klang abstoßend kokett. Leo musterte sie. Gaukelte Katie ihr etwas vor? Sollte dieses ganze Christine-Gerede sie nur einlullen? Sie fand sich nicht mehr zurecht. Andererseits war da Katies äußere Erscheinung. Sie hatte sich in die Person verwandelt, die sie erfunden hatte. Frisur, Kleidung, das Lorgnon, der Lavendelduft, sogar dieser Raum mit dem alten Pianoforte und den flackernden Kerzen – das gehörte in Christines Welt. Mal schien sie selbst Christine zu sein, dann wieder existierte Christine außerhalb von ihr. Wusste Katie, was sie als Christine tat?

Leo deutete auf den Verband auf ihrem Hinterkopf. »Und das? War das auch Christine?«

»Was?« Katie klang unsicher.

»Du hast mich niedergeschlagen. Mit einem Holzscheit.«

Die blauen Augen zeigten einen Anflug von Erschrecken.

»Katie«, sagte Leo, vorsichtig ihre Worte wählend, ohne auch nur eine Ahnung zu haben, was sie unter Umständen anrichten konnten. »Christine ist in deinem Kopf. Sie manipuliert dich.«

Katie schüttelte langsam den Kopf, ohne den Blick abzuwenden.

»Wie hast du Christine … kennengelernt?«, wollte Leo wissen. Sie versuchte sich vorzustellen, wann dieser Schreckensweg begonnen hatte. Katies übersteigertes Selbstwertgefühl war wie ein schwarzes Loch, das alles aufsog, was in seine Reichweite kam, und dennoch nie wirklich befriedigt war. Wie viele Enttäuschungen hatten sie bis zu diesem Punkt gebracht? Leo hatte keine Ahnung, wie sie sie beide aus dieser grässlichen Situation herauslotsen sollte.

»Er hat mich bei meinem Namen gerufen«, sagte Katie so leise, dass sie kaum zu verstehen war. »Christine, hat er gesungen. Christine.«

Die ferne Kindheitsszene unter dem Rosenstrauch. War Katarina Christina Singer zufällig darauf gestoßen oder hatte Ludwig sie darauf aufmerksam gemacht?

»Ich wusste gar nicht, dass du mit zweitem Namen Christina heißt«, sagte Leo. Katie sah sie verwirrt an. Hörte sie ihr überhaupt noch zu?

»Lass uns mit jemandem reden, der dir helfen kann.«

Leo erkannte sofort, dass sie einen Fehler gemacht hatte. Katie war so weit zurückgewichen, dass sie mit dem Rücken zur Wand stand. Zwischen Leo und der Tür befand sich das Tischchen. Katie dagegen hatte freie Bahn. Sie raste ohne Vorwarnung los und war schon durch die Glastür bis zur Treppe gekommen, ehe Leos Füße überhaupt den Befehl erhielten, sich in Bewegung zu setzen. Ihr dröhnender Kopf half nicht gerade, die Sache zu beschleunigen. Leo taumelte hinter Katie her und sah, wie sie die große Eingangstür der Halle öffnete. In der Ferne war ein seltsam drohendes Brummen zu hören.

»Warte!«, brüllte Leo und gab damit offenbar eine Art Versammlungsbefehl aus. Alle Heimbewohner, die sich unter der Aufsicht von Frau Loss vor den Fernseher zurückgezogen hatten, strömten erneut zusammen.

Draußen starrte Leo für einen Moment wie blind in die Nacht, die von dem dumpfen Brummen vibrierte. Dann sah sie Katie über den Hof laufen. Auf dem weißen Schnee wirkte sie mit ihrer dunklen Kleidung wie ein Negativbild. Sie rannte auf ihren Wagen zu.

»Bleib stehen!« Leo wollte ihr nachsetzen, rutschte auf der vereisten Stufe aus und fiel hin. Was dann geschah, ging so schnell, dass Leo später nie mit Gewissheit sagen konnte, ob sie eine Chance gehabt hätte, es zu verhindern. Ruths Ford parkte seitlich hinter Katies rotem Porsche. Paul, der bis jetzt im Wagen geblieben war, schien zu begreifen, dass hier etwas nicht so lief, wie es sollte. Er öffnete die Beifahrertür und stieg aus. Katie hielt abrupt an und sah von Paul zurück zu Leo, die gerade wieder auf die Beine kam.

»Ihr wolltet mich reinlegen! Ich wusste es doch!«, kreischte sie.

Blindlings rannte sie davon, ohne Pauls beschwichtigende Gesten zu beachten, ohne überhaupt etwas zu sehen oder zu hören, auch nicht das Brummen, das immer näher kam. Die Lichter eines

Schneepfluges blendeten zwischen den Bäumen auf, verschwanden in der Kurve, kamen wieder zum Vorschein, wurden heller. Leos Stimme überschlug sich, als sie zum letzten Mal Katies Namen brüllte und hinter ihr her auf die Straße zuraste.

Für den Fahrer des Schneepfluges musste ihre Gestalt wie aus dem Nichts aufgetaucht sein. Er fuhr nicht schnell, aber die schwere Schaufel, die den Schnee zu einem hohen Wall auftürmte und beiseite schob, war eine furchtbare Waffe. Irgendwo hinter Leo schrie jemand durchdringend, als schwerer Stahl mit einem dumpfen Aufprall auf einen menschlichen Körper traf. Wie eine Puppe wurde Katie emporgeschleudert und fiel gespenstisch leise zurück in den Schnee. Mit einem lauten Kreischen kam der Schneepflug zum Stehen.

Katie lag auf dem Rücken, beide Arme über den Kopf gestreckt, den Kopf leicht zur Seite geneigt und sah aus, als schliefe sie. Blonde Haarsträhnen, die sich aus dem Knoten gelöst hatten, umrahmten ihr Gesicht und färbten sich rot, wo das Blut aus dem linken Ohr sickerte. Leo sank neben ihr auf die Knie und legte ihr die zitternden Finger an den Hals. Sie spürte kein Leben mehr.

Der Fahrer kletterte aus seiner Kabine heraus. Es war ein älterer Mann in dicker Winterkleidung und mit Schiebermütze, die er jetzt abnahm und hektisch in seinen Händen knetete. Er war leichenblass.

»Es ist nicht meine Schuld, sie ist mir direkt vor die Schaufel gelaufen, ich hab sie nicht gesehen, wirklich, ich kann nichts dafür!« Er wiederholte es wie eine Beschwörung. Mit unnatürlicher Klarheit registrierte Leo, dass sie alle unter Schock standen; der Fahrer, der einer Ohnmacht nahe zu sein schien, Paul, der immer nur »Oh mein Gott, oh mein Gott« vor sich hin murmelte, Frau Loss, die stumm am Straßenrand stand. Leo hockte neben Katie im Schnee und konnte nicht mehr aufstehen. Sie fühlte, wie sie versteinerte. So hätte es nicht enden dürfen, so nicht. Behutsam schloss sie ihrer Freundin die toten Augen.

Der Pfleger kam angelaufen. »Der Krankenwagen ist schon

unterwegs. Es kann aber dauern, bis sie durchkommen.«

Leo nickte stumm.

»Ich kann nichts dafür, sie ist mir einfach vor die Schaufel gelaufen«, wiederholte der Fahrer des Schneepflugs hilflos. Keiner hörte ihm zu.

»Wir können sie hier nicht liegen lassen«, sagte Leo und sah zu, wie feine Schneeflocken sich auf die blonden Haare legten und über dem Ohr schmolzen.

»Aber wenn die Polizei ...« Der Pfleger schien unschlüssig. »Dürfen wir hier etwas verändern? Ich dachte ...«

Es war Frau Loss, die die Situation entschied. »Denken Sie nicht, tun Sie, was anständig ist. Bringen Sie sie ins Haus«, befahl sie ruhig und half Leo auf. »Kommen Sie.« Sie machte dem Fahrer ein Zeichen, ihnen zu folgen. »Es ist vorbei.«

Die folgende Stunde erlebte Leo wie in Trance. Justus und seine Freunde wurden von der Krankenschwester und dem Pfleger wieder in den Saal verbannt. Ein alter Mann begann mit dünner hoher Stimme erst zu zetern, dann zu weinen. Die Türen blieben geschlossen. Der Notarzt kam und stellte offiziell Katies Tod fest. Ein Polizeiwagen traf ein, und die Beamten wollten wissen, was genau passiert war. Leo beantwortete Fragen, die sie kaum verstand, und hatte das Gefühl, dass dies alles überhaupt nichts mit ihr zu tun hatte.

»Sie sagten, die Tote« – der Polizist schaute auf seinen Protokollblock – »äh, Frau Doktor Singer, sei davongelaufen? Welchen Grund hatte sie dazu? Gab es Streit?«

»Junger Mann«, schaltete sich Frau Loss ein, »niemand kann etwas über die Gründe dieser Toten sagen. Doktor Singer war krank. Psychisch krank, wenn Sie verstehen, was ich meine. Die Situation hat sich bereits in den letzten Wochen unhaltbar zugespitzt. Doktor Singer war als Leiterin dieses Heims im Grunde nicht mehr tragbar. Sie können das nachprüfen, ich habe schon vor einiger Zeit eine schriftliche Mitteilung an die zuständigen Stellen geschickt. Was heute Abend geschehen ist, werden wir wohl nie erfahren. Frau Doktor Singer kam schon in sehr aufgeregter Stimmung nach Hause. Frau Heller hier« – sie nickte Leo zu, die hinter dem Gesichtszucken ein beruhigendes Lächeln zu erkennen meinte – »war nur zufällig zu Besuch.«

Der Polizist, ein stark erkälteter Mann mit laufender Nase und einem rasselnden Husten, machte ein zweifelndes Gesicht, notierte sich aber, was Frau Loss gesagt hatte. Er fragte nach weiteren Zeugen, die das bestätigen konnten, kontrollierte Leos Papiere und schrieb die Adresse auf. Die Leiche von Katarina Christina Singer wurde in einem Zinksarg hinausgetragen, der Schneepflugfahrer in den Krankenwagen verfrachtet. Dann waren Notarzt und Streifenwagen verschwunden. Frau Loss eilte in den Speisesaal, wo die Stimmung endgültig in offenen Aufruhr umzuschlagen drohte.

Paul und Leo standen in der Halle wie auf einer verlassenen Bühne. Leo hatte das Gefühl, dass das Stück noch nicht zu Ende sein durfte. »Leo, es ist wirklich nicht Ihre Schuld.« Paul legte ihr den Arm um die Schultern. Sie schüttelte ihn ab.

»Seien Sie still, bitte.«

Leo wählte Sandveds Telefonnummer. Er meldete sich nicht, auch die Mailbox war nicht eingeschaltet.

Paul hielt ihr die Beifahrertür auf. »Steigen Sie ein. Ich fahre. – Keine Widerrede.«

Im Gasthaus wurde gefeiert. Ausgelassen tanzende Silhouetten, Luftschlangen, Lärm, Menschen, die einander zuprosteten. Paul parkte den Ford an der Straße vor Ruths Haus. Sandveds Wagen war noch nicht da. Leo wandte ihr blasses Gesicht Paul zu.

»Gehen Sie schon vor. Ich komme gleich.«

»Leo …«

»Bitte.«

»Also gut.« Paul stieg aus und ging zur Haustür. Leo griff zum Handy und versuchte erneut, Sandved zu erreichen. Nüchtern stellte sie fest, dass ihre Finger nicht mehr zitterten, als sie auf die kleinen Tasten drückten. Es ging ihr gut, sie hatte alles unter Kontrolle, ihr war nur sehr kalt. Ihr würde nie wieder warm werden.

Sie lauschte dem Signalton und beobachtete Paul, wie er mit dem Schlüsselbund hantierte. Es läutete einmal … zweimal … zehnmal. Sandved meldete sich nicht.

Ein heller Lichtschein fiel aus der Diele bis zum Wagen. Paul war im Haus verschwunden. Müde stieg Leo aus und bemerkte mit einem Anflug von Ärger, dass er die Haustür weit offen gelassen hatte. Der Wind fegte Schnee und Kälte herein. Sie sah auf die Uhr. Zweiundzwanzig Uhr dreißig. Nur noch eineinhalb Stunden bis Mitternacht. Nebenan bei Lüdersens wurde gefeiert. Laute Musik drang herüber. Die hellen Fenster leuchteten einladend. Da drüben war es jetzt warm und gemütlich, aber Leo sehnte sich nicht nach Gesellschaft. Sie wollte allein sein. Sie wollte zu Hause sein. Sie wollte irgendwo anders sein, nur nicht hier. Sie wollte weinen, sie wollte einen wüsten Monolog vor dem Grab von Ludwig halten, der dieses ganze Drama ausgelöst hatte. Und sie wollte verdammt noch mal, dass Sandved endlich kam.

Irgendwo knallten verfrühte Silvesterböller. Leo schlug die Autotür zu und hatte das Gefühl, dass etwas nicht stimmte.

Es knallte erneut.

Ganz nah.

Leo rannte los, ohne zu überlegen. In der Diele stolperte sie über Paul, der bäuchlings am Boden lag, das Gesicht zur Seite gewandt, und sich nicht rührte, nicht einmal, als sie fast auf ihn drauftrat. Ein stechender Geruch lag in der Luft. In der Tür zum Wohnzimmer stand Ruth mit einem Gewehr in den behandschuhten Händen. Seelenruhig zielte sie auf Leo.

»Mach die Tür zu!«, befahl sie mit schwerer Zunge. »Was ist? Beweg dich!«

Leo sah die halb leere Rumflasche auf dem Tisch hinter ihr. War sie betrunken? Durchgedreht? War denn alle Welt verrückt geworden in dieser grässlichen Nacht?

Paul stöhnte leise. Er lebte! Erleichterung, Wut und ungläubiges Entsetzen mischten sich und schossen wie eine Stichflamme in Leo hoch. Für den Bruchteil einer Sekunde dachte sie daran, sich auf

Ruth zu stürzen, doch die schwarze Mündung der Waffe ließ sie nicht los. Langsam und widerstrebend tat sie, was Ruth ihr aufgetragen hatte, und schloss die Tür. Jetzt waren sie von der Außenwelt abgeschirmt.

»Du bist verrückt.«

Ruth lachte hässlich. »Nicht ich. Das hättest du deinem närrischen Onkel vorhalten sollen. Lässt sich von dieser blonden Sirene um den Finger wickeln! Aber ich habe nichts gesagt, ich habe alles still mitgemacht, und dafür will ich jetzt bekommen, was mir zusteht.«

Leo hörte kaum hin. Sie ging neben Paul in die Knie und hob ihn vorsichtig ein wenig an. Er verlor eine Menge Blut. Leo erkannte eine Schusswunde unterhalb der rechten Schulter und einen klaffenden Riss an der Stirn, wo ihn eine weitere Kugel gestreift hatte. Das Blut schoss mit beängstigender Geschwindigkeit aus dem Loch unter seinem Schlüsselbein. Paul stöhnte leise, als Leo ihn berührte.

»Um den brauchst du dich nicht mehr zu kümmern«, sagte Ruth kalt. »Er wird verbluten. Steh auf.«

»Nein.« Leo zog ihre Jacke aus und legte sie Paul vorsichtig um die verletzte Schulter. Er wimmerte vor Schmerz. Kalter Schweiß stand auf seinem Gesicht, das von Sekunde zu Sekunde blasser wurde. Entschlossen presste sie den Jackenstoff von beiden Seiten auf die Wunde, ohne sich um Ruth zu kümmern, die fluchte und unsicher schwankte. Paul verdrehte die Augen, und einen Moment fürchtete Leo, er könnte das Bewusstsein verlieren.

»Also schön, du willst die Heldin spielen. Meinetwegen. Sterben müsst ihr doch. Ist mir egal, ob ich dich früher oder später erschieße!«

Ruth gackerte betrunken, und Leo musterte besorgt den Gewehrlauf, der gefährlich hin und her wackelte.

»Warum das alles? Was willst du?«, fragte sie.

»Das verdammte Gutachten. Was sonst?«

Leo begann hilflos zu lachen. Unter ihren Händen regte sich Paul unruhig. Das Gutachten! – Sie waren tatsächlich verrückt, alle miteinander.

»Glaubst du im Ernst, dass …«

»Glauben?«, fiel ihr Ruth ins Wort. »Ich glaube gar nichts mehr.« Sie lachte verächtlich. »Ich habe Ludwig geglaubt, ich habe ihm vertraut. Und was macht er? Geht hin und lässt sich mit diesem Flittchen ein, deiner schönen Freundin. Natürlich hat er versucht, alles zu bemänteln, aber im Lügen und Versteckspielen war er ein Versager, eine klägliche Null, dein Onkel. Ich wusste sofort Bescheid, oh ja! Wenn dieser widerwärtige Lavendelgeruch in der Luft hing und seine Augen so merkwürdig glänzten, dann konnte das nur bedeuten, dass er mit ihr zusammen gewesen war. Sogar zu uns ins Haus ist sie gekommen. Und denk ja nicht, ich wüsste nicht, was er hier im Dorf getrieben hat. Auch hier war er mit ihr zusammen, unter meinen Augen, oder so gut wie. Ich weiß nicht, wo er sich mit ihr getroffen hat, aber er hätte es nicht tun dürfen. Mich so zu hintergehen! Es ist mein gutes Recht, mir dafür eine Entschädigung zu holen.«

Leo unterließ es, sie an ihre Worte von einer rein freundschaftlichen Beziehung zu erinnern. Ruths flackernder Blick verriet deutlich, dass sie für Argumente im Moment nicht zugänglich war. Leo verlangte es dringend danach, sie durchzuprügeln und so lange im Schnee zu wälzen, bis sie wieder zur Besinnung kam. Sollte sie sich hier am Ende von einer Betrunkenen abknallen lassen, die Safari spielte?

»Du hast das also von Anfang an geplant. Nicht schlecht«, sagte sie und unterdrückte ein Würgen.

»Denk nicht, ich wüsste nicht, was du versuchst«, antwortete Ruth warnend. »Du willst mich hinhalten, mich zum Reden bringen. Mach dir keine Hoffnungen, ihr kommt hier nicht mehr lebend raus. Leider habt ihr euch gegenseitig in einem dramatischen Auftritt erschossen, und ich kann von Glück sagen, dass ich davongekommen bin. Klingt doch überzeugend, he?«

Sie gluckste leise, als sie Leos entsetzten Blick sah. »Armer Kommissar. Er wird um dich trauern. Aber er wird mir nichts nachweisen können. Schließlich sind eure Fingerabdrücke auf den Waffen. Die von Ostermann auf dieser hier« – sie hob ihre behandschuhten Hände, die das Gewehr hielten – »und deine auf der da drüben.« Leo folgte ihrem Wink in die Ecke neben der Tür, wo die abgefeuerte Waffe lag, mit der Paul niedergestreckt worden war. Es war die, die sie auf Ruths Wunsch aus dem Waffenschrank genommen hatte, bevor sie zum Heim aufgebrochen waren; Leo erkannte das Zielfernrohr. Die Kaltblütigkeit, mit der Ruth alles geplant hatte, entsetzte sie.

Ruth ließ ein selbstgefälliges Lachen hören. »Ich habe es schlauer angefangen als dieser Stümper da!« Unsanft stieß sie mit einem Fuß nach Paul, der nicht mehr reagierte. War er bewusstlos? Leo kämpfte gegen die aufsteigende Panik an.

»Weißt du«, fuhr Ruth mit schwerer Zunge fort, »eigentlich hatte ich ja nur so eine Ahnung. Ludwigs Andeutungen und Jablonskys plötzlich so häufige Besuche haben mich misstrauisch gemacht. Genau genommen war es der gute Anton, der mich auf die Spur gebracht hat. Wo er seine Nase reinsteckte, da war auch was zu holen. Er konnte aus Scheiße Gold machen. Ich wusste bloß nicht, was es sein könnte.«

»Du hast auf gut Glück gesucht«, vermutete Leo.

»Natürlich!« Ruth warf ihr einen erstaunten Blick zu. »Was hättest du an meiner Stelle getan? Ich habe gleich die Nacht nach Ludwigs Tod genutzt, um mich ein wenig umzusehen. Alle dachten natürlich, ich nähme auf meine Weise von ihm Abschied, als sie das Licht die ganze Nacht brennen sahen.« Sie lachte höhnisch. »Ergreifend, nicht wahr? Bloß gefunden hab ich nichts.«

Leo verwünschte sich selbst. Wie dumm sie gewesen war!

»Glücklicherweise bin ich dann ja aufgetaucht und habe dir die Sucherei abgenommen«, sagte sie bitter. Ludwig hatte wahrhaftig allen Grund gehabt, dieses verfluchte Dokument zu verstecken – vor Katie, vor Ostermann und wahrscheinlich auch vor Ruth.

Ruth nickte zufrieden. »Als du mir das Tagebuch gegeben hast, wusste ich, ich bin ganz nah dran.«

»Nur damit ich es richtig verstehe«, sagte Leo, »du denkst, du kannst dieses Ding zu Geld machen? Erinnere dich, was Scherkow gesagt hat: Es ist eine Fälschung!«

»Natürlich«, sagte Ruth belustigt. Je länger sie sprach, desto nüchterner schien sie wieder zu werden. »Was sollte er sonst sagen? Er hat ja recht. Und eine Fälschung hättest du niemals verkauft, so weit glaube ich dich inzwischen zu kennen. Wir mussten dich davon abhalten, das Dokument an die Öffentlichkeit zu bringen. Das, mit Verlaub, hatten wir uns selbst vorbehalten.«

»Scherkow steckte mit dir unter einer Decke!« Allmählich begriff Leo, welches Netz Ruth gewoben hatte. »Nach Jablonskys Tod war er der Einzige, der dir bei deinen Plänen helfen konnte, nicht wahr?«

»Allerdings. Damals auf dem Friedhof – du erinnerst dich, Jablonskys Beerdigung –, da haben wir unseren Notplan entworfen. Und alles unter den Augen dieses Kommissars!« Sie gluckste vor Vergnügen. »Valentin war sofort bereit, mir zu helfen. Gegen einen ziemlich hohen Anteil natürlich, aber da wäre mir am Ende auch noch eine Lösung eingefallen. Du kannst dir vielleicht vorstellen, wie ungünstig sich Valentins plötzliche Verhaftung auswirkte. Ständig umschwirrte ihn dieser lästige Sandved wie ein Moskito, und schließlich hat er zugestochen. Valentin wollte nicht auf mich hören. Ich habe ihm geraten, mit diesen Ost-Geschäften eine Weile aufzuhören. Aber er konnte ja nicht genug kriegen. Das hat er nun davon. Ich werde es auch ohne ihn schaffen. Als allerdings auch noch unser Freund hier auftauchte, wurde es höchste Zeit, etwas zu unternehmen.«

Wieder stieß sie Ostermann unsanft an. Er zuckte zusammen.

Gott sei Dank, dachte Leo. Er lebt noch.

»Warum hast du überhaupt so lange gewartet? Das Dokument hattest du doch längst.« Leo breitete die Hände aus. »Weshalb also noch das hier?«

»Falsch«, sagte Ruth milde. »Wir haben nur eine Kopie. Und

eines war mir von Anfang an klar: Ludwigs ganzes Gefasel von unverzeihlichen Fehlern und dergleichen konnte nur bedeuten, dass es noch ein weiteres Schriftstück geben musste, sehr wahrscheinlich ein Gutachten, das er wider besseres Wissen angefertigt hat. Ohne dieses Papier ist das lächerliche Tagebuch wertlos.«

Sie lachte aufgeregt. »Vielleicht kannst du dir vorstellen, was für eine Freude du mir heute Nachmittag gemacht hast. Wedelst fröhlich mit dieser Expertise herum! Ich wusste doch, dass es richtig war, dich mitzunehmen und im Auge zu behalten.«

»Deshalb hast du mich eingeladen?«

»Ja, deshalb, meine Liebe. Und weil es der Sache nützlich sein konnte, habe ich mir sogar diesen verdammten Sandved aufgehalst. Ich habe die Dinge immer ganz gern unter Kontrolle. Warum sonst hätte ich ihn wohl in meiner Nähe geduldet? Das Grünkohlessen, die Geburtstagsparty – meinst du, das hat mir Spaß gemacht? Und was dich angeht, war ich mir sicher, dass du, um deinen verehrten Onkel von jedem Verdacht reinzuwaschen, so lange herumschnüffeln würdest, bis die Sache geklärt ist. Und wie ich sehe, hast du Erfolg gehabt. Relativ gesehen. Denn sogar dir dürfte jetzt klar sein, dass Ludwig kein Unschuldsengel war. Er hat sich von dieser Hure einwickeln lassen. – Also, gib mir das Papier.«

Leo ließ Paul für einen Moment los und fingerte den Umschlag aus ihrer Jacke. Sie hielt ihn so, dass Ruth ihn sehen, aber nicht erreichen konnte, ohne sich zu ihr zu beugen.

»Sag mir nur noch eines: Was versprichst du dir davon? Ist es nur persönliche Rache? Oder glaubst du wirklich, du könntest dieses Zeug zu Geld machen, wenn du Paul und mich als Zeugen aus dem Weg geräumt hast?« Leo spielte ihren letzten Trumpf aus. Was machte es, wenn sie das Blaue vom Himmel herunterlog? Hauptsache, Ruth knickte ein. »Du hast Ludwigs Freundin vergessen. Ich habe mit ihr gesprochen. Katie hat sich die Sache anders überlegt. Sie will Ludwigs Namen nicht in den Dreck ziehen. Das Tagebuch stammt von ihr. Sie hat es selbst geschrieben. Es war nur so eine verrückte Idee von ihr. Sie wird gegen dich aussagen, wenn du es darauf anlegst.«

Ruth brach in hemmungsloses Gelächter aus. Sie lachte und lachte, bis ihr die Tränen kamen. Das Gewehr in ihren Händen zitterte, und Leo überlegte flüchtig, ob sie es riskieren und sich auf sie stürzen sollte, um ihr die Waffe zu entreißen. Sie verwarf den Gedanken wieder. Niemand würde ihr zu Hilfe kommen, wenn es ihr nicht gelang, Ruth zu überwältigen. Bei Lüdersens konnte sie niemand hören; die laute Musik hatte selbst die Schüsse auf Paul überdeckt. Wo zum Teufel blieb Sandved? Warum war er nie da, wenn man ihn brauchte?

Ruths Heiterkeitsausbruch endete so unvermittelt, wie er begonnen hatte. Sie kniff die Augen zu schmalen Spalten zusammen.

»Da hast du leider die Rechnung ohne deinen dämlichen Freund hier gemacht. Stürmt hier rein, um mich vorzuwarnen, damit ich dich ja mit Samthandschuhen anfasse, immerhin hättest du gerade deine beste Freundin verloren. Konnte es gar nicht abwarten, die Neuigkeit herauszuplärren. Die Hure ist tot!«

Sie schüttelte den Kopf. »Nein, meine Liebe, wie es aussieht, stehst nur noch du zwischen geschätzten zweihunderttausend Euro und mir. So viel dürfte das Zeug nach Valentins Meinung mindestens wert sein. Ich hoffe ehrlich gesagt, dass es mehr einbringt. Zweihundert Riesen würden mich gerade zwei Jahre über Wasser halten.«

Sie kniff die Augen zusammen und machte eine weit ausholende Geste mit dem Gewehr, die Leo dazu brachte, sich zu ducken.

»Hast du eine Ahnung, was das hier alles kostet? Die Pacht für die Jagd, das Haus, die Wohnung in der Stadt – die paar Kröten, die mir der Verkauf der Galerie gebracht hat, sind weg. Erinnerst du dich an meine Wohnung? Die Bücher, die du vermisst hast? Sogar die musste ich verkaufen. Ehrlich gesagt, hatte ich gehofft, Ludwigs Ableben würde auch für mich etwas herausspringen lassen. Aber der Dummkopf hat alles dir vermacht. Wenig genug ist es ja, wenn man von diesem Tagebuch absieht. Aber du wirst sicher verstehen, dass ich darauf nicht verzichten kann. Ich habe meine Pläne.«

»Ich weiß«, murmelte Leo. »Deine Safari.«

Ruth lachte heiser auf. »Ich würde dich gerne einladen, mitzukommen, aber aus naheliegenden Gründen ist das nicht möglich.«

»Es macht für dich keinen Unterschied, ob du ein Tier erschießt oder einen Menschen.« Leo zitterte vor Wut. »Wieso glaubst du, dass du damit durchkommst? Jeden Moment wird Sandved hier auftauchen, und was dann? Willst du ihn auch töten?«

»Aber ja. Ihr habt ihn eben in euer kleines Drama mit einbezogen«, antwortete Ruth mit ruhiger Stimme. »Ich wundere mich, dass er nicht schon längst wieder hier ist. Er müsste inzwischen kapiert haben, dass ich ihn in die Irre geführt habe.«

»Wie bitte?«

»Na, ihn konnte ich hier doch wirklich nicht gebrauchen«, sagte Ruth, als hätte sie ein Kind zum Spielen fortgeschickt. »Kurz nachdem ihr zwei so eilig weg seid, habe ich ihn angerufen. Ich habe ihm erzählt, unser Freund Ostermann hätte sich endlich gemeldet und dich um ein Treffen gebeten. Und natürlich hättest du nichts Besseres zu tun gehabt, als ihm diesen Wunsch zu erfüllen. Den Ort hättest allerdings du bestimmt. Ich konnte natürlich nicht alles verstehen, aber das Wort Schweinehütte habe ich aufgeschnappt.«

Leo war sprachlos. Und das hatte er geglaubt? Dieser Idiot!

»Ich brauchte ihm gar nicht lange einzuflüstern, dass du in Gefahr sein könntest, ich habe nur gesagt, dass ich mir Sorgen mache«, erläuterte Ruth. »Aber wie auch immer, wir müssen hier allmählich mal zu einem Ende kommen. Wenn du mir keine Schwierigkeiten machst, wird es bei dir nicht so lange dauern wie bei dem da, das verspreche ich dir. Gib mir das Papier.«

Paul regte sich und stöhnte leise. Unter ihm hatte sich eine große Blutlache gebildet, die feucht und rot auf dem Steinfußboden glänzte. Ein Zipfel der Jacke hing darin und verdeckte sie zum großen Teil. Leo zog die Jacke von Pauls Schulter herunter und warf sie hinter sich. Dann hielt sie den Umschlag hoch.

»Gut. Du sollst es haben.« Sie zog das Blatt mit Ludwigs gefälschter Expertise heraus und legte den Umschlag beiseite.

Ruths Augen bekamen einen gierigen Glanz und huschten unruhig zwischen Umschlag und Papier hin und her. Leo hockte startbereit auf den Fersen. Sie hielt das Papier hoch. Gerade als Ruth danach greifen wollte, ließ sie es los. Es fiel mitten in Pauls Blut und färbte sich sofort rot. Ruth stürzte vor, doch sie hatte ihren verletzten Knöchel vergessen. Mit einem Schrei knickte sie ein. Im gleichen Augenblick warf sich Leo an ihr vorbei und versetzte ihr dabei einen Hieb, dass das Gewehr polternd zu Boden fiel. Paul stieß einen dumpfen Jammerlaut aus, als Ruth taumelnd und mit den Armen rudernd auf ihn stürzte. Leo wurde vom eigenen Schwung mitgerissen und knallte mit dem Gesicht gegen den Türpfosten. Sterne tanzten vor ihren Augen, als sie blindlings herumtastete und schließlich das zweite Gewehr in den Händen hielt. Ruth blieb gerade lange genug benommen liegen, dass Leo den Gewehrlauf fassen und ausholen konnte. Im Film funktionierte das immer tadellos. Aber im richtigen Leben?

Mit einem Stoßgebet ließ sie den Kolben in Ruths Nacken krachen. Auf Ruths Gesicht erschien ein Ausdruck grenzenloser Verblüffung, bevor sie mit offenem Mund zusammensackte.

Unter ihr wimmerte Paul leise, vergeblich versuchte er, sich zu bewegen. Leo warf das Gewehr beiseite und wälzte Ruth von ihm herunter. Sie war ein Leichtgewicht, Leo konnte sie an den Füßen über die Schwelle ins Wohnzimmer zerren. Sie fühlte ihr kurz den Puls – schwach, aber regelmäßig – und ließ sie auf dem Boden liegen. Leo griff sich zwei Decken, warf die eine über Ruth, schloss die Tür und stemmte von außen einen Stuhl unter die Klinke. Dann hüllte sie Paul fest in die andere Decke ein. Seine Augen waren geschlossen, das Gesicht wirkte wie eine Wachsmaske. Sein flacher, fliegender Atem machte Leo Angst.

»Paul? Hören Sie mich? Es ist vorbei. Bleiben Sie ganz ruhig liegen, ich hole Hilfe. Es dauert nicht mehr lange.« Er musste durchhalten, er musste einfach.

Mit fliegenden Fingern nestelte sie Ruths Handy aus der Tasche und drückte die Notruftaste. Der Akku war fast leer, doch die Verbindung kam zustande. Sobald sie die Adresse noch einmal wiederholt hatte, schaltete Leo das Telefon aus, ohne sich um Nachfragen zu kümmern.

Sie nahm eine von Ruths Jacken vom Haken – ihre eigene war nass von Pauls Blut –, griff nach den Autoschlüsseln und lief zur Tür. Dann überlegte sie es sich anders und kam zurück. Unter Pauls Decke suchte sie nach dem Papier. Es war rot verschmiert und nahezu unleserlich, aber Leo steckte es ein, ließ die Haustür offen und rannte zum Wagen.

Ihre Wange fühlte sich an wie ein mit kochend heißer Luft gefüllter Ballon, der jeden Moment zu platzen drohte, aber Leo achtete nicht darauf. Wenn Sandved einfach nur zur Hütte gefahren wäre, hätte er sofort kapiert, dass man ihn in eine Falle gelockt hatte. Er wäre zurückgekehrt und hätte Ruth zur Rede gestellt. Es musste ihm etwas zugestoßen sein.

Der Explorer war nicht abgeschlossen. Sie sprang hinein und startete. Der Motor stotterte ein paar Mal und fiel aus.

Oh Gott, nein, nicht auch noch das.

Sie versuchte es erneut. *Bitte, spring an. Bitte!*

Ein Ruck ging durch den Wagen, der Motor heulte auf. Leo sah Haffner und Lüdersen mit Bierflaschen in den Händen in der Haustür des Nachbarhofes stehen und erstaunt herüberblicken.

Die Uhr im Wagen zeigte noch eine halbe Stunde bis Mitternacht. Leo jagte den Gang hinein, wendete in einer Schneewolke, fuhr ein Stück die Straße hinunter, bog in die schmale Gasse beim Museum ein und gelangte auf den Feldweg, der hinter den Häusern verlief und sie am schnellsten zur Schweinehütte bringen würde.

Wenn Sandved wirklich dort war. Was, wenn Ruth sie angelogen hatte? Sie konnte ihr nicht mehr trauen. Aber vielleicht hatte

Sandved sich umgesehen, erkannt, dass er einem Fehlalarm gefolgt war, und war dann, anstatt zum Häuschen zu kommen, von seiner Dienststelle zu einem weiteren Einsatz beordert worden. Das wäre die beste Möglichkeit, dachte Leo. Es gab überhaupt bestechend viele Gründe, die seine Abwesenheit erklären konnten. Aber sie wusste nur einen: Ihm musste etwas zugestoßen sein. Denn warum ging er nicht ans Telefon?

Leo befühlte ihre Wange, die wie Feuer brannte. Sie war dankbar für den Schmerz, er hielt sie in ihrem Körper fest. Diese Nacht hatte etwas vollkommen Unwirkliches. Sie beugte sich vor, um durch die Windschutzscheibe in die Dunkelheit zu spähen. Das Schneetreiben hatte aufgehört, aber der Sturmwind wirbelte weiterhin weiße Böen über die Felder und die Straße.

Leo erreichte den Weg, der zum Wald führte. Bis zur Hütte konnte es jetzt nicht mehr weit sein. Sie zwang sich, das Tempo zu drosseln. Wenn sie nicht aufpasste, würde sie im Graben landen wie der BMW da vorn.

Oh Gott.

Leo bremste viel zu heftig, der Explorer drehte sich zweimal um sich selbst, bevor er zum Stehen kam. Sie sprang hinaus und rannte zurück.

Sandveds Wagen war auf die Seite gekippt, die Reifen auf der Fahrerseite hingen in der Luft, der Rest verschwand im Graben.

Leo verwünschte sich, dass sie nicht daran gedacht hatte, die Taschenlampe mitzunehmen. Im schwachen roten Schein der Rücklichter des Explorer öffnete sie die Fahrertür. Der Wagen war leer.

Geschockt entdeckte sie Blutspuren am Lenkrad, am Türgriff und auch im Schnee. Und Fußabdrücke. Seine? Ihre? Ihr aufgewühlter Geist war einen Moment lang nicht fähig, logisch zu denken. Sie war aus der anderen Richtung gekommen. Hier war Sandved gegangen. Sie folgte den Spuren mit weichen Knien, stolperte und rutschte immer wieder aus.

»Sandved!«

Er lag wenige Meter hinter dem Wagen im Graben. Die scharf gezackte Eiskante hatte ihm die Hand aufgeschnitten und eine große Platzwunde an seiner Stirn schimmerte dunkel, das Blut war in der grimmigen Kälte geronnen. Er war eiskalt, als sie ihn berührte, und starr.

Wie eine Faust fuhr ihr die Angst in den Magen. Sie beugte sich über sein Gesicht und hielt die Luft an. Ein Hauch von Atemdampf schwebte von seinen Nasenlöchern auf. Seine Kleidung war steif gefroren, wo das Grabenwasser sie durchtränkt hatte. Er hatte nicht mehr die Kraft gehabt, sich zu befreien, oder war ohnmächtig geworden. Wie lange lag er schon hier? Viel zu lange, in einer Nacht wie dieser!

Soweit sie feststellen konnte, war er bis auf den Schnitt an der Hand und die Platzwunde am Kopf unverletzt. Unter Aufbietung aller Kräfte zog sie ihn zentimeterweise aus dem Graben und keuchte dabei immer wieder seinen Namen. Sandved war schwer wie ein nasser Sack und ungefähr genauso entgegenkommend. Leo war schweißgebadet, als sie es endlich geschafft hatte. Sie zog Ruths Handy hervor, doch der Akku war jetzt endgültig leer. Fluchend rannte sie zum Ford. Es schien Ewigkeiten zu dauern, bis sie den Wagen zurückgesetzt hatte und wieder bei Sandved war. Leo öffnete die Heckklappe und fegte das Gerümpel beiseite. Wo war die verdammte Leuchtpistole? Endlich fand sie das Ding, schob eine Patrone hinein, streckte beide Arme hoch über ihren Kopf und drückte ab. Mit einem Schwirren schoss eine helle Kugel in den Nachthimmel. Leo hatte die sehr vage Hoffnung, dass Haffner und Lüdersen noch in der Tür standen und das Signal sahen. Doch wahrscheinlich würde in dieser Nacht kein Mensch darauf achten.

Sandved murmelte etwas und Leo ließ die Pistole fallen.

»Es wäre hilfreich, wenn du langsam zu dir kommen würdest«, erklärte sie ihm, während sie im gespenstischen Licht der Kugel versuchte, ihn in den Wagen zu bekommen. »Arbeite ein bisschen mit, verdammt noch mal!«

Sie war sich nicht sicher, ob er sie verstanden hatte, aber er stemmte seine Füße in den Schnee, sodass sie nicht wegrutschen konnten. Endlich hatte sie ihn drinnen, kletterte hinterher und schlug die Klappe zu.

»Trägt nicht einmal eine Jacke, dieser Idiot!« Eine braune Eisschicht klebte auf Sandveds Hose und der Vorderseite des Pullovers. Leo zog ihn aus, so gut sie das in der Enge fertigbrachte. Er war so unhandlich wie eine überdimensionale Babypuppe, mit der sie ein groteskes Ballett aufführte. Sie warf ihre eigene Jacke fort, knöpfte ihr Flanellhemd auf und angelte nach dem Schlafsack, der noch auf dem Vordersitz lag. Sandved grunzte, als sie den Daunenstoff fest um sie beide wickelte und sich an ihn drückte.

»Bin noch rechtzeitig gekommen …« Ein erleichterter Ausdruck legte sich auf sein Gesicht.

Du verwechselst da was, dachte Leo und hauchte ihm ihren Atem ins Gesicht.

Der Motor brummte beruhigend, die Heizung lief auf Hochtouren, die Scheiben waren beschlagen und das Wageninnere dampfte vor stickiger Hitze. Leo spürte, wie das Leben allmählich in Sandveds Körper zurückkehrte. Er begann zu zittern. Sie hielt ihn fester.

Draußen durchzuckte ein farbiger Blitz die Nacht. Noch einer; ein weiterer. Funken zerstoben, Donner krachte. Raketen wurden in den Himmel geschossen, überall explodierte Feuerwerk. Die Glocken begannen zu läuten und in der Ferne schrillten Polizeisirenen.

»Frohes neues Jahr«, flüsterte Leo. Sandveds Lider zuckten.

Er kam zu sich, als sie gerade wieder ihr Hemd zuknöpfte. Seine Hände tasteten über den Schlafsack. Ungläubig sah er an sich herab. Seine Augen flackerten verwirrt, als er Leo auf dem Vordersitz erkannte.

»War's wenigstens gut?«, fragte er mit heiserer Stimme.

Leo grinste. »Unvergesslich.«

Er versuchte, sich aufzurichten, ließ sich aber sofort mit einem

Stöhnen zurücksinken. Leo kletterte über die Sitze zu ihm zurück. »Wie geht's dir?«

»Das fragst du nicht im Ernst. Ich habe höllische Kopfschmerzen, und der Rest fühlt sich an wie durch den Fleischwolf gedreht.«

»Kenn ich«, sagte Leo und beobachtete entzückt, wie seine Augenbrauen sich wieder zusammenzogen, bis sich die Platzwunde auf der Stirn in Erinnerung brachte.

Er warf ihr einen finsteren Blick zu. Sein Gesicht war aschfahl, er wirkte schwach und mitgenommen, aber offenbar konnte er sich schon wieder aufregen.

»Was ist eigentlich in dich gefahren? Dich mitten in der Nacht mit diesem plötzlich aufgetauchten Ostermann zu treffen! Nicht genug damit, dass dieser Typ wahrscheinlich gefährlich ist, nein, es muss auch noch an so einem gottverlassenen Ort sein!«

»Du hast mit Ruth gesprochen, ich weiß.«

»Ich habe angerufen, um dir Bescheid zu sagen, dass Friedmann ein weiteres Teilgeständnis abgelegt hat und dass ich wahrscheinlich die Nacht über auf dem Revier bleiben muss. Wir wollten ihn in die Zange nehmen, bis er uns alles gesagt hat. Ich hoffe, die Kollegen haben ihn inzwischen geknackt.«

»Und da bist du nicht dabei geblieben?«

»Natürlich nicht, zum Teufel! Außerdem kam vorher so ein merkwürdiger Anruf rein von einem Taxifahrer, der behauptete, bei euch mit einem Gewehr bedroht worden zu sein. Die Streife, die nach dem Rechten sehen sollte, ist hinter der Kanalbrücke in einen liegen gebliebenen Pkw gerutscht. In dieser Nacht ist einfach die Hölle los!«

»Und da hast du dich selbst auf den Weg gemacht. Sehr vernünftig, ich muss schon sagen.«

Sandved sah sie aus schmalen Augen an. »Spar dir deinen Spott. Ruth beteuerte, es sei ganz anders gewesen und Ostermann habe die Waffe. Sie klang äußerst besorgt, und ich bin gefahren wie ein Henker, um rechtzeitig da zu sein.«

»Hat nicht ganz geklappt.«

Er fuhr sich über das Gesicht. »Ich war zu schnell. Auf einmal war der Graben da, und es drehte sich alles. Ich weiß noch, dass ich aus dem Wagen raus bin, und dann wurde mir schwarz vor Augen. Ende der Geschichte.«

»Dir ist nicht zufällig ein roter Porsche begegnet? Bist du vielleicht ausgewichen?« Sie musste es einfach wissen.

»Nein, wieso?«

»Ach, unwichtig.« Es spielte keine Rolle mehr, wo Katie gewesen war, dachte Leo traurig. Sandved musterte sie forschend.

»Was ist eigentlich …«

»Erst ich«, unterbrach sie ihn. »Retter dürfen zuerst fragen. Was sagt Friedmann?«

»Die Spielregel ist mir zwar neu, aber meinetwegen. Friedmann gibt zu, dass er deinen Onkel erpressen wollte. Das Tolle an seiner Geschichte ist, dass er behauptet, sein Bruder habe das Tagebuch gefunden. Und dann hat er es angeblich verschwinden lassen. Aber Friedmann behauptet, ihm selbst sei sofort klar gewesen, dass es sich bei diesem Tagebuch um eine Fälschung handelt. Und – nicht aufregen, das sind Tatsachen – es muss etwas dran sein, denn dein Onkel hat sich bereit erklärt, sich mit ihm zu treffen. Mittelsmann war Jablonsky. Woher Friedmann allerdings von ihm wusste, wollte er uns nicht verraten.«

Leo dachte gar nicht daran, sich aufzuregen. Sie sah die Expertise mit Jablonskys Briefkopf vor sich.

»Friedmann hat in der Laube bei der Backstube gewartet«, sagte Sandved. »Es muss ihm wohl selbst klar gewesen sein, dass es schwierig werden würde, Ludwig Heller zu erkennen. Er hat einfach auf jemanden gehofft, der sich auffällig verhalten würde.«

»Das habe ich ziemlich gut hingekriegt«, sagte Leo.

»Jedenfalls hast du ihn misstrauisch gemacht. Er hat seine Frau vorgeschickt, um Professor Hellers Adresse zu erfragen. Sie scheint einen ziemlichen Respekt vor ihm zu haben. Hat die ganze Zeit nur still in der Ecke gesessen, als ich mit Friedmann geredet habe, und nicht gewagt, den Mund aufzumachen. Aber sie hat bei

Jablonsky angerufen und auf diese Weise vom Tod deines Onkels erfahren. Dann hat Friedmann selbst es unter der Nummer der Wohnung versucht.«

»Und ich habe mich gemeldet.«

»Das brachte ihn auf eine neue Idee. Wenn er niemanden mehr erpressen konnte, warum nicht das Tagebuch selbst zu Geld machen? Dazu brauchte er allerdings das Original.«

Darauf sind auch andere gekommen, dachte Leo. Sandved zog sich den Schlafsack wieder über seine Schultern.

»Deshalb der Überfall.«

»Er konnte ja nicht wissen, dass es kein Original gibt«, sagte Leo. »Nur ein Schreiben, das das Manuskript für authentisch erklären sollte.«

Sandved ignorierte seine Kopfschmerzen und stützte sich auf die Ellenbogen auf.

»Jetzt will ich die ganze Geschichte hören«, sagte er. »Und keine Ausflüchte mehr. Wie es aussieht, bist du mit etwas mehr als einem blauen Auge davongekommen.« Er deutete auf ihr malträtiertes Gesicht, das sich nach dem Zusammenstoß mit Ruths Türpfosten immer noch irgendwie schief anfühlte, und den Mullverband auf ihrem Hinterkopf.

Leo zog die Knie an und legte den Kopf in die Hände. Womit sollte sie nur anfangen? Sandved starrte ihre Finger an, an denen trockenes Blut klebte.

»Was hat Ostermann angestellt?«

»Paul? Gar nichts. Paul ist der unschuldigste Mensch dieser Welt, wenn wir den Maßstab mal ein wenig weiter unten anlegen.«

»Dann erzähl mir verdammt noch mal endlich, was da hinten bei der Hütte passiert ist!«

»Nichts. Keiner von uns hat einen Fuß dort reingesetzt. Ruth hat dich auf eine falsche Fährte gelockt, hast du das nicht begriffen? Sie wollte dich aus dem Weg haben. Dann hat sie Paul niedergeschossen, um anschließend das Gleiche mit mir zu machen. Vorher hat Katie zugegeben, das Tagebuch gefälscht zu haben. Und dann war da plötzlich der Schneepflug. Und jetzt ist sie tot.«

Er starrte sie ungläubig an. Leo zuckte die Schultern.

»Es ist eine Menge passiert, während du hier nutzlos im Schnee gelegen hast.«

Er schüttelte den Kopf und stöhnte. »Ich verstehe das nicht. Wer ist Katie?« Dann fiel es ihm wieder ein. »Die Heimleiterin, deine Freundin. Wieso hat sie …«

»Das ist eine längere Geschichte. Es kommen ziemlich viele normale Leute darin vor, die plötzlich eine Menge krimineller Energie entwickelt haben. Man könnte glatt seinen Glauben an die Menschheit verlieren, wenn man darüber nachdenkt. Ich werde sie dir später erzählen.«

»Wann später?«

»Noch in diesem Jahr.«

Er lächelte schwach.

»Warum hatte Ruth es auf dich abgesehen?«

»Wegen eines Stückchen Papiers, das ich bei Katie im Heim gefunden habe. Wie vor mir vermutlich Friedmann, denn das dürfte ihn überhaupt erst auf die Idee gebracht haben, Ludwig zu erpressen. Ich schätze, diese Kleinigkeit hat er euch noch verschwiegen. Vielleicht hat er sich Chancen ausgemalt, sein Manöver später noch mal bei Katie Singer zu versuchen.«

Ihre Blicke hakten sich ineinander fest. Sein Verdacht, von Anfang an. Er wusste Bescheid.

»Die Expertise.«

Auf dem Feldweg hinter ihnen näherte sich eine Prozession von Lichtern: die Scheinwerfer eines Traktors, ein Blaulicht ohne Martinshorn, ein Krankenwagen. Lüdersen und seine Helfer. Leo schickte stumme Segenswünsche für Ruths Nachbarn zum Himmel. Lüdersen hatte tatsächlich die Leuchtkugel gesehen und die richtigen Schlüsse gezogen.

»Eine Frage noch«, sagte Sandved. »Wie ist Friedmann an die Dokumente gelangt?«

Leo öffnete die Heckklappe. Rauch und Schwefelgeruch lagen in der Luft. »Über Justus. Es stimmt, was Friedmann euch erzählt hat. Justus ist sein Bruder. Er lebt in diesem Heim, das Katie … Jedenfalls, gelegentlich bedient er sich heimlich in Katies Bibliothek.«

»Und sie hat das Tagebuch …?«

»Später. Ich sagte es doch.«

Er beobachtete, wie sie nach der Jacke griff, in den Taschen nach einem von Ruths Feuerzeugen kramte und dann das rot gefärbte Papier herauszog.

»Was hast du vor?«

»Ich muss noch etwas Unrat verbrennen.«

Sie hielt die Flamme gegen das Papier. Es war feucht und fing nicht gleich Feuer. Erst allmählich begann es zu schwelen. Sandved sah schweigend zu. Leo hielt den Bogen in der äußersten Ecke fest, bis die Flammen ihr die Finger versengten. Asche und schwarze Fetzen trieben durch die Luft. Sie ließ das letzte Stückchen fallen. Langsam segelte es zu Boden und verlosch im Schnee. Keiner von ihnen sagte etwas. Lüdersen ließ die Hupe seines Traktors quäken.

Leo klopfte sich die Hände ab, Sandved wickelte sich fester in den Schlafsack, und so, nebeneinander sitzend, erwarteten sie die Wagen.

*

Die Räder des Rollstuhls surrten eifrig, als Esmeralda den langen Korridor entlangsauste.

»Post!«, rief sie schon von weitem. »Ein Päckchen für dich!«

Justus erschien in seiner Zimmertür. Quietschend brachte Esmeralda den Rollstuhl zum Stehen. Sie hielt ein in braunes Papier gewickeltes Päckchen hoch. »Mit Luftpost, guck!« Sie zeigte auf die Aufkleber.

Justus nahm es entgegen und prüfte die Briefmarken. »Aus Amerika!«, sagte er erfreut.

»Und von wem? – He? – Sag schon!«

»Von Leo.«

Sie zogen sich in sein Zimmer zurück, Esmeralda rollte voran. Seit Frau Loss vorübergehend zusammen mit einem Doktor aus der Stadt die Leitung des Heimes übernommen hatte, war die Atmosphäre viel entspannter. Sie konnten sich nahezu unbeaufsichtigt bewegen, es gab kaum Kontrolle; es war, als hätte Frau Loss mit der offiziellen Übernahme der Verantwortung die alte Bürde, unbedingt für Ordnung sorgen zu müssen, abgeworfen.

Vorerst durfte Justus in der Wald-Residenz bleiben, und er war froh darüber. Es gab da so eine Regelung für Härtefälle, und weil niemand mehr für ihn bezahlte, war er jetzt ein solcher Fall. Frau Loss war es außerdem noch gelungen, von irgendeiner Stiftung Geld aufzutreiben.

Nur schade, dass er vorerst keinen Besuch mehr bekam. Kurt fiel vermutlich für eine ganze Weile aus, aber das hatte sein Bruder sich selbst zuzuschreiben. Justus stellte sich das Gefängnis als einen Ort vor, der der Wald-Residenz nicht unähnlich war. Nur weniger idyllisch gelegen. Man hatte ein Bett, bekam zu essen und wurde ansonsten sich selbst überlassen.

Lina war ihm sowieso lieber als Justus, und die würde wohl nicht so lange wegbleiben. Außerdem gab es ja noch Leo. Der ging es ja ganz ähnlich. Diese Ruth war zwar nicht ihre Schwester, aber auch im Gefängnis. Justus dachte einen Moment darüber nach. Irgendwie schien ihm das ein Zeichen zu sein. Vielleicht sollten sie Blutsbrüder werden, wenn sie zurückkam. Leo hatte versprochen, bald wiederzukommen, dann würde er sie fragen. Und jetzt schickte sie ihm ein Päckchen. Aus Amerika!

Er setzte sich auf sein Bett, Esmeralda rollte dicht neben ihn. Er betrachtete das Päckchen auf seinem Schoß, drehte und wendete es, um die Vorfreude ganz auszukosten. Liebevoll glitten seine Finger über den Poststempel. Australien wäre noch besser gewesen, aber New York ging auch.

»Mach es auf!«, drängte Esmeralda. Dann sagte sie: »Warte! Soll ich nicht auch Karl holen?«

Aber Karl hatte Besuch, also vollzogen sie die feierliche Öffnung allein. Zuerst fielen Justus drei Ansichtskarten in die Hände. Sie zeigten die Skyline von New York, die Freiheitsstatue und eine Luftaufnahme des Central Parks. Die Rückseiten der Karten waren eng beschrieben, aber Leo hatte sich um deutliche Buchstaben bemüht. Auf jede Karte war mit rotem Filzstift eine Zahl gemalt.

»Die zuerst«, befahl Esmeralda und tippte auf den Park, der die Eins trug. Justus räusperte sich und hielt sich die Karte dichter vor die Augen.

»*Lieber Justus*«, las er und dehnte dabei jedes Wort, »*wenn du das hier liest, liege ich wahrscheinlich noch in meiner kleinen Pension in Brooklyn im Bett. Bei euch kommt die Post recht früh, aber hier ist es noch früher. Du musst sechs Stunden zurückrechnen, dann hast du die richtige Uhrzeit.*«

Esmeralda krauste die Stirn.

»Fünf Uhr«, sagte Justus. »In New York ist es jetzt fünf Uhr morgens.«

»*Ich komme mir kleiner vor als eine Ameise, wenn ich durch die riesigen Hochhausschluchten wandere*«, las er weiter. »*Und ich habe schon Stunden im Central Park zugebracht. Sehr kalt ist es hier, aber es liegt kein Schnee.*«

Justus drehte die Karte um und musterte die Luftaufnahme des Parks. Esmeralda stieß ihn an.

»Jetzt die zweite Karte.«

»*Es ist ein bisschen schade, dass Martin Sandved nicht hier ist. Seine Fortbildung wurde im letzten Moment abgeblasen. Aber wir …*« Das Nachfolgende war so dick durchgestrichen, dass Justus nichts mehr entziffern konnte.

»Was ist denn, lies doch weiter«, drängelte Esmeralda.

»*Gestern habe ich Wang Lis Verwandte in Chinatown besucht und seine Grüße und Geschenke überbracht. Sie wollten mich überreden, das chinesische Neujahr mit ihnen zu feiern. Die Chinesen feiern den Jahreswechsel viel später als wir. Aber wir haben ja schon eine Einladung.«*

Justus nickte. Diese Freunde von Leo, Wang Li und Su Jing wollten ein großes Fest geben, mit Feuerwerk und Knallkörpern, um die bösen Geister zu vertreiben. Konnte ja nicht schaden. Ob dieser Kommissar dann auch kam? Justus lenkte seine Aufmerksamkeit wieder zu den Druckbuchstaben zurück. Aber Leo schrieb nichts mehr von ihm. *»Wenn Paul bis dahin aus dem Krankenhaus entlassen ist, feiert er mit. Ich hole dich dann ab, Frau Loss wird bestimmt nichts dagegen haben.«*

Esmeralda war schon eine Weile unruhig hin und her gerutscht. Jetzt hielt es sie nicht mehr: »Wer ist Wang-Dingsda? Und der andere? Was sind das für Leute, woher kennst du die? Kommen die uns mal besuchen?«

Justus hatte eigentlich keine Lust, das lang und breit zu erklären. Kennengelernt hatte er Leos chinesische Freunde noch nicht. Aber sie hatte ihm von ihnen erzählt, am Tag nach Neujahr, als alles vorbei war, und sie ihn zusammen mit dem Kommissar besucht hatte, der gar nicht wie ein Kommissar gewesen war, oder so, wie Justus sich einen Kommissar vorgestellt hatte, sondern einfach nett. Er grinste bei der Erinnerung daran. Wie zwei Gangster hatten die beiden ausgesehen mit ihren blauen Flecken und den großen Pflastern. Und den Paul, den musste Esmeralda auch gesehen haben, das war der, der im Wagen gewartet hatte, an dem Abend, als …

Hastig schob Justus die Erinnerung beiseite, die noch so frisch war, dass sie immer wieder ungebeten auftauchte. Das war kein schöner Silvesterabend gewesen. Er freute sich auf das chinesische Feuerwerk. Ja, das mit der Vertreibung der bösen Geister war eine gute Idee.

Eine Karte war noch übrig. Zum Glück blieb Esmeralda nie sehr lange bei einer Sache; als er weiterlas, schien sie ihre Fragen schon wieder vergessen zu haben.

»Lieber Justus, es gibt hier eine Menge kleiner Buchläden, sogar deutsche. Beim Stöbern habe ich eine Biographie gefunden, die du wohl noch nicht kennst. Jedenfalls nicht in dieser Fassung, der echten.

Viel Spaß beim Lesen und herzliche Grüße von Leo.

Auch an Esmeralda und Karl! Und an Martin, wenn du ihn siehst. Vielleicht schaut er mal bei euch vorbei.«

»Wer ist Martin? He?« Esmeralda brachte sich mit ihrem Ellenbogen in Erinnerung.

Justus rutschte ein Stückchen von ihr ab und begann das Päckchen auszuwickeln. Ein Buch kam zum Vorschein, ein schmaler kleiner Band mit abgegriffenem grünen Leineneinband. Auf dem Deckel stand in angekratzter Goldprägeschrift: *Von mir über mich. Wilhelm Busch.*

Justus blätterte neugierig herum. Die Seiten waren vergilbt und mit vielen kleinen Zeichnungen versehen. Der Text war in dieser alten Schrift gehalten, die anderen so viel Mühe machte, die er aber noch gelernt hatte. Auch Esmeralda war sie vertraut, denn sie hatte den Hals gereckt und sah ihm über die Schulter, um die Stelle zu lesen, die gerade aufgeschlagen war. Von Rosen war die Rede und von Abschied.

»Wer ist Martin? Wer singt da? Wer ist Christine? Ist das eine Liebesgeschichte?«

»Glaub ich nicht«, sagte Justus und blätterte weiter.

Nachbemerkung

Die heimliche Geliebte ist ein Roman und nimmt sich die Freiheit, mit Fakten fantasievoll umzugehen. Wäre es anders, müsste ich mich bei Wilhelm Busch entschuldigen: Was Christine von ihrer angeblichen Liebesbeziehung zu ihm zu berichten weiß, ist erstunken und erlogen – genau wie Christine selbst.

Tatsachen sind dagegen alle anderen Episoden aus dem Leben Wilhelm Buschs, die in Christines Tagebuch erwähnt werden. Sie sind nachzulesen in der umfangreichen Sekundärliteratur sowie in der sehr empfehlenswerten zweibändigen Ausgabe der Briefe Wilhelm Buschs, aus der auch die beiden Zitate in Kapitel 14 stammen (Briefe II, S. 69, Wiedensahl, 8. März 1896 und a.a.O, S. 21, Wiedensahl, Sonnabend, Nov. 1893).

Die im Roman geschilderten Örtlichkeiten sind real, mussten aber einige Veränderungen über sich ergehen lassen. Das genannte Seniorenheim diente mir lediglich als geografischer Anhaltspunkt. Etwaige Ähnlichkeiten der Romanfiguren mit dort oder in Wiedensahl tatsächlich lebenden oder arbeitenden Personen sind nicht beabsichtigt und wären ein erstaunlicher Zufall.

Schließlich noch ein Hinweis zum Marktwert des Max-und-Moritz-Erfinders, der dem ausgeprägten Interesse von Ruth Herwig, Paul Ostermann und Kurt Friedmann, Christines Tagebuch in ihre Hände zu bekommen, fast schon mildernde Umstände verleiht: Die Kölner Versteigerung, die Valentin Scherkow erwähnt, fand wirklich statt, allerdings nicht 2008, sondern am 4. November 1998. Für den stolzen Preis von 250 000 DM wechselte damals eine Erstausgabe von Max und Moritz den Besitzer. Veranschlagt war das Buch mit 24 000 DM.

Ich danke Magdalene Nowak-Jochum für ihre unermüdliche Lesebereitschaft, ihre klugen Anmerkungen und die stets fruchtbare Kritik. Dank auch an Dr. Claudia Toll, die bereits so mancher Geschichte den Weg geebnet hat.

I.S.

Die Autorin

Ilka Sokolowski, Jahrgang 1965, aufgewachsen in Stadthagen, studierte Germanistik, Anglistik und Philosophie. Nach mehrjähriger Verlagstätigkeit lebt und arbeitet sie heute in Hannover als Autorin von Sachbüchern und Romanen.